Para que todos entendais
Poesia atribuída a
Gregório de Matos e Guerra
Letrados, manuscritura, retórica,
autoria, obra e público na Bahia
dos séculos XVII e XVIII

Volume 5

João Adolfo Hansen
Marcello Moreira
APRESENTAÇÃO, EDIÇÃO,
NOTAS E GLOSSÁRIO

Para que todos entendais
Poesia atribuída a
Gregório de Matos e Guerra
Letrados, manuscritura, retórica,
autoria, obra e público na Bahia
dos séculos XVII e XVIII

Volume 5

Copyright © 2013 João Adolfo Hansen e Marcello Moreira
Copyright © 2013 Autêntica Editora

Todos os direitos reservados pela Autêntica Editora. Nenhuma parte desta publicação poderá ser reproduzida, seja por meios mecânicos, eletrônicos, seja via cópia xerográfica, sem a autorização prévia da Editora.

CAPA
Diogo Droschi
(sobre imagem de Ulisse Aldrovandi)

DIAGRAMAÇÃO
Christiane Morais
Ricardo Furtado
Waldênia Alvarenga Santos Ataíde

IMAGENS DAS PÁGINAS 275, 276 E 277
BRANDÃO, Tomás Pinto. *Vida e Morte de um Coelho*. Lisboa: Oficina da Música, 1729.

REVISÃO
João Adolfo Hansen
Marcello Moreira

INDICAÇÃO E CONSULTORIA EDITORIAL
Joaci Pereira Furtado

EDITORA RESPONSÁVEL
Rejane Dias

Dados Internacionais de Catalogação na Publicação (CIP)
(Câmara Brasileira do Livro, SP, Brasil)

Hansen, João Adolfo
  Para que todos entendais : poesia atribuída a Gregório de Matos e Guerra : letrados, manuscritura, retórica, autoria, obra e público na Bahia dos séculos XVII e XVIII, volume 5 / João Adolfo Hansen, Marcello Moreira. -- Belo Horizonte : Autêntica Editora, 2013.

  ISBN 978-85-8217-299-5

  1. Matos, Gregório de, 1633-1696 - Crítica e interpretação 2. Poesia brasileira I. Moreira, Marcello. II. Título.

CDD-869.9109

Índices para catálogo sistemático:
1. Poesia : Literatura brasileira : História e crítica 869.9109

Belo Horizonte
Rua Aimorés, 981, 8º andar . Funcionários
30140-071 . Belo Horizonte . MG
Tel.: (55 31) 3214 5700

São Paulo
Av. Paulista, 2.073, Conjunto Nacional, Horsa I, 23º andar, Conj. 2301
Cerqueira César . São Paulo . SP . 01311-940
Tel.: (55 11) 3034 4468

Televendas: 0800 283 13 22
www.editoragutenberg.com.br

UNIVERSIDADE DE SÃO PAULO

Reitor
João Grandino Rodas

Vice-Reitor
Hélio Nogueira da Cruz

Faculdade de Filosofia, Letras e Ciências Humanas

Diretor
Sérgio França Adorno de Abreu

Vice-Diretor
João Roberto Gomes de Faria

Coordenador do Programa de
Pós-Graduação em Literatura Brasileira
Vagner Camilo

Este livro foi publicado por indicação e com apoio do
Programa de Pós-Graduação em Literatura Brasileira.

Agradecimentos

À CAPES, à Área de Literatura Brasileira do Departamento de Letras Clássicas e Vernáculas da Faculdade de Filosofia Letras e Ciências Humanas da USP, especialmente aos colegas Cilaine Alves Cunha, Vagner Camilo, Hélio de Seixas Guimarães e Murilo Marcondes de Moura, que se empenharam nesta edição, às bibliotecárias do Instituto de Letras da Universidade Federal do Rio de Janeiro pelo constante apoio na disponibilização dos manuscritos durante as muitas visitas à Biblioteca Celso Cunha, ao Adauto, por se deixar roubar pelos manuscritos, a Marta Maria Chagas de Carvalho, pela sua inteligência e generosidade extraordinárias, aos amigos Alcir Pécora, Leon Kossovitch, Luiz Costa Lima, Adma Fadul Muhana, Luisa López Grigera e Maria do Socorro Fernandes de Carvalho, pela presença no deserto.

Il faut beaucoup de mots pour détruire un seul mot
(Francis Ponge. La table 8, 4 janvier 1968.
In *La table*. Montréal: Éditions du Silence, 1982)

Princípios críticos para a fatura de uma edição do *corpus* poético colonial atribuído a Gregório de Matos e Guerra

Neste livro, tratamos dos códigos bibliográficos e linguísticos do *corpus* poético colonial que se atribui a Gregório de Matos e Guerra (1633/1636-1696) publicado nos manuscritos do *Códice Asensio-Cunha*. Pondo de lado modelos idealistas, românticos e teleológicos de interpretação deles, remetemos sua historicidade à materialidade contingente das práticas simbólicas que os produziram, discutindo a pertinência dos lugares comuns críticos que lhes são aplicados pela crítica textual praticada no Brasil. Presentes em praticamente todos os escritos sobre crítica textual produzidos no país, os lugares postulam e divulgam princípios que, segundo os textos mais compulsados, devem nortear a fatura de edições críticas. Naturalizados, são repetidos exaustivamente, sem reflexão sobre a sua validade transistórica frente às múltiplas tradições textuais que sobredeterminam.

Em primeiro lugar, vamos descrever o *modus operandi* proposto nos escritos sobre crítica textual e, cruzando o campo filológico com o historiográfico, criticá-los. Pressupomos que, se a crítica textual e a filologia são disciplinas históricas, hoje é impossível pensá-las dissociadas das discussões feitas desde o século XIX por filósofos e historiadores sobre a prática historiográfica, e, consequentemente, filológica e crítico-textual. A revisão que fazemos visa constituir categorias e conceitos teóricos e procedimentos analíticos aptos para propor uma história da crítica textual no Brasil que evidencie a historicidade da prática filológica, especificando seus anacronismos reproduzidos nas histórias literárias brasileiras.

Diferentemente da história e demais ciências humanas, a filologia tem descurado de investigar seus pressupostos, códigos e procedimentos, parecendo não se dar conta de que também eles têm sua história. Não se pode, a despeito de ela ser uma disciplina histórica, afirmar que tenha projetado investigar sua própria historicidade, propondo-se a fazer uma metafilologia num empreendimento análogo ao da escrita de uma metahistória, que tem por objetivo especificar, analisar, teorizar e criticar os códigos e convenções da historiografia[1]. Como a filologia e a crítica textual desempenham papel fundamental na construção do passado, pois são formas de mediação histórica, a análise crítica das condições institucionais e teórico-metodológicas de sua produção é indispensável para compreender seu papel de mediação.

Arnaldo Momigliano asseverava que o juízo sobre a competência disciplinar de um historiador deveria basear-se na avaliação de sua familiaridade com as fontes e, principalmente, na apreciação da solidez de seu método histórico[2], considerando-se, obviamente, que a interpretação das fontes, a despeito da familiaridade que se possa ter com elas, depende da solidez do método, o que faz da crítica do método a condição prévia de qualquer possibilidade de solidez. Stephen Bann diz que o momento em que a história se afirma como campo disciplinar coincide com o do abandono da retórica normativa como forma matricial de produção de representações, propondo que um sinal deste processo foi a tendência da própria literatura em adotar o paradigma histórico, como no "romance histórico" ou no romance "realista" ou "naturalista". Produtos indisfarçadamente literários faziam-se passar *como se* tivessem aquela

---

[1] BANN, Stephen. Introdução: As Invenções da História. In: *As Invenções da História*. Ensaios sobre a Representação do Passado. São Paulo: Editora Unesp, 1994, pp. 13-25 [p. 14].

[2] MOMIGLIANO, Arnaldo. *The Rhetoric of History and the History of Rhetoric: On Hayden White's Tropes*. In: SHAFFER, E. S. (Ed.). *Comparative Criticism, A Yearbook*. Cambridge: Cambridge University Press, 1981, vol. 3, pp. 259-268 [p. 264].

transparência do real que o historiador havia afirmado programaticamente.[3]

Um dos índices desse processo de adesão da literatura ao paradigma histórico de cientificidade é facilmente constatável na relação que se estabelece entre ela e a crítica biográfica, que interpretava os *opera litterarum* em conformidade com a biografia de seu autor. A vida do autor era, muitas vezes, construída com base em supostas informações "objetivas" extraídas dos próprios textos, como se pode observar nas leituras dos poetas coloniais empreendidas pelo Cônego Januário da Cunha Barbosa[4] em suas "vidas", e, ainda, em outros empreendimentos histórico-literários

---

[3] BANN, Stephen. Analisando o Discurso da História. In: *As Invenções da História*. Ensaios sobre a Representação do Passado. São Paulo: Editora Unesp, 1994, pp. 51-86 [p. 55].

[4] Januário da Cunha Barbosa, em seu *Parnazo Brasileiro*, impresso em 1829, apresenta um dos lugares-comuns mais empregados no século XIX para a justificação da composição de um florilégio, o do enaltecimento da pátria pela preservação da poesia de seus melhores engenhos, que a engrandecem. A escrita das vidas desses poetas, ainda não efetuada no tempo da impressão do *Parnazo Brasileiro*, afigurava-se tarefa premente, mas dificultosa, pois os próprios poemas encontravam-se dispersos em manuscritos de arquivos particulares e as notícias de poetas, sobretudo os do século XVIII, fechadas nas gavetas de móveis sob tutela de parentes e amigos, a quem, no entanto, o Cônego pedia auxílio, solicitando a todos o envio, para o seu endereço, de manuscritos, que lhes seriam devolvidos após terem sido feitas as devidas cópias: "Fôra bom ajuntar á esta collecção huma noticia biográfica de tantos Poetas, que honrão o nome Brasileiro com producções distinctas, mas esta tarefa offerece maiores dificuldades, sem com tudo desanimar a quem espera ainda offerecer ao conhecimento do mundo as memorias dos Illustres Brasileiros, que fazem honra á Litteratura Nacional. A esperança em que estou de ser coadjuvado n'esta empresa de gloria Nacional, por todas as pessoas, que possuem poesias e noticias dos nossos bons Poetas, até hoje sepultados em archivos particulares, obrigam-me a pedir, que as confiem ao Editor do *Parnazo Brasileiro*, remetendo-as á sua morada, Rua dos Pescadores nº 112 (porte pago), onde se dará recibo para a entrega do original, depois de copiado." (BARBOSA, Januário da Cunha. *Parnazo Brasileiro ou Colecção das Melhores Poezias dos Poetas do Brasil, Tanto Ineditas, Como Ja Impressas*. Rio de Janeiro, Typographia Imperial e Nacional, Tomo I, 1829, pp. 3-4). As vidas desses poetas brasileiros foram levadas a termo na série biográfica publicada na *Revista do IHGB*, dentre as quais se encontra a de Gregório de Matos e Guerra. No *Parnazo Brasileiro*, no entanto, não há poesias atribuídas ao poeta baiano entre as que nele foram editadas.

análogos publicados no Segundo Reinado[5]; ou, no que

---

[5] João Manuel Pereira da Silva, em seu *Parnaso Brasileiro*, sumaria informações contidas na *Vida do Excelente Poeta Lírico, o Doutor Gregório de Matos Guerra* – memória panegírica composta segundo preceitos do gênero epidítico com a qual principiam muitos códices em que foi coligida a poesia atribuída a Gregório de Matos e Guerra. Complementarmente à sua leitura biográfica e anacrônica da *Vida*, lê os poemas como expressão de um *eu* sincero, cujo caráter se torna patente pela preferência dada à composição de sátiras e poemas maledicentes que nos informam sobre as peripécias do homem-poeta na cidade da Bahia: "De todos os poetas porém do século 17° foi mais conhecido e reputado Gregorio de Mattos, nascido na Bahia em 1623. Sua vida toda de emoções; ora protegido pelas primeiras autoridades, ora por ellas detestado e perseguido; duas vezes exilado para Angolla, por causa de suas satyras crueis, mordentes e ferinas; pobre, miseravel, cheio de vicios, tudo concorreo para delle fazer uma celebridade da epocha. Tinha porém muito espirito e graça; suas satyras são picantes; e nos versos reina uma certa licção do mundo, e de malignidade, que os torna muito agradáveis á leitura: é a causticidade e o sarcasmo elevado ao maior grau." (Cf. PEREIRA DA SILVA, João Manuel. *Parnaso Brazileiro ou Seleção de Poesias dos Melhores Poetas Brazileiros desde o Descobrimento do Brazil: Precedida de uma Introducção Historica e Biografica sobre a Literatura Brazileira.* Tomo I, Seculos XVI, XVII e XVIII. Rio de Janeiro: Eduardo e Henrique Laemmert, 1843, pp. 27-28). A leitura da *Vida*, no século XIX, não como efetuação de preceitos retóricos e poéticos, mas como vivido empírico, torna premente a ponderação de Roland Barthes sobre a relação entre discurso histórico e "real", pois um texto ficto, como o é a *Vida*, pode, a depender dos critérios de legibilidade adotado pela recepção, ser interpretado como subgênero histórico e, portanto, como uma forma de acesso ao "real". Em *The Discourse of History*, Roland Barthes pergunta-se: "*Does the narration of events, which in our culture from the time of the Greeks onwards, has generally been subject to the sanction of historical 'science', bound to the unbending standard of the 'real' and justified by the principles of 'rational' exposition – does this form of narration really differ, in some specific trait, in some undubitably distinctive feature, from imaginary narration, as we find it in the epic, the novel, and the drama? And if this trait or feature exists, then in what level of the historical statement must it be placed?*" (BARTHES, Roland. *The Discourse of History*. In: SHAFFER, E. S. (Ed.). *Comparative Literature*, a Yearbook. Cambridge: Cambridge University Press, 1981, vol. 3, pp. 3-20 [p. 7]). A diferenciação entre história e ficção encontrar-se-ia apenas no que Louis Mink define como distinção "entre ficção e história fazendo diferentes reivindicações de verdade para suas descrições individuais" (MINK, Louis. Narrative Form as a Cognitive Instrument. In: CANARY, Robert H. & KOZICKI, Henry (Ed.). *The Writing of History*. Madison: 1978, [p. 149]), como parecem deixar claro as apropriações biográficas da *Vida* no século XIX brasileiro. A leitura da *Vida* como vivido pode tornar-se compreensível caso nos recordemos de que o *bios* antigo, praticado nos séculos XVI e XVII, vale-se de expedientes discursivos comuns ao gênero biográfico crescentemente cultivado durante o século XIX. Em ambos, por exemplo, encontram-se o que Roland Barthes denomina *shifters*, ou "transferentes", termo jakobsoniano que designa as condições sob as quais o

concerne à Europa do século XIX, na composição de vidas de poetas franceses "medievais" a partir da leitura de poemas e, complementarmente, na leitura biográfica deles a partir da vida, como bem o demonstrou Daniel

---

historiador fixa a transição da sua declaração para as condições sob as quais ela foi feita: há "transferentes" do tipo "auditivo" (*listening*) ou testemunhal (*testimonial*), que, por se estruturarem com base na primeira pessoa do singular dos tempos presente e pretérito do indicativo, como *vi, ouvi, soube, pelo que sei* (BARTHES, Roland. Op. cit., pp. 7-8), produzem a impressão da participação do locutor no que ele se põe a narrar, o que incrementa, para os antigos, a *fides* do discurso histórico, e, para os homens do século XIX, o caráter verídico da história narrada em primeira pessoa. O discurso histórico, ainda conforme Roland Barthes, opera, como qualquer outro discurso narrativo, segundo duas grandes categorias, a dos "existentes" e a dos "ocorrentes", ou seja, seres ou entidades e seus predicados possíveis: "Em um exame preliminar, pôde-se observar que ambas as categorias formam listas que são, em certa medida, fechadas, e, por conseguinte, acessíveis à compreensão. Formam, em uma palavra, coleções cujas unidades se repetem em combinações sujeitas a variações. Desse modo, em Heródoto os 'existentes' podem ser reduzidos a dinastias, príncipes, generais, soldados, pessoas e lugares. Essas coleções, na medida em que são de certo modo fechadas, devem observar certas regras de substituição e transformação. As unidades achadas em Heródoto, por exemplo, dependem largamente de um único léxico, o da guerra" (Idem, pp. 12-13). É óbvio, para qualquer estudioso de retórica, que os "existentes" de Roland Barthes, como acima exemplificados, são *loci*, lugares, que variam de acordo com a matéria tratada por um autor, o gênero praticado etc., o que nos leva novamente ao caráter liminar entre *fictio* e história. A leitura biográfica torna o verossímil do *bios* verdade histórica, pois, como já o demonstrou João Adolfo Hansen, a "Vida do Excelente Poeta Lírico, o Doutor Gregório de Matos Guerra", ao ser apropriada por Januário da Cunha Barbosa e demais letrados ligados ao IHGB, transforma-se como discurso, já que passa a ser lida "como um discurso fora do ato que o produziu", pois ""os tempos eram românticos e a ficção não foi lida como ficção. As tópicas do gênero encomiástico 'vida' petrificaram-se como vida empírica e o peso desta expeliu, como vivido psicológico, o verossímil como sentido" (HANSEN, João Adolfo. *A Sátira e o Engenho*. Gregório de Matos e a Bahia do Século XVII. 2 ed. rev. Cotia: Campinas, Ateliê Editorial /Edunicamp, 2004, p. 34). Ao ser lido como registro do vivido, o verossímil ganha um estatuto ontológico distinto, pois, como o assevera Roland Barthes, "*the historical fact is linguistically associated with a privileged ontological status: we recount what has been, not what has not been, or what has been uncertain*" (BARTHES, Roland. Op. cit., p. 14). Essa leitura da *Vida* como vivido cria o paradoxo característico do discurso histórico: "*The fact can only have a linguistic existence as a term in a discourse, and yet it is exactly as if this existence were merely the 'copy' purely and simply of another existence situated in the extra-structural domain of the 'real'. This type of discourse is doubtless the only type in which the referent is aimed for a something external to the discourse, without it ever being possible to attain it outside this discourse* (Idem, p. 17).

Padilha Pacheco da Costa para a poesia atribuída a François Villon[6]. O poeta e a sua vida eram considerados eventos a serem recuperados por meio do agenciamento da pesquisa histórico-filológica e, porque testemunhos de um *eu* que neles se expressava com "sinceridade", era inconcebível a instabilidade dos próprios textos poéticos, que se ofereciam ao leitor em forma plural e movente.

Os filólogos do século XIX, ao agirem em paridade com Ranke e Thierry, buscavam reunir o maior número possível de documentos concernentes à vida do poeta, além de coligir sua obra. Na medida em que os papéis constituídos como documentos ou fontes primárias de pesquisa – de documentos cartoriais a cancioneiros poéticos e a todos os membros da tradição textual estudada – estavam especificados no *conspectus siglorum*, para o caso dos últimos, ou discriminados em notas e referências, no caso dos primeiros, o estudo como um todo estava aberto ao exame minucioso. Esse aparato erudito de notas e referências era condição para que se pudesse afirmar, como o fez Thierry, que a narrativa histórica recontava, ao mesmo tempo em que provava, pela exaustão do levantamento documental e de seu tratamento e interpretação, constando entre as fontes os documentos de natureza poética, pois eram meios preciosos que tornavam acessíveis as disposições afetivas mais recônditas do assim chamado "espírito" das nações:

> *I have consulted none but original texts and documents, either for the details of the various circumstances narrated, or for the characters of the persons and populations that figure in them. I have drawn so largely upon the texts, that, I flatter myself, little is left in them for other writers. The national traditions of the less known populations and old popular ballads, have supplied me with infinite*

---

[6] PACHECO DA COSTA, Daniel Padilha. *Testamento do Vilão: Invenção e Recepção da Poesia de François Villon*. São Paulo: FFLCH-USP, tese de doutorado, 2013, mimeo.

> *indications of the mode of existence, the feelings, and the ideas of men at that period and in places wither I transport the reader.*[7]

O texto estabelecido pela crítica filológica visa abolir qualquer dúvida quanto ao fato de as palavras do poema serem as que foram efetivamente desejadas e expressas pelo autor. O fato de o serem é, por sua vez, condição de que, histórica e filologicamente, sejam apresentadas como provas autovalidadoras dos estados psicológicos de um *eu* que se manifesta romanticamente nelas, exprimindo a alma do seu povo.

Seria possível escrever a história da crítica textual obedecendo a um critério cronológico, mas, como se sabe, a história não precisa, a despeito do que diziam os preceptistas da *ars historica* desde o século XVI, começar pelo princípio, pois pode iniciar em *media re*, sobretudo quando o que se propõe patentear tem sua *arkhé*, ou origem, como ocorre no Brasil, em textos românticos, modernistas e modernos posteriores àqueles que cronologicamente seriam os primeiros. É por esses textos filológicos arquetípicos que começamos a demonstrar o que propomos.

Segismundo Spina, Leodegário A. de Azevedo Filho e as fundações da filologia neolachmanniana: texto e genuinidade

Dois dos livros publicados no Brasil sobre crítica textual receberam o favor do público desde seu aparecimento, *Introdução à Edótica*, de Segismundo Spina, e *Iniciação em Crítica Textual*, de Leodegário A. de Azevedo Filho. O livro de Leodegário A. de Azevedo Filho teve uma única

---

[7] THIERRY, Augustin. *History of the Conquest of England by the Normans, its Causes and its Consequences, in England, Scotland, Ireland, & on the Continent.* Translated from the Seventh Edition by William Hazlitt. London: David Bogue, vol. I, 1847, p. XXI.

impressão[8] e o de Segismundo Spina foi editado duas vezes[9]. O número aparentemente pequeno de estampas não deve fazer supor que sua fortuna no âmbito da recepção seja proporcional a ele. Como o manual de crítica textual composto por Segismundo Spina foi o primeiro livro dedicado exclusivamente à disciplina no Brasil, não é de estranhar que sua repercussão tenha sido imensa, pois foi, durante muito tempo, a única referência que se podia consultar em busca de informações sobre procedimentos críticos concernentes à fatura de edições críticas. Aliou-se a essa falta de recursos bibliográficos em língua portuguesa a tradicional carência de livros nas bibliotecas universitárias brasileiras, o que implicou que os princípios críticos expostos em *Introdução à Edótica* fossem tomados como máximas de imediata aplicação às tradições textuais com que se trabalhava, sem questionamento prévio e necessário da correlação entre o que a obra define e propõe como crítica textual e o trabalho filológico com objetos particulares obviamente sempre produzidos em uma duração histórica determinada, como se a historicidade do objeto não produzisse ao menos inflexões no método ou em alguns dos seus princípios constitutivos. Essa apropriação irrefletida dos princípios críticos de *Introdução à Edótica* será demonstrada mais à frente. Por ora, principiamos a exposição desses princípios por meio de uma leitura do texto, com exposição dos princípios análogos presentes no manual de Leodegário A. de Azevedo Filho, que será criticado juntamente com o outro.

Em *Introdução à Edótica*, quando se define o fim visado pela disciplina, assim se assevera: "A filologia concentra-se no texto, para explicá-lo, restituí-lo à sua genuinidade e

---

[8] AZEVEDO FILHO, Leodegário A. de. *Iniciação em Crítica Textual*. Rio de Janeiro: Presença/Edusp, 1987.

[9] SPINA, Segismundo. *Introdução à Edótica*. São Paulo: Cultrix/Edusp: 1977; SPINA, Segismundo. *Introdução à Edótica*: São Paulo: Ars Poetica/Edusp: 1994.

prepará-lo para ser publicado"[10], sendo a segunda finalidade, no entanto, condição prévia da primeira e da terceira, pois só se pode explicar um texto a partir do momento em que sua genuinidade tenha sido objeto de restituição pelo trabalho filológico. A própria "preparação do texto, para editá-lo na sua forma canônica, definitiva", pressupõe a anterioridade da etapa da *restitutio textus* à propriamente ecdótica. A fixação filológica do texto, segundo Segismundo Spina, permite ao editor estabelecer a forma textual dita "canônica" ou "definitiva", assunção a ser criticada com mais vagar adiante. Cumpre, agora, determinar o que se entende por texto "genuíno", pois é o principal objetivo da atividade filológica dedicada ao estabelecimento crítico de textos.

Na segunda edição de *Introdução à Edótica*, declara-se que "o estabelecimento da genuinidade de um texto é tarefa da Filologia", circunscrevendo-se, ao mesmo tempo, a extensão do significado do adjetivo "genuíno":

> Um texto pode ser legítimo, autêntico, mas não genuíno. Suponhamos a primeira edição de uma obra: ela é autêntica, legítima (isto é, não é falsa) porque saiu em vida do autor e foi supervisionada por ele. Acontece que nem sempre a primeira edição corresponde ao desejo do autor, que nela encontra falhas e coisas que já não condizem com o seu espírito. Assim, uma edição *ne varietur* é uma edição definitiva, saída conforme os desejos do autor; talvez ela seja a quarta edição. Esta quarta edição é genuína, mas as três primeiras não o são, embora sejam autênticas, legítimas.[11]

O processo inventivo compreende em si um *telos*, um fim, por meio do qual se ajuíza qualquer etapa anterior à que é especificada como definitiva, sobre a qual o autor não mais laborou, um estado precário do texto ainda *in*

---

[10] SPINA, Segismundo. Op. cit., 1977, p. 75.
[11] SPINA, Segismundo. Op. cit., 1994, p. 27.

fieri. Essa definição de crítica textual como visada ou busca da genuinidade do texto que se edita também se encontra no manual de Leodegário A. de Azevedo Filho, onde se afirma, quando se propõe a circunscrição dos objetivos da disciplina:

> a edição crítica é tida como operação absolutamente necessária ao perfeito entendimento de um texto, ou à sua completa interpretação filológica, segundo critérios que melhor possam aproximá-lo da última vontade consciente do seu autor[12].

Essa definição da crítica textual como disciplina cujo objetivo precípuo é a fixação de um texto que equivalha ao texto que represente a última vontade do autor também se acha em manuais de data posterior aos de Segismundo Spina e de Leodegário A. de Azevedo Filho que, de certo modo, repetem seus lugares-comuns críticos, como, por exemplo, os de Emanuel Araújo e de César Nardelli Cambraia. No livro deste último, apesar de ter sido impresso já na primeira década deste século, afirma-se, como já o fizeram os autores cujos extratos foram apresentados acima, que "uma edição crítica caracteriza-se pelo *confronto de mais de um testemunho, geralmente apógrafos, no processo de estabelecimento do texto*, com o objetivo de reconstruir a última forma que seu autor lhe havia dado"[13].

O conceito *final authorial intentions*, a tradição filológica anglo-saxã e sua importância para a crítica textual brasileira

A finalidade da crítica textual, tal como definida por Segismundo Spina, Leodegário A. de Azevedo Filho e

---

[12] AZEVEDO FILHO, Leodegário A. de. Op. cit., 1987, p. 16.

[13] CAMBRAIA, César Nardelli. *Introdução à Crítica Textual*. São Paulo: Martins Fontes, 2005, p. 104.

César Nardelli Cambraia, deriva, em parte, e obviamente, dos escritos de Walter Greg e de Fredson Bowers, já que este último foi, a partir dos escritos de Greg, o proponente do que se chama de *final authorial intentions*, ferramenta conceitual determinante de um dado tipo de edição crítica, porque circunscreve as possibilidades de análise de tradições textuais ao implicar uma prática uniforme preconstituída para a seleção do *copy-text*[14]. A inovação de Fredson Bowers baseou-se na proposta de Walter Greg, presente em seu famoso *The Rationale of Copy-Text*. Os textos de Fredson Bowers e de Walter Greg, dos quais deriva em parte a proposta dos filólogos brasileiros supracitados, nunca foram objeto de exame e de crítica no meio universitário brasileiro. Cremos ser pertinente analisá-los detidamente, para identificar problemas que já estavam presentes neles e determinar os que também se acham nas propostas dos manuais brasileiros e, o mais importante, evidenciar como, apesar de adotarem o conceito *final authorial intentions*, Segismundo Spina, Leodegário A. de Azevedo Filho e César Nardelli Cambraia não acatam os procedimentos que o conceito necessariamente implica nos escritos matriciais que lhes servem de base.

Dediquemo-nos, em primeiro lugar, a esclarecer o que se entende por *copy-text* na tradição filológica anglo-saxã. Para Ronald Brunlees McKerrow, quando da sua edição das obras de Thomas Nashe[15], o *copy-text* seria o "texto de base" a partir do qual o editor produziria sua edição. Nesse sentido, em *Introdução à Edótica*, a recomendação de Segismundo Spina foi a de adotar como *copy-text* o texto "genuíno", que seria o último a ser autorizado. Contudo, a escolha do *copy-text* na tradição filológica anglo-saxã não

---

[14] Vide BOWERS, Fredson. "Current Theories of Copy-Text, with an Illustration from Dryden". In: BRACK JR., O. M. & BARNS, Warner (Ed.) *Bibliography and Textual Criticism*. English and American Literature: 1700 to the Present. Chicago: The University of Chicago Press, 1969, pp. 59-72.

[15] NASHE, Thomas. *The Works of Thomas Nashe*. Edited by Ronald Brunlees Mckerrow. London: B. Blackwell, 1958.

é procedimento não dilemático, como bem o ilustrou a discussão levada a termo por Walter Greg sobre os critérios de estabelecimento do "texto de base" para a produção de edições críticas.

Quando Greg escreveu seu *Rationale*, a prática dominante entre os críticos de língua inglesa era a de escolher como *copy-text* o texto que melhor representasse a intenção do autor: *"It is therefore the modern editorial practice to choose whatever extant text may be supposed to represent most nearly what the author wrote and to follow it with least possible alteration"*[16].

Entretanto, a obtenção desse fim esbarrava em uma dificuldade que deveria ser superada pelo editor, pois o texto que viesse a servir para *copy-text* era composto, segundo Walter Greg, de duas espécies de elementos, que não tinham o mesmo estatuto em termos de autoridade, ou seja, os denominados "substantivos" (*"readings of the text, those namely that affect the author's meanings or the essence of his expression"*[17]), e os que chamou de "acidentais" (*"and others, such in general as spelling, punctuation, word-division, which may be regarded as the accidents, or as I shall call them 'accidentals', of the text"*[18]).

Cada um desses elementos demandava a escolha de testemunhos, por parte do editor, que melhor representassem a intenção autoral e, por paradoxal que isso possa parecer à primeira vista, essa intenção poderia estar melhor representada, no que respeita a cada um deles, em diferentes testemunhos da tradição, já que *"scribes (or compositors) may in general be expected to react, and experience shows that they generally do react, differently to the two categories"*[19].

---

[16] GREG, W. W. The Rationale of Copy-text. In: BRACK JR., O. M. & BARNS, Warner (Ed.) *Bibliography and Textual Criticism*. English and American Literature: 1700 to the Present. Chicago: Chicago University Press, 1969, pp. 41-58 [p. 43].

[17] Idem, ibidem.

[18] Idem, ibidem.

[19] Idem, ibidem.

Segundo Walter Greg, enquanto a reprodução dos "substantivos", nos *scriptoria* e nas oficinas impressoras, é feita da maneira mais exata possível, embora possa haver de forma geralmente inintencional a produção de erros[20], no que toca aos "acidentais", escribas, compositores e demais agentes produtores de manuscritos e de impressos *"will normally follow their own habits or inclination, though they may, for various reasons and to varying degrees, be influenced by their copy"*[21]. Decorre do exposto que o processo transmissional afeta os "acidentais" muito mais do que o faz com os "substantivos", pois aqueles são vistos como não relacionados à autoridade, ou como menos relatos do que o são os «substantivos», o que leva os agentes encarregados da produção de artefatos bibliográfico-textuais, como escribas e compositores, entre outros, a substituir os "acidentais" do manuscrito autoral ou do manuscrito/impresso matricial por aqueles que são os seus próprios ou, ainda, a fundir os dois sistemas.

Assim sendo, a escolha do impresso mais antigo ou do códice mais antigo, segundo Walter Greg, é de fundamental importância para a preservação dos "acidentais" que mais se aproximem daqueles do texto do manuscrito autoral, embora o mesmo testemunho não possa clamar por prioridade no que diz respeito aos "substantivos", já que neles, no impresso ou no manuscrito mais antigos, pode haver erros que serão corrigidos pela *conflation* ou colação, pois um testemunho manuscrito mais recente pode conter "substantivos" mais próximos daqueles do autor. Quanto a impressos mais recentes e mais autorizados, a hipótese só se torna plausível se os impressos que conformam a tradição não derivarem todos eles diretamente uns dos outros, devendo haver, por conseguinte, linhagens colaterais:

---

[20] Os erros podem ser produzidos, ainda segundo Walter Greg, de forma intencional, embora não discuta as motivações que levam à sua produção.

[21] GREG, W. W. Op. cit., 1969, p. 44.

> *Thus a contemporary manuscript will at least preserve the spelling of the period, and may even retain some of the author's own, while it may at the same time depart frequently from the wording of the original: on the other hand a later transcript of the same original may reproduce the wording with essential accuracy while completely modernizing the spelling. Since, then, it is only on the grounds of expediency, and in consequence either of philological ignorance or of linguistic circumstances, that we select a particular original as our copy-text. I suggest that it is only in the matter of accidentals that we are bound (within reason) to follow it, and that in respect of substantive readings we have exactly the same liberty (and obligation) of choice as has a classical editor, or as we should have were it a modernized text that we were preparing.*[22]

É claro que, em tradições de textos quinhentistas e seiscentistas compostas apenas por testemunhos impressos, o testemunho mais antigo, desde que todas as edições derivem umas das outras em linha direta e não tenham sido revisadas pelo autor, deverá ser escolhido como *copy-text* pelo editor tanto no que respeita aos "substantivos" quanto aos "acidentais"[23] – transposição do preceito lachmanniano *eliminatio codicum descriptorum* para o domínio dos impressos. O critério de seleção do impresso mais antigo pode ser alterado, contudo, caso haja o que Greg denomina mais de uma *substantive edition*, ou seja, edições que não derivam em linha direta umas das outras, mas que se apresentam como testemunhos colaterais, o que possibilitaria ser melhor uma impressão cronologicamente mais distante do manuscrito autógrafo, apógrafo ou arquetípico, no sentido de que tenha preservado mais lições do manuscrito autógrafo, apógrafo

---

[22] Idem, ibidem, p. 44.

[23] Esse é o parecer também de Fredson Bowers, que se baseia em Greg para pronunciá-lo em seu influente artigo já referido na nota 14.

ou arquetípico do que as edições que são mais antigas: estamos diante do princípio *recentiores non sunt deteriores*, que perderia sua validade em caso de impressões derivadas umas das outras em linha direta e sem revisão autoral.

Aqui é pertinente dizer que a lição de Segismundo Spina, em *Introdução à Edótica*, que nos instrui sobre ser Karl Lachamnn o filólogo que pela primeira vez proferiu o princípio de que os *recentiores non sunt deteriores*[24], não tem pertinência histórica. Sebastiano Timpanaro, em seu monumental *La Genesi del Metodo del Lachmann*, já nos esclarecera sobre ter havido filólogos anteriores a Karl Lachmann que adotaram esse princípio para a seleção de manuscritos mais recentes, mas ao mesmo tempo mais autorizados. Sebastiano Timpanaro assevera que um crítico neotestamentário, como Johann Salomo Semler, em 1765 já distinguira «*tra äusserliches e inneres Alter, cioè tra antichità del codice e antichità delle lezioni da esso attestate: un codice più recente di un altro può conservare lezioni più antiche*"[25], distinção essa também adotada por um crítico que trabalhava com tradições textuais "profanas", como Friedrich August Wolf, influenciado, segundo Sebastiano Timpanaro, pelo próprio Johann Salomo Semler, e que declarou como princípio metodológico em seu *Prolegomena ad Homerum*: "*Novitas enim codicum non maius vitium est, quam hominum adolescentia:*

---

[24] Segismundo Spina, ao descrever as contribuições de Karl Lachmann à nova crítica de textos, surgida no século XVIII, de que seria o corolário, já em meados do século XIX, afirma: "O que é importante, portanto, é que Lachamnn veio derrubar o sistema primitivo de publicação de textos, vigente desde o Renascimento; e devemos a ele também toda uma terminologia latina da crítica textual, pois Lachmann escreveu suas introduções críticas em latim. Então termos, por exemplo, como *recensio, collatio, emendatio, archetypum, originem detegere* (*stemma*), bem como certas expressões que se tornaram normas da crítica verbal posterior, constituem a nova nomenclatura das operações edóticas. Entre as expressões com que corporifica os princípios básicos da nova ciência, figuram estas: – *recentiores non sunt deteriores*, – *usus scribendi*, – *eliminatio codicum descriptorum*" (SPINA, Segismundo. Op. cit., 1975, pp. 66-67).

[25] TIMPANARO, Sebastiano. *La Genesi del Metodo del Lachmann*. Padova: Liviana Editrice, 1985, p. 29.

etiam hic non semper aetas sapientia affert; ut quisque antiquum et bonum auctorem bene sequitur, ita testis est bonus"[26].

Voltando àquilo de que tratávamos antes do parêntese do parágrafo anterior, é preciso ainda dizer que, mesmo no caso de haver uma edição que se saiba ter sido a última revisada pelo autor, a revisão *per se* não garantiria a escolha dessa mesma edição como *copy-text*. Segundo Walter Greg, Ronald Brunlees McKerrow adotou como *copy-text* para sua edição das obras de Thomas Nashe a segunda edição anunciada *"newly corrected and augmented"*, embora tenha percebido que nem todas as alterações poderiam com certeza ser atribuídas ao autor. Ainda assim, McKerrow enunciou a regra segundo a qual:

> *if an editor has reason to suppose that a certain text embodies later corrections than any other, and at the same time has no ground for disbelieving that these corrections or some of them at least, are the work of the author, he has no choice but to make the text the basis of his reprint.*[27]

Como se vê, na regra formulada por Ronald Brunlees McKerrow o *copy-text* acabaria por identificar-se com o *best text*, o que proveria o editor com o maior número possível de lições autorais, ainda que não se pudesse exatamente determinar o grau de certeza de terem sido todas as lições de fato produzidas pelo autor; mas, apesar das dúvidas, todos os "substantivos" e "acidentais" do testemunho deveriam ser adotados, a não ser que, como afirma Walter Greg, fosse *"manifestly impossible"*. Contudo, a adoção dos "acidentais" do texto revisado provavelmente implicaria, pelas razões

---

[26] Este excerto está transcrito à página 32 de *La Genesi del Metodo del Lachmann*, mas, no livro de Friedrich August Wolf, por nós compulsado e lido, a passagem encontra-se à página VII, como efetivamente indicado por Sebastiano Timpanaro (WOLF, Friedrich August. *Prolegomena ad Homerum*. Sive de Operum Homericorum Prisca et Genuina Forma Variisque Mutationibus et Probabili Ratione Emendandi. Halis Saxonum: E Libraria Orphanotrophei, 1795, p. VII).

[27] Apud GREG, Walter. Op. cit., 1969, p. 45-46.

antes expostas, um maior distanciamento do manuscrito autógrafo e, por conseguinte, o texto revisado não deveria ser adotado como *copy-text* para os "acidentais", como viria a propor o próprio Walter Greg anos depois.

No manual de Segismundo Spina, embora não se conceba o texto como constituído de elementos "substantivos" e "acidentais", declara-se que, quando da colação, deve haver a seleção de um texto ou exemplar de colação, sendo que a escolha desse exemplar não deve ser aleatória: "geralmente se elege o manuscrito mais completo, ou o que se considera bom; no caso do livro impresso, a última edição ou uma boa edição da obra"[28]. Já sabemos, pelo que foi exposto anteriormente, qual o critério que, segundo Spina, deve reger a seleção do impresso que será o texto de base. Mas, no que toca à seleção do manuscrito de base ou *best text*, o procedimento nos parece falacioso, pois a colação deveria determinar qual é o melhor testemunho; no entanto, seleciona-se previamente à colação o melhor testemunho, como se isso fosse viável. Pode-se dizer que o princípio que regra a etapa da colação é circular e, portanto, descartável, porque inútil nos termos em que foi proposto.

Walter Greg ainda é contrário ao que chama de prática editorial conservadora, que se caracterizaria pela adoção do *best text*, pois ela simplesmente estaria fundada na crença de que segui-lo implicaria objetividade, enquanto a seleção de variantes a cargo do editor significaria a permuta do objetivo pelo subjetivo e, portanto, de certa regra e certo controle pela discrição dos indivíduos. Walter Greg, no entanto, discorda da correlação entre seguir o *best text* e a manutenção da objetividade; para ele, inclusive, não há como pensar a possibilidade de seguir-se um *best text*, pois nenhum testemunho componente da tradição transmitiria um texto equivalente ao autoral etc. Sendo todos faltosos por necessidade, a única solução é adotar o ecletismo. Nesse

---

[28] SPINA, Segismundo. Op. cit., 1994, p. 98.

sentido, o abandono de qualquer possibilidade de ecletismo em crítica textual significaria apenas que não há mais como crer que o texto autoral possa vir a ser resgatado pelo editor – "inércia intelectual" a que Greg se opõe frontalmente:

> The true theory is, I contend, that the copy-text should govern (generally) in the matter of the accidentals, but that the choice between substantive readings belongs to the general theory of textual criticism and lies altogether beyond the narrow principle of the copy-text. Thus it may happen that in a critical edition the text rightly chosen as copy may not by any means to be the one that supplies most substantive readings in cases of variation. The failure to make this distinction and to apply this principle has naturally led to too close and too general a reliance upon the text chosen as basis for an edition, and there has arisen what may be called the tyranny of the copy-text [...].[29]

A tirania do *copy-text* acaba por ocasionar não a produção de edições das obras de um autor, mas sim a edição de apenas *"particular authorities for those works, a course that may be perfectly legitimate in itself, but was not the one they (os editores) were professedly pursuing"*[30]. Depreende-se do exposto até o momento que a obra de um autor não equivale a nenhum dos testemunhos considerados individualmente e muito menos à soma dos testemunhos que deveriam ser editados pela adoção do procedimento do *versioning*. A obra é um ideal textual que só pode ser recuperado por meio do agenciamento do editor e pelo ecletismo que deve caracterizar a prática editorial elevado à condição de método em Walter Greg e, por meio de seus escritos, ao estatuto de teoria.

Há problemas, entretanto, para a produção de um texto eclético, sendo a seleção o mais dificultoso, entre

---
[29] GREG, Walter. Op. cit., 1969, pp. 48-49.
[30] Idem, p. 51.

variantes indiferentes, da que melhor representaria o ânimo autoral. Como se sabe, Greg não crê que procedimentos mecânicos, como a escolha da variante que seria elevada à condição de lição pelo seu predomínio numérico no *stemma codicum*, possam determinar com certeza o que é autoral, diferenciando-o do apócrifo. Contudo, não se estabelece ao mesmo tempo nenhum princípio que permita ao editor selecionar com objetividade a variante que seria a autoral, a não ser o velho princípio da *lectio difficilior*:

> *Between readings of equal extrinsic authority no rules of the sort (mecânicas) can decide, since by their very nature it is only to extrinsic relations that they are relevant. The choice is necessarily a matter for editorial judgment [...]*[31].
>
> *But whenever there is more than one substantive text of comparable authority, then although it will still be necessary to choose one of them as copy-text, and to follow it in accidentals, this copy-text can be allowed no over-riding or even preponderant authority so far as substantive readings are concerned. The choice between these, in cases of variation, will be determined partly by the opinion the editor may form respecting the nature of the copy from which each substantive edition was printed, which is a matter of external authority; partly by the intrinsic authority of the several texts as judged by the relative frequency of manifest errors therein; and partly by the editor's judgment of the intrinsic claims of individual readings to originality — in other words their intrinsic merit, so long as by "merit" we mean the likelihood of*

---

[31] Idem, pp. 50-51. No que respeita à adoção do princípio da *lectio difficilior*, pode-se reconhecê-lo na crítica que Walter Greg faz da edição preparada por Percy Simpson de *The Gipsies Metamorphosed*. Segundo Greg, Simpson não deveria ter seguido a variante presente em seu *copy-text* (*All what he blewe away with a fart*), mas sim outra, presente em alguns testemunhos da tradição que, em lugar de *blewe*, apresentam substitutivamente *flirt*, que, embora empregado rarissimamente, pode significar também *"a sudden gust of wind"*. A raridade do uso autoriza a variante frente à outra que se afigura ao crítico mais usual.

> their being what the author wrote rather than their appeal to the individual taste of the editor.[32]

Como se vê do que foi citado, testemunhos menos inquinados de erros têm preferência sobre os que os apresentam em grande número, embora saibamos que o número maior de erros não implica por necessidade que variantes presentes no testemunho em que os erros mais abundam sejam menos autorizadas, pois nada garante que não sejam elas as representativas do ânimo autoral, objeto de resgate da proposta de Walter Greg. Ao mesmo tempo, cabe à discrição do editor determinar o mérito relativo de cada variante, ou seja, quais dentre elas são mais portadoras de autoridade. No entanto, se cabe ao editor determinar o mérito próprio de cada variante, por que postular antecipadamente que os testemunhos com mais erros devam ter menos autoridade do que aqueles que os têm menos?[33] E como se determina de forma absoluta o que é erro nos escritos medievais e nos do início da Idade Moderna? E como determinar o mérito de forma objetiva, para que não venha a identificar-se com o gosto de cada editor?[34] Questões para as quais não

---

[32] Idem, p. 51. O final deste excerto é revelador do peso do princípio *lectio difficilior* para a determinação da variante autoral, já que Walter Greg proclama a originalidade, ou seja, o estranhamento causado pelo uso menos comum, segundo o juízo do editor, como base para a promoção de uma variante em detrimento de outras.

[33] Já Karl Lachmann se opunha ao descarte de um testemunho que apresentava um grande número de erros ou adulterações, pois reconhecia que podia ainda assim portar variantes autorizadas.

[34] O gosto parece dirigir as operações que levam à fixação do texto crítico, pois Walter Greg ressalta a liberdade que o editor deve ter frente ao *copy-text*, inclusive no que respeita aos "acidentais", o que nuança – e chega praticamente a subverter – o estabelecimento do princípio que preconizava a adoção do *copy-text* para garantir uma maior proximidade entre o texto autoral e os "acidentais": "*I see no reason why he should not alter misleading or eccentric spellings which he is satisfied emanate from the scribe or compositor and not from the author. If the punctuation is persistently erroneous or defective an editor may prefer to discard it altogether to make way for one of his own. He is, I think, at liberty to do so, provided that he gives due weight to the original in deciding on his own, and that he records the alteration whenever the sense is appreciably affected. Much the same applies to the use of capitals and italics. I should*

encontramos respostas no escrito de Walter Greg. Ele, no entanto, acaba por determinar mais à frente que, em caso de se ter de escolher entre duas variantes adiáforas, deve-se adotar a que está já presente no *copy-text*, embora não se reconheça sua precedência relativamente à que compete com ela.

Fredson Bowers, baseado no *Rationale* de Walter Greg, afirma que não se pode tomar uma edição que se sabe ter sido revisada pelo autor como *copy-text*, pois se sabe que compositores podem ter inserido nas provas revisadas alterações que são devidas apenas a eles próprios, mas não ao autor, o que obriga o editor a considerar as variantes uma a uma, para determinar o que de fato é autoral e o que é apócrifo, sempre visando recuperar a intenção autoral. Fredson Bowers argumenta contra aqueles que poderiam dizer que o ecletismo que caracteriza a proposta de Walter Greg é inventor de um texto *"bastardized"*; mas, embora declare que *"suitable safeguards are erected to prevent the unprincipled selection of readings according to personal taste and without consideration of authority or bibliographical probability"*[35], deixa de especificar quais sejam essas cautelas, como o fez aliás Walter Greg antes dele.

Bowers aventa a hipótese de provas revisadas pelo autor terem sobrevivido, o que as tornaria, na medida em que são reconhecidamente autorais, base para a intervenção, no âmbito dos "substantivos", no *copy-text*. Entretanto, caso se saiba que uma edição é revisada, mas não se tenham

---

favour expanding contractions (except perhaps when dealing with an author's holograph) so long as ambiguities and abnormalities are recorded. A critical edition does not seem to me a suitable place in which to record the graphic peculiarities of particular texts, and in this respect the copy-text is only one among others. These, however, are all matters within the discretion of an editor: I am only concerned to uphold his liberty of judgment". (GREG, W. W. Op. cit., 1969, p. 52). Mas, se o assevera Walter Greg, *"A critical edition does not seem to me a suitable place in which to record the graphic peculiarities of particular texts"*, como pode ele mais abaixo afirmar que *"editorial emendations should be made to conform to the habitual spelling of the copy-text"*?

[35] BOWERS, Fredson. Op. cit., p. 61.

ao mesmo tempo as provas anotadas pelo autor, como determinar entre as variantes quais são de fato autorais e quais podem ter sido fruto da participação indevida de compositores? Para essa hipótese referida por nós, não há resposta objetiva em Fredson Bowers. Ele, inclusive, ao discutir as fraquezas da edição preparada por A. Davenport do *Virgidemiarum*, após criticá-lo por não acatar os princípios apresentados por Walter Greg em seu *Rationale*, em apenas uma página, desiste de prolongar a discussão sobre a escolha entre variantes indiferentes ou adiáforas, o que parece evidenciar a problematicidade da operação de seleção com princípios seguros e objetivos: *"It is desirable, however, to narrow the case more closely by setting aside the difficulties in the choice between substantive variants in order to concentrate on the question of accidentals"*[36].

Quanto à escolha dos "acidentais", Fredson Bowers assume o princípio estabelecido por Walter Greg de que a impressão mais antiga é a que mais se aproxima do manuscrito, embora reconheça que possa haver intervenções espúrias quando da primeira composição; no entanto, segundo ele, novas impressões sempre implicarão maior distanciamento do texto autoral, pois, embora compositores tendam a respeitar mais os impressos do que os manuscritos[37], ainda assim inserirão indevidamente novas alterações no texto que lhes serviu de base. Mesmo que não se possam reconhecer as intervenções do compositor na impressão mais antiga adotada como *copy-text*, esta última se caracterizará por ser ao menos representativa *"of the time in which the work is written and therefore usually consonant with the author's style"*[38], o que remete sem dúvida a uma compreensão histórica das línguas europeias da Idade Moderna baseada em uma

---

[36] HALL, Joseph. *Virgidemiarum*. The Poems of Joseph Hall. Edited by Arnold Davenport. Liverpool: Liverpool University Press, 1969.

[37] BOWERS, Fredson. Op. cit., 1969, p. 64.

[38] Idem, p. 66. Não há base documental no texto de Bowers que nos possibilite determinar como se chegou a esse princípio.

desejada uniformidade de base gramatical que elas efetivamente ainda não possuíam, pois de que outra maneira se pode falar de *"of the time"* e *"consonant"*?

Ao mesmo tempo, só se pode pensar nessa unidade como dependente, por sua vez, de outra, que é própria da divisão kantiano-hegeliana do tempo histórico como o contínuo evolutivo de unidades idealistas sucessivas e irreversíveis que homogeneízam os produtos das múltiplas artes que ocorrem no interior de cada uma delas, tornando--os mais facilmente inteligíveis, de maneira dedutiva, mas simplificando e desistoricizando-os por sobredeterminação e pela necessária análise circular que lhes impõem, como ocorre no caso de determinar o barroquismo wölffliniano[39] em um quadro supostamente barroco ou o renascimental burckhardtiano[40] em uma escultura supostamente renascentista, o que atende perfeitamente à coerência histórica implícita no *"of the time"*.

Fredson Bowers afirma que se pode, por meio de estudo bibliográfico acurado de várias impressões saídas de uma mesma oficina, identificar o estilo de impressores que laboraram sobre elas. O que aqui se apresenta é a crença de que a composição é reveladora, no tocante aos "acidentais", de hábitos ou usos que indiciam individualidades; mas como coadunar usos discretos dos acidentais, como a pontuação, com a crença simultânea em um *"of the time"* que tornaria os hábitos e usos dos compositores coetâneos do autor *"consonant"* ao do autor? Os dois postulados parecem excluir-se mutuamente.

Fredson Bowers reconhece que nos séculos XVI e XVII é comum que os autores acabem por aceitar a colaboração de compositores no que respeita à produção dos

---

[39] WÖLFFLIN, Heinrich. *Renascença e Barroco*. São Paulo: Perspectiva, 1989.

[40] Ver BURCKHARDT, Jacob. *A Cultura do Renascimento na Itália*. São Paulo: Companhia das Letras, 2009, e, também, BURCKHARDT, Jacob. *Reflexões sobre a História*. Rio de Janeiro: Zahar, 1961.

"acidentais"[41], mas, se a obra se peculiariza por ser um produto que passa necessariamente pelo agenciamento de outros indivíduos dos quais o autor depende e cuja atividade ele acata como complementar à sua, não deveria ser essa atividade levada em consideração pelo editor e julgada "autorizada" quando da fixação do texto crítico? É justamente o reconhecimento do caráter colaborativo do autor e demais agentes sociais produtores dos livros que levou Jerome McGann[42] a propor que se incorporassem no texto crítico as colaborações autorizadas pelo autor.

Do que foi exposto até aqui, deve ficar claro que a seleção do *copy-text* na tradição filológica anglo-saxã, embora se baseie no conceito *final authorial intentions*, restringe a autoridade do *copy-text* aos "acidentais", e, como se viu, não é a edição "genuína" de Segismundo Spina a que melhor os representaria.

Pode-se ainda problematizar a questão da seleção do *copy-text* para os acidentais por meio de várias hipóteses. Ilustremos por ora uma única hipótese, recorrendo a considerações sobre *Prosopopéia*, de Bento Teixeira. Suponhamos que a primeira edição, de 1601, não tenha sido revisada pelo autor, embora, na medida em que foi a única a ser publicada em sua vida e baseada sem sombra de dúvida em manuscrito produzido por ele, deva apresentar um estágio textual que mais se avizinhe do que ideou. A obrigação do editor que visasse produzir uma edição crítica seria ater-se o mais possível à edição de 1601, tanto no que respeita aos "acidentais" quanto no que toca aos "substantivos". É com esse mesmo princípio – que demanda por uma edição crítica que muitos chamariam de "conservadora" – que nos deparamos em Walter Greg e Fredson Bowers. A adoção

---

[41] BOWERS, Fredson. Op. cit., 1969, p. 66.

[42] Ver MCGANN, Jerome. *The Textual Condition*. Princeton: Princeton University Press, 1991; MCGANN, Jerome. *A Critique of Modern Textual Criticism*. Charlottesville: University Press of Virginia, 1992.

dos "acidentais" da edição de 1601 implica considerar, entre outras coisas, o valor da pontuação nela presente, o que reclama, por seu turno, a compreensão histórica dos usos possíveis dos acidentais nos séculos XVI e XVII no mundo luso-brasileiro. Não é a atenção às demandas pelo entendimento do que historicamente varia na textualidade que refere ser uma edição verdadeiramente "crítica"?

No que toca aos "acidentais", se a condição para obtenção do texto que mais se avizinhe da última intenção do autor implica, muitas vezes, adotar como *copy-text* a edição mais antiga ou o manuscrito mais antigo, não há como postular que se deva pontuar o texto "racionalmente"[43], como o faz Spina, pois a racionalidade significa pontuá-lo conforme critérios de ordenação sintagmática que não tiveram a vigência universal indiciada pela proposta spiniana. A racionalidade no pontuar significaria substituir, por exemplo, modos retóricos de pontuação ligados à *actio* por outro sistema, o moderno, o que, em última instância, contradiz a proposta de rigor "arqueológico" que deveria marcar a atividade filológica substanciado na vasta erudição que o editor deveria ter:

> O filólogo que pretenda estabelecer a edição crítica de uma obra do passado precisa de seguros conhecimentos da língua, da cultura, do pensamento, da arte, da história, das técnicas de composição vigentes na época em que a obra foi escrita.[44]

Pode-se ainda postular que, apesar de a edição da *Prosopopéia*, de 1601, apresentar um texto que não se sabe ter sido revisado pelo autor, o que redundaria em poder nele haver um sem número de intervenções indevidas por parte do compositor, esse texto revelaria uma das muitas possibilidades coetâneas de pontuar; nesse sentido, não

---

[43] SPINA, Segismundo. Op. cit., 1977, p. 87.
[44] SPINA, Segismundo. Idem, p. 81.

postulamos um *"of the time"* unificador, como Walter Greg, mas uma multiplicidade de práticas concorrentes e usos possíveis. Ater-se aos "acidentais" presentes na edição de 1601 significa compreender e acatar uma *performance* específica, que propõe a interpretação do texto por critérios não sintagmáticos, como hoje os compreendemos, que são fundamentais para o estudo histórico das Letras na América portuguesa, pois representam sem sombra de dúvida estágios de textualização na cadeia diacrônica de transmissão e de recepção. Mesmo que não autorais, os "acidentais" do texto de 1601 representam uma *performance* particular da pontuação retórica da *actio* dos séculos XVI e XVII que pode nos fornecer importantes informações sobre a relação da estrutura do texto e sua atualização no momento da oralização ou da leitura.

Embora em *Introdução à Edótica* nos deparemos com a proposição de que toda edição crítica é metódica, há ao mesmo tempo a postulação de que não se pode "aplicar normas absolutamente inflexíveis no estabelecimento crítico de todos os textos", pois é preciso insistir na "individualidade dos problemas"[45]. Entretanto, como se pode afirmar a irredutibilidade da casuística riquíssima com que se depara cada editor diante da tradição com que lida na faina editorial, e, simultaneamente, asseverar que a edição crítica é a que visa recuperar o texto dito "genuíno"[46]? Haveria sempre,

---

[45] Idem, p. 88.

[46] Um dos problemas básicos da assunção metodológica spiniana é justamente a de ela fixar o fim da operação interpretativa e os meios de sua consecução sem ponderar as mudanças operadas nas próprias categorias analíticas e no próprio método e seu fim frente ao objeto a que eles se aplicam e cuja leitura é por eles operacionalizada. Essa correlação transformadora do método e de suas categorias propiciada pelo objeto era dada como óbvia e necessária por Wolfgang Iser em uma réplica a Stanley Fish publicada em 1981: *"True, there is no unmediated given, but interpretation would be useless if it were not meant to open access to something we encounter. Interpretation is always informed by a set of assumptions or conventions, but these are also acted upon by what they intend to tackle. Hence the 'something' which is to be mediated exists prior to interpretation, acts as a constraint on interpretation, has repercussions on the anticipations operative in interpretation, and thus contributes to a*

em todos os lugares e em todos os tempos, uma categoria como a "genuinidade", que seria sobredeterminante de todas as tradições textuais?

Como se sabe que a própria categoria "genuinidade" foi posta em xeque por estudiosos das Letras ditas "medievais" e "renascentistas", que não a consideram válida para a compreensão de várias práticas letradas dos séculos XII, XIII, XIV, XV, XVI e XVII[47], como pode ela, ainda assim, ser o princípio regulador da criticidade de uma edição crítica? Embora afirme que a ecdótica deva ser dividida em quatro momentos, que correspondem a quatro grandes durações históricas que apresentariam uniformidade quanto à conformação das tradições a serem estudadas pelo filólogo[48], Segismundo Spina ainda assim fixa como tarefa válida dessa disciplina para todos os quatro grandes segmentos temporais de que ela trata "estabelecer um texto que se avizinhe o mais possível do original, tendo em vista a sua publicação"[49]. Mas de que modo estabelecer como

---

hermeneutical process, the result of which is both a mediated given and a reshuffling of the initial assumptions" (ISER, Wolfgang. Talk like Whales: A Reply to Stanley Fish. In: *Diacritics*, vol. 11, n° 3, 1981, pp. 82-87 [p. 84]).

[47] Ver ZUMTHOR, Paul. *Essai de Poétique Médiévale*. Paris: Seuil, 1972; ZUMTHOR, Paul. *A Letra e a Voz*. A "Literatura" Medieval. São Paulo: Companhia das Letras, 1993; ZUMTHOR, Paul. *Escritura e Nomadismo*. São Paulo: Ateliê Editorial, 2005; CERQUIGLINI, Bernard. Éloge de la Variante. Histoire Critique de la Philologie. Paris: Des Travaux/Seuil, 1989; HANSEN, João Adolfo. *A Sátira e o Engenho*. Gregório de Matos e a Bahia do século XVII. 2 ed. rev. Cotia: Campinas, Ateliê Editorial/Edunicamp, 2004; MOREIRA, Marcello. *Critica Textualis in Caelum Revocata?* Uma Proposta de Edição e Estudo da Tradição de Gregório de Matos e Guerra. São Paulo: Edusp, 2011.

[48] "Dada a especificidade dos textos referentes à cultura ocidental, cuja tradição tem como baliza a aparição da imprensa no século XV, podemos periodizar a Edótica em quatro momentos: uma edótica clássica, que se aplica aos códices de textos clássicos, gregos e latinos, até o fim do período helenístico e da baixa latinidade; uma edótica medieval, para os códices pertencentes à Alta e à Baixa Idade Média; uma edótica moderna, para o texto impresso, desde os primeiros (os incunábulos) até os textos do século XIX; e uma edótica contemporânea" (SPINA, Segismundo. Op. cit., 1994, p. 94).

[49] Idem, p. 94.

meta a ser alcançada pelo editor a recuperação do original, se a própria "originalidade" e "genuinidade" são categorias historicamente datadas? Propor um fim único não é negar a variabilidade histórica das tradições?

Quando há o caso de se poder lidar com versões que são reconhecidamente autorais, sabe-se que a genuína, segundo Spina, sobressai relativamente às originais; no entanto, estas últimas só servem ao editor caso queira compreender a "evolução estilística do autor"[50]. As várias versões presentes em edições sucessivas forneceriam informações sobre o percurso inventivo de um dado autor. Pode-se dizer que, embora o estudo crítico-genético tenha muito a oferecer para o entendimento do processo inventivo, não resolve o problema da recepção das várias versões em momentos históricos diferentes ou em um mesmo momento histórico, pois é provável que exemplares transmissores de versões concorrentes circulem simultaneamente e sejam ajuizados concomitantemente. Como avaliar a construção de uma tradição crítica baseada em versões concorrentes de uma mesma obra, se é que se trata de uma mesma obra no caso de cada versão ajuizada?!

Em termos de história literária, não se pode esquecer que as várias versões concorrentes da obra postas em circulação foram objeto de recepção. Segundo proponentes da *New Philology*, desde que se adote como princípio crítico no âmbito da crítica textual e da ecdótica o descentramento do autor[51], não há como não levar em consideração os efeitos de sentido passíveis de atualização frente a qualquer uma

---

[50] Idem, p. 97.
[51] Ver BARTHES, Roland. A Morte do Autor. In: *O Rumor da Língua*. 2 ed., São Paulo, Martins Fontes, 2004, pp. 57-64; Foucault, Michel. *O Que É um Autor*. Lisboa: Veja, 1995; MCGANN, Jerome. Literary Pragmatics and the Editorial Horizon. In: COHEN, Philip (Ed.). *Devils and Angels*. Textual Editing and Literary Theory. Charlottesville: University Press of Virginia. 1991, pp. 1-21; SHILLINGSBURG, Peter. The Autonomous Author, the Sociology of Texts, and the Polemics of Textual Criticism. In: COHEN, Philip (Ed.). *Devils and Angels*. Textual Editing and Literary Theory. Charlottesville: University Press of Virginia. 1991, pp. 22-43; GABLER, Hans Walter. Unsought Encounters. In:

das versões produzidas, o que implicaria desconsiderar a autoria como critério de autorização e, de certo modo, de legibilidade, critério este último típico da crítica que foi objeto das agudezas de Roland Barthes. James Thorpe, já em 1969, a partir da leitura de Paul Valéry, preconizava a necessidade de não considerar a "autoria" categoria exclusiva de legibilidade norteadora do fazer editorial:

> *We have been taught, by the French Symbolists and their followers at second and third hand, that the intentions of the artist are not to be trusted, that the intentions of the work of art are all-important, and that the task of the reader or critic is to understand the intentions of the work of art. Paul Valéry put the case sharply: "There is no true meaning to a text – no author's authority. Whatever he may have wanted to say, he has written what he has written. Once published, a text is like an apparatus that anyone may use as he will and according to his ability: it is not certain that the one who constructed it can use it better than another. Besides, if he knows well what he meant to do, this knowledge always disturbs his perception of what he has done.*[52]

A consequência do descentramento do autor no âmbito da crítica textual e da ecdótica é a produção de edições sinópticas, como é o caso da edição de Hans Walter Gabler de *Ulisses*[53], em 1984. Contudo, nela ainda há um proble-

---

COHEN, Philip (Ed.). *Devils and Angels. Textual Editing and Literary Theory.* Charlottesville: University Press of Virginia. 1991, pp. 152-166.

[52] THORPE, James. Op. cit., 1969, p. 106. Thorpe, antes de Jerome McGann, propunha o problema do caráter colaborativo na produção dos textos literários, pois elencava muitos exemplos de autores que vieram a acatar, quando da publicação de livros que foram previamente publicados por meio de seriação, as intervenções dos membros do jornal ou revista em que os capítulos ou seções foram editados, autorizando, desse modo, as intervenções que, por conseguinte, deveriam ser consideradas colaborações: "*In a complex way, the integrity of the work of art is thereby, in some measure, the effect of a juncture of intentions*" (Idem, p. 115).

[53] GABLER, Hans Walter. *Ulysses: A Critical and Synoptic Edition.* New York: Garland, 1984.

ma, como também havia na outra produzida por Robert T. Pickens para as cantigas de Jaufré Rudel[54], pois, embora sinópticas, acaba-se por apresentar, no caso do primeiro, uma versão para a leitura do grande público que fixa teleologicamente uma *best version* e que, portanto, elide a base constitutiva da própria edição, que seria o *versioning*; quanto ao segundo caso, há a apresentação de versões em tipos diferentes e por meio de fontes de tamanho diferente, que hierarquizam as versões pressupondo sua hipoteticamente maior proximidade com o que Jaufré Rudel teria ideado. Novamente, a miragem autoral se imiscui em uma proposta que, baseada na *mouvance* zumthoriana, pregava justamente a impossibilidade de ajuizar qual das versões seria a mais autorizada, pois a própria noção de "autoria" não seria pertinente na fenomenologia da voz poética "medieval" proposta por Paul Zumthor.

A teoria da edição proposta por Segismundo Spina, por Leodegário A. de Azevedo Filho e por César Nardelli Cambraia apresenta falhas óbvias no que se refere ao tratamento do que Walter Greg e Fredson Bowers denominam "acidentais". Sem que nos detenhamos no exame dos casos particulares e os compreendamos em sua historicidade específica, correremos o risco de descaracterizar o texto, ao invés de restituí-lo, caso a restituição se justifique historicamente, à sua forma "prístina" – se é que esse Ideal edênico suposto na operação tenha existido algum dia.

Refundar uma obra: A busca de sua genuinidade (primeira crítica e um exemplo de edição crítica alternativa)

Proposição

Entre poemas setecentistas pertencentes a diversos gêneros recolhidos num códice membranáceo que pertenceu

---

[54] PICKENS, Rupert T. *The Songs of Jaufre Rudel*. Toronto: Pontifical Institute of Medieval Studies, 1978.

ao bibliógrafo Rubem Borba de Moraes, hoje depositado na biblioteca de José Mindlin, encontra-se a única cópia conhecida da "Écloga Piscatória", atribuída ao poeta Santa Rita Durão. A notícia da existência da cópia encontra-se à página 126 de *Bibliografia Brasileira do Período Colonial*, onde Rubem Borba de Moraes afirmou que o manuscrito no qual a peça estava inscrita lhe pertencia e ainda se encontrava inédita[55].

A primeira edição da "Écloga Piscatória" foi levada a termo por Francisco Topa, em 2002, mas não se pode dizer que seja uma edição crítica, já que não há a apresentação de critérios filológicos a partir dos quais se teria fixado o texto[56] e, mais importante ainda, justificativa para a adoção de determinados critérios filológicos com exclusão de outros também à disposição do editor.

O que aqui se propõe é apresentar uma reflexão sobre a prática editorial neolachmanniana, que visa reconstituir o texto para que ele se apresente tal como teria sido ideado por seu autor em sua forma definitiva[57], aliando-se a crítica

---

[55] MORAES, Rubem Borba. *Bibliografia Brasileira do Período Colonial*. São Paulo: Instituto de Estudos Brasileiros da Universidade de São Paulo, 1969, p. 126.

[56] Francisco Topa, em sua apresentação do poema, remete o leitor interessado em conhecer sua prática editorial de textos setecentistas brasileiros à edição por ele preparada da *Poesia Dispersa e Inédita do Setecentista Brasileiro Francisco José de Sales*, edição essa publicada às expensas do editor, de difícil acesso, e que não auxilia quem a desconhece a saber quais critérios editoriais deveriam ser ou foram adotados para a fixação do texto do poema de Santa Rita Durão.

[57] A permanência, entre os filólogos brasileiros, do modelo crítico que visa recuperar o texto "genuíno" é de pasmar, sobretudo porque essa mirada ao objeto foi severamente criticada no âmbito da filologia anglo-saxã desde os anos 1970, havendo hoje em dia, tanto nos Estados Unidos quanto na Inglaterra, uma prática filológica multifária, que há muito rompeu a unanimidade da *restitutio textus* de tipo lachmanniano. Esse desacordo quanto aos fins visados pela disciplina encontra-se patente em muitos textos produzidos durante os últimos quarenta anos, como, por exemplo, nesse excerto de Paul Eggert: "*There is far less allegiance amongst editors than there used to be as late as the 1980s to the notion of the ideal text of a work as an intended entity that was later corrupted in transmission*" (EGGERT, Paul. Where Are We Now with Authorship and the Work? In: *The Yearbook of English Studies*, Vol. 29, The Text as Evidence: Revising Editorial Principles, 1999, pp. 88-102 [p. 89]). Paul Eggert, no entanto, como ferrenho lachmanniano, assevera que, a despeito das críticas à tradicional prática filológica de recuperação do

da crítica a uma proposta e a uma prática editorial que vão na contramão do método e do fazer filológicos dominantes, para demonstrar que a filologia de base lachmanniana e neolachmanniana é apenas uma possibilidade, entre muitas outras, de fazer filologia, e que nem sempre é o *modus operandi* mais aconselhável, historicamente pertinente ou mais verossímil.

Na primeira parte desta seção, serão discutidas as razões para a adoção de determinados critérios de edição a serem aplicados à produção de uma edição crítica do poema de Santa Rita Durão, com um paralelo arrazoado que justifique o descarte de critérios concorrentes de edição também à disposição do editor crítico. Em seguida, apresentam-se a edição crítica e a modernizada da "Écloga Piscatória". Por fim, apresentamos os critérios por nós adotados para a fatura da edição da poesia atribuída a Gregório de Matos

---

texto dito "genuíno", a busca pela genuinidade continua a representar um ideal de trabalho para aqueles que não podem dar-se ao luxo de deter-se em meras questões teóricas (*"But even here, the theorists are not speaking for, nor as far as I can tell markedly influencing, traditional philologists whose overwhelming concern to trace the filiation of texts of, say, a medieval work manifesting a bewildering array of variation does not allow them the luxury of questioning the philosophical underpinnings of the only method that is on offer"*. Idem, ibidem), como se fosse possível praticar a crítica textual e a filologia sem pensar nos avanços da Bibliografia, da Historiografia, da Sociologia, da Antropologia etc., que podem e devem não apenas fertilizar o solo estéril, porque por demais arado, pela relha da velha filologia, mas sem o que não se pode sequer pensar o fazer filológico no início deste novo século, o que nos conduz a ponderar ser a reflexão mais do que necessária, não um luxo, mas antes condição de sobrevivência da própria filologia, caso ela não se queira uma disciplina azinhavrada por seu excesso de Romantismo ou Idealismo. No entanto, cabe dizer que Paul Eggert, ao ler as obras dos críticos literários e dos filólogos especializados em Shakespeare, que propõem um *"material Shakespeare"* e que rejeitam, de forma veemente, a ideia do autor como gênio solitário, "cuja presença imanente por trás do texto garante a Obra shakespeariana", acaba por perguntar-se se o "autor" dos filólogos neolachmannianos não é mais do que um conceito projetado sobre os textos publicados sob seu nome e a partir do qual o *opus* se torna de certa forma inteligível: *"It was always impossible, strictly speaking, to edit the final intentions of a biographical author taken as a coherent individual. The reading text, a unitary object somehow 'intended' by that individual, was something that could be established only by postulating such an author concept and willing it onto what was known about the usually long-dead biographical person"* (Idem, p. 101).

e Guerra, a partir de uma longa pesquisa sobre o *Códice Asensio-Cunha*, manuscrito que escolhemos para, por meio de sua edição, reunir, pela primeira vez na tradição crítico-filológica gregoriana, códigos linguísticos e códigos bibliográficos – estes últimos fundamentais para uma reistoricização da interpretação da poesia seiscentista que foi composta e circulou na cidade da Bahia e no Recôncavo baiano nos séculos XVII e XVIII. Explicar-se-á também porque há divergência entre a fixação do texto crítico da "Écloga Piscatória" e daqueles muitos outros que compõem o *corpus* poético colonial seiscentista e setecentista atribuído a Gregório de Matos e Guerra.

(I)

O *Códice RBM 5 b* da Coleção José Mindlin, em que se encontra a Écloga Piscatória, contém obras poéticas atribuídas a vários poetas e o índice, no final do volume, dispõe os poemas segundo sua pertença a gêneros ou a estruturas estróficas: Index/Do que contem este Livro/(1) Cantigas; (2) Decimas; (3) Epistola; (4) Motes; (5) Odes; (6) Oitavas; (7) Poema; (8) Quintilhas; (9) Quartetos; (10) Romances); (11) Satiras; (12) Silvas; (13) Sonetos. O item de número 7 parece fugir à classificação por gênero ou estrofe, já que se diz "poema", vocábulo também válido para "qualificar" todos os outros textos inseridos no volume.

O *Códice RMB 5 b* encontra-se atualmente na Biblioteca de José Mindlim, mas pertenceu a Rubens Borba de Moraes, como o torna evidente o *ex libris* afixado no lado interno da capa dianteira do volume. Foi Rubens Borba de Moraes quem produziu um índice de poemas, que, no *Códice*, vêm atribuídos a poetas do século XVIII, contrariamente ao que costuma ocorrer com a maior parte das obras, inscritas sem atribuição. Este índice está escrito em duas pequenas folhas soltas, manuscritas, que se encontram no interior do *Códice*, entre a face interna da capa dianteira e a primeira contra-guarda. Trata-se de um códice do último quartel do século XVIII, como o evidencia a análise paleográfica a que foi submetido o manuscrito. Todo o volume foi copiado por uma única mão e é belo artefato bibliográfico-textual. A letra apresenta indiscutível elegância e pode-se dizer que se trata de livro de mão compilado por seu proprietário, ou, então, encomendado a um escriba profissional. É, sem sombra de dúvida, produto de letrado. A encadernação, realizada no século XX, ficou a cargo do famoso encadernador Marti, cujo nome está gravado na margem inferior do lado interno da capa dianteira. Apresenta as seguintes características: capas feitas de cartão, recobertas por couro verde, medindo 20,2 cm de altura e 14,0 cm de largura. O lombo, de couro, mede 20,2 cm de altura e 4,0 cm de largura; sobre o couro amarelecido da lombada, há o seguinte título gravado em ouro: POESIAS. A inscrição em ouro se encontra entre o primeiro e o segundo nervos da lombada. Há, na lombada, um total de cinco nervos, que distam em média 2,8 cm um do outro. O espaço que medeia o requife e o nervo superiores tem 3,5 cm, e o que medeia o nervo e o requife inferiores, 4,3 cm. Os cortes da cabeça, de dianteira e do pé foram dourados. Como extensão dos nervos, há cinco impressões a ferro no couro verde das capas dianteira e traseira, que representam motivos fitomórficos. Os fólios que compõem o códice são de papel e medem 19,6 cm de altura e 13,6 cm de largura. A mancha no interior do volume não apresenta uniformidade, estando as páginas ora mais inscritas ora menos inscritas.

Todo o *Códice* foi escrito em coluna única, está numerado em arábico e a numeração foi feita pelo próprio copista. O texto foi escrito por uma única mão, e diferenças notadas no talhe das letras – ora mais fino, ora mais grosso – podem ser explicadas pelo emprego, por parte do copista, de diferentes penas, ou pelo uso de uma única pena – hipótese pouco provável – apontada várias vezes. Há 325 folhas para a transcrição das obras poéticas (1-650), numeradas tanto no reto quanto no verso das folhas. Quanto ao índice (Index), há no *Códice* 4 folhas que se lhe destinam, sem numeração. Algumas folhas do códice apresentam furos causados por larvas de insetos. No reto da última folha pertencente ao volume primitivo – pondo de parte guardas e contraguardas –, foram afixadas por meio de fita adesiva três folhas soltas de tamanho menor e em que estão inscritos cinco sonetos – na última destas três folhas, há apenas um soneto inscrito sobre o lado reto. O *Códice* não apresenta página de rosto e o poema atribuído a Santa Rita Durão ocupa as páginas 548-553. Não se pode dizer que os poemas que se seguem à "Écloga Piscatória" sejam de Santa Rita Durão, pois o copista adota a prática de escrever, nas didascálias aos poemas que se seguem àquele em que se discriminou o autor, o seguinte aviso (do mesmo autor), ou uma sua variante, aviso este, portanto, ausente dos poemas seguintes à "Écloga Piscatória".

(II.1)

Cabe agora discutir quais critérios filológicos devem ser adotados para que se fixe o texto do poema. Em primeiro lugar, gostaríamos de declarar que a fixação do texto por nós proposta não visa editá-lo "na sua forma canônica, definitiva"[58]. Para ser definitivo o texto a ser editado, seria preciso crer existir consenso no que respeita à produção de uma edição documentária[59], (que é o que proporemos para a fixação crítica do texto), em todos os tempos e lugares – o que, em termos de crítica histórica, é simplesmente absurdo.

Nossa intervenção crítica, fundamentada no prévio estabelecimento de procedimentos que salvaguardem, tanto quanto possível, a historicidade do testemunho a ser editado, objetiva ao mesmo tempo criticar possíveis propostas

---

[58] SPINA, Segismundo. Op. cit., 1994, p. 82.

[59] Mais à frente, ficará claro o porquê de uma edição documentária poder ser uma edição crítica, proposição essa que contraria a prática editorial e crítica dominante no Brasil.

de intervenção concorrentes, que, contrariamente ao que seria de esperar e àquilo que declaram ou propõem subrepticiamente, obliteram a historicidade do testemunho, como se verá adiante, ao constituir a partir dele um texto que espelha, tanto ou mais do que as práticas de textualização do século XVIII, ainda no âmbito de uma cultura escribal, as "representativas" do editor contemporâneo e de seu "credo". Essa falta de distanciamento histórico do editor frente ao seu objeto, que transistoriciza as categorias históricas do método de Lachmann e de seus derivados, fundamentalmente românticas, aplicando-as indistintamente a toda e qualquer tradição textual, implica praticar filologia a contrapelo do que exige a própria disciplina filológica[60].

Em um belo ensaio sobre Sebastiano Timpanaro, o mais importante filólogo italiano do século passado, Robert S. Dombroski salienta a necessidade sentida pelo estudioso italiano de distanciar-se de seu objeto de estudo. Sempre se lê o passado a partir de um presente e fazê-lo sem se dar conta de que nos séculos XVI e XVII, por exemplo, "poesia" e "poeta" não significavam o que significam no mundo contemporâneo, equivale a não reconhecer o passado como um segmento "outro" da duração.

As práticas letradas do mundo luso-brasileiro são descontínuas em relação às práticas literárias vigentes nos séculos XIX, XX e XXI e falar de seus valores de uso já implica ter de lhes atribuir um estatuto diferente do estatuto da literatura esteticamente autônoma. A historicização do objeto deve ser acompanhada da equivalente consciência da historicidade dos instrumentos de conhecimento de que se vale o filólogo para compreendê-lo. Essa operação de constante verificação das condições de produção do conhecimento crítico faz o

---

[60] Sebastiano Timpanaro, em seu brilhante *Il Lapsus Freudiano*, assevera que "*se la spiegazione che spiega un determinato fatto potrebbe con altrettanta facilità spiegarne qualsiasi altro, bisogna concludere che essa non ha valore scientifico*" (Ver TIMPANARO, Sebastiano. *Il Lapsus Freudiano*. Psicanalisi e Critica Testuale. Firenze: La Nuova Italia, 1974, p. 37).

pesquisador necessariamente rever a história da recepção de uma dada tradição textual para saber que categorias operaram sua constituição interpretativa[61]. A historicização da tradição com que se trabalha e o correlato reconhecimento da historicidade do próprio procedimento crítico são uma marca evidente de *La Genesi del Metodo del Lachmann*, uma obra-prima da história do método filológico produzida por um filólogo que radicava, no entrecruzamento do campo historiográfico com o da filologia, a possibilidade de sempre produzi-la em consonância com o desenvolvimento teórico e epistemológico das ciências do homem. É por essas razões, que condicionam a prática do historiador e do filólogo, que Robert S. Dombroski assevera, quanto ao que concerne à prática filológica de Sebastiano Timpanaro:

> *Timpanaro's own strategy is first to make his position clear: namely, to state the point of view from which he is arguing and, in so doing, set himself apart from the object of his inquiry. In this way, as it has already been pointed out (Cataldi, "Il metodo di Timpanaro" 146), Timpanaro makes a crucial methodological move: the detachment in critical perspective allows him to pose the theoretical question of the relation of the critic to his object of study. Simply stated, to read the past in function of the present is to disregard its relevance as history. The prominence Timpanaro gives to Leopardi as a thinker is his way of addressing this fundamental theoretical problem. Leopardi's relevance for the present can only be measured by his relevance to his own time. The term "relevance" — "attualita" in Italian — in this sense, cannot be separated from history.*[62]

---

[61] Segundo Robert S. Dembroski, o trabalho do crítico, de acordo com Sebastiano Timpanaro, seria o de *"to sift through that tradition of interpretations in search of what is ideologically motivated and what conforms to the historicity of the object"*. (Ver DEMBROSKI, Robert S. Timpanaro in Retrospect. In: *Italica*, vol. 78, n° 3, 2001, pp. 337-350 [p. 340]).

[62] DEMBROSKI, Robert S. Timpanaro in Retrospect. In: *Italica*, vol. 78, n° 3, 2001, pp. 337-350 [pp. 339-340].

(II.2)

Aqui, enfatizam-se as relações que as produções discursivas necessariamente mantêm, como práticas simbólicas, com outras práticas sociais. Visa-se compreender em que medida o estado do testemunho único a ser editado, tanto do ponto de vista dos códigos linguísticos quanto daquele dos bibliográficos, é «representativo» de práticas escribais e letradas historicamente situadas que devem ser consideradas pelo editor desejoso de garantir o máximo respeito histórico ao testemunho. Nossa posição crítica, por conseguinte, ao evidenciar seu lugar institucional de análise – este em que a Filologia conflui, necessariamente, com a História Literária, a História Social, a Sociologia e a Bibliografia – visa ao mesmo tempo patentear as formas da crença – que são também um "fazer crer" – que têm balizado o trabalho filológico de base neolachmanniana no Brasil, ao explicitar as categorias analíticas de seus enunciados, que se apresentam como enunciações normativas e dispositivos retóricos de imposição da "cientificidade" do trabalho editorial.

Se a edição crítica neolachmanniana se apresenta como estratégia discursiva de auto-legitimação e de fixação e imposição de sentido para textos particulares de todos os tempos e lugares, aqui desejamos afirmar que a crítica dessa imposição não visa instituir outro *paradeigma* ou sistema análogo de validade transistórica, mas apenas investir o testemunho a ser editado de um uso possível, que é o de lê-lo segundo suas modalidades de produção, circulação e recepção que historicamente acabaram por constituí-lo no estado em que se apresenta[63]. A seção que ora se escreve é mais do que uma crítica ao neolachmannismo tal como vem sendo praticado no Brasil, pois se apresenta como a explicitação de um percurso de pesquisa ou o desvelar de um procedimento proposto como o mais pertinente

---

[63] CHARTIER, Roger. À Beira da Falésia. A História entre Certezas e Inquietude. Porto Alegre: Editora da UFRGS, 2002, p. 120.

porque mais verossímil. Mais do que tentar encontrar um suposto "vivido", objetiva-se compreender os restos que o tempo deixou e, mais importante, escrutinar as categorias de compreensão que, no âmbito filológico, têm tornado o pensado pensável. Visa-se, assim, apenas explicitar o modo tradicional do fazer filológico e histórico sucintamente definido de maneira exemplar por Michel de Certeau. Essa explicitação constitui uma diferença, pela qual o "notado" pode ser problematizado filologicamente pela correlação que se estabelece entre ele, concorrentes "notações" e a reflexão sobre o próprio "notável", nas condições atuais de produção do discurso crítico: "Ele (o historiador e também o filólogo) parece contar os fatos, enquanto, efetivamente, enuncia sentidos que, aliás, remetem o notado (aquele que é retido como pertinente pelo historiador) a uma concepção do notável"[64].

(II.3)

É preciso atentar, quando se leem as edições críticas produzidas pelos neolachmannianos, à ideia motriz de "autoria", desprovida de qualquer particularização histórica, e outras que lhe são complementares, como a de "genuinidade", tomada também no sentido de *origem* e de *estranhamento* poético. Há, nessas edições, escolha pela adoção e transistoricização de categorias "que caracterizam, em um momento histórico particular, o regime de produção de discursos", como a de "autoria", categoria que, para muitos, também domina no mundo contemporâneo a relação com as obras, permitindo falar filologicamente de sua "coerência", da qual derivam conceitos e práticas restitutivos dos textos, como os de *lectio difficilior* e de *usus scribendi*[65]. Uma proposta

---

[64] CERTEAU, Michel de. *A Escrita da História*. São Paulo: Forense Universitária, 2002, p 52.

[65] O critério da *lectio difficilior* baseia-se na presunção de que os copistas, ao efetuarem a cópia, produzem trivializações de passagens de difícil entendimento, embora não se explique, nos manuais que ensinam o neolachmannismo entre

filológica que vise fissurar, "quando pertinente", o paradigma filológico centrado na figura do autor, deve esforçar-se por compreender a cadeia das recepções, que é muitas vezes cadeia irregular e descontínua de emergência da "obra" na história e que implica atualizações mais ou menos parciais, nos presentes da apropriação, de enunciados pretéritos. A cadeia das recepções é fundamental para o conhecimento das relações históricas entre a "obra" e seus auditórios. O devir da "obra", sobretudo em culturas dependentes em grande medida da oralidade e da manuscritura, como é o caso da colonial luso-brasileira, pode e às vezes deve ser entendido como uma continuidade ou descontinuidade de qualquer modo heterogênea, que deve abolir a crença em uma teleologia filológica da decrepitude das tradições e de um complementar e sadio resgate das origens pelo filólogo.

Embora não abarque totalmente a noção de *emergência* e de *descontinuidade* que aqui significamos, Paul Zumthor acena para ela ao tratar da relação entre *performance* e tradição:

> Besides, at the heart of the tradition which it cannot help but be referred to, oral poetic performance stands out like a discontinuity in the continuous – "historical" fragmentation whose effect seems all the more apparent as the tradition gets older and more explicit and embraces elements that are better diversified. So, in the economy of the cycle literatures (the legend, epic, tale, song cycles), we find virtual superunities whose property is to never be realized as a whole – a vast treasure house which the narrator, the singer, or the oral performer seems to draw from according to his own desires at each performance.[66]

---

nós, como se coadunam os critérios da *lectio difficilior* e do *scriba doctus*. Se há este último, o que o impede de rumar contra a trivialização? Dessa óbvia contradição nada falam SPINA, Segismundo. Op. cit., 1994, p. 105 e seguintes; AZEVEDO FILHO, Leodegário A. de. Op. cit., 1987; CAMBRAIA, César Nardelli. Op. cit., 2005, p. 154.

[66] ZUMTHOR, Paul. "The Text and the Voice". In: *New Literary History*, vol.16, 1, 1984, pp. 67-92 [p. 77].

Por razão de seu devir, a "obra" tem caráter proteico e seu polimorfismo insta-nos a que a compreendamos. Como bem o diz Henri Zerner, "a história [da cadeia de recepções] organiza-se num sistema de diferenças e de descontinuidades que articulam a duração"[67]. O que se pergunta é se há necessidade de uma filologia da refundação, cujo fim último seria o achado da Pedra Fundamental da Urbe Eterna, que é a obra emanada da *mens auctoris*, refundação essa alicerçada na pedra filosofal de uma filologia que se ajuíza capaz de eliminar todo azinhavre, que é a história, e tudo transformar em ouro. A filologia da refundação basear-se-ia em uma operação de caráter dedutivo em que à unidade historicamente invariável da instância de expressão[68] se produz um seu correlato no campo dos discursos. É o que dizia Michel de Certeau, ao alertar para a *interpretatio* fundada na quimera da identidade entre homem, obra e pensamento, que se desejava evitar:

> Deseja-se ultrapassar a concepção individualista que recorta e reúne escritos segundo sua "pertença" a um mesmo "autor", que, então, fornece à biografia o poder de definir uma unidade ideológica, e supõe que a um homem corresponda um

---

[67] ZERNER, Henri. "A Arte". In: LE GOFF, Jacques & NORA, Pierre (Ed.). *História: Novas Abordagens*. São Paulo: Livraria Francisco Alves, 1988, pp. 144-159 [p. 154].

[68] Paul Zumthor, ao discorrer sobre a emersão gradual da literatura como campo discursivo autonomizado, declara: "Literatura e sua família lexical davam assim, pouco antes de 1800, forma e rosto a um conjunto de representações e tendências errantes – e tardiamente associadas – na consciência europeia desde quatro, cinco ou seis séculos: pré-história confusa, que lentamente tinha emergido das zonas do não-dito. Uma noção nova se constituía, no seio das tradições existentes, pela imposição de vários esquemas de pensamento, funcionando de maneira oculta como parâmetros críticos: ideia de um 'sujeito' enunciador autônomo [grifo nosso], da possibilidade de uma apreensão do outro, a concepção de um 'objeto' reificado, o primado atribuído à referencialidade da linguagem e simultaneamente à ficção; pressuposição de alguma sobretemporalidade de certo tipo de discurso, socialmente transcendente, suspenso num espaço vazio e constituindo por ele mesmo uma Ordem". (ZUMTHOR, Paul. *A Letra e a Voz*: A Literatura Medieval. São Paulo: Companhia das Letras, 1993, pp. 278-279).

pensamento (como a arquitetura interpretativa que repete o mesmo singular nos três andares do plano clássico: o Homem, a obra, o pensamento).[69]

Essa primeira condição de realização da crítica filológica neolachmanniana no Brasil vem sempre associada à crença em totalidades mentais históricas, que complementam a referida unidade anterior, e que, embora não se nomeiem mais como *Weltanschauung* e seus correlatos idealistas, ainda implicam o reducionismo interpretativo e a circularidade de leitura a que Marc Bloch deu o nome de fisiognomonia histórica[70]:

> Essas unidades de medida se referem ao que Lévi-Strauss chamará de a sociedade pensada em oposição à sociedade vivida. Elas tendem a fazer ressaltar dos conjuntos "sancionados" por uma época, quer dizer das coerências recebidas, implicadas pelo "percebido" ou pelo "pensado" de um tempo, sistemas culturais suscetíveis de fundar uma periodização ou uma diferenciação dos tempos. [...] Elas ocupam o lugar de uma "alma coletiva" e permanecem como vestígio de um ontologismo. Na impossibilidade de poder ser realmente controlável, esse subsolo é extensível; pode se estender ou contrair à vontade; tem a amplitude dos fenômenos a "compreender". De fato, mais do que ser um instrumento de análise, representa a necessidade que tem dele o historiador; significa uma necessidade de operação científica, e não uma realidade apreensível em seu objeto.[71]

Pode-se reciclar uma proposição de Roger Chartier concernente ao assunto e dizer que o autor foi sempre

---

[69] CERTEAU, Michel de. Op. cit., p 39.

[70] BLOCH, Marc. *Apologia da História ou o Ofício do Historiador*. Rio de Janeiro: Jorge Zahar, 2001.

[71] CERTEAU, Michel de. Op. cit., p 39.

compreendido pela filologia da refundação como indivíduo na "liberdade suposta de seu eu próprio e separado"[72], mas não como "construído pelas configurações (discursivas e sociais) que determinam suas definições históricas"[73], o que poderia simplesmente implicar, levando-se em consideração essa última possibilidade e hipótese, do ponto de vista das práticas e das categorias que permitem sua intelecção, definições de "autoria" irredutíveis entre si. Logo, toda filologia que se queira histórica – e não há filologia que possa não ser histórica sendo filológica – deve encenar a diferença ou a alteridade que subjaz a constância das palavras.

A filologia da refundação, no entanto, encontra apenas na invariação a-histórica da categoria "autoria" e na correlata de "genuinidade", corolário dela, as condições de produção de seu discurso crítico, pois ambas lhe permitem estabelecer uma relação imaginada com a realidade "desaparecida a ser resgatada e compreendida" em sua *parole* sempre inaugural – ou seja, uma personalidade alheia que urge capturar[74]. A operação filológica visaria assim asseverar como verdadeira a relação que estabelece entre a fixação do texto e a escritura autoral, restituindo textualmente o recém-nascido a partir de uma população de mortos, que são os testemunhos apógrafos constituintes da tradição. Ao mesmo tempo, visaria produzir a ilusão da presentificação da "realidade referencial" que é o autor por meio do estabelecimento do seu *dictum*, ao fazer falar na primeira pessoa o que só pode ser conjugado na terceira. Essa filologia é, assim, uma heterologia, como a define Michel de Certeau, pois se construiu "em função da separação entre o saber que contém o discurso e o corpo mudo que o sustenta"[75],

---

[72] ZERNER, Henri. Op. cit., 1988, p. 148.

[73] Idem, ibidem.

[74] PICCHIO, Luciana Stegagno. *A Lição do Texto. Filologia e Literatura*: I – Idade Média. Lisboa: Edições 70, 1979, pp. 209-235 [p. 214].

[75] CERTEAU, Michel de. *A Escrita da História*. São Paulo: Forense Universitária, 2002, p 15.

corpo que a crítica filológica propõe ressuscitar em sua voz: fala-se sempre em nome do autor e de seus interesses. Parece querer fazer cumprir o vínculo que desde os gregos se supôs existir entre poesia e perenidade: mesmo que a filologia não possa garantir a *athanasía* individual[76], assegura pelo menos a perpetuação das "palavras do poeta" e, por conseguinte, certa "memória" sua. Mas como o faz? Pode-se dizer que a crítica textual neolachmanniana substitui o sujeito particular de uma operação histórica pelo sujeito de uma operação filológica (historiográfica) transistórica. Os esforços do filólogo, em seu afã de constituir o texto crítico, não tinham outro objetivo senão o de "libertar uma obra de tudo o que a impedia de atingir-nos em sua integridade"[77], mas a consecução desse fim pressupunha uma ideia de "integridade" motivada por preconceitos românticos que produziam a equivalência de "integridade" e "genuinidade". Enfim, esforço para articular no presente a personificação de uma ausência pelo recurso à "prosopopeia", embora a filologia da refundação não se queira retórica.

Enquanto esquema conceitual, o método parece limitar a cognição individual com tamanho rigor que acaba por fazer crer aos seus praticantes que institui um discurso crítico "de acordo com a ordem natural das coisas", o que torna o pensável dependente do pensado e do instituído. É como se a filologia de base romântica, originada no século XIX, fortemente assentada em instituições de saber, como já o demonstraram, para o âmbito dos estudos filológicos na França e na Espanha, respectivamente Hans Ulrich Gumbrecht[78]

---

[76] ARENDT, Hannah. O Conceito de História – Antigo e Moderno. In: *Entre o Passado e o Futuro*. São Paulo: Perspectiva, 2009, pp. 69-126 [p. 76].

[77] STAROBINSKI, Jean. A Literatura: O Texto e o seu Intérprete. In: LE GOFF, Jacques & NORA, Pierre (Ed.). *História: Novas Abordagens*. São Paulo: Livraria Francisco Alves, 1988, pp. 132-143 [p. 133].

[78] GUMBRECHT, Hans Ulrich. Un Souffle d'Allemagne Ayant Passé: Friedrich Diez, Gaston Paris, and the Genesis of National Philologies. In: *Romance Philology*, Berkeley, 40, 1986, pp. 1-37.

e Joan Ramon Resina[79], houvesse se tornado a lei de um grupo, o dos filólogos, e a lei de uma pesquisa "científica". "A instituição não dá apenas uma estabilidade social a uma 'doutrina'. Ela a torna possível [...]"[80], é o que nos ensina Michel de Certeau. Mary Douglas, em seu conhecido estudo intitulado *Como as Instituições Pensam*, ao discorrer sobre a relação de produção historiográfica e *locus* institucional e sobre como este acaba por circunscrever aquela, assevera:

> As instituições criam lugares sombreados nos quais nada pode ser visto e nenhuma pergunta ser feita. Elas fazem com que outras áreas exibam detalhes muito bem discriminados, minuciosamente examinados e ordenados. [...] Observar essas práticas estabelecerem princípios seletivos que iluminam certos tipos de acontecimentos e obscurecerem outros significa inspecionar a ordem social agindo sobre as mentes individuais.[81]

Mas como pôde ela, a "doutrina" neolachmanniana de que ora se fala, ganhar a força inercial que ainda a mantém, não infensa, mas bem estabelecida em baluartes que a atualizam – tornam-na "atual" – ao aplicá-la invariavelmente a incontáveis "objetos"? Inércia de uma reflexão teórica que se materializa na reificação de procedimentos metodológicos presentes nos manuais que instruem os neófitos? Cremos que possa ser essa a explicação e não uma possível doutrina que equivalesse a uma *natura naturalis* disciplinar.

Mary Douglas, ao sintetizar o que Ludwik Fleck definia como "coletividade de pensamento", insistiu simultaneamente na persistência da *traditio* e em seu caráter hierarquizado – elites pensantes e formadoras no centro e epígonos nas bordas, o que torna a periferia necessariamente

---

[79] RESINA, Joan Ramon. Hispanismo e Estado. In: *Floema*: Caderno de Teoria e História Literária, Vitória da Conquista, Especial 3 A, 2007, pp. 99-147.
[80] CERTEAU, Michel de. Op. cit., 2002, p. 70.
[81] DOUGLAS, Mary. *Como as Instituições Pensam*. São Paulo: Edusp, 1998, p. 75.

mais sem pensamento e inerte. Ao citar Fleck, fazemo-lo compreendendo "comunidade de pensamento" como *traditio* disciplinar e não como "mente individual" hipostasiada, interessando-nos, sobretudo, a questão da hierarquia e o que implica em termos de "economia de discursividade", de distribuição de "capital discursivo" e de "periferia inerte":

> Admitia (Fleck) que as comunidades de pensamento coletivo variassem de acordo com sua persistência ao longo do tempo, das formações mais transitórias e acidentais às formações mais estáveis. Julgava o pensamento das formações estáveis mais disciplinado e uniforme, a exemplo do que ocorria nas associações, sindicatos e igrejas. [...] Uma elite interna, de iniciados hierarquizados, existe no centro e a massa se localiza nas bordas. O centro é o ponto que põe tudo em movimento. As bordas adotam suas ideias em um sentido literal e inquestionável; a ossificação ocorre exatamente aí.[82]

(II.4)

Não se reconhecia e muita vez ainda não se reconhece àquilo que se edita o direito à alteridade. É por razão dessa possibilidade de diferença constitutiva do objeto em termos históricos que Jean Starobinski afirma: "Antes de toda explicação, antes de toda interpretação compreensiva, o objeto deve ser reconhecido em sua singularidade"[83]. É preciso dizer

---

[82] Idem, p. 27.
[83] STAROBINSKI, Jean. Op. cit., 1988, p. 133. Esse apelo contra uma rápida subsunção do objeto às categorias de uma dada teoria e contra as tentativas muito ligeiras de se erigir princípios universalmente válidos a partir de operações com objetos específicos foi enfatizado fortemente por Sebastiano Timpanaro, que criticou como antiprodutiva a excessiva tendência à "matematização" no âmbito das ciências humanas, e, em especial, no caso da filologia: *"In the past many human sciences [...] have suffered not only from an aestheticist and anti-scientific historicism, but also from a claim to see 'laws' where there are none. [...] In studies of syntax, metre, texual criticism, etc., it has often been necessary to recognize that 'anomaly' prevails over 'analogy', and that it is possible only to arrive at the formulations*

que o trabalho de restituição textual, norteado *a priori* por um conjunto de categorias críticas historicamente situadas e que não são relativizadas pela maior parte dos filólogos brasileiros, implica a inscrição de um sentido único, ajuizado como próprio para a tradição a ser editada, e que se produz por subtração. Frente a tradições em que abundam as variantes adiáforas e as variantes de autor, e apesar das lições de historiadores da literatura, como Paul Zumthor, que demonstraram o caráter instável e fluido da textualidade "medieval"[84], o editor crítico, sendo *interpres*, negocia o objeto de estudo com vistas a entregá-lo ao público que lhe é coetâneo, transcodificando-o, sendo que a transcodificação implica que uma poética e as práticas associadas a ela são substituídas por outra, extemporânea do que se edita[85], podendo-se concluir que coube ao filólogo: "anular o efeito da distância, ele transporta a obra da margem distante de que é originária para a margem onde nasce o discurso interpretativo, em sua relação atual com seus destinatários"[86].

Os neolachmannianos poderiam aprender com Paul Zumthor que a água das cascatas é sempre igual a si mesma

---

of 'tendencies' and not laws [...]. This recognition has represented a higher, not lower, degree of scientificity. It is also for this reason that I think the path towards greater scientificity in the human sciences does not always lie in the direction of a premature [...] mathematization, but rather in the direction of an exchange with other inexact sciences, more closely linked to empirical elements and the historical dimension" (Cf. TIMPANARO, Sebastiano. *On Materialism*. Translation by Lawrence Garner. London, 1975, p. 189).

[84] ZUMTHOR, Paul. *Essai de Poétique Médiévale*. Paris: Éditions du Seuil, 1972; ZUMTHOR, Paul. Intertextualité et Mouvance. In: *Littérature*, Paris, vol. 41, 1981, pp. 8-16; ZUMTHOR, Paul. Op. cit., 1993; ZUMTHOR, Paul. A Poesia e o Corpo. In: *Escritura e Nomadismo*. São Paulo: Ateliê Editorial, 2005.

[85] Pode-se dizer que a prática filológica lachmanniana e neolachmmanian funciona como uma metafísica, pois operacionaliza a fatura da edição crítica "de modo a que os resultados de análises específicas reproduzam as verdades e convicções sobre as quais sua política editorial se funda", sendo o dogmatismo da operação crítica a garantia de seu caráter científico e veraz. (Ver DOMBROSKI, Robert S. Timpanaro's Materialism: An Introduction. In: *Journal of the History of Ideas*, Vol. 44, 2, 1983, pp. 311-326 [p. 315]).

[86] STAROBINSKI, Jean. Op. cit., p. 141.

e sempre diferente, só se tornando absolutamente igual a si mesma ao fluir pelo duto do método crítico que se lhe impõe e que, segundo pensam alguns filólogos, reduz sua entropia. Quanto a essa crença na redução da entropia, têm razão, pois a água, ao passar pelo fino duto da crítica filológica, *ne bouge pas*[87]. A filologia dos neolachmannianos constituiu como seu objeto a *lexis*, e passou a restituí-la por meio de uma *poiesis*, pondo de lado, entretanto, a *práxis* que poderia e deveria explicar o estado da *lexis* antes da intervenção crítica. É como se a *lexis*, objeto da filologia, pudesse ser matéria da história e da recordação, e, ao mesmo tempo, ser objeto de um total *desimbodiment*. Ou, antes, é como se esse *desimbodiment* fosse condição de a *lexis* ser o objeto da atividade filológica em algumas de suas modalidades constituídas. Como bem o disse Carlo Ginzburg:

> O seu objeto (da Crítica Textual), de fato, constitui-se através de uma drástica seleção – destinada a se reduzir ulteriormente – dos elementos pertinentes. Esse acontecimento interno da disciplina foi escondido por duas cesuras históricas decisivas: a invenção da escrita e a da imprensa. Como se sabe, a crítica textual nasceu depois da primeira (quando decidiu-se transcrever os poemas homéricos) e consolidou-se depois da segunda (quando as primeiras e frequentes apressadas edições dos clássicos foram substituídas por edições mais confiáveis). Inicialmente, foram considerados não pertinentes ao texto os elementos ligados à oralidade e à gestualidade; depois, também os elementos ligados ao caráter físico da escrita. O resultado dessa dupla

---

[87] Remo Bodei, ao falar da experiência do jovem Hegel frente aos Alpes, diz que ele não sofreu nenhuma comoção com a imobilidade das montanhas, mas que sua disposição mental "heraclitiana" o fez comover-se diante da mobilidade fluida das águas, sempre iguais e sempre diferentes (BODEI, Remo. *A História Tem um Sentido?* Bauru: Edusc, 2001, p. 52).

operação foi a progressiva desmaterialização do texto, continuamente depurado de todas as referências sensíveis [...].[88]

Para a compreensão da poética "medieval", por exemplo, faz-se necessário relacionar o texto, que *"se fait dans le temps"*[89], com o espaço, não o da inscrição, mas aquele onde, no passado, a voz decorosa de cada gênero o fazia soar e funcionar sob condições em que prevaleciam os valores dramáticos:

> *Le cas le plus net est celui du "jeu" liturgique, qui s'inscrit dans un lieu architectural; mais, aussi bien, la chanson de geste se situe sur la place ou dans la cour où l'on interpelle les badauds; le roman, dans la chambre des dames; le jeu dramatique, en un lieu de la ville*[90].

Ainda segundo Paul Zumthor, ao componente propriamente vocal uniam-se o som da música e o gesto. E, mesmo quando se passou a se inscrever o texto sobre um suporte, *"il n'en implique pas moins par définition les tons, les accents, les rhythmes, toute la richesse d'une phonétique et d'une prosodie"*[91], já que a leitura, como fenômeno puramente ocular, só havia de se consolidar em fins do que se convencionou designar como Baixa Idade Média. Deriva do exposto que o enunciado não se separa da enunciação e esta *"implique des facteurs personnels ou situationnels partiellement étrangers au système linguistique. Geste et voix constituent une certaine manière, pour le texte, d'être présent"*[92]. Se a vocalidade é constitutiva da poesia "medieval" e se o texto não se refere, sobretudo, ao espaço da escritura, mas ao tempo da enun-

---

[88] GINZBURG, Carlo. Sinais: Raízes de um Paradigma Indiciário. In: *Mitos, Emblemas e Sinais*: Morfologia e História. São Paulo: Companhia das Letras, 1989, pp. 143-179.
[89] ZUMTHOR, Paul. Op. cit., 1972, p. 38.
[90] Idem, ibidem.
[91] Idem, p. 40.
[92] Idem, p. 41.

ciação, ele será para os homens da sociedade "medieval" um objeto auditivo e, por conseguinte, fluido e movente[93].

É preciso distinguir entre o papel da escritura como comunicação e como processo de preservação do que foi veiculado pela voz. Alguns estudiosos, a partir dos trabalhos de Paul Zumthor, têm insistido na necessidade de se empreender uma pesquisa que leve em consideração tanto o texto quanto a música das cantigas trovadorescas e dos demais gêneros poéticos então performados. Por meio de uma pesquisa de cunho "arqueológico" sobre as práticas performativas da sociedade do Ocidente "medieval", deveria se tentar pôr em cena, hoje, a *performance* como hipótese verossímil de trabalho acadêmico e artístico[94].

O que há a objetar em algumas dessas propostas, contudo, ao proporem, para os poemas cujas notações musicais foram perdidas ou nunca inscritas, uma forma contemporânea de *performance* em que a ausência do elemento musical seria suprida por uma teatralidade que não reduziria a *canso* ao seu elemento puramente textual[95], é que se esquecem de que o teatro, como o disse Paul Zumthor, sempre foi a forma acabada de realização da poesia "medieval". Logo, a teatralidade não pode ser elemento substitutivo para a música, porque não pode suprir por si só um componente da arte poética que produziu essa poesia.

---

[93] Paul Zumthor, ao discorrer sobre a relação que o texto poético podia manter com uma escritura, enfatiza que o seu repositório primeiro eram, no entanto, o corpo e a memória, caracterizada esta por sua imperfeita reiterabilidade, o que, de qualquer forma, parece convergir com os procedimentos da composição em *performance*: "*There is no doubt that poetic voice carries the imprint of some 'arche-writing', but this imprinted trace is inscribed there in a specific manner, since voiced discourse given aloud has its roots more clearly in the human body and in other narrowly defined areas and lends itself better to the inflections of memory*". (ZUMTHOR, Paul. Op. cit., 1984, p. 69).

[94] O'NEILL, Terry & PADEN JR., William. Toward the Performance of Troubadour Poetry: Speaker and Voice in Peire Vidal. In: *Educational Theatre Journal*, vol. 30, 4, 1978, pp. 482-494.

[95] Idem, p. 483 (*By substituting theatre for music we accommodate ourselves to the irreparable loss of so many melodies while recreating the tension between two media which gave this art its expressive power*).

Esse modo performatizado de insuflar alguma vida nos poemas do passado tem de ser necessariamente verossímil, pois é claro que não poderá equivaler de forma plena às *performances* coetâneas do público primeiro deles, o que tornam evidente, por exemplo, as simples querelas presentes sobre a interpretação das melodias e dos próprios textos. Contrariamente ao modo de decodificação da mensagem poética que por muito tempo predominou nos estudos literários do século XX e em que o conhecimento que se tinha do autor teve um papel de primeira importância na *interpretatio*, o auditório que constituía a recepção primeira dos textos poéticos "medievais" tinha diante de si, quando da execução da *performance*, um locutor: *"Moins qu'un auteur, celui qui entend le texte voit un locuteur, dont il sait à l'évidence ce qu'il est; et ce locuteur emploie un code où la relation qui les lie se trouve engagée [...]*[96].

Paul Zumthor, em outro livro, afirma que a subsistência da marca escrita não anula a validade da assunção de que há uma imanente vocalidade nos textos "medievais", que pode ser percebida pelos inúmeros índices de oralidade[97] presentes neles. Afirma que, se os textos fossem metaforizados como "espelho", seria preciso, para uma compreensiva análise histórico-filológica dos mesmos, raspar um pouco do estanho sob a vista para ler o que está por baixo do que se apresenta aos olhos:

> este resíduo: o múltiplo sem origem unificadora nem fim totalizante, a discórdia de que fala Michel Serres e cujo conhecimento pertence ao ouvido. É aí, e aí somente, que se situa para nós a oralidade

---

[96] ZUMTHOR, Paul. Op. cit., 1972, p. 42.
[97] Define-se da seguinte maneira "índice de oralidade": "Por 'índice de oralidade' entendo tudo o que, no interior de um texto, informa-nos sobre a intervenção da voz humana em sua publicação – quer dizer, na mutação pela qual o texto passou, uma ou mais vezes, de um estado virtual à atualidade e existiu na atenção e na memória de certo número de indivíduos". (ZUMTHOR, Paul. Op. cit., 1993, p. 35).

de nossa 'literatura medieval': vocalidade-resíduo de nossas filologias, indócil a nossos sistemas de conceitualização.[98]

A vocalidade-resíduo das filologias de hoje é varrida para baixo da estanhada superfície do texto restituído em que se pode perceber, quando se olha bem, o reflexo do editor e de suas idiossincrasias. Acrescenta-se aos índices de oralidade o que se define mais à frente como "presunção de oralidade", ou seja, quando, a par dos índices dispersos pela tessitura do poema, verifica-se, na tradição manuscrita, uma pluralidade de variantes que atestam "uma margem de manobra propícia às iniciativas dos recitadores, isto é, ao desdobramento de sua arte vocal"[99].

É por razão dessa iniciativa, compreendida como parte integrante do circuito de produção, circulação e recepção dos poemas, que Paul Zumthor concebe como mal formulada a questão posta para si mesmos por tantos filólogos no passado: "que distinção fazer entre autor e intérprete?"[100]. Mais recentemente, outros estudiosos da poesia trovadoresca demonstraram, para o âmbito da *langue d'oïl*, como as formas poéticas aparentemente mais estáveis e fechadas continham seções em que se podia mover o texto: embora a primeira estrofe da *chanson* dos *trouvères* e o *envoi* não fossem movidos na quase que absoluta maioria dos casos, as estrofes entre eles, mesmo no caso de composições em *coblas doblas*, que dificultavam por sua peculiar estrutura o *remaniement*, eram geralmente objeto da movência[101].

O que se sabe com certeza a partir dos estudos no campo da história do livro e da leitura na Europa é que a

---

[98] Idem, p.35.

[99] Idem, p. 43.

[100] Idem, p. 70.

[101] STEINLE, Eric M. The Protean Voice: Textual Integrity and Poetic Structure in the Trouvère Lyric, Using an Example by Gace Brulé. In: *Pacific Coast Philology*, vol. 20, (1/2), 1985, pp. 89-95; e também ZUMTHOR, Paul. Op. cit., p. 1994, p. 98.

escritura, como bem o disse Paul Zumthor, "funciona em uma zona de oralidade", o que os inventários das bibliotecas monásticas e reais da dita Baixa Idade Média tornam patente. O número de volumes por acervo é bastante pequeno e neles não constava, ou constava de forma numericamente reduzida, o repertório hoje canônico da poesia vernacular "medieval":

> As bibliotecas continuavam numa pobreza surpreendente. Por volta de 1080, a de Toul, renomada, contava com 270 volumes; a de Michelsberg, em 1120, possuía 242, com um livro árabe e dois livros gregos de matemática; a de Corbie, por volta de 1200, tinha 342; a de Durham, uma das maiores da Europa, à mesma época, 546; a da Sorbonne, por volta de 1250. [...] Em sua mui bela biblioteca, o rei Charles V chegou a reunir mil; os duques da Borgonha, novecentos.[102]

Pequena também era a "tiragem" de um poema que alcançara grande sucesso, como é o caso do *Roman de la Rose*, de gênero normalmente associado à leitura, cujos exemplares restantes (cerca de trezentos) foram produzidos em uma larga duração. O que dizer dos poemas pertencentes a gêneros associados à voz? Quando e por que razões se passou a inscrevê-los? A fluidez das tradições manuscritas, mesmo para poemas que pertencem a gêneros não associados tradicionalmente à *performance* e a tudo o que ela implica em termos de textualização, parece atestar que "o copista mais discreto continua 'intérprete', em todos os aspectos desse termo, inclusive glosador"[103]. A fluidez que permeia muitas tradições faz-se presente até bem entrada a chamada Idade Moderna, como o atesta a poesia de língua portuguesa dos séculos XVI e XVII. Em tradições em que abundam as variantes adiáforas e que são constituídas

---
[102] ZUMTHOR, Paul. Op. cit., p. 1994, p. 98.
[103] Idem, p. 103.

de manuscritos apógrafos, como é o caso da tradição de Gregório de Matos e Guerra, já no século XVII, não há como determinar quais lições são devidas aos "copistas" ou às muitas bocas que, na Colônia desprovida de imprensa, fizeram circular os poemas atribuídos à musa satírica.

É preciso antes pensar que, em pleno século XVII, os que inscrevem os poemas em folha volante nada mais fazem do que tornar inerte parte de uma voz, congelando a modulação que torna o código linguístico joguete da matéria sonora. Não é a espessura da voz o que se visa fazer soar por meio do bilinguismo de muitos poemas satíricos do século XVII, voz essa "selvagem" que, no caso da América portuguesa, presentifica o "negro" da terra, nobreza descendente da Paraguaçu e do Caramuru e sua língua escura, ininteligível, o que intensifica, mais do que qualquer significado objetivo possível, o sentido do ridículo próprio da sátira pela evidência da falta de humanidade da algaravia gentia? E como descrer, diante dos sonetos gregorianos, que uma forma como o soneto pudesse, em pleno século XVII, ser parasitada pela voz?: "A linha feminina é carimá,/muqueca, petitinga, caruru,/ mingau de puba, vinho de caju,/ pisado num pilão de pirajá". Não é o sentido poético profundo, que o som desses vocábulos faz reverberar, no preceito poético de as rimas oxítonas serem cômicas fundido nos termos oxítonos típicos do tupi, o que levou tantos ouvintes, fossem eles mais ou menos letrados, a intervir nessa massa sonora e a modulá-la segundo um gosto fundado no ouvido, para além de qualquer atenção prestada ao rigor semântico que parece tão importante hoje? Basta lembrar o poema em que uma negra boçal é posta a murmurar, amedrontada, um conjunto de palavras de uma língua banta, ininteligíveis aos leitores ou ouvintes a que o poema se dirigia, para que se tenha consciência de que a pura materialidade sonora, desprovida de significação para o auditório, tem o sentido de recurso elocutivo de articulação do discurso poético. E não é o apreço pela oralidade o que faz com que se recorra ao bilinguismo de certos poemas como estratégia expressiva em que predominam a adição e a agregação de termos, por seus valores étnico-fônicos, em detrimento de qualquer preocupação lógico-sintagmática, como é o caso de "Há coisa como ver um paiaiá" ou ainda "Um rolim de Monai, bonzo, bramá", na tradição de Gregório de Matos e Guerra? Não se trataria aqui do que Paul Zumthor denominou *mouvance*? E não seria essa mesma algaravia, em sua funcionalidade poética – matéria por metonímia de muitos poemas –, pronunciada alegremente por aqueles que desejavam vergastar os brios da nobreza tupinambá da terra ou a de negros afidalgados, o que induzia os que recitavam os poemas, no calor da récita, a torná-la ainda mais ininteligível? O que muitas vezes reduz o texto que chegou ao presente a uma massa sonora disjunta que evidencia o predomínio do significante pelo império da enunciação performativa, ou seja, como motivação sinestésica somente bem acabada por meio de uma "encenação".

Não há como descrer que, no caso da América portuguesa do século XVII, poemas pudessem também ser lidos, não apenas em voz alta, mas silenciosamente, no espaço privado, embora por uma minoria, o que torna complexa a situação de partilha social da poesia nesse tempo, em que, a par da comunicação mediatizada pelo intérprete, existe a diferida pela leitura.

(II.5)

Rupert T. Pickens, quando preparou a edição sinóptica das cantigas de Jaufré Rudel, deparou-se com o uso do verbo "mover", empregado para designar a atividade do trovador ao compor suas cantigas, assim como para caracterizar o cantar do rouxinol. O verbo provençal "mover" subsume um conjunto de práticas poéticas que autorizam o remanejamento constante de uma tradição textual herdada.

Assim como o rouxinol move o seu canto, assim o poeta e seu auditório movem qualquer cantiga composta[104]. A *mouvance* zumthoriana encontra, por conseguinte, sua origem no cerne da prática poética "medieval", que pode ser devidamente substanciada no verbo provençal "mover". Assim como Pickens, Gregory Nagy, em seu já clássico *Poetry as Performance*, associa o conceito zumthoriano de *mouvance* ao verbo em *langue d'oc* "mover", afirmando que em poesias de Jaufré Rudel essa associação se evidencia por meio da seguinte prática, que não reduz, no entanto, o "mover" a si: embora o intermediário entre o poeta e seu auditório não esteja autorizado a "mover" a cantiga até ela ser entregue aos destinatários, estes últimos não apenas estão autorizados a fazê-lo, mas se espera inclusive que o façam: "*e faran hi/ quas que don most chans gensara*" (Song VII, version I); "*e faran y/calsque motz que hom chantara*" (Song VI, version Ib)"[105].

Depreende-se do exposto que as inovações e as interpolações, mesmo quando não autorais, podem portar autoridade, porque legítimos produtos históricos de práticas poéticas que caíram em desuso. A busca pela unidade – modernamente, e apenas modernamente – da obra julgada "corrupta", fixada como o objeto da crítica textual, pode falsear, portanto, a natureza proteica da tradição, compreendida como múltipla e instável por seu auditório contemporâneo. Redundaria, por conseguinte, falseada filológica e historicamente uma representação da tradição de Jaufré Rudel que a propusesse como una, fazendo derivar todos os testemunhos que nos chegaram de um arquétipo ou original, ou edições que repusessem em circulação os textos de somente um testemunho considerado *optimus*, por ajuizar esse texto o único "autorizado", ou que adotassem a prática da *conflation* para gerar, a partir dos testemunhos,

---

[104] PICKENS, Rupert T. *The Songs of Jaufre Rudel*. Toronto: Pontifical Institute of Medieval Studies, 1978, p. 42.

[105] NAGY, Gregory. *Poetry as Performance*: Homer and Beyond. Cambridge: Cambridge University Press, 1996, p. 14.

um texto compósito, que não se identificaria com nenhum dos testemunhos. A primeira das práticas editoriais é característica dos discípulos de Joseph Bédier; a segunda, daqueles que aderiram à *restitutio textus* das escolas alemã e italiana de filologia. A proposta bédierista de edição equaliza testemunho a obra, enquanto a segunda constitui um texto que nunca foi objeto de recepção no passado, a não ser de modo muito hipotético, pois se pode aventar que o texto reconstituído equivalha ao arquétipo ou original, embora não se perguntem os editores que assim se propõem editar os textos passados se seria legítimo afirmar a existência de um arquétipo ou original para a tradição que está sendo editada e de que só restariam cópias eivadas de erros. Não há como descrer de que o próprio poeta participasse do remanejamento, autorizando novas versões e múltiplas variantes a cada nova publicação performada[106].

Pode-se dizer que a correlação entre filologia e "restauração, intelecção e explicação dos textos", tal como proposta por Segismundo Spina[107], a partir de uma longa tradição filológica que remonta a tempos passados, elidiu de modo paradoxal a possibilidade crítica de criticar-se a própria correlação, pois, se por um lado é pertinente compreender a filologia como *ars* de intelecção e explicação de textos, por outro não é apropriado dizer que cabe a ela "restaurar" os textos, a não ser que se entenda "restauração" como procedimento que pode inclusive elidir a própria *restitutio textus*, que é aquilo que "restauração" significa em textos filológicos spinianos[108]. Restaurar a tradição de

---

[106] Esse parece ser o juízo de Luciana Stegagno Picchio sobre as variantes do soneto "Alma minha gentil" (STEGAGNO PICCHIO, Luciana. Camões Lírico: Variantes de Tradição e Variantes de Autor. Exemplos para o Estudo da Movência em Textos Camonianos. In: *Actas da V Reunião Internacional de Camonistas*: São Paulo, FFLCH, 1987, pp. 285-309).

[107] SPINA, Segismundo. Op. cit., 1994, p. 67.

[108] O mesmo problema se apresenta no manual de César Nardelli Cambraia, quando se declara: "Considerando que, após se ter restituído a forma genuína (grifo

Jaufré Rudel significaria repor em circulação todas as variantes textuais presentes nos diversos testemunhos e que foram objeto de recepção e remanejamento pelos auditórios coevos do poeta, já que "restauração", dessa maneira, seria dar ao público contemporâneo do editor condições para que se desse, filológica e historicamente, a promoção da intelecção e explicação da tradição de que as variantes textuais participam e em que estão subsumidas.

Se é certo dizer, com Celso Cunha, que "Edição pressupõe interpretação"[109], esta deve dizer respeito, antes de incidir sobre os textos, à conformação histórica da própria tradição a partir do entendimento das práticas poéticas e letradas que lhe deram origem e que são marcadas por uma determinada historicidade, historicidade essa que não só pode, mas deve prescindir da crença – inclusive denegando-a – disseminada entre os filólogos de que toda fixação de texto visa àquele texto "que tenha maiores probabilidades de se avizinhar do pensar e do sentir do autor no momento da eclosão artística"[110]. A palavra "eclosão", por seu turno, remete a uma idéia demiúrgica de origem dos textos literários *ex nihilo*, que evidencia sua matriz romântica.

(II.6)

A redução do ruído que separa a tradição e o público contemporâneo do editor crítico não deve se dar por uma anulação do efeito de distância que equivalha à eliminação de tudo aquilo que, na tradição, por ser "outro", demande

---

nosso) de um texto escrito, ele é, via de regra, publicado novamente, contribui-se também, assim, para a transmissão e preservação desse patrimônio: colabora-se para a transmissão dos textos, porque, ao se publicar um texto, este torna-se novamente acessível ao público leitor; e contribui-se para a sua preservação, porque se assegura sua subsistência através de registro em novos e modernos suportes materiais, que aumentarão sua longevidade" (Op. cit., pp. 19-20).

[109] CUNHA, Celso. *Significância e Movência na Poesia Trovadoresca*: Questões de Crítica Textual. Rio de Janeiro: Tempo Brasileiro, 1985, p. 17.

[110] Idem, p. 25.

do público a que a edição se dirige esforço para o reconhecimento e conhecimento dessa mesma alteridade e desse histórico e forçoso distanciamento. Como o assevera Frank R. Ankersmit,

> Apenas porque e na medida em que nos tornamos conscientes de uma diferença e de uma distância entre nós mesmos – ou seja, o sujeito histórico – e o passado é que a escrita da história pode tornar-se um empreendimento cultural significativo[111].

Aqui, é pertinente um alerta. Se nos inserimos em uma tradição crítica, se somos herdeiros de um arsenal teórico, de métodos, de instrumentos de inteligibilidade dos textos, isso não quer dizer que devamos nos contentar com nossa herança, sobretudo quando ela nos obriga a sempre ver os objetos por um mesmo prisma universalizado, que, paradoxalmente, refrata às avessas a luz da história, impedindo-nos de reconhecê-la em sua diferença. O que se censura à filologia de base neolachmanniana é que, sob sua aparente neutralidade, em sua ingenuidade real ou fingida, em sua busca pela restituição do texto dito genuíno, ela porta consigo um sistema de valores que, no Brasil, talvez por inércia intelectual, talvez por nacionalismo, talvez por ideologia, se tem julgado como portador de validade transistórica. É como se o que respeitasse às tradições a serem editadas fosse apenas contingencialmente histórico[112] e também como se a interpretação fosse ao mesmo tempo uma projeção idealizada e "crítica" do interpretado. Ainda somos herdeiros de uma prática filológica em que, a par da busca por objetividade – que é controlada metodicamente, por mais problemáticos que os métodos sejam, é o que se

---

[111] ANKERSMIT, Frank R. Historicismo, Pós-Modernismo e Historiografia. In: MALERBA, Jurandir (Org.). *A História Escrita: Teoria e História da Historiografia.* São Paulo: Contexto, 2006, pp. 95-114 [p. 98].

[112] ZERNER, Henri. Op. cit., p. 145.

crê – (lembremo-nos da estemática de Paul Maas[113], por exemplo) –, há elementos politicamente motivados, sem que hoje em dia tenhamos ideia de sua constante presença. Para a filologia do século XIX, cuja preocupação central era resgatar os monumentos literários da nacionalidade em que esta se tornava manifesta em seu contínuo progresso, a ideia de *autoria* era central, pois representava, sob a rubrica da "genialidade", o ápice da criatividade de uma coletividade que se formava na forma do moderno Estado-nação. Capital simbólico, em seu conjunto, de uma coletividade que então se organizava, coube à filologia do século XIX a tarefa de polir esses monumentos para que se mostrasse, em seu "prístino esplendor", o brilho inaugural do que se supunha ser a *parole* autoral original. Função política de construção de representações coesivas e identitárias, a filologia, por meio do trabalho de restituição que se propôs, "denotou" "o seu lugar e importância na vida cotidiana, seu papel na vida pública e os interesses que determinam seu processo cognitivo como fatores decisivos para sua forma"[114], historicamente situada no século XIX e que perdurou século XX adentro.

A crítica ao neolachmannismo torna-se possível e necessária por se poder reconhecer, neste momento, a relação entre o seu discurso, o do lachmannismo e aquilo que implica sem o dizer, ou seja, a relação entre sua coerência e sua gênese, relação que denota suas possibilidades e limitações. Ao lidar com as tradições que são seu objeto, a filologia do século XIX e as dos séculos XX e XXI que são suas herdeiras, dando-lhe continuidade, entenderam "tradição" como o processo histórico de "transmissão e

---

[113] MAAS, Paul. *Critica del Testo*. Traduzione di Nello Martinelli, Presentazione di Giorgio Pasquali, con lo "Sguardo retrospettivo 1956" e una Nota di Luciano Canfora. Firenze: Felice Le Monier, 1990.

[114] BLANKE, Horst Walter. Para uma Nova História da Historiografia. In: MALERBA, Jurandir (Org.). *A História Escrita: Teoria e História da Historiografia*. São Paulo: Contexto, 2006, pp. 27-64.

destruição de lembranças, imagens, objetos, textos"[115]. Como a compreensão dos fins a que almejava a disciplina implicava a restituição do que fora "destruído" ou "derruído" durante o processo transmissional, e como a transmissão por cópia no âmbito da cultura da manuscritura gerava por necessidade "erros"[116] – ou seja, destruição – "erros" e "destruição" passaram a se equivaler. A filologia do século XIX, em seu projeto de tornar-se conhecimento científico, pressupôs um monismo epistemológico, e, como área do saber, tentou preencher requisitos reconhecidos como inerentes à ciência, "notadamente a capacidade para construir procedimentos metodológicos de descrição da 'realidade' observada e nela encontrar regularidades traduzíveis em leis cognitivas".

Assim, por uma proposição universalmente válida, que explicitaria o processo de gradual corrupção pelo qual passariam todos os textos em tradições manuscritas, o editor crítico aplicaria o remédio ecdótico que consistiria em reverter *pari passu* esse mesmo processo – regularidade do fato histórico (corrupção das tradições), procedimentos metodológicos de descrição da "realidade" (por exemplo, a estemática de Paul Maas, e os antídotos editoriais contra a corrupção por reversão do processo de depauperamento da tradição; a patologia da atenção de Louis Havet[117]), estabelecimento de leis cognitivas respeitantes tanto ao processo de depauperamento como às modalidades de restituição do texto[118].

---

[115] MASTROGREGORI, Massimo. Historiografia e Tradição das Lembranças. In: MALERBA, Jurandir (Org.). *A História Escrita: Teoria e História da Historiografia*. São Paulo: Contexto, 2006, pp. 65-93 [p. 70].

[116] SPINA, Segismundo. Op. cit., 1994, p. 113.

[117] HAVET, Louis. *Manuel de Critique Verbale Appliquée aux Textes Latins*. Paris: Hachette, 1911.

[118] Arno Wehling, ao discorrer sobre as aporias que viciaram a operação historiográfica nos séculos XIX e XX, fala da "naturalização dos conceitos" (uma das aporias) nos seguintes termos: "O uso atemporal dos conceitos – por exemplo, quando o grande helenista Gustave Glotz refere-se à burguesia ateniense do

No que respeita à tradição, a filologia do século XIX e suas herdeiras sempre estiveram mais interessadas nos produtos e em sua "restituição" do que em "processos", dos quais as tradições são o resultado, sendo que por "processos" se passou a compreender somente o procedimento de cópia e de consequente proliferação de "erros", corolários daquela, como se no âmbito filológico "processo" pudesse ser equalizado ao ato de copiar e de "errar". Mesmo que se compreenda *processo* como o conjunto de ações destrutivas e de dispersões – com o que não concordamos –, mesmo assim, como diz Massimo Mastrogregori, não se podem menosprezar as "ações destrutivas e as dispersões (o filólogo pretende constituir o texto; o administrador de bens culturais, restaurar o monumento), que são, mesmo assim, elementos necessários desse processo histórico, o qual não deve ser considerado teleologicamente"[119].

A tradição, como produto de um processo, sofreu e sofre a ação das mais variadas forças históricas, podendo ser hoje considerada por muitos – o que constitui etapa desse mesmo processo – como restos de um circuito comunicacional que a filologia tem sonhado recuperar, ao menos no que respeita ao resgate da mensagem em seu estado primeiro; como produto do exercício das formas de domínio e de direito (por exemplo, da propriedade), relativamente a um campo disciplinar ou a campos disciplinares complementares e/ou concorrentes (Filologia e História Literária, por exemplo), que reservam para si o *ius* de legitimar as

---

século IV como se tal categoria fosse igualmente válida para o seu tema e para a época em que vivia, a da III República francesa – remete à mera aplicação de um 'senso comum' de linguagem, ou implica admissão de 'realidades' transistóricas e transculturais? Estaríamos diante de um simples empirismo despreocupado de questões teóricas e metodológicas ou de uma metafísica implícita/inconsciente?" (WEHLING, Arno. Historiografia e Epistemologia Histórica. In: MALERBA, Jurandir (Org.). *A História Escrita: Teoria e História da Historiografia*. São Paulo: Contexto, 2006, pp. 175-189.

[119] MASTROGREGORI, Massimo. Op. cit., p. 70.

tradições na medida em que delas se apoderam por meio de seus métodos críticos.

A ação de apropriação das tradições no âmbito filológico é vista pelos filólogos, no que concerne à recuperação do circuito comunicacional, como restituição da mensagem original, sem considerar a historicidade do próprio circuito, o que inevitavelmente os conduz a uma má compreensão da natureza da mensagem. No que respeita à apropriação da tradição pelo exercício de um domínio e de um direito, a filologia legitima-se ao se declarar força de conservação da memória e do patrimônio escritos, enquanto simultaneamente declara a premente necessidade de intervenção nas tradições para deter o processo de deterioração que lhes é inerente e restituir a mensagem, o que só ela tem autoridade para empreender de modo satisfatório. Os textos autorizados são aqueles ditos *críticos*, modelados a partir de um método e de seus pressupostos invariáveis frente a tradições historicamente muito variáveis. Pode-se dizer que a filologia praticada por muitos filólogos tem um metaestatuto irrefletido e é ele que afiança a modelização e a legitimação das tradições restituídas. A filologia dos neolachmannianos instituiu como comunicação "competente" a que é centrada na figura do *autor*, circuito comunicacional fechado, em que produção, publicação e apropriação estão predeterminadas pelo preconceito que os filólogos têm do próprio circuito. Os filólogos poderiam lembrar-se com mais frequência das palavras de Massimo Mastrogregori:

> É-nos proibido, em outros termos, enrolar de acordo com a nossa vontade o fio que nos liga ao passado, como no *Thésée* de A. Gide, do outro lado do novelo há alguém que desenrola o fio de acordo com a sua vontade, empurrado por razões e segundo condições que nos é preciso reconstruir e explicar[120].

---

[120] Idem, pp. 72-73.

(II.7)

A filologia da refundação não se detém na análise dos processos mentais, que são sempre eles mesmos dotados de determinada historicidade, "por meio dos quais uma reminiscência interpretativa do passado ganha a qualidade específica daquilo que nós chamamos 'história'"[121] ou filologia. Nesse sentido, não consegue se perceber a si mesma como aquilo que é, romântica, *"by an uncritical absorption in Romanticism's own self-presentation"*[122]. Se a filologia é uma disciplina histórica, só o pode plenamente ser se *"the past and its works"* forem estudados *"in the full range of their pastness – in their differences and their allienations (both contemporary and historical)"*[123].

Para ser autocrítica, a reconstrução filológica deve prestar atenção aos "princípios de sentido" que balizam o seu fazer, determinando a lógica de sua interpretação e a retórica da construção de suas representações. Para os neolachmannianos, o problema do estatuto ontológico da verdade, que obcecou a reflexão historiográfica durante boa parte do século passado, é abolido por simplificação, já que se deseja estabelecer para a ficcionalidade da poesia, por meio de procedimentos críticos invariáveis, sua facticidade.

Embora *ficta*, os *verba* fixados pelo filólogo foram proferidos ou inscritos por um *auctor* em um exato tempo-espaço, que a crítica filológica é capaz de fazer soar novamente, e, desse modo, restituir o *dictum*, produzindo por essa operação restituidora o fato histórico, que equivale ao documento editado. É essa certeza positiva o fim almejado por toda a filologia dos neolachmannianos. Pode-se dizer

---

[121] RÜSEN, Jörn. Historiografia Comparativa Intercultural. In: MALERBA, Jurandir (Org.). *A História Escrita: Teoria e História da Historiografia*. São Paulo: Contexto, 2006, pp. 115-137.

[122] McGANN, Jerome J. *The Romantic Ideology: A Critical Investigation*. Chicago/London: The University of Chicago Press, 1985, p. 1.

[123] Idem, p. 2.

que para ela, com Vico, é válido o aforismo *verum ipsum factum*? Mas como pode a busca pelo *verum ipsum factum* coadunar-se, entre os neolachmannianos, com uma *práxis* filológica em que, mais do que haver a possibilidade de identidade entre sujeito e objeto, haja a preconização da necessidade dessa mesma identidade? Por paradoxal que isso possa parecer hoje, essa preconização não implica, no âmbito de uma disciplina histórica como o é a filologia, a constituição da história (*res gestae*) pela historiografia (*historia rerum gestarum*) – o que implica ponto de vista, perspectivação, subjetividade, juízo, arbitrariedade, particularidade, precariedade, modalidades de narrativização etc. –, mas antes a possibilidade da identidade entre *res gestae* e *historia rerum gestarum* de forma absoluta e não relativa.

A proposição da identidade entre sujeito e objeto subjaz à *interpretatio*, sendo que a interpretação visa fazer a equivalência do texto interpretado e fixado com o texto ideado e inscrito pelo autor, o que parece remeter a uma concepção hermenêutica que se concebe como "arte da compreensão correta do discurso de outro"[124], necessariamente de uma autoria a que o texto precisa ser remetido para ser devidamente interpretado e fixado. Essa concepção foi claramente exposta por Schleiermacher em seus escritos e partilhada, por exemplo, por Luciana Sgtegagno Picchio, que cita, como *auctoritas*, não o autor alemão, mas Wilamowitz Möllendorf:

> meta derradeira que o filólogo se propõe e que continua sendo sempre a mesma: entender, no sentido mais amplo do termo, quanto um outro homem, mesmo distante no tempo e no espaço, confiou aos signos; reproduzir em si o processo histórico e o momento intuitivo que levou àquela expressão linguística e poética ou, como dizia

---

[124] SCHLEIERMACHER, D. E. *Hermenêutica. Arte e Técnica da Interpretação*. 3 ed., Petrópolis: Vozes, 2001.

com uma bela imagem Wilamowitz, «captar uma personalidade alheia".[125]

O entrecruzamento da filologia e da hermenêutica, no século XIX e início do XX – embora, como se disse, haja uma força inercial que as mantém unidas ainda hoje –, nada mais faz do que reforçar o princípio da coerência cognitiva, que pode ser assim resumido: "uma teoria que vai obter um lugar permanente no repertório público daquilo que é conhecido precisará entremear-se aos procedimentos que garantem outros tipos de teorias"[126].

É a captação de uma personalidade alheia o que propõem Celso Cunha[127], Antônio Houaiss[128], Segismundo Spina[129], Leodegário A. de Azevedo Filho[130], César Nardelli Cambraia[131], Barbara Spaggiari e Maurizio Perugi[132], entre outros, somente para nos atermos àqueles que publicaram manuais introdutórios à crítica textual e à ecdótica no país.

A recusa ao método de Lachmann e a seus derivativos é recusa do seu *meta-status* crítico e da sua metalinguagem enceguecedora. Como já o disse Michel de Certeau: "Recusar a ficção de uma metalinguagem que unifica o todo é deixar transparecer a relação entre os procedimentos críticos limitados e aquilo que lhes falta do 'real' ao qual se referem"[133]. Recusa importante, pois, ao evidenciar sua precariedade, impede a afirmação do dogma, como também

---

[125] PICCHIO, Luciana Stegagno. *A Lição do Texto. Filologia e Literatura*: I – Idade Média. Lisboa: Edições 70, 1979, pp. 209-235 [p. 214].

[126] DOUGLAS, Mary. Op. cit., 1998, p. 82.

[127] CUNHA, Celso. Op. cit., 1995.

[128] HOUAISS, Antônio. *Elementos de Bibliologia*. São Paulo: Hucitec/Pró-Memória/Instituto Nacional do Livro, 1983.

[129] SPINA, Segismundo. Op. cit., 1994.

[130] AZEVEDO FILHO, Leodegário A. de. Op. cit., 1987.

[131] CAMBRAIA, César Nardelli. Op. cit., 2005.

[132] SPAGGIARI, Barbara & PERUGI, Maurizio. *Fundamentos da Crítica Textual: História, Metodologia, Exercícios*. Rio de Janeiro: Lucerna, 2004.

[133] CERTEAU, Michel de. Op. cit., 2002, pp. 10-11.

o diz Michel de Certeau, da "adequação" do discurso ao real, dogma esse que institui a relação dos fatos como procedimento doutrinal[134].

É tempo para que se escreva uma história do processo intelectual do conhecimento filológico que produza, a par da descrição de teorias e métodos utilizados no passado, assim como no presente, "teorias e problemas aplicados a uma crítica da razão científica"[135].

(II.8)

Em manuais de crítica textual publicados no Brasil, sejam os de autoria de filólogos brasileiros, sejam os de filólogos italianos, repetem-se à exaustão modelos de interpretação e métodos editoriais propostos em manuais anteriores ou em edições críticas consideradas base suficiente para a produção de modelizações. Neles, há o acúmulo de um capital ou seguro de explicações paradigmáticas e sistemáticas que se apoiam mutuamente[136]. Esses manuais, contudo, não se propõem a ser uma história dos métodos filológicos[137], ou, quando tangenciam a história da disciplina, só o fazem para tentar demonstrar o *telos* inescapável de seu campo disciplinar atemporal, como se a filologia, desde seus primórdios, tivesse de uma vez por todas determinado sua finalidade e crescentemente encontrado os meios para a sua consecução. Talvez a falta de histórias dos métodos filológicos caminhe *pari passu* com a dos métodos históricos em forma monográfica, já assinalada entre outros por Horst Walter Blanke[138], embora seja preciso dizer que,

---

[134] Idem, p. 11.

[135] WEHLING, Arno. Op. cit., p. 177.

[136] BLANKE, Horst Walter. Para uma Nova História da Historiografia. In: MALERBA, Jurandir (Org.). *A História Escrita: Teoria e História da Historiografia*. São Paulo: Contexto, 2006, pp. 27-64.

[137] Uma bela exceção ao que acabamos de asseverar é o livro seminal já referido de Sebastiano Timpanaro sobre a gênese do método dito lachmanniano.

[138] BLANKE, Horst Walter. Op. cit., p. 30.

contrariamente à profusão de reflexões que problematizaram o campo historiográfico e o fazer história durante o século XX, a *renovatio* filológica mostrou-se muito mais acanhada e foi, quando houve, muitas vezes criticada de forma superficial e infundada por aqueles que, frente a quaisquer tradições filológicas, querem-nas autorizadas e definitivas[139]. Em filologia, também não há a escrita de uma história das funções do pensamento filológico[140], como costuma acontecer no campo da historiografia, em que há interesse crescente pelas histórias das funções do pensamento histórico[141].

(II.9)

No Brasil, entende-se edição crítica como a que visa restituir ao texto a sua genuinidade[142], já que, em se lidando

---

[139] Assim age, por exemplo, Barbara Spaggiari, que supõe desautorizar a *New Philology* valendo-se de duas *auctoritates*, a de Philippe Ménard e a de Cesare Segre, cujos textos não são, ao contrário do que seria de esperar, comentados pela filóloga italiana em seu livro. A citação nominal para ela parece ser prova conclusiva do que assevera. Para uma crítica do livro de Spaggiari, de sua asserção descabida de que a *New Philology* não tem valor científico e para um detido comentário aos textos de Philippe Ménard e de Cesare Segre, vide MOREIRA, Marcello. Uma Crítica a Spaggiari e Perugi. In: FRANCO, Marcia Arruda & MOREIRA, Marcello (Ed.). *Tágides*.Revista de Literatura, Cultura e Arte Portuguesa. São Paulo: Lumme Editor, 2011, pp.11-131.

[140] Duas belas exceções são os artigos escritos por Hans Ulrich Gumbrecht sobre as relações entre Filologia e nacionalismo na França do século XIX e por Joan Ramon Resina sobre Ramón Menéndez Pidal, Filologia e nacionalismo na Espanha do século XX, já citados.

[141] BLANKE, Horst Walter. Op. cit., p. 31.

[142] Ver, por exemplo, SPINA, Segismundo. Op. cit., 1994, p. 27 e seguintes; AZEVEDO FILHO, Leodegário A. de. Op. cit., 1987, p. 16 e seguintes; e também CAMBRAIA, César Nardelli. Op. cit., 2005, p. 1, entre outras. Para uma crítica da equalização entre edição crítica e edição que vise recuperar a genuinidade dos textos, ver MOREIRA, Marcello. Notas sobre Crítica Textual, *Mouvance, Variance*. In: FRANCO, Marcia Arruda, LINDO, Luiz Antônio & SEABRA FILHO, José Rodrigues (Org.). *Atas da III Semana de Filologia da USP*. São Paulo: FFLCH, 2009, e, também, MOREIRA, Marcello. *Critica Textualis in Caelum Revocata?* Uma Proposta de Edição e Estudo da Tradição de Gregório de Matos e Guerra. São Paulo: Edusp, 2011.

com cópias apógrafas, haveria a certeza de estarem eivadas de erros, pois, como preconiza um velho aforismo conhecido de todo filólogo, "quem diz cópia diz erro"[143], cabendo ao crítico textual, portanto, subtrair do/s testemunho/s os erros que se imiscuíram paulatinamente nos membros da tradição manuscrita sob estudo ou no único testemunho que a constituiria[144].

Quando o filólogo se depara com um único testemunho apógrafo, como é o caso de que ora tratamos, Segismundo Spina recomenda que o texto só deva ser corrigido quando o erro é certo, mantendo-se as demais passagens intactas[145]. Leodegário A. de Azevedo Filho preconiza que o tratamento filológico de *codex unicus* implica a fixação do texto a partir do juízo crítico[146], *iudicium*, não declarando, contudo, como o faz Segismundo Spina, que as intervenções do editor devam recair somente sobre as passagens que seriam "erros evidentes". A correção dos "erros evidentes", entretanto, não havendo mais do que um testemunho, só se pode fazer por meio da *divinatio*, é claro, mas seria pertinente discutir previamente a qualquer tentativa de fixação do texto crítico o que se compreende como "erro evidente", categoria ambígua e de difícil definição, como já discutimos em outro trabalho[147]. No caso da Écloga Piscatória, dever-se-ia ou não inserir [*supplere*] vocábulos nos versos ou deles retirar [*delere*] elementos para produzir uma absoluta isometria? Para o caso em questão, a resposta não parece difícil, pois o poema se estrutura a partir da adoção de um regular isossilabismo, que não se encontra, por exemplo, em muitos dos poemas atribuídos a Gregório de Matos e Guerra e na poesia dos

---

[143] SPINA, Segismundo. Op. cit., 1994, p. 113.
[144] AZEVEDO FILHO, Leodegário A. de. Op. cit., 1987, p. 26.
[145] SPINA, Segismundo. Op. cit., 1994, p. 114.
[146] AZEVEDO FILHO, Leodegário A. de. Op. cit., 1987, p. 39.
[147] MOREIRA, Marcello. Op. cit., 2011.

trovadores, que demandam, em decorrência, soluções ecdóticas diferentes.

Para Segismundo Spina, recuperar a genuinidade do texto significa:

> aproximá-lo o mais possível da última vontade do seu autor; facilitar a sua leitura consiste em torná-lo legível através das normas da restauração, no caso de o texto haver chegado até nós corrompido ou adulterado, por omissões, rasuras, interpolações, correções intencionais, distrações involuntárias, erros tipográficos (se o texto é posterior à invenção da imprensa), enfim – defeitos e deturpações de toda ordem; torná-lo inteligível e interpretá-lo, pontuando-o racionalmente e elucidando as alusões de ordem geográfica, histórica, mitológica, isto é, com o auxílio das disciplinas subsidiárias da Filologia [...].[148]

Como se entende do fragmento acima, cabe ao filólogo, diante de apógrafo a ser editado, torná-lo inteligível, e, para tanto, entre outras operações que objetivam sua inteligibilidade pelo público contemporâneo do editor, é necessário pontuá-lo "racionalmente". Entre as etapas da crítica conjectural, Leodegário A. de Azevedo Filho elenca *interpungere, mutare, transponere, delere* e *supplere*[149], significando a primeira delas: "pontuar adequadamente um texto sem pontuação ou com escassa e insuficiente pontuação, tarefa mais complexa do que se pensa à primeira vista"[150].

Parece-nos, pela leitura conjunta e complementar dos textos dos dois filólogos citados, que a pontuação "racional" de que fala Segismundo Spina deva equivaler à prática do *interpungere*, na medida em que, não sendo a pontuação autoral, mas "espúria", caberia ao filólogo conjecturalmente

---
[148] SPINA, Segismundo. Op. cit., 1994, p. 87.
[149] AZEVEDO FILHO, Leodegário A. de. Op. cit., 1987, p. 57.
[150] Idem, ibidem.

"restituí-la" para recuperar a "racionalidade" do texto comprometida pelo processo de transmissão. Cabe dizer que, mesmo sendo autoral, a pontuação não teria o caráter "racional" de que fala Segismundo Spina, pois o pontuar é procedimento de ordenação do texto que varia historicamente, não havendo uma única "racionalidade" subjacente à prática da pontuação. Ou seja, não há uma pontuação racionalmente transistórica. Para que a *emendatio ope conjecturae* restituísse o texto filologicamente no que respeita ao *interpungere*, seria necessário recuperar os critérios de pontuação contemporâneos do texto a ser editado, já que a crítica textual visa à recuperação do texto dito "genuíno", genuinidade essa que pressupõe, por razões óbvias, que a pontuação seja elemento constituinte do texto dito "genuíno" e que seja, tanto quanto o é a palavração do texto a ser editado, marcada por uma determinada historicidade, que caberia ao filólogo preservar e restituir. No entanto, embora em Segismundo Spina e Leodegário A. de Azevedo Filho se fale de *restitutio textus*, o procedimento crítico implicado na expressão não parece dizer respeito à recuperação de uma pontuação "genuína", o que parece paradoxal. Leodegário A. de Azevedo Filho, por exemplo, em sua edição das cantigas de Pero Meogo, propõe que se pontuem os textos do jogral galego-português "conforme a sintaxe do texto"[151], o mesmo propondo para sua edição da "lírica" de Luís de Camões, ou seja, conforme padrões de organização sintagmática que lhe parecem a ele, editor, "racionais", segundo formas de inteligibilidade que lhe são contemporâneas, mas que obviamente são extemporâneas dos poetas e de seus públicos primeiros.

Se se julga o autor núcleo de expressão e de inscrição, que é garantia da "unidade" iniludível das obras, expressão e inscrição a que se subsume, por exemplo, a pontuação, há

---

[151] AZEVEDO FILHO, Leodegário A. de. *As Cantigas de Pero Meogo*. Rio de Janeiro: Gernasa, 1974, p. 32.

muito a ecdótica de que Segismundo Spina e Leodegário A. de Azevedo Filho são representantes deveria ter-se detido no estabelecimento de procedimentos de seleção e de exclusão que visariam à fixação da pontuação a mais autoral possível por meio dos textos que os testemunhos apógrafos nos fornecessem. Por outras palavras, dever-se-ia procurar meios para excluir as marcas ou sinais que na escritura estão desprovidos de "qualidade", mas que pudessem ao mesmo tempo manter os que portam "autoridade".

É preciso nos determos por instantes, mais uma vez, na discussão levada a termo por Walter Greg e por Fredson Bowers sobre elementos textuais substantivos e acidentais, pois ela é de capital importância para a resolução do problema da efetuação de uma pontuação «racional» tal como é preconizada por Segismundo Spina e Leodegário A. de Azevedo Filho.

Como foi dito, Walter Greg distingue "elementos substantivos" de "elementos acidentais", sendo os primeiros compostos basicamente da palavração dos textos, como elementos que, segundo o filólogo inglês, afetam de forma propriamente dita a expressão do autor, caso sejam alterados, sendo que os acidentais se referem à pontuação, à capitalização, à grafia e à divisão de palavras, ou seja, à "apresentação visual do texto"[152]. A prática editorial da escola filológica anglo-saxã, fortemente documental e pouco afeita, portanto, à modernização, fundamenta-se na manutenção dos elementos substantivos no que respeita ao seu aspecto, por exemplo, grafemático, *"since spelling is now recognized as an essential characteristic of an author, or at least of his time and locality"*[153].

Compreende-se facilmente a partir do trecho que, se o intento é recuperar a genuinidade do texto, essa *restitutio* implica por razões óbvias a manutenção da grafia desejada pelo autor, pois, além de ser um documento que atesta a prática

---

[152] GREG, Walter. Op. cit., 1969, p. 43.
[153] Idem, ibidem.

escritural de um *auctor*, é, ao mesmo tempo, documento que evidencia uma etapa da história da língua e de seus usos poéticos e letrados. Como é a historicidade do testemunho que se objetiva preservar com a prática da manutenção da grafia de documentos pretéritos, mesmo que o testemunho não seja autoral, ela é mantida, pois, com certeza, como o diz Walter Greg, quanto mais próximo o testemunho for do autor, mais será representativo de sua prática de escrita, porque representativo da prática de escrita de sua época. Por isso, ele afirma uma vez mais: "*It is therefore the modern editorial practice to choose whatever extant text may be supposed to represent most nearly what the author wrote and to follow it with the least possible alteration*"[154].

Os elementos substantivos teriam de ser restituídos pela crítica textual, enquanto a grafia do apógrafo, se contemporâneo do autor, poderia ao menos representar parte da grafia autoral e, por essa razão, deveria ser mantida pelo editor. Walter Greg sabe, entretanto, que quanto mais tardia é a cópia relativamente ao original, maiores são as possibilidades de que as discrepâncias entre eles aumentem, sobretudo no que concerne aos acidentais, pois uma forma histórica de notação passa a ser sistematicamente substituída por outra.

Quando do tratamento de tradições constituídas de impressos, é preciso, segundo Walter Greg, adotar como *copy-text* ou exemplar de base a edição mais antiga, sobretudo no que se refere aos acidentais. Isso porque, embora possa haver erros no impresso que talvez possam ser corrigidos por outra impressão realizada independentemente a partir do manuscrito, é de supor que os membros de uma oficina tipográfica contemporâneos do autor mantenham parte significativa dos acidentais autorais, incluindo-se entre esses a grafia e a pontuação, já que estariam afeitos à prática notacional autoral[155]. O mesmo diz Fredson Bowers, ao afirmar

---

[154] Idem, ibidem.

[155] Idem, pp. 44-45.

que, em uma tradição impressa na qual apenas a primeira edição derivou com certeza do manuscrito autoral, é preciso adotar como *copy-text* a *editio princeps*, pois nela haveria ao menos preservação de parte dos acidentais autorais[156]:

> *There is no space here to discuss with proper thoroughness the real interest residing in the accidentals of a critical old-spelling edition. All bibliographical experience indicates that, in general, a compositor imposes a great deal of his own system on a manuscript text but is, to some extent, influenced by his copy. Thus, although no printed early text can be taken as an over-all faithful representation, it is at best of some authority and at worst it is one which is characteristic of the time in which the work is written and therefore usually consonant with the author's style.*[157]

No entanto, em outra seção de seu artigo, ao discorrer sobre a necessidade de se corrigirem erros presentes no/s testemunho/s, Walter Greg afirma que sem essa correção não pode haver edição crítica e, simultaneamente, defende que essa correção se estenda até mesmo aos acidentais, como a grafia, sem, no entanto, estabelecer bases e procedimentos objetivos para que se efetue essa intervenção: "*I see no reason why he (o editor) should not alter misleading or eccentric spellings which he is satisfied emanate from the scribe or compositor and not from the author*"[158]. Contudo, em passagem anterior, ao alegar suas razões para que o editor adira a um *copy-text* no que concerne aos acidentais, afirma: "*I suggest that it is only in the matter of accidentals that we are bound (within reason) to follow it (o copy-text)*"[159], porque, como o próprio Walter Greg diz linhas acima das citadas, "*it is only on grounds of*

---

[156] BOWERS, Fredson. Op. cit., 1969, p. 59.

[157] Idem, p. 65.

[158] GREG, Walter. Op. cit., 1969, p. 52.

[159] Idem, p. 44.

expediency, and in consequence either of philological ignorance or of linguistic circumstances, that we select a particular original as our copy-text"[160].

Se temos de aderir a um *copy-text* no que respeita aos acidentais, pois por ignorância filológica e pela falta de um testemunho autógrafo não sabemos como o autor teria de fato notado seu texto e que grafia teria produzido, tendo de contentar-nos com grafia e sistema notacional os mais próximos possíveis dos autorais, como se diz que o editor pode intervir, por exemplo, na grafia e alterar a soletração ao julgá-la representativa do escriba ou do compositor, mas não do autor? Parece-nos que Walter Greg não tem razão alguma ao propor a possibilidade de se intervir nos acidentais do texto de base para recuperar a pontuação ou a grafia a que supostamente o autor teria visado, mas que o escriba teria deturpado consciente ou inconscientemente, pois é simplesmente impossível destrinçar no testemunho o que seria ainda do autor e o que seria devido a agentes da cultura escribal ou a membros de uma casa impressora.

Fredson Bowers, ao tratar de tradições impressas de textos dos séculos XVI, XVII e XVIII – nas quais há, por exemplo, uma ou mais edições posteriores à *princeps*, produzidas a partir de edição prévia revisada, no entanto, pelo autor – afirma que as lições autorais da edição (ou das edições) mais tardia atinentes aos elementos substantivos devem ser integradas ao *copy-text*, mas que este último deve ser a edição mais antiga baseada no manuscrito autoral, a *princeps*, portanto, pois era prática dos autores quinhentistas e seiscentistas revisar os substantivos, mas não os acidentais: *"Moreover, at least in the sixteenth and seventeenth centuries, it is unrealistic to believe that a proofreading author ever set himself to restore the texture of the original by altering the usual accidentals of the second compositor [...]*[161].

---

[160] Idem, ibidem.
[161] BOWERS, Fredson. Op. cit., 1969, p. 61.

Se não é plausível pensar que um autor quinhentista ou seiscentista se deu ao trabalho de verificar em que medida os acidentais de uma segunda edição, baseada em edição anterior por ele anotada, foram modificados pelo segundo compositor, como é possível determinar, somente a partir da colação entre um exemplar da *editio princeps* e outro da segunda edição revista – mas não com o exemplar anotado de própria mão pelo autor – quais alterações nos acidentais existentes nos exemplares da segunda edição revista são devidos de fato ao autor? Não poderiam as alterações nos acidentais ser devidas ao compositor, mas não ao autor?[162] É por essa razão que Fredson Bowers critica os que afirmam ser legítimo adotar, juntamente com as alterações autorais substantivas de uma segunda edição revisada, também os acidentais desta mesma segunda edição. Como pensa Fredson Bowers, ao não adotarem os acidentais da segunda edição revisada, não estariam eles, os editores, descartando de forma inconsiderada as possíveis mudanças nos acidentais que o autor poderia ter levado a termo quando da revisão? Pois as práticas editoriais no início da imprensa moderna não nos permitem supor que a elementos substantivos e a elementos acidentais fosse dispensado pelos autores um mesmo tratamento. Os que não distinguem essa diferença de tratamento demonstram ignorância das práticas de revisão de impressos por autores, nos séculos XVI e XVII. Por isso, Bowers desautoriza o argumento daqueles que defendem a incorporação ao texto crítico dos acidentais de uma segunda edição revisada e que empreendem essa defesa com a seguinte proposição:

---

[162] Como uma declaração de princípios gerais referentes ao grau de intervenção dos compositores em manuscritos autorais, que serviriam de base para a produção de impressos, Fredson Bowers assevera: *"general bibliographical experience founded on a close comparison of texts seems to foster the belief that usually, so long as accidentals were not positively wrong or misleading, the author concentrated on substantive revision and was content, as a general rule, to accept the accidentals which normal printing practice had imposed on his work."* (Idem, p. 66)

> *He (o editor) may then be strongly inclined to argue that, although admittedly the general texture of a revised derived edition is one step further removed from that of the author's manuscript, yet in accepting the later texture he is at least not discarding whatever alterations in spelling, punctuation, and capitalization the author may have made.*

Vinton Dearing, ao discorrer sobre critérios para a escolha do *copy-text*, afirma que, se uma edição – a quarta, por exemplo – foi declarada pelo próprio autor como tendo sido aprovada por ele em todos os seus elementos constituintes, tanto substantivos quanto acidentais, deve servir, por essa razão, como *copy-text*[163]. No entanto, caso não haja declaração do autor de que em uma edição posterior à primeira se substancie o texto por ele julgado definitivo e a que ele daria seu pleno aval, a prática a ser seguida pelo editor é a preconizada por Walter Greg e por Fredson Bowers, ou seja, adotar a *editio princeps* como *copy-text*, já que seria baseada no manuscrito do autor e representaria, por mais intervenções que nela houvesse produzidas por agentes que então trabalhavam em casas impressoras, o que de mais próximo se pode conceber àquilo que o autor inscreveu em seu manuscrito:

> *If he (o autor) does not express such approval, however, one reasons that the earliest compositor is at least following copy supplied by the author or descended from the author's manuscript and so represents the author's practice better than any reprint into which further changes have crept.*[164]

Roger Chartier afirma, a partir da leitura de estudos sobre o usos da pontuação em impressos produzidos nos séculos XVI e XVII, que:

---

[163] DEARING, Vinton A. Methods of Textual Editing. In: BRACK JR. O. M. & BARNES, Warner. *Bibliography and Textual Criticism*. English and American Authors: 1700 to the Present. Chicago and London: The University of Chicago Press, 1969, pp. 73-101.

[164] Idem, ibidem.

Os tipógrafos que trabalhavam nas primeiras oficinas gráficas não tinham todos o mesmo modo de grafar palavras ou de indicar a pontuação. Isto resultou na repetição regular das mesmas formas gráficas em diferentes cadernos de um livro, segundo as preferências ou os hábitos de ortografia e pontuação do tipógrafo que organizara as páginas reunidas nas fôrmas correspondentes a estes diversos cadernos. Esta é precisamente a razão pela qual a "análise ortográfica" que permite a atribuição das paginas de tal ou tal impresso, ou a atribuição de uma fôrma a este ou àquele tipógrafo constitui, com a análise dos tipos defeituosos, um dos meios mais seguros de reconstituição do processo real da confecção de um livro. Nesta perspectiva, baseando-se no estudo da materialidade das obras impressas, a pontuação não deve de modo nenhum ser considerada (assim como as variações gráficas ou ortográficas) como o resultado das intenções do autor do texto, mas sim dos hábitos dos tipógrafos que diagramaram as páginas impressas.[165]

O que aqui propomos, depois do exposto, é a manutenção de acidentais, como a pontuação, que regravam a *pronunciatio* e, em certa medida, a *actio*[166]. Mas não porque

---

[165] CHARTIER, Roger. Formas da Oralidade e Publicação Impressa. In: *Do Palco à Página. Publicar Teatro e Ler na Época Moderna – Séculos XVI-XVIII*. São Paulo: Casa da Palavra, 2002 B, pp. 13-42.

[166] Em um de seus estudos sobre as relações entre o texto dramático impresso para ser prioritariamente lido e cópias dele usadas por diretores de companhias teatrais e atores, Roger Chartier assevera que os impressos manuseados e utilizados por trupes ou atores apresentam muita vez notações, como a pontuação, substitutivas da presente no impresso, que servem para nortear a declamação, e isso já no século XVIII, o que atesta o vigor da instituição retórica e poética nesse tempo: "O interesse especial do exemplar desta edição (1660, inserção nossa) conservado em Baltimore decorre da presença de anotações e de correções manuscritas feitas nos anos 1740, que o transformaram num guia para a representação; o interesse vem ainda do fato de a pontuação da edição impressa ter sido substituída por uma outra manuscrita, que prepara a declamação do texto, pelo ator, na página impressa". (Ver CHARTIER, Roger. Prefácio. In: *Do Palco à Página. Publicar*

seriam mais próximos dos que o autor teria ele mesmo produzido em sua escritura – o que, no entanto, é verdade, já que o apógrafo data com certeza da segunda metade do século XVIII, no caso da "Écloga Piscatória", e pode inclusive ser coetâneo do autor –, mas porque se caracterizam por um regime de notação marcado por uma dada historicidade que se deve preservar e que julgamos constitutivos da "obra" como objeto de circulação, recepção e atualização históricas. Por que deveríamos manter os acidentais, como a pontuação, caso tivéssemos em mãos os manuscritos autógrafos? Só porque saberíamos que são autorais? Isso quer dizer que os copistas não sabiam pontuar, sobretudo aqueles que eram contemporâneos do poeta? Os acidentais autorais seriam "racionais", mas os dos apógrafos, não? Não nos esqueçamos de que, nas Espanhas, muitas vezes as casas impressoras não seguiam absolutamente a ortografia e a pontuação dos manuscritos autógrafos, havendo ainda grande discrepância inclusive entre a preceptiva ortográfica, que não era concorde – bastando cotejar as principais ortografias espanholas e portuguesas dos séculos XVI e XVII para dar conta dessas diferenças na preceituação – e a prática de composição tanto de manuscritos quanto de impressos:

> *Si falta por saber mucho (o casi todo) acerca de los usos y tradiciones de los escritorios donde se copiaban los códices, tampoco es demasiado lo que hoy por hoy se puede asegurar (aunque se puede sospechar bastante) acerca del papel que corresponde a las imprentas, o a algunos impresores en particular, por lo menos en el modo de llevar a la práctica aquella doctrina sobre la pontuación. En realidad no había de ser muy diferente de su actitud y su actuación respeto del modo de aplicar el resto de las normas gráficas, a las que incluso el propio autor podía ser por completo ajeno.*[167]

Teatro e Ler na Época Moderna – Séculos XVI-XVIII. São Paulo: Casa da Palavra, 2002 A, pp. 7-12.

[167] RAMÓN, Santiago. Apuntes para la Historia de la Pontuación el los Siglos XVI y XVII. In: BLECUA, José Manuel, GUTIÉRREZ, Juan & SALA, Lídia

Se há divergência entre as regras das ortografias e a prática de escribas e de impressores, os tratados ortográficos nos dispensam, ao menos, informação sobre a relação entre os sinais de pontuação e o regime de pausas que deveriam balizar a leitura em voz alta, a récita e o canto dos poemas, podendo-se fazer a remissão de cada uso particular presente em códices e impressos aos modos de pontuar presentes nos vários tratados, pois a variação não é tão ampla a ponto de não se poder resumi-la em algumas poucas formas de modelização.

Antonio de Nebrija, em seu *Introductiones Latinae*[168], afirma haver necessidade de se empregar apenas dois sinais de pontuação que encontram respaldo seja em escritos saídos das penas dos antigos, seja em escritos pertencentes à tradição bíblica e eclesiológica, sendo eles o *comma* (:) e o *colum* (.). O primeiro desses sinais deve ser empregado para marcar o final de uma oração, separando-a, portanto, de outra seguinte. O *colum*, por sua vez, é utilizado para marcar o final do período ou da cláusula, embora seja empregado, como diz Antonio de Nebrija, para separar palavras sucessivas que não se ligam por meio de conjunção copulativa.

Encontramos essa prescrição atualizada nos próprios livros de Antonio de Nebrija, como, por exemplo, em sua *Gramática Castellana*[169] ou em seu *Reglas de Orthographia en la Lengua Castellana*[170], em que não faz menção ao uso de

---

(Ed.). *Estudios de Grafemática en el Domínio Hispánico*. Salamanca: Universidad de Salamanca, 1998, pp. 243-280.

[168] NEBRIJA, Antonio. *Introductiones Latinae, Compendiose, cum Commento*. Salamanca: Johannes de Porres, 1501.

[169] NEBRIJA, Antonio. *Gramática Castellana*. Salamanca: 1492.

[170] NEBRIJA, Antonio. *Reglas de Orthographia en la Lengua Castellana*. Alcalá de Henares: Arnao Guillén de Brocar, 1517. Veja-se, como exemplo, o seguinte excerto com que abre a obra: "*Los dias pasados quando vra merced entrego a Arnao Guillen la historia del muy esclarecido Rey don Juan el segundo: para que la imprimiese: le dixe q esta razõ de letras que agora teniamos en el vso del castellano: por la mayor parte estaua corrõpida*" (Idem, p. 1).

sinais de pontuação, talvez porque o sistema válido para o romance seja o mesmo que já fora prescrito para os escritos latinos, como o hipotetizou Ramón Santiago[171]. Esse sistema notacional funda-se em princípios mais lógicos do que propriamente retóricos, pois se propõe a separação oracional e a correlata de palavras não unidas por conjunção. Uma mudança pode ser observada já no tratado ortográfico composto por Alejo Venegas[172], em que a consonância, a composição dos afetos e as nuanças de sentido produzidas por uma correta prolação são já a tônica na apresentação da proposição da obra. Logo na abertura, no "*Prólogo al Benigno Lector*", Alejo Venegas refere uma carta em que São Jerônimo elogia efusivamente a beleza da voz humana, prenhe de sentidos até mesmo em suas quase desapercebidas modulações, para, em seguida, enaltecer a escrita, que não só pode registrar a voz "viva" por meio de seu complexo sistema notacional, mas ainda lhe adiciona o poder de resistir à fugacidade da vida e à corrosão dos anos, tópica essa recorrente em incontáveis livros que tratam direta ou indiretamente da escrita. Disse São Jerônimo "*q la voz humana tiene en si vn effecto tan grãde: que como cosa q no tiene nõbre: el mismo le dubda, y que llama voz biua el santo doctor*", sem se aperceber, contudo, de que mais vale "*la palavra q cõ letras deuida y acento en su propio lugar se pronũcia: la qual entanto excede ala scripta: quãto el hõbre biuo al cuerpo sin anima. Que cierto es q mucho mas conuiene q se oye cõ meneos de recta pronunciacion: que lo q sin ellos se lee*"[173].

No tratado de Alejo Venegas, a escritura é uma espécie de repositório de sons onde uma voz, que por necessidade há de expirar, expele na escrita e pela escrita seu pneuma,

---

[171] SANTIAGO, Ramón. Op. cit., 1998, p. 248.

[172] VENEGAS, Alejo. *Tractado de Orthographia y Acce[n]tos en las Tres Lenguas Principales Aora Nueuamente Co[m]puesto por el Bachiller Alexo Vanegas*. Toledo: Lázaro Salvago Ginoves, 1531.

[173] Idem, "Prólogo al Benigno Lector", p. 1. Numeraremos o livro de Alejo Venegas por seção, já que o original é desprovido dela.

comunicando-o às gerações vindouras e resistindo, por meio dessa técnica, ao *tempus omnia vincit*:

> *Auemos de presuponer q el fin para que fueron talladas las letras/ fue para hazer sabidores del pensamiento alos ausentes: y venideros. Que no es outra cosa letra sino vn cãbio q debe dar **su propio sonido** alos q leen: como deposito que en ella se puso/para dalle a sus tiempos.*[174]

Esse caráter memorativo da escrita não elide a voz; antes, é condição de que essa mesma voz, um dia vivente, possa novamente viver em cada leitor que, como um ator, encarna o *lógos* e o *éthos* de cada discurso, observando seu decoro e sua elocução apropriada. Essa pronunciação era de tal modo dominante nos séculos XVI e XVII que Pedro Madariaga retoma em seu livro o *locus* oriundo dos cronistas que escreveram sobre o Novo Mundo no qual se afirma terem os índios aos cristãos como deuses que conseguiam conversar com os mortos por meio de sinais gravados em um suporte:

> *Los Indios à los que sabian escribir tenian por Dioses, y à los otros por menos hombres, por que veían que hablaban con los ausentes por escriptos: y assi la pluma tiene mas honra y poder que las palavras,*[175]

donde se conclui, diz Pedro Madariaga, que o passado só tem ser quando a escritura o conserva e a voz o vivifica: "*lo pasado no tiene ser, y la memoria paresce que torna en ser lo que ya dexó de ser, y esto es obra divina*"[176].

Outro preceptista do século XVI que se detém em reflexões sobre os usos dos sinais de pontuação é Juan de Icíar, quem, em seu *Arte Subtilissima*, parece recuperar

---

[174] Idem, "Capítulo Primero de la Invención de las Letras", p. 1.

[175] MADARIAGA, Pedro. *Arte de Escribir Ortografia de la Pluma, y Honra de los Profesores de Este Magisterio*. Segunda Impresión. Madrid: Antonio de Sancha, 1777, pp. 75-76.

[176] Idem, pp. 42-43.

o costume de pontuar de acordo com aspectos lógico-sintagmáticos, como os com que nos deparamos ao ler Antonio de Nebrija, pois afirma, como este último, que as pausas marcadas pelo emprego de sinais devem comparecer *"en cierto lugar y paradero, que es en fin de sentencia perfecta, o imperfecta"*[177]. No entanto, ao discorrer sobre a "perfeição" ou a "imperfeição" da sentença, de que depende a duração da pausa, remete ao domínio da fala e da necessária e correlata audição (*"y desta perfection o imperfection nasce ser mayor o menor la pausa y descanso **del que habla**"*[178]), mas não ao da escritura que delas se dissociasse, o que significa não se poder separar a leitura da pronunciação em voz alta do que se lê, com todas as implicações relacionadas à *actio*: "*Como la escriptura no sea otra cosa que vn razonamiento y platica con los ausentes, hallanse tambien enella las mismas pausas y interuallos señalados con diversas maneras de rayar, y puntos*"[179].

É patente a dependência da escritura frente à oralidade, pois ela, como esta, é um *razonamiento*, mas arrazoado que se produz frente a um ausente – lugar discursivo esse já encontrado em Pedro Madariaga. E, o mais importante, por ser a escritura uma prática de *razonamiento* análoga e substitutiva – porque imitativa – daquela própria da voz, os sinais que marcam o ritmo da prolação na leitura são os mesmos que os encontrados quando nos pomos a falar (*"hallanse tambien enella [escriptura] las mismas pausas y interuallos señalados con diversas maneras de rayar, y puntos"*), o que nos obriga a pensar na prática do pontuar nos séculos XVI e XVII.

Caso nos detenhamos em analisar as implicações prováveis da asserção de Juan de Icíar, pode-se interpretá-la,

---

[177] YCIAR, Juan de. *Arte Subtilissima, por la qual se Enseña a Escriuir Perfectamente. Hecho y Experimentado, y Agora de Nueuo Añadido por Iuan de Yciar Vizcayno*. Miguel de Çapila, 1553, "De la Proporcion que en la Escriptura se Deue Obseruar", p. 5. As páginas deste livro serão numeradas seção por seção, já que não há numeração de páginas no original.

[178] Idem, ibidem.

[179] Idem, p. 6.

no caso dos cancioneiros poéticos, como segue: como a *performance* é anterior à escritura, pode-se fazer a hipótese de que as diferentes marcações, no texto, que variam de testemunho a testemunho, não são apenas, como já dissemos anteriormente para o caso dos impressos, dependentes de uma inscrição autoral. Para o âmbito da manuscritura, nada mais são do que a notação de uma *performance* memorizada pelo ouvinte, que a registra mnemonicamente como uma *actio* totalizadora cuja prolação é em parte notada por "*diversas maneiras de rayar, y puntos*".

Na tradição ortográfica portuguesa, de que participa Pero de Magalhães de Gândavo com o primeiro tratado exclusivamente devotado à matéria – embora, antes do ortógrafo, gramáticos como Fernão de Oliveira e João de Barros tenham se detido no assunto – o número dos sinais de pontuação varia de uma doutrina a outra, e, por essa razão, trataremos de cada uma delas para expor em que coincidem e em que divergem.

Segundo Pero de Magalhães de Gândavo, há os seguintes sinais: 1) vírgula (com que se separam as orações que compõem a sentença); 2) dois pontos (sinal que indica ser a pausa estabelecida por ele maior do que a pausa própria da vírgula, o que demonstra as diferentes durações de cada notação no que concerne à marcação do ritmo da prosódia); 3) ponto final (sinal que indica o final da cláusula; 4) parênteses (quando se introduz, fora da sentença, algo que a ornamenta ou amplifica; 5) interrogação (quando se pergunta algo, estando este sinal de modo muito evidente ligado à prosódia, pois, quando é usado, alteram-se altura, intensidade, tom, duração e ritmo da oração). Em Pero de Magalhães de Gândavo, os sinais de pontuação, sobretudo os três primeiros, marcam a fluência do ritmo da prolação enquanto a ordenam:

> E no discurso da escriptura auerá tres maneiras de distinções, pera que o lector saiba melhor pausar e entender o sentido da sentença, ou clausula, conuem a saber, auerá virgula, dous pontos: hum ponto. (da

maneira que fica significado). Da virgula se vsarà quando quiserem destinguir hũa parte da outra indo proseguindo pela sentença adiante todas as vezes que for necessario. Dos dous pontos em algũs lugares, onde se fezer mais pausa. De hum ponto no fim de clausula, onde se acaba de concluir algũa cousa.[180]

João de Barros, antes de Pero de Magalhães de Gândavo, em seu *Grammatica da lingua Portuguesa*, prescrevia como sinais de pontuação que tinham como objetivo o ordenamento do período os seguintes, nitidamente espelhado em Antonio de Nebrija: 1) cŏma[181] (é o mesmo sinal que encontramos no livro de Antonio de Nebrija anteriormente citado e equivale aos dois pontos de hoje (:). Tem por finalidade dividir a cláusula em partes, mas, embora sirva para segmentá-la, é, por seu turno, secundada pelas vírgulas, que, relativamente à cŏma, indicam uma pausa mais breve; 2) cólo[182] (o mesmo ponto final com que nos deparamos no livro de Antonio de Nebrija), sinal que serve para determinar o fim da cláusula; 3) vírgula[183] (ausente em Antonio de Nebrija), sinal que segmenta orações e que também marca as pausas para tomada de fôlego quando da leitura. Em João de Barros, uma doutrina de marcação da cláusula, com o fito de especificar suas partições oracionais, mistura-se, no entanto, a outra, que compreendia os sinais de pontuação como marcadores da pausa, da retomada do fôlego e da mais forte e subsequente emissão de voz:

---

[180] GÂNDAVO, Pero de Magalhães de. *Regras que Ensinam a Maneira de Escrever e Orthographia da Lingua Portuguesa, com um Dialogo que adiante se Segue em Defensam da Mesma Lingua*. Lisboa: Antônio Gonsalves, 1574, "Dos lugares onde se ha de vsar destas letras maiusculas, & das pausas & distinções que se requerem no discurso das escripturas", pp. 1-2.

[181] BARROS, João de. *Grammatica da Língua Portuguesa*. Olyssipone: Apud Lodouicum Rotorigiũ, 1540, "Dos pontos e distinções da óraçám", p. 1.

[182] Idem, ibidem.

[183] Idem, ibidem.

> As figuras de cada ponto destes: sam as seguintes. Dous a este modo: se chamam cõma. Este só se chama cólo. [...] Na cõma parece que descansa a vóz, mas nam fica o entendimento satisfeito: por que deseia a outra párte, com que a óraçám fica perfeita e rematada com este ponto cólo. Estam antre as cortaduras, que sam estes dous pontos: hũas zeburas assy, a que chhamámos distinções das partes da clausula.[184]

É preciso recordar, agora, para passarmos da exposição da doutrina aos usos, um dos estudos em que Roger Chartier refere uma prática dessueta, a de se notar os diálogos de uma peça teatral por meio da prática da estenografia, que explicaria, no caso da tradição impressa do teatro shakespeariano, algumas incoerências como "anomalias fonéticas e auriculares resultantes da reconstrução incorreta de uma cópia estenografada"[185]. Nelas, inevitavelmente, os sinais de pontuação teriam de ser acrescidos pelo notador, aplicando um corpo doutrinal sobre a marcação de pausas e tudo aquilo que ela implica ao texto que se compunha a partir da notação taquigráfica.

Como havia uma prática na França, correlata da que vimos haver na Inglaterra, de fazer imprimir peças teatrais a partir de cópias compostas após a audição e a memorização não perfeitamente reiterada do texto representado[186], o sistema notacional empregado deveria por necessidade obedecer a um corpo doutrinário que prescrevia, ainda mais para um gênero puramente mimético e dialógico como é o drama, a articulação entre a pontuação e uma dupla prolação, a dos atores em cena e a do futuro leitor do texto dramático, que

---

[184] Idem, pp. 1-2.
[185] CHARTIER, Roger. O Texto de Teatro: Transmissão e Edição. In: *Do Palco à Página: Publicar Teatro e Ler Romances na Época Moderna – Séculos XVI-XVII*. São Paulo: Casa da Palavra, 2002 C, pp. 43-67.
[186] Idem, p. 16 e seguintes, com acurado estudo sobre a produção de "cópias de memória" para o teatro de Molière.

poderia, pela notação, reconstituir os "atos de fala" em sua leitura substitutiva da assistência a uma representação[187]. Embora se possa dizer que essa leitura nunca equivaleria à assistência e à audição de uma peça teatral, o que parece ficar evidente com uma asserção de Molière que transcrevemos abaixo concernente a essa discrepância, ele próprio assevera que a leitura de peças só deveria ser permitida às pessoas que, ao ler, descobrem na leitura e por meio dela todo o jogo – no sentido de *performance* totalizadora – do teatro:

> *Il n'est pas nécessaire de vous advertir qu'il y a beaucoup des choses qui dependent de l'action; On sçait bien que les Comédies ne sont faites que pour estre joüées, et ie ne conseille de lire celle-cy qu'aux personnes qui ont les yeux pour decouvrir dans la lecture tout le jeu du Theatre. Ce que ie vous diray, c'est qu'il seroit à souhaiter que ces sortes d'ouurages pussent tousiours se monstrer à vous auec les ornements qui les accompagnent chez le Roy.*[188]

No conhecido "Préface" a *Les Precieuses Ridicules*, ao se queixar do furto de uma cópia dessa peça, Molière, após mencionar o sucesso das representações, afirma ter a obrigação de fornecer ao público seu poema dramático ornado com os dispositivos textuais que permitem, na leitura e por meio dela, a visualização da encenação e a prolação das falas pelos atores, observando-se, inclusive, seu tom de voz, dispositivos esses que deveriam faltar ou estar parcialmente comprometidos na cópia roubada que serviu a outrem para produzir uma impressão pirateada:

---

[187] Sobre o caráter fortemente oralizado da leitura na Europa do Antigo Regime, Roger Chartier assevera: "Ainda nos séculos XVI e XVII, a leitura implícita do texto, literário ou não, constituía-se numa oralização, e seu 'leitor' aparecia como o ouvinte de uma palavra lida. Dirigida tanto ao ouvido quanto ao olho, a obra brinca com formas e procedimentos aptos a submeter o texto às exigências próprias da performance oral" (CHARTIER, Roger. *A Ordem dos Livros*. Brasília: Editora UnB, 1994, p. 17).

[188] MOLIÈRE, Jean-Baptiste Poquelin. *L'Amour Médecin*. Paris : Nicolas Le Gras, 1666, «Au Lecteur», pp. 1-2.

> & quand j'aurois eu la plus mauuaise opinion du monde de mes Precieuses Ridicules, auant leur representation, je dois voire maintenant, qu'elles valent quelque chose, puisque tant de gens ensemble en ont dit du bien: mais comme une grande partie des graces, qu'on y a trouuées, **dépendent de l'action, & du ton de voix, il m'importoit, qu'on ne les depouillast pas de ces ornements**, & ie trouuois que les succés, qu'elles avoient eû, dans la representation, estoit assez beau, pour en demourer là.[189]

É de notar que um autor como Alejo Venegas, consciente das práticas letradas de seu tempo, em que a leitura se dava, sobretudo, em voz alta, e em que a voz desempenhava um papel fundamental na partilha social de obras, não dê a devida importância ao talhe das letras, ao afirmar que a "reta escritura" não depende da "gentileza y aparencia de letras"[190], opinião que se choca frontalmente com a de muitos de seus contemporâneos, como Pedro Madariaga, para quem a letra bem escrita não era apenas sinal de urbanidade, mas condição do ser civil; por essa

---

[189] MOLIÈRE, Jean-Baptiste Poquelin. *Les Precieuses Ridicules*. Comédie. Paris: Charles de Sercy, 1660, «Préface», pp. 1-2. Roger Chartier, em cujo texto encontramos a remissão à informação, no "Préface" de *Les Precieuses Ridicules*, sobre o pontuar do texto dramático e o tom de voz dos atores em cena – sendo a pontuação, por conseguinte, espécie de marcação da entonação das falas -, afirma que havia outros dois dispositivos propiciadores da reconstituição das condições de encenação e de representação do drama quando este era lido em voz alta: "Primeiramente, as gravuras que faziam parte dos frontispícios tinham uma dupla função. Mostrando o cenário e os costumes reais ou plausíveis, elas rememoravam as representações ou ajudavam o leitor a imaginar alguns elementos da encenação. Através da representação de uma cena específica da peça, a gravura ajudava a fixar seu sentido, como se aquele momento dramático sintetizasse toda a intriga em uma única imagem. [...] Um segundo dispositivo permitia que parte da encenação passasse para dentro dos limites do texto impresso: as indicações cênicas faziam com que os leitores imaginassem as entradas e saídas, os movimentos, enfim, a interpretação dos atores" (CHARTIER, Roger. Op. cit., 2002 C, p. 54).

[190] VENEGAS, Alejo. Op. cit., 1531, "Los Presupuestos q ala Primera Parte deste Tractado se Requieren", p. 1.

razão, em um de seus diálogos, uma das personagens é desancada por outras duas por causa das garatujas que ela diz chamar escritura:

> *Urquizu. ¡O qué ruin letra hace v. m. señor Bernardo! Hanle escarvado ese papel algunas gallinas? Ibarra. Y esa letra imbiais à la Corte? Bien podrá despachar primero un correo que avise allá de parte de quien va la carta, porque no conoscerán esa firma. Urquizu. Antes es mejor que no la acierten à leer, porque eso les bastará por escusa para no hacer lo que se pide. Bernardo. Yo siempre escribo por secretario, sino que este negocio no se puede encomendar à tercera persona. Ibarra. Desde agora, señor, que le podeis imbiar abierta, que bien secreta irá, porque no habrá quien adevine esos garavatos, quanto mas leerlos.*[191]

---

[191] MADARIAGA, Pedro. Op. cit., 1777, pp. 55-56. Juan de Icíar, professor de Pedro Madariaga, em seu livro, o primeiro em Espanha a propor preceitos para se escrever com arte e disciplina, pede desculpas ao leitor por estarem as pranchas, em que se talharam as letras *cancellerescas*, aquém da formosura que só a mão pode lhes tornear, tornando patente a preeminência da mão sobre o prelo, lugar comuníssimo em tratados sobre a manuscritura, mas presente não só neles: "*y deuen de buena razon (os leitores) aceptar mi intencion y desseo, si la obra no lo meresciere, aduertiendo que por muy delicado y subtil que fuesse el grauador (como a la uerdad lo fue) la estampa no puede salir tal, como la viua mano*" (YCIAR, Juan de. *Arte Subtilissima, por la qual se Enseña a Escriuir Perfectamente. Hecho y Experimentado, y Agora de Nueuo Añadido por Iuan de Yciar Vizcayno*. Miguel de Çapila, 1553, "*Epistola al Lector*", p. 2). Em seu livro, Juan de Icíar ensina os aprendizes a compor com elegância e formosura as letras ditas *cancellerescas*, observando-se que "*su artificiosa y geometrica consideracion*" consiste em "*figura contexto orden y proporcion*", definindo-se a primeira como a divisão em que "*enseña por dóde se ha de començar a formar cada letra, y en que parte se ha de acabar: no permitiendo que cada vno comiençe y acabe las letras a su voluntad, que de aqui nasce tanta variedad de perversas formas*", o que o preme como mestre a propor regra para o tracejar dos caracteres com o objetivo de compô-los com arte. Desse modo, ensina o tracejar da figura considerando-se por onde principia e por onde termina e, também, a proporção de cada traço, para que tenha harmonia e para que seja, por sua apropriadíssima proporção, *cancelleresca*, mas não mercantil ou de outra qualquer natureza ou estilo, já que cada um é próprio para um bom desempenho em seu ofício, como, por exemplo, a própria designação *mercantil* torna patente: "*La letra Cancelleresca bien compasada y medida, requiere observar la proporció y forma de vna figura quadrada que tenga quase al doble mas en lo largo que en lo ancho: porque formandola de quatro aequalitatero o perfecto, mas paresceria letra mercantiuol, quanto ala proporcion, q cancelleresca. Esto se entendera, tirando dos lineas derechas y igualmente distantes, segun la grandeza de la letra que quizieramos hazer, enesta manera. = Entre estas dos líneas se terminara el cuerpo de la*

Pedro Madariaga considera o emprego de pontuação condição de legibilidade de qualquer escrito pela recepção ("*No es pequeña falta en Secretario, y los que se precian de doctos, priuar sus escriptos desta clarecía; porque una Escriptura sin apuntar está tan ofuscada, que ni se dexa leer, ni entender*"[192]), e prescreve o emprego de cinco sinais de pontuação, ampliando o repertório encontrado em Antonio de Nebrija:

> *Apuntúase la oracion, ò periódo, ò el razonamiento (que todo es una cosa) assi en el Latin, como en vulgar, con estas cinco señales. La primera es esta , dícese vírgula, en Romance artículo. La segunda señal son estos dos puntos : llamase coma, en Romance digo yo cortadura, La tercera es un punto solo. Desta manera . dicenle colo, en Romance punto. La quarta es estos dos semicírculos () dicese Parentesis, entre posicion en Romance. La quinta es esta ? y dicese interrogante. La primera, y segunda sirven en un razonamineto escripto para tomar huelgo, y aliento, u para distinguir partes. En la menor parte, y menos huelgo se pone el artículo, en la mayor dos puntos. La tercera señala el fin de la oracion.*[193]

---

[192] letra Cancelleresca, segũ su longitud, cuya latitud, digo de las que se forman en quadro, como la .a. y otras que della nascen, sera tãta quanto la metad del espacio de las dichas dos lineas, diuidiendolo con otra tercera" (Ver, para todas as passagens, YCIAR, Juan. Op. cit., 1553, "*Trata de la Letra Cancilleresca*"). Juan de Icíar fornece ainda as *tablas* em que apresenta os estilos caligráficos empregados ao seu tempo, como *alphabetum latinorum* (capitais romanas), *cancelleresca, cancelleresca llana, cancelleresca bastarda, cancelleresca gruesa, cancelleresca romana, cancelleresca hechada, cancelleresca pequeña bastarda, letra antigua, letra redonda, letra de prouision real, letra de mercaderes castellana*, dentre tantas outras, embora não informe, como o farão outros tratadistas, sobre a adequação entre o estilo e a natureza do escrito que se compõe (Ver YCIAR, Juan. Op. cit., "*Tablas*"). Juan de Icíar ainda ensina o que são as famosas cifras, gênero letrado que se imbrica de forma inextricável com a perícia e a técnica caligráficas; e também ensina a compor as famosas capitais ou *letras ystoriadas*, como as chama, quando no corpo da letra se produz uma imagem remetente a um mito pagão, ou a episódio hagiográfico ou ainda a evento histórico (Ver pranchas de números 1 e 2).

[192] MADARIAGA, Pedro. *Tercera Parte del Libro Intitulado: Honra de Escribanos, Donde se Da Arte para Escribir, y Pronunciar Verdadero, Asi en Romance Castellano, y en Qualquier Lengua Vulgar, Como en Latin: por Outro Nombre Orthographia*. Madrid: Antonio de Sancha, 1777, p. 239.

[193] Idem, ibidem.

Como se vê, na obra de Pedro Madariaga os sinais de pontuação estão fundamentalmente a serviço da prosódia e indicam a maior ou menor pausa que se deve observar durante a leitura, lembrando que a pausa produz a correlata ênfase no vocábulo que segue, quando o respiro permite a retomada, com maior expulsão do pneuma, da "voz" subsequente. Essa doutrina que regra o uso de sinais de pontuação encontra seu complemento na doutrina relativa ao emprego de letras capitais, quando são usadas para destacar da cadeia lexical alguns vocábulos por seu valores políticos, teológicos etc. O uso delas não obedece a uma simples distinção entre nomes qualificados de "próprios" e "comuns", embora o autor assevere que se pode, por exemplo, empregar capital (como "L" maiúsculo) para distinguir dois sentidos transmitidos por palavras homófonas, tais como *"Levante"*, para referir a parte do céu em que desponta o sol, e *"levante"*, para comunicar o ato de levantar:

> *La primera* (distinção) *es por evitar la duda en la significacion de la tal dicion, como esta dicion Levante, se se toma por levantar, con letra comum, si por la parte señalada del Cielo, ò por el viento conocido, con letra capital. [...] La segunda es por causa de honra, ò desonra; y assi à unos se les dá letra capital por mas honra, como Rey, Veintequatro, Jurado, Theologo, Escribano: à otros por mas desonra, como Vandolero, Heresiarca.*[194]

A doutrina sobre o emprego de capitais varia de uma preceptiva ortográfica para outra, não se devendo considerá-las como mutuamente excludentes, mas, antes, como complementares, já que preceitos oriundos de diferentes tratados podem ser combinados em uma mesma prática escritural.

O conhecimento de vários corpos doutrinais sobre a matéria permite ler de modo mais pertinente os poemas

---

[194] Idem, p. 242.

dos séculos XVI e XVII em que essas regras notacionais se fazem presentes. Juan de Icíar, por exemplo, preconiza três regras para o emprego de letras maiúsculas: 1) Só devem ser empregadas em princípio de palavras, mas nunca em seu meio ou fim; 2) Devem ser empregadas em dicções em princípio de cláusula ou verso, e, também, em começo de livro, capítulo, carta e outros lugares semelhantes, como é praxe entre escrivães; 3) Devem ser usadas também no princípio de nomes próprios e em vocábulos deles derivados:

> La primera regla, q las letras maiusculas, o capitales, que son letras grandes, siempre se ponen en principio de diciõ, o palavra, y iamas en el medio ni fin. Esta regla fuera escusada, sino viessemos algunos dar firmado de su mano el descuydo que enesto tienen. La segunda regla es, que ninguna diccion se ha de escreuir con letra capital, sino fuere principio de uerso, o clausula: q en principio de libro, capitulo, carta y otros semejantes lugares principales de suyo se esta que se deue poner la letra capital. La tercera regla es, que todo nombre proprio y aun el que se deriuare del (como de Roma deriuamos Romano, y de Francisco Franciscano) en qualquier lugar que se halle se escriue con letra capital.[195]

Desse modo, a manutenção da capitalização do manuscrito é tão necessária quanto a dos elementos acidentais e demanda tanta interpretação por parte do filólogo quanto os sinais de pontuação.

Há, ainda, outro elemento a considerar no que concerne à manuscritura nos séculos XVI, XVII e XVIII, ou seja, a ortografia a ser adotada quando da inscrição dos textos. Em um estudo sobre a voz na poesia áulica do século XVII, quando lê uma carta de Dom Francisco Manuel de Melo, a de número 109 na edição preparada por Maria da Conceição Morais Sarmento, Pedro Serra assevera haver

---

[195] YCIAR, Juan de. Op. cit., 1553, "De la Orden que Ciertas Letras Deuen Guardar", pp. 1-2.

distinção entre "letra", compreendida como "caligrafia", e "ortografia", ao demonstrar serem ambos os elementos objeto de ajuizamento por parte de Dom Francisco, quando este sentencia *"un certámen poético"*. Segundo Pedro Serra, a ortografia *"forma parte de uno de los cuatro criterios – los llama 'circunstancias' – con los que todo juicio poético debe contar: assunto, sujetos, dialético de la lengua (idioma) y ortografía"*[196]. As "circunstâncias" devem obedecer ao decoro dos gêneros praticados. No que respeita especificamente ao juízo de Dom Francisco Manuel de Melo sobre letra e ortografia, leia-se o que segue (embora citemos do estudo de Pedro Serra apenas os dez primeiros juízos emitidos pelo poeta, que servem como exemplo do seu procedimento de análise e juízo):

> i. *al respecto del poema en latín "Lausus in amissam perdens Amaryllide curas" dice: "Está escrito con buenos caracteres, limpio y con buena pontuación"; ii. en lo que respecta a "Si Filis a tus dichas no procura", un soneto, asevera: "La letra es ruin, la ortografía vulgar"; iii. los sonetos "Perdendo o Lauso, a Amaryllis bella" y "Preguntas, Lauso, en tanto mal dudoso", son sentenciados afirmando que "de ambos es buena la letra y ortografía suficiente"; iv. de outro soneto, concretamente "Fabio, cuanto gustosa en tus piedades", considera D. Francisco que "La letra es buena, la ortografía bastante"; v. el poema "Excitada Amarilis del deseo", también un soneto, ostenta una "ortografía sufrible"; vi. del soneto "Si libre a la eleción del albedrio", dirá también que "la ortografía es buena"; vii. igualmente, del poema "Viste, Fabio, la estampa que atrevida", el melodino considera que "la letra y la ortografía son buenas; viii. el juicio crítico decide, por otro lado, que "Elige Clori y duélete su gusto" "Tiene buena letra y pontuación"; ix. al mismo tiempo, la composición "Lisia al Himeneo*

---

[196] SERRA, Pedro. Lira Antártica: Poesia Áulica y Cuerpo Colonial Refractario. In: *Estampas del Imperio. Del Barroco a la Modernidad Tardía Portuguesa*. Madrid: Sequitur, 2012, pp. 15-60.

agradecida", "De escritura está como el antecedente; x. no así el soneto "Si en este de tu amor penoso estado", que "Está malísimamente escrito, cosa que desirve a su bondade, y es poco primoroso en justa poética en la que reparan y castigan todos los que juzgan.[197]

Sabe-se, pela leitura das gramáticas portuguesas compostas nos séculos XVI e XVII, assim como pelo estudo dos tratados de ortografia, que esta era de suma importância para a regularização da língua, devendo-se observar, segundo Pero de Magalhães de Gândavo, duas coisas: 1) se a grafia possibilitava a correta pronunciação dos vocábulos inscritos, o que permite de imediato tomar ciência da relação entre escritura e prolação; 2) se a grafia permitia o entendimento da origem etimológica do vocábulo. A ortografia é evidência de um étimo ou de uma origem prestigiosa, já que a maioria das palavras portuguesas deriva da língua latina, que nobilitava o vernáculo de acordo com o parecer dos que escreveram sobre ele nos séculos XVI e XVII. Ela também é forma de notar, que instrui sobre o modo de articular adequadamente cada unidade lexical de um dado discurso. A ortografia diz respeito, portanto, tanto às letras propriamente ditas a serem empregadas para uma escrita escorreita, quanto aos acentos, sejam eles vocabulares ou oracionais:

> Hũa das cousas (discreto & curioso lector) que me pareceo ser muy necessaria & conveniente a toda pessoa que escreve, saber bem guardar a orthografia, pondo em seu lugar as letras & os acentos necessarios que se requerem no discurso das escripturas.[198]

---

[197] Idem, pp. 20-21.
[198] GÂNDAVO, Pero de Magalhães de. Regras que Ensinam a Maneira de Escrever e Orthographia da Lingua Portuguesa, com um Dialogo que adiante se Segue em Defensam da Mesma Lingua. Lisboa: Antônio Gonsalves, 1574, "Prologo ao Lector", p. 1.

A ortografia mandada imprimir por Pero de Magalhães de Gândavo era necessária, pois os portugueses com regularidade corrompiam a pronunciação das palavras, quando as registravam incorretamente em seus escritos. A escrita, como corrupção da língua, só é inteligível caso remitamos o ato de leitura à *pronuntiatio*, sendo a inscrição um mero registro da cadeia fônica, compreendida prioritariamente, nos séculos XVI e XVII, dessa maneira:

> E porque nesta parte os mais dos Portugueses são muy estragados & viciosos, & com innumeraveis erros que cometem, corrompem a verdadeira pronunciação desta nossa linguagem Portuguesa, quis fazer estas regras de orthographia.[199]

Pero de Magalhães de Gândavo demonstra esse vício a que estão afeitos os portugueses por meio de farta exemplificação na qual patenteia as letras que comumente se trocam umas pelas outras, comprometendo a boa pronunciação na leitura. O primeiro exemplo fornecido por ele de troca indevida de letras é o que diz ser, ao mesmo tempo, o mais recorrente, ou seja, o do intercâmbio nada razoável entre *s*, *c*, e *z*. Ele declara que, contrariamente à prática de muitos, não se pode duvidar que dois *ss* tem maior semelhança fônica com ç do que com *z*; este último, por sua vez, assemelha-se muito mais a um só *s* que se encontra entre duas vogais do que com *c*:

> As LETRAS que se costumão muitas vezes trocar hũas por outras, & em que se cometem mais vicios nesta nossa linguagem, são essas que se seguem, conuem a saber, c, s, z, & isto nace de não saberem muitos a diferença que ha de hũas ás outras na pronunciação. E assi ha nesta parte erros tão manifestos, & também recebidos de algũas pessoas, que cuidão que dous ss, em meyo de parte, tem muito

[199] Idem, ibidem.

mais semelhança de z, que de c, no que totalmente se enganão, porque dous ss, tem mais semelhança de c, que de z, assi como remissão, profissão, &c. E hum mais de z, que de c, (digo em meyo de dição entre duas vogaes) assi como, casa, peso, &c. que se esteuer diante consoante ainda que seja em meyo de parte, hum sô terá a mesma força que tem dous, assi como defensão, descanso, curso, &c.[200]

A prescrição fornecida por Pero de Magalhães de Gândavo para que se possam evitar as permutas impróprias entre letras é a de observar, na escrita, a correlação entre grafia e étimo, pois mesmo que duas "letras" possam ter o mesmo valor fônico, ainda assim não se deve mudar uma por outra, já que, como ensina a seus contemporâneos, basta cambiar a letra para que mude o sentido da palavra – a própria prescrição e advertência indicam que a não observância da relação entre grafia e étimo era corrente entre os pouco versados em latim:

> Mas ainda que isto assi pareça, nem por isso terão licença de pôr c, em lugar de s, nem s, em lugar de z, nem z, em lugar de s, nem s, em lugar de c, porque na verdade seria corromperem a verdadeira pronunciação dos vocabulos, & muitas vezes significar hũa cousa por outra, assi como passos que se escrevem com dous ss, quando significão os que se dão com os pês, & paços quando se entendem pelas casas reaes com c. E outros algũs nomes & verbos ha, que não tem outra differença na significação, se não escreverem se com s, ou com c, ou com z, assi como cozer que se escreue com z, quando he por cozinhar algũa cousa em fogo, & coser com s,

---

[200] GÂNDAVO, Pero de Magalhães de. *Regras que Ensinam a Maneira de Escrever e Orthographia da Lingua Portuguesa, com um Dialogo que adiante se Segue em Defensam da Mesma Lingua*. Lisboa: Antônio Gonsalves, 1574, "De como se há de fazer diferença na pronunciação de algũas letras em que muitas pessoas se costumão enganar", pp. 2-3.

quando he por coser com agulha. Tambem ceruo se escreue com c, quando he pelo ueado, & seruo com s, quando se entende pelo escrauo.[201]

O conjunto de prescrições ortográficas abarca ainda o emprego de letras maiúsculas, e, também, os usos de sinais de pontuação. Como já comentamos os preceitos de Pero de Magalhães de Gândavo concernentes aos sinais de pontuação em seção anterior deste texto, vamos apenas referir sua doutrina sobre o emprego de letras capitais, que complementa as dos gramáticos, ortógrafos e mestres escribas espanhóis, previamente tratadas.

A letra maiúscula deve ser utilizada sempre em dois lugares da estrutura textual: 1) No princípio de um parágrafo; e 2) depois de um ponto final, quando se encerra um período: "Em principio de regra quando se começar a escrever algũa cousa, sempre se vsarà de hũa letra destas maiúsculas. [...] E logo a diante do mesmo ponto (final) a primeira letra que se seguir serà maiuscula"[202]. Pero de Magalhães de Gândavo ainda elenca os outros usos próprios de letras maiúsculas, e, embora os nomes próprios devam ser escritos, segundo ele, com uma letra capital no princípio, como nos dias de hoje, os meses do ano, assim como bichos, também têm direito a essa distinção, sem que se refira, ao mesmo tempo, o emprego de maiúsculas com a finalidade de produzir ênfase – doutrina comuníssima em Espanha no século XVI:

> E assi todos os nomes proprios, & sobrenomes de homens, ou de molheres, & nomes de cidades, de villas, ou de lugares, de reinos, prouincias, nações, & rios, & de nomes exquisitos de animaes, ou

---

[201] Idem, pp. 3-4.

[202] GÂNDAVO, Pero de Magalhães de. *Regras que Ensinam a Maneira de Escrever e Orthographia da Lingua Portuguesa, com um Dialogo que adiante se Segue em Defensam da Mesma Lingua*. Lisboa: Antônio Gonsalves, 1574, "Dos lugares onde se ha de vsar destas letras maiusculas, & das pausas & distinções que se requerem no discurso das escripturas", p. 1.

bichos feroces, & os doze meses do anno, tambem
se escreuerão com letra maiuscula.[203]

(II.10)

Não vemos por que não se possa produzir no Brasil uma edição crítica em que se mantenha a grafia do apógrafo, no caso de edições críticas, como costuma ocorrer em *old-spelling editions*.

Edições modernizadas podem perfeitamente dar conta de atender às demandas de um público mais lato e, no caso de edição crítica de textos curtos, pode-se perfeitamente apresentar, a par do texto crítico, um texto modernizado, como aqui se propõe para a edição crítica da "Écloga Piscatória".

Cremos ser necessário iniciar uma pesquisa sistemática sobre os sistemas notacionais dos séculos XVI, XVII e XVIII para não mais descartar, como costuma acontecer no Brasil, os acidentais presentes nos testemunhos sem previamente especificar sua significação para o público de então.

Quanto à edição modernizada aqui proposta, terá de ser refeita de acordo com novas apropriações do texto atribuído a Santa Rita Durão em tempo por vir, quando os critérios de normatização/modernização por nós adotados não terão necessariamente mais validade, já que a língua se transforma no tempo e no espaço.

Como já se disse, o trabalho aqui ensaiado é precário e vale como estímulo à reflexão. Como fruto da reflexão sobre questões que se podem algumas vezes resolver e outras não, cremos poder dizer que a edição aqui proposta é crítica, porque fruto do pensamento crítico sobre o fazer histórico da filologia.

(II.11) Critérios adotados para a edição crítica:

1. Mantivemos a grafia do apógrafo, com exceção do "esse" caudado, que foi substituído pelo grafema

---
[203] Idem, p. 2.

hoje em vigor e que já era empregado também majoritariamente no século XVIII.
2. Mantivemos os sinais de pontuação do manuscrito.
3. Antes das estrofes, tornamos íntegros os nomes dos pastores que dialogam, nomes esses que no manuscrito às vezes se apresentam de forma abreviada – os acréscimos compareçem entre colchetes [ ].
4. Separamos os vocábulos conglomerados.
5. Reunimos os elementos de um só vocábulo quando separado.
6. Desenvolvemos as abreviaturas entre colchetes [ ].
7. Usamos chaves simples { } para indicar supressão.
8. Usamos parênteses ( ) para indicar calafetação.
9. Usamos hífen na ligação de pronomes átonos a formas verbais.
10. Mantivemos o lineamento do manuscrito.

Texto crítico

Ecloga Piscatoria
de
Forgino, e Duriano

Ao Nascimento do Principe da Beira por Fr[ei] Jozè de S[an]ta Rita Durão, Religiozo da Graça.

Forgin[o]
Como vai Duriano o rio ameno
Correndo manço para o mar sereno!
Ali surcando estão com alegre bico
Dous Lavancos, não vês? E hum Massarico,
(5) Toda a praia me infunde huma esperança,
De que ha de ser constante esta bonança.

Durian[o]
O brando vento assopra, e na agoa pura,

Variando mil vezes a figura,
Faz que duvide ainda, estando vendo,
(10) Se he a vista, ou licor que está tremendo.

Forgino
As mesmas avezinhas dos Salgueiros,
Entoão os seus cantos lizongeiros
Com mais doce armonia; nem do Prado
O mar se destinguira socegado,
(15) Se quando a diferença no mais perde,
Não fora o mar azul, e o Prado verde.
Não julgas Duriano, que isto seja
Signal de hum grande bem, que o Ceo dezeja
Conceder aos mortaes? Talves he indicio
(20) De algum innopinado beneficio,
Ver como a terra, o Ceo, o mar, e os ventos
Na concordia feliz dos elementos,
Gozão de tanta paz, tanto socego,
Como hoje ve nas praias do Mondego.

Duriano
(25) Não he Furgino vão teo vatecinio,
Pois he certo, que os Astros tem dominio
Para dar-nos talves como pressagos
Indicios de ventura, ou dos estragos.
Parece em dia tal, como o prezente,
(30) Que {a}inda o mesmo insencivel gosto sente,
O ar, o Ceo, o clima, o feliz anno
Tudo infunde hũ prazer tão soberano,
Que quando a nossa dita {a}ind{i}a ignorára
No aprazivel da vista suspeitara
(35) O beneficio immenso do Ceo Santo.

Forgen[o]
Dize tudo, se podes dizer tanto.

Duriano
Era o tempo, em que o Sol queimando tudo
Abraza dentro da agoa o peixe mudo,
Quando o ameno Mondego de agoas pobre
(40) Todo o leito de areas nos descobre.
Erão vinte e hum de Agosto, a noite escura,
Quando vimos nascer huma creatura,
Com que o amor, o respeito, e a Magestade
Suprirão nessa noite a claridade.
(45) Naquella noite as Tagides formozas
Virão as mesmas trevas luminozas
Com tanto resplandor, que já vi dia
Que menos, que essa noite luziria.
Aquelle grande Povo sem segundo
(50) Aonde quazi inteiro habita hum mundo;
Com a luz que reflete, em forma brilha,
Que fes por nunca vista maravilha,
Ver alem da Cidade em tanta fragoa
Outra Cidade mais debaixo da agoa.
(55) O grande pescador, de cuja linha
Meio mundo pendente se sostinha,
Xega ao berço suave onde adormece
Aquelle novo herdeiro que aparece,
Porque no tempo que recea a Parca
(60) Da Luzitania reja a immensa Barca,
Mudo, e immovel ficou no feliz peito:
Extaze paresseo, mas era gosto.

Forgen[o]
Gosto infalivel he, gloria tão alta,
Que a tanto gosto o sentimento falta.

Durian[o]
(65) Se viste o Pescador, que já cansado,
Tantas vezes as redes tem lansado;
Quando o peixe se amua, e de repente

Ouve hum suçurro de agoa vehemente,
Levanta, e vendo area em hum so ponto,
(70) Pasma de assombro, e fica meio tonto:
Desta sorte pasmado, alegre, e mudo,
Fica o Rey, fica o Reino, e ficou tudo.
Não ves esses Bateis, e os Barcos todos
Ornados de bandeiras por mil modos?
(75) Huns enxendo todo o ar de alegres gritos,
Outros rompendo em vivas infinitos?
Quaes das Lanxas, Iates, e Navetas
Ao Clamor belico(so) das trombetas,
Correspondem soando entre essas minas
(80) Com o tom nautico, e roubo das buzinas?
Olha... escuta no som que reverbera
Aquelle grande nome, que enxe a esfera:
O gosto /diz/ Joze, Joze, motiva;
Ouve o que diz o Céo... /Forg[ino]/ Diz que viva.

Durian[o]
(85) Viva o grande Joze Principe Augusto,
Retrato bello de hum Monarca justo,
Fidelissimo Heroe da Santa Igreja,
Viva o Rey, e no Neto immortal seja.

Forgen[o]
Viva, responde o mar da terra ao canto,
(90) Voe no vento a vos de aplauzo tanto;
Enxa o mundo de assombro, e por segui-la
Que para immortal gloria da Figueira,
Seja eterno o Grão Principe da Beira.

Crítica geral do texto impresso

Nos versos 30 (Que ainda o mesmo insencivel gosto sente,) e 33 (Que quando a nossa dita {a}ind{i}a ignorára,), Francisco Topa subtrai a vogal inicial do vocábulo ({a}inda), já que, por meio dessa subtração, pode dar-se a elisão da vogal do pronome (Que), no primeiro dos versos acima transcritos, e também aquela final do vocábulo (dita), com a consequente restauração do isossilabismo do poema. Mantém-se ao mesmo tempo o esquema rítmico e acentual. Aqui, concordamos com a solução proposta por Francisco Topa.

No verso 44 (Suprirão nessa noite a claridade.), Francisco Topa lê, em lugar do verbo (suprir) com que se inicia o verso, (Suspiraram), tratando-se de evidente equívoco de interpretação paleográfica. Os versos imediatamente anteriores falam do nascimento do Príncipe da Beira, aos vinte e um dias de agosto, em uma (noite escura), e não há dúvida de que (amor), (respeito) e (Majestade), sujeitos de (Suprirão), suprem, por meio do nascimento – como se esse fosse um evento cósmico, e é assim que está metaforizado no poema – a (claridade), ou seja, inteiramna, completam-na.

O verso 78 (Ao Clamor belico das trombetas,) é hipométrico. Francisco Topa, em sua edição, permutou o vocábulo (belico), presente no ms., pelo sinônimo (belicoso), que supriria o verso da sílaba que lhe "falta", sem alterar, ao mesmo tempo, o seu sentido. A solução é econômica e a julgamos inteligente, pois mantém ao mesmo tempo o esquema acentual e rítmico. Pode-se aventar que o copista por distração deixou de inscrever a sílaba final do vocábulo, o que é provável, pois a forma (belico), presente no ms., é sinônima de *belicoso*. Como a *Ode* apresenta evidente isometria, com manutenção acentual e rítmica em todos os versos, aquele hipométrico demanda normalização. Aqui, adotamos a solução proposta por Francisco Topa.

No verso 80 (Com o tom nautico, e roubo das buzinas?), Francisco Topa preferiu enfatizar, por subtração da marca de ressonância nasal (-m) em final de proposição (Co{m}), a elisão, já que se lê, sem sombra de dúvida, (Co'o), contando-se para os dois vocábulos uma única sílaba métrica. No entanto, não cremos ser necessária a subtração do grafema (-m), já que há largo uso, na versificação em língua portuguesa, da preposição (com), escrita na íntegra, seguida de vocal, cujo encontro é marcado na leitura por elisão de ressonância nasal[204]. O manuscrito apresenta o vocábulo (roubo), mas não (rouco), leitura esta presente no texto de Francisco Topa. Não há no texto de Francisco Topa indicação de que se tenha corrigido a lição do ms., e, por essa razão, pensamos que (rouco) tenha sido de fato a interpretação do filólogo português. Não cremos que se deva corrigir o apógrafo, pois se fala do (tom nautico) e, também, do (roubo das buzinas). Parece-nos que se faz menção ao tom náutico das buzinas, e, também, ao seu "roubo" – como que um efeito do tom náutico –, no sentido de "arrebatar" e "enlevar". Pode-se dizer que (roubo) esteja a significar "arroubo", "êxtase", sentido esse que condiz perfeitamente com o contexto. O uso é incomum, é verdade, mas se coadunaria perfeitamente com o conceito de *lectio difficilior potior*, caso o adotássemos aqui.

(II.12) Critérios Adotados para a Edição Modernizada:

1. Eliminamos de forma sistemática as particularidades gráficas sem valor fonológico.
2. Foram modernizadas as grafias dos ditongos orais –ae (-ai), -eo (-eu), -oa (-uá), e, quanto a –ea, normalizou-se seu emprego segundo o uso contemporâneo (-eia), quando representa hodiernamente um tritongo, e, no caso do vocábulo "creatura", alterou-se sua forma para a que vige hoje em dia (criatura).
3. Fixamos os ditongos nasais, normalizando a 3ª pessoa do plural do pretérito perfeito e do presente do indicativo segundo o uso contemporâneo (-am).

---

[204] Para larga exposição da matéria, ver Chociay, Rogério. *Teoria do Verso*. São Paulo: McGraw-Hill, 1979, pp. 18 e seguintes.

4. Fixamos o emprego da fricativa palatal surda segundo o uso contemporâneo (–ch) e (–x).
5. 12. Atualizamos o emprego dos sinais que representam as sibilantes surdas (-s), (-c), (-ç), (-ss), e, também, as sibilantes sonoras (-s), (-z).
6. Atualizamos o emprego das fricativas palatais sonoras segundo o uso contemporâneo (-j) e (-g).
7. Eliminamos as consoantes duplas hoje não mais empregadas.
8. Quanto ao emprego do h, seguimos o uso contemporâneo. Assim, eliminamo-lo em palavras, por exemplo, como he.
9. Fixamos o índice de nasalização incidente sobre a vogal –u, (-ũ), segundo o uso contemporâneo (-um).
10. Substituímos o –y pelo (-i) segundo o uso contemporâneo.
11. Empregamos o hífen para ligar os pronomes átonos às formas verbais de que dependem.
12. Empregamos o apóstrofo para indicar a elisão vocálica.
13. Empregamos letras maiúsculas no início de cada verso e nos casos exigidos pelo uso contemporâneo, embora tenhamos decidido manter as ocorrências de capitais no início de vocábulos, assim grafados no ms., para produzir ênfase.
14. Desenvolvemos as abreviaturas entre colchetes [ ].
15. Usamos chaves simples { } para indicar supressão.
16. Usamos parênteses ( ) para indicar calafetação.
17. Pontuamos o texto conforme a prática contemporânea.

Texto modernizado

Écloga Piscatória de Forgino e Duriano

Ao Nascimento do Príncipe da Beira, por Frei José de Santa Rita Durão, Religioso da Graça.

Forgin[o]
Como vai, Duriano, o rio ameno
Correndo manso para o mar sereno!
Ali, surcando estão, com alegre bico,
Dous Lavancos, não vês?, e um Maçarico.
(5) Toda a praia me infunde uma esperança
De que há de ser constante esta bonança.

Durian[o]
O brando vento assopra e, na água pura,
Variando mil vezes a figura,
Faz que duvide, ainda estando vendo,
(10) Se é a vista ou licor que está tremendo.

Forgino
As mesmas avezinhas dos Salgueiros
Entoam os seus cantos lisonjeiros
Com mais doce harmonia; nem do Prado
O mar se distinguira sossegado,
(15) Se quando a diferença no mais perde,
Não fora o mar azul, e o Prado verde.
Não julgas, Duriano, que isto seja
Sinal de um grande bem, que o Céu deseja
Conceder aos mortais? Talvez é indício
(20) De algum inopinado benefício
Ver como a terra, o Céu, o mar e os ventos,
Na concórdia feliz dos elementos,
Gozam de tanta paz, tanto sossego,
Como hoje vê nas praias do Mondego.

Duriano
(25) Não é, Forgino, vão teu vaticínio,
Pois é certo que os Astros têm domínio
Para dar-nos talvez como pressagos
Indícios da ventura ou dos estragos.
Parece em dia tal, como o presente,

(30) Que {a}inda o mesmo insensível gosto sente
O ar, o céu, o clima, o feliz ano;
Tudo infunde um prazer tão soberano,
Que quando a nossa dita {a}ind{i}a ignorara,
No aprazível da vista suspeitara
(35) O benefício imenso do Céu Santo.

Forgin[o]
Dize tudo, se podes dizer tanto.

Duriano
Era o tempo em que o Sol queimando tudo
Abrasa dentro da água o peixe mudo;
Quando o ameno Mondego de águas pobre
(40) Todo o leito de areias nos descobre.
Eram vinte e um de Agosto, a noite escura,
Quando vimos nascer uma criatura,
Com que o amor, o respeito e a Majestade
Supriram nessa noite a claridade.
(45) Naquela noite, as Tágides formosas
Viram as mesmas trevas luminosas
Com tanto resplandor, que já vi dia
Que menos que essa noite luziria.
Aquele grande Povo sem segundo
(50) Aonde quase inteiro habita um mundo,
Com a luz que reflete, em forma brilha,
Que fez por nunca vista maravilha
Ver além da cidade, em tanta frágua,
Outra cidade mais debaixo da água.
(55) O grande pescador, de cuja linha
Meio mundo pendente se sustinha,
Chega ao berço suave onde adormece
Aquele novo herdeiro que aparece,
Porque no tempo que receia a Parca
(60) Da Lusitânia reja a imensa Barca.
Mudo e imóvel ficou no feliz peito:
Êxtase pareceu, mas era gosto.

Forgin[o]
Gosto infalível é, glória tão alta,
Que a tanto gosto o sentimento falta.

Durian[o]
(65) Se viste o Pescador que, já cansado,
Tantas vezes as redes tem lançado,
Quando o peixe se amua, e, de repente,
Ouve um sussurro de água veemente,
Levanta e vendo areia em um só ponto,
(70) Pasma de assombro e fica meio tonto;
Desta sorte pasmado, alegre e mudo
Fica o Rei, fica o Reino e ficou tudo.
Não vês esses Batéis e os Barcos todos
Ornados de bandeiras por mil modos?
(75) Uns enchendo todo o ar de alegres gritos,
Outros rompendo em vivas infinitos?
Quais das Lanchas, Iates e Navetas,
Ao clamor belico(so) das trombetas,
Correspondem soando entre essas minas
(80) Com o tom náutico e roubo das buzinas?
Olha... escuta no som que reverbera
Aquele grande nome que enche a esfera:
O gosto (diz) José, José, motiva;
Ouve o que diz o Céu... /Forg[ino]/ Diz que viva.

Durian[o]
(85) Viva o grande José, Príncipe Augusto,
Retrato belo de um Monarca justo,
Fidelíssimo Herói da Santa Igreja.
Viva o Rei e no Neto imortal seja!

Forgin[o]
Viva, responde o mar da terra ao canto,
(90) Voe no vento a voz de aplauso tanto;
Encha o mundo de assombro e, por segui-la,
Que para imortal glória da Figueira,
Seja eterno o Grão Príncipe da Beira!

(II.13)

Para o preparo da edição do *Códice Asensio-Cunha*, patrocinada pelo Programa de Pós-Graduação de Literatura Brasileira da Faculdade de Filosofia, Letras e Ciências Humanas da Universidade de São Paulo, com a finalidade de atender à demanda de docentes, alunos e de um público mais amplo por uma edição do *corpus* poético colonial seiscentista e setecentista atribuído a Gregório de Matos e Guerra que não fosse produzida sob a égide de uma filologia romântica – com tudo o que implica de desistorização, como já demonstrado anteriormente –, optou-se por manter a pontuação do manuscrito, sem produzir nenhuma alteração nela, já que a pontuação, aplicada segundo preceitos retóricos da *actio,* modulava a récita ou leitura em voz alta dos textos poéticos; ao mesmo tempo, diferentemente do que se fez para a edição crítica da "Écloga Piscatória", aqui se publicam apenas os textos com modernização ortográfica. O custeio da edição não permitiu imprimir o texto em *old-spelling* ao lado do modernizado. Cabe dizer, no entanto, que a dupla apresentação de cada texto poético seria a realização plena do trabalho filológico, pois desse modo se garantiria a preservação do propriamente histórico da materialidade documental, pondo à disposição do público, ao mesmo tempo, um texto mais facilmente acessível. Nesta edição, houve crase de - ee -, indicada sempre com trema - ë -. Acréscimos foram inseridos entre colchetes retos [].

Temos de dizer, ainda, que a edição dos textos poéticos em *old-spelling,* juntamente com o fornecimento ao público de textos ortograficamente modernizados, não implicariam a produção de uma edição crítica, pois, como já demonstrado por Marcello Moreira[205], cada códice traz um conjunto

---

[205] MOREIRA, Marcello. *Critica Textualis in Caelum Revocata?* Uma Proposta de Edição e Estudo da Tradição de Gregório de Matos e Guerra. São Paulo: Edusp, 2011, sobretudo o primeiro capítulo.

de variantes textuais importantes, tanto do ponto de vista poético quanto do especificamente didascálico, que cumpre fornecer em conjunto ao público, seja ele especializado ou não, por meio de uma edição de tipo *variorum*, em que o *versioning* seja o fundamento e a finalidade da edição, complementado por um detalhado estudo de cada códice, para que se possa compreender seu funcionamento como artefato bibliográfico-textual.

A importância da materialidade dos volumes constituintes da tradição de Gregório de Matos e Guerra será tratada de forma exaustiva mais à frente. Por ora, basta dizer que, paralelamente à preservação da pontuação, também se preserva a capitalização de cunho fortemente intensivo ou afetivo, nos séculos XVI e XVII, cujos fundamentos já foram apresentados em outras partições desta seção. Por fim, a atualização ortográfica não incide sobre os vocábulos que no século XVII apresentavam particularidades prosódicas e sobre outros que, no final de verso, se fossem mudados, poderiam alterar o regime rímico dos poemas. Numeramos todas as composições dos quatro volumes do *Códice Asensio-Cunha*. A numeração não se encontra no manuscrito, sendo, portanto, intervenção editorial, como outras mais, impossíveis de evitar. Edição é mediação, considerando-se, é claro, que há diversas mediações possíveis, muitas das quais abolem a historicidade do que há de histórico no testemunho, quando propugnam sua salvaguarda.

Quanto aos poemas sabidamente de outros poetas e que se encontram no *Códice Asensio-Cunha*, como o cancioneiro completo de Eusébio de Matos, permaneceram em nossa edição, pois sua presença se explica como um incremento da *fides* da ficção poética que se tece na *Vida*, quando se fala, por exemplo, da excelência nas letras divinas e humanas do irmão de Gregório de Matos e Guerra, excelência essa atestada por sua perícia no poetar, de que os poemas reunidos no cancioneiro são prova. O mesmo vale, por exemplo, para os poemas de Tomás Pinto Brandão. Há casos em que se atribuem poemas a Gregório de Matos e Guerra, que sabemos não serem dele, e cuja autoria pode ser estabelecida pela compulsação da *Fênix Renascida* e de outros livros de poesia em que se reuniu a produção poética do século XVII português, trabalho esse em parte já feito por Francisco Topa; permaneceram em nossa edição, para que se tenha ideia de como a poesia ibérica seiscentista era atribuída ao poeta baiano pela sua máxima autoridade na cidade da Bahia dos séculos XVII e XVIII. Por fim, cabe dizer que nem todas as composições poéticas atribuídas a Gregório de Matos e Guerra se encontram no *Códice Asensio-Cunha*, conquanto nesse Manuscrito se recolha a maior parte dos poemas ditos gregorianos. Caberá reunir proximamente a poesia "esparsa", ou seja, aquela recolhida em outros membros da tradição de Gregório de Matos e Guerra, para publicá-la em um volume dedicado aos versos alheios ao *Códice Asensio-Cunha*.

O problema do texto e de sua edição na tradição neolachmannina brasileira

Como se viu em seção anterior deste estudo, intitulada "Segismundo Spina, Leodegário A. de Azevedo Filho e as Fundações da Filologia Neolachmanniana: Texto e Genuinidade", a crítica textual tem como objeto de perquirição não livros, manuscritos ou qualquer outro artefato que tenha como um de seus componentes os códigos linguísticos ou o que simplesmente se convencionou designar pela palavra "texto", mas dedica-se exclusivamente à elucidação, à interpretação do "texto" e à sua fixação filológica. Pode-se encontrar essa proposição geral de método e fins em qualquer um dos manuais de crítica textual publicados no Brasil, sejam de autores brasileiros ou não. Para nos atermos ao mais lido deles, excertemos *Introdução à Edótica*, pois Segismundo Spina repete que a "filologia concentra-se no **texto** (grifo nosso), para explicá-lo, restituí-lo à sua genuinidade e prepará-lo para ser publicado"[206]. Esse apego exclusivo aos códigos linguísticos poderia ser perfeitamente compreensível para a prática filológica que desconheceu a renovação do campo historiográfico promovida, sobretudo, durante o século XX, pelos *annalistes*, mas não só por eles, já que a pesquisa "bibliográfica" de historiadores de primeira grandeza do livro e da leitura, como Roger Chartier, para citar apenas o mais conhecido deles no Brasil, deve muito à *Bibliography* anglo-saxã, como ele mesmo por mais de uma vez asseverou[207]. Ao empreender sua pesquisa sobre a história do livro e da leitura, Chartier foi um dos autores da proposição geral de que a compreensão da historicidade de um "texto" depende, em primeiro lugar, da recuperação histórica e filológica das "categorias de atribuição, de designação e de classificação dos discursos peculiares à época e ao lugar a que pertencem"[208], mas não só, pois é ainda preciso, segundo ele, escrutinar cuidadosamente "seus suportes de transmissão" que modelam em parte sua significação[209].

É por essa razão que afirma que a compreensão de uma dada obra implica, necessariamente, o estudo das "transações, sempre instáveis e renovadas, entre a obra e a pluralidade de seus estados"[210], entendendo-se "estado",

---

[206] SPINA, Segismundo. Op. cit., 1977, p. 75.

[207] Ver, dentre outros, os seus livros *Do Palco à Página: Publicar Teatro e Ler Romances na Época Moderna – Séculos XVI-XVIII*. São Paulo: Casa da Palavra, 2002; *Cultura Escrita, Literatura e História*: Porto Alegre: Artmed, 2001; .

[208] CHARTIER, Roger. Op. cit., 2011, p. 11.

[209] Para um estudo sobre "categorias de atribuição, de designação e de classificação dos discursos peculiares à época e ao lugar a que pertencem", leia-se HANSEN, João Adolfo. *A Sátira e o Engenho*. Gregório de Matos e a Bahia do Século XVII. Cotia: Campinas, Ateliê Editorial: Edunicamp. 2 ed. revista 2004, em que se empreende a recuperação histórico-filológica das doutrinas retórico-poéticas que regravam a produção de vitupérios e os critérios teológico-políticos e retóricos de legibilidade da poesia satírica no mundo luso-brasileiro.

[210] CHARTIER, Roger. Op. cit., 2011, p. 11.

aqui, não como a sucessão de etapas redacionais ou escriturais – sentido dominante em crítica textual –, mas como conjunção particular de aspectos linguísticos e bibliográficos. Os "estados" de que fala Roger Chartier são, em suma, modalidades de inscrição dos textos, cujo reconhecimento subverte a forma tradicional de lê-los, ora autoralmente, ora semioticamente, porque preconiza a materialidade dos objetos e as práticas de inscrição presentes no que é propriamente bibliográfico como condicionantes e participantes da significação.

O texto que é objeto da crítica textual neolachmanniana praticada no Brasil, como o declara Leodegário A. de Azevedo Filho, passa por uma operação, a edição, que é "absolutamente necessária ao perfeito entendimento de um texto"[211]. Esse entendimento, por sua vez, depende da "completa interpretação filológica"[212] que dele se fizer visando-se "aproximá-lo da última vontade consciente de seu autor"[213]. O texto interpretado filologicamente de acordo com o método preconizado por Leodegário A. de Azevedo Filho é o conjunto de sinais que equivalem à sua inscrição sobre um suporte. Concebendo-se a existência de um circuito de comunicação, isso só é feito para afirmar que ele é o responsável pela deterioração paulatina do texto, que urge sanar.

A filologia neolachmanniana ensinada no Brasil não se propõe a investigar o estatuto colaborativo de livros e manuscritos, nos séculos XVI, XVII e XVIII, em que, do autor ao leitor, mediavam importantes figuras corresponsáveis pela produção bibliográfico-textual, como escribas, ilustradores, editores, compositores, impressores e tantos outros, como os leitores e os ouvintes, que, pela prática do remanejamento, intervinham inventivamente nas obras. Ela antes deseja eliminar, se possível, essas formas de mediação julgadas "estranhas"

---

[211] AZEVEDO FILHO, Leodegário A. de. Op. cit., 1987, p. 16.

[212] Idem, ibidem.

[213] Idem, ibidem.

à produção de impressos e manuscritos. No entanto, não se pode pensá-los sem sua colaboração. Somente por ignorar programaticamente a prática de apropriação inventiva de obras poéticas, mas não só, por parte de comunidades de leitura – pois nesses séculos leitores discretos não se apropriam de poemas como o fazem leitores vulgares – pôde a filologia neolachmannina brasileira manter como postulado para a consecução de sua desejada edição dita crítica um procedimento como a *emendatio ope codicum*[214], que reduz a riqueza das variantes a um edênico Uno, quando a queda do Original ainda não ocorrera pelos pecadilhos da gente ignara que se apropriou do texto somente para corrompê-lo.

Essa filologia, por mais que nos possa pasmar, preconiza ao mesmo tempo a historicidade da própria língua e a invariância das práticas de escritura e leitura, sofrendo romanticamente, desse modo, de forte miopia histórica, a despeito de sua aparente consciência histórica. Tanto o procedimento crítico denominado *emendatio ope codicum*, que seleciona a lição de acordo com o predomínio numérico de uma dada variante, como o complementar do *emendatio ope conjecturae*, fundado na *divinatio*, fundam-se na crença de que o texto autoral, livre de toda mácula da mediação histórica, pode ser restituído pelo agenciamento filológico. Isso, no entanto, sem se deter na defasagem que separa as práticas artísticas efetivas de uma forma idealista de concebê-las dissociadas da história, em que, a partir de modelos gnoseológicos que por demais as simplificam por subsumi-las a um Mesmo, que é um outro, o outro do presente, tornam-nas o que não são, condição de que se possa falar do autor e de sua última vontade inscrita em uma forma acabada e definitiva de *opus* ontem, hoje e sempre.

Os filólogos neolachmannianos querem romanticamente recriar eventos, mas só querem fazê-lo pressupondo e universalizando o que consideram ser o ponto de vista do

---

[214] Idem, p. 16.

ator que julgam principal, erro esse já apontado por Paul Veyne ao discutir as condições historiográficas de reconstrução do passado. Segundo o filólogo e historiador francês,

> Ainda que eu tivesse sido contemporâneo e testemunha de Waterloo, ainda que tivesse sido seu principal ator, Napoleão em pessoa, teria apenas uma perspectiva sobre o que os historiadores chamarão o evento Waterloo; só poderia deixar para a posteridade o meu depoimento que, se chegasse até lá, seria chamado indício[215].

Por que, diz Veyne, a perspectiva de Waterloo que é fornecida por Napoleão seria apenas uma perspectiva sobre o que os historiadores chamarão "o evento Waterloo"? Porque, segundo ele, "a narração histórica situa-se para além de todos os documentos", pois todo documento permite uma apreensão sempre incompleta e lateral de um evento, sendo apenas um indício dele. Do mesmo modo, uma *poiesis* que se peculiariza por seu caráter protéico deixa de si testemunhos que são sempre possibilidades de sua atualização, mas atualizações também elas incompletas e laterais, que necessitam do múltiplo para melhor se iluminar, pois o evento histórico a ser melhor compreendido é a própria *poiesis*, e os múltiplos pontos de vista sobre ela são as suas muitas e possíveis atualizações, que são seus testemunhos ou indícios. Mas os filólogos neolachmannianos não estão interessados em *poiesis*, mas no Poeta, e, se pensam que escrevem história, não o fazem no modo diegético, mas no mimético, pois põem o herói a falar, ao asseverar que o poema filologicamente reconstruído representa sua última vontade.

Se, como diz Paul Veyne, o lado "historicista da história sempre foi uma das atrações mais populares do gênero"[216], essa atração passou desapercebida pelos filólogos,

---

[215] VEYNE, Paul. *Como se Escreve a História*. Brasília: Editora UnB, 1998, p. 18.
[216] Idem, p. 19.

pois eles não se deram conta de que "a variedade dos valores através dos séculos e das nações é um dos grandes temas da sensibilidade ocidental"[217].

Códices gregorianos: disposição de poemas e articulação retórico-política das matérias

Os poemas atribuídos a Gregório de Matos e Guerra circularam na cidade de Salvador da Bahia e no Recôncavo baiano primeiramente em folhas volantes, como era prática, aliás, em todo o Império Marítimo Português. Os poemas contidos nelas eram, por sua vez, lidos em voz alta ou silenciosamente, duas modalidades de apropriação da lírica correntes no mundo europeu, embora parte da poesia atribuída ao poeta baiano devesse ser participada ao seu auditório por meio do canto, como tornam patente as próprias didascálias que encimam os poemas copiados nos códices dessa tradição: "tonilhos para cantar" ou "romance para cantar". Ao indicarem o modo de atualização dos poemas contidos nos manuscritos – não para serem lidos silenciosamente ou até mesmo em voz alta, mas para serem cantados –, as didascálias são o que Paul Zumthor, discorrendo sobre a presença da voz na poesia dos trovadores, denominou "índices de vocalidade"[218].

Detenhamo-nos um momento para explicitar o que se compreende, nos escritos zumthorianos, por vocalidade dominante da poesia de *troubadours* e *trouvères,* e examinemos a bibliografia imediatamente anterior à de Paul Zumthor, que lhe serviu de base para pensar as relações entre voz e poesia na sociedade "medieval" do Ocidente europeu, principiando a discussão pela leitura dos antecedentes.

Albert Bates Lord, em um de seus estudos sobre as relações entre oralidade e poesia épica, faz a hipótese de

---

[217] Idem, ibidem.

[218] ZUMTHOR, Paul. *Essai de Poétique Médiévale.* Paris: Éditions du Seuil, 1972, sobretudo o capítulo sobre *performance.*

que os modos de composição formular da épica entre os poetas servo-croatas da antiga Iugoslávia e da Albânia talvez sirvam para esclarecer como os aedos gregos compuseram os poemas homéricos. Ele parte da definição de composição formular proposta por Milman Perry nos últimos anos da década de 1920 e nos primeiros anos da década de 30 do século passado. Segundo Milman Parry, a poesia formular poderia ser definida como "*a group of words which is regularly employed under the same metrical conditions to express a given essential idea*"[219]. Esse caráter formular da poesia épica, tal como definido por Milman Parry, foi melhor circunscrito por Albert Bates Lord, quando, ao empreender a crítica de um estudo de C. M. Bowra, afirmou que a estrutura formular é composta, sobretudo, de substantivo-adjetivo ou, ainda, de linhas repetidas. Para ele, a identificação da fórmula se dá pela perfeita reiteração de um segmento textual por outro ("*The formula requires exact word-for-word, metrical-pattern-for-metrical-pattern repetition*"[220]), enquanto o que C. M. Bowra também definiu como "formular", ou seja, "*repeated themes – as in the arming of heroes, the preparing of ships and chariots, the offering of sacrifices*", é, para Albert Bates Lord, outro procedimento compositivo, não propriamente formular, pois, no emprego da composição de tipo temático, o tema pode ser desdobrado poeticamente por meio do recurso a estruturas formulares muito diferentes, o que torna o texto, do ponto de vista elocutivo, uma variante temática de si mesmo por meio de uma variação formular.

As estruturas formulares baseadas no binômio *substantivo-adjetivo* são muito curtas, não excedendo mais do que uma linha dos poemas, o mesmo valendo obviamente para a prática de repetição de linhas: «*Formulas seldom go beyond*

---

[219] Ver PARRY, Milman. (Ed.). *The Making of Homeric Verse*: The Collected Papers of Milman Parry. Oxford: Oxford University Press, 1993.

[220] LORD, Albert Bates. Composition by Theme in Homer and Southslavic Epos. In: *Transactions and Proceedings of the American Philological Association*, vol. 82, 1951, pp. 71-80.

the single line in the oral poetry of which I have any knowledge, although there are occasions when they are longer"[221]. Por outro lado, a composição temática diferenciar-se-ia da composição formular porque, em primeiro lugar, ela não reproduz com obrigatoriedade segmentos previamente introduzidos no texto, observando-se uma identidade do tipo *word-for-word* ou *metrical-pattern-for-metrical-pattern*; o tema é simplesmente um elemento recorrente da narração ou da descrição, podendo ser chamado ainda de composição por *schemata* ou de composição *típica*, caracterizando-se por sua recorrência:

> *The theme can be defined as a recurrent element of narration or description in traditional oral poetry. It is not restricted, as is the formula, by metrical considerations; hence, it should not be limited to exact word-for-word repetition. It is approximately what Arend has called "die typischen Scenen" in his work on Homer, and what Gesemann in the case of the Southslavic poetry has called "Kompositions-Schemata." Regular use, or repetition, is as much a part of the definition of the theme as it is of the definition of the formula, but the repetition need not be exact. Strictly speaking, we cannot call an action or situation or description in the poetry a theme unless we can find it used at least twice.*[222]

Segundo Albert Bates Lord, no mundo servo-croata o aprendizado de um cantor de épicos obrigava-o a memorizar, em primeiro lugar, as fórmulas, para que estivesse apto, e somente então, a pôr-se a cantar, independentemente da qualidade da *performance*, um segmento qualquer de uma canção, quando punha a operar a composição propriamente temática à medida que o canto transcorria[223]. A composição temática operacionaliza o remanejamento de um poema ouvido ou ainda a composição de um novo poema:

---

[221] Idem, pp. 71-72.

[222] Idem, p. 73.

[223] Idem, ibidem.

> *The real function of the theme is to be found in that phase of transmission which covers the learning of a song by a singer in the later stages of his training or by an accomplished singer and in the creation of a new song. Once a singer has a command of the common themes of the tradition, he has merely to hear a song which is new to him only once to be able to perform it himself.*[224]

Acima desses dois procedimentos compositivos, há o de aprender um enredo (*plan*), para compor novas versões dele, valendo-se, para tanto, da prática de composição por meio da atualização de temas e de fórmulas. Segundo Albert Bates Lord, o remanejamento de um enredo só é possível porque já se pode movê-lo pela capacidade compositiva de empregar, nas variações elocutivas, temas e fórmulas previamente aprendidos:

> *A Yugoslav singer told me last year that when he learned a new song he made no attempt at word-for-word memorization but learned only the "plan" of the song, which he explained as "the arrangement of the events." This plan he then proceeded to fill in with the themes which he already knew. Were these themes not familiar to him, learning a song which he had not heard before would be a difficult, if not impossible, task, and the processes of transmission within the tradition would be slowed down, perhaps to a stop.*[225]

Após especificar os procedimentos de composição da épica servo-croata, ou seja, fórmula, tema e memorização de um enredo com seu posterior remanejamento[226], Albert

---

[224] Idem, ibidem.

[225] Idem, p. 74.

[226] Em um relatório apresentado à comunidade acadêmica sobre uma de suas viagens à Iugoslávia com o objetivo de coletar material sobre a prática de composição em *performance* de poemas épicos pertencentes à tradição servo-croata, Albert Bates Lord afirma que visava verificar possíveis mudanças, tanto no nível musical quanto no propriamente textual, ocorridas nos textos que tinham sido registrados anos antes por Milman Parry. Desse modo, reencontrando os mesmos poetas

Bates Lord constata que esses mesmos procedimentos são empregados sistematicamente nos poemas homéricos e propõe que as práticas de ordenação do texto épico, tanto para o caso da épica servo-croata quanto para o da épica dos aedos gregos, seriam basicamente as mesmas[227].

É de notar que memorização de enredos e seu remanejamento pelos procedimentos compositivos do tema e da fórmula são próprios de uma cultura eminentemente oral, em que a partilha social da poesia se dá na voz e pela voz. Por essa razão, ao relacionar essa prática compositiva servo-croata aos poemas homéricos, Albert Bates Lord assevera:

> *The art of composition by formula and theme, a highly developed and complex art, came into being for the very*

---

a performar as "mesmas canções", poder-se-ia constatar o que Paul Zumthor, anos mais tarde, frente à tradição poética trovadoresca, definiria como a movência característica das práticas compositivas fundadas na voz. O que importa dizer aqui é que Albert Bates Lord já tinha conhecimento da instabilidade da palavração dos poemas e, também, da música que a acompanhava a cada nova apresentação: *"The purpose of this, my third, sojourn in Yugoslavia was twofold. First, I was seeking out those singers of epic tales from whom Professor Milman Parry of Harvard University had collected in the years 1933-35, in order to record versions of the same songs which he had collected. Such material would enable us to determine with exactness the changes which take place, both on the musical and textual levels, in the singing of any given song by a given singer of a fifteen-year period. Second, I wished to observe the present state of the magnificent epic singing tradition of the Yugoslavs, not only in respect of the continued life of the older repertory but also to the vitality of the tradition in creating new songs from the stormy events of the past decade"* (" LORD, Albert Bates. Yugoslav Epic Folk Poetry. In: *Journal of the International Folk Music Council*, vol. 3, 1951, pp. 57-61 [pp. 57-58]). A par da transcrição de todos os textos que foram gravados por Milman Parry ou que foram por ele anotados a partir de ditados, a pesquisa sobre o material deixado por ele na Universidade de Harvard, *"over 12,500 texts of folk epic, folk song, conversation, and instrumental music"* (Idem, p. 58), tinha de ser complementada por outra, que tivesse por objetivo não apenas transcrever a música com que cada canção era acompanhada quando performada, mas, também, e sobretudo, as relações entre texto e música, pois não podiam ser dissociados, já que constituíam a integridade da «obra». Para tanto, contou-se com a colaboração de musicólogos e músicos afamadíssimos por sua erudição, como, por exemplo, Béla Bartók: «*Without the music only a part of the story would be told. Professor George Herzog, now of Indiana University, consented to undertake the musical notation, and thus he became the musical editor of the Collection. He later turned this work over to Professor Béla Bartók, but since Professor Bartók's death, Professor Herzog has continued in this capacity*" (Idem, ibidem).

[227] LORD, Albert Bates. Op. cit., 1951a, p. 76.

reason that there was no system of note-taking and yet there was a need for a technique of story-telling which allowed scope for the artistic imagination. It is this development which made possible a Homer who was not a scribbler of what his natural unaided memory could not retain, but a master in conveying to his audience the wealth of things which his mind and heart knew with unerring certainty.[228]

Outro aspecto a observar na épica composta em *performance* é sua relação com a história, pois, no caso específico da épica servo-croata, como assevera Albert Bates Lord, pode haver eventos históricos e também personagens históricas, sejam eles ou não contemporâneos dos compositores, referidos nos poemas. Caso se suponha que a matéria dos poemas seja histórica pela remissão a eventos e personagens históricos, há, contudo, sempre duas mediações a observar: em primeiro lugar, a de todos os homens e mulheres que contam para o poeta aquilo que ele deseja saber, com todas as implicações que a mediação implica (*"Events have been filtered, frequently partially and with varying degrees of bias, through several other people to the singer, before he makes his song"*[229]). Em segundo, a do código poético que modeliza o discurso e que faz com que a matéria histórica se amolde ao gênero poético e ao seu decoro específico (*"if he is a traditional singer-composer, he has in his repertory various patterns of story and habit or necessity tends to pull even the received information into conformity with those habitual patterns. Thus the facts of history become distorted in traditional narrative"*[230]).

No entanto, Albert Bates Lord crê serem os poemas principalmente *fictio*, e, o elemento histórico neles presente, uma forma de incremento de sua *fides*. Não há, portanto, como acreditar que a história tenha engendrado os poemas,

---

[228] Idem, p. 80.
[229] LORD, Albert B. History and Tradition in Balkan Oral Epic and Ballad. In: *Western Folklore*, vol. 31, n° 1, 1972, pp. 53-60 [p. 54].
[230] Idem, ibidem.

mas sim que a poesia tenha tomado da história aquilo de que ela necessitava para compor sua verossimilhança: "*What does seem to me to be indicated by the evidence of Smailagic Meho in the case of at least one story of the distant past, is that history enters into or is in its general characteristics reflected in oral epic and ballad tradition, rather than originating it*"[231]. Benjamin A. Stoltz, por sua vez, afirma que é inegável a origem histórica de eventos e personagens mencionados na épica servo-croata[232], mas, aderindo ao postulado de C. M. Bowra, concorda que "*The material of heroic poetry can be accepted as historical when it is confirmed by external evidence and hardly otherwise*"[233], embora se deva ter cuidado de não se valer de fontes julgadas históricas, mas que podem estar contaminadas pelo uso da épica em sua composição, como os antigos anais. No entanto, para o estudo de um caso específico, o da épica servo-croata produzida contemporaneamente aos eventos que ela narra, Benjamin A. Stoltz afirma que ela é bastante acurada em seu propósito de registrar o ocorrido, já que se pode cotejá-la com documentos de outra natureza que lhe são coetâneos: "*The problem of historicity, however, is more clear-cut in epic songs on events of the nineteenth and twentieth centuries: first,* **there is a tendency toward factual reporting in songs on contemporary subjects** (grifo nosso); *second, reliable collateral sources are available*"[234].

O estudo de Benjamin A. Stoltz, no entanto, ao focar o que há de histórico na épica servo-croata composta nos séculos XIX e XX, propõe a poesia e seus códigos como um "meio" em que a história se torna confusa e imprecisa, e isso devido aos procedimentos compositivos próprios desse gênero, como modelos temáticos e formulares:

---

[231] Idem, p. 60.

[232] STOLTZ, Benjamin A. Historicity in the Serbo-Croatian Heroic Epic: Salih Ugljanin's "Grčki rat". In: *The Slavic and East European Journal*, vol. 11, n° 4, 1967, pp. 423-432 [p. 423].

[233] BOWRA, C. M. *Heroic Poetry*. London: 1952, p. 510.

[234] STOLTZ, Benjamin A. Op. cit., 1967, p. 423.

> *Within a framework of traditional motifs and formulas of the oral epic genre, the song displays a certain amount of confusion in its presentation of historical detail; but its core, as this article will show, is historical, drawn chiefly from the experiences of the singer and his Bosnian Muslim comrades in the short Greco-Turkish War of 1897.*[235]

De fato, pode-se verificar, pelos abundantes excertos do poema "sobre a Guerra greco-turca de 1897", que nele há referências a personalidades e eventos históricos, mas o que se torna mais patente é justamente a distância existente entre o épico e o histórico, pois não se visa a nenhuma precisão documental no que se narra no poema, havendo a emissão do que o próprio Benjamin A. Stoltz chama de *elemento mágico* na tessitura poética. Pode-se corroborar, pela análise dos fragmentos de que se vale Benjamin A. Soltz para provar o que de histórico há no épico, a proposição de Albert Bates Lord sobre o ser a história uma forma de incremento da *fides* dos poemas, mas não seu móvel ou sua origem, como já dito acima. Por essa razão se pode explicar a falta de exatidão histórica dos poemas, que não requerem para si o papel de informantes do ocorrido, de eventos ou pessoas, funcionando antes com uma lógica discursiva que é própria do gênero poético praticado, o que nos obriga a desconsiderar como impertinentes as asserções sobre a falta de acuidade do poeta Salih Ugljanin, cuja arte nunca visou à acuidade com que o filólogo o ornou ou com que gostaria de tê-lo adornado:

> *Salih Ugljanin's point of view is obviously not that of a journalist; but rather that of an epic singer who happens to be an old soldier. It is evident that Salih's most accurate depiction of historical events and persons occurs in his description of the battles in which he took part, although even here we find inaccuracies and a good deal of stock material of the oral epic tradition. In reporting treaty*

---

[235] Idem, p. 424.

> *settlements and political motivations, the singer errs to a greater degree.*[236]

Paul Zumthor, em uma bibliografia ampla demais para ser totalmente comentada aqui, tentou definir o que seriam a oralidade e a vocalidade da poesia "medieval". Não se pode discutir a «novidade» das proposições de Zumthor sem considerar a contribuição de pesquisadores como Milman Parry e Albert Bates Lord à sua reflexão histórico-filológica. Zumthor afirmou que todo texto literário "medieval" destinava-se à comunicação em voz alta, fosse diante de um auditório, como no caso da *performance* das canções de gesta, fosse como a leitura de romances realizada em solidão pela prática da manducação da palavra. Abandonou, de qualquer forma, as pesquisas genéticas próprias da filologia oitocentista, e, em suas pesquisas sobre a relação entre oralidade, vocalidade e variação textual, afirmou: *"The question of 'orality' in the chansons de geste or in any other poetic genre can therefore be raised only in terms of performance, not of origin"*[237].

A *mouvance*, concebida como procedimento constitutivo da poética "medieval", implica o caráter multifário dos textos, que demandaria do filólogo instrumentos outros de interpretação que não suas tradicionais ferramentas restitutivas do texto genuíno, que objetivam a redução desse caráter multímodo. Segundo Paul Zumthor, ao investigar tradições textuais que chegaram do passado longínquo, caberia ao filólogo a tarefa de especificar o que estaria sob a superfície dos textos, tornando patente a espessura da voz, a despeito da textualização por que passaram os poemas:

> *to try to see the other side of the mirror, or at least to scratch away the silvering a little. There behind it, beyond the evidence of our present and the rationalities of our methods, lies that remnant – that multiple, without a*

---

[236] Idem, p. 430.
[237] ZUMTHOR, Paul. The Text and the Voice. In: *New Literary History*, vol. 16, 1, 1984, pp. 67-92 [p. 67]

> *unifying origin or a globalizing end, that 'noise' referred to by Michel Serres, any understanding of which resides in our sense of hearing rather than sight.*[238]

Nos poemas atribuídos a Gregório de Matos e Guerra, a espessura da voz evidencia a modalização dos versos por meio de categorias outras que não as que regram a escritura. As didascálias são de importância capital para a compreensão da primeira recepção de que os poemas foram objeto. Por meio delas, entre tantas possibilidades de uso histórico-filológico, está a de lê-las como produção de cenas ficcionais de enunciação, subentendidas nos "próprios poemas", desde que sejam lidos a partir do que as didáscalias prescrevem. A leitura em conformidade com o paratexto transfere a cena ficcional de enunciação do título descritivo para o âmbito da tessitura poética, que se torna, por meio desse procedimento, a encenação do que a cena ficcional de enunciação previa. Pode-se afirmar com certeza que as didascálias são protocolos de leitura de caráter ficcional, pois variam muito de um códice a outro, e essa variação é ela própria indicativa de que a cena ficcional de enunciação era uma espécie de leitura efetuada da obra, posterior a uma primeira apropriação dela pela leitura ou pela audição, cujo registro escrito se tornava, por sua vez, critério de legibilidade do poema quando copiado com uma didascália a encimá-lo. Desse modo, se cada didascália é cena ficcional de enunciação e, também, protocolo de leitura produzido como efetuação de uma leitura por um letrado particular, elas predispõem os leitores ou ouvintes a receber os poemas de modo muito diferente, pois a cena em que o caráter encenado nos é apresentado pode variar de forma significativa. Importa, no entanto, salientar que, a despeito das variações didascálicas, todos os poemas têm como um de seus protagonistas o próprio poeta, que, implicado normalmente como *persona* principal da cena *ficta*

---

[238] Idem, p. 72.

de enunciação, a produz figurando-se, por meio de um artifício engenhosíssimo, a si mesmo como *ethos*, "caráter", ao lado de outros *ethe*, de que ri, zomba e que censura, vitupera e, catolicamente, doutrina etc.

As didascálias têm ainda outra função, pois também se prestam ao estabelecimento de relações intertextuais entre poemas inscritos em um mesmo volume do *Códice Asensio-Cunha* ou entre poemas inscritos em diferentes volumes desta Coleção. É de supor que as remissões entre didascálias de poemas inscritos em uma mesma estrutura bibliográfico-textual seja uma exigência dessa mesma estrutura para ordenar a *dispositio* e dar aos poemas o sentido visado por quem se propôs o trabalho de reuni-los e dispô-los em livros de mão.

Aqui se parte do pressuposto, a ser demonstrado por meio da análise de testemunhos da tradição de Gregório de Matos e Guerra, de que o livro de mão instaura a ordem de sua decifração, que é a objetivada pelo letrado que o fez ou que o mandou fazer. Não se quer dizer com isso que todo leitor sempre leu o livro de mão com plena compreensão dos critérios que presidiram à sua fatura, sejam eles critérios teológico-políticos ou retórico-poéticos, como demonstraremos mais à frente, pois sempre há o que Roger Chartier denominou de "dialética entre a imposição e a apropriação, entre os limites transgredidos e as liberdades refreadas"[239], inflexões essas nos modos de interpretação dos livros de mão, que têm de pensar ao mesmo tempo a maneira como o livro de mão se dá a ler, e, também, as estratégias empregadas por leitores individuais ou por comunidades de leitores para atualizar o sentido das composições poéticas sem se dobrar às prescrições de leitura fornecidas pelo próprio volume.

Mas pode-se fazer a hipótese de que, se os volumes de uma estrutura codicilar, como o são os do *Asensio-Cunha*

---

[239] CHARTIER, Roger. *A Ordem dos Livros*. Brasília: Editora UnB, 1994, p. 8.

e de outros códices da tradição de Gregório de Matos e Guerra, prescrevem, por sua própria estrutura bibliográfico-textual, as formas de apreensão dos poemas neles contidos, toda leitura efetuada que invista os poemas de um sentido outro que não o de que é suscetível por sua participação na estrutura codicológica pode ser ajuizada como uma leitura "vulgar", caso o leitor não se aperceba, frente a esses volumes, dessa mesma estrutura – compreendendo-se "vulgar" segundo a dicotomia intelectual de leitores "discretos" e "vulgares" proposta por João Adolfo Hansen em *A Sátira e o Engenho. Gregório de Matos e a Bahia do Século XVII*[240].

Passemos à análise de um primeiro cancioneiro gregoriano para discutir, a partir de sua interpretação bibliográfico-textual, a relação entre os poemas e a materialidade dos volumes que os encerram.

A reunião dos poemas dispersos

As cópias de textos na América portuguesa, não importa de que natureza sejam eles, podiam ser feitas por particulares ou por profissionais expressamente contratados para tal fim. Sabemos da existência de escribas na América portuguesa por meio de notícias que temos deles, encontradas em documentos vários, como, por exemplo, autos de devassa, em que escribas estão implicados entre os sediciosos – como no caso da sedição baiana de 1798 – por reproduzirem papéis proibidos de circulação e, por conseguinte, de reprodução no Império português por ordem da Coroa[241].

Os manuscritos produzidos na América portuguesa eram copiados de outros manuscritos ou ainda de impressos

---

[240] HANSEN, João Adolfo. *A Sátira e o Engenho*. Gregório de Matos e Guerra e a Bahia do século XVII. 2 ed. revista. Cotia/Campinas: Ateliê Editorial/ Edunicamp, 2004.

[241] Ver, para um longo estudo sobre agentes da cultura escribal no mundo luso-brasileiro no século XVIII, o segundo capítulo de MOREIRA, Marcello. Op. cit., 2011 a.

vindos do Reino e os comitentes podiam acordar com os escribas a qualidade dos materiais escriptórios a serem utilizados na fatura da cópia e até mesmo o grau de excelência desta, podendo-se não aceitá-la quando pronta, caso o produto não correspondesse ao que fora previamente acordado[242]. Pode-se citar, como exemplo de acordo entre comitente e escriba, o que foi travado entre Tomás Pereira da Fonseca, um dos homens que viviam de escrever na cidade da Bahia, em fins do século XVIII, e o sedicioso Domingos da Silva Lisboa, implicado no movimento sedicioso de 1798.

Sabemos que Tomás Pereira da Fonseca foi contratado por Domingos da Silva Lisboa para realizar duas cópias do *Orador dos Estados Gerais*, um dos papéis de francesia traduzidos e que mais circularam na cidade da Bahia na última década do século XVIII, como já discutido e demonstrado por vários pesquisadores que se detiveram na análise dos autos da devassa da conjuração de 1798[243]. Tomás Pereira da Fonseca teve de fazer duas cópias do mesmo papel de francesia, pois a primeira que fizera foi recusada por Domingos da Silva Lisboa com a alegação de que não ficara boa o bastante[244].

Em fins do século XVIII, Tomás Pereira da Fonseca reproduz uma prática, a de multiplicar escritos pelo agenciamento da mão, cujos antecedentes podem ser traçados até a "Idade Média" europeia ou até mesmo antes. Se há homens que vivem de escrever na Europa dos séculos XVI,

---

[242] Idem, ibidem.

[243] Ver, por exemplo, MATTOSO, Kátia M. de Queirós. *Presença Francesa no Movimento Democrático Baiano de 1798*. Salvador: Itapuã, 1969; e TAVARES, Luís Henrique Dias. *História da Sedição Intentada na Bahia em 1798* ("A Conspiração dos Alfaiates"). São Paulo: Livraria Pioneira Editora/INL,1975.

[244] Ver, para uma análise acurada da documentação concernente à recusa de recebimento da cópia realizada, MOREIRA, Marcello. Op. cit. 2011 a , segundo capítulo.

XVII e XVIII[245], se existem na cidade da Bahia de fins do século XVIII, não os haveria na mesma cidade, no século XVII? Como não há documentação – pelo menos que tenha sido encontrada por nós – que ateste a presença de escribas no Brasil no século XVII – pondo de parte aqueles que trabalhavam na burocracia estatal –, embora saibamos documentalmente de sua presença no século XVIII, e, também, nos séculos XVI, XVII e XVIII, na Europa, donde foram importadas as técnicas escribais vigentes nos territórios americanos, é de supor que agentes da manuscritura e de técnicas escribais se fizessem presentes no Estado do Brasil e no Estado do Maranhão e Grão Pará no século XVII. É essa tripla homologia que desejamos propor.

Em uma cultura baseada na manuscritura e dela dependente, não é de esperar que, caso recuemos no tempo cerca de 150 anos, nos deparemos com uma situação em que a presença dos profissionais da escritura se faça necessária e imprescindível a essa mesma cultura? A manuscritura era ainda mais importante no século XVII, na cidade da Bahia, pois, nesse século, vários tipos de escrito que, no século XVIII, passaram a circular preferencialmente em forma impressa, difundiam-se manuscritamente na Península Ibérica, como a poesia. Quantos dos códices gregorianos não seriam produto da atividade escriptória de profissionais da pena? Manuel Pereira Rabelo, na *Vida do Excellente Poeta Lirico, o Doutor Gregorio de Matos Guerra*, asseverou que Dom João d'Alencastre mandava copiar em livro as poesias de Gregório de Matos e Guerra.

Não é essa mesma asserção que encontramos em todas as versões da *Vida*, cujos autores, em muitos casos, nem sequer conhecemos? Não se afirmou, na *Vida*, que ele próprio, Dom João d'Alencastre, copiara as poesias. Asseverou-se que as mandara copiar. Mesmo que o escrito de Manuel Pereira Rabelo e as outras versões da *Vida* se insiram em

---
[245] Idem, ibidem.

um específico costume retórico e de gênero, que articula o retrato do poeta Gregório de Matos e Guerra política, teológica e moralmente, o verossímil prescreve uma relação entre o retrato e o retratado. Nesse sentido, ainda que Dom João d'Alencastre não houvesse mandado de fato copiar os poemas que andavam "desparcidos", a menção à possibilidade de que ele tivesse ordenado a cópia dos poemas gregorianos em um livro aberto em Palácio indicia a existência da prática de composição de cancioneiros poéticos na Colônia, prática, aliás, atestada em Portugal e Espanha. A *Vida* indicia igualmente a prática de mandar copiar, de compor códices poéticos, por meio da contratação de serviços de outrem.

Lê-se no texto da *Vida*: "Governava entã Dõ Ioã d'Alencastre, secreto estimador das valentias desta Musa, que a toda a deligencia lhe enthesourava as obras desparcidas, fazendo-as copiar por elegantes letras"[246]. Os poemas copiados se encontravam "desparcidos", ou seja, circulavam de boca em boca, em folhas volantes ou em pequenos cadernos. Os poemas deixam de estar "desparcidos" quando são coligidos e ordenados no interior de um livro de "elegantes letras". Manuel Pereira Rabelo e outros, ao compor os tomos em que reuniram as poesias que, na cidade da Bahia de início do século XVIII, circulavam como sendo de autoria de Gregório de Matos e Guerra, tiveram o cuidado de dispô-las no interior dos tomos, segundo os critérios de gênero, tema e estilo, e atribuíram a cada poema uma didascália que lhe servisse de protocolo de leitura. Queremos salientar, neste momento, a oposição que existe entre a compilação e as outras formas de registro da poesia seiscentista e setecentista para os homens da época.

A dispersão, palavra à qual se liga o adjetivo "desparcido", era detida, sofreada a partir do momento em que se

---

[246] MOREIRA, Marcello. Op. cit. 2011a, p. 492, "Vida do Excelente Poeta Lírico, o Doutor Gregório de Matos e Guerra".

coligiam os poemas que circulavam de boca em boca ou em escritos que não tivessem o caráter de fixar e preservar o *corpus* poético colonial seiscentista e setecentista, como o objetivavam os códices poéticos formados em finais do século XVII e durante o século XVIII. O ato de reunir os poemas acompanhava-se simultaneamente de outro, que lhe era indissociável, o de ordenar os poemas, de dispô-los (*dispositio*) no interior do códice. Se a constituição de um códice baseia-se em outro preexistente, não cremos que o ato de transcrever, de copiar o que já fora ordenado por outrem, conformando o livro que se fazia ao que já estava feito, fosse denominado por Manuel Pereira Rabelo e outros copiar "obras desparcidas".

Dom João d'Alencastre, por mandar coligir e copiar o que estava disperso e sem ordem, serviu, na *Vida*, para a pintura do modelo de letrado cujo engenho e agudeza lhe permitiram reconhecer como excelente o que se perderia sem a sua intervenção. Se, por ser engenhoso, Dom João d'Alencastre apologiza o poeta, ao prestar homenagem à poesia que reconhece como merecedora dos "espaços da eternidade", ajuizando-a autoridade e, por conseguinte, constituinte de canonicidade, esse mesmo entendimento não o faz contentar-se com a simples reunião do que se dispersava. A agudeza, que é o seu apanágio, como o será de Manuel Pereira Rabelo, reflexo de Dom João d'Alencastre, o moverá a instituir a ordem (*ordo*) onde antes havia o caos, pois *dispositio*, o equivalente retórico-poético da hierarquia e, portanto, do decoro adequado a todos os sujeitos, torna perfeitamente inteligível o que antes de qualquer ordenação só poderia ser parcialmente compreendido. De "obras desparcidas" Dom João d'Alencastre erige uma empresa, simultaneamente empreendimento, obra e divisa, a mesma divisa que Manuel Pereira Rabelo erigirá como sua meio século mais tarde.

O Licenciado cria um jogo especular em que as *imagines* ou imagens inventadas funcionalmente como encômios e como discurso *sub specie praeteritorum* ou sob a égide do passado se projetam, no presente da enunciação, idênticas a si mesmas em essência, embora distorcidas em aparência. Nesse jogo, Manuel Pereira Rabelo se torna o reflexo especular de Dom João d'Alencastre e sua coletânea, a imagem presente da que o governador mandara fazer. O Licenciado, assim como o fizera Dom João d'Alencastre, também necessitou reunir o que se encontrava "desparcido" e o ordenou. A coleta e disposição dos poemas efetivam a autoridade do poeta, fixam sua excelência em fins do século XVII e durante o XVIII; simultaneamente, os poemas só são coletados e dispostos no códice como produtos de uma autoridade cuja canonicidade é estabelecida de maneira incontroversa por meio da reunião deles nos artefatos bibliográficos que servem de repositório ao que deve ser preservado, embora não percam sua funcionalidade como artefatos bibliográficos.

Pode-se pensar que os poemas reunidos no livro de mão que Dom João d'Alencastre mandara abrir em Palácio fossem transcritos para o volume à medida que novas obras eram encontradas, ainda que a prática de inscrição dos poemas nos livros de mão, no geral, ateste que a recolha de obras era anterior à etapa propriamente inscricional, como o demonstra o *Códice Asensio-Cunha*. É de supor que, no caso deste códice e das demais coleções poéticas em quatro volumes que chegaram até este presente, esses representem uma etapa avançada de elaboração da atividade colecionista de um letrado na América portuguesa ou mesmo em Portugal. Nada obstava a que as coleções fossem transcritas de volumes menores para volumes maiores, conforme se expandissem. Essa expansão permite explicar, como veremos mais à frente, diferenças estruturais entre diversos códices gregorianos.

O escrito de Manuel Pereira Rabelo não apenas comprova a efetivação de uma prática escribal- a composição de códices poéticos- na Colônia, nos séculos XVII e XVIII, como testemunha ou demonstra outra prática letrada difundida na Europa ocidental durante os séculos XVI, XVII e XVIII: a circulação de poemas de vários gêneros em folhas soltas, a recolha delas e sua ordenação prévia, para que se pudesse realizar a disposição das obras em códices.

Livros de mão como bibliotecas manuscritas

Os pasquins na Sedição de 1798 na Bahia

As autoridades representantes do poder da Coroa na América portuguesa, procurando reprimir atividades políticas vinculadas aos movimentos revolucionários deflagrados no Ocidente durante o século XVIII, subministraram informações preciosas sobre a produção e a socialização de folhetos volantes de cunho político-sedicioso que, de outra maneira, não seriam acessíveis ao historiador. O desaparecimento das folhas volantes de caráter político-sedicioso explica-se por razões de ordem histórica que propiciaram sua destruição. As *Ordenações Filipinas*, no Livro V, título LXXXIV, ordenam que as cartas de maldizer e pasquins em geral sejam destruídos pelas pessoas que venham a encontrá-los.

A destruição do papel objetivava evitar sua leitura e publicação entre a população, o que indicia uma forma de sociabilidade difundida na época que consistia em dar a conhecer a matéria das cartas difamatórias e dos pasquins por meio da "murmuração". É justamente por tornar públicos os escritos difamatórios e político-sediciosos que a murmuração deve ser evitada a todo custo, mas, como é impossível evitá-la, uma vez que não há meios repressores que impeçam o rumor da língua, *fons et origo murmurationis*, fonte e origem da murmuração, é que deve ser extinta, eliminando-se o próprio papel. Se o ato de destruir o papel almeja impedir sua leitura e a difusão de sua matéria, as cartas difamatórias e pasquins só podem ser destroçados depois de lidos, o que permite a pelo menos um leitor inteirar-se do que tratam.

As cartas difamatórias, como o atestam as próprias *Ordenações Filipinas*, eram lançadas "em alguns lugares, para se darem ou dizerem àquelles de que desejão diffamar", o que significa o lançamento do papel em local público, pois o objetivo era publicar o ato infamante por meio da murmuração. As cartas difamatórias normalmente não estavam lacradas, mas, mesmo que o estivessem, desde que não houvesse sobrescrito, quem as achasse poderia e deveria logo abri-las e, caso constatasse serem de fato libelos infamantes, deveria destruí-las imediatamente. O primeiro leitor, contudo, poderia ser o iniciador da murmuração que se queria evitar. Para lograr o seu silêncio, o *Código Filipino* legisla sobre as punições a serem aplicadas àqueles que, embora achem e rasguem uma carta difamatória, não se pejam posteriormente de publicá-la pela murmuração. A mesma pena seria executada naquele que, após encontrar a carta infamatória ou pasquim, não os destruísse: "E publicando o dito scripto, ou carta de maldizer, que assi achar, ou mostrando-a a alguma pessoa, haja aquella pena, que haveria o que a fez"[247].

O vigário da igreja da freguesia da Rua do Passo, após ter apresentado a João Gomes da Silva, para que o lesse, um pasquim que fora lançado em sua igreja no dia 12 de agosto de 1798, notificou-lhe que levaria o papel sedicioso ao prelado. O vigário não destrói o pasquim, mas delibera levá-lo a seu superior, conquanto não deixe de mostrá-lo a outrem. O capitão dos granadeiros, Antônio José de Matos Ferreira e Lucena, depois de tomar das mãos de Manuel Joaquim da Silva o pasquim que este encontrara, levou-o ao seu pai, o coronel Francisco José de Matos Ferreira e Lucena, que o leu e o queimou na chama de uma vela, repreendendo o filho por não tê-lo queimado antes[248].

---

[247] *Ordenações Filipinas*. Reprodução Fac-Símile da Edição Feita por Cândido Mendes de Almeida. Lisboa: Fundação Calouste Gulbenkian, 1985, vol. 3, Quinto Livro, título lxxxiv, p. 1233.

[248] *Autos da Devassa da Conspiração dos Alfaiates*, vol. I, p. 63.

Embora haja leis que visam cercear a disseminação de cartas infamatórias e pasquins, a prática de lê-los e mostrá-los a outros era corriqueira, o que se depreende dos depoimentos de testemunhas registrados nos *Autos da Devassa da Conspiração dos Alfaiates*. O cônego Manuel Anselmo, por exemplo, depois de achar o pasquim que fora lançado na sacristia da Igreja da Sé, na madrugada do dia 12 de agosto de 1798, não somente o leu, como também o mostrou a Antônio Muniz Leite Xavier, que para lá se dirigira, na manhã do mesmo dia, com o intuito de ouvir missa. O cônego Manuel Anselmo iniciou a publicação de um pasquim, atividade contrária à lei, ao dá-lo a ler a outra pessoa, mas nos autos não há informação alguma sobre sanções aplicadas a ele pela infração do *Código Filipino* ainda vigente. O depoente, Antônio Muniz Leite Xavier, é quem declara ao desembargador ouvidor-geral do crime que o cônego lhe apresentara o papel sedicioso que ele, depoente, logo largou nas mãos de Manuel Anselmo, após ter-se dado conta de sua matéria: "e vendo que este tinha palavras indecentes, e atrevidas contra o Governo o Larguei nas maons do mesmo Conego, retirando-se para ouvir missa"[249].

O depoente não rasgou o pasquim, não lhe cabia destroçá-lo, pois não o encontrara pessoalmente; contudo, enfatiza em seu depoimento que o largou, assim que se inteirou de seu conteúdo, e foi ouvir missa, atitude esperada de fiel súdito da Coroa e da Igreja, cujo relato visa livrá-lo da imputação de não agir conforme as leis. Exime-se e transfere a outrem a responsabilidade pela destruição do pasquim, responsabilidade não levada suficientemente a sério pelo cônego, como indicia o depoente em suas declarações. Joaquim Vieira Rios declarou ao desembargador ouvidor-geral do crime que também vira, na sacristia da Igreja da Sé, o pasquim mencionado por Antônio Muniz

---

[249] Idem, p. 42.

Leite Xavier. Nenhum deles, entretanto, menciona o outro no depoimento prestado, embora ambos houvessem visto o mesmo pasquim na sacristia da Igreja da Sé. Não estavam presentes nela no mesmo momento, pois, além de não se mencionarem nos depoimentos, Antônio Muniz Leite Xavier vira o pasquim ser lido pelo cônego Manuel Anselmo, enquanto Joaquim Vieira Rios presenciara sua leitura pelos capelães, desencontro de informações que faz conjecturar a preservação do pasquim pelo cônego Manuel Anselmo, que não apenas o guardou, mas ainda o deu a público, ao permitir que fosse lido por Antônio Muniz Leite Xavier e também pelos capelães.

Há aqueles que, como Antônio José Álvares de Azevedo, após encontrarem o pasquim afixado em edifícios ou logradouros públicos, arrancam-no e o levam às autoridades, para as notificarem do ocorrido. Antônio José Álvares de Azevedo: "vira em huma esquina da Cabana da dita preta pregado hum pequeno papel com alguma escrita, vindo a ver o que era, achando que continha palavras sidiciozas, o arrancou, e entregou a hum criado do Illustrisimo, e Excelentissimo Governador e Capitão General"[250].

Pedro Nolasco de Sá Marinho e Azevedo, em depoimento ao desembargador ouvidor-geral do crime, declarou que lera o pasquim lançado na Igreja da Lapa, no dia 12 de agosto de 1798. Segundo ele, Luís Gonzaga das Virgens era o autor do pasquim, pois reconhecera sua letra ao tomá-lo em mãos. Contudo, não o leu no dia em que o papel sedicioso foi deitado na Igreja da Lapa, nem no dia seguinte, mas sim quando o "dito Luiz Gonzaga já se achava prezo"[251]. No interrogatório a que Luís Gonzaga das Virgens foi submetido, em 31 de agosto de 1798, o suspeito declarou a Manuel de Magalhães Pinto Avelar de Barbedo, desembargador ouvidor geral do crime, que fora preso no

---

[250] Idem, p. 45.
[251] Idem, p. 44.

dia 23 dos mesmos mês e ano, "a ordem do Ilustrissimo e Excelentissimo Governador, e Capitão General, pello seu Coronel Antonio Jozé de Souza Portugal"[252].

Se Pedro Nolasco de Sá Marinho e Azevedo não se equivocou, ao declarar a Manuel de Magalhães Pinto Avelar de Barbedo que lera o papel sedicioso lançado na Igreja da Lapa em data posterior ao aprisionamento de Luís Gonzaga das Virgens, ele o leu depois do dia 23 de agosto. Deduz-se do depoimento de Pedro Nolasco que o pasquim, embora houvesse sido recolhido no dia em que fora lançado no templo, ou seja, 12 de agosto, ainda era apresentado pelo capelão do Segundo Regimento às pessoas que lhe solicitavam a leitura dele doze dias depois de recolhido.

O segundo suspeito[253] de ser autor dos pasquins, Luís Gonzaga das Virgens, posteriormente culpado pelo crime de havê-los composto e dispersado pela cidade da Bahia, não se dedicava somente, como homem que sabia ler e escrever, à produção de papéis sediciosos e à sua multiplicação. Como escrevente a serviço de si próprio, produziu uma série de cadernos manuscritos, assim denominados nos *Autos da Devassa da Conspiração dos Alfaiates*, embora muitos deles tivessem páginas de rosto, como informa o escrivão encarregado de listar suas matérias e de descrevê--los sumariamente.

Nesses cadernos ou pequenos livros de mão – já que a página de rosto, presente em alguns deles, é sinal de que se tentava emular manuscritamente a estrutura dos impressos – encontram-se obras proibidas de circular no mundo luso-brasileiro, cuja doutrina política, de caráter anti-monárquico, convergia com a presente nos pasquins; mas neles há também fragmentos de obras que não se esperaria

---

[252] Idem, p. 102.

[253] Luís Gonzaga das Virgens não foi o primeiro acusado de ser autor dos pasquins, tendo sido o primeiro suspeito o também inconfidente Domingos da Silva Lisboa (Ver MOREIRA, Marcello. Op. cit., 2011 a, sobretudo o segundo capítulo).

encontrar entre papéis de um sedicioso, que era, também, um homem pardo, pobre, simples soldado de linha. É à análise desses cadernos ou pequenos livros de mão que passaremos a seguir.

(II). Os papéis de francesia e livros de mão de Luís Gonzaga das Virgens

Entre os papeis sediciosos apreendidos em casa de Luís Gonzaga das Virgens, durante a varejadura pela qual passara, constavam uma cópia do *Orador dos Estados Gerais*, um manuscrito intitulado *França Convenção Nacional* e um *Aviso ao Publico*, curiosamente datado de "PetersBurg"[254]. Conforme registro nos autos da devassa, tanto a cópia do *Orador dos Estados Gerais* quanto a do *França Convenção Nacional* estavam inscritas em cadernos:

> Quaderno manuscrito, que tem por titulo = França convenção nacional, falla de Boissy d'Anglas, sobre a Politica da Republica Franceza para com as naçoens Estrangeiras, adoptadas pela convenção, com huma declaração aos principioz do povo Francez, 30 de Janeiro de 1795 =[255].
>
> [fl. rosto]
>
> Quaderno manuscrito que tem no titulo = Orador dos Estados Geraes – ano de 1789 =[256].

O caderno que continha a cópia do *Orador dos Estados Gerais* apresentava, assim como os códices gregorianos que o antecederam cronologicamente[257], uma página de rosto.

---

[254] *Autos da Devassa da Conspiração dos Alfaiates*, vol. I, pp. 110-111.

[255] Idem, p. 202. A transcrição completa desse papel de francesia se encontra entre as páginas 202 e 209.

[256] Idem, p. 209. A transcrição completa desse papel de francesia se encontra entre as páginas 209 e 219.

[257] Ver MOREIRA, Marcello. Materiam Superabat Opus – Recuperação de Critérios Setecentistas de Legibilidade da Poesia Atribuída a Gregório de Matos e Guerra. In: ABREU, Márcia & SCHAPOCHNIK (Org.). *Cultura Letrada no*

A renovação bibliográfica dos manuscritos, efetuada a partir das conquistas cumulativas da imprensa, afetou a cultura da manuscritura na Colônia, como já o fizera na Península Ibérica. O poema que abre o *Códice Lamego*, um dos códices gregorianos analisados no livro de Marcello Moreira sobre o *corpus* gregoriano, não se encontra escrito no reto da primeira folha, prática comum durante a "Idade Média" e o "Alto Renascimento"[258]. Antes do reto da primeira folha em que foi copiado o primeiro poema, está a página de rosto e, antecedendo esta, duas folhas que compõem as guardas e contraguardas anteriores.

A presença de folhas de guarda e contraguarda nos códices gregorianos evidencia maior preocupação com a conservação do livro, pois a função desempenhada por elas se restringe à proteção da página de rosto. A própria página de rosto origina-se do desejo de alguns tipógrafos de evitar que o reto da primeira folha do livro em que estava impresso o início do texto se manchasse, por estar continuamente exposto à poeira. Para manter o texto sem manchas, "certos tipógrafos (...) tiveram a ideia de começar a impressão do livro no verso da primeira folha, cujo reto permanecia em branco"[259].

A motivação de Luís Gonzaga das Virgens para a fatura de uma página de rosto pode ter sido não apenas o cuidado com a primeira página do texto copiado que, sem a proteção da página de rosto, ficaria exposto à poeira e manchar-se-ia com mais facilidade, como também produzir uma réplica

---

Brasil. Objetos e Práticas. Campinas: Mercado de Letras/Fapesp/ALB, 2005, pp. 117-134; MOREIRA, Marcello. Op. cit., 2011a, quarto capítulo.

[258] Ver FEBVRE, Lucien & MARTIN, Henry-Jean. *O Aparecimento do Livro*. São Paulo, Editora Unesp/Hucitec, 1992; sobre as dependências entre manuscrito e impresso a partir da segunda metade do século XV, ver EISENSTEIN, Elizabeth L. *A Revolução da Cultura Impressa*: Os Primórdios da Europa Moderna. São Paulo: Ática, 1998, e, também, MAROTTI, Arthur F. & BRISTOL, Michael D. *Print, Manuscript, Performance*: The Changing Relations of the Media in Early Modern England. Columbus: Ohio State University, 2000.

[259] FEBVRE, Lucien & MARTIN, Henri-Jean. Op. cit., p. 130.

manuscrita do impresso que ele não poderia ter, não só por não haver tradução dele impressa em português, mas porque o preço e as dificuldades de contrabando do original para a Colônia o tornariam proibitivo para um simples soldado de linha. A página de rosto dos manuscritos seiscentistas e setecentistas produzidos na Colônia procura reproduzir as portadas e páginas de rosto dos impressos então circulantes, prática que evidencia o desejo de transformar o livro manuscrito em unidade bibliográfica discreta e individualizada no interior da cultura escribal.

Luís Gonzaga das Virgens, ao ser inquirido por Manuel de Magalhães Pinto Avelar de Barbedo sobre a origem dos "papeis de francesia" apreendidos em sua casa, respondeu que todos os três lhe foram dados por Manoel João[260] para que ele os lesse. Entretanto, um deles, o *Aviso ao Público*, segundo o desembargador ouvidor-geral do crime, "se achava com varias razuras, e palavras riscadas paressendo original que se estava compondo, e ainda imperfeito"[261]. De fato, o referido papel ainda não estava concluído, como o atesta o documento inserido no maço 581 do Arquivo Público do Estado da Bahia[262]. Luís Gonzaga das Virgens ainda o redigia no momento em que os seus papéis foram apreendidos.

Entre os seus escritos, há os que seguem, ora avulsos, ora reunidos em cadernos – em muitos dos quais se reúnem obras que se tornam isotópicas por sua inscrição justaposta em uma mesma folha ou em folhas seguintes, como se seu conteúdo fosse indiferente para o seu transcritor –, ajuntados aos autos: 1) "Copia do Decreto de Sua Majestade que

---

[260] Para uma discussão pormenorizada da *persona* Manuel João, criada por Luís Gonzaga das Virgens com o fito de inocentar-se, ver MOREIRA, Marcello. Op. cit., 2011a, segundo capítulo, p. 236 e seguintes.

[261] *Autos da Devassa da Conspiração dos Alfaiates*, vol. I, p. 111.

[262] Para uma transcrição do documento, ver MATTOSO, Kátia M. de Queirós. *Presença Francesa no Movimento Democrático Baiano de 1798*. Salvador: Itapuã, 1969, pp. 142-143.

regula as Tropas Milicianas; e hum quaderno manuscrito, que tem por titulo = Series temporaes, reflectivas, e noticiozas =."[263]

Tanto o *Decreto* quanto as *Series* encontram-se copiados em um mesmo auto da devassa, o de número 16, mas o *Decreto* não estava inserido no mesmo caderno que as *Series*, constituídas de notícias muito disparatadas, como, por exemplo, o elenco dos bispos eleitos por "Sua Magestade", o rol de desembargadores da Bahia recentemente nomeados, de intendentes do ouro, tanto para Goiás quanto para as Minas etc.[264]; há o registro de óbitos de pessoas ilustres da cidade da Bahia, ou de gentes comuns conhecidas de Luiz Gonzaga das Virgens, como a morte do tenente Antônio Agostinho, ocorrida aos 26 dias de fevereiro de 1795[265]; há listas de provérbios, preceitos e apotegmas, como, por exemplo, "Quem ao longe vai cazar ou vai inganado, ou vai inganar"[266]; há reflexões sobre astrologia e o influxo dos planetas sobre a vida dos homens[267]; há textos latinos de caráter doutrinal ou exortativo seguidos de sua respectiva tradução portuguesa[268]; há listas vocabulares, cujo sentido nem sempre é expresso de maneira correta[269]; há exemplos de tropos, como a antonomásia: "Carlos XIII rey da Suecia por antinomazia o invencivel"; há listas vocabulares referentes aos órgãos sexuais masculino e feminino, que englobam também palavras chulas, aparentemente tiradas de dicionário ou léxico: "Conos, i. n. q. figura que começando Larga [corroído] estreita/ Pica, oc. f. g. a néga

---

[263] Este caderno, inserido no maço 580 do APEB, forma o auto de número 16. Ver, para uma boa transcrição, *Autos da Devassa da Conspiração dos Alfaiates*, vol. I, pp. 177-194.

[264] Idem, p. 180.

[265] Idem, p. 182.

[266] Idem, ibidem.

[267] Idem, p. 183.

[268] Idem, p. 184.

[269] Idem, p. 185.

ave it a malícia da mulher prenha/ Fodio, is fodi, fossum, Cava, ferir picar/ Connus, i, m. g. o pudendo feminino/ Clitoris, is, f. g. o pudendo feminino/ Putana oe, f. g. a puta mulher/ Puta oe, fig. Deoza Puta[270].

2) Há outro caderno que tem por título "Paraizo perdido/Poema de James Milton", título esse inscrito no fólio 1, conquanto o texto, infelizmente, não tenha sido copiado. No fólio seguinte (2), no entanto, principia um pequeno tratado de tropos e figuras, interessantíssimo, em que se define primeiramente o que são barbarismo e solecismo, justamente para diferenciá-los do que hoje se diriam "licenças poéticas", ou seja, os próprios tropos e figuras, apresentados a seguir. Há lições sobre "Syntaxe figurada", "Ellipse", "Zeugma", "Syllepse", "Synthese", inclusive sobre a dificílima "Synchizis" ou *mixtura verborum*, exemplificada com o que segue: "Entre todos cõm dedo eras notado Lindos moços de Arzilla em galhardia", oração posta em ordem direta para tornar evidentes hipérbatos e anástrofes: "Pella ordem gramatical será assim. Em galhardia eras notado com o dedo entre todos os lindos moços de Arzilla"[271]; seguem-se textos de vária natureza, que atestam o caráter miscelâneo de vários desses cadernos manuscritos de Luiz Gonzaga das Virgens.

3) Há outro caderno que contém o famoso escrito revolucionário francês intitulado "França convenção nacional, fala de Boissy d'Anglas, sobre a Politica da Republica Franceza para com as Naçõens Estrangeiras, adoptada pela convenção, com huma declaração aos principioz do povo Francez, 30 de janeiro de 1795"[272].

4) Há outro caderno, portador de página de rosto, em que se copiou o "Orador dos Estados Geraes – ano

---

[270] Idem. P. 189. Os itens citados servem apenas para exemplificar o caráter multifário das matérias reunidas por Luiz Gonzaga das Virgens em seus cadernos, que são verdadeiras recolhas do que lhe interessava.

[271] Para o conjunto de dados atinentes a esse tópico, ver pp. 195-198.

[272] Idem, pp. 202-209.

de 1789."[273] Sabemos que no fólio em que se conclui a inscrição desse texto revolucionário francês Luiz Gonzaga das Virgens pregou "meia folha de huma Gazeta de Lisboa numero quarenta e hum do anno de mil sete Centos noventa e sete, o qual lhe veio a mão servindo de embrulho com hum pouco de Tabaco que comprou", o que permite entrever as formas imprevistas por meio das quais integrava novas notícias, muita vez fragmentadas, às suas recolhas. Esse fragmento de folha da *Gazeta*, no entanto, apresentava ainda a data de sua publicação, ou seja, terça-feira, 10 de outubro de 1797, como se lê no auto em que está todo o caderno anexado, inclusive a Gazeta[274].

5) Segue-se outro caderno, intitulado "Varios assentos, e hum papel, manuscrito, que tem o seguinte titulo = Avizo ao Publico em 10 de Fevereiro de 1796 – Peterburgo".

6) Há outro caderno manuscrito "com vários assentos para lembrança, e muitas oraçõens devotas", em que se encartam vários impressos, como aquele em papel azul, encartado entre os fólios 14v e 15r; depois do fólio 32 está encartado outro impresso, cujo título é "Oração Á Santissima Trindade"; entre os fólios 26v e 27r do mesmo caderno, está encartado outro impresso intitulado "Horas Portuguesas".

7) Há outro caderno com cópia de várias petições, encaminhadas por Luiz Gonzaga das Virgens a autoridade coloniais, caderno que principia com um soneto em louvor de Dom Fernando José de Portugal, então governador da Bahia.

8) Há a seguir quatro cadernos manuscritos "que contem discurso, ante religiozos".

Em um de seus estudos sobre a conjuração baiana de 1798, Guilherme Pereira das Neves afirma que os papéis de Luiz Gonzaga das Virgens constituem dois conjuntos:

---

[273] Idem, pp. 209-219.
[274] Idem, pp. 219-221.

Do primeiro, fazem parte um caderno impresso, de quatro folhas, com orações; um outro impresso de tamanho pequeno com mais preces, aparentemente extraídas de umas Horas Portuguesas; um número da Gazeta de Lisboa de 10 de outubro de 1797 [...].[275]

No entanto, o conjunto de impressos não só é maior, perfazendo um total de quatro impressos, não de três, como elenca Guilherme Pereira das Neves; e, o mais importante, os impressos estão encartados entre fólios manuscritos, o que evidencia serem os cadernos ou livros de mão miscelâneos de Luiz Gonzaga das Virgens compostos de uma mistura de manuscritura e impressos. Quanto aos manuscritos, eram bem diversificados, como se viu acima com a amostragem, não se restringindo aos escritos revolucionários franceses:

> e, em cópias manuscritas, três dos textos de origem francesa que circularam entre os conjurados: a "Fala" na Convenção Nacional de Boissy d'Anglas, o "Orador dos Estados Gerais" de Jean-Louis Carra e o "Aviso de São Petersburgo", anônimo, atribuído a algum grupo maçom ou a alguma seita iluminista.[276]

A prática da manuscritura de Luís Gonzaga das Virgens era intensa, como se deduz dos manuscritos que chegaram ao presente e não foram, sem dúvida, os únicos escritos por ele. No dia 10 de setembro de 1798, João da Costa Ferreira, camarada de regimento do suspeito, reconheceu a letra dos papéis sediciosos como sendo a de Luís Gonzaga das Virgens, afirmando estar familiarizado com ela, já que recebera "huma Apostila de sangria, escrita por elle"[277].

---

[275] NEVES, Guilherme Pereira. As Letras de Luiz Gonzaga das Virgens. In: *Sociedade Brasileira de Pesquisa Histórica*. XXIII Reunião Anual, Curitiba, 21 a 25 de julho de 2003, p. 4.

[276] Idem, p. 4.

[277] *Autos da Devassa da Conspiração dos Alfaiates*, vol. I, p. 48.

A produção e difusão de manuscritos, como se vê, não se dá somente pela atividade profissional dos "homens que vivem de escrever". Se a partilha da escritura se dava na forma da prestação de um favor a amigos que não sabiam ou não podiam momentaneamente escrever[278]; se a motivação para a solicitação a outro da escrita de uma carta ou de um documento podia implicar, também, escrúpulos de ordem artística[279]; se os escritos mais sucintos são solicitados às relações de que se goza, existe a possibilidade de que outros escritos, fossem eles ficcionais, políticos, filosóficos ou técnicos, pudessem ser partilhados, por meio do empréstimo e/ou da doação. Até mesmo uma apostila de sangria era objeto de produção e reprodução manuscrita na América portuguesa. Um dos cadernos de Luís Gonzaga das Virgens – "Hum quaderno manuscrito, que tem por titulo = Paraizo perdido/Poema de James Milton" – nos fornece informação sobre a difusão informal e não institucional do letramento na Colônia.

No caderno citado, não há tradução de nenhum trecho de *Paradise Lost*, embora a menção do título do poema por um soldado pardo, na cidade da Bahia de fins do século XVIII, indicie a existência de cópias ou de segmentos do livro em traduções manuscritas, já que até então a obra de Milton não tinha sido vertida para o português. Logo que se menciona o livro de Milton, deixa-se espaço para a fatura da cópia que, porém, não é inscrita. No entanto, uma tradução francesa dessa obra encontra-se no rol de livros pertencentes ao Cônego Luís Vieira da Silva, cuja biblioteca foi objeto de arresto quando da Inconfidência Mineira. Segundo Eduardo Frieiro, a obra de Milton presente na biblioteca de Luís Vieira da Silva estava traduzida para o francês (*Le Paradis Perdu* de Milton, um volume em oitavo[280]), e cremos ser esse

---

[278] Ver Moreira, Marcello. Op. cit., 2011a, sobretudo o segundo capítulo.

[279] Idem, ibidem.

[280] FRIEIRO, Eduardo. *O Diabo na Livraria do Cônego*. 2 ed., revista e aumentada, Belo Horizonte/São Paulo: Itatiaia/Edusp, 1981, p. 60.

o idioma do volume que deu origem à tradução que Luís Gonzaga das Virgens tinha intenção de inscrever em seu livro de mão, não só por então ser comum a importação de livros em francês, mas porque o padre Agostinho Gomes e o tenente Hermógenes de Aguiar Pantoja, membros da sedição baiana, vertiam para o português escritos de vária natureza, sobretudo sediciosos, a partir dessa língua.

É no mínimo curioso que um soldado pobre e pardo não apenas saiba ler e escrever, mas possa interessar-se por letras, astrologia, religião e escritos franceses revolucionários, quando se sabe que a educação não era facilmente acessível a homens da cor e estamento de Luís Gonzaga das Virgens[281]. O próprio Luís Gonzaga das Virgens não teve acesso à educação formal e institucionalizada, pois, em interrogatório datado de primeiro de setembro de 1798, Manuel de Magalhães Pinto Avelar de Barbedo lhe perguntou "se elle respondente tinha aprendido a Lingoa Latina ou se se tinha aplicado a alguma outra estrução ou Literatura"[282]. Ao que o suspeito respondeu "que nunca estudara a Lingoa Latina, nem se aplicara a outro ramo de Literatura e que unicamente aprendera solfa sendo Rapâz, e Cirurgia como já disse aplicando-se igualmente a varios officios mecânicos"[283].

A pergunta do desembargador ouvidor-geral do crime indicia expectativas que ele esperava se vissem confirmadas pelas respostas do suspeito. Manuel de Magalhães Pinto

---

[281] Segundo Luiz Carlos Villalta, "A instrução escolar foi, muitas vezes, inacessível aos homens pardos, por culpa das próprias autoridades da Colônia, que agiam à revelia das ordens régias" (Ver VILLALTA, Luiz Carlos. O Que Se Fala e o Que Se Lê: Língua, Instrução e Leitura. In: MELLO E SOUZA, Laura (Org.). *História da Vida Privada na América Portuguesa*: Cotidiano e Vida Privada na América Portuguesa. São Paulo: Companhia das Letras, 1998, pp. 352-353 [p. 350]). Em seu estudo, Villalta refere vários casos de recusa de auxílio, por parte de autoridades coloniais, a pardos para que pudessem estudar, remetendo à documentação de que foram extraídos os dados informativos.

[282] *Autos da Devassa da Conspiração dos Alfaiates*, vol. I, p. 106.

[283] Idem, ibidem.

Avelar de Barbedo, é o que se infere dos excertos transcritos, após compulsar os cadernos de Luís Gonzaga das Virgens e os "papéis de francesia" apreendidos em casa do suspeito; ao compará-los com os papéis sediciosos, cujo conteúdo doutrinário ligava-os ao *Orador dos Estados Gerais de 1789*[284] e a algumas nótulas dos cadernos, acreditou que Luís Gonzaga das Virgens tinha estudado humanidades, pois de outra maneira não lhe teria dirigido a pergunta. O índice de letramento esperado dos soldados, mesmo dos que eram brancos, não deveria ser alto, pois dos onze soldados do primeiro regimento cujos depoimentos – ocorridos entre 17 de agosto de 1798 e 10 de março de 1799 – estão registrados nos autos da devassa, seis assinam o próprio nome e cinco não sabem escrever[285].

A par dos soldados iletrados, há, entre os setenta depoentes convocados por Manuel de Magalhães Pinto Avelar de Barbedo entre as datas acima consignadas, apenas duas mulheres pardas que também não sabem escrever nem ao menos os nomes[286], embora assinar não implique letramento. Se Luís Gonzaga das Virgens não teve acesso à educação formal e institucionalizada, com quem aprendeu a ler e escrever? Se não nos é possível responder a essa pergunta, podemos afirmar que Luís Gonzaga das Virgens não se deteve nas primeiras letras, pois no caderno intitulado "Paraizo perdido", logo no segundo fólio, inicia-se a cópia de fragmentos de um livro de retórica, entre os quais se acham os que tratam dos "barbarismos" e "solocismos" e da "concordância", "syntaxe figurada", "figura", "Ellipse", "Zeugma", "Synchizis", "Syllepse" e "Synthese"[287]. Embora estudiosos da Conjuração dos Alfaiates insistam em não considerar Luís Gonzaga das

---

[284] MATTOSO, Kátia M. de Queirós. Op. cit., p. 44.

[285] *Autos da Devassa da Conspiração dos Alfaiates*, vol. I, pp. 63, 64, 66, 67, 68.

[286] Idem, pp. 45-46.

[287] Idem, p. 195-198. Nos manuscritos originais – APEB, maço 580, auto 17 –, vide do fólio 2 ao fólio 9.

Virgens letrado[288], é preciso consignar que seus cadernos estão abarrotados de citações extraídas das mais diversas obras, o que evidencia interesses não circunscritos e uma capacidade leitora incomum para a época.

Um dos cadernos de Luís Gonzaga das Virgens é de sumo interesse para os estudiosos da cultura escribal na Colônia, pois representa o ânimo colecionista que deu origem a códices da mais variada natureza, não apenas no Estado do Brasil e no Maranhão e Grão Pará, mas também na Europa – entre eles, os códices gregorianos. O "quaderno manuscrito com varios assentos para lembrança, e muitas oraçoens devotas"[289] é uma coletânea de orações e escritos religiosos. As cópias devem ter sido inscritas aos poucos e foram juntados a elas os impressos, três no total, trazendo o terceiro deles em cada página numerada a indicação "Horas Portuguesas"[290]. A coleção constitui-se, assim, de manuscritos e impressos que revelam, por sua uniformidade, a preocupação do compilador em dar unidade temática à coletânea que realizava.

No maço 580, há a inscrição de um soneto laudatório encontrado entre os papéis de Luís Gonzaga das Virgens, que foi dirigido a Dom Fernando José de Portugal, prática cujos antecedentes na Colônia remontam ao século XVI. Nesse soneto, cuja motivação de escrita não foi possível desvendar, mas cuja composição data de período anterior ao do início da devassa, faz-se com lugares comuns demonstrativos o encômio do homenageado. Ironia ou premonição?

> Hum soneto em louvor ao Illustrissimo e Excel-/
> lentissimo Governador e Capitam General desta

---

[288] Ver TAVARES, Luís Henrique Dias. *História da Sedição Intentada na Bahia em 1798* ("A Conspiração dos Alfaiates"). São Paulo: Livraria Pioneira Editora/INL, 1975, p. 42; e também RUY, Affonso. *A Primeira Revolução Social Brasileira (1798)*. 2 ed., São Paulo: Companhia Editora Nacional/MEC, 1978.

[289] *Autos da Devassa da Conspiração dos Alfaiates*, vol. I, p. 227.

[290] Idem, p. 242.

Capita-/nia (...). Ao Illustrissimo e Excellentissimo Senhor Dom Fernando Joseph de Portugal Governador, e Capitão General da Bahia; e do Concelho de Sua Magestade Fidelissima.

> Excelso Senhor d'alto respeito
> Simulácro Theándrico sois n'obrar
> A Bahia não cessa de exaltar
> As virtudes que prodúz o Vosso peito;
> Com meu Canto, Senhor, menos deleito
> Em querer atributtos promulgar;
> Pois meo intento so hé explorár,
> Das Vossas virtudes o effeito;
> O Nó górdio Real, Sacro, e pendente
> Desatar não posso com honra, e brio;
> Poiz não sou de Corôa descendente:
> Sim, que Vós pudeis! Nisso Confio;
> Ficando o Vosso Nome permanente,
> Pelo Trópico adústo, e Cinto frio.[291]

Alguns cadernos, depois de inscritos com cópias de poemas encomiásticos, com excertos de poemas narrativos, com fragmentos de tratados técnicos, ou preenchidos com orações manuscritas a que se justapunham outras impressas – essas em folha volante colada sobre verso ou reto do caderno, ou encartadas, se muitas, entre fólios do manuscrito –, eram costurados com outros cadernos em que se encontravam copiados papéis de francesia, fragmentos de tratados de retórica e notações gramaticais. Essas recolhas, pessoalíssimas, pois seus itens eram obra da coleção de homem interessado neles, são a biblioteca dos pobres do mundo luso-brasileiro, em que se pode ter ao alcance da mão ruínas de um saber letrado e erudito que encontra

---

[291] Idem, p. 251.

seu lugar nesse novo edifício que a curiosidade de pardos pobres lhes dá em fins do século XVIII. Essas antologias eram o único recurso de acesso inclusive a obras defesas, pois, embora circulassem impressas na Colônia desde o século XVI[292], eram poucas e era necessário copiá-las para mais facilmente tê-las, ou, ao menos, parte delas.

Não se esqueça que a posse de livros impressos era rara entre pardos e pretos no período colonial e que os resultados da pesquisa de Luiz Carlos Villalta sobre acervos particulares mineiros nos séculos XVIII e XIX– sua composição e o perfil sócio-etário-sexual dos proprietários –, em que se evidencia como os homens de cor estavam desprovidos de livros[293], deve ser estendida para a vizinha capitania da Bahia, o que explica a produção de livros de mão miscelâneos por parte de pardos pobres. Uma vez que os livros de mão miscelâneos, como o de Luiz Gonzaga das Virgens, eram compostos pelo agenciamento da mão do proprietário, não cabe dúvida quanto a ele ser fruto de um interesse individual na posse de livro ou fragmento de obra, contrariamente a livros presentes em bibliotecas familiares, compostas por várias gerações de leitores ligados por laços de consanguinidade, óbice esse para uma justa avaliação de preferências e gostos leitores[294].

O que sobressai, no entanto, nessas antologias, se assim podem ser chamadas, é a justaposição de obras não pertencentes a um mesmo gênero literário que torna isotópicos fragmentos de romance, orações religiosas, fragmentos de poemas narrativos pertencentes ao gênero épico, obras de cunho técnico, como apostila de cirurgia, e papéis de

---

[292] VILLALTA, Luiz Carlos. Op. cit., 1998, p. 360.

[293] VILLALTA, Luiz Carlos. Posse de Livros e Bibliotecas Privadas em Minas Gerais (1714-1874). In: BRAGANÇA, Aníbal & ABREU, Márcia. *Impresso no Brasil*. Dois Séculos de Livros Brasileiros. São Paulo: Editora da Unesp/Fundação Biblioteca Nacional, 2010, pp. 401-418 [p. 405].

[294] CHARTIER, Roger. Do Livro à Leitura. As Práticas Urbanas do Impresso (1660-1780). In: *Leituras e Leitores na França do Antigo Regime*. São Paulo: Editora da Unesp, 2004, pp. 173-234 [p. 175].

francesia. O caráter fragmentário de muitas obras é também indício de uma prática leitora que recolhe apenas o que se julga mais interessante, talvez em contato prévio com a obra por meio de sua compulsação, impresso pertencente a outrem ou cópia manuscrita alheia, ou por meio de sua audição. O que também causa estranhamento é que as bibliotecas dos pardos pobres da Bahia seguem as tendências já delineadas por outros pesquisadores na composição de bibliotecas luso-brasileiras no século XVIII. Se nos séculos XVI e XVII, como informa Luiz Carlos Villalta, predominam os textos religiosos de vária natureza, a partir de meados do século XVIII:

> Assistiu-se a uma mudança na composição de bibliotecas. Se, no geral, a tendência foi a continuidade do predomínio de obras devocionais e, de resto, religiosas, em algumas livrarias, em particular nas pertencentes a pessoas que tiveram acesso a uma educação mais esmerada, abriu-se espaço para as ciências e os saberes profanos, deixando-se contaminar pela ilustração.[295]

Essa tendência a reunir em um só volume obras de vária natureza ou ainda poemas atribuídos a mais de um autor é uma constante durante os séculos XVII e XVIII na América portuguesa, como o atestam os muitos manuscritos de caráter miscelâneo que restaram. Mesmo em uma coletânea que se propõe ser autoral, como, por exemplo, a *Asensio-Cunha*, poemas que eram sabidamente não gregorianos no tempo da recolha das peças foram, no entanto, compilados no *Códice*, produzindo-se, a despeito do cunho individual da recolha, uma espécie de florilégio. Há, entre os poemas atribuídos a Gregório de Matos e Guerra, no *Códice Asensio-Cunha*, outros muitos da autoria de Eusébio de Matos; outros de Tomás Pinto Brandão; poemas de João

---

[295] VILLALTA, Luiz Carlos. Op. cit., 1998, p. 361.

Soares da Franca e de João Brito de Lima, além de quadras glosadas de Violante do Céu. O cancioneiro completo de Eusébio de Matos encontra-se inscrito no primeiro volume do *Códice Asensio-Cunha*, o que torna essa compilação de poesias gregorianas uma espécie de biblioteca, tal como entendida nos séculos XVI, XVII e XVIII, coleção de autores e de obras que lhes são atribuídas[296], embora no *Asensio-Cunha* haja a inscrição dos próprios poemas na coleção e não apenas uma remissão titular a eles.

Os cancioneiros gregorianos

O *Códice Asensio-Cunha*, hoje depositado na Biblioteca Celso Cunha do Instituto de Letras da Universidade Federal do Rio de Janeiro, compunha-se de quatro volumes, dos quais os três primeiros ainda se encontram nos fundos que compõem a coleção Celso Cunha. Os quatro volumes foram utilizados como manuscritos de base por James Amado para o preparo de sua edição do *corpus* gregoriano, de que saiu uma primeira edição, em sete volumes, e outra, em dois[297], embora os textos impressos nas duas edições sejam os mesmos. Esse mesmo *Códice* serviu ainda de base para o preparo da edição do *corpus* gregoriano levada a termo por Francisco Topa[298]. A seguir, empreenderemos uma análise dessa *Coleção*, comparando-a ao *Códice Lamego*, pertencente aos fundos Lamego hoje depositados no Instituto de Estudos Brasileiros da Universidade de São Paulo, e ao códice de que

---

[296] CHARTIER, Roger. *Cultura Escrita, Literatura e História*. Porto Alegre, Artmed, 2001, p. 27.

[297] AMADO, James. *Gregório de Matos: Crônica do Viver Baiano Seiscentista*. Obra Poética Completa: Códice James Amado. Rio de Janeiro: Record, 1999, vol. I; AMADO, James. Gregório de Matos: Crônica do Viver Baiano Seiscentista. Obra Poética Completa: Códice James Amado. Rio de Janeiro: Record, 1999, vol. II.

[298] TOPA, Francisco. *Edição Crítica da Obra Poética de Gregório de Matos*. Vol. 1, tomo I: Introdução, Recensio(1ª.parte). Porto:1999; *Edição Crítica da Obra Poética de Gregório de Matos*. Vol. II: Edição dos Sonetos. Porto:1999.

Fernando da Rocha Pérez e Silvia La Regina prepararam uma edição, publicada pela Edufba[299].

Como se faz necessário demonstrar que o caso do *Códice Asensio-Cunha* não é único e que a prática de composição de livros de mão de tipo autoral não é uma novidade americana, mas um expediente bibliográfico-textual de matriz europeia, anterior e também contemporâneo do que encontramos na cidade da Bahia de fins do século XVII e princípios do século XVIII, compararemos quando preciso os membros da tradição gregoriana por nós selecionados com cancioneiros ibéricos do século XVII, que ilustram a prática evidente nos livros de mão que preservaram o *corpus* gregoriano.

Descrição do Códice Asensio-Cunha

O segundo volume do Códice Asensio-Cunha intitula-se:

>Mattos
>da Bahia
>2o Tomo
>Que contem varias poezias
>à clerigo, Frades, e Freyras
>e algumas obras
>discretas,
>e tristes

Obviamente, o plano de estruturação da *Coleção* que antecedeu a transcrição dos poemas reunidos para o interior do códice poético já estipulara os tipos de configuração textual isotópicos que viriam a integrar o segundo volume da *Coletânea*. As poesias a clérigos, frades e freiras, assim como as denominadas "discretas" e "tristes", contudo, não estão apenas transcritas no volume designado a contê-las; agrupam-se, no segundo volume, em unidades discretas que formam o nível mais particularizado de configurações

---

[299] PERES, Fernando da Rocha & LA REGINA, Silvia. *Um Códice Setecentista Inédito de Gregório de Mattos*. Salvador: Edufba, 2000.

textuais marcadas pela isotopia. Assim, temos as seguintes rubricas genéricas – como as denomina o próprio feitor da *Coleção* –, escritas em capitais e em vermelho, contrariamente à tinta feita à base de óxido de ferro empregada no resto do volume –, que sempre precedem os grandes agrupamentos poemáticos:

(1)
POEZIAS
SATYRICAS
CLERIGOS
(77)
FRADES
(161)
FREYRAS
(215)
DESCRIÇOES
(321)
POEZIAS
tristes.
(343)
POEZIAS
obsequiosas

É preciso ressalvar que, embora a maioria dos poemas inseridos no segundo volume do *Códice Asensio-Cunha* sejam composições satíricas, como, aliás, o declara explicitamente a primeira das rubricas acima transcritas, pelo menos no que respeita aos três agrupamentos iniciais há entre elas, entretanto, composições que não o são. FRADES, por exemplo, principia com um soneto "A Morte/ do Padre/ Antonio Vieyra", seguido de outro "A Fr Pascoal/ que sendo abbade de N. S. das Brotas/ hospedou ali com grandeza/ a D. Angela, e seus Pays,/ que foram de romaria à aquelle santuario". A aparente heterogeneidade que caracterizaria as composições reunidas sob uma mesma rubrica, tais como sonetos laudatórios transcritos antes e depois de poemas satíricos ou intercalados entre eles, apresenta-se como heterogênea apenas hoje. A isotopia é mantida pela inclusão dos poemas em uma unidade de gênero efetuada sistemicamente pela retórica da mímesis poética. Esta compõe e inclui a leitura dos poemas sob uma mesma rubrica, articulando-os como realizações individuais de "espécies" contrapostas de um gênero que dialogam, para fins didáticos que reproduzem a ordem da "política católica", como *exempla* e escarmentos, louvor e vitupério[300]. Desse modo, o soneto ao Padre Antônio Vieira

---

[300] A correlação de vitupério e louvor, que articula a aplicação das mesmas tópicas tendo em vista uma mesma matéria ou tipo de caráter – o frade e tudo quanto que dele deriva por sua condição sacerdotal –, ora com o fim de louvar, ora com o de vituperar, em uma mesma seção codicológica, remete a uma doutrina "sistêmica" do gênero epidítico, não apenas presente em tratados antigos, em que foi doutrinado, mas evidente em leituras da *Retórica* e da *Poética* de Aristóteles feitas nos séculos XV e XVI em cidades italianas, sobretudo da *Poética*, em que sobressai a noção do Bem propiciado pela poesia justamente por sua função epidítica e civil, que teve larga repercussão na recepção dos assim chamados "humanistas", como a de Coluccio Salutati, em que se torna patente a ideia de uma poética "demonstrativa": "*Aristotiles noster in ultima parte Logices, quam curiosissimo tractatu poetice dedicavit. Inquit enim in ipsius libelli fronte omne poema esse orationem vituperationis aut laudis. Carpunt equidem nostri poete vitiosos et vitia, celebrant autem cum virtuosis honesta laudatione virtutes*" (SALUTATI, Colutio. *De laboribus Herculis*. Edited by B. L. Ullman. Zürich: Thesaurus Mundi, Bibliotheca Scriptorum Latinorum Mediae et Recentioris Aetatis, 1952, I. 10, e I. 68). Na própria definição de *poeta* feita por Coluccio Salutati se patenteia a ideia, originada em Catão, do poeta como *vir bonus dicendi peritus*, com uma pequena modificação (*optimus* em lugar de *bonus*), que emprega seu talento para promover a virtude e castigar o vício: "*Est igitur poeta vir optimus laudandi vituperandique peritus, metrico figurativoque sermone sub alicuius narrationis misterio vera recondens*" (Idem, I. 63). Essa associação de poética, retórica epidítica e filosofia moral, segundo Craig Kallendorf, não apenas se encontra em escritos sobre poesia compostos no século XIII, como se estende pelos séculos XIV e XV adentro: "*If, for example, we turn to two of the most prominent educators of Quattrocento humanism, Maffeo Vegio and Aeneas Sylvius Piccolomini (Pope Pius II), we find that Italian Renaissance educational theory was predictably sympathetic to a rhetorical stance that made poetry a vehicle for condemning vice and stimulating virtuous behavior*" (KALLENDORF, Craig. The Rhetorical Criticism of Literature in Early Italian Humanism from Boccaccio to Landino. In: *Rhetorica*, Vol. 1, 2, 1983, pp. 33-59 [p. 44]).

propõe-se como *exemplum,* que visa instruir o destinatário com a figuração das virtudes dos que abraçaram o estado clerical. Repropondo os lugares comuns que configuram no imaginário cristão os protótipos do servo perfeito, temente a Deus e amante de Cristo, os escarmentos dispostos ao lado do soneto laudatório sobressaem ainda mais, figurando por contraste os vícios dos frades que não agem de acordo com a posição que ocupam na sociedade do Antigo Estado português. Os frades são objeto de censura e vitupério, pois não ordenam suas práticas segundo os preceitos que regem a vida dos membros do clero, contrariando a tripartição funcional das ordens e estamentos sociais vigente na Península Ibérica do século XVII. As faltas dos frades magnificam-se como ausência de Bem e, o Bem, como concerto de virtudes.

Quando a sátira efetua a ausência de caráter virtuoso deles e outros tipos, inventando-a discursivamente como imagem caricatural e estereotipada de grupos e pessoas, reproduz convenções do gênero cômico e da sua recepção. No interior do códice poético, a tipificação deformante do frade, "que é aceita pelo destinatário como conveniente, não importa(ndo) a inconveniência da sua deformação"[301], é contraposta à *virtus* ativa de Vieira. A justaposição de poemas satíricos de *Frades* e outros tipos possibilita ao juízo do destinatário também avaliar a adequação da aplicação das tópicas do insulto ao referencial discursivo explicitado nas didascálias, o que também permite aos entendidos, ou discretos, avaliar, por meio da disposição dos poemas no interior do volume, a adequação da aplicação do lugar comum insultuoso à figuração do vício a ser corrigido.

Logo, ao ser disposto no interior do grupo de poemas satíricos, o soneto "À Morte/ do Padre/ Antonio Vieyra,/", epitáfio e louvor ao grande pregador, patenteia

---

[301] HANSEN, João Adolfo. *A Sátira e o Engenho*. Gregório de Matos e a Bahia do Século XVII. 2. ed. revista. Cotia/Campinas: Ateliê Editorial/Eduncamp, 2004, p. 297.

a dicotomia *Bem/ausência de Bem*, tema geral da sátira seiscentista. A ausência de Bem está relacionada com as trangressões do conjunto de prescrições sociais efetuadas política e teologicamente como discurso virtuoso adequado a todos os sujeitos e a cada um deles, segundo sua posição hierárquica na sociedade do Antigo Estado português. Se, por exemplo, a emissão de sêmen é vedada a Clérigos e Frades, o vício censurável não se refere imediatamente, no que tange a esses últimos, à trangressão "de um sexo natural anterior a qualquer prática, segundo o direito canônico"[302]. Se há transgressão do direito canônico com a prática sexual que lhes é interditada, suas práticas são representadas segundo a «ordenação hierárquica dos pecados sexuais", que as distanciam mais ou menos do "sexo natural anterior a qualquer prática", hierarquizando os faltosos segundo os tipos que encarnam.

Assim, ao fazer o encômio da ausência de vício, o soneto a Vieira hiperboliza o vício censurável de outros religiosos. Contrapõe-se a castidade à prática viciosa exemplarmente descrita nas didascálias: "A certo/ Frade/ que tratava com huma depravada Mulata/ por nome Vicencia/ que morava junto ao Convento,/ e actualmente á estava vigiando/ desde o campanario".

O caráter exemplar do ridículo e da maledicência que a sátira efetua dá-se aqui por abstração da realidade da convenção socialmente partilhada de casos retóricos. Satiriza-se o vicio criticável como prática não de um indivíduo, mas de um tipo. Instituem-se, por conseguinte, grupos binários a serem lidos em chave moral (*virtuoso x vicioso, casto x não-casto, sujo x limpo, puro x impuro*), referentes todos eles à maior ou menor exemplaridade – ou à ausência de exemplaridade – da vida religiosa.

No poema encabeçado pela didascália acima transcrita, embora a puta seja depravada e arteira, o desvanecimento

---
[302] Idem, p. 298.

do frade por ela não é imputado à puta como falta pela qual seja exclusivamente responsável, nem como falta que lhe deva ser atribuída principalmente, pois se o "Reverendo Fr. Sovella", a quem Vicência "poem cornos de cabidela" a disputa com "Vicêncios", tal se dá "porque cego do vicio, não lhe entra no oculorum/ o secula seculorum/ de uma puta de ab initio". Se, portanto, o "secula seculorum de uma puta de ab initio" é ser "vazo" por onde as porras vão passar, como se declara em outro poema gregoriano, os zelos do frade instituem uma incongruência vituperável porque *contra naturam*, já que o desejo de posse exclusiva e o enciumar-se não se coadunam com a natureza – no sentido de *natura naturalis* (*puta de ab initio*) e de *natura naturata* (*puta versada em artes*) – da amante, "puta sem intervallos/ tangida de mais badallos/ que tem a torre da Sè", nem da condição do frade. O seu zelo, todo voltado à puta, contrapõe-se ao zelo missionário de Vieira, que o faz merecedor dos espaços da eternidade entre os homens e entre os eleitos.

É pertinente nos determos na análise que vimos fazendo para explicitar como outras formas de unidades paratextuais, além das rubricas genéricas, instauram e mantêm a isotopia no interior de cada grande subdivisão, ao mesmo tempo em que propiciam a instituição de novas unidades isotópicas menos abrangentes.

A didascália anteriormente citada, além de pertencer a uma subdivisão do segundo volume do *Códice Asensio-Cunha*, relaciona-se explicitamente com outras duas que se lhe seguem:

> (98)
> "Ao louco/ desvanecimento,/ com que este Frade tirando esmollas/ cantava regaçando o habito/ por mostrar as pernas,/ com presunções/ de gentil homem, bom membro, e boa voz".
>
> (102)
> "Ao Mesmo/ Frade/ torna a satyrizar o Poeta,/ sem outra materia nova,/ senão presumindo,/ que

quem o Demo toma huma vez/ sempre lhe fica hum geyto".

As didascálias fazem a remissão de um texto a outro e fixam o caráter de complementaridade das unidades poemáticas. Como o discurso satírico não nomeia um sujeito, nem se refere a ele por meio de um único epíteto insultuoso – "Sovella", no primeiro poema; "Magano", entre outros, no segundo, e "Fodaz", no terceiro – a intertextualidade intracodicilar que se estabelece entre os poemas se deve exclusivamente à disposição dos mesmos no interior do volume, sob rubricas genéricas que os articulam como segmentos discursivos de uma unidade – o *Códice* – e de uma subunidade – por exemplo, *Frades* –, assim como e principalmente às didascálias que os precedem e que evidenciam tal relação intertextual em nível mais particular, como já dissemos.

Os poemas isolados e descontextualizados dessa unidade continuariam a ser recebidos como discurso satírico ou como discurso elogioso, cabendo àquele que novamente os viesse a reunir e ordenar como elementos de uma coleção poética determinar se encenariam eventos de um mesmo referencial discursivo. As didascálias, contudo, podem vincular-se a outras unidades paratextuais que as ecoam, complementam e transformam. Os volumes do *Códice Asensio-Cunha* trazem, no final de cada um deles, dois índices, um alfabetado, comum aos membros da tradição gregoriana, e outro conformado segundo os princípios estruturantes do *Códice*.

No final do segundo volume, há um "INDEX/ Dos/ Assumptos/ que se contem neste livro", que distribui os poemas sob as mesmas rubricas que regem a disposição dos textos no interior do volume: "Clérigos", "Frades", "Freyras", "Descriçoes", "Tristes" e "Obsequiosas". Nesse índice, as remissões aos poemas cujas didascálias trascrevemos anteriormente são as seguintes:

(96)
"Dec. A certo Frade, que tratava com huma/ Mulata por nome Vicencia".
(98)
"Lir. Ao mesmo por se jactar, que tinha trez/ partes boa voz, boa cara, bom badallo".
(102)
"Dec. Ao mesmo".

As informações contidas no índice de assuntos espelham e reiteram as remissões que as didascálias instauram entre as composições que precedem. Simultaneamente, são discurso de discurso paratextual, pois se subordinam às didascálias, reverberando-as. Assim, a caracterização dos eventos discursivos que são figurados nos poemas por distintas unidades paratextuais possibilita ao leitor do *Códice* fazer a análise comparativa de paratextos de poemas que, embora comumente hierarquizados e ecoantes, podem apresentar elementos descritivos propiciadores de leitura divergente, pois fornecem elementos que configuram referenciais discursivos não completamente homólogos ou inclusivos.

Dessa maneira, os paratextos incluídos no índice de assuntos podem, apesar de referir-se explicitamente a um dado poema de uma unidade intertextual intracodicilar, também explicitar relações metafóricas presentes em outro poema inserido na mesma unidade. Se na didascália ao segundo poema se declara que o frade em questão gabava-se de ser gentil homem e de ter bom membro e boa voz, no índice de assuntos declara-se que se jactava da posse de três partes, ou seja, "boa voz, boa cara, bom badallo". Como se vê, "bom membro" e "bom badallo" alternam-se nas unidades paratextuais referentes a um mesmo poema, embora a explicitação da metáfora ilumine relações metafóricas de um poema contíguo.

Se, como dissemos anteriormente, os zelos do frade produzem uma incongruência vituperável, por serem incompatíveis com a natureza duplamente viciosa da amásia, "puta sem intervallos/ tangida de mais badallos,/ que tem a torre da Sè", os badalos da torre, embora numerosos, são em número menor do que os que tangem a puta fodinchona. "Badalo" aqui também é metáfora para cincerro, campainha que, ao ser tangida, mostra aos que cuidam de alimárias onde elas estão. O ser badalada é causa de ser continuamente badalada por aqueles que a encontram pelo "soar dos badalos". Por outro lado, a equivocidade do discurso satírico superpõe o sentido segundo de *badalo*, entendido como as partes pudendas do frade, a seu sentido primeiro. Recordemos que o frade enciumado vigia a amásia do alto do campanário ("mas se é Frade caracol,/ bote esses cornos ao sol/ por cima do campanário"); os badalos da torre da Sé referem-se, por conseguinte, também aos badalos do Frade nela aboletado para vigiar as atividades da amante. Além de ser vicioso por praticar sexo sem poder fazê-lo por sua condição religiosa, o frade satirizado, como homem/*vir*/, é apodado cornudo, pois os badalos que tangem Vicência não são apenas os seus.

Simultaneamente, revela-se o pouco entendimento do frade, esperançoso de obter fidelidade de quem lha não pode dar: "verá andar a cabra mé/ berrando atrás dos cabrões,/ os ricos pelos tostões/ os pobres por piedade,/ os leigos por amizade,/ os Frades pelos pismões".

A curteza de entendimento também se evidencia no apreço que o frade tem pelo "badalo" e por ser "fodinchão". O apreço liga-se à insciência da prática do coito como ato pecaminoso, contrário ao estado dos frades e à castidade que devem guardar. O frade aprecia em si o que é causa de sua perdição:

> Tu tens um membralhaz aventureiro,
> Com que sais cada trique ao terreiro
> A manter cavalhadas, e fodengas,
> Com que as putas derrengas;
> Valha-te: e quem cuidara, olhos de alpistre,
> Que seria o teu membro o teu enristre!

Já que as didascálias funcionam como protocolos de leitura e dada sua composição posterior à fatura do poema, letrados reúnem em unidades isotópicas menores poemas que satirizam um mesmo tipo a partir da particularização de alguns traços individualizantes afeitos à deformação modelar ou paradigmática empreendida pelo gênero satírico: o frade é impuro, luxurioso, depravado, bestial, demoníaco, critérios empregados principalmente para insultar os que se dedicam à vida religiosa. Outros traços podem ser individualizados e autonomizados para a construção do insulto: simonia, sujidade de sangue etc.

Poemas não pertencentes a uma mesma unidade intertextual intracodicilar são lidos como subunidades de uma divisão genérica, como já asseveramos, o que permite aos letrados do período, devido aos critérios de disposição adotados para a estruturação do volume e que acabam por constituir critérios de recepção da poesia compilada nas grandes coleções, estabelecer nexos entre grupos intertextuais distintos, que satirizam um mesmo tipo a partir da particularização dos mesmos traços individualizantes, mas que se remetem, enquanto discurso, a distintos referenciais que encenam e que possibilitam a particularização verossímil dos poemas, transformando-os em casos, em *opus*.

Quanto mais genérico for o vitupério, mais fundamental será o papel da didascália como unidade paratextual que o particulariza em caso ou evento. Efetivamente, a referencialização do discurso poético empreendida pela didascália não diz respeito apenas ao gênero satírico, mas a parte significativa da poesia seiscentista e setecentista.

O estabelecimento do referencial discursivo pelas didascálias pode ser ilustrado pela análise comparativa de duas delas que encabeçam um mesmo poema inserido tanto no *Códice Asensio-Cunha* quanto no *Códice Lamego*. No *Códice Asensio-Cunha*, a composição cujo *incipit* é "Se quem sabe, o que he amor," está transcrita na última subdivisão do segundo volume desta *Coleção*, que enfeixa poemas tradicionalmente atribuídos a Gregório de Matos e Guerra, mas que são, ao menos para alguns letrados, sabidamente produto de outras penas. No *Códice Asensio-Cunha*, atribui-se a referida composição a "Thomaz Pinto Brandão". No *Códice Lamego*, entretanto, o poema vem transcrito entre os poemas do poeta baiano e não há indicação no *Códice* de que se trata de poema alheio, mas atribuído por parte da tradição a Gregório de Matos e Guerra. O poema copiado em ambos os códices não varia, na sequência das unidades lexicais que o compõem, embora variem as outras marcas utilizadas para determinar o ritmo do discurso e, em muitos casos, também o seu sentido – ponto final, vírgulas, ponto-e-vírgula etc. –, como se pode depreender dos excertos transcritos abaixo, que julgamos representativos de toda a composição:

Asensio-Cunha
(410)
Texto
Deste inferno dos viventes
desta masmorra infernal,
deste lugar dos percitos,
em que assisto por meu mal,
vos mando, Senhor, pedir
pelo alto sacramento
o socorro de uma esmola
para ajuda do sustento.

Glosa

1
Se quem sabe, o que é amor,

Lamego
–. Decima
Deste Inferno de viventes,
desta masmorra infernal,

deste lugar de precitos,
em que assisto por meu mal;
vos mando, senhor pedir,
pelo alto sacramento,
o socorro de uma esmola,
para ajuda do sustento.

Glosa do A.

1a
Se quem sabe o que é amor,

A constituição do referencial discursivo pela anteposição das didascálias aos poemas institui o conjunto de prescrições que nortearam a recepção desse mesmo poema nos séculos XVII e XVIII, lapso temporal em que foram produzidos os códices examinados. As didascálias operacionalizam a atualização do sentido dos poemas a partir de seu funcionamento como protocolos de leitura; didascálias e critérios de legibilidade para a poesia reunida nos códices poéticos implicam-se mutuamente e se superpõem funcionalmente.

No *Códice Asensio-Cunha*, a estrofe a ser glosada é antecedida pela seguinte didascália:

(410)
Mandou
este mesmo Autor
estando preso
pedir uma esmola
a certo cavalheiro desta terra.

A que autor se refere a didascália? Já que a seção em que o poema está inserido contém poemas da autoria de mais de um poeta – João Brito de Lima e Tomás Pinto Brandão –, designa-se nas didascálias imediatamente anteriores o nome do poeta que é permutado pela expressão "mesmo Autor" na didascália acima transcrita:

(402)
À Posse
que tomou da companhia
João Gonçalves da Câmara Coutinho
Filho do Governador
Antônio Luís da Câmara Coutinho
em dia de São João Batista,
assistindo-lhe de Sargento
seu Tio Dom João de Alencastre
que tinha vindo de governar Angola,
estando o Autor Tomás Pinto preso.

Décimas

1
Mil annos há, que não verso,

(408)
Ao Capitão
da Guarda
Luís Ferreira de Noronha
lhe dá os agradecimentos
Tomás Pinto Brandão
de o livrar da prisão,
em que estava.
Décimas
1
Já que nas minhas tragédias

É Tomás Pinto Brandão quem, estando preso, manda pedir uma esmola a certo cavalheiro da cidade da Bahia. Os poemas formam uma unidade intertextual intracodicilar e devem ser lidos como unidades textuais que, embora discretas e independentes, tornam-se complementares no interior do *Códice* a partir de dispositivos bibliográfico-textuais que materializam os critérios de disposição e operacionalizam a leitura conjunta deles. Os paratextos instauram por meio de remissões a outros paratextos vínculos que instituem unidades narrativo-poéticas por meio da circunscrição dos poemas por referenciais discursivos que os encenam como eventos particulares, porém interrelacionados e sequenciados temporalmente, instituindo, assim, uma fantasia poética desdobrada em quadros justapostos.

Se as didascálias funcionam como protocolos de leitura; se as leituras prescritas pelas concorrentes didascálias estão textualmente preservadas, porque cristalizadas como referenciais discursivos; se é possível saber a qual poema as didascálias servem como protocolos de leitura, parece-nos possível empreender a escrita da história da recepção do *corpus* poético colonial seiscentista e setecentista atribuído a Gregório de Matos e Guerra a partir das diferentes propostas consubstanciadas nas didascálias para a semantização dos poemas.

Pode-se inclusive supor que os poemas, quando compostos por Gregório de Matos e Guerra e por outros poetas coloniais e postos por primeira vez em circulação na cidade da Bahia, estavam desprovidos de didascálias e só em etapa histórica posterior do circuito de circulação e recepção os paratextos foram acrescidos a eles. No famosíssimo *Códice Chacon*, depositado na Biblioteca Nacional de Madri, em seu primeiro volume, após a inscrição da *Vida* de Don Luís de Góngora, encontra-se um rol de advertências aos leitores do manuscrito. Entre elas, está a que faz remissão à existência ou não de intitulações às peças incluídas nos três volumes da *Coleção*: "Titulos. *QVE en solas las obras heroicas, i grandes (por si o por su sujeto) se han puesto titulos: O en aquellos que los han menester para inteligencia de sus materias*"[303]. Como se vê, os títulos não foram apostos a todos os poemas, mas somente àqueles que necessitavam deles

---

[303] *Códice Chacon*, vol. I, "ADVIERTESE", "Titulos", s/n° no original.

para que suas matérias fossem perfeitamente inteligíveis aos leitores. Assevera-se, ao mesmo tempo, que teria sido Don Luís de Góngora o autor das didascálias, acrescentadas aos poemas quando estes foram reunidos e ordenados por Antonio Chacón Ponce de León, pois, segundo este, só o próprio poeta seria capaz de especificar os casos particulares ou matérias de muitos poemas:

> *Quando juntè todas (obras) las que la diligencia de D. Luis, i la mia pudo adquirir en ocho años, quando trabajè con el las emendase en mi presencia con diferente atencion que solia otras vezes, i quando le pedi me informase de los casos particulares de algunas cuia inteligencia depende de su noticia, me dixese los sujetos de todas, i los años en que hizo cada vna, solo tuue por fin el interes que mi afficion à estas obras lograua.*[304]

No entanto, cabe perguntar se os poemas andariam desprovidos de didascálias antes de que fossem reunidos no monumento codicológico mandado fazer por Antonio Chacón Ponce de León. Como veremos em outros membros da tradição gongorina, produzidos independentemente do *Códice Chacón*, há, em alguns, didascálias encimando todos os poemas reunidos nos volumes, como é o caso do manuscrito depositado na Biblioteca de Menéndez Pelayo, que contém grande número de vitupérios de Don Luís de Góngora, mas há aqueles que trazem poemas sem didascálias. No caso do códice depositado na Biblioteca de Menéndez Pelayo, teria Don Luís de Góngora composto didascálias para todos os vitupérios, quando deixou de compô-las para muitos poemas inseridos no *Códice Chacón*? E, no caso de haver didascálias concorrentes, como interpretá-las a não ser como leituras concorrentes efetuadas por distintos leitores? Cremos que a variação didascálica na tradição gongorina e em outras tradições da poesia

---

[304] *Códice Chacon*, vol. I, "Dedicatória", s/nº no original.

seiscentista ibérica reforça a hipótese por nós formulada quando da interpretação das didascálias concorrentes em diferentes membros da tradição de Gregório de Matos e Guerra, a encimar um mesmo poema: elas são pareceres de leitores letrados sobre as "supostas" matérias dos poemas. No caso específico do *Códice Chacón*, se considerarmos ser verdade o que diz seu comitente sobre ter sido o próprio Don Luís de Góngora o autor do aparato didascálico, seria excelente contrastarmos essa referencialização autoral dos textos com suas concorrentes contemporâneas, a fim de verificar como um mesmo poema permite leituras que cada didascália "especializa".

A par da leitura de cada poema a partir do que o próprio poeta especificou como horizonte de legibilidade, havia a possibilidade de lê-los diferentemente, o que remete ao hiato existente entre os dispositivos bibliográfico-textuais que visam regrar a recepção e a liberdade dos leitores, que escapam dessas coações. É preciso dizer que as didascálias também apresentam outro paratexto ecoante, que não aqueles que as reverberam e que se encontram elencados nos índices dos volumes, como já discutido acima.

Nos volumes do *Códice Asensio-Cunha*, há, tanto do lado direito quanto do esquerdo de muitas estrofes, escólios marginais – é como os chamamos, mas também podem ser denominados simplesmente de "notas", já que assim são designados no *Códice Chacon*. No mesmo rol de advertências em que se encontra aquela concernente aos títulos dos poemas, há outra que respeita às notas marginais aos poemas e que assim as justifica:

> *Notas. QVE en las notas de las margenes se aduierte solamente lo provincial, i los casos particulares; Las alusiones que tocan à vno, i otro: que es lo que no puede alcançar la erudicion, ni la posteridad conseruar su memoria.*[305]

---

[305] *Códice Chacon*, vol. I, "ADVIERTESE", "Notas", s/n° no original.

As notas servem, segundo o letrado que mandou compor o *Códice*, para esclarecer os leitores do futuro sobre tudo aquilo que a simples erudição não pode suprir por razão do crescente apagamento dos "casos particulares" de que supostamente se partiu para a efabulação poética. As notas servem, desse modo, para fixar para o leitorado um "referente", que parece externo ao discurso poético, mas que é, na verdade, constituído por ele, pois que lhe é anterior; é pela justaposição de uma nota ao poema que este passa a ser lido como um desdobramento discursivo do paratexto, e, nesse sentido, as notas têm a mesma função das didascálias, sendo uma espécie de protocolo de leitura, tanto quanto estas.

É engenhosíssima a invenção de notas referenciais para acompanhar os textos poéticos, pois são análogas às de caráter histórico que acompanham marginalmente o poema heroico e que têm a função de incrementar a sua *fides*, reforçando seu argumento. O que sabemos do "caso particular" a que o poema supostamente faz remissão nos é provido pela exígua informação sobre ele contida na nota, e, mais ainda, por aquilo que o próprio poema passa a prover a partir do momento em que é lido como espécie de glosa da nota ou da didascália, como se didascálias e notas fossem anteriores ao poema e o tivessem enformado. É na verdade o caráter retórico-epidítico muito geral dos poemas laudatórios e vituperantes produzidos no século XVII o que permite a sua particularização como «caso» por meio da aposição de uma didascália ou nota que o torna *opus*, circunscrevendo-lhe o sentido, como já vimos quando da análise do segundo volume do *Códice Asensio-Cunha*. Como didascálias são leituras efetuadas *a posteriori* por letrados e registradas nos monumentos codicológicos que garantem a perpetuidade do poeta e de sua obra, elas, na verdade, legitimam certa legibilidade de cada poema constitutivo da obra, e, em certo sentido, uma sua posteridade, ao tornar memória a "notícia" do notado. Mas, assim como ocorreu quando da fatura do *Códice Asensio-Cunha*, também o *Códice Chacon* foi composto por meio da aplicação sistemática de critérios de disposição dos poemas nos volumes da *Coleção*, *ordo* essa que é discursivamente explicitada no caso do manuscrito gongorino, mas não no caso dos manuscritos que compõem a tradição de Gregório de Matos e Guerra.

Foi com prazer que lemos a advertência ao leitor, que o notifica da existência de critérios de disposição dos poemas nos três volumes constitutivos do *Códice Chacon*, pois, ao tempo da escrita da tese de doutorado de Marcello Moreira sobre o *corpus* gregoriano, foi preciso depreender a *ordo* da análise dos próprios códices, hipotetizando sua existência.

No *Códice Chacon*, adotou-se como primeiro princípio ordenador a pertença de poemas a gêneros poéticos, e, depois, a matérias, não sendo, por conseguinte, o critério político-estamental de fundamental importância para ordenar os poemas no interior dos volumes, como é o caso, por exemplo, do *Códice Asensio-Cunha*. No rol de advertências do *Códice Chacón*, lê-se o que segue sobre a *dispositio* adotada:

> *Disposiciõ destas obras. QVE aunque la eminencia de las Obras de D. LVIS permitia sacarlas de lo comum, y que en la disposicion de su orden sucesiva se atendiese, como en los Poëtas Latinos, à la deferencia de los estilos, el temor de que este nueuo modo de colocacion no las confunda, i la imitacion del Maestro Francisco Sanchez Brocense, i de Hernando de Herrera, que en impresiones de las obras de Garcilasso han seguido en esto las de los Poetas Italianos, hà obligado à diuidir, i graduar estas Obras segun los generos de sus versos. Si bien en cada vno van subdivididas las materias, i colocadas en el lugar que parece se deue à cada vna.*[306]

A repartição dos gêneros entre os três volumes do *Códice Chacón* é a que segue: Volume I: 1) Sonetos; 2)

---

[306] *Códice Chacon*, vol. I, "ADVIERTESE", "Notas", s/nº no original.

Octavas; 3) Tercetos; 4) Canciones; 5) Madrigales; 6) Sylvas; 7) Dezimas; 8) Quintillas; 9) Redondillas; Volume II: 1) Letrillas; 2) Romances; 3) Obras Añadidas[307]; Volume III: 1) La Comedia de las Firmezas de Isabela; 2) La Comedia del D.ᵒʳ Carlino[308].

As obras de Don Luís de Góngora, que foram reunidas ao tempo da fatura do *Códice Chacón*, estavam necessitadas, tanto quanto as atribuídas a Gregório de Matos e Guerra, de apropriada preservação, porque muitas delas estavam "perdidas" e outras tantas se encontravam cheias de defeitos que cumpria sanar, defeitos esses que eivavam até mesmo os melhores manuscritos, segundo asserção de Antonio Chacón Ponce de León. A perda das obras não era total, pois se pôde recuperá-las e inscrevê-las nos três volumes do *Códice Chacón*. Cremos que o verbo "perder" signifique, no contexto em que comparece, o mesmo que "desparzir", de que deriva "desparcido". Os poemas de Don Luís de Góngora estavam dispersos e coube a Antonio Chacón Ponce de León, segundo declaração dele próprio, com o auxílio de Don Luís de Góngora, não apenas reunir esses poemas, mas também ordená-los. É da necessidade de preservar os poemas, que equivalem à memória de Don Luís de Góngora – pois, segundo Antonio Chacón Ponce de León, a memória de um poeta é a memória de sua poesia –, que se fala na dedicatória ao Conde de Olivares:

> *Ofrezco à V. E. las Obras de D. Luis de Gongora, con quien profesè amistad los ultimos años de su vida: muerto ia; i su memoria (que viue en ellas) mas necesitada que nunca del amparo de V. E.: no tanto por las censuras de sus emulos, por lo que ignoran dellas los mas de sus*

---

[307] *Códice Chacón*, vol. II, "SEGUNDO/DE LAS OBRAS/DE D. LVIS DE/ GONGORA./CONTIENE/LETRILLAS/ROMANCES. OBRAS AÑADIDAS".

[308] *Códice Chacón*, vol. III, "TERCERO/DE LAS OBRAS/DE D. LVIS DE/ GONGORA./CONTIENE LA COMEDIA DE LA FIR/MEZA DE ISABELA./LA COMEDIA DEL D.OR CARLINO".

> *aficionados, por los defectos con que han andado aun quando mejor manuscritas, por auerse perdido muchas* [...].[309]

A preservação da memória do poeta depende, portanto, da recolha e ordenamento de seus poemas em monumentos codicológicos, que, mais do que simples repositórios, são a forma mais acabada e perfeita de publicação escribal. Nesse sentido, pode-se chamar aos códices "estampa", pois é isso o que são, como se afirma por duas vezes no primeiro volume do *Códice Chacón*. Em uma seção da *Vida*, fala-se mais uma vez das obras poéticas gongorinas, que estavam estampadas *mendosas*, o que urgia corrigi-las por meio de nova estampa. O estarem as obras poéticas "faltosas" devia-se à cobiça (*cudicia*) com que seus aficionados as buscavam, o que ocasionou o terem sido estampadas "às pressas", ou seja, postas em circulação sem o devido cuidado que Antonio Chacón Ponce de León pensa ser necessário para preservá-las de toda e qualquer deterioração:

> *TODAVIA aun en siglo libre de nuevos accidentes Don Luis, sus obras las han padecido: ya fuese la cudicia, ia la curiosidad causa, las estampò la priesa: con que faltas estas, no reparadas aquellas, mendosas todas, ia con amor, ia con authoridad ha sido necesario recogerlas.*[310]

Antes de estabelecer o que se compreendia por *estampar* no âmbito de uma cultura letrada ainda em parte fundada na manuscritura, cabe dizer mais algumas palavras sobre as obras *mendosas* de Don Luís de Góngora. Joseph Pellicer de Salas y Tovar, que foi cronista dos reinos de Castela, na dedicatória ao Cardeal Infante Don Fernando queixa-se dos êmulos ou rivais de Don Luís de Góngora e solicita humildemente a proteção de Don Fernando para

---

[309] *Códice Chacon*, vol. I, "Dedicatória", s/n° no original.

[310] *Códice Chacón*, vol. I, "VIDA, I ESCRITOS/DE DON LVIS DE/GONGORA."/, s/n° no original.

que, sob sua égide, possa o pó erudito que um dia foi o poeta enfim descansar.

Comparando Don Luís de Góngora a Salústio e seus êmulos a Tito Lívio, refere como este tudo fizera para embaçar a memória do rival. Tito Lívio teria logrado esse fim subornando escribas para que estragassem as cópias das obras de Salústio e também adulterou manuscritos, chegando a ordenar que se queimasse boa parte dos escritos do adversário. Pode-se aventar a hipótese de que o processo por meio do qual Tito Lívio, em uma cultura eminentemente escribal, intentou suprimir a obra de Salústio seria análogo ao que Don Luís de Góngora sofria na mão de seus êmulos, como parece sugerir, pela analogia, Joseph Pellicer de Salas y Tovar, o que reforça o estarem os poemas gongorinos também eles "desparcidos" e *mendosos*:

> *cuya grandeza harà (a de Dom Fernando) respeto para que dexen reposar quietos los poluos eruditos de aquel insigne Varon, y a mi me permitiran mas desahogo para acabar de publicar sus Obras tan ajadas en la edicion passada de la Prensa, y no se si diga la Malicia, que ya supieron los Parciales de Liuio, interessados en el deshonor de Salustio por usurparle el Principado de la Historia Romana, sobornando los Escrivientes, estragar las copias, adulterar los Manuscriptos, y aun quemar mucha parte de sus escritos.*[311]

Pode-se ter certeza de que o verbo *estampar*, no trecho acima, tem o valor semântico de "publicar", pois, em outro segmento da *Vida*, ao falar-se da dedicação de Don Luís de Góngora, durante os anos de sua maturidade, à poesia engenhosíssima e magniloquente exemplificada pelo *Polifemo* e pelas *Soledades*, assevera-se que essa afeição aos novos gêneros se tornará patente por meio da estampa que é o próprio *Códice Chacón*:

---

[311] SALAS Y TOVAR, Joseph Pellicer. *Lecciones Solemnes a las Obras de Don Luis de Gongora y Argote, Pindaro Andaluz, Principe de los Poëtas Liricos de España*. Madrid: Imprenta del Reino, 1630, "Dedicatória", p. 3.

> EN los maiores años, o auisado de los assumptos, o escrupuloso del estilo menos graue en obras tan celebradas, no sin generosa verguença, de algun amigo de menor edad (confesò el) se empeñò à la grandeza de'l POLIPHEMO, i SOLEDADES, i otros mas breues Poëmas, que enseñarà **esta** estampa.[312]

O *Códice Chacón* é apenas um exemplo da compreensão quinhentista e seiscentista da manuscritura como arte de compor livros e de os dar a público como equivalentes da impressão, que a estampa manuscrita sobrepujava em requintes de fino acabamento. O *Códice Chacón* torna patente também o caráter de publicação manuscrita do *corpus* poético atribuído a Gregório de Matos e Guerra na cidade da Bahia de fins do século XVII e princípios do século XVIII[313]. Pode-se dizer que a publicação escribal, no formato de ricos cancioneiros poéticos, acaba por limitar o acesso de possíveis leitores aos volumes, já que, depositados em bibliotecas aristocráticas, poucos poderiam de fato compulsá-los e lê-los. Os códices poéticos autorais, sobretudo os encomendados a escribas talentosos e a oficinas especializadas, devem ser considerados monumentos de memória contra a voracidade do tempo, como o compreendiam muitos dos letrados que reuniram em livros de

---

[312] *Códice Chacón*, vol. I, "VIDA, I ESCRITOS/DE DON LVIS DE/GONGORA."/, s/n° no original.

[313] Luis Iglesias Feijoo pensa que a palavra *estampa*, presente no *Códice Chacón*, e empregada para designar o conjunto de poemas recolhidos nos volumes dessa Coleção, esteja a indicar que os poemas neles recolhidos só o foram para que se destinassem posteriormente ao prelo, evidenciando, desse modo, sua ignorância da natureza escribal do empreendimento e o ser ele, o *Códice*, já uma forma acabada de publicação: "La referencia a la impresión ('estampa') quiere decir que la colección de poesías de Chacón, contra lo que se viene diciendo, sí se pensó que pudiese servir de base para una edición. El señor de Polvoranca hizo con sus textos una copia magnifica para Olivares (el manuscrito Chacón), pero no desdeñaba la posibilidad de imprimirlas luego" (Ver IGLESIAS FEIJOO, Luis. Una carta inédita de Quevedo y algunas noticias sobre los comentadores de Góngora, con Pellicer al fondo. In: Boletín de la Biblioteca de Menéndez Pelayo, 1983, pp. 141-203, capturado em 22 de agosto de 2013: http://www.cervantesvirtual.com/obra-visor/boletin-de-la-biblioteca-de-menendez-pelayo--54/html/2Dir00625_171.htm).

mão a poesia atribuída a Gregório de Matos e Guerra, e, também, Antonio Chacón Ponce de León.

Em outra seção da *Vida* de Don Luís de Góngora, fala-se da dedicação do admirador do poeta ao reunir em vida do mesmo o maior número de poemas que pôde; dos encontros e conversas liberais que tiveram, quando então puderam ler os poemas, especificar suas matérias e estabelecer suas datações; e, por fim, do monumento (palavra essa empregada na *Vida* para designar o livro que a contém), em que se inscreveram os poemas copiando-os sobre "formosas vitelas" com ainda mais formosos caracteres – elementos bibliográficos que por si indiciam a monumentalidade visada pelo empreendimento. Mas, ao mesmo tempo, o monumento codicológico que se dedica ao Conde de Olivares, Duque de Sanlucar, é fruto de muito estudo, não apenas resultado de dedicação; a esse monumento, que será integrado à biblioteca do nobre a quem foi dedicado, dá-se o predicado de "eterno", não porque o volume em si seja imperecível, mas porque as poesias que são parte dele assim o tornam, a par da perenidade da própria biblioteca do Conde de Olivares, tão eterna quanto a casa a que pertence, o nome de família que a qualifica e a monarquia que a integra:

> *Hallose empero la amistad (que no parecia de amor propio, o miedo ageno) en D. ANTONIO CHACON Señor de Poluaranca. Encendieron las cenizas de D. Luis fuego en su verdad, quando entre ellas el de tantos amigos se auia apagado. Iuntòlas en vida de D. LVUIS con aficion i cuidado: comunicòlas con el, con libertad, i doctrina: y en su muerte copiandolas en hermosas vitelas, en hermosissimos caracteres las consagra al agrado y estimacion de'l Conde Duque de Sanlucar en el monumento estudioso, i eterno de su Biblioteca.*[314]

---

[314] *Códice Chacón*, vol. I, "VIDA, I ESCRITOS/DE DON LVIS DE/GONGORA."/, s/nº no original.

A *Vida* de Don Luís de Góngora, com que se abre o primeiro volume do *Códice Chacón* – expediente esse também utilizado na fatura do *Códice Asensio-Cunha* –, figura um letrado, Antonio Chacón Ponce de León, aficionado das poesias de Don Luís de Góngora, e o próprio poeta no labor de recolher e ordenar a obra dispersa, cabendo ao próprio autor a tarefa de especificar as matérias das obras cujos temas não pudessem ser entendidos sem o auxílio das didascálias. O que a figuração epidítica da *Vida* nos mostra em primeira mão é a fatura do próprio *Códice Chacón* e como ela encena dois caracteres no seu trabalho árduo de ordenação de um *corpus* poético. O *corpus*, apresentado em seguida à *Vida*, é por excelência o testemunho poético que incrementa a *fides* do discurso apologético que é a *Vida*, pois que a testifica.

Não nos esqueçamos de que alguns procedimentos retórico-epidíticos próprios da oratória e das práticas letradas retoricamente regradas especificavam que o *bios* deveria apresentar, se não um caráter propriamente misto, ao menos o recurso, quando de sua composição, a técnicas oriundas do gênero histórico, não precisando, no entanto, ater-se absolutamente ao verdadeiro, já que lhe bastava operar com base no verossímil e no provável, servindo o elemento histórico incrustado em sua tessitura como incremento de sua *fides* que o tornava mais verossímil[315].

---

[315] Em seu estudo sobre a relação do gênero epigramático e o epidítico, M. D. Lauxtermann assevera que, desde os *progymnásmata* da chamada Segunda Sofística, a matéria do epigrama poderia ser desde um evento histórico, radicado na especificidade de um dado tempo e espaço, a qualquer tipo de fabulação, apresentando ambos os tipos, no entanto, certa semelhança de procedimento, pela comum retoricização e implicações a que estavam sujeitos tanto os epigramas de matéria fictícia quanto os de matéria histórica ou forense: "However, just as modern deconstructionists, ancient and Byzantine rhetoricians were quite willing to admit that each story, whether true or not, contains an element of fictionality: in the end it is not so such the story itself as the way it is narrated that matters" (LAUXTERMANN, M. D. What Is an Epideictic Epigram? In: *Mnemosyne*, Fourth Series, vol. 51, 5, 1998, pp. 525-537 [p. 531]). Cremos que o mesmo se aplica à composição de *vitae* nos séculos XVI e XVII, devido ao seu comum caráter epidítico. Segundo ainda M.

O *bios*, desse modo, como gênero epidítico, não precisaria como a história *"sempre dire il vero"*[316], necessidade que lhe atribui Alessandro Salviati em seu discurso sobre a poética, mas *"con ragioni verrissimili et probabili narrare, et disputare il fatto, quanto piu puo fuggendo, ò coprendo quello, che potrebbe nuocere, & solamente dicendo quello, che puo giouare* [...]"[317]. O caráter elogioso do *bios* sobressai na circunscrição de sua definição por Alessandro Salviati, que também assevera ter o poeta a necessidade, para ser completo, de valer-se ora da oratória, pois também ele precisa às vezes servir-se de procedimentos propriamente oratórios, tais como a composição de exórdios, narrações e orações saídas da boca de vários tipos de caráter, ora da história, podendo seguir sua ordem natural e também alterá-la e, até mesmo, subtrair o que não lhe convém:

> *Il Poeta poi si serue dell'uno (oratória) e dell'altro. Dell'uno, nel fare exordii, narrationi & orationi; dell'altro nel recitar poeticamente l'istoria, hora con dritto, hora con trasportato ordine, togliendo parte da questa, & parte della Filosofia naturale & morale.*

Mas se o poeta às vezes pode e até mesmo deve valer-se da história, nada poderia incrementar mais a *fides* do discurso elogioso que se tece a cada linha da *Vida* de Don Luís do que introduzir, a par do *bios*, o que lhe serviria de prova, pois esta é condição máxima da persuasão, como ensina Aristóteles na *Retórica*. A *Vida*[318] pode ser breve,

---

D. Lauxtermann: *"The progymnasma, therefore, primarily instructs the students in the proper handling of facts (fictitious or not) and emphasizes the importance of ἔκθεσις, as Aphthonius calls it, the appropriate manner of telling a good story"* (idem, p. 531).

[316] SALVIATI, Alessandro. *Dialogi di messer Alessandro Salviati della inventione poetica*. Venetia: Plinio Pietrasanta, 1554, p. 15.

[317] Idem, p. 15.

[318] Não é apenas o *Códice Chacón* que abre com uma *Vida* de Don Luís de Góngora. Sabemos, por página que se segue ao índice de autores listados por Joseph Pellicer Salas y Tovar, que tencionava, em seu *Lecciones Solemnes*, anteceder os comentários propriamente ditos com uma *Vida* do poeta, que, no entanto, não

ao menos em sua forma narrativa, já que ela é apenas a condição necessária para que ano a ano se produzam as flores recolhidas nesse ramalhete que é o *Cancioneiro*[319]. Os

---

se imprimiu. Estampa-se, em página anterior aos comentários: "Vida y Escritos de Don Luís de Góngora", o que evidencia a intenção de imprimir uma *Vida*, podendo-se supor que tivesse uma função axial na estrutura do livro. Em seção intitulada "A los Letores", Joseph Pellicer Salas y Tovar assim se justifica pela ausência da *Vida* anunciada, mas não impressa: "*Yo auia dispuesto, que se estampase aqui la vida de Don Luis de Góngora, que tengo escrita, junto con los Elogios de Varones Insignes, que hazen en sus escritos mencion honrosa del. No ha podido conseguirse esto, porque fue necesario sacar nueva licencia del Consejo para imprimirla, y siendo forçosa la dilacion, era cierta la mala obra que se le hazia al Librero en detener el despacho del Libro. Por esto, y por la priesa que dauan los desejosos del determinè dexar la vida para el Segundo tomo de Lecciones Solemnes, donde saldra con todas las demas obras muy brevemente*" (SALAS Y TOVAR, Joseph Pellicer. *Lecciones Solemnes a las Obras de Don Luis de Gongora y Argote, Pindaro Andaluz, Principe de los Poëtas Liricos de España*. Madrid: Imprenta del Reino, 1630, "A los Letores"). Luis Iglesias Feijoo, no entanto, ao ler a correspondência do comentarista de Don Luís, encontrou entre as cartas que lhe foram endereçadas no ano de 1629, mais precisamente em carta datada de 1 de outubro desse ano, a de Hortensio Félix Paravicino, em que pede a Joseph Pellicer Salas y Tovar para não estampar junto com seu *Lecciones Solemnes* a *Vida*, que ele, Paravicino, escrevera. A recusa de dar a *Vida* à estampa se deve a escândalo em que Hortensio Félix Paravicino se viu envolvido, ao ser objeto da mordacidade de Calderón. O que importa aqui é apenas apresentar as razões para que falte a *Vida* em *Lecciones Solemnes*. Luis Iglesia Feijoo, ao ler a carta inédita com a solicitação de Paravicino de que se não estampasse a *Vida* por ele composta, escreve: "*De lo que antecede se colige una noticia hasta ahora ignorada. Paravicino escribió una 'Vida de Góngora', que Pellicer pensaba situar a la cabeza de sus Lecciones Solemnes. La causa de su exclusión facilmente pode deducirse de las reticencias que adelanta aqui el fraile: aullado por los 'perros' en los tablados de los corrales, no desea dar motivos para nuevos ataques con su aparición ahora en un libro de versos, 'estacada tan agena' a su profesión. De ahí que suplique a Pellicer, invocando su 'mucha amistad', que le deje fuera de la empresa. Sea que esta petición bastara, sea que fuese renovada por otras posteriores, Pellicer acabó cedendo y su comento salió sin la 'Vida'. Esta tiene que ser la razón por la que, apresuradamente, el autor introdujo una hoja en las Lecciones, en que puede leerse: 'A los Letores' [...]*" (Ver IGLESIAS FEIJOO, Luis. *Una carta inédita de Quevedo y algunas noticias sobre los comentaristas de Góngora, con Pellicer al fondo*. In: *Boletín de la Biblioteca de Menéndez Pelayo*, 1983, pp. 141-203 [p. 164], texto capturado em 22 de agosto de 2013, http://www.cervantesvirtual.com/obra-visor/boletin-de-la-biblioteca-de-menendez-pelayo--54/html/2Dir00625_166.htm). Esta *Vida* de autoria de Hortensio Félix Paravicino é aquela com que principia o *Códice Chacón* (Idem, p. 168).

[319] Celina Sabor de Cortazar, em seu estudo sobre a primeira recepção da poesia de Don Luís de Góngora, assevera que os críticos da chamada geração de 1927 conseguiram realizar uma revaloração da poesia do Cordovês porque precedida, inclusive, por insignes estudiosos da poesia gongorina, como Alfonso Reyes,

poemas no *Códice Chacón* trazem a indicação do suposto ano de sua composição, e, por conseguinte, permitem ao leitor seguir um percurso, que é o dos anos vividos, e, o mais importante, o dos anos arduamente trabalhados. A *Vida* de Don Luís de Góngora estrutura-se pela aplicação de *loci* da invenção próprios do gênero que se pratica, e, nesse sentido, seus lugares-comuns não diferem daqueles que também são empregados na *Vida do Excelente Poeta Lírico, o Doutor Gregório de Matos e Guerra*. Na *Vida* de Don Luís, acumulam-se os *loci* elencados por Alessandro Salviati em seu discurso sobre a poética, os mesmos, aliás, que já foram apresentados como próprios do elogio de pessoas desde Aristóteles e que ocorrem em todos os principais escritos latinos sobre a técnica retórica, como os de Cícero, Quintiliano, e, também, no *Ad Herennium*, reciclados nos séculos XVI e XVII por incontáveis preceptistas e comentadores das obras antigas.

Na *Vida* de Don Luís de Góngora, por exemplo, referem-se seu lugar de nascimento, seus progenitores excelentes, sua educação e gosto pelas letras, divinas e humanas, sua erudição, seus serviços à pátria etc. Esses mesmos lugares são justamente os que se arrolam como próprios para se

---

Lucien Paul Thomas, Walter Pabst, Miguel Artigas e R. Foulché-Delbosc, que, segundo ela, *"no ahorraron esfuerzos para dilucidar la vida y la obra de Góngora"*. Seu esforço foi possível, no entanto, porque *"Contaban, además, con una edición rigurosa que ofrecía máximas garantías: la que Foulché-Delbosc editara en Nueva York en 3 volúmenes, en 1921. Esta edición se basaba en un manuscrito no tenido en cuenta antes: el llamado manuscrito Chacón, que fechaba las composiciones según el testimonio de Góngora, a decir de su compilador, amigo y compañero del poeta. Esta datación permitiría, por fin, un estudio cronológico de la poesía de Góngora y mostraría los pasos de su evolución"* (CORTAZAR, Celina Sabor de. Góngora y la Poesía Pura. Alicante: Biblioteca Virtual Miguel de Cervantes, 2008, s/n° de página; Edición digital a partir de *Para una relectura de los clásicos españoles*, Buenos Aires, Academia Argentina de Letras, 1987, pp. 197-216). Os critérios de ordenação da poesia de Don Luís de Góngora, deste modo, porque partícipes ou emanados de uma *voluntas* autoral, segundo declaração de Antonio Chacón Ponce de León, permitiriam o acesso ao "verdadeiro" Góngora, substraído às gerações anteriores de críticos que desconheceram esse cancioneiro. Desse modo, o artifício que entrelaça a *Vida* e os paratextos didascálicos, e, por meio deles, a *Vida* e os poemas, são positivados por uma recepção que critica, por seu turno, o positivismo da crítica a Don Luís de Góngora no século XIX (idem, ibidem).

falar de pessoa, seja para elogiá-la, seja para vituperá-la, em Alessandro Salviati, mas não só, o que demonstra a correlação entre a arte e a prática e sua mútua dependência:

> *Et nel trattare d'amendue (pessoas e obras) bisogno seguitare l'ordine di natura, la quale ua dalle cause à gli effetti nell'operare, si come ancora sogliono procedere le scienze in sapere. Se di persone adunque tratterasi, si considereranno due cose, l'una il generante, l'altra il luogo, oue alcuno sia generato. In quanto al luogo si uerrà á considerare il sito, et la natura, et qualità di questo, l'origine, potenza, nobiltà & costumi di coloro, che ui habitano. In quanto al generante, quale egli sia, & quale sieno stati i suoi maggiori & progenitori, & questi due conditioni principalmente si considerano, essendo il padre, & la patria, come ditte uoi, un commune principio dalle generatione. L'educatione uien poi, la quale tanto è piu difficile, quanto quella è facile, percioche il nudrire, & bien alleuare una pianta ò altra cosa dalla natura prodotta, è gran fatica, & però si deono descriuere & narrare i buoni, & mali costumi di luoghi, & delle persone, ò publiche, ò priuate, accioche egli si conosca et antiueda quali hanno da essere le loro operationi. Dell'eruditioni ancora & della religione si dee appresso trattare, essendo questi due molto necessarie all'educatione [...]*[320].

Alessandro Salviati repete, por meio de seu elenco de *loci* para a composição do *bios*, elementos epidíticos pertencentes a doutrinas antigas que regravam o elogio e o vitupério de tipos de caráter, tornando as correntes doutrinais antigas, cujos elementos são por ele emulados, contemporâneas dele e de outros letrados quinhentistas e seiscentistas, que o lerão, o que implica compreender a continuidade entre práticas de composição dos discursos entre gregos e romanos e os séculos XVI e XVII, a despeito de certa descontinuidade doutrinária durante a longuíssima duração que medeia esses pólos, quando autores como

---

[320] Idem, p. 16.

Aftônio, Menandro e Longino, por exemplo, ainda não eram lidos e comentados no Ocidente da Europa.

Os séculos XVI e XVII conheceram a revivescência da composição não apenas de preceptivas retóricas dedicadas aos três grandes gêneros praticados desde Aristóteles, judiciário, deliberativo e epidítico ou demonstrativo, mas também a escrita de tratados destinados a ensinar apenas os preceitos do gênero demonstrativo, mais especificamente do subgênero exornativo, já distribuídos de acordo com o gênero da oração de tipo elogioso a ser composta, como patenteia o escrito de Bartolomeu Alcáçar[321]. Os manuais em que se prescrevia a composição de orações de tipo exornativo eram escritos por professores de retórica, assim como os manuais em que se ensinavam os princípios da arte retórica, que, nos séculos XVI e XVII, tornaram atual a prática de redação de *progymnásmata*, apelidados, em geral, na Europa latina quinhentista e seiscentista, simplesmente de *Exercitationes*, título esse do manual de Alfonso de Torres[322].

A despeito do que hoje se possa pensar, eram destinados a um público escolar bastante jovem. Em Alcalá de Henares, onde Alfonso de Torres lecionou, seu livro era lido pelos alunos do *"tercer curso de gramática, donde se entrenaba al alumno en* técnicas sencillas de composición [...]"[323]. Os manuais dos séculos XVI e XVII, que se podem chamar *progymnásmata*, são largamente devedores dos escritos antigos, e eram usados a par deles, pois traduções latinas de Hermógenes e de Aftônio circulavam correntemente em ambientes escolares europeus. O tratado de Hermógenes, segundo Francis R. Johnson, foi suplantado, após larga fortuna nos séculos ditos "medievais", pelo de Aftônio,

---

[321] ALCAÇÁR, Bartolomeu. *Das Espécies, Invenção e Disposição das Orações que Pertencem ao Gênero Exornativo.* Lisboa: Manoel Coelho Amado, 1750.

[322] TORRES, Alfonso de. *Ejercicios de Retórica.* Edición a cargo de Violeta Pérez Custodio. Madrid: Alcañiz, 2003.

[323] Ver o estudo introdutório de Violeta Pérez Custodio à sua edição do tratado de Alfonso de Torres: "Introducción", pp. XV-CXXVII [p. XLI].

que, para além de conhecer uma grande quantidade de traduções e comentários quinhentistas e seiscentistas[324], serviu de base para a composição de novos manuais:

> For their manuals of elementar exercises the Renaissance schoolmasters turned to the works of the two late Greek rhetoricians, Hermogenes (second century) and Aphtonius (fourth century). Hermogenes, in the Latin translation made by Priscian the grammarian about 500 A.D., had been the most popular in the Middle Ages, but in the sixteenth century he yielded to Aphtonius, whose Progymnasmata became the most widely used textbook of Latin composition.[325]

A penetração dos *progymnásmata* no Ocidente da Europa, após séculos de recepção e comentário no mundo bizantino, deu-se graças à sua importação para a península itálica pelo agenciamento de Georgius Trapezuntius em princípios do século XV[326]. Coincidentemente, é nesse mesmo século

---

[324] Francis R. Johnson enumera os autores responsáveis por traduções do livro de Aftônio, nos séculos XVI e XVII, e assevera que nenhuma delas conheceu maior fortuna do que a empreendida por Reinhardus Larichius Hadamarius, impressa em muitas cidades da Europa e conhecedora de incontáveis edições: "*During the sixteenth and seventeenth centuries, the following authors edited translations which achieved sufficient popularity to be reprinted several times: Natalis Comes, Rudolph Agricola, Joannes Maria Cataneo, Francisco Escobar, Joachim Camerarius, Benigno Martino, and Burchardo Harbart. The most continued and widespread popularity, however, was won by a volume edited by Reinhard Lorich (Reinhardus Lorichius Hadamarius), a professor at the Protestant university of Marburg, wherein Lorich combined the translations of Agricola and Cataneo, supplied an elaborate commentary, and provided several examples of each type of exercises in Aphtonius* (Ver JOHNSON. Francis R. The Renaissance Textbook of Rhetoric: Aphtonius' Progymnasmata and Rainolde's A book called the Foundacion of Rhetorike. In: *Huntington Library Quarterly*, vol. 6, n° 4, 1943, pp. 427-444 [p. 436].

[325] Idem, p. 428. Esse parecer comparece em muitos outros estudos sobre o uso dos *progymnásmata* na Europa do Ocidente entre os séculos XVI e XVII, como o de FLEMING, J. David. The Very Idea of a 'Progymnasmata'. In: *Rhetoric Review*, vol. 22, n° 2, 2003, pp. 105-120 [p. 110].

[326] MONFASANI, J. *George of Trebizond. A Biography and a Study of his Rhetoric and Logic.* Leiden: Brill Academic, 1976. GRIGERA, Luisa López. *La Retórica en la España del Siglo de Oro. Teoria y Práctica.* 2 ed., Salamanca: Ediciones Universidad de Salamanca, 1995.

que se recupera em sua integralidade o *Institutio Oratoria* de Quintiliano, importante fonte latina sobre as primeiras *exercitationes*, desta vez por intermédio de Poggio Bracciolini[327].

É claro que a abundância de preceptivas retóricas, seja no formato de tratados propedêuticos, como o de Aftônio, seja na forma de tratados em que se ensinava a composição de orações de tipo exornativo, como o do retor Menandro e seus derivados, auxiliava quando da composição do *bios*, mas a doutrina era complementada por um antigo costume de imitação e de exercitação de autoridades, em que o valor de textos matriciais não pode de modo algum ser relegado a segundo plano em termos de importância. Não se pode esquecer que práticas próprias do sistema educacional do mundo antigo eram vigentes no Ocidente europeu dos séculos XV, XVI e XVII, sendo-lhe comuns procedimentos pedagógicos como *imitatio, exercitatio* e *declamatio*, para citar apenas alguns deles. Segundo J. David Fleming:

> *These two parts of the educational program, imitatio and exercitatio, were closely interwoven, of course, the reading of others' texts usually a prequel for some kind of writing of one's own [as in, for example, paraphrase] writing in turn almost always guided by a preexisting model text or texts. In the third and final component of rhetorical "practice," students further developed their discursive habits and dispositions by composing, on their own, full-scale speeches and themes on mock judicial cases and political questions. The Romans called this part of rhetorical training declamatio. Though still an academic activity, involving as much artificiality as the exercises of the progymnasmata, declamation – what we might call "composition" proper – served as the capstone of classical rhetorical education, helping students make a smooth transition from the "play" of the classroom to the "business" of real-world civic action.*[328]

---

[327] Ver PFEIFFER, Rudolf. *History of Classical Scholarship (1300-1850)*. Oxford: Clarendon Press, 1976, p. 32, e, também, SABBADINI, Remigio. *Storia e Critica di Testi Latini*. Catania: 1914, pp. 379-409.

[328] FLEMING, J. David. Op. cit., 2003, p. 109.

É preciso lembrar que, no caso específico da composição de *vitae*, a de Don Luís de Góngora, com que principia o *Códice Chacón*, é tributária de um costume (*consuetudo*) de composição de livros de mão e de cancioneiros autorais já impressos que tinham na *vita* o texto por excelência axial da estrutura codicológica. Pode-se dizer que o exemplo quinhentista acabado de estrutura bibliográfico-textual, em que um paratexto inicial de tipo *bios* estabelece um princípio primeiro de legibilidade do *corpus* poético que se lhe segue, é a edição das poesias vulgares de Francesco Petrarca. Na Espanha do século XVI, no entanto, a edição das poesias de Garcilaso de la Vega, preparada com largos comentários por Fernando de Herrera[329], embora principie por uma *vita*, não fixa uma relação intertextual entre a vida e os poemas comentados.

A edição das poesias de Garcilaso de la Vega organizada por Fernando de Herrera, assim como as edições comentadas de Francesco Petrarca, tornaram-se modelos de livros de mão, cabendo ao estudioso das letras do mundo ibérico quinhentista e seiscentista estabelecer em cada caso possíveis filiações entre livros modelares e emulados e seus êmulos. No caso específico do códice composto por Antonio Chacón Ponce de León – em que um *corpus*, disperso em folhas volantes, é recolhido e organizado antes que se disponham os poemas em seções de compartimentação participantes da *dispositio*, de acordo com sua pertença a uma dada rubrica genérica –, pode-se dizer que suas matrizes são sem sombra de dúvida cancioneiros italianos, como os de Francesco Petrarca, em que os mesmos critérios de disposição foram adotados. Veremos, mais à frente, como, no caso da tradição de Francesco Petrarca, os organizadores de sua obra vulgar, ao estruturarem os livros em que foi publicada por escrito, não apenas dispuseram os poemas, mas também os relacionaram com vários tipos de unidade paratextual, como vida e didascálias.

---

[329] HERRERA, Fernando de (Ed.). *Obras de Garcilasso de la Vega com Anotaciones de Fernando de Herrera*. Sevilla: Alonso de la Barrera, 1580.

As dívidas contraídas pelo *Códice Chacón* e pelo *Códice Asensio-Cunha* com o costume letrado e os múltiplos formatos de suas possíveis matrizes ora apropriadas isoladamente, ora de forma combinada, serão discriminadas por nós em lugar apropriado. Nesse costume, os cancioneiros autorais ora principiam por uma vida (que, no entanto, não é critério primeiro de legibilidade dos poemas, como o de Garcilaso de la Vega); ora começam por uma vida (que é amplificada por didascálias que circunscrevem a matéria de todos os poemas inseridos no livro, seja ele manuscrito, seja impresso); ora não apresentam vida nem didascálias. Fernando de Herrera, contrariamente a Antonio Chacón Ponce de Léon, que já trabalha em um meio no qual a composição de *vitae* de poetas, pintores e escultores já se tornara corrente – graças à sua voga em cidades italianas e a ações pioneiras no âmbito ibérico, como a do próprio Fernando de Herrera –, não tem, por conseguinte, de desculpar-se por escrever a de Don Luís de Góngora, declarando que a *vita* não é um gênero comumente praticado em Espanha, a não ser quando a matéria do louvor é um rei ou um grande homem de armas, pois, do contrário, julgam os leitores que a composição "biográfica" é uma forma de adulação:

> *Pero conociendo yo, que este genero de escrevir, poco usado en España, pide mui recatada consideracion; i que no permite, ni sufre que se tráte enel vida de algun ombre, que no sea grande principe, o capitan de clarissima fama con alguna demasia de alabanças; porque luego trae sospecha de adulacion* [...][330].

O letrado que se propõe a escrever a vida de um poeta não pode elogiá-lo em demasia, para que o discurso não pareça mera bajulação; ao mesmo tempo, deve prever a acusação pertinente de o pouco louvor do que merece

---

[330] HERRERA, Fernando de. Vida de Garcilasso de la Vega. In: *Obras de Garcilasso de la Vega con Anotaciones de Fernando de Herrera*. Sevilla: Alonso de la Barrera, 1580, p. 13.

ser louvado demonstrar que está roído pela inveja, não sendo adulador, mas vituperador dissimulado, que calcula as palavras e as libera poucas e amesquinhadas – erro que a todo custo se deve evitar:

> *I que si el escritor della (vida) por huir de semejante vicio (adulação), es corto en alabar, incurre en opinion de invidioso i vituperador de las cosas bien hechas; porque quien no alaba lo que merece estimacion de gloria, dizen que se mueve con passion de calunia* [...][331].

Fernando de Herrera assevera, depois do arrazoado citado, que, não sendo possível compor uma vida digna de Garcilaso que não incorresse no risco de ser tomada por louvaminha – pois como compor uma vida conveniente à nobreza da vida de Garcilaso sem ser necessariamente julgada "demasiada"? –, decidiu escrevê-la, nela inserindo somente aquilo *"que pertenece para la inteligencia destas obras* (as que ele reuniu) *con la brevedad, que demanda una narracion desnuda i recogida"*[332].

A *Vida de Garcilasso de la Vega*, composta por Fernando de Herrera, segue as tópicas dominantes do gênero, tal como praticado no século XVI europeu, podendo-se cotejá-la com as compiladas por Giorgio Vasari em seu *Vite*[333], modelo para a composição de vidas de pintores e escultores, com grande número de seguidores[334], ou,

---

[331] Idem, p. 13.

[332] Idem, p. 14.

[333] VASARI, Giorgio. *La terza et ultima parte delle vite de gli architettori pittori et scultori di Giorgio Vasaria Aretino*. Firenze: 1550; VASARI, Giorgio. *Le vite de' piu eccellenti pittori, scultori, e architettori scritte da M. Giorgio Vasari, pittore er architetto aretino, di nuovo dal medesimo riuiste et ampliate, con ritratti loro et con l'aggiunta delle vite de' viui, & de' morti dall'anno 1550 infino al 1567. Prima, e seconda parte*. Fiorenza: Appresso i Giunti, 1568; VASARI, Giorgio. *Delle vite de' piu eccellenti pittori scultori et architettori scritte da M. Giorgio Vasari pittore et architetto aretino. Primo volume della terza parte*. Fiorenza: appresso i Giunti, 1568b.

[334] Ver, por exemplo, BAGLIONE, Giovanni. *Le vite de' pittori scultori et architetti. Dal pontificato di Gregorio XIII, del 1572, infino á tempi di Papa Urbano Ottauo nel 1642. Scritte da Giovanni Baglione Romano*. Roma: Andrea Fei, 1642; RIDOLFI, Carlo.

ainda, com o largo costume de composição de vidas de homens ilustres, sobretudo de varões belicosos, que dá continuidade a costumes tanto gregos quanto latinos de escrita de *bios* e *vita* – em que sobressaem as obras de Plutarco[335] e de Diógenes Laércio[336], largamente traduzidas – como o atestam tantos livros italianos quinhentistas, como os de Paolo Giovio[337], Oratio Toscanella[338], Pietro Marcello[339] e Scipione Mazzella[340], para citar apenas alguns.

Le maraviglie dell'arte, ouero le evite de gl'illustrissimi pittori veneti, e dello stato. Descritte dal Cavalier Carlo Ridolfi. *Oue sono raccolte le opere insigni, i costumi, & i ritratti loro*. Venetia: Giovanni Battista Sgava, 1648; RIDOLFI, Carlo. *Delle maraviglie dell'arte, ouero delle vite degl'illustri pittori veneti, e dello stato. Descritte dal Cavalier Carlo Ridolfi. Parte seconda*. Venetia: Giovanni Battista Sgava, 1648; BELLORI, Giovanni Pietro. *Le vite de' pittori scultori et architetti moderni scritte da Giovani Pietro Bellori. Parte prima*. Roma: Mascardi, 1672; SOPRANI, Rafaele. *Le vite de' pittori scoltori et architetti genovesi. E de Forastieri, che in Genoua operarono con alcuni Ritratti de gli stessi*. Opera Postuma, Dell'Ilustrissimo Signor Rafaele Soprani Nobile Genovese. Genova: Giuseppe Bottaro, 1674; MALVASIA, Carlo Cesare. *Felsina Pittrice. Vite de' pittori bolognesi. Tomo secondo*. Bologna: Eredi di Domenico Barbieri, 1678.

[335] CESENA, Dario Tiberto da. *Le vite di Plutarco ridotte, in compendio, per Dario Tiberto da Cesena. E tradotte alla comune utilita di ciascuno per L. Fauno, in buona lingua uolgare*. Venetia: 1543.

[336] LAERTIO, Diogene. *Le vite de gli illustri filosofi di Diogene Laertio. Da'l greco idiomate ridutte ne la lingua commune d'Italia*. Vinegia: Vicenzo Vaugrin, 1540.

[337] GIOVIO, Paolo. *Le vite dei dodici Visconti prencipi di Milano, di Monsignor Paolo Giovio Vescovo di Nocera, tradotte per M. Lodovico Domenichi*. Vinetia: Gabriel Giolito de' Ferrari, 1549; GIOVIO, Paolo. *Le inscrittioni poste sotto le vere imagini de gli huomini famosi; le quali à como nel Museo del Giovio se veggiono. Tradotte di latino in volgare da Hippolito Orio Ferrarese*. Fiorenza: 1552; GIOVIO, Paolo. *Gli Elogi. Vite brevemente scritte d'huomini illustri di guerra, antichi et moderni, di Mons. Paolo Giovio Vescovo di Nocera; onde s'ha non meno utile & piena, che necessaria & uera cognitione d'infinite historie non uedute altroue: tradotte par M. Lodovico Domenichi*. Fiorenza: 1554; GIOVIO, Paolo. *Le vite di dicenove huomini illustri, descritte da Monsignor Paolo Giovio, et in diversi tempi et luoghi stampate. Ora nuovamente raccolte & ordinate tutte insieme in questo volume, & tutte di corretioni, tauole, & postile adornate*. Venetia: Giovan Maria Bonelli, 1561.

[338] TOSCANELLA, Oratio. *Gioie historiche aggiunte alla prima parte delle vite di Plutarco da Oratio Toscanella della famiglia di Maestro Luca Fiorentino*. Vinegia: Gabriel Giolito de' Ferrari, 1567.

[339] MARCELLO, Pietro. *Vite de' prencipi di Vinegia di Pietro Marcello, tradotte in volgare da Lodouico Domenichi*. Venetia: Francesco Marcolini, 1558.

[340] MAZZELLA, Scipione. *Le vite di re di Napoli*. Napoli: Giuseppe Bonfadino, 1594.

Cabe ainda dizer que as *vitae* de poetas circulavam ao mesmo tempo que vidas de pintores e escultores e vidas de homens de armas ilustres, tendo-se impresso, já em 1575, as vidas dos antigos poetas provençais[341], talvez os modelos mais antigos para a composição de elogios aos poetas que escreveram em língua vulgar. Adiante vamos deter-nos na análise das edições da obra de um único poeta nas quais, a par do ato de coligir e organizar no interior do volume o que foi recolhido, explicitam-se os critérios de ordenamento dos poemas, a particularização das matérias de cada peça pela aposição de uma didascália e a correlação estabelecida pelo compilador-editor entre *opus* e *vita*, como é o caso da edição da obra vulgar de Francesco Petrarca levada a termo por Alessandro Vellutello[342], que no âmbito ibérico está na base de edições como a de Antonio Chacón Ponce de León, como já foi dito.

Voltando à edição dos poemas de Garcilaso de la Vega levada a termo por Fernando de Herrera, a seção que se segue à estrutura exordial e que fornece os primeiros dados sobre a vida principia por *topoi* comuníssimos desse gênero, como "nação" e "progênie", por exemplo, os que, em geral, se usam para iniciar a *vita;* o topos *natio* é particularizado com a especificação da cidade das Espanhas em que nasceu o poeta, seguido imediatamente pelo topos *gens*, com exaltação da nobreza linhajuda e indiciação da riqueza por referência a bens de raiz: "*Fue G. L. de la Vega natural de la ciudad de Toledo, i hijo de Garci Lasso comendador mayor de Leon i de doña Sancha de Guzman de la esclarecida i nobilissima casa de Toral, señores de las villas de Cuerva i Batres i los Arcos*"[343]. Segue-se a distinção do poeta, enaltecido por Fernando de Herrera por engalanar-

---

[341] GIUDICI, Giovanni. *Le vite delli piu celebri et antichi primi poeti provenzali che fiorirono nel tempo delli Ré di Napoli, & Conte di Provenza, li quali hanno insegnati a tutti il poetar volgare.* Lione: Alessandro Marsilij, 1575.

[342] VELLUTELLO, Alessandro (Ed.). *Le volgari opere del Petrarcha con la espositione di Alessandro Vellutello da Lucca*, 1525.

[343] HERRERA, Fernando de. *Vida de Garcilasso de la Vega.* Op. cit., 1580, p. 14.

se com feitos de uma excelsa virtude, muito acima do que prometia a nobreza de nascimento, recurso argumentativo de amplificação do louvor recorrente praticamente em toda *vita*. A vida segue com referências abundantes ao amor do poeta às letras humanas e a ser ele perfeito cortesão:

> *Criose en Toledo hasta que tuvo edad conviniente para servir al Emperador, i andar en su corte. Donde por la noticia, que tenia de las buenas letras, i por la ecelencia de su ingenio i nobleza i elegancia de sus versos, i por el trato suyo con las damas; i por todas las demas cosas, que pertenecen a um cavallero para ser acabado cortesano, de que el estuvo tan rico, que ninguna le faltò; tuvo en su tiempo mucha estimacion entre las damas i galanes*[344].

Também se refere seu gosto pelas armas, pois por meio delas pensava também poder obter a glória, em perfeita conjunção de letras e armas:

> *i exercitadissimo en la disciplina militar, cuya natural inclinacion lo arrojava en los peligros; por que el brio de su animoso coraçon lo traia mui desseoso de la gloria, que se alcança en la milicia.*[345]

O serviço militar prestado pelo poeta ao Imperador Carlos V é particularizado na vida, até se chegar à passagem em que se relata a desafortunada morte, quando, ao tentar invadir uma torre escalando uma escada, é alvejado por um vilão, que, sobre o muro, atira uma grande pedra que o acerta na cabeça[346]. Há ainda informações sumárias sobre seu casamento, mulher e filhos, nada que, no entanto, implique qualquer tipo diferenciado de uso das matérias poéticas que se seguirão à vida.

No louvor ao estilo de Garcilaso de la Vega, Fernando de Herrera estabelece, como critério de qualificação da poesia

---

[344] Idem, p. 14.
[345] Idem, p. 14.
[346] Idem, p. 16.

em língua castelhana, a clareza do discurso, o aticismo que deve balizar o poeta na elocução, evitando-se, por conseguinte, o excesso de ornamentação do estilo propriamente asiático que gera obscuridade. Cabe dizer que esse louvor da *claritas* terá como consequência a necessidade de se publicar os poemas de Don Luís de Góngora, já em princípios do século XVII, em manuscritos em que eles são acompanhados de discursos apologéticos, que se detêm largamente sobre sua elocução, denominada por seus inimigos obscura e confusa[347]. Leia-se por ora o juízo de Fernando de Herrera sobre

---

[347] Cabe dizer por ora que, no comentário ao segundo soneto de Garcilaso de la Vega, Fernando de Herrera desenvolve uma longa exposição da doutrina retórica sobre a metáfora e sobre os tropos em geral, especificando vários processos de substituição de termos próprios por termos impróprios, qualificando desse modo os vários tipos de translação. Ao se deter no tropo metafórico, assevera que a metáfora se diferencia da comparação por esta última apresentar a prótase de similitude, com explícita remissão à *Retórica* de Aristóteles, declarando simultaneamente ter a metáfora de ser clara, sem ser baixa, devendo-se evitar a todo custo o que denomina metáforas "ásperas", ou seja, aquelas em que a analogia aproxima conceitos tão extremos a ponto de ser dificílimo substituir o termo translato pelo termo próprio substituído. Produzindo uma defesa da clareza na elocução, Fernando de Herrera, sem o saber, fornecerá armas àqueles que condenam os "excessos elocutivos" do asianismo retórico de um Góngora: *"i, como quiere Teofrasto, conviene que la traslacion sea vergonçosa, que sinifica cosa cercana i facil. Porque se haze aspera cuando se deduza de lugar mui apartado; o cuando es tan oscura, que tiene necesidade de esposicion. Mas entonces llamaremos grande, o agradable i hermosa la oracion por la metáfora, cuando manifiestamente aparesca enella el ornamento, i conel venga a ser juntamente mas clara* [...]" (HERRERA, Fernando de. *Obras de Garcilasso de la Vega con Anotaciones de Fernando de Herrera*. Sevilla: Alonso de la Barrera, 1580, p. 85). Poemas de Don Luís de Góngora, como *Soledades* e *Polifemo*, no âmbito da cultura escribal da corte espanhola, passaram a circular, como o atestam incontáveis livros de mão que chegaram até nós, acompanhados de discursos apologéticos, que eram ao mesmo tempo extensos comentários a esses poemas, expondo, entre outras coisas, o sentido de metáforas *arditte* ou ásperas, justamente aquilo que Fernando de Herrera aconselha aos poetas evitar. No caso da poesia de Don Luís de Góngora, a "questão elocutiva" se problematiza pela transferência da dicção própria de um gênero a outro que a ele costumeiramente não se aplica, como é o caso do estilo elevadíssimo das *Soledades*. Não se esqueça que a doutrina dos três gêneros de dicção poética, assim como aquela correlata e complementar das dicções próprias dos três *genera causarum* eram conhecidíssimas nos séculos XVI e XVII, e vale para eles o que George Kennedy asseverou para as práticas letradas do mundo antigo: *"Any theory of style worthy of the name must recognize that different writers, or even a single writer*

200

at different times, will write equally well, but in quite different ways. That is, it must distinguish some categories of style other than just 'good' and 'bad.' It need not recognize three categories labeled 'grand,' 'middle,' and 'plain,' each with a distinctive diction and each with an exemplary author, but it must, if it is to have any wide applicability, recognize at an early date some sort of stylistic distinctions. Throughout antiquity a single, gradually developing theory of style was current. It was accepted by an overwhelmingly distinguished and widely varying series of literary artists" (KENNEDY, George A. Theophrastus and Stylistic Distinctions. In: *Harvard Studies in Classical Philology*, vol. 62, 1957, pp. 93-104 [pp. 93-94]). Um dos problemas de ajuizamento de poemas como *Soledades* e *Polifemo* é justamente o de não se poder lê-los considerando-se o grau elocutivo que, segundo a *consuetudo* ou costume, deveriam apresentar. O problema dos graus elocutivos implicava uma discussão mais ampla sobre os usos dos discursos no âmbito da *civitas*, devendo ser eles sempre claros, segundo algumas correntes doutrinárias retóricas e poéticas. Essa discussão extrapola as fronteiras ibéricas e se estende a toda a Europa letrada do Ocidente. Na Inglaterra do século XVI, por exemplo, como bem o demonstrou Kenneth J. E. Graham, a elocução dita *plain* deveria ser característica da parênese e de outros gêneros instrutivos e admonitórios: *"Plain language likewise gives credence and authority to Reformist writing: the Admonition to the Parliament by the Puritan ministers John Field and Thomas Wilcox (1572) uses the authority of God and God's Word to discipline the behavior of men. Indeed in its use of the assumption that the truth is already known and sinners need only to be made aware of it to be brought to true repentance and belief, the Admonition is the sacred version of Roger Ascham's Scholemaster, posthumously published two years earlier, which, adhering to the same sort of moral authority, employs plain language to declare that education is the subordination of wit to will"* (KINNEY, Arthur F. "Kenneth J. E. Graham, The Performance of Conviction: Plainness and Rhetoric in the Early English Renaissance: Ithaca and London: Cornell University Press, 1994, xiv + 232 pp.; GRAHAM, Kenneth J. E. *The Performance of Conviction: Plainness and Rhetoric in the Early English Renaissance*. Ithaca and London: Cornell University Press, 1994). Essa insistência de que o discurso seja claro não concerne apenas, entretanto, aos gêneros em que o caráter educativo ou admonitório prevalece, pois, segundo ainda Kenneth J. E. Graham, faz-se presente também no *Defense of Poesie,* de Sir Philip Sidney, o que demonstra a força do costume do aticismo retórico não apenas na Inglaterra, mas como o testemunham Fernando de Herrera e os críticos de Góngora, também na Espanha. O que importa salientar é que a apreciação da poesia levava em consideração não apenas o que nela havia de poético, mas também o que nela havia de retórico, não se podendo separar na recepção dos séculos XVI e XVII a poesia da *ars bene dicendi*, como demonstrado por Craig Kallendorf: *"It seems clear, then, that the literary criticism of early humanism included an appreciation of poetic style, and that this appreciation reflects the dominant role of rhetoric in humanist thought as a whole"* (KALLENDORF, Craig. The Rhetorical Criticism of Literature in Early Italian Humanism from Boccaccio to Landino. In: *Rhetorica*, vol. 1, 2, 1983, pp. 33-59 [p. 35]). As metáforas *arditte* na poesia de Don Luís devem, obviamente, assim como toda a elocução de que participam, ser compreendidas em conformidade com as doutrinas sobre as *argutezze*, presentes em tratados como os de Emanuele Tesauro (*Il Cannocchiale Aristotelico*. Venetia: Francesco Valuasense, 1688) e Matteo Peregrini (*I Fonti dell'Ingegno Ridotti ad Arte*. Bologna: Carlo Zenero,

o estilo claro de Garcilaso de la Vega, de que são tributários quase todos os poetas portugueses do século XVI:

> *Los versos no son rebueltos ni forçados, mas llanos, abiertos i corrientes, que no hazen dificultad a la inteligencia, si no es por istoria o fabula. i con aquella claridade suave i facil, i con aquella limpieza i tersura i elegancia i fuerça de sentencias i afetos se junta l'alteza de estilo a semejança de Virgilio. sin la cual claridad no puede la poesia mostrar su grandeza; i donde faltan estas dos virtudes, no se puede conocer ni entender cosa alguna. i aquel poema que siendo claro tendra grandeza, careciendo de claridade es aspero i dificil.*[348]

Como se vê, embora a elocução deva se valer de tropos e figuras, não deve de modo algum empregá-los a ponto de se perder, como diz Fernando de Herrera, a inteligência do discurso, critério primeiro de avaliação da boa e justa ornamentação. Por ser duplamente cuidadoso, já que compõe tão bem o próprio quanto o translato, equilibrando o discurso pela apropriada correspondência entre o próprio e o figurado, Garcilaso de la Vega é, mais uma vez, modelo a ser emulado:

> *Las figuras i traslaciones estan de suerte, que no por ellos se perde la inteligencia de los versos. No es mas cuidadoso*

1650), estudados por João Adolfo Hansen (Agudezas Seiscentistas. In: *Floema: Caderno de Teoria e História Literária*, Especial João Adolfo Hansen, 2 A, 2006, pp. 85-109) e Maria do Socorro Fernandes de Carvalho (*Poesia de Agudeza em Portugal*. São Paulo: Humanitas/Edusp, 2007), estudos esses que se opõem à leitura romântica da elocução gongorina como "novidade", "vanguardismo" etc., que a interpreta a partir de teorias estéticas modernas sobre a poesia, como as do Abade Bremond e de Paul Valéry. Historicamente, não tem sentido dizer delas, como o faz Celina Sabor de Cortazar: "*En la desviación constante con respecto a los paradigmas de la lengua funcional, reside la máxima creación poética. Las palabras se cargan de nuevos sentidos, inéditos y desconocidos. Que «azules ojos con pestañas de oro» sean las plumas del pavo real; que la constelación del Can Mayor sea «salamandria del sol, vestido estrellas»; que «cítara doliente» sea un río que murmura al correr; que «campo de zafiro» sea el cielo, y los pájaros sean «esquilas dulces de sonora pluma»; o el estrecho de Magallanes «bisagra de fugitiva plata», configura un mundo verbal y poético independiente y característico, regido por sus propias leyes internas. Mundo nuevo, nacido al conjuro de la palabra, como en los albores de la Creación*".

[348] HERRERA, Fernando de. *Vida de Garcilasso de la Vega*. Op. cit., 1580, pp. 17-18.

en escrevir proprio, que figurado, ni al contrario; antes tiempla uno con outro. Por que no dize apuestamente para ostentacion de ingenio, si no para alcançar su intento con la persuasion i afetos.[349]

Segue-se à vida de Garcilaso de la Vega um largo conjunto de poemas que o encomiam e garantem sua *auctoritas* no século XVI ibérico como grande poeta lírico, muitíssimo perito na composição de gêneros julgados dificílimos, como, por exemplo, o soneto, que o tornam modelar. Embora só reúna em sua edição das poesias de Garcilaso de la Vega escritos poéticos de outros autores que encomiam o poeta toledano, Fernando de Herrera cita, no entanto, os elogios em prosa compostos por Paolo Giovio e por Pietro Bembo, que afirmam ter Garcilaso de la Vega excedido não apenas os demais poetas espanhóis, mas também aos italianos, modelos emulados por Garcilaso.

Desse modo, os futuros poetas espanhóis, contrariamente ao próprio Garcilaso de la Vega, que teve de emular a poesia feita em dialeto toscano, terão de mirar-se nesse límpido espelho forjado em Toledo, pois é mais preclaro que os italianos. Por outro lado, ao recolher apenas os elogios em verso destinados a louvar Garcilaso de la Vega, Fernando de Herrera o canoniza ao tornar patente como o canto das musas toma como matéria o que nas Espanhas melhor soube tornar esse canto objeto de admiração e condição da perpetuação da memória de si e de todos os que foram tocados por ele. É como se a voz de Garcilaso de la Vega, justamente por ser condição de que outras vozes, ao menos em espanhol, possam soar com consonância, tenha, como *primo mobile* de uma nova poética *à la antica* e italianizante, de ser posta no cume do Novo Parnaso espanhol:

> *No faltaron algunos ombres de singular erudicion, que celebraron maravillosamente los versos i el ingenio de G. L. como fueron entre otros Paulo Iovio en el lib. 34. i*

---

[349] Idem, p.18.

> *en los elogios de los ombres dotos, donde alaba las odas que escrevia con la suavidad de Oracio; i Pedro Bembo en una carta Latina, que le enviò en el año de 35. i en otra Toscana, que escriviò a Onorato Fasitelo, donde estima grandemente la belleza de su estilo, i piensa que no solo a los Españoles, pero que ecedera a los Italianos si no se cansa em aquel estudio. pero estos loores i otros, que el dize, podra ver quien quisiere ocupar un poco de tiempo en leeer la hermosa i polida epistola, que le escrive Pedro Bembo; por que yo no pienso traer eneste lugar otros elogios, que los escritos en verso.*[350]

Os muitos poemas em latim e em espanhol que seguem o excerto transcrito acima atestam a rendição da Europa letrada à arte de Garcilaso de la Vega. Eles só ganham pleno sentido quando servem de discurso exordial e exornativo aos poemas do próprio Garcilaso, como se toda a seção em que estão inscritos fosse espécie de discurso preambular em verso sobre as excelências do poeta toledano. Os poemas laudatórios estendem-se da página 20 à de número 59, ocupando parte não desprezível do livro. Seguem-se a eles os do próprio Garcilaso de la Vega, comparecendo o primeiro soneto na página de número 65. O poema não está encimado por uma didascália que o faça elemento episódico de um suposto vivido pelo poeta, nem há qualquer elemento paratextual que teça relação entre a poesia e a vida, como costuma ocorrer com outros livros, sejam manuscritos, sejam impressos, nos quais se recolheu apenas a obra de um único poeta.

O que nos interessa por ora na edição dos poemas de Garcilaso de la Vega preparada por Fernando de Herrera é o fato de deter-se longamente, nos comentários aos poemas recolhidos, em questões de poética, importantes não só para entender melhor a poesia dos séculos XVI e XVII, mas para que se compreenda melhor a disposição de poemas em livros de mão posteriores à edição de Herrera que aderem à hierarquia de gêneros líricos, tal como proposta por ele,

---

[350] Idem, p. 19.

e que servirá de norte também aos compiladores da poesia atribuída ao poeta Gregório de Matos e Guerra, na cidade da Bahia dos séculos XVII e XVIII.

A impressão das poesias de Garcilaso de la Vega principia pelos sonetos de forma não casual, pois, segundo Fernando de Herrera, entre as formas líricas o soneto é a mais bela que as línguas italiana e espanhola possuem. No mundo românico em que se cultiva a poesia rítmica, o soneto é a forma substitutiva do epigrama, da ode e também da elegia, embora todas essas formas da poesia dos antigos também encontrem cultivo entre os poetas portugueses, espanhóis, italianos e franceses dos séculos XVI e XVII:

> *Es el Soneto la mas hermosa composicion i de mayor artificio i gracia de cuantas tiene la poesia Italiana i Española. sirve en lugar de los epigramas i odas Griegas i Latinas, i responde a las elegias antiguas en algun modo. Pero es tan estendida i capaz de todo argumento, que recoge en si sola todo lo que pueden abraçar estas partes de poesia, sin hazer violencia alguna a los preceptos i religion del'arte. Porque resplandecen en ella con maravillosa claridad i lumbre de figuras i isornaciones poeticas la cultura i propriedad, la festividad i agudeza. la manificencia i espiritu, la dulçura i jocundidad, l'aspereza i vehemencia, la comiseracion i afetos, i la eficacia i representacion de todas. I en ningun outro genero se requiere mas pureza i cuidado de lengua, mas templança i decoro; donde es grande culpa cualquier error pequeño; i donde no se permite licencia alguna, ni se consiente algo, que ofenda las orejas. i la brevedad suya no sufre, que sea ociosa, o vana una palavra sola. I por esta causa su verdadero sugeto i materia deve ser principalmente alguna sentencia ingeniosa i aguda, o grave, i que meresca bien ocupar aquel lugar todo; descrita de suerte que paresca propria i nacida en aquella parte, huyendo la oscuridad i dureza. Mas de suerte que no decienda a tanta facilidad, que pierda los numeros i da dinidad conviniente.*[351]

---

[351] Idem, pp. 66-67.

Concordando com comentadores italianos da obra de Francesco Petrarca, como Velutello[352], que já tinham colocado o soneto no ápice da hierarquia das formas líricas, Fernando de Herrera concerta com eles ao declarar, ao mesmo tempo, ser Francesco Petrarca o maior poeta que já compôs em língua vulgar, enaltecendo-o justamente por ter excedido a todo engenho humano, sobretudo na composição de sonetos, de que se tornou a maior autoridade e também o mais importante modelo para a emulação:

> *Devemos a Francisco Petrarca el resplandor i elegancia de los sonetos. Porque el fue el primero, que los labró bien i levantó en la más alta cumbre del'acabada hermosura i fuerça perfeta dela poesia, aquistando en aquel genero, i mayormente enel amatorio, tal gloria, que en espiritu, pureza, i dulçura i gracia es estimado por el primeiro i ultimo de los nobles poetas, i sin duda si no sobrepujó, igualó a los escritos de los mas ilustres Gregos i Latinos* [...].[353]

Os comentários de Fernando de Herrera aos poemas de Garcilaso de la Vega, assim como o aparato didascálico que emoldura os poemas de Don Luís de Góngora no *Códice Chacón,* têm a função de complementar uma primeira leitura da obra do poeta evidente na fixação do texto, já que a edição de Fernando de Herrera – podemos chamá-la ecdoticamente, de forma apropriada, *edição comentada* – seleciona dentre variantes disponíveis as que tornará definitivamente canônicas em seus dias por meio do juízo que emite sobre cada passagem de cada poema, reconhecendo sua excelência e seu quinhão de eternidade. Os comentários de Fernando de Herrera – contrariamente ao aparato didascálico do *Códice Chacón* e ao de muitos dos códices da tradição gregoriana – embora não circunscrevam o sentido de cada poema por meio da aposição de

---

[352] VELUTELLO, Alessandro. Op. cit., 1525.
[353] HERRERA, Fernando de. *Obras de Garcilasso de la Vega*: Soneto I, 1580, p. 69.

uma rubrica genérica que lhe especifique a matéria, acaba por indicar o sentido geral de cada peça poética e também seu sentido linha a linha, ao fixar o sentido dos versos e de parte dos vocábulos, sobretudo dos translatos, quando os comenta. Veja-se, por exemplo, o início do comentário ao soneto "*Cuando me páro a contemplar mi estado*"[354], o primeiro poema a ser tratado na edição de Fernando de Herrera.

No que concerne aos dois primeiros versos, Fernando de Herrera detém-se nos vocábulos ou segmentos lexicais que julga mais necessitados de explanação e relaciona aspectos morfo-semânticos a observações referentes a aspectos propriamente rímicos e rimáticos, à estrutura figural e tropológica etc., como se pode ver a seguir:

> *Cuando] prefacion de toda la obra i de sus amores; i proposicion con la contemplacion i vista de lo presente i passado. Este verso por los vocales primera i cuarta, que tiene tan repetidos, es mui graue. Porque son grãdes i llenas i sonoras. I por esso hazen la voz numerosa con gravedad.*
>
> *páro] es figura zéuma, que significarà en Español ligadura, o ayuntamiento; cuando un verbo se llega comunmente a muchas sentencias, i conviene a todas con igual sinificado, como este, que se refiere a cõtemplar i vêr.*
>
> *vêr los passos] es metáfora, o traslacion del caminante.*[355]

O que importa salientar é que os poemas de Garcilaso de la Vega, quando lidos a par dos comentários de Fernando de Herrera, são *opera* distintos de outras inscrições em livros de mão ou em outras edições desprovidos dos mesmos comentários, o que implica reconhecer o comentário como

---

[354] *Cuando me páro a contemplar mi estado,/i a ver los passos por do m'à traído;/hállo, segun por do anduve perdido;/qu'a mayor mal pudiera aver llegado./Mas cuando del camino estò olvidado,/a tanto mal no sè por do è venido,/sè, que m'acábo; i mas è yo sentido/vêr acabar comigo mi cuidado./Yo acabarè, que m'entreguè sin arte/a quien sabra perderme i acabarme,/si ella quisiere, i aun sabra querello./Que pues mi voluntad puede matarme,/la suya, que no es tanto de mi parte,/pudiendo, que hara, si no hazello?"* (HERRERA, Fernando de. *Obras de Garcilasso de la Vega*: Soneto I, 1580, p. 65).

[355] Idem, p. 78.

leitura efetuada que dirige leitores no ato de interpretação, não se diferenciando, em seu caráter regulador da recepção, dos tipos de aparelho didascálico presentes nos códices da tradição gongorina ou gregoriana.

Agora é oportuno nos determos na análise de edições matriciais das edições manuscritas, que contêm os poemas atribuídos a Don Luís de Góngora e a Gregório de Matos e Guerra.

Já se demonstrou anteriormente, neste estudo, como em códices da tradição gongorina e também na do poeta baiano do século XVII os livros de mão se ordenam tendo como eixo uma vida, que, amplificada por meio de incontáveis didascálias que encimam os poemas, tornam cada texto poético um episódio do vivido, produzindo-se, desse modo, uma engenhosa ficção que articula o texto da memória panegírica e o *corpus* poético que passa a ser interpretado por ela. Na Espanha, no século XVI, embora Fernando de Herrera informe, em sua edição da poesia de Garcilaso de la Vega, que da vida do poeta só vai dizer o que convém para interpretar sua poesia, não articula o *bios* e as *opera* por meio da amplificação da vida em um aparato didascálico. Nesse sentido, sua edição não é matriz imediata para a fatura do *Códice Chacón*. Por outro lado, a ênfase que Herrera põe na supremacia do soneto como o mais nobre gênero da lírica em língua vulgar e rítmica, principiando sua edição da obra de Garcilaso de la Vega com a apresentação dos sonetos acompanhados de respectivos comentários, deve ter sido imitada na adoção dessa disposição em cancioneiros posteriores, como o *Códice Chacón*. Mas será possível encontrar, no século XVI, edições de poesia em língua vulgar nas quais se reúnam, em um mesmo volume, a hierarquia dos gêneros, tal como proposta por Fernando de Herrera em sua edição da poesia de Garcilaso de la Vega, e uma estrutura cancioneiril centrada em uma vida?

Se não podemos encontrá-las em âmbito ibérico, cremos ser possível e pertinente remontar a edições italianas da poesia em língua vulgar de Francesco Petrarca. Nelas, simultaneamente a critérios poéticos evidentes de disposição dos poemas no interior do volume, também há uma articulação entre os poemas e a vida do poeta, apresentando-se esta como um paratexto prévio à recolha poética propriamente dita, como costuma ocorrer em códices da tradição gongorina, como o *Códice Chacón*, e em livros de mão da tradição de Gregório de Matos e Guerra, como o *Códice Asensio-Cunha*. Principiemos a exposição por uma das muitas edições comentadas de Francesco Petrarca impressas na primeira metade do século XVI, em que, após um proêmio, apresentam-se os critérios de disposição dos poemas, seguidos imediatamente por uma vida, para discutir como esses três elementos se articulam para produzir uma *dispositio* e quais critérios a balizam.

A edição comentada da obra vulgar de Francesco Petrarca com que principiaremos nossa discussão é a que foi preparada por Alessandro Vellutello. Diga-se logo, não foi a primeira a propor a articulação de elementos paratextuais do tipo "proêmio", "critérios de disposição dos poemas» e "vida", apesar de ser uma das que, com maior clareza, empreendeu essa proposta, o que nos motiva a começar por ela. A ordem de apresentação das unidades paratextuais no livro é a seguinte: 1) Proêmio; 2) Critérios de disposição; 3) Vida. Não a seguiremos, necessariamente, mas excertaremos passagens das três seções dela de acordo com as exigências da exposição, que visa tornar plenamente inteligível a *dispositio* da edição de Alessandro Vellutello. A segunda seção, que trata da disposição dos poemas no interior do volume, intitula-se, na edição preparada por Alessandro Vellutello, "*Trattato de l'ordine de son. et canz. del Pet. Mutato*", sendo um dos raros textos escritos no século XVI para justificar uma *dispositio* que, como se declara, nada tem de casual ou fortuita. Há uma ressalva, logo no princípio dessa seção, em que se declara saber que, após o proêmio, deve comparecer a vida do poeta, disposição essa que, no entanto, não é obedecida, pois justamente entre o proêmio e a vida se encaixa a seção que trata da disposição dos poemas:

> *Lo Stile ottimamente inteso, & de quasi tutti gli spositori ne principi delle opere servatto vorrebe, che dopo il recitato proemio la vita & costumi del Poeta douesse seguitare.*[356]

Como a ressalva adverte justamente sobre o encaixe de uma nova seção entre outras duas costumeiras nas edições da obra vulgar de Francesco Petrarca, convém perguntar por que foi preciso inserir essa nova seção entre as outras duas. Como o próprio título da seção deixa claro, a ordem dos poemas no interior do volume foi modificada (*mutato*), mas, se o foi, só pode ter sido alterada relativamente a outras edições da obra vulgar que adotaram distinta disposição. Alessandro Vellutello assevera que essa nova disposição causará profunda estranheza nos leitores de sua edição, pois nada produz maior pasmo que a novidade, sobretudo no que concerne à matéria já aparentemente assente:

> *Ma perche a mi conuiene alcune cose, quanto a l'ordine de Son. & Canz. mutato, douer dire, Et nessuno altro luogo, oue meglio poterle accommodare occorrendomi, un poco da tal seruato stile, come sforzato, dipartendomi diro, che assai chiaramente mi par uedere, quanto l'ordine di essi Son. & Canz. da quello che esser soleua mutato, habbia da parere a tutto'l mondo nel primo aspetto incoueniente & strano, come delle cose anchora non intese quasi sempre suol auenire.*[357]

A outra disposição, a que se opõe a adotada por ele, é a encontrada na edição feita por Aldo Romano, quem, segundo Alessandro Vellutello, teria declarado realizar sua estampa a partir de manuscritos autorais em que a ordem

---

[356] VELLUTELLO, Alessandro. «Trattato de l'ordine de son. et canz. del Pet. Mutato». In: PETRARCA, Francesco. *Le volgari opere del Petrarcha com la espositione di Alessandro Vellutello da Lucca*, 1525.

[357] Idem, ibidem.

das composições já se faria presente, tendo-se, portanto, de mantê-la, pois ninguém poderia saber melhor do que o próprio Francesco Petrarca a disposição por ele desejada para a totalidade dos seus poemas em língua vulgar. Aldo Romano, ainda segundo Alessandro Vellutello, teria declarado que os manuscritos de Petrarca lhe teriam sido dados por Pietro Bembo, socorrendo-se de uma máxima autoridade no âmbito da República das Letras para autorizar a autoridade do manuscrito autógrafo de que partira para fazer sua edição. Esse argumento de que o poeta teria intervindo de alguma maneira no processo de edição de suas poesias também pode ser encontrado, como já exposto antes, no *Códice Chacón*, como forma de autorização de edições recorrente já nos primeiros comentadores de Petrarca e que posteriormente será empregado na Península Ibérica com a mesma finalidade:

> *Ma del tutto fuori d'ogni ragione deura parere a coloro, che nel primo ordine, a lor modo interpretando, credono hauere alcuna continuatione trouato, Et tanto maggiormente, per essere da Aldo Romano, che ultimamente in lettera corsiua fece la presente opera stampare affermato, lui hauerla dal proprio originale & scritto di mano del Poeta cauata, adducendo il testimonio dello eccellentissimo Messer Pietro Bembo, dal quale dice hauerlo hauuto.*[358]

Alessandro Vellutello, no entanto, assevera que não tem a pretensão de expor as razões para dispor cada poema no lugar em que comparece em sua edição, pois fazer essa minuciosa e detida exposição o obrigaria a compor um novo livro no qual esses arrazoados fossem apresentados ao público:

> *Onde, se io in mia scusa uolessi (particolarmente tutta l'opera discorrendo) et perche questo Son. & perche quella Canz. sieno stati da me del primo luogo leuati & in un altro posti render ragione, bisognerebbe far un'altro volume*

---

[358] Idem, ibidem.

forse non minore di quello, dal quale il comento é contenuto. La qual cosa non intendo uoler per alcun modo fare.[359]

Seu *"Tratttato de l'ordine"*, a despeito do que ele diz, porta justamente esse nome porque nele se justificam os princípios que nortearão a fatura da edição e sua estrutura geral, ao tempo em que se empreenderá a censura de edições concorrentes, como a de Aldo Romano, cuja alegação de que teria por base um manuscrito autógrafo de Francesco Petrarca é logo rechaçada, demonstrando-se sua falta de pertinência. Alessandro Vellutello argumenta que, caso se demonstre a falta da alegada ordem na edição de seu concorrente, será logo evidente que essa desordem demonstrada por ele explicitará a falta de propriedade da alegação de Aldo Romano, pois se Francesco Petrarca houvesse deixado um manuscrito composto de seu próprio punho com os sonetos e canções, nele não poderia deixar de haver a mais profunda ordem, o que significa, simplesmente, que, assim como ele, Alessandro Vellutelo, não pode conceber uma edição de sonetos e canções petrarquistas sem ordem e sem disposição, o mesmo não se poderia pensar do próprio poeta, embora este tenha vivido muito tempo antes de seu comentador. É como se a disposição, a necessidade de ordenar os poemas no interior do volume a partir de princípios poéticos e retóricos evidentes, fosse desde sempre um critério de ordenação de livros de mão e de textos impressos que lhes são correlatos no mundo do prelo:

> *Ma se io per euidentissime ragioni prouero, in esso ordine non essere ordine alcuno, ragioneuolmente mi si concedera non esser uero che Aldo dell'originale del Poeta habbia questa opera cauata. Perche quando di sua mano originale alcuno se ne trouasse, non è da dubbitare, che egli lo hauerebbe col suo debito ordine lassato.*[360]

---

[359] Idem, ibidem.
[360] Idem, ibidem.

A demonstração de que falta ordem na edição de Aldo Romano começa pela exposição de que há, dentre os sonetos e canções de Francesco Petrarca, muitos que têm necessariamente de vir sequenciados no interior do volume, pois foram produzidos em um mesmo tempo e tratam de um mesmo assunto, não se podendo lê-los separadamente. Como na edição preparada por Aldo Romano esses poemas correlacionados não vêm sequenciados, essa ausência de sequenciação indica claramente que a disposição e ordem de base autoral alegadas pelo rival de Alessandro Vellutello carecem de propriedade.

O importante a ressaltar é que, ao jungir poemas uns aos outros por terem supostamente uma mesma matéria e por terem sido compostos em um mesmo tempo, Alessandro Velutello empreende uma tarefa que dois séculos mais tarde os primeiros compiladores e comentadores do *corpus* poético atribuído a Gregório de Matos e Guerra também levarão a termo na cidade da Bahia. Eles vão vincular composições por encenarem um mesmo referencial dicursivo, o que explica, por exemplo, no *Códice Asensio-Cunha*, a sequência dos poemas aos Caramurus da Bahia, dentre tantas outras que poderiam aqui ser lembradas. Ao empreender a censura da falta de ordem da edição preparada por Aldo Romano, Alessandro Velutello estabelece vínculos entre os poemas, imputando nexos intertextuais com base em matéria comum:

> Et quantúmque l'opera non sia continuata, come la Ene. di Virg. o la Cõmedia di Dante, perche alcuno ordine gli habbia ad esser necessario, ma ogni Son. & Canz. hauere il suo proprio sogetto in se, come de gli epigrammi di Mar. & delle Eleg. d'Ouid. ueggiamo nondimeno, son pur alcuni Son. che hanno dependentia l'uno da l'altro, come quello, Quando giunge per gli occhi al cor profondo, il qual depende da quell'altro, Piu uolte amor m'haueua gia detto scriui, Et quello, Viue fauille uscian de duo be lumi, da quell'altro, In quel bel uiso, ch'i sospiro & bramo, Et alcuni altri fatti in un medesimo tempo & soggetto [...].[361]

---

[361] Idem, ibidem.

Um dos mais surpreendentes achados na edição de Alessandro Vellutello é constatar como vincula, ainda na seção denominada *"Tratttato de l'ordine"*, a vida do poeta ao conjunto de seus poemas. Ao afirmar que os poemas não se encontram em ordem apropriada na edição de Aldo Romano, porque este não atendeu à sequência das peças segundo o tempo de sua composição, Vellutello lê os sonetos e canções correlacionando-os a um suposto vivido que toma como ponto zero ou marco inicial o amor de Francesco Petrarca por Laura. Em qualquer edição, as peças poéticas devem comparecer de acordo com o menor distanciamento frente a esse encontro, que causa a lírica amorosa petrarquista:

> *Adunque le proue, che principalmente contra dell'ordine ne occorrono si sono, che del Poeta ueggiamo in piu luoghi essere stato fato mentione de gli ãni del suo amore, Et prima de sette anni nella quinta Sta. Di quella Cãz. Giouene dõna sotto un uerde lauro, & in que uersi, Che s'al contar non erro hoggi ha sett'anni, Che sospirando uo di riua in riua. Del. X. nella quarta Sta. di quell'altra, Ne la stagion, che'l ciel rapido inchina, & in que uersi, Ch'io son gia pur crescendo in questa uoglia, Bem presso al decim'anno [...].*[362]

Mais ainda, pois só se deve atender à estreita correlação entre o tempo do amor vivido e o tempo da composição poética, pois é o amor que justifica e funda o poema, passando-se a ler a poesia, *res ficta*, pela expressão dos afetos que nela testemunham um suposto vivido que, no discurso de Alessandro Vellutello, é a razão da ficção poética. Não se esqueça que o *bios*, tal como o compreendem Alessandro Velutello e seus contemporâneos, é gênero exornativo retoricamente regrado, não documento de um real que a vida, enquanto gênero ficcional, teria como obrigação

---
[362] Idem, ibidem.

reproduzir de forma fidedigna. Não sendo espelho do real, a vida tem de ser compreendida como conjunto de lugares comuns que articulam o retrato do caráter e seus feitos. Na edição de Alessandro Vellutello, essa articulação implica relacionar prosopografia e etopéia a *res gestae*, ou seja, aos versos produzidos em uma maravilhosa ficção globalizante.

É longa a seção em que Alessandro Vellutello discorre sobre a desordem reinante na edição preparada por Aldo Romano, na qual se demonstra incansavelmente a anterioridade cronológica de sonetos e canções pospostos a outros que, no entanto, deveriam comparecer antes dos que os sucedem. A lista de composições apresentada por Alessandro Vellutello soma dezenas, que seria fastidioso particularizar aqui. O que importa é enfatizar a ordem temporal de apresentação das composições a que visa Alessandro Vellutello e o fato de poemas próximos no tempo terem normalmente, segundo ele, um mesmo referencial discursivo como matéria. Ao falar de poemas que se encontram fora de seu lugar, dá um exemplo em que se torna patente a necessidade de reordenamento temporal das composições :

> *Questi Son. & Canz. douerebbono adunque essere posti nel procedere dell'opera per ordine, ma noi veggiamo, che avanti a quel Son. Pommi oue'l sole occide i fiori & l'herba, che il. XV. anno del suo amore dinota, essere stato posto quello, Rimansi a dietro il sesto decim'anno, & quell'altro Dicisett'anni ha gia riuolto il cielo, che l'uno il. XVI. & l'altro il. XVIJ. anno dinota.*[363]

Decorre do exposto que Alessandro Vellutello chega à óbvia conclusão de que a ordem costumeira de apresentação da obra vulgar de Francesco Petrarca, tal como manifesta na edição preparada por Aldo Romano, não pode de nenhum modo ser autoral, pois o poeta não cometeria o erro

---
[363] Idem, ibidem.

grosseiro de não dispor os seus versos segundo o que pede a "boa ordem", transferindo para Francesco Petrarca, desse modo, a maneira de pensar a *dispositio* que ele, Alessandro Vellutello, concebe como modelar.

Após demonstrar, por conseguinte, que a ordem da edição preparada por Aldo Romano está comprometida por não aderir à cronologia de composição dos poemas contidos nela – o que põe em risco o bom entendimento de cada peça poética, já que não se pode mais seguir a expressão dos afetos da alma do poeta e sua história de amor, expressos na própria cronologia das composições – Alessandro Vellutello desfecha novo ataque contra Aldo Romano, ao dizer que o manuscrito em que este se baseou para compor sua edição de forma alguma era autoral. Segundo Alessandro Vellutello, o suposto manuscrito autoral que Pietro Bembo teria dado a Aldo Romano não o era de fato, mas somente um manuscrito muito antigo, semelhante a muitos outros que o próprio Alessandro Vellutello já vira em outros lugares da Itália. O que todos esses antigos manuscritos têm em comum, no entanto, é o fato de todos eles não terem os poemas dispostos em uma boa ordem – o que, segundo Alessandro Vellutello, quer simplesmente dizer não estarem dispostos segundo uma ordem "racional" (a sua), que contribua para a inteligibilidade da obra. A falta de ordem racional demanda com urgência uma nova edição que de fato apresente uma *dispositio* que seja guia para o leitor dos poemas, na medida em que a própria sequência poética adotada é um primeiro critério de recepção e de produção de sentido.

Segundo Alessandro Vellutello, os poemas trazem em si *vestígios* (é essa a palavra que emprega) da possível e devida *cognição* (outra palavra empregada por ele) da vida do poeta, o que quer apenas distinguir por meio de seu labor editorial. Ainda segundo ele, sabe-se que o poeta, no fim da vida, sentado diante do fogo, selecionava os poemas que teriam direito à eternidade por serem dignos de sua pena, queimando os que julgava aquém de seu talento. Os poemas estariam inscritos em folhas soltas, lançadas ou não ao fogo, não compondo um volume, já que, caso estivessem reunidas em livro de mão, o poeta não poderia lançá-las uma a uma à chama. A história não interessa aqui por ser ou não verdadeira; nem nos move seu valor anedótico, mas sim o fato de ser verossímil e, em sua verossimilhança, informar sobre duas práticas possíveis de inscrição da poesia: a inscrição de poemas em folhas volantes ou avulsas e a correspondente e complementar inscrição em volume que dá origem aos livros de mão:

> *Ma perche Messer Pietro Bembo, col quale sopra di tal cosa ho alcuna uolta parlato disse non dall'originale del Poeta (come Aldo uuole) ma d'alcuni antichi testi, & spetialmente i Son. & Canz. da uno il quale noi habbiamo ueduto, & anchora hoggi è in Padoua appresso Messer Danielle da Santa Sophia, hauere questa opera cauata, & anchora per hauerne ueduto altri similmente antichi, & nondimeno in molte cose differente, secondo che è piaciuto a gli scrittori, se non dell'ordine, il quale di tutti è uno medesimo, noi tegniamo per cosa certa, che dal poeta non ne sai stato lassato originale ordinato, ma su diuersi separati fogli, & che poi l'ordine che parue di darli a colui che fu il primo a recoglierla & metterla insieme, tutti gli altri habbiano seguitato, et di questo ne fa fede quello che il Poeta medesimo scriue in una sua epi. Ad Socratem suum, nella quale (essendo gia uecchio) narra, come stando al fuoco, & riuedendo queste sue compositioni, quelle lequali giudicaua esser degne di lui le lassaua uiuere, l'altra le mandaua al fuoco, quantunque, come pietoso padre, ad al fine ne perdonaua, che non ben degne di uiuere essere le giudicaua. Il che se fossero state in uno medesimo volume ordinate, non hauerebbe potuto fare, & questo basta hauer detto dell'ordine, per dimostrare, che l'opera non è stata dell'originale del Poeta cauata, et che da noi a megliore ordine è stata ridotta, Et non senza fondamento, perche noi giudichiamo, che appresso di coloro, li quali hanno uestigi di questo Poeta*

> qualche cognitione, l'ordine solamente habbia ad esser in luogo di commento, & a gli altri uia piu leggiermente ogni sentimento di quela poter hauere.[364]

Em outra edição de seu livro, intitulada "*Vita et costumi del Poeta*", Alessandro Vellutelo, depois de falar dos pais de Francesco Petrarca, de seu exílio, de sua peregrinação, do seu nascimento, de sua primeira infância, de seus estudos, passa a referir um passeio dele na região de Valclusa, quando se dá seu encontro com Lauretta, de quem imediatamente se enamora e cuja beleza e graça passa a cantar em sua poesia. É nessa seção da *Vita*, em que se refere o amor entre Francesco Petrarca e Lauretta, e, logo em seguida, o ser Lauretta o móvel do canto poético, que se estabelece o nexo entre vida e obra, nexo que os comentários aos sonetos e canções apenas amplificarão incansavelmente. Leiamos em primeiro lugar a passagem da *Vita* em que se narra o encontro entre os amantes:

> [...] & auenne, che andando egli la mattina, del uenerdi santo, che secondo lui fu quel'anno a sei di d'aprile, ad una terra che l'Illa si domanda, presso a mezza lega di Valclusa, per udire i diuini offici, che in tal giorno s'usano di celebrare, sopragiunse su certi prati una gentilissima fanciulla, figliuola del Signore di Cabrieres, piccola terra posta alle spalle di essa ualle, il cui nome era Lauretta, laquale con altre donne al'Illa per la medesima cagione andaua, come tutto a pieno nella origine di lei dimostraremo. Dell'amor di costei fu in questo luogo il nostro Poeta preso, le uirtu & bellezze della quale, poi nella seguente opera furon da lui (come uedremo) con mirabile elegantia celebrate, & non sotto'l nome di Lauretta, ma di Laura per miglior consonanza.[365]

---

[364] Idem, ibidem.

[365] VELLUTELLO, Alessandro. "Vita et costumi del Poeta". In: PETRARCA, Francesco. *Le volgari opere del Petrarcha con la espositione di Alessandro Vellutello da Lucca*, 1525.

A demonstração de como esse amor, de que se fala na *Vita*, foi posteriormente decantado pelo poeta – tanto em vida de Laura quanto depois da sua morte – pode ser vista nos comentários aos sonetos e canções. Alessandro Vellutello dividiu os poemas em três seções: 1) a primeira, em que reuniu todos os poemas supostamente compostos pelo poeta quando Laura ainda vivia; 2) a na qual foram juntados os poemas supostamente compostos depois de Laura já estar morta; 3) a dos poemas que têm outra matéria:

> *Saranno adunque nella prima parte posti tutti quelli, che ueramente in uita di M. L. si conoscono per la loro sententia da lui essere stati scritti, Et che de suoi felici & infelici amorosi effetti & accidenti trattano, o che in quelli del suo amoroso errore mostra dolersi, o da esso errore desiderare di p[...]tersi rimouuere o d'essersi rimosso. Nella seconda parte, sarano posti tutti quelli, che dopo la morte di lei, di tal morte propriamente, o per circoscrittione, o in altra forma parlano, Et in queste due parti tutta l'opera sera contenuta. Nella terza et ultima parte fuori dell'opera, seranno posti tutti quelli, che in diuersi tempi & altri soggetti, & a piu persone da lui furono scritti.*[366]

Logo no princípio da primeira parte, quando se comenta o primeiro soneto que o poeta teria composto depois de ter visto Laura, estabelece-se o nexo entre vida e *opus*, passando cada poema a ser apenas uma amplificação da *Vita*, e, esta, uma chave de leitura para a interpretação de todo o *corpus*. Já se excertou a passagem da *Vita* em que se afirmou ter o Poeta conhecido sua amada em *uenerdi santo*. Esse evento é reconhecido por Alessandro Vellutello em um dos poemas de Francesco Petrarca, que é aquele com que abre a primeira parte de sua edição, cujo primeiro quarteto aqui transcrevemos:

---

[366] VELLUTELLO, Alessandro. "Divisione de so. et can. del Poe. in tre parti". In: PETRARCA, Francesco. *Le volgari opere del Petrarcha con la espositione di Alessandro Vellutello da Lucca*, 1525.

> Era' giorno, ch'al sol si scoloraro
> Per la pietà del suo fattor i rai;
> Quand'i fui preso: et non me ne guardai:
> Che i be uostr'occhi Donna mi legaro.[367]

Se, como se disse na *Vita*, o encontro entre o poeta e Laura se deu em *uenerdi santo*, e se o poeta afirmou em um de seus poemas que se tornou cativo dos olhos da amada no dia em que o sol se embaciou porque o seu criador morrera, não há como duvidar de que o poema só pode remeter à passagem da *Vita* em que se narra esse acidente do vivido. Podia-se, é claro, supor que a *Vita*, por ser posterior, não ao vivido, mas ao *opus*, é composta a partir do que, nos poemas, se pode depreender de um suposto vivido, o que torna não apenas redundante, mas perfeitamente circular a correlação entre *bios* e *opus*, como também ocorre no caso da poesia atribuída a Gregório de Matos e Guerra na América portuguesa nos séculos XVII e XVIII. Essa circularidade de sentido tornada patente pela estrutura bibliográfico-textual da edição das poesias de Francesco Petrarca por Alessandro Vellutello se torna evidente em várias passagens do comentário ao primeiro soneto. Em primeiro lugar, logo na abertura do comentário ao primeiro soneto da primeira parte, põe-se ênfase na necessidade da *Vita*, para que se possa bem compreender a poesia que se lhe segue, devendo os comentários vir depois de estar a *Vida* devidamente narrada:

> Habbiamo non solamente la uita et costumi del Poe. & della sua eccellente Laura la uera origine narrato, Ma della ualle che habitata fu da lui, et del luogo, oue il loro amore hebbe principio copiosamente anchora detto. Onde hora conueniente cosa ne pare, di particolarmente ad ogni esposition del testo douer uenire, cominciando

---

[367] VELLUTELLO, Alessandro. "Prima Parte", primeiro soneto. In: PETRARCA, Francesco. *Le volgari opere del Petrarcha con la espositione di Alessandro Vellutello da Lucca*, 1525, p. 2.

> *dalla prima parte dell'opera, la quale dal presente So. in questa forma nel suo principio suona, ERA'L giorno, ch'al sol si scoloraro [...]*.[368]

Depois de asseverar que a vida e os costumes do poeta já foram apresentados, o que habilita a ler seus poemas e a interpretá-los com a devida ajuda — pois o que é o comentário se não uma espécie de auxílio à interpretação dos poemas pelo editor? —, Alessandro Vellutello passa a particularizar sua leitura do primeiro soneto, expondo um conjunto de correspondências entre o suposto vivido e a poesia que lhe é correlata. Leiamos apenas a passagem do comentário que trata do famoso encontro entre os amantes:

> *Onde in questo principio della sua narratione, per uoler similmente quanto poteua al biasmo nel quale fosse per tale errore potuto incorrere rimediare, adduce una molto escusabile ragione, per circoitione demostrando il di che egli de l'amore di M. L. fu preso, essere stato il Venerdi santo, nel quale, come uedemo, non li pareua che dalle insidie d'amor fosse da guardarsi, onde ad essa M. L. il suo parlar drizzando, quasi in questa forma dice, che quando egli fu preso del suo amore, era il giorno che si scoloraro i rai al sole per la pietà del suo fattore [...]*.[369]

Se o poema refere o primeiro encontro entre o poeta e Laura, como o crê Alessandro Vellutello, não há razão para que seja mantido em outra posição, quando publicado em volume, que não seja a primeira. Por esse motivo, ele é deslocado de posição por Alessandro Vellutello, que declara tê-lo visto em outras edições comparecendo como a segunda peça da coleção:

---

[368] VELLUTELLO, Alessandro. "Prima Parte", comentário ao primeiro soneto. In: PETRARCA, Francesco. Le volgari opere del Petrarcha con la espositione di Alessandro Vellutello da Lucca, 1525, p. 2.

[369] Idem, ibidem.

> *Quantunque da altri il So. che seguita sia stato nel primo luogo posto, Ma due ragioni ne moueno a credere che questo debba a tutti gli altri precedere* [...][370].

A *Vita*, desse modo, não apenas torna a poesia legível, mas tem o papel de ordenar macroscopicamente a disposição dos poemas no interior do volume, expediente esse que encontraremos na Bahia dos séculos XVII e XVIII, quando o *corpus* poético colonial seiscentista e setecentista atribuído a Gregório de Matos e Guerra foi organizado por letrados como Manuel Pereira Rabelo.

Assim como ocorrerá com Gregório de Matos e Guerra, no século XVII no mundo americano, afirma-se que Francesco Petrarca não chegou a reunir seus poemas em vida para, a partir de folhas soltas, produzir uma compilação ordenada deles. Coube, portanto, a homens como Alessandro Vellutello o trabalho de reunir os poemas e de ordená-los, como se viu acima. O mesmo já não pode ser dito de Don Luís de Góngora, pois, apesar de no tempo de sua velhice suas obras estarem dispersas e em parte desfiguradas por escribas e letrados ineptos – é o que diz seu editor, Antonio Chacón Ponce de León -, ele ainda pôde intervir de certa forma em sua ordenação e produção de sentido quando reunidas em formato codicilar.

Contrariamente a Gregório de Matos e Guerra, descuidoso de garantir seu nome e fama por toda a eternidade, Don Luís de Góngora ocupou-se de garantir sua memória póstuma com o auxílio de um devotado amigo. Se o monumento encena o trabalho conjunto, enfatiza por mais de uma vez a confiança depositada por Don Luís de Góngora em Antonio Chacón Ponce de León, que, depois de reunidas e ordenadas as obras, imortalizou-as no *Códice* que leva seu nome, eternizando-o com o do poeta cuja memória visa garantir.

---

[370] Idem, ibidem.

No *Códice Chacón* há muitos poemas que não foram escritos por Don Luís de Góngora, mas que em algum momento foram julgados como seus por letrados que os recolheram em livros de mão, atribuição essa devida à fama e à autoridade de um poeta reconhecido como excelente na prática de um ou mais de um gênero poético, a quem, por conseguinte, se imputa a autoria de um papel. O mesmo costuma ocorrer com o *corpus* poético atribuído a Gregório de Matos e Guerra, em que abundam os poemas de autores portugueses seiscentistas e até mesmo de poetas espanhóis do *Siglo de Oro*, recolhidos como gregorianos por razão da autoridade do poeta baiano na cidade da Bahia, onde esses poemas circulavam, sobretudo as sátiras, anonimamente.

No *Códice Chacón*, há, entre as advertências, uma dedicada a elucidar os leitores sobre a listagem de *obras agenas*, ou seja, aquelas que, estampadas como sendo de Don Luís de Góngora, não o são[371]. A advertência subtrai ao

---

[371] Joseph Pellicer Salas y Tovar propicia-nos importantes informações sobre as práticas letradas na Espanha do *Siglo de Oro*, ao discorrer sobre a impressão de obras de Don Luís de Góngora à custa de seus êmulos. Em primeiro lugar, afirma que seus adversários teriam sido culpados pela impressão das obras gongorinas defeituosas, ultrajadas e mal corretas com a finalidade de deslustrar a memória do poeta; afirma que os manuscritos em que os poemas de Don Luís de Góngora circulavam na corte castelhana eram vendidos por quantia vultuosa (*precio quantioso*), e que se misturaram às obras propriamente gongorinas muitas outras, apócrifas e de baixa qualidade poética para que estas desmerecessem aquelas: "*El tercer impulso* (que o moveu a comentar as obras de Dom Luís de Góngora) *fue la lastima de ver las Obras de Don Luis impresas tã indignamente, acaso por la negociacion de algun Enemigo suyo, que mal contento de no auerle podido desluzir en vida, instò en procurar quitarle la opinion despues de muerto, traçando que se estampasen sus Obras (que manuscriptas se vendian en precio quantioso) defectuosas, ultrajadas, mentirosas y mal correctas, barajãdo entre ellas muchas apocrifas, y adoptãdoselas a Don Luis, para que desmereciese por unas el credito, que auia conseguido por otras*" (SALAS Y TOVAR, Joseph Pellicer. Op. cit.,, 1630, "A los Ingenios Doctissimos de España, Benemeritos de la Erudicion Latina", p. 5). Quanto ao deslustre que as obras apócrifas ocasionavam a Don Luís de Góngora, é de notar que Antonio Chacón Ponce de León, embora busque separá-las do *corpus* gongorino, reconhece que ainda há muitos poemas não escritos pelo poeta no conjunto de poemas que lhe é atribuído. A atribuição e a incapacidade de se afirmar serem os poemas apócrifos não autorais, por seu turno, só era possível porque eram julgados bons, pois era a perícia na aplicação dos preceitos que

corpus gongorino os poemas que lhe são forâneos, visando fixar um cânone sem o conseguir, no entanto, pois nele, cânone fixado pela subtração dos poemas estranhos à pena gongorina, ainda há as composições que circulam como se fossem de Don Luís, sem que lhe possam ser atribuídas com certeza:

> Obras agenas. QUE andan entre las Obras de Don LVIS muchas que no son suias. De algunas de las quales que Don ANTONIO CHACON ha tenido noticia assi en vida de D. LVIS como despues de su muerte, se pondrà vn Indice al fin del Tomo Segundo. Para que de aqui adelante se conozcan: i se recebe lo mismo de las demas que anduuieren por suias, i no se supiere con certidumbre que lo son.[372]

A disposição dos poemas segundo sua pertença a uma dada rubrica de gênero, como já se disse, é o primeiro critério de sua ordenação no interior dos volumes em que foram inscritos. No *Códice Chacón*, há uma página em que

---

os regravam o que possibilitava serem tomados como sendo do poeta. Há, por conseguinte, duas práticas de imisção de poemas apócrifos no *corpus* de Don Luís de Góngora: a de seus êmulos, que visavam desdourá-lo, e outra, de se lhe imputar o que condizia com sua excelência e sua autoridade, quando a autoria não podia ser estabelecida com certeza. Para uma revisão da opinião por muito tempo dominante entre a crítica do século XX, que desqualificava os trabalhos de Joseph Pellicer Salas y Tovar, ver IGLESIAS FEIJOO, Luis. Una carta inédita de Quevedo y algunas noticias sobre los comentaristas de Góngora, con Pellicer al fondo. In: *Boletín de la Biblioteca de Menéndez Pelayo*, 1983, pp. 141-203 (capturado em 22 de agosto de 2013: http://www.cervantesvirtual.com/obra-visor/boletin-de-la-biblioteca-de-menendez-pelayo--54/html/2Dir00625_143.htm). Em defesa do afamado ou mal afamado comentarista das obras de Don Luís de Góngora, com vistas a rever o juízo dominante na crítica que lhe é anterior, escreve Luis Iglesias Feijoo: "*Todos* (os comentaristas das obras de Don Luís) *cojeaban del mismo pie; el riguroso Cuesta, que denunciaba las autoridades innecesarias de Pellicer, no tenía empacho en proceder del mismo modo. Las acusaciones que le hicieron los demás comentadores de la obra del poeta cordobés son a menudo hijas de rivalidades de campanario, por el deseo de cada uno de los que laboraban el mismo campo de sobresalir a base de desprestigiar el trabajo de los demás*" (Idem, p. 145).

[372] *Códice Chacón*, vol. I, "VIDA, I ESCRITOS/DE DON LVIS DE/GONGORA."/, s/nº no original.

se anuncia o princípio de uma subdivisão genérica, como a primeira do primeiro volume, que antecede o *corpus* de sonetos gongorinos. A página, adornada com bela moldura manuscrita de formato retangular, traz, em sua porção superior e em letras capitais, a palavra SONE-/TO, repartida em duas linhas. Abaixo dessa rubrica principal, há ainda, no interior da mesma moldura, o elenco dos subgêneros praticados por Don Luís de Góngora, enumerando-se os sonetos de cada rubrica subgenérica: *1) SACROS. IV; 2) HEROICOS. XLVI; 3) MORALES. IV; 4) FUNEBRES, XVIII; 5) AMOROSOS. XLVIII; 6) SATYRICOS. V; 7) BURLESCOS. XXVII; 8) VARIOS. XV*, chegando o montante a 157 composições. Cada subdivisão subgenérica é, por seu turno, introduzida por uma nova página de apresentação, em que, na porção superior, se declara o subgênero cuja inscrição principiará; por exemplo, SONETOS SACROS, em capitais, antes de que se inscreva o primeiro deles, cujo *incipit* é «*Si ociosa, asistiò naturaleza*". Esse primeiro soneto sacro teria sido composto no ano de 1614, pois, no *Códice Chacón*, como declara seu organizador no rol de advertências, à margem de cada composição se indicará o ano em que foi composta, notícia essa obtida em conversação com Don Luís de Góngora, embora a datação não implique uma cronologia a ser observada quando da inscrição dos poemas nos três volumes da *Coleção*:

> *Numeros. QVE los numeros que van en letras de quenta castellana encima del titulo de cada obra, o del primer verso de las que no los tienen, denotan el numero sucesiuo de cada genero de poesia, y las de guarismo que les corresponden en las margenes, el año en que cada vna se hizo.*[373]

O que importa referir é uma contradição entre a prática de inscrição de didascálias no *Códice Chacón* e a declaração prévia de que só seria composta para os poemas cuja

---

[373] *Códice Chacon*, vol. I, "ADVIERTESE", "Notas", s/n° no original.

matéria fosse de difícil estabelecimento para os pósteros. Como já se leu em excerto apresentado acima, teria sido o próprio Don Luís de Góngora o autor das didascálias, pois só ele teria a capacidade de fixar com exatidão o referencial discursivo de cada poema. No entanto, quando se principia a ler o primeiro volume da *Coleção*, causa espanto terem todos os poemas uma didascália a encimá-los, circunscrevendo-lhes, desse modo, a matéria e fixando para cada um deles a desejada legibilidade.

Transcrevamos os *incipit* dos sonetos das duas primeiras subdivisões subgenéricas, SACROS e HEROICOS, acompanhados das respectivas didascálias, para que se veja como o recurso à titulação descritiva é recurso corrente no *Códice Chacón*: SACROS: 1) *"Si ociosa, asistiò naturaleza"* [*A la Purisima/Concepcion de N. S.*]; 2) *"Pender de un leño traspasado el pecho,"* [*Al Nacimiento de/Christo N. S.*]; 3) *"Este monte de cruzes coronado,"* [*Al monte S.^{to} de Granada*]; 4) *"En tenebrosa noche, en mar airado"* [*A la rigurosa accion con que S. Ignacio redu/xo vn pecador*]; HEROICOS: 1) *"Teatro espacioso su ribera"* [*De un Iauali que matò en el Pardo el/ Rey nuestro señor*]; 2) *"Los dias de Noe bien recelàra"* [*De la Iornada que su M.^{d} hizo a Andalucia*]; 3) *"Vndosa tumba da al farol del dia"* [*Del casam.^{to} que pretendio el Pr.^{e} de Gales con la Ser.^{ma}/ Inf.^{ta} Maria, i de su venida*]; 4) *"Purpureo creced raio luciente"* [*Al Ser.^{mo} Inf. Card.^{l}*].

Se é verdade o que diz Antonio Chacón Ponce de León de ter sido o próprio poeta o autor das didascálias, então se pode afirmar que ele não só compôs os poemas, mas se tornou seu primeiro intérprete. Na medida em que a interpretação por ele proposta para cada peça estabeleceria o sentido visado por ele, deveria ser inconteste para uma prática filológica que tem como finalidade estabelecer os *verba auctoris*. Mas seria essa leitura gongorina das didascálias efetivamente canônica no tempo de sua produção? Qual margem para a variação interpretativa era permitida pelas didascálias autorizadas por Don Luís de Góngora?

Em seu *Lecciones Solemnes*, Joseph Pellicer de Salas y Tovar, ao desculpar-se diante de seus leitores por sua ignorância e insuficiência, que podiam causar dano à obra de Don Luís de Góngora, quando, na verdade, seu intento era promovê-las, assevera que pode ter entendido mal as composições ou que pode mesmo apresentar de cada uma um sentido que não o intencionado pelo poeta, o que parece ser inteligência de a interpretação de outrem não corresponder à do próprio autor:

> *De toda la autoridad soberana de V. A. necessitan (as obras) que si bien los Escritos deste insigne Hombre tienen ganado el aplauso general (no el comum) en todos, podra ser que los desayude mi insuficiencia, y los aya maleado mi ignorancia, ò desentendiendolos, ò interpretandolos a diferente luz de la que su Autor quiso dallles.*[374]

Para se ter uma ideia mais clara a respeito do modo como os poemas de Don Luís de Góngora circulavam no tempo de sua produção e primeira recepção, é preciso empreender a leitura detida dos *libros de mano* em que essa poesia foi inscrita pela primeira vez e em que se fazem presentes paratextos de vária natureza, que promovem sua inteligibilidade. No segundo volume do *Códice Chacón*, em que se reuniram, por exemplo, as *letrillas*, estas foram, assim como os sonetos compilados no primeiro volume, de que já falamos, coligidas em unidades subgenéricas, assim repartidas: 1) SACRAS XXIII; 2) MORAL I; 3) AMOROSAS IV; 4) SATYRICAS XI; 5) BURLESCAS XII; 6) VARIAS III, somando-se um total de 54 composições dessa natureza. A seção LETRILLAS AMOROSAS principia pelo poema *"HIEDRA viuidora"*, cuja didascália lê: *"Al Rei, i Reina nros. Señores antes de reinar"*[375]. Segue-se a esse poema outro, desprovido de didascália, cujo *incipit*

---

[374] SALAS Y TOVAR, Joseph Pellicer. Op. cit., 1630, "Dedicatória", p. 1.
[375] *Códice Chacón*, vol. II, p. 28.

é *"La vaga esperança mia"*[376]. Embora esteja desprovida de didascália, essa segunda letrilha amorosa traz, como nota ou escólio marginal, o que segue: *"Esta letrilla suele andar continuada con otras dos coplas que no son suyas"*[377]. O escólio marginal não circunscreve a matéria do poema, mas fornece uma importante informação sobre a circulação de variantes durante os anos em que Don Luís de Góngora ainda vivia. Segundo Antonio Chacón Ponce de León, a letrilha *"La vaga esperança mia"* costumava circular na corte castelhana em pelo menos duas versões, uma, que é a que ele dá à estampa em seu cancioneiro, teria duas estrofes a menos que uma versão estendida do mesmo poema, com duas coplas a mais, que, no entanto, não seriam de Don Luís de Góngora, o que o move a retirá-las do texto que inscreve no segundo volume.

A recolha e o ordenamento das letrilhas em subgêneros, tal como visto no segundo volume do *Códice Chacón*, podem, em outros cancioneiros em que se recolheu a poesia gongorina, não ser considerados como critério de disposição dos poemas, podendo-se simplesmente adotar uma divisão por categorias genéricas, como "letrilhas". É o que ocorre em um dos códices seiscentistas da Biblioteca Nacional de Madrid, em que se coligiu a obra poética de Don Luís. Nesse cancioneiro, as letrilhas estão reunidas sob a rubrica *"letrillas liricas"*[378], seguindo-se umas às outras com uma simples indicação numérica: *"letrilla 1ª"*[379], sem aparato didascálico e sem notas marginais de qualquer natureza. A segunda letrilha a ser copiada nessa seção dedicada ao gênero é *"La Vaga esperança mia"*[380], encimada pela rubrica

---

[376] *Códice Chacón*, vol. II, p. 29.

[377] *Códice Chacón*, vol. II, p. 29.

[378] Códice disponível na seção de livros digitalizados da Biblioteca Nacional de Madrid, que porta simplesmente o seguinte título: OBRAS DE DÕ LVIS DE GONGORA.

[379] Idem, p. 130 v.

[380] Idem, ibidem.

"*letrilla 2ª*". Como se pode constatar pela leitura comparativa dos dois cancioneiros, em um deles, no *Códice Chacón*, "*La vaga esperança mia*"[381] pertence ao subgênero "letrillhas amorosas", enquanto que em um códice seiscentista, cujo autor desconhecemos, infelizmente, o mesmo poema se encontra sob a rubrica genérica "*letrillas liricas*" – como se toda letrilha não o fosse; nessa mesma seção das "*letrillas liricas*", deparamo-nos com um poema que, no *Códice Chacón*, se encontra inscrito na seção subgenérica "*LETRILLAS VARIAS*", o que torna patentes as diferentes capacidades leitoras e interpretativas de letrados seiscentistas e os desníveis de letramento entre letrados, possibilitando aos mais eruditos não apenas discriminar os gêneros e subgêneros poéticos com grande acuidade, mas ainda propor para cada poema um sentido circunscrito com precisão na didascália e nas notas ou escólios marginais.

João Adolfo Hansen, em estudo sobre as práticas letradas dos séculos XVI e XVII no mundo ibérico e em seus desdobramentos ultramarinos, já definira as clivagens sociais operadas entre os letrados, no Antigo Regime, definidoras de competências leitoras de acordo com o conhecimento ou não das técnicas retóricas e poéticas empregadas pelo poeta e reconhecidas pela recepção no ato interpretativo[382]. A disposição dos poemas nos livros de mão ibéricos dos séculos XVI e XVII, em que as peças são distribuídas de acordo com sua pertença a gêneros e subgêneros, tal como exemplificado no *Códice Chacón*, funda-se na compatibilidade entre as interpretações dos poemas atribuídos a Don Luís de Góngora, feitas pelos letrados que organizam os cancioneiros, e atos de interpretação dos mesmos poemas pelas recepções empíricas diferenciadas, que reconhecem a maior ou menor justeza de cada ato interpretativo-organizacional.

---

[381] Idem, 131 r.

[382] HANSEN, João Adolfo. Agudezas Seiscentistas. In: *Floema*, Caderno de Teoria e História Literária, 2 A, outubro de 2006, Especial João Adolfo Hansen, pp.85-109.

Desse modo, a *dispositio*, como ato de interpretação que ordena os poemas no interior dos livros de mão, é complementar da outra prática interpretativa, que figura em cada gênero poético inserido em seu apropriadíssimo lugar no interior das coleções poéticas "a compatibilidade entre as interpretações dos temas"[383] levadas a termo pela *persona* decorosa a cada gênero e os "atos de interpretação dos poemas pelas recepções empíricas diferenciadas, que conferem valor e sentido à representação"[384]; pode-se dizer tanto para a sátira como para o louvor, grandes subdivisões epidíticas no interior das grandes coletâneas de poemas no mundo ibérico dos séculos XVI e XVII, que não imitam "supostos 'fatos' da empiria, mas encontram a realidade de seu tempo como sistema simbólico convencional de preceitos técnicos, verossimilhanças e decoros partilhados por sujeitos da enunciação, destinatários e públicos empíricos"[385].

As diferentes capacidades letradas produzem, pela maior acuidade na especificação do gênero praticado, e, por conseguinte, na maior justeza na disposição dos poemas no interior dos volumes em que são coligidos, clivagens em que a distinção é definida "*como* representação e *pela* representação", pois a *dispositio* é representação, sobretudo, de um *ethos* e de uma *eruditio* dele derivada, que torna patente os graus de uma nobreza de letras civilizada e cultivada a que o códice dá testemunho de pertencimento em sua materialidade e *ordo*.

Se as divisões genéricas são evidência de um cultivo da poética compreendida como corpo doutrinal que permite a leitura do costume letrado europeu, em que os autores das coletâneas se inserem pelo seu esforço ingente de recolha dos poemas, ordenação, e posterior inscrição, acompanhada esta última pela confecção em maior ou menor grau dos

---

[383] HANSEN, João Adolfo. Pedra e Cal: Freiráticos na Sátira Luso-Brasileira do Século XVII. In: MOREIRA, Marcello & SANTOS, Luciana Gama (Org.). *Revista USP*, Dossiê Brasil Colônia, 2003, março-maio, vol. 57, pp. 68-85 [p. 69].

[384] Idem, p. 69.

[385] Idem, p. 69.

aparatos didascálicos que os tornam inteligíveis segundo um juízo, as divisões subgenéricas, que especificam ainda mais as particularizações poéticas um grau abaixo do de gênero, demonstram o conhecimento de um costume disciplinar que possibilita ao fautor do cancioneiro o estabelecimento de níveis mais particularizados de diferenciação dos poemas, o que demanda do público a mesma agudeza no reconhecimento das distinções produzidas por homens como Antonio Chacón Ponce de León.

No cancioneiro da Biblioteca Nacional de Madrid, em que está inscrita a letrilha *"La Vaga esperança mia"*, que anteriormente referimos, não há o acréscimo das duas estrofes a mais que sóem acompanhar as julgadas propriamente gongorinas desse poema, segundo declaração de Antonio Chacón Ponce de León em sua coleção. No entanto, na cópia dessa letrilha inscrita nesse cancioneiro seiscentista, falta o último verso da versão presente no *Códice Chacón* (*"Se há quedado en vago"*), o que parece indicar que as variações textuais são múltiplas, na tradição de Don Luís de Góngora, assim como também o são na de Gregório de Matos e Guerra; desse modo, a par de uma variação textual, existe a didascálica, e, ainda, a outra propriamente bibliográfico-textual, concernente à disposição dos poemas em livros de mão, todas sumamente importantes caso queiramos empreender uma leitura da poesia quinhentista e seiscentista histórica e minimamente anacrônica.

Cada recolha apresenta variações importantes para a escrita de uma história da primeira recepção da poesia portuguesa e espanhola dos séculos XVI e XVII; no primeiro volume do *Códice Chacón*, em que se coligiram as canções e madrigais, esses são repartidos em: 1) SACRAS II; 2) HEROICAS VII; 3) FUNEBRES V; 4) AMOROSAS VIII; 5) SATYRICA I; 6) VARIA I, perfazendo o total de 24 composições[386]. Na subseção de canções e madrigais de

---

[386] *Códice Chacón*, vol. I, p. 145.

tipo heroico, em que há sete poemas, dois são denominados "madrigais" (composições de número IV *"Las duras zerdas, que vistio zeloso"* e IX *,"El liquido crystal que oy desta fuente"*), e cinco outros, "canções heroicas", transcritos a seguir na ordem em que estão dispostos no *Códice*, com indicação da data de composição: 1) III *"Abra dorada llaue"* 1603; 2) V *"Levanta, España, tu famosa diestra"* 1588; 3) VI *"Verde el cabelo vndoso"* 1606; 4) *"Suene la trompa belica"* 1580; 5) *"En roscas de crystal serpiente breve"* 1612. Todos os poemas dessa subseção estão acompanhados de didascálias que particularizam os eventos a que os poemas supostamente aludem, estabelecendo de forma incontroversa o seu sentido. É essa a finalidade do paratexto didascálico, reduzir a natural equivocidade da lírica.

Leiam-se a seguir as didascálias dos madrigais e canções de tipo heroico, apresentadas segundo a ordem de comparecimento dos poemas que encimam no primeiro volume do *Códice Chacón*, para que se tenha ideia de sua importância como elemento possibilitador da redução da equivocidade dos textos, pois não se poderia saber, por exemplo, em que ocasião se teria matado um javali e que infanta de Espanha o teria matado (matéria suposta do segundo poema dessa subseção) se a didascália não operasse a particularização de um suposto referente que seria a "efetiva" matéria da canção, como veremos mais à frente: 1) III *En el dichoso parto de la Señora Reyna D. Margarita quando nacio el Rei D. Phelipe IIII N. S.*[387]; 2) IV *A la Ser.ᵐᵃ Infanta Maria de un Iabali que mato en Aranjuez*[388]; 3) V *De la Armada que fue á Inglaterra*[389]; 4) VI *De los Marqueses de Ayamonte quando se entendio passaran á Nueva España*[390]; 5) VII *De las Lusiadas de Luis de Camoes que traduxo Luis de Tapia natural de Seuilla*[391]; 6) VIII *De la toma*

---

[387] *Códice Chacón*, vol. I, p. 151.
[388] *Códice Chacón*, vol. I, p. 153.
[389] *Códice Chacón*, vol. I, p. 153.
[390] *Códice Chacón*, vol. I, p. 156.
[391] *Códice Chacón*, vol. I, p. 158.

de Larache[392]; 7) IX *Para inscripcion de la fuente de quien dixo Garcilasso: En médio del inuierno, &*[393].

Retornemos agora ao segundo poema dessa subseção de canções e madrigais heroicos para demonstrar de que maneira a didascália de fato torna um discurso generalizante em *opus*, ao fixar-lhe um referencial discursivo que particulariza o poema como discurso sobre um evento específico. A canção heroica de número IV, encimada pela didascália *A la Ser.^{ma} Infanta Maria de un Iabali que mato en Aranjuez*, trata de uma matéria bastante recorrente em poemas laudatórios, nos séculos XVI e XVII, que é a da venação, sucedâneo da guerra em tempos de paz, e cujos partícipes, em posição de centralidade, podem ser tanto reis quanto príncipes e infantas. Leiamos o poema, em um primeiro momento, desprovido de sua didascália, como, aliás, comparece em alguns membros da tradição de Don Luís de Góngora:

IV

MADRIGAL

Las duras zerdas que vistio zeloso
Marte, viste oy amante.
Ia Deidad fulminante
El planeta ofrecido belicoso,
De vn plomo al raio muere glorioso.
Muere dichosa fiera,
Que España ilustrarà la quinta Esphera.
Bellissima tu pues Cynthia española
Cerdosos brutos mata;
En quanto de tu hermano
No esplendor soberano,
Sombra si de las señas que tremola
Altamente desata
Vapores de inuidia coligados,
Exercitos, Prouincias, Potentados.[394]

---

[392] *Códice Chacón*, vol. I, p. 159.

[393] *Códice Chacón*, vol. I, p. 162.

[394] *Códice Chacón*, vol. I, p. 153.

Pode-se depreender da leitura do poema que se trata de canção heroica que tem por matéria a caça a bestas de grande porte, especificamente a caça ao javali, pois é por excelência, na poesia venatória praticada nos séculos XVI e XVII, em Portugal e Espanha, a besta cerdosa de que se fala. Como, no entanto, interpretar o poema de forma apropriada, considerando-se, em primeiro lugar, sua matéria genérica, a caça ao javali, e, em segundo, a caça a esse animal praticada por uma dada infanta de Espanha em lugar especificado pelo paratexto didascálico? Passemos à explanação de um procedimento interpretativo, em que a *interpretatio* histórico-filológica se alia à pesquisa bibliográfico-textual e às materialidades da comunicação.

A *interpretatio* de "Las duras zerdas que vistio zeloso"

(I)

A caça, desporto aristocrático por excelência, implica a observância de regras que regulam os comportamentos dos envolvidos na caçada, pois como arte que se ensina e que se aprende, passível de aperfeiçoamento e domínio a ponto de alguém poder se encenar como mestre em matéria de cetraria e montaria, doutrina do príncipe aos moços do monte, passando por cavaleiros e escudeiros, tanto no que respeita às ações a serem desempenhadas por cada um dos participantes quanto no que concerne aos modos próprios de executá-las observando-se a hierarquia prevista na doutrina e atualizada nas operações de campo.

Nos tratados de caça, que não querem nem podem ser democráticos, dedicam-se capítulos, no entanto, tanto à ensinança do príncipe, fazendo-se este se ver no modelo venatório do príncipe caçador, que é sua imagem perfeita, porque aperfeiçoada por doutrina e exercício, posta diante de seus olhos como uma sua imagem refletida em espelho (às vezes, *ex parte principis*, porque o príncipe fala ao príncipe em muitos tratados de caça, de que deriva serem os tratados de caça espécie do gênero "espelho de príncipes"), quanto à educação dos moços do monte, inculcando-lhes as formas do reto proceder na caçada com o fito de mostrar seu valor e ganhar a privança daquele a quem servem.

As operações de campo, por necessidade, enquanto encenação dos lugares de autoridade e de mando, de vassalagem e dependência, mas também de privança, por sua espetacularização tornam visíveis os princípios ordenadores da monarquia segundo seu fundamento estamental. O príncipe e seus homens, ou melhor, sua chusma – enquanto agregado de varões, ou forma associativa humana– devem ser pensados tão politicamente quanto a família o foi por Aristóteles, pois, espécie de *Koinonia*, constituída *a priori* para a "consecução de fins particulares" – como "a navegação por parte dos navegantes, a vitória na guerra por parte dos homens de armas"[395] – e dirigida pela noção de amizade doutrinada pelo Estagirita em seu *Ética a Nicômaco*, deveria supostamente visar, enquanto *Koinoniai* integrada ao Estado, apenas, como se disse, a uma "utilidade particular" subsumida enquanto espécie na utilidade geral e duradoura do Estado[396], o que, como se verá adiante, não é o caso.

Em tratados de montaria antigos, como é o conhecidíssimo *Livro da Montaria*[397], de Dom João I, o caráter diretivo do livro é dado por aquele que tem o poder de direção, e, nesse sentido, se o rei doutrina os príncipes

---

[395] BOBBIO, Norberto. Estado, Poder, Governo. In: *Estado, Governo, Sociedade*. Para uma Teoria Geral da Política. São Paulo: Paz e Terra, 2005, pp. 53-133 [p. 61].

[396] Aristóteles, na abertura de *A Política*, já referia o bem como o fim cuja consecução era visada pelas formas associativas humanas, sendo o Estado apenas a mais perfeita delas: "*It is therefore evident that, while all partnerships aim at some good, the partnership that is the most supreme of all and includes all the others does so most of all, and aims at the most supreme of all goods; and this is the partnership entitled the state, the political association*" (Ver ARISTOTLE. *Politics*. Cambridge: Harvard University Press, Loeb Classical Library, 1990, p. 3)

[397] Todas as referências a essa obra remetem à edição que segue: DOM JOÃO I. LIBRO/ DE/ MONTERIA/ COMPOSTO POLO/ SEÑOR REY/ DON JOAOM DE PORTUGAL,/ E DOS ALGARUES, E SEÑOR DE CEUTA. Introdução e Revisão de M. Lopes de Almeida. Porto: Lello, 1981, pp. 1-232.

apresentando-se como doutrinador, porque mestre na arte, e, por conseguinte, como imagem exemplar em que eles deverão se espelhar, dirige, por outro lado, como *gubernator*[398] – metáfora náutica aplicada à mais pedestre e equestre das artes[399] – seus homens, dos maiores aos menores. Nesse sentido, retoma como um implícito outras metáforas análogas da governança, como pai e filhos[400], figura, apenas a primeira do binômio, que, de certa forma, ele irá desempenhar, ao lado daquela de orador, enquanto doutrina[401].

Essa feição do príncipe ou do rei orador, em Portugal, não deveria ser estranha aos membros da Casa de Avis,

---

[398] Se a *gubernatio* se define como o conjunto de meios apropriados para conduzir a cidade, assim como o piloto conduz a nau, o príncipe conduz a chusma ao fim que lhe é próprio, e, nesse sentido, como mestre de montaria, é um análogo do governante e do piloto, ensinando a cada um dos seus homens o papel que lhe cabe na caça, análogo da guerra, de acordo com sua dignidade.

[399] Da mesma forma que o piloto se serve do leme para se manter na rota, evitando que a nau se extravie, assim o monteiro se serve das rédeas do cavalo. A aproximação poderia parecer tola, porque inverossímil, mas cremos que não o seja, pois assim como a *gubernatio* é significada pela palavra *regimen*, no vocabulário político medieval, também o é pelas palavras *sustentatio*, *temperies* e *moderatio*, duas delas pelo menos ligadas diretamente ao exercício equestre, como se verá logo em seguida. Desse modo, se a metáfora náutica recorda o exercício do governo, a montaria, pelo mesmo processo analógico, torna patente o que de político pode haver no governo do animal, sobretudo porque este, contrariamente à nau, é sensível, e, por isso mesmo, mais difícil de governar.

[400] É útil atentar para o fato de que o poder do pai sobre os filhos era compreendido, desde *A Política* de Aristóteles, como tendo um fundamento natural, porque consequência da geração e, por conseguinte, *ex natura*, como o era a própria união entre homem e mulher: "*The first coupling together of persons then to which necessity gives rise is that between those who are unable to exist without one another, namely the union of female and male for the continuance of the species (and this is not of deliberate purpose, but with man as with the other animals and with the plants there is a natural instinct to desire to leave behind one another being of the same sort as oneself*" (Ver ARISTOTLE. Op. cit., 1990, p. 5).

[401] Ver a seguinte passagem, em que o rei torna patente ser a montaria uma arte passível de doutrina, e, portanto, de ensino e aprendizagem, própria dos momentos de ócio, compreendido ciceronianamente em oposição ao negócio da vida política, de que, no entanto, é um certo tipo de análogo: "e demais que os caualleiros, e escudeiros assi podem leer este liuro, e filhar algũa cousa que lhes parecer, como os rreys, que por esto foi nossa entençom de poermos esto em este liuro de montaria [...]" (Ver *Livro de Montaria*, p. 19).

que conheciam bem os escritos ciceronianos a ponto de o Infante Dom Pedro traduzir o *Livro dos Ofícios*[402]. Mas, se o rei, nos tratados em que é sua a voz enunciativa (ou em que se finge ser), dirige os homens ensinando-lhes a arte da montaria, permite-lhes, na medida em que a aprendem e são doutrinados, que venham a «governar-se» a si mesmos, tornando-se eles também de certa forma «timoneiros» enquanto cavalgam e dirigem a besta que os carrega, não se esquecendo, contudo, de que cada cavalo, como «nau», participa daquela flotilha que é a chusma, cuja capitânia é a montaria do rei ou do príncipe.

Na caça, além da *gubernatio*, faz-se presente o conceito de *sustentatio*, que também era, nos séculos hoje ditos medievais, expresso pela palavra *regimen*, como o era *gubernatio*: "(*Regimen*) designa igualmente a ação de conter (*sustentatio*) os homens, como se freia um cavalo com a rédea para impedir que sua velocidade o lance num precipício"[403]. Cabe ao cavaleiro entregue ao ardor da caça não se deixar cegar pela cólera excessiva, que lhe vedaria a justa medida do agir (*temperies*), virtude necessária àqueles que governam e julgam. Também ao cavaleiro é necessária a moderação (*moderatio*), "não na acepção precedente, mas enquanto ato de conduzir, dirigir o homem para afastá-lo do mal; também aqui o termo é empregado para a condução do cavalo cuja marcha é regulada pela rédea"[404]. Se a montaria prepara o físico para as duras tarefas do campo de batalha[405], se adestra o braço no manuseio das armas, é,

---

[402] Referências a essa obra remetem à edição que segue: LIVRO/ DOS OFICIOS/ DE/ MARCO TULLIO CICERAM/ O QUEL TORNOU EM LINGUAGEM O/ IFANTE D. PEDRO/ DUQUE DE COIMBRA. Porto: Lello, 1981, pp. 765-884.

[403] SENELLART, Michel. *As Artes de Governar*. Rio de Janeiro: Editora 34, 2006, p. 26.

[404] Idem, p. 26.

[405] A analogia entre guerra e montaria encontra-se explicitada em muitas passagens do *Livro da Montaria*, como a que segue (p. 31): "e assi esse jogo nom ual mais que outro jogo, senom em quanto a mais perfeiçoões pera guardar que o uso

sobretudo, o aprimoramento moral, condição do bem obrar em quaisquer situações, que torna a montaria um análogo do governo, como deixam claras as definições de *regimen* de João de Viterbo, reiteradas no *Tratado da Montaria* quando se fala das virtudes necessárias ao monteiro e que podem ser empregadas no governo dos súditos. A *moderatio* se torna também evidente no comedimento com que o rei ou o príncipe deve entregar-se à montaria, não se esquecendo jamais de que ela é espécie de *otium*, de solaz, e, como tal, não se pode confundi-la com o "reger gente" (a mesma admoestação contra o excesso se aplica a cavaleiros, escudeiros e moços do monte, obrigados, como o príncipe, a achar a reta medida [pp. 30-32]). O rei, da mesma forma que conduz o cavalo, quando o monta, e o povo, quando o rege, deve governar-se a si mesmo em primeiro lugar:

> *Ora este jogo que tam saboroso he, em como de susso dissemos a quantos o usam, se deuem muyto os rreys de guardar, de usarem delle em tal guisa, que por elle perdessem as grandes cousas, que theudos som de fazer, ca muytas uezes a algũus rreys aconteceo de o fazerem, de leixar de fazer as cousas que lhes eram proueitosas, por irem ao monte: ca os rreys non o deuem a tomar senom pollo que he, ca elle nom foi aleuantado senom por jogo, e os rreys por tal o deuiam de teer.*[406]

No *Livro da Montaria*, ao doutrinar o príncipe sobre a necessária contenção que se deve ter na prática dessa arte, Dom João I admoesta-o para que não cometa o excesso já cometido por muitos e ilustra a demasia, falta de moderação, por meio da leitura de episódio das *Metamorfoses,* de Ovídio, em que se narra a transformação de Acteon em cervo. Na interpretação de Dom João I, a metamorfose é

---

das armas se nom perca, que outro joguo de quantos por esto forom aleuantados: e por esta guarda o deuem os caualeiros, e escudeiros preçar, ca nom por outra cousa que em elle aja".

[406] Ver *Livro da Montaria*, p. 27.

lida em chave moralizante e desse modo Acteon é compreendido como infante, entregue por demais ao prazer da caça, descuidado dos assuntos da regência a ponto de perder de forma desonrosa o que herdara de seus antepassados, risco que corre, como se observa em vários capítulos do *Livro*, o príncipe que se enoja "a uista das grandes gentes", pondo de parte o bem vestir e o bem falar, preterindo-os em favor do monte e dos cães:

> *deuem a parar mentes que nom andem assí ao monte, porque uenham a seer taaes como o iffante Anteom, que por andar ao monte, diz o Ouuidio na sua storia, que se tornou ceruo, e que o comerom os seus caães: esto disse o author, que non disse Ouuidio, que se tornara ceruo, como os outros que o som de sua natureza propria: mas que se tornou ceruo per as condiçoões, que tomou por andar ao monte sem discreçom: ca porque sempre mais a uida delle era sempre andar por montes, que por uillas, e porque o anojaua a uista das grandes gentes, em como soem fazer os que monteyros som, que o som como nom deuem, por esto lhe chamou o Ouuidio que era ceruo, e diz que o comerom os seus cãaes: e o comer que assim o comerom, foi que despendeo quanto auia, que lhe ficara de seu padre.*[407]

A montaria é arte extremamente atual em Portugal e Espanha nos séculos XVI e XVII e livros manuscritos que sobre ela versam são impressos sob o cuidado dos Habsburgos, como é o caso do igualmente conhecido *Libro de la Monteria*, cuja primeira impressão é patrocinada por Felipe II[408]. Na edição supervisionada por Gonçalo Argote de Molina, assevera-se, na seção por ele acrescida ao tratado e impressa após o terceiro e último livro, que Don Afonso,

---

[407] Idem, p. 30.
[408] LIBRO, DELA MONTERIA/ QUE MANDO ESCRIVIR/ EL MUY ALTO Y MUY PODEROSO/ Rey Don Alonso de Castilla, y de Leon,/ Vltimo deste nombre./ Acrecentado por Gonçalo Argote de Molina./ Dirigido A la S. C. R. M. del Rey DON PHILIPE/ Segundo. Nuestro Señor./ Impresso en SEVILLA, por Andrea Pescioni, 1582.

embora tendo apreço pela montaria, não foi o primeiro a dedicar-se a compor, ou melhor, a mandar compor um livro sobre ela. Para prová-lo – não para desmerecer a tenção do rei de prover Castela com um tratado em língua castelhana sobre caça, mas para demonstrar o quão legítimo é empregar as horas de ócio com a montaria, o que fizeram incontáveis príncipes antes de Don Afonso desde a Antiguidade – cita vários escritos que o rei castelhano teria desejado emular:

> *No fue el Rey Don Alonso el primero que trato de hazer libro deste exercicio que ya en tiempo de Seuero Augusto emperador, escriuio Oppiano en Verso Heroyco Griego vn libro de la Caça, y antes del, en la misma lengua Xenofonte, despues en el año de mil y quatrocientos y ochenta y siete, Gaston Phebus, Conde de Fox, señor de Bearne, hizo vn escogido libro en lengua Francesa, dedicado a Miser Phelippo de Francia, Duque de Borgoña Conde de Flandes y de Artoes el qual heredo la Magestad Catholica del rey nuestro señor, dela Libreria que de Borgoña truxo a España el rey Phelipo el primeiro su abuelo, el qual se vee Illuminado de excelente mano en la real libreria de Sant Lorenço.*[409]

É ainda Argote de Molina quem elucida seus leitores do século XVI sobre o fim a que visa a montaria, sobre a dignidade dos que a praticam, dos postos constituintes da chusma do príncipe, da origem dos cargos dignitários mais excelentes que foram e são mercê do príncipe ou de seus antepassados. Sabemos, segundo notícia de Argote de Molina, que o cargo de monteiro-mor foi primeiramente concedido como galardão e mercê pelo conde Sancho Fernandez, governador de Castela, no ano 990 da era cristã, sendo ele filho do conde Fernán Gonzalez e de Dona Sancha, que tentou matá-lo. Segundo notícia que Argote de Molina

---

[409] DISCURSO/ SOBRE EL LIBRO/ DE LA MONTERIA QUE MAN/ do escriuir el muy alto y muy poderoso Rey Don/ Alonso de Castilla, y de Leon/ Auctor Gonçalo Argote de Molina, 1582.

vai buscar em papéis velhos, Dona Sancha, já viúva, ter-se-ia apaixonado por um rei mouro, não nomeado, e, para livrar-se do filho com o intuito de se unir ao infiel, tentou envenená-lo, mas sem sucesso. Uma dama da câmara da condessa, sabendo o que ela intentava, avisou um escudeiro de Don Sancho Fernandez, que, por seu turno, preveniu seu senhor. Este obrigou a mãe a beber o veneno, de que ela morreu. Por prêmio, nomeou o escudeiro e a dama da rainha, que mandou casar, protetores das pessoas que viessem a herdar o título de condes de Castela, benefício hereditário da Casa de Espinosa, cujo primeiro varão foi elevado àquela dignidade que mais tarde equivaleria à de monteiro-mor dos reis de Espanha:

> *les hizo casar, y les hizo mucha merced, dandoles Preuilegio para que los de su linaje fuessen guarda de las personas de los Condes de Castilla, o de los que sucediessen en sus estados, y heredolos en la villa de Espinosa, y assi todos los descendientes dellos, an seruido siempre ala casa real de Castilla, en la guarda de las personas Reales en Palacio, Casa y Corte, y Monte, donde quiera que los reyes estan, y como en aquellos primeros tiempos hiziessen juntamente con el Oficio de la guarda, el officio de Monteros [...] fuerõ llamados los Monteros de Espinosa, del nõbre del officio que exercitauan y del lugar de su naturaleza.*[410]

Como guardas das pessoas do rei e da rainha, cabia aos monteiros de Espinosa acompanhar o levantar-se e o deitar-se do casal real, verificando todas as noites se não havia ninguém nas câmaras em que os soberanos dormiam, antes de que se trancassem as portas e se montasse guarda do lado de fora dos aposentos:

> *quãdo se desnuda, o despoja el Principe nuestro Señor, están presentes los Monteros, hasta que se aya despojado, y visitan el aposento donde duerme, que no puede enel*

---
[410] Idem, p. 2r.

> *persona estraña. [...] los Monteros cierran la puerta y guardã la llaue.*[411]

Segundo legislação citada por Argote de Molina em seu apenso, o número de monteiros foi fixado em 206 pelo rei Don Juan II, repartidos em várias funções e dignidades, podendo ocupar as posições os filhos de algo da Vila de Espinosa que se mostrassem afeitos aos serviços requeridos (*"acostumbrados en el oficio suficientes"*), desde que não houvessem se dedicado a ofícios desonrosos, como, por exemplo, ser lavrador ou oficial mecânico:

> *y non Sean de los que tratan officios de Sastre, Çapateros, nin Mercaderes, nin otros semejantes, nin sean Labradores, y sean puestos y tomados en las tierras donde nos acostumbramos usar monte.*[412]

O mesmo rei Don Juan II, no entanto, reduziu posteriormente o número de monteiros da Casa Real, estabelecendo os seguintes postos e ofícios que, segundo Argote de Molina, ainda se mantinham ao tempo do reinado de Felipe II (conquanto sua descrição dos ofícios constitutivos da chusma demonstre claramente que a composição desta já mudara no século XVI):

> *es nuestra merced, que de aqui a delãte, nõ sean mas de veynte y quatro Escuderos de a pie, sesenta Ballesteros, veynte y quatro Monteros de a Cauallo, quatro Monteros dela uentura, quatro moços de Alanos, y estos siruiendo, gozen.*[413]

Aplicava-se aos candidatos o exame *de genere*, para que se atestasse previamente sua limpeza de sangue. Ofícios e ocupações desonrosos, como já o dissemos, vedavam o acesso aos cargos ambicionados e cabia a uma junta o exame

---

[411] Idem, pp. 2r-2v.

[412] Idem, p. 1v.

[413] Idem, p. 2r.

dos candidatos, dando-se especial atenção à ascendência, para que não houvesse mistura com sangue mouro ou judeu:

> *Hijo dalgo de Solar conoscido, natural de padre, y abuelo de aquella Villa (Espinosa), de linage limpio, sin raça de Moro, ni Iudio, y que no aya tenido oficio vil, Mecanico ni baxo, y que sea de edad de mas de veynte y cinco años.*[414]

Na seção composta por Argote de Molina e acrescida ao *Libro*, declaram-se as preeminências e franquezas devidas aos monteiros do rei, as mesmas de que gozam todos os fidalgos, podendo especificamente os monteiros correr montes com seus cães e caçar, sem que pessoas de quaisquer qualidades lhes pudessem deter o passo sob pena de sanção real, devendo ainda os súditos, em cujas terras estivessem os monteiros, dar-lhes gasalhado e, se bastimento fosse necessário, oferecido este último a preços justos[415].

Os ofícios de monteiro se repartem em várias dignidades durante os reinados de Carlos V e Felipe II, sendo a preeminente a de monteiro-mor, cargo da Casa Real ocupado ao tempo dos Reis Católicos por "Don Diego Hurtado de Mendoça, primer Marques de Cañete", a quem sucedeu Don Pero Lopez de Ayala, "Conde de Fuensalida", ao tempo do Imperador Carlos V, que manteve ainda um outro monteiro-mor em seu Estado da Borgonha, "Colin Baxume, *gentil hombre de la Camara de su Magestad*"[416]. O cargo, depois de mortos os monteiros-mores de Carlos V, ficou vacante, conquanto o tivessem pretendido muitos fidalgos a serviço de Felipe II[417].

Abaixo do ofício de monteiro-mor havia aquele de "sotamontero", ocupado ao tempo de Felipe II por "Christoual Sendin de Barrientos", cujos antepassados também ocuparam

---

[414] Idem, p. 3r.

[415] Idem, p. 2r.

[416] Para todos os excertos ver Idem, p. 3v.

[417] Idem, p. 4r.

o mesmo ofício, passando-o de varão primogênito a varão primogênito, por um tempo de duzentos anos sem interrupção. Cabia ao "sotamontero" "*mãdar y gouernar todos los Monteros del Reyno, y a los officiales de la Monteria*", estando obrigado a permanecer em serviço na Corte. Tinha ainda a faculdade de nomear os monteiros "*de a cauallo*", que, por seu turno,

> *juntamente con los Corregidores y Iusticia de las Ciudades, Villas y Lugares del Reyno, hagan aposento a los Monteros y officiales de la Monteria, en qualquier parte y lugar por donde caminaren.*[418]

Havia, na casa real, doze "Monteros de Traylla" (quatro a cavalo e oito a pé), incumbidos de manter cada um deles um sabujo que lhes fora dado pelo rei, para que com eles pudessem "*concertar y emplazar el Iauali, Venado, Gamo, o Osso*"[419]. Argote de Molina ensina que *concertar* ou *emplazar* significam a ida dos monteiros ao monte acompanhados de seus sabujos, divididos em grupos, com o objetivo expresso de visitar os lugares do monte mais inacessíveis por sua fragosidade, devendo seguir a caça por vista ou rastro, concertando ao mesmo tempo por onde se havia de fazê-la correr. Sabendo-se por onde ela desabalaria, devia-se tocar a buzina para reunir os demais companheiros de caça e prestar contas ao "sotamontero", a quem cabia a organização da chusma, a "*platica de la disposicion del Monte*", para que se pudesse então dar aviso ao rei de que a caçada propriamente dita teria início[420].

Havia, na Casa Real, doze "*Monteros de Lebrel*", cabendo a cada um deles manter dois lebreus que lhes foram dados pelo rei. Tinham a incumbência, durante a caçada, de

---

[418] Idem, p. 4r.

[419] Idem, p. 4r.

[420] Idem, p.4r. Citam-se à página 4 os nomes dos monteiros de trela ao tempo de Felipe II.

"*correr los Venados y seguillos hasta matallos*"[421]. Compunham a chusma doze "*Monteros de Ventores*", sendo os ventores os chamados "*Sabuesos de suelta*" que, depois de posta a correr a caça pelos "*Sabuesos de Traylla*", deviam perseguir o animal até que caísse na rede ou que fosse morto pelos lebreus. Havia vários grupos de "*Sabuesos de suelta*", que ficavam em locais chamados "*paradas*", para que se pudessem substituir os animais cansados pela perseguição por outros ainda "*frescos*"[422]. Fazia ainda parte dos monteiros da Casa Real o criador de cães, que se incumbia de reproduzir os "*Sabuesos*", "*Ventores*", "*Lebreles*" e "*Perrillos Raposeros*", sendo o criador ao tempo de Felipe II Tome Calderón, tendo como ajudante Francisco Cachorto[423]. Havia também o "*Alguazil de la Monteria*", um dos mais importantes ofícios dessa arte, a quem cabia:

> *guardar las telas y redes, y todos los demas aparejos tocantes al ministerio de la Monteria, y prouer de Carros y de Bagajes para lleuar todo el recaudo, al lugar dõde el rey ordena, trae alta vara de justicia por todo el Reyno, y es lo agora al presente Matteo de Guzman.*[424]

Os cães são parte da chusma e cada um deve ter seu nome próprio. Assim como ocorre com os homens, sua disposição ou "ânimo" depende de uma complexa conjunção de fatores, como "pátria" e influência astral, determinante dos humores. Os "*sabuesos de suelta*" do Reino de Navarra são os mais aguerridos durante a perseguição e os mais resistentes (*perneadores*); os de Inglaterra são os melhores para seguir uma presa que sangra, pois, como se diz, estão "*encarnados en ella*"; e os de França são os melhores para "*sabuesos de traylla*", ainda

---

[421] Idem, p. 4r. Citam-se à página 4 os nomes dos monteiros de lebréu ao tempo de Felipe II.

[422] Idem, p. 4v. Citam-se à página 4v os nomes dos monteiros de ventor ao tempo de Felipe II.

[423] Idem, p. 4v.

[424] Idem, p. 4v.

que andem se queixando enquanto servem ao monteiro, procurando o animal. O que mais importa, no entanto, é que os cães, a despeito da variedade de seu caráter, são extremamente fiéis, servindo por essa qualidade que possuem no mais alto grau de espelho aos servidores do príncipe[425].

No capítulo em que se fala do amor que une senhor e cão e em que se exalta este último, nomeiam-se vários animais pertencentes a reis e príncipes vivos e mortos, havendo o engenhoso relato do amor entre "Lorenço Xuares de Figueroa" e seu cachorro Amadis, cuja memória o dono desejou perpetuar. Fez lavrar uma estátua de alabastro e mandou que fosse colocada ao pé do sepulcro, havendo a seguinte inscrição na coleira do animal: *"amad Amadis"*[426], em que se dá a integração fonêmica do amante e do amado, pela homofonia quase total, espécie de acrofonia, como a do *slogan* citado por Jakobson em seu conhecido estudo sobre as funções da linguagem: *"I like Ike"*[427].

Na montaria, assim como na guerra, há uma rica linguagem de sinais sonoros que todos os monteiros têm de conhecer para que possam andar agrupados. Os sinais informam os monteiros para que possam organizar-se e realizar suas ações de acordo com seus ofícios. O código sonoro (análogo àquele do campo de batalha), formado por "toques", transforma-se de acordo com o tempo e o espaço, pois instável é a natureza humana. Argote de Molina avisa-nos de que os toques, ao tempo da escrita do *Libro de Monteria*, eram mais numerosos, mas que no tempo de Felipe II reduziram-se a apenas nove:

---

[425] Idem, p.4v.

[426] Idem, p. 5r.

[427] JAKOBSON, Roman. Lingüística e Poética. In: *Lingüística e Comunicação*. São Paulo: Cultrix, 1969, pp.118-162. Ricardo Martins Valle, nosso colega da Universidade do Sudoeste da Bahia, nos lembrou que a acrofonia *amad Amadis* realiza o que Camões visava em seu soneto "Transformase o amador na cousa amada" (Ver CAMÕES, Luís de. RHYTMAS/ DE LUIS DE CAMOES,/ Diuididas em cinco partes./ dirigidas ao muito Illustre senhor D. Gonçalo Coutinho./ Lisboa: Manoel de Lyra, 1595, p. 2v).

1. *A junta, que es quando haze llamamiento el Sota Montero, para algun concierto.*
2. *A entrar, que es quando se entra enel monte.*
3. *A vista, que es quando an visto Venado.*
4. *A Macho, o hembra, que es avisar si el Venado es macho o hembra.*
5. *A Bozeria, que es quando se leuanta la Caça.*
6. *A muerte, que es quando se mata el Venado.*
7. *A recoger, que es quando se recogen los Sabuesos que andan sueltos por el Monte, que luego acuden alas Bozinas.*
8. *A ceuar los Canes.*
9. *A salir del Monte, que es quando se recoge la gente.*[428]

Dentre os animais que se caçam, o javali é considerado o que mais receio impõe ao caçador. O livro refere como modelo de coragem diante de um inimigo tão fero o enfrentamento entre Hércules e o javali de Erimanto, exemplo emulado pelo Imperador Carlos V e também por Felipe II, que se empenhavam, sobretudo – é epiditicamente que isso é dito –, em buscar pelo reino os animais que sabidamente eram mais feros e que mais danos causavam às gentes. Dentre os exemplos incontáveis de emulação, que se encontram no escrito de Argote de Molina, pode-se citar o seguinte:

> *En Aranjuez, vuo outro Iauali, que su Magestad corrio, em Picotajo, donde Xarama, Y Tajo se juntan, y en Tela cerrada, era tan brauo, que corria los Ortelanos, y labradores de aquella tierra que de temor del no yuan a las haziendas, como cuentan del de Calidonia que mato Hercules.*[429]

A caça ao javali, embora seja exercício de armas, também é forma de encenação de atos reais que emulam feitos

---
[428] *Discurso sobre el Libro de la Monteria*, 1582, p. 5r.
[429] Idem, p.6r.

mitológicos e históricos que lhes servem de modelo. Como adestramento do corpo e da razão às condições adversas do campo de batalha, a montaria, embora vise a um fim que lhe é próprio, também prepara o rei e os homens de armas que o acompanham para o desempenho de ofícios em que destreza, coragem e prudência, dentre outras qualidades, se fazem necessárias e são a todo o momento requeridas e exercitadas. Sendo, portanto, *Koinonia*, realiza seu fim próprio a par de outro: o bem de uma comunidade mais ampla, o de toda a república, pelo preparo para as situações de combate.

(II)

Matar o porco ou o urso torna-se um ritual, e, como toda forma de sociabilidade cortesã, uma arte regrada, que respeita à escolha do vestuário, à seleção das armas, à aptidão para a montaria em terrenos acidentados, à capacidade de agir em formação, como no exército, que a chusma emula em sua desordem ordenada ou ordem desordenada aos olhos dos leigos, produzindo, desse modo, em sua movimentação pelo campo, um análogo do xadrez, do campo de batalha e de todas as formas de arte em que o perceber a aparente incongruência, na verdade congruente, demanda juízo e agudeza.

No mais antigo livro sobre o jogo de xadrez da Península Ibérica, o famoso *Libro de Açedrex*, de Afonso X, distingue-se em uma primeira seção do prólogo os jogos de siso, como o é o xadrez, dos jogos de ventura, como o são os dados. Afonso X explica a diferença entre os dois tipos de jogos por meio de uma fábula em que três sábios tentarão demonstrar o que é superior, o siso, a ventura ou uma conjunção de siso e ventura. A demonstração se dá pela apresentação ao monarca de três tipos de jogos, em que se faz necessária ou a aplicação do siso, ou a entrega à ventura, ou uma tentativa de combinação de uso do siso e de entrega à ventura no jogo. Afonso X, comparando os méritos de cada jogo, *açedrex*, *dados* e *tablas*, declara a superioridade do primeiro[430], pois nele se emprega o siso[431] para se vencer o adversário como em um campo de batalha[432].

---

[430] A superioridade do xadrez sobre outros jogos, sobretudo os de azar, continuará a ser matéria de escritos, não apenas daqueles dedicados ao ensino de jogos, ou dos tratados morais, até pelo menos o século XVIII. O lugar-comum far-se-á presente em pinturas, em que se associa o xadrez ao homem de corte, tornando patentes as virtudes que o ornam, necessárias aos jogadores: *"A German illustration to a book published in 1572 visually presented the intellectual and social superiority of chess by showing various board games played on a balustraded platform overlooking a mountainous landscape. Two simians pondering a simple game in the background are contrasted with two men of the bourgeoisie playing chancy backgammon in the right foreground and, at the left, two more aristocratically dressed men are at a chess board. Such elitist learning and aristocratic leisure combine in two sixteenth-century paintings from Italy which represent men at chess"* (Ver, para um conjunto de referências abrangentes sobre representações do xadrez e do tipo de jogador que a ele se dedica, SIMONS, Patricia. (Check) Mating the Grand Masters: The Gendered, Sexualized Politics of Chess in Renaissance Italy. In: *Oxford Art Journals*, vol. 16, 1, 1993, pp. 59-74 [p. 60]).

[431] A ênfase na relação entre xadrez e siso vem claramente expressa na alegoria moralizante sobre os estados dos homens composta por Jacobus de Cessolis, traduzida por Caxton. Nos dois primeiros capítulos, em que se discutem as razões para a invenção do jogo e se apresenta quem seria seu suposto inventor, afirma-se que este seria um homem que amava extremadamente a justiça e a reta medida, no sentido de *recta ratio*: "*Thys playe fonde a phylosopher of Thoryent whiche was named in Caldee Exerses or in greke philometor/ which is as moche to saye in english as he that loveth Justice and mesure*" (*Game and Playe of the Chesse*, 1474. A Verbatim Reprint of the First Edition. With an Introduction by William E. A. Axon. London: Elliot Stock, 1883, p. 11).

[432] Essa correlação entre xadrez e siso, de um lado, e dados e fortuna, de outro, faz-se presente, segundo William L. Tronzo, em muitos textos compostos entre os séculos XIII e XV, que tratam de jogos, servindo de matéria para a figuração simbólica do juízo em oposição à fortuna, como ocorre no mosaico românico que está defronte do altar principal de San Savino, em Piacenza. No mosaico de San Savino, a representação do jogo de dados combina-se com outra, que põe em cena dois lutadores em pleno combate, enquanto que a cena do jogo de xadrez casa-se, por seu turno, com outra, em que se vê um rei com um livro na mão administrando justiça. O mosaico associa, desse modo, segundo nossa interpretação das reproduções presentes no estudo de Tronzo, o xadrez à ponderação e à prudência pelo uso do juízo, e os dados, ao acaso e a todas as formas de atividade combativas, porém desordenadas, dos que usam a força de forma desarrazoada. É, por essa razão, forma didática de valorizar o xadrez, porque ele ensinaria, contrariamente aos dados, baseados na fortuna e, ao mesmo tempo, alegoria do agir irrefletido, a arte de combater pela milícia ordenada e justa em seus intentos. Os dois combatentes que se associam aos dados representariam a escaramuça desordenada dos que agem movidos pela desrazão e pela satisfação dos apetites e paixões. A fábula presente no *Libro* de Afonso X, que visa ilustrar a origem do xadrez e dos dados,

A analogia entre *juegos/trebejos* e serviço de armas faz-se presente também na primeira seção do prólogo, quando se fala da montaria, da cetraria, dos torneios e embates na liça, asseverando-se que todos esses *juegos* preparam o homem para as atividades no campo de batalha, pois são sucedâneos da guerra pelo que implicam em termos de preparo físico e de estratégia:

> *Por que toda manera de alegría quiso Dios que ouiessen los omnes em sí naturalmientre, por que pudiessen soffrir las cueytas e los trabajos quando les viniessen; por end los omnes buscaron muchas maneras por que esta alegría pudiessen aver complidamientre. Onde por esta razón fallaron e fizieron muchas maneras de juegos e de trebejos con que se alegrasen. Los unos en cabalgando: assí como boffordar, e alançar e tomar escud e lança e tirar con ballesta o con arco, o otros juegos de qual manera quiere que sean que se pueden fazer de Cavallo. E como quiere*

---

pode derivar, segundo Tronzo, de passagens presentes em vários escritos árabes, que também doutrinavam sobre as qualidades de cada jogo e sobre a superioridade do xadrez frente aos dados: "*a juxtaposition of chess and the dice in the mosaic is not without deeper significance, for a lengthy tradition, rooted in Islamic writing, linked the two as activities symbolic of opposing values. Three passages from the Golden Prairies by the mid tenth-century historian Al-Mas'ūdū summarize this theme succinctly: It was at that time that nard (a dice game) and its rules were invented. It is symbolical of property, which is not the reward of intelligence or strength in this world, just as possessions are not gained by scheme. Others say that Ardashir b. Babak discovered and invented this game, which was suggested to him by contemplation of the changes and caprices of fortune...The two dice represent fate and its capricious dealings with men. The player, when the chances are favorable, secure what he wants; but the ready and prudent man cannot succeed in gaining what a happy chance has given to the other. Thus it is that property is due in this world to a fortunate chance...The next king (to Dabshalim) was Balhait. At this time chess was invented, which the king preferred to nard, because in this game skill always succeeds against ignorance. He made mathematical calculations on chess, and wrote a book on it called Taraq Jankā, which has continued popular among the Indians. He often played chess with the wise men of his court*" (TRONZO, William L. Moral Hieroglyphs: Chess and Dice at San Savino in Piacenza. In: *Gesta*, vol. 16, 2, 1977, pp. 15-26 [p. 19]). Para uma leitura do mosaico, em que não se interpretam os dois combatentes como uma forma dezarrazoada de combate, em oposição às formas ordenadas e legítimas de exercício da milícia representadas pelo xadrez, ver o referido artigo de Tronzo. Este autor assevera que a fonte iconográfica do mosaico em Piacenza seria *Solacium Ludi Scacorum*, de Jacobus de Cessolis, que analisa à página 20 de seu estudo.

que esso se torne en usu e en pro de fecho de armas por que non es esso mismo, llamanle juego.[433]

A analogia entre jogo e preparo para o ofício de armas não se restringe àqueles jogos em que o corpo se esforça no embate contra um adversário, seja ele homem ou animal. O xadrez apresenta a cada jogo uma correlação de forças sempre em estado precário, como precária também é a situação das hostes no campo de batalha, mas as jogadas podem ser previstas de acordo com uma sabedoria acumulada que prevê a necessária movimentação de uma dada peça, a depender da configuração da totalidade das peças à disposição dos dois jogadores. O que implica o uso da prudência pela recorrência constante a um capital de informação doutrinado nos tratados de xadrez, em que se especificam as várias possibilidades de disposição das peças no tabuleiro, como se fossem hostes no campo de batalha, para ao mesmo tempo ofender o inimigo e aparar suas jogadas ofensivas. Afonso X, em seu tratado, refere a doutrina como o conjunto de *exempla* que os jogadores mais habilidosos legaram e que permitem agir para pôr em xeque o rei inimigo, podendo-se, se possível, pô-lo em xeque-mate, forma de afronta ao senhor inimigo que se deixa capturar por máxima imprudência. O capturar ou matar o rei inimigo no campo de batalha era compreendido como o dar xeque-mate no oponente, o que se lê em poemas, como o *Roman de la Rose*, em que a analogia entre o tabuleiro e o campo de batalha se apresenta com a máxima precisão, embora no poema o campo é que se torna um análogo do tabuleiro:

> *Et se ces prueves riens ne prises*
> *D'anciennes istoires prises,*
> *Tu les as de ton temps noveles,*

---

[433] Afonso X. *Libro de Açedrex*. Prologo e Edizione di Loredana Mercuri. Em: knol.google.com/k/alfonso-x-libro-de-a. Último acesso em 6 de agosto de 2013.

> *De batailles fresches et beles,*
> *[De tel biauté, ce doiz savoir,*
> *Comme il peut en bataille avoir,]*
> *C'est de Manfroi, roi de Cezile,*
> *Qui par force tint et par guile*
> *Lonc temps aprés toute la terre,*
> *Mes li bonz Karles li mut guerre,*
> *Contes d'Anyo et de Provence,*
> *Qui par devine porveance*
> *Fut aprés de Cezile rois,*
> *Qui touz jors s'est tenus o li.*
> *Cis bonz rois Karles l'en toli*
> *Non pas, sans plus, la seignorie,*
> *Ains li toli du cors la vie*
> *Quant a l'espee qui bien taille,*
> *L'assailli por li desconfire;*
> *Eschac et mat li ala dire*
> *Dessus son destrier auferrant,*
> *Dont trait d'un poonet errant*
> *Ou mileu de son eschaquier.*[434]

Assim como o político age pelos exemplos providos pela história, estabelecendo analogias entre casos que foram, que são e que serão, da mesma maneira age o jogador de xadrez, tendo a seu dispor um conjunto doutrinário que nada mais é do que jogadas que resultaram, na maior parte das vezes, em sucesso, estabelecendo-se, portanto, o caráter probabilístico em que se funda a doutrina do *açedrez* e o *exemplum* histórico[435] que ela tenta emular:

---

[434] LORRIS, Guillaume de & MEUN, Jean de. *Le Roman de la Rose*. Chronologie, préface et établissement du text par Daniel Poirion. Paris: Garnier/Flammarion, 1974, p. 202, vv. 6631-6655.

[435] MOREIRA, Marcello. Exempla (I): Pesquisa sobre o Emprego de Exemplos no Corpus Camoniano.In: *Estudios Portugueses*, Salamanca, 6, 2006, pp.105-126.

> *E otros juegos (do tipo "xadrez") hay de muchas maneras, pero todos fueron fechos a semejança de las cosas que acaecieron según los tiempos que fueron o son o podrien ser, mostrando de cómo los Reyes en el tiempo delas guerras en que se fazen las huestes, han de guerrear a sus enemigos puñando delos vencer; prendiéndolos e matándolos o echándolos dela tierra.*[436]

O xeque-mate é considerado como a ocorrência analógica da captura ou morte de um rei inimigo no campo de batalha, o que implica o seu desconhecimento da história e de todas as outras artes que doutrinam as condições favoráveis do guerrear e que por probabilidade conduzem à vitória: "*e de comol dan mate, que es una manera de grant deonrra; assí como s'il venciessen ol matassen*"[437]. O xadrez, assim como a montaria e demais jogos de armas, é, enquanto forma de ócio deleitável e instrutivo, arte de tempos de paz, que prepara para os tempos de guerra, e, fruto da sabedoria dos antigos, simula o combate para que o guerreiro não perca a "manha":

> *E otrossí como en el tiempo delas pazes han de mostrar (os reis) sus thesoros e sus riquezas e las cosas que tienem nobles e estrañas, e segunt aquesto fizieron juegos, los unos de XII casas, los otros de X, los otros de ocho, los otros de VI e los otros de quatro, e assí fueron descendiendo fasta en una casa, que partieron en ocho partes.*[438]

A paz, no *Libro* de Afonso X, é mestra da guerra. O *Libro de Açedrex*[439] ensina a dispor as peças no tabuleiro, espe-

---

[436] Afonso X. *Libro de Açedrex*. Prologo e Edizione di Loredana Mercuri. Em: knol.google.com/k/alfonso-x-libro-de-a. Último acesso em 6 de agosto de 2013.

[437] Idem, ibidem.

[438] Idem, ibidem.

[439] A derivação árabe do jogo de xadrez dito medieval, tal como praticado na Península Ibérica, já se faz notar no nome do jogo, tal como no-lo informa Helena M. Gamer em seu estudo sobre as mais antigas referências ao xadrez na Europa do Ocidente: "*only in the two Iberian dialects which became the literary*

cificando que na variante do jogo dominante na Península Ibérica, aquela sobre a qual discorre Afonso X, há, para cada jogador, dezesseis peças, sendo cada conjunto de uma cor. As peças devem ser colocadas nas duas primeiras fileiras de casas, contendo cada fileira, como hoje, oito casas:

> *Los trebejos han de seer treynta e dos. E los XVI d'una color devense entablar en las dos carreras primeras del tablero. E los otro deze seyes dela otra color han de seer entablados dell otro cabo dell tablero, en essa misma manera, en derecho delos otros.*[440]

Há no *Libro*, a seguir, a descrição dos tipos de peças e sua correta disposição no tabuleiro. Principia-se por estabelecer uma relação sistemática entre a disposição dos corpos de armas na hoste e a colocação das peças no tabuleiro no princípio do jogo. Os peões, assim como o povo miúdo ou a famosa arraia miúda em tempos de guerra, devem ir à

---

languages of Spain and Portugal are there traces of the Arabic name for chess (Arabic ash-shaṭrang, Spanish ajedrez, Portuguese xadrez)". Essa derivação também é evidente no nome de pelo menos quatro peças, como, por exemplo, a torre, "roque": *"of the four Arabic names which alone were borrowed or adapted for western chess, rochus, the Latin spelling of rukh, throws light on the immediate source of European chess, since it shows that the word was taken from the Maghrib or the western dialect of Arabic"* (Ver, para ambos os excertos, GAMER, Helena M. The Earliest Evidence of Chess in Western Literature: The Einsiedeln Verses. In: *Speculum*, vol. 29, 4, 1954, pp. 734-750 [p. 736]). Se a penetração do xadrez na Península Ibérica deve-se sem sombra de dúvida à presença árabe, referências ao jogo, como aquelas presentes em manuscritos pertencentes ao mosteiro de Einsiedeln, as mais antigas a atestar o conhecimento do xadrez em solo europeu, podem originar-se de contatos com o mundo islâmico por meio de outras rotas, como Itália e Rússia. Transcrevemos, a seguir, as conclusões de Helena M. Gamer, a cujo artigo remetemos os interessados nas mais antigas alusões ao jogo de xadrez na Europa: *"An Arabic transmission by way of Italy and not by Spain, or not by only Spain, seems to this writer the most likely channel for the earliest application of chess in Einsiedeln and for the knowledge of chess in Tegernsee. Byzantine and Arabic influences were widely at work in Italy during the time of the Ottos, and the byzantine legations, going back and forth between Constantinople and the Western courts of the North, seem to have travelled mostly if not wholly by the Italian route. Einsiedeln was part of the bishopric of Constance and had intimate associations with Reichenau and other centers located on the roads travelled by the pilgrims to and from Italy"* (Idem, p. 749).

[440] Alfonso X, *Libro de Açedrex*, prólogo.

frente: "*E d'estos XVI trebejos los VIII son menores que fueron fechos a semejança del pueblo menudo que va en la hueste*"[441].

Os peões, assim como a infantaria no campo de batalha, movem-se com lentidão, porque vão a pé, portando às costas tudo aquilo que lhes é necessário para além das armas de seu ofício:

> *Peonada de la hueste non pueden andar si no poco porque van de pie e lievan acuestas sus armas e las otras cosas que han mester. Pero bien hay algunos que usan a jogar delos Peones a tercera casa la primera vez, e esto es fasta que tomen ca después no lo pueden fazer.*[442]

O primeiro movimento, estendido, explica-se de forma a ser espécie de vitupério para esses membros do terceiro estado, os peões, movidos em geral por todos os vícios; no xadrez, seriam o furto, o assalto – no duplo sentido de assaltar (saltar sobre) o inimigo e espoliá-lo do que possui, e a cupidez, causa daquele, o que levaria os peões a moverem-se mais rápido quando arrancam em direção ao adversário, assim como o povo miúdo adianta-se quando às costas traz algo roubado: "*E esto es a semejança que quando el pueblo menudo roban algunas cosas que las lievan acuestas*"[443].

Do mesmo modo que se explica, por razões táticas, que os peões devem ir à frente da hoste, assim também se elucida a razão para que só possam tomar seus adversários movendo-se em sentido diagonal, pois, assim como é difícil para um homem da infantaria ferir seu adversário quando se enfrentam na movimentação cerrada dos corpos de armas, podem vulnerar, no entanto, com maior facilidade os inimigos que se encontram em posição diagonal, *endoxon* ou "boa opinião" presente em vários tratados sobre a formação dos corpos de armas da infantaria no século XVI:

---

[441] Idem, ibidem.
[442] Idem, ibidem.
[443] Idem, ibidem.

> *Los peones otrossí como quier que puedan yr a tercera casa la primera vez si quisieren; non pueden tomar en ella, mas tomar han en sosquino yendo adelante a una casa. E esto es a semejança delos Peones que non se pueden ferir estando en derecho ell uno all outro aguardandosse mas fiere all outro que está en sosquino que se no aguarda del tanto.*[444]

Ao falar das peças "maiores", cuja conotação política e estamental não pode ser esquecida, Afonso X principia por falar do *Reye* (*"que es señor de la hueste, e aquel deve estar en la una delas dos casas de medio"*[445]), do *Alfferez*, sempre ao lado do rei, como aliás lhe compete no campo de batalha (*"en la otra casa de medio, está otro trebejo que es a semejança del Alfferez que tiene la seña delas señales del Rey, e algunos omnes ha que non saben el nombre e llamanle Alfferza"*[446]), dos *Alffiles*, elefantes, que ocupavam a posição dos atuais bispos (*"que quiere tanto decir en nuestro lenguaje como eleffantes que solíen los Reyes levar en las batallas, e cadauno levava almenos dos, que si ell uno se muriesse, quel fincasse ell outro"*[447]), dos *Cavallos*, especificando-se ao mesmo tempo sua função de armas a serviço do rei, ordenador este da hoste (*"E en las otras dos casas cabo d'estas [dos elefantes] están otros dos trebejos que se semejan e llamanlos todos comunalmientre Cavallos, mas los sus nombres derechos son Cavalleros, que son puestos por cabdiellos*

---

[444] Idem, ibidem.

[445] Idem, ibidem.

[446] Idem, ibidem. Veja-se que a peça disposta ao lado do rei, em uma das duas casas centrais, não é a rainha, mas o alferes, e somente por desconhecimento alguns o chamam *Alfferza*. O xadrez, desse modo, como análogo do campo de batalha, é local próprio apenas aos varões, estando dele excluídos também os religiosos, que não podem derramar sangue, o que explica no *Libro* a ausência dos bispos, que ainda não substituíram os elefantes. A concepção de ordem social expressa no jogo afonsino constitui os vários tipos de peça principais, secundadas pelos peões, como análogos dos *bellatores*. A entrada da rainha e do bispo na cena do jogo parece demonstrar a transferência da participação da nobreza do âmbito bélico para o propriamente cortesão.

[447] Idem, ibidem.

por mandado del Rey para ordenar los azes dela hueste"[448]), e dos Roques (*"E en las otras dos casas de cabo están otros dos trebejos que se semejan otrossí e llamnalos roques e son fechos anchos e tendudos, que son a semejança de las azes delos Cavalleros"*[449]).

O *Libro*, assim como os tratados de montaria, também doutrina os "peões", que metaforizam no jogo as gentes do terceiro estado, apresentando-lhes as condições de ascender de um estado inferior a outro superior por graça do rei. O *Libro* ensina que os peões esforçados, que conseguirem atravessar todo o tabuleiro, análogo do campo de batalha, chegando ao local em que se encontram os grandes do partido oposto, poderão mudar de estado, tornando-se de peões em *Alfferez*, ou seja, de menores em maiores, de gentes miúdas em nobres:

> *Otrossí pusieron del Alfferza que quando se perdiesse, podiendo llegar qual quiere delos Peones fasta la casa postremera del outra parte del acedrex, onde mueven los juegos mayores, dent adelant fuessen Alfferzas, e que se pudiessen desponer bien como la primera e andar d'essa guisa. E esto es por que suben del estado delos menores al delos mayores.*[450]

Cada tipo de movimento a ser realizado pelas peças é explicado por analogia com os movimentos desses "mesmos elementos" dos corpos de armas no campo de batalha. O rei, embora seja a peça mais importante, não tem a mesma

---

[448] Idem, ibidem. No tratado de Alfonso X, torna-se evidente, pelos esquemas táticos demonstrados em várias composições de tabuleiro, como os cavalos agem como *capitelli* em nome do rei, ordenando as *hazes* (*trozos* ou *divisiones*) conforme avançam. As formações possíveis fazem valer-se, sobretudo, de *Cavalleros*, *Roques* e *Alffiles*, denominado-se as jogadas ou formações em que essas peças comparecem em interação prevista com outras peças como os peões. Veja-se o seguinte exemplo de *Alffilada*, de que participam um *Alffil* e dois peões: "Quando ell Alffil está en el tablero, si algun Peón está depós éll a una casa en sosquino segunt su andamiento, guarda el Peón al Alffil; e si outro Peón está en guarda del primeiro en la outra casa dó ell Alffil puede yr guardal ell Alffil. E d'esta guisa se guardan todos tres uno a outro, e a esto llaman Alffilada" (Idem, ibidem).

[449] Idem, ibidem.

[450] Idem, ibidem.

liberdade de movimentos de outras peças. É a única que se não pode perder, pois se há monarquia com a morte de cavalo ou de elefante, com perda de torres e de peões, e embora ela possa perpetuar-se mesmo com a morte do monarca, a desaparição deste pode pôr fim à linhagem, acontecimento sempre traumático para a comunidade política. Em vez de a limitação de movimentos ser desabono para o rei, é antes condição de seu louvor, pois a ele não cabe a impetuosidade dos combatentes. Estratego por excelência, o rei pondera cada movimento do conjunto de suas forças, conduz a hoste como *dux*, e pode movimentar-se com a necessária temperança (*temperies*) e prudência (*prudentia*) em qualquer direção, pois sua possibilidade de voltar-se aos quatro pontos cardeais, de movimentar-se na diagonal, metaforiza sua perspicácia, seu rosto voltado aos acontecimentos que se desenrolam diante de seu olhar:

> *El andar delos juegos fue puesto otrossí por esta razón que vos diremos; ca assí como el Rey non se debe arrebatar en las batallas, mas yr muy a passo e ganando siempre delos enemigos e puñando como los venzca, assí el Rey delos trebejos; no ha de andar más de a una casa en so derecho, o en sosquino como qui cata a todas partes en derredor de ssi, metiendo mientes en lo que ha de fazer.*[451]

A representação do rei e de seu exercício no campo de batalha, presente no *Libro* de Afonso X, mobiliza tópicas que ainda serão comuns nos séculos XVI e XVII para a figuração do monarca ou do capitão general que toma o lugar do rei no combate. No século XVI, Bartolome Scarion em seu *Doctrina Militar* contrapõe o capitão general aos demais membros do exército, pois se esses são verdadeiros braços armados do rei, aquele, embora podendo pelejar e tendo de fazê-lo de vez em quando para esforçar seus homens, deve ser movido por prudência e sagacidade, dirigindo o exército sob seu comando

---
[451] Idem, ibidem.

e não se esquecendo jamais de que o ânimo de um é condição do sucesso da força física e destreza dos corpos de muitos. Como o timoneiro, que se diferencia do resto da marinharia por ter o comando da nau, assim o capitão general, ao fazer as vezes do rei, detém também ele a *gubernatio*:

> *Al Capitan general conuiene combata mas con sagacidad y prudencia, que con grande osadia y atreuimiento de su persona aun que tenga incõportables fuerças, porque no podrá aprouechar tanto combatiendo, quanto puede dañar a su exercito y a su Rey muriendo, y ciertamiente como está dicho el deue ser mas valeroso con la prudencia del animo, que con la fuerça y valentia del cuerpo, la razon es esta, que con el valor y fuerça del cuerpo los soldados pueden hazer qualquier grande empresa: mas usar la prudencia y aduertir en las cosas, y aconsejar en los tiempos necesarios cõuiene a los Capitanes y no a otros, porque si el maestre de la nao dexando el timon, y desemparando el mando y guuierno se pone hazer las cosas que pertenecen de hazer a los otros marineros, será causa que se pierda la nao.*[452]

É pertinente dizer que, na medida em que cada jogador dirige suas hostes sobre o tabuleiro, encenando-se como um duplo do rei de seu partido, é claro que *gubernatio*, "direção", assim como virtudes moderadoras, como *temperies, moderatio* e *sustentatio*, concernem aos jogadores[453].

---

[452] SCARION. Bartolome. DOCTRINA MILITAR/ En LA QUAL SE TRATA DE/ los principios y causas porque fue hallada en el mundo/ la Milicia, y como con razão y justa causa fue hallada/ de los hombres, y fue probada de Dios. Y despues se/ va de grado en grado descurriendo de las obliga/ ciones y aduertencias, que han de saber y tener/ todos los que siguen la soldadesca, comen-/ çando del Capitan general hasta/ el menor soldado por muy/ bisoño que sea./ DE BARTOLOME SCARION DE PAUIA./ EM LISBOA./ Impressa por Pedro Crasbeeck./ 1598, pp. 31r-31v.

[453] A possessão de si era condição para que o governante pudesse receber legitimamente esse nome, condição sem a qual o rei não poderia ser rei e não teria a capacidade de governar outrem, axioma que se repete em vários tratados de xadrez, presente na tradução de Caxton do escrito de Jacobus de Cessolis no capítulo em que se fala do ofício do rei: *"Certaynly it is not ryght that a man be mayster ouer other and*

Era preciso exercitá-las para que se pudesse racionalmente ganhar o jogo[454].

O tornar-se duplo do rei enquanto se jogava xadrez parece ter sido uma concepção comum aos jogadores durante os séculos ditos "medievais" e também durante os séculos XVI e XVII, o que deu origem ao pudor, ou, antes, à observação do decoro de não se querer jogar xadrez com o rei não lhe sendo um igual, pois o encenar-se monarca enquanto se jogava poderia levar à embaraçosa situação de o inferior sobrepujar a discrição do *dux* caso o vencesse, previdência e decoro evidentes em canções de *gesta*, como o *Ruodlieb*, escrito por volta de 1070, estudado por Helena M. Gamer, que, no respeitante ao jogo de xadrez nele encenado, diz:

> *Significant are the passion for chess playing at the court; the reluctance of the hero to engage in playing, because of delicate matters of etiquette involved when the person of lesser station plays with the king – the well-known oriental dilemma.*[455]

Em geral, para que se desse o incremento das paixões e fosse necessário, correlatamente, esforçar-se mais para moderá-las, empenhava-se mais do que o "mero" ganhar ou perder a partida, pois até o século XVII se costumava apostar algo, que caberia ao vitorioso exigir. Em seu estudo sobre o papel do xadrez em *Sir Gawain and the Green Knight*, Thomas Rendall assevera que o dom pode ser previamente

---

comandour/ whan he can not rewle ner may rewle himself and that his vertues domyne aboue his vices" (*Game and Playe of the Chesse*, 1474, p. 14).

[454] O xadrez também passou a alegorizar o embate entre os amantes a partir do século XIV, terminando a partida com a derrota da mulher. Para uma interpretação de passagens de poemas em que se faz presente essa encenação do embate amoroso, ver tanto o estudo de Patricia Simons, já citado, quanto o de Harry B. Wehle, que analisa uma pintura de Francesco de Giorgio que aborda essa mesma matéria (Ver WEHLE, Harry B. The Chess Players by Francesco di Giorgio. In: *The Metropolitan Museum of Art Bulletin*, vol. 5, 6, 1947, pp.153-156).

[455] GAMER, Helena M. Op. cit., 1954, p. 739.

estabelecido, como a cabeça do perdedor, ou preenchido por qualquer tipo de exigência a ser feita *a posteriori*:

> *Particularly relevant for the game that form the central action of Gawain are the facts that medieval chess was almost always played for a stake and that in the romance that stake is often the head of the players.*[456]

Como já se disse, no tabuleiro de xadrez, campo de batalha, estão figurados os representantes de duas ordens do Estado ibérico dito "medieval" governado por Afonso X que devem se incumbir da defesa, mas se pode, como o propõe Jens T. Wollensen, ler o tabuleiro e as peças como um mundo em miniatura, a totalidade social que caberia ao monarca reger em prol do bem comum:

> *Order, that is, social order, is established by the grid of the chequer board (the world in miniature). Before and after entering the board (world) the pieces (men) are in a neutral position, albeit predetermined as to their potential ranks and functions (social order). Once placed on the board (world) they act (live) following the rules (laws) and the dimensions (geographical position) of the play (life). These movements (course of life) are controlled by the intelligence or the wisdom of the players, who must find the most rational and meaningful moves possible in order to enact and fulfil the ultimate role of each piece (human beings).*[457]

O jogo de xadrez podia ser representado não apenas como um análogo da totalidade da sociedade, mas ainda como uma alegoria das várias condições humanas com

---

[456] RENDALL, Thomas. 'Gawain' and the Game of Chess. In: *The Chaucer Review*, vol. 27, 2, 1992, pp. 186-199 [p. 187]. Jogar com vistas a obter mais do que a simples vitória também é tópico de estudos importantes sobre o xadrez na Idade Média, como os de Helena M. Gamer, já citado, e o estudo seminal de H. J. Murray, *A History of Chess*: Oxford, 1913.

[457] WOLLENSEN, Jens T. Sub Specie Ludi: Text and Images in Alfonso El Sabio's Libro de Acedrex, Dados e Tablas. In: *Zeitschrift für Kunstgeschichte*, 53. Bd., H. 3, 1990, pp. 277-308 [p.288].

sentido eminentemente parenético e exortatório, alegoria e parênese que se veem no escrito de Jacobus de Cessolis, traduzido para quase todas as línguas européias:

> *In which I fynde thauctorites dictees and stories of auncient Doctours philosophes poetes and of other wyse men whiche been recounted & applied unto the moralite of the publique wele as well of the nobles as of the comyn peple after the game and playe of the chesse.*[458]

O jogo de xadrez termina do mesmo modo que a guerra, caso o rei seja capturado em campo de batalha. O rei, como diz Afonso X, não pode ser tomado como o são as outras peças. Só se pode aplicar-lhe o xeque, posição ofensiva em que é obrigado a deixar a casa em que se encontra caso um elemento de sua hoste não possa eliminar a peça ofensiva. Ou pode-se ainda aplicar-lhe xeque-mate, condição essa em que nem pode obter socorro dos seus nem mover-se. Seria o análogo do rei aprisionado e, por conseguinte, "moralmente morto", porque desonrado:

> *El Rey pusieron que nol pudiessen tomar, mas quel pudiessen dar xaque por quel pudiessen fazer salir de aquel logar dó soviesse como desonrrado. E s'il arenconassen de guisa que no oviesse casa dó yr; pusieronle nombre xamat que es tanto como muerto.*[459]

Em uma das últimas seções do prólogo do *Libro*, o quinto capítulo, Afonso X prescreve a forma de cada peça para que por meio da representação se patenteie a qualidade de cada uma e sua dignidade e função: *"el Rey deve estar en su siella con su corona en la cabeça e la espada en la mano assí como si judgasse o mandasse fazer justicia"*[460].

---

[458] *Game and Playe of the Chesse*, 1474, p. 2.

[459] Alfonso X, *Libro de Açedrex*, prólogo.

[460] Idem, ibidem. Para uma leitura de toda a seção, em que se descrevem também *Alffiles*, *Cavallos*, *Roques* e Peões, ver todo o quinto capítulo do prólogo.

O xadrez, desse modo, é análogo da guerra[461], e, por obrigar o rei ou príncipe a ordenar seus pensamentos antes de agir – para mover cada peça, um análogo dos *trozos* ou corpos de armas, de forma a torná-los maximamente ofensivos e, ao mesmo tempo, defensivos –, comparando cada nova situação com a rica casuística aprendida por doutrina e experiência, pelo conjunto de *exempla* que a arte lhe oferece, incrementa virtudes fundamentais para o exercício da *potestas*. A doutrina contida nos tratados de xadrez é, como se disse, um análogo da história, e tem, como ela, a mesma função. O ócio pelo jogo, nesse sentido, é condição de aprimoramento moral, intelectual e, no caso dos exercícios de armas, físico, conquanto não deixe ao mesmo tempo de ser *ludus*, o que torna clara e atual a proposição central de Johann Huizinga[462] quando discrimina a importância do jogo, do *ágon*, para a sociedade, sobretudo as mais antigas, que se não dissocia da ideia de seriedade.

(III)

A caça se opõe, portanto, a todas as formas de imolação de que o intelecto não participa e que não visa a nenhum fim a não ser à própria matança, ato destituído de toda nobreza. O fim da caça não é a matança do animal assim como o fim da guerra não é o morticínio do maior número possível de inimigos. Em Portugal e Espanha, Estados avessos à doutrina de Maquiavel, o bom comandante ou capitão general é justamente aquele que não imola o inimigo, podendo fazê-lo, e que reprime qualquer violência injustificada por parte dos homens sob seu comando:

---

[461] A analogia entre xadrez e batalha e entre o jogar xadrez e o preparar-se intelectualmente para dirigir hostes no campo de batalha faz-se ainda presente no século XVI em todos os estados europeus. Em seu estudo sobre as relações entre xadrez e política, Patricia Simons afirma, por exemplo, que "in the mid-sixteenth century Luigi Guicciardini dedicated to his lord Cosimo I de' Medici a 'Comparison of the Game of Chess with the Notable Treatise of War'" (Ver SIMONS, Patricia. Op. cit., 1993, p. 59).

[462] HUIZINGA, Johann. *Homo Ludens*. São Paulo: Perspectiva, 1984.

> *Deue guardarse (o capitão general) como de cosa fea y que no cõuiene a Capitam valiente, ni a Cavallero sabio matar ninguno de su mano, ni mandarlo matar, exceto en las guerras y batallas adonde es licito, y honrra para alcançar las victorias.*[463]

As relações entre montaria e formação militar já foram expressas por Dom João I em seu *Livro da Montaria*, em passagem em que por analogia se pode depreender a necessidade de pôr-se em guarda contra o animal como se esse fosse o inimigo postado em um campo de batalha cujos acidentes devem ser conhecidos pelo caçador (o mesmo se dá no *Libro de la Monteria*). D. João I assevera que, quando o rei se coloca com seu exército em campo, deve prestar atenção à topografia, para, por exemplo, poder acuar o inimigo em local de que ele não possa escapar, forçando-o a dirigir-se a pontos sem saída para encurralá-lo. Da mesma maneira, quando se enfrenta o inimigo, é preciso atentar para a secura do solo, porque se este é seco e levanta pó, não se deve estar contra o vento, pois o pó soprado empanaria a vista e comprometeria o fôlego dos combatentes, favorecendo os contrários que se deslocariam com o vento e pó às costas:

> *e se uirem que he de tal guisa que alleuante poo, deuem fazer muyto que lhes dee o uento nas costas, porque em sendo assi, entom de razom estaria, que o uento leuaria o poo, e entraria pollas uisages das caras, e taparia o ueer, e o resfolegar aos da outra parte, e assi naturalmente seria de auerem o milhor com tal auantagem [...].*[464]

Essa mesma advertência comparece sem significativa alteração no livro de Bartolome Scarion, o que indica o atendimento a considerações sobre a efetiva melhor disposição dos exércitos no campo de batalha, de que o monte é

---

[463] SCARION, Bartolome. *Doctrina Militar*, 1598, p. 9r.

[464] *Livro da Montaria*, p. 19.

um análogo: *"y sobre todas las cosas guardese (o capitão general) de cōbater en lugar adonde el sol, el uiento, o el poluo los ofenda (aos seus próprios exércitos)"*[465].

Ao discorrer sobre as variedades de terreno com que se depara o monteiro, Dom João I tenta ordená-las de acordo com os graus de dificuldade para nelas se "filhar" o porco, conquanto esteja ao mesmo tempo consciente de que a doutrina pode não cobrir todas as situações possíveis, o que torna a ação razoável do monteiro um análogo da atuação do jurista que, trabalhando também ele por analogia, se esforça por prover os casos novos tendo por base o capital de juízos emitidos:

> *Pero nos em no filhamento das armadas que queremos escreuer, lhes iremos contando aquelles que acadar podermos, em tal maneyra que segundo a armada for, distinguiremos aquellas que nos nembrarem, que se em cada hũa das armadas poder fazer: das mais que nos em escrito nom pusermos, fiquem em discreçom dos monteiros, que façam em ello o milhor que puderem acadar: ca assi fazem os doctores das leys, que nunca puderam prouer a todollos casos que a todolos homees aueem em seus feitos, e tiuerom que feitos os prouimentos de algũus casos, que por conjecturas fizessem os outros, que expressamente nom eram proueudos.*[466]

Mas, o que importa considerar aqui, é que os mesmos elementos prejudiciais à hoste também o são ao monteiro, de que deriva a importância da montaria como preparo para as situações adversas no campo de batalha:

> *e cada hũa cousa que os assi embarga, a cada hũa deue o monteiro poer seu remedio, ca nas armadas muytas uezes embarga o sol, e o uento, e esse mesmo quebradas de agua, que se fazem em tal guisa, que o monteiro non pode fazer a corruda a sua uontade.*[467]

---

[465] SCARION, Bartolome. *Doctrina Militar*, 1598, p. 29v.
[466] *Livro da Montaria*, pp. 192-193.
[467] Idem, p. 192.

Embora o animal não vá, a não ser em situações excepcionais, enfrentar o caçador, é preciso ter em mente que ele, por viver em estado de natureza, tem um fôlego superior ao do homem assim como forças que em geral sobrepujam a que é própria dos seres humanos; desse modo, o homem, em situações desfavoráveis a ambos, tende a ter menos resistência do que a fera, sendo necessário, por essa razão, atender à ordenação militar com o objetivo de realizar racionalmente e com arte, por prescrição, o que de outro modo se faria penosamente e com esforço superior ao necessário para o embate.

Nos poemas em que cenas de caça são representadas, as ações prévias ao encontro e embate entre caçador e fera são tomadas como elementos episódicos conhecidos de todo cortesão e homem de armas, que – assim como quando vêem encenar peças, cujo argumento, para ser entendido, demanda o conhecimento prévio de um conjunto de obras poéticas, históricas etc. "autorizadas" – refazem mentalmente o circuito de ações que finda com a penetração do estoque na besta. Não nos esqueçamos de que a matéria para os poemas sobre caça era fornecida a poetas por homens que dela participaram e que notícias sobre a venatória e sobre os embates, incluindo-se todos os detalhes das operações de campo, circulavam nos meios cortesãos, sobretudo quando o enfrentamento redundava no ferimento do rei ou do animal por ele montado, como informa Argote de Molina[468].

Como se disse na primeira parte desta seção, as cenas de matança da besta eram relacionadas a episódios famosos, mitológicos ou históricos, que se emulavam na caçada, sendo o príncipe êmulo por necessidade dos heróis referidos no *exemplum*. Em livros por nós compulsados, o mito da matança do Javali de Erimanto por Hércules é sempre citado como o que é atualizado pela cena de caça de que o príncipe é o ator principal. Liam-se as autoridades em que se fazia presente a referência ao Animal fabuloso, muitas delas citadas no conhecidíssimo dicionário de Ambrogio Calepino, que

---

[468] *Libro de la Montaria*. Op. cit., p. 6r e seguintes.

teve incontáveis edições durante os séculos XVI e XVII, ou se podia valer da síntese redigida pelo próprio Calepino, em que o porco era trazido vivo sobre os ombros de Hércules, que conseguira amansá-lo: *"mons Arcadie quo aprũ agrorum vastatorem Hercules domuit viuumque super humeros [...] detulit"*[469] (o monte da Arcádia em que Hércules domou o javali devastador dos campos e o trouxe vivo sobre os ombros).

O príncipe, desse modo, ao caçar, era encenado pelos poetas como o análogo de um semi-deus, procedimento de figuração repetido durante os séculos XVI e XVII para a amplificação do louvor. A ideia do local de matança do animal como lugar de encenação das virtudes varonis do príncipe, que já se tornara lugar-comum nos tratados de caça e de montaria, é figurada em Góngora como "teatro" da natureza, fero palco em que o príncipe intervém ordenando-o humanamente para torná-lo espetáculo em que possa atuar com reta medida: *"Teatro espacïoso su ribera/ el Manzanares hizo, [...]"*[470].

A cena de caça em que o rei atua como ator principal, no entanto, é uma cena duplicada, pois é simultaneamente a cena em que se representa o rei Felipe, à margem do Manzanares, e em que o rei, um novo Hércules, mata "atualmente" o Javali de Erimanto na "Nova Calidônia": *"Teatro espacïoso su ribera/ el Manzanares hizo, verde muro/ su corvo margen y su cristal puro/ undosa puente a Calidonia fiera."*[471]

---

[469] CALEPINO, Ambrogio. F. AMBROSII/ CALEPINI/ BERGOMATIS EREMITAE PROFES/ SIONIS viri vndecumque doctissimi Lexicon, Ex opti-/ mis quibusque Authoribus collectum: Novis additamentis,/ quae nondum ad nos peruenerant, Ipsiusmet Authoris autho-/ graphis illustratum, quae hoc signo ‡ indicantur. Addun-/ tur & Iodoci Badij frugiferae Annotationis stella ∗ signatae,/ In summa, hoc in opere recondita, latet eruditio, ita ut nullum/ vocabulum CORNUCOPIAE (immo nullius Di-/ ctionarij) quaeratur praeternmisum. GRAECUM prae-/ terea recognitum Accentibus discretũ, & latine repositum est. Paris: Petri Goudoul, 1526, p. 275 do pdf.

[470] GÓNGORA y ARGOTE, Luís de. "DE UN JABALÍ QUE MATÓ EN EL PARDO EL REY NUESTRO SEÑOR". In: *Poesías Completas*. Madrid: Aguilar, 1956, p. 518.

[471] Idem, ibidem.

O animal, ao enfrentar o rei, reconhecendo-lhe a realeza, mais do que isso, a deidade – pois na caça se encena como um deus –, entrega-se à morte pelas mãos reais como forma de ganhar fama, glória e memória duradouras pelo descante poético que tomará a cena de caça como matéria do poetar:

> *Ambiciosa la fiera colmilluda,/ admitió la asta, y su más alta gloria/ en la Deidad solicitó de España.// Muera feliz mil veces, que sin Duda/ siglos ha de lograr más su memoria,/ que frutos ha heredado la montaña.*[472]

Mas se Góngora encomia o rei pela matança do porco no monte, não se esquece em outro poema de advertir os moços que se entregam em demasia à caça e à montaria, descuidando de outros afazeres e pondo-se em risco de forma imprudente, o que figura em forma poética a doutrina da montaria presente em livros antigos cujas matérias são repetidas nos séculos XVI e XVII:

> *Deja el monte, garzón bello, no fíes/ tus años dél, y nuestras esperanzas;/ que murallas de red, bosques de lanzas/ menosprecian los fieros jabalíes.*[473]

Neste soneto de caça, que se torna uma advertência moral, atualizando-se em suas estrofes a tópica da brevidade da vida, Don Luís de Góngora lembra ao rapaz que a vida é breve e frágil, e, valendo-se de outro análogo mitológico, o do jovem e belo Adônis, mostra-lhe que mesmo aqueles amados dos deuses podem perecer durante o enfrentamento com os javalis, que, como se disse na primeira estrofe,

> *"menosprecian [...] murallas de red, bosques de lanzas": "En sangre a Adonis, si no fué en rubíes,/ tiñeron mal celosas asechanzas,/ y en urna breve funerales danzas/*

---

[472] Idem, ibidem.
[473] GÓNGORA Y ARGOTE, Luís de. «A SU HIJO DEL MARQUÉS DE AYOMONTE QUE EXCUSE LA MONTERÍA». In: *Obras Completas*. Madrid: Aguilar, 1956, p. 481.

coronaron sus huesos de alhelíes.// Deja el monte, garzón; poco el luciente/ venablo en Ida aprovechó el mozuelo,/ que estrellas pisa ahora en vez de flores."[474]

Os poemas sobre a caça, ainda no século XVII, principiam por referir a participação de *viragines* nas ações do monte, conquanto nas representações que nos chegaram as infantas de Portugal e Espanha sempre matem o javali por meio de tiro, mas não por meio de estoque ou de hasta.

No primeiro soneto[475] de Manoel Botelho de Oliveira pertencente ao coro das rimas portuguesas, compilado após os poemas a Anarda, comemora-se não apenas a infanta, que deu o tiro, mas também e sobretudo o porco, pois o tiro para ele foi "hūa bocca sonora para a fama", engenhosa metáfora para comemorar a memória do feito principesco.

O *topos* do feito do príncipe que abre as portas da fama, da perpétua vida, para o animal abatido recorre em quase todos os sonetos de caça e evidencia o caráter memorativo de todos os feitos reais. Se os sonetos de caça apresentam muita vez engenhosa variação elocutiva, às vezes as tópicas neles presentes podem ser empregadas de forma engenhosíssima, como o faz Tomás Pinto Brandão, que, mimetizando os sonetos laudatórios, por meio do emprego das mesmas tópicas, produz, no entanto, um vitupério de um Fulano Coelho, punido por uma infanta portuguesa. Principia o romance de Tomás Pinto Brandão pelo anúncio da venda do "coelho" já guisado pelo poeta, ou seja, o próprio romance adubado com todos os condimentos

---

[474] Idem, ibidem.

[475] OLIVEIRA, Manoel Botelho de. MUSICA/ DO/ PARNASSO/ DIVIDIDA EM QUATRO COROS/ DE RIMAS/PORTUGUESAS, CASTELHA-/ nas, Italianas, & Latinas/ COM SEU DESCANTE COMICO REDUSI-/ do em duas Comedias,/ OFFERECIDA/ AO EXCELLENTISSIMO SENHOR DOM NUNO/ Alvares Pereyra de Mello, Duque do Cadaval, &c./ ENTOADA/ PELO CAPITAM MOR MANOEL BOTELHO/ de Oliveyra, Fidalgo da Caza de Sua/ Magestade./ Lisboa: Miguel Manescal, 1705, P. 43, "Á MORTE/ FELICISSIMA DE HUM JAVALI PELO/ TIRO, QUE NELLE, FES HŪA INFANTA/ DE PORTUGAL".

picantes da musa satírica. O romance se faz anunciar de forma sagaz por um "cego", vendedor de *pliegos* e folhetos volantes, nos séculos XVI e XVII, geralmente comerciados a baixos preços e voltados para um público mais amplo[476].

A caça que se anuncia não é, na medida em que se destina ao maior número possível de leitores e ouvintes, aquela própria da *Sylva*, do monte – matéria dos sonetos laudatórios que circulavam em ambiente cortesão –, mas a que é própria da *Moyta*, ou seja, caça pequena, que podia ser preada por gente miúda[477]. O poema é, desse, modo apresentado como vianda própria para o gosto vulgar, embora dele, poema, não estejam excluídos os cortesãos, pois o poeta sabe condimentar passagens para atender-lhes o gosto pela agudeza:

> Novas novas por gazetas
> hoje hum novo cego grita,
> oução huma caça nova,
> que he de Moyta, e não de Sylva.
>
> Saya este Coelho à praça;
> venda-se, como se estima;
> compre-o quem tiver bom gosto;
> e se quer mais molho, diga [...].
>
> Musa tenho Cozinheyra,
> como toda a Corte affirma
> pois dos meus pratinhos gosta;
> e mais, quando o adubo pica.[478]

---

[476] Veja-se, para uma discussão sobre os *pliegos* e papéis análogos, comerciados na Península Ibérica nos séculos XVI e XVII, o conjunto de estudos de Rodríguez-Moñino referidos na bibliografia.

[477] Veja-se, por exemplo, a *Ley sobre a caça das perdizes, Lebres e Coelhos, & sobre a pescaria do pexe dos rios da agoa doce, & da vitola das redes & tempo em que se nam pode caçar nem pescar*, em que se proíbe a caça do coelho entre os meses de março e maio, sob pena de sanção real, mas onde se afirma, ao mesmo tempo, que se pode matar o coelho naquelas localidades em que se tornou praga e dana a coisa pública, lugar discursivo que a sátira mimetiza e incorpora para legitimar o preparo de seu guisado.

[478] BRANDÃO, Tomás Pinto. VIDA, E MORTE/ DE HUM COELHO, MORTO PELA SERENÍSSIMA/ PRINCEZA DOS BRASIS,/ O QUAL COELHO FOY EMBALSAMADO POR/ MONSIEUR LIOTE./ ROMANCE, p. 29.

Assim como os javalis mortos por Felipe II, pelo filho do Marquês de Ayomonte ou pela Infanta portuguesa, o Coelho preparado por Tomás Pinto Brandão também é tornado pelo canto poético memória para os vindouros, mas memória não exemplar, no sentido de que é memória de ato que se tem de evitar. Para perenizar esse contra-exemplo, o poeta, ao final do poema, depois de descrever o preparo de seu Coelho, escreve para ele um epitáfio, tornando o final uma inscrição memorativa e ridícula, parecendo apropriar-se de gêneros como o *blason*[479] francês, de que há incontáveis exemplos de epitáfios para animais. Aqui, o poeta joga com a homofonia entre *Coelho* e *coelho*, podendo compor pelas tópicas ridículas, próprias do epitáfio satírico para animais, as estrofes finais de seu poema.

A caça ao Coelho ensina, assim como os outros sonetos de caça, que é preciso executá-la com arte, podendo até mesmo um poeta "caçar", matando a presa com o estoque de sua agudeza, arma mais aguçada do que o estoque ou a hasta, embora se dê o crédito à infanta.

O soneto de Don Luís de Góngora, cuja leitura motivou esse longo excurso, retoma *loci* discursivos oriundos de livros variados, como tratados de montaria, livros de arma e a ampla referência de textos antigos em que se disserta sobre as relações entre caça e armas, sobretudo, mas também entre caça e jogos, já que a caça é espécie de atividade agonística que emula embates entre guerreiros, supondo a fera como sucedâneo de inimigos. O aspecto belicoso da caça está patente na inserção do poema gongorino na seção dedicada, no primeiro volume do *Códice Chacón*, a canções e madrigais heroicos, qualificativo dado a empresas ligadas às armas, como o atesta um poema da mesma seção em que se comemora a tradução para o espanhol de *Os Lusíadas,* de

---

[479] WILSON, Dudley Butler. *Descriptive Poetry in France from Blason to Baroque.* Manchester: Manchester University Press, 1967.

Luís de Camões, o mais importante poema heroico ibérico do século XVI.

Desse modo, o poema cuja matéria é a caça ao javali e a morte da besta por uma Infanta de Espanha só pode ser alocado na seção em que se encontra por ser a caça um sucedâneo da guerra em tempos de paz, preparando o varão para os enfrentamentos futuros em campo de batalha. A didascália que encima o poema (*A la Ser.^ma Infanta Maria de un Iabali que mato en Aranjuez*), por seu turno, encena a morte do animal no mesmo local (Aranjuez) afamado por ali ter sido morto um porco pelo Rei de Espanha, segundo informação de Argote de Molina já referida, um terrível e indômito javali, que devastava as propriedades rurais da região, espalhando o terror ente os moradores, o que torna a Infanta matadora êmula de seus progenitores e digna herdeira de seu sangue.

O aspecto belicoso da caça se torna evidente logo ao princípio do poema, em que ao porco se apelida Marte, morto, no entanto, pelo *plomo*, que, como raio desferido por uma deidade jupiteriana superior, verdadeira *Dea Superior*, a própria Infanta, o fulmina, embora valente combatente. As remissões, por meio de metáforas, analogias e citações de lugares em que já ocorreram grandes embates entre caçadores e caça, são motor que põe em funcionamento a máquina retórico-poética do poema gongorino que demanda, como seu necessário pano de fundo, o conhecimento das práticas venatórias de corte, a guerra – suas táticas e estratégias – e os desportos que a emulam para se poder compreendê-lo como figuração de apenas seu momento apical, quando se desfere o tiro ou o golpe matador do bicho. Ele só pode ser bem compreendido caso o leitor ou ouvinte seja capaz de recuperar, pelo agenciamento da imaginação bem informada por ricas humanidades e iconografia, o que antecede esse momento figurado pela poesia laudatória como um instantâneo da imortalidade, o da Infanta, e o do animal, ambos matéria do canto memorativo do louvor.

Outros poemas citados na seção:

Luís de Góngora y Argote

A SU HIJO DEL MARQUÉS DE AYOMONTE QUE EXCUSE LA MONTERÍA
Deja el monte, garzón bello, no fíes
tus años dél, y nuestras esperanzas;
que murallas de red, bosques de lanzas
menosprecian los fieros jabalíes.

En sangre a Adonis, si no fué en rubíes,
tiñeron mal celosas asechanzas,
y en urna breve funerales danzas
coronaron sus huesos de alhelíes.

Deja el monte, garzón; poco el luciente
venablo en Ida aprovechó el mozuelo,
que estrellas pisa ahora en vez de flores.

Cruel verdugo el espumoso diente,
torpe ministro fué el ligero vuelo
(no sepas más) de celos y de amores.

DE UN JABALÍ QUE MATÓ EN EL PARDO EL REY NUESTRO SEÑOR
Teatro espacïoso su ribera
el Manzanares hizo, verde muro
su corvo margen y su cristal puro
undosa puente a Calidonia fiera.

En un hijo del Céfiro la espera
garzón real vibrando un fresno duro,
de quien aun no estará Marte seguro,
mintiendo cerdas en su quinta esfera.

Ambiciosa la fiera colmilluda,
admitió el asta, y su más alta gloria
en la Deidad solicitó de España.

Muera feliz mil veces, que sin duda
siglos ha de lograr más su memoria,
que frutos ha heredado la montaña.

Manoel Botelho de Oliveira

Á MORTE FELICISSIMA DE HUM JAVALI PELO TIRO, QUE NELLE FES HŨA INFANTA DE PORTUGAL

Nam sey se diga (ò¡ bruto) que viveste,
Ou se alcançaste morte venturosa;
Pois morrendo da destra valerosa,
Melhor vida na morte mereceste.

Esse tiro fatal, de que morreste,
Em ti fes hũa acção tão generosa,
Que entre o fogo da polvora ditosa
Da nobre gloria o fogo recebeste.

Deves agradecer essa ferida,
Quando esse tiro o coração te inflamma,
Pois a mayor grandesa te convida:

De sorte, que te abrio do golpe a chamma
Huma porta perpetua para a vida,
Hũa bocca sonora para a fama.

Tomás Pinto Brandão

VIDA, E MORTE DE UM COELHO, MORTO PELA SERENISSIMA PRINCEZA DOS BRASIS, O QUAL COELHO FOY EMBALSAMADO POR MONSIEUR LIOTE. ROMANCE.

Pag. 29

VIDA, E MORTE
DE HUM COELHO, MORTO PELA SERENISSIMA
PRINCEZA DOS BRASIS,
O QUAL COELHO FOY EMBALSAMADO POR
MONSIEUR LIOTE.
ROMANCE.

NOvas novas por gazetas
hoje hum novo cego grita;
ouçaõ huma caça nova,
que he de *Mosta*, e naõ de *Sylva*;

Saya este Coelho à praça;
venda-se, como se estima;
compre-o quem tiver bom gosto,
e se quer mais molho, diga

Com

Vida, e morte

Com licença do La-Rocha,
e Budiò, melhor se guiza
o Coelho em minha casa,
do que nas suas Cosinhas;
 Musa tenho Cosinheyra,
como toda a Corte affirma;
pois dos meus pratilhos gosta,
e mais, quando o adubo pica:
 Com que susto estarà agora,
crendo que lhe atiro à vista,
hum que nunca o ponto acerta,
inda que está sempre à mira?
 E só para mim desfecha,
que a torto, e direyto atira:
mas ao berro da sua Musa
dà mayor reposta a minha.
 Affasteyme do Coelho,
mas a volta foy precisa,
só por naõ ficar de fóra
este bicho nas batidas:
 Perdoe-me a caça grossa,
que hoje reyna a caça fina,
para a qual todo o Poeta
deve voltar a camisa:
 E perdoe Salvaterra,
porque em outras montarias,
onde se bariaõ moytas,
hoje se descobrem minas:
 Perdoe esse, que dos dentes
navalhas faz, com que briga;
e alguns Javali lhe chamaõ,
porém tudo he porcaria;
 Perdoe o que na cabeça
tras a sua idade escrita;
que outra Arithmetica nova
nos Coelhos se algarisma:
 Só deste-se faça conta,
que hoje a humas mãos peregrinas
teve a mais honrada morte,
que se vió em toda a vida.
 He bicho Real, mas hoje,
se algum podengo se arrisca
mastigallo hoje na boca,
hey-lho de sacar da lingua:
 Saõ hũs caens, que me perseguem,
só porque a sua Thalia
naõ he moyta, donde saya
Coelho, que ao gosto sirva:
 Eu bem os meto nas voltas,
e ainda que algum se anima,
vejo que lhe naõ poem dente,
por mais que o rasto lhe siga:
 Viva a Matadora bella,
mate a Caçadora linda,
Diana em Campo forçosa,
Venus na Corte precisa:
 Hum Endimiaõ tem de casa,
ou Adonis, que lhe assista;
porque em toda a noyte a vele,
ou a adore em todo o dia:
 Tambem aqui encayxàmos
à nossa fabulasinha,
para parecer Poeta,
inda que naõ he mentira:
 Morraõ todos os Coelhos;
extinga-se esta familia;
porque hum Coelho foy causa
de matar-se huma Rainha:
 Tambem Castelhana era,
cuja morte, e cuja cinza
inda conserva Alcobaça;
e inda lamenta Coimbra:
 Mas lamentaçoens deyxando,
e voltando às alegrias,
vejamos este Coelho
em ambula crystallina,

E

de hum Coelho vivo.

E dando-lhe como he justo,
na morte as honras devidas,
vá o Coelho ao Carneyro,
que Liote lhe determina.
    De quantos comeo a terra
vemos que naõ ha noticia;
e só deste animal morto
a memoria em carne fica.
    Seja o corpo embalsamado
no que a Musa lhe distilla;
e veja-se por vidraça
hum Epitafio, que diga,

Aqui jaz hum redomado
fulano Coelho Myrrha,
que viveo para mais covas,
que morreo para mais vidas:
    Caminhante, olha o que fazes;
e se Furaõ te imaginas,
naõ tens que arranhar, Poeta;
desta cova te retira.
    Haja destes tiros muytos,
e eu que os ouça, e os repita,
(inda que dos Tortos morra)
para que cos Cegos viva.

VIVA.

LISBOA OCCIDENTAL,
NA OFFICINA DA MUSICA

ANNO DE M.DCC.XXIX.

Com todas as licenças necessarias, e impresso à sua custa.

Uma vez mais o aparato didascálico e a *dispositio*

O papel das didascálias ultrapassa o de fixar um suposto sentido para o texto poético que elas encimam, pois, em muitos casos, verificáveis não apenas na tradição de Gregório de Matos e Guerra, mas também em códices ibéricos dos séculos XVI e XVII, como os códices em que se coligiu a poesia de Don Luís de Góngora e a de Don Francisco de Quevedo, os paratextos didascálicos são responsáveis pelo estabelecimento de relações intertextuais entre poemas reunidos em um mesmo volume ou ainda em diferentes volumes de uma mesma coleção poética.

Tomemos como exemplo de relação dialógica entre textos reunidos em um mesmo volume, o *Códice 108*, depositado na Biblioteca Menéndez y Pelayo, em que se encontram muitas sátiras atribuídas a Don Luís de Góngora e a Don Francisco de Quevedo, sendo o único testemunho conhecido de poemas satíricos atribuídos a Don Francisco, como já o demonstrou Pablo Jauralde Pou em sua edição da poesía quevediana[480]. No fólio de número 166 do *Códice 108*, principia a inscrição de poemas satíricos que teriam supostamente como matéria Don Luís de Góngora e sua poesia, como declara o paratexto que encima o primeiro poema dessa seção do Códice, que lê: "*Contra D. Luis de Gongora y sus Poesias*"[481]. O primeiro poema transcrito é um soneto, o conhecidíssimo "*Este Cíclope, no Siciliano*". Seguem-se a esse primeiro poema vários outros, que também teriam como matéria Don Luís de Góngora e sua poesia, como o evidenciam as didascálias, de cunho reiterativo no que concerne ao sujeito de cada peça, patente

---

[480] QUEVEDO, Francisco de. *Obras Festivas*. Edición Preparada por Pablo Jauralde Pou. Madrid: Castalia, 1981.

[481] *Códice 108* da Biblioteca Menéndez y Pelayo, intitulado: "Fragmentos no impresos hasta oy. De D. Francisco de Quevedo Villegas, Cavallero en el Orden de Santiago, y Señor de la Torre de Juan Abad. Recogidos por un aficionado, para los discretos", p. 166.

pelo recurso ao pronome substantivo demonstrativo masculino "mesmo": "*Epithaphio al mismo*". Somam dez os poemas vituperantes contra Don Luís de Góngora em que apenas se reitera ser ele o objeto da sátira pelo recurso ao substantivo "mesmo"; logo depois da décima sátira contra Don Luís de Góngora, contudo, dá-se início ao diálogo entre Don Luís de Góngora e Don Francisco de Quevedo, quando se seguem dois poemas de Don Luís encimados por didascálias que apresentam uma ligeira variação: "*Don Luís de Góngora a Quevedo*"[482] e "*D. Luís de Góngora a Don Fracisco de Quevedo*"[483]. À página 174, comparece o primeiro poema atribuído a Don Francisco de Quevedo, que seria já uma réplica ao poema imediatamente anterior, de Don Luís de Góngora, a que se refere a nota de número 317: "*Réplica de Quevedo a D. Luís de Góngora*". Essa réplica seria o poema "*Vuestros coplones, Cordobés sonado*", dada à sátira de Don Luís de Góngora cujo *incipit* é «*Quien se podrá poner contigo en quintas*"[484].

Não há como atestar se os poemas que se relacionam dialogicamente no Códice 108 da Biblioteca Menéndez y Pelayo de fato foram escritos para replicar um ao outro, assim como os demais poemas constituintes da seção do Ms., em que é praxe apresentar poemas sequenciados como respostas aos imediatamente anteriores, como se a cada poema contra Don Luís de Góngora houvesse de fato uma sátira de Don Francisco de Quevedo que lhe servisse de refutação e de nova investida contra o Cordovês, a que, por seu turno, retorquiria Don Luís. É agradável à fantasia de críticos literários e de historiadores da literatura imaginar que a inimizade figadal dos dois mais importantes poetas da passagem do século XVI para o século XVII espanhol se entretivesse de fato em querelas constituídas de poemas

---

[482] Idem, p. 173 r.

[483] Idem, p. 173 v.

[484] Idem, p. 173 v.

que, como chumbo, eram trocados entre os dois com o fim de mutuamente se infamarem. Teria Don Francisco escrito verdadeiramente seu notório soneto *"Yo te untaré mis versos con tozino"*[485] como uma segunda réplica ao soneto de Don Luís já citado *"Quien se podrá poner contigo en quintas"*, a cujas sátiras teria Don Luís, por sua vez, composto o famosíssimo *"Anacreonte Español, no hay quién os tope"*, cuja didascália lê: *"Don Luís de Góngora contra Quevedo"*[486]? Não há como negar, entretanto, a despeito de se crer ou não que os poemas infamantes copiados no *Ms. 108* da Biblioteca Menéndez y Pelayo foram de fato trocados entre Don Luís de Góngora e Don Fracisco de Quevedo, que seu dialogismo, produzido por sua disposição intercalada no livro em que estão inscritos e pelas didascálias que os encimam referindo seu caráter de réplica sequenciada, incrementa um dado efeito de sentido, o dos poemas como fruto de uma *actio* fortemente dramática, em que uma voz se opõe a outra, sobretudo quando sabemos que os poemas deveriam ser lidos em voz alta como uma troca de insultos entre dois grandes poetas.

Variantes isofuncionais

A crítica filológica da tradição de Gregório de Matos e Guerra tem buscado reconstituir o texto arquetípico dos poemas conforme critérios lachmannianos de restituição textual. Outros editores, percebendo que há muitas variantes adiáforas, decidem, como fez Francisco Topa, selecionar um manuscrito de base reputado *optimus* e intervir minimamente nos textos por ele transmitidos.

Não se cogita, absolutamente, de compreender a funcionalidade das diversas variantes adiáforas, já que, com exceção de uma delas, produto do autor, todas as outras serão apenas inovações que se introduziram no poema ao

---

[485] Idem, p. 174 v.
[486] Idem, p. 175 r.

longo da história de sua transmissão. Como o idealismo lachmanniano visa à recuperação do texto autoral, não importa que as variantes julgadas espúrias, nos dias de hoje, tenham sido lidas nos séculos XVII e XVIII. Caso leiamos variantes de um mesmo verso presentes tanto no *Códice Asensio-Cunha* quanto no *Códice Lamego*, ficará patente que em muitos casos elas são isofuncionais no interior do volume de que fazem parte.

Antes de passar à análise das variantes acima mencionadas, devemos ressaltar que, embora não seja impossível que os sonetos tenham sido objeto de remanejamentos durante as récitas, leituras socializadas etc., é mais provável que as variações presentes nos textos que se tipificam por maior rigor formal, como é o caso do soneto, tenham sido o produto de intervenções da ação da manuscritura. Será preciso elucidar o papel da emulação nas práticas letradas do período, caso queiramos compreender a natureza e o porquê das alterações levadas a termo em quase todos os textos de um mesmo poema – caso nos pareçam ainda um mesmo poema.

No caso da variação de verso acima referida, há uma variante adiáfora que se torna inteligível se lida segundo a tópica *natio*[487]. O verso inicial do soneto é o seguinte no *Códice Asensio-Cunha*: "Hum Rolim de Monay Bonzo Bramà", que, no *Códice Lamego*, apresenta a seguinte variação: "Hum Rolim de Monay, Mouro, Bramá". Em curso seguido na Universidade de São Paulo, já se afirmou que "Bonzo" é a única lição adequada ao contexto, pois "Bonzo" e "Bramà" inserem-se em um mesmo campo cultural, semântico e ideológico. Há um único mouro que seja brâmane? Apesar de aparentemente descontextualizada, a segunda lição não o é, pois "mouro", assim como "bramá",

---

[487] Para uma apreciação pioneira dessa tópica na tradição de Gregório de Matos e Guerra, ver NATIO. In: HANSEN, João Adolfo. *A Sátira e o Engenho*. Gregório de Matos e a Bahia do Século XVII. 2 ed. revista. Cotia/Campinas: Ateliê Editorial/Edunicamp, 2004, pp. 398-416.

metaforizam negativamente os que não são brancos e católicos, tornando-os termos hiperinclusivos da impureza e da gentilidade[488].

A isofuncionalidade das variantes, nos séculos XVII e XVIII, autorizam o filólogo, portanto, a preservá-las no labor editorial, o que o leva a abolir a prática da *conflation* como critério de constituição de textos ecléticos.

Índices de oralidade

Após o registro dos sonetos, sequenciados e integrantes de uma mesma unidade, como, por exemplo, no Códice Lamego, seguem-se as peças que compõem uma segunda seção, na qual se transcrevem poemas sem forma fixa, compostos, em sua maioria, por oitavas e décimas, em versos redondilhos maiores. A fluidez compositiva atesta-se quando se comparam os registros de um mesmo poema em vários membros da tradição codicológica, já que a variação poemática caracterizada pela variedade estrófica e por variantes do verso não é fenômeno estrutural incomum na tradição de Gregório de Matos e Guerra. A instabilidade explica-se historicamente como *mouvance* ou *variance*, práticas de intervenção continuada em textos preexistentes que os alteram em maior ou menor grau durante o processo de recomposição oral ou escritural.

Entre os poemas componentes da segunda seção do *Códice Lamego* cujas didascálias nos fornecem indícios da atualização performática dos textos por meio da récita ou do canto, sobressai um deles, designado "tonilhos" pelo escriba que o inscreveu. A designação, presente na didascália antecedente ao poema, como já dissemos, acompanha-se de informação atinente a um dos modos de socialização dos "tonilhos", provavelmente o mais usual para esse gênero poético: "para cantar". Se os "tonilhos" devem ser cantados, como indicia a didascália do poema, *canto*, aqui,

---

[488] Idem, ibidem.

não parece ser uma sugestão que o escriba faz aos possíveis leitores do *Códice*; somos de parecer que a associação entre tonilhos e canto é declarativa e implica reconhecimento de uma prática de socialização de um gênero poético. O registro textual não basta, por conseguinte, para dar-nos uma medida exata de aspectos respeitantes à historicidade da socialização desse gênero poético e de sua fruição na sociedade colonial seiscentista e setecentista, já que o registro preserva a letra, mas não a melodia, a voz, nem muito menos o engajamento dramático do corpo no ato performático.

A didascália alertava os leitores do *Códice Lamego* de início do século XVIII para a parcialidade do registro textual, convidando-os a integralizar o dito registro por meio de *performance* oralizada e corporal. O valor declarativo da didascália não é prescritivo, na medida em que, para os leitores dos séculos XVII e XVIII, os tonilhos não eram poemas para ser lidos, mas cantados, e, portanto, a sua atualização performática já se tornara natural como resultado de seu processo histórico de conformação como gênero lítero-musical. Era possível ler tonilhos, nos séculos XVII e XVIII, como se pode lê-los ainda hoje, embora a leitura propicie a apreensão incompleta de uma categoria poética e musical de antanho. O registro dos "tonilhos", no *Códice Lamego*, não se acompanha de notação musical, o que nos leva a supor o conhecimento, por parte do público seiscentista e setecentista, das melodias com que os poemas deveriam ser cantados. O leitor do *Códice*, ao ser notificado pela didascália que a composição a ser lida era um tonilho, mesmo que não conhecesse a melodia que acompanhava a canção do poema, poderia sempre recorrer a alguém reconhecido pela comunidade como depositário de parte significativa do costume poético-musical para aprender os elementos musicais que faltavam no registro textual. Supomos que a canção de tonilhos deva ter sido prática disseminada em todos os estratos sociais, já que, em

Salvador, em documento datado de 1752, Antônio Gomes Ferrão Castelo Branco, homem de boa família, ao enviar ao pai "(...) uma minuciosa descrição física de um escravo que encontrava-se fugido para as bandas da Paraíba (...)"[489], relata-lhe o apreço do fujão pela viola e pelos tonilhos, evidenciando que tanto ele quanto o pai estavam familiarizados com o canto de tonadilhas:

> marceneiro, entalhador, torneiro e oficial de fazer engenhos. Teve bexigas de que lhe ficaram bastantes sinais; a cor é fixamente preta. Não se lhe falta dente algum; tem alguma coisa de cavalgador, a fala é fina, não é gordo, nem magro; pernas magras e representa 30 para 40 anos sem cabelos brancos. Toca viola a cujo som recita alguns tonilhos castelhanos. É inclinado a Baco, mas não tanto quanto a Vênus de que foi sempre inseparável. Sabe ler e escrever, mas já com óculos, e traz a sua vida por ele mesmo.[490]

Parece-nos, contudo, que o escravo fugido de Antônio Gomes Ferrão Castelo Branco, capaz, como o declara seu proprietário, de ler e escrever, assim como de cantar tonilhos em castelhano, não pode ser tomado como representativo da capacidade performática poético-musical da maioria dos escravos africanos na cidade da Bahia, em meados do século XVIII, já que o ler, o escrever e o cantar em espanhol não seriam atividades muito difundidas nem mesmo entre a população branca que costumava ter acesso à educação formal[491].

---

[489] PRIORE, Mary del. Ritos da Vida Privada. In: MELLO E SOUZA, Laura de (Org.). *História da Vida Privada no Brasil: Cotidiano e Vida Privada na América Portuguesa*. São Paulo:Companhia das Letras, 1998, pp.275-330[p.292].

[490] Idem,ibidem.

[491] VILLALTA, Luiz Carlos. O Que Se Fala e o Que Se Lê: Língua, Instrução e Leitura. In: MELLO E SOUZA, Laura de.(Org.). *História da Vida Privada no Brasil: Cotidiano e Vida Privada na América Portuguesa*. São Paulo: Companhia das Letras, 1998, pp.331-385.

Os tonilhos copiados no *Códice Lamego* não foram inscritos no *Códice Asensio-Cunha*. Embora o anedotário sobre Gregório de Matos e Guerra, aceito pela crítica como evidência empírica sem muitas discussões, nos transmita a imagem de um poeta agarrado à sua viola ao som da qual cantava seus versos, é de estranhar que não haja mais tonilhos registrados nos manuscritos por nós compulsados. Talvez muitos poemas que não se façam acompanhar da designação "tonilhos" o sejam, embora passem desapercebidos como gênero poético-musical, já que, sem notação musical acompanhante ou indicação de que se trata somente de registro textual ao qual falta o registro musical, torna-se quase impossível destrinçar, na *silva portentosa* da tradição gregoriana, os poemas que foram cantados daqueles que foram apenas lidos nos séculos XVII e XVIII.

A notação do escriba que designa aos leitores o registro textual do poema como parte de um complexo lítero-musical explicita as duas ordens de atualização performática da poesia nos séculos XVII e XVIII: poemas para serem recitados e poemas a serem cantados. A socialização da poesia dá-se concomitantemente por meio da leitura, pública ou privada, sendo a primeira, oralizada, e a segunda, silenciosa, embora a leitura privada também possa dar-se em voz alta ou por meio do sussurro das palavras. A leitura pública aproxima-se da récita que, contrariamente àquela, pode não depender da elocução do escrito e acabado, mas, sim, da capacidade de improvisação do poeta, que pode compor e recitar ao mesmo tempo.

A dificuldade que se apresenta para distinguirmos os tonilhos e demais gêneros poético-musicais socializados por meio da *performance* dos que o são apenas por intermédio da leitura se deve à não diferenciação formal entre esses e aqueles. Detenhamo-nos na análise formal do poema denominado "tonilhos", no *Códice Lamego*, a fim de explicitarmos a identidade formal poemática entre tonilhos e demais poemas compostos de estrofação em quadras e versos redondilhos maiores, comumente denominados "romances", tanto no *Códice Lamego* quanto nos demais membros da tradição de Gregório de Matos e Guerra.

Os "tonilhos" em análise são uma unidade poemática composta de quadras em redondilhos maiores. O esquema acentual dominante é o prescrito pelo costume para esse metro tipicamente peninsular pertencente à medida velha: 2, 5 e 7. Há, contudo, variações acentuais, que podem ter sua origem no processo transmissional do poema ou na ruptura deliberada com o ritmo dominante. O heptassílabo assonantado é, por conseguinte, o verso típico dos "tonilhos", como o é também dos romances, também eles constituídos de quadras. É o redondilho maior o verso mais bem representado no *corpus* poético colonial seiscentista e setecentista atribuído a Gregório de Matos e Guerra. Segundo Rogério Chociay, mais da metade de todos os versos do cancioneiro gregoriano são heptassilábicos: 55,46% do total. Para o estudioso brasileiro da teoria do verso: "As quadras assonantadas dos romances representam também um contingente respeitável em sua obra: 1672 exemplares, que implicam 6688 versos redondilhos, ou seja, 20,19% do total"[492].

Os romances não apresentam nenhuma diferença formal que permita ao estudioso da poesia seiscentista diferenciá-los dos "tonilhos", caso nos falte, na didascália, a designação da composição em quadras heptassilábicas assonantadas como sendo "romance" ou "tonilho". Se nos restringirmos apenas à análise formal das composições denominadas "tonilhos" e "romances" no *Códice Lamego*, não há como determinar, portanto, a não ser baseando-nos em informações contidas nas didascálias, o que é um "romance" e o que é um "tonilho". No *Códice Lamego*, o poema em quadras assonantadas, embora seja uma unidade poemática, é designado por uma palavra no plural ("tonilhos"), que visa

---

[492] CHOCIAY, Rogério. *Os Metros do Boca*: Teoria do Verso em Gregório de Matos. São Paulo: Editora Unesp, 1993, p. 67.

caracterizá-lo como gênero poético distinto do "romance", ainda que formalmente não o sejam. O vocábulo "tonilhos" refere-se, ao que tudo indica, não apenas à estrutura poemática, mas também, e principalmente, ao som com que se acompanhava o canto desses poemas.

"Tonilho", um tom débil, prende-se etimologicamente ao grego *tónos*, o que nos leva a concluir que a diferença entre "tonilhos" e "romances" fundava-se em acompanhamento musical obrigatório para o primeiro deles cuja composição era regida por prescrições sancionadas pelo costume a ponto de caracterizar-se como gênero autônomo. O elemento musical dos "tonilhos" não serve por si só para distingui-los dos "romances", pois também estes últimos podiam ser cantados ao som da viola. No *Códice Lamego*, a didascália que precede um dos "romances" – "Choray, tristes olhos meus," – lê: "Que fez o A. para cantar". Não há notação musical que acompanhe o registro do supramencionado "romance", e, portanto, não há como saber se a distinção entre "romance" e "tonilhos" fundamentava-se em diferenças musicais, embora creiamos não ser possível atribuir os poemas em quadras heptassilábicas assonantadas a um ou a outro gênero, a não ser por meio de procedimentos formais convencionais atinentes à musicalidade diferenciada que os tipificava como um ou outro.

É difícil concluir se o "romance", assim como os "tonilhos", era poema a ser socializado sempre através de *performance* em que se engajavam a voz, o corpo e o som da viola. Entre os "romances" inscritos no *Códice Lamego*, somente "Choray, tristes olhos meus," traz a indicação de que fora composto para ser cantado. Todos os outros "romances" registrados no *Códice*, embora apresentem os mesmos expedientes formais daquele cujo *incipit* acima citamos, não têm nas didascálias menção ao canto ou ao cantar com que obrigatoriamente se realizaria a socialização dessas composições.

Seria o "romance" um gênero poético-musical como os "tonilhos", a ponto de não ser necessária a menção de que se destinava ao canto? Se os "tonilhos" devem ser cantados, como o declara o escriba na didascália que os antecede no *Códice Lamego* – "Tonilhos para cantar" – e se o canto é a forma naturalizada pelo costume para a socialização de poemas pertencentes a esse gênero poético, o mesmo não poderia ser asseverado a respeito dos "romances"? Uma mesma melodia, devido à identidade formal das unidades estróficas de que são compostos os vários poemas, poderia ser utilizada como complemento musical de textos distintos, como costumava ocorrer em vários gêneros líricos ditos "medievais"? Em códices poéticos miscelâneos do período isabelino, assim como em impressos produzidos a partir de manuscritos, Mary Hobbs constatou que a maioria dos poemas neles inscritos ou impressos "(...) *name tunes to which they are to be sung (...)*"[493], havendo casos em que o mesmo *tune* pode acompanhar mais de um poema. A notação musical propriamente dita é registrada excepcionalmente nos manuscritos miscelâneos do período isabelino, e o seu registro explica-se, como no caso do *Códice Bodleian Rawl. Poet. 148*, por ter pertencido a John Lilliat, "(...) *a long-serving Chichester Sherburne clerk (or senior vicar choral) who sang in the cathedral at the period when Thomas Weelkes was organist and choirmaster*"[494]. É ao talento de John Lilliat como músico que se deve "(...) *a single line of melody, or both treble and bass line, of melodious, unidentified settings (...)*"[495] que acompanham alguns poemas, provavelmente compostas por ele próprio.

Segunda crítica

Caberia a uma filologia que se ativesse ao estudo sistemático das práticas letradas dos séculos XVI e XVII deter-se

---

[493] HOBBS, Mary. *Early Seventeenth-Century Verse Miscellany Manuscripts*. Worcester: Scholar Press,1992, p. 22.

[494] Idem, p.20.

[495] Idem, p. 21.

na análise de cada testemunho da tradição de Gregório de Matos e Guerra para determinar como a materialidade de cada livro de mão impacta o procedimento interpretativo na medida em que os critérios retóricos, poéticos, políticos e teológicos, que ordenaram a disposição dos poemas nos manuscritos e deram origem às seções em que eles normalmente são divididos, são uma espécie de protocolo de leitura que cumpre constituir por meio do trabalho histórico-filológico. É preciso verificar como esses critérios ordenadores da disposição dos poemas no interior dos cancioneiros e da composição de rubricas genéricas são, ao mesmo tempo, propriedade intelectual de uma comunidade de interpretação, que, como toda comunidade, implica ao mesmo tempo inclusão e exclusão. Os critérios que regram a *dispositio*, desse modo, seriam um índice do grau de letramento e do conhecimento de gêneros retóricos e poéticos e da hierarquia estamental de fundamento teológico-político, a ponto de se poder produzir uma representação dessa *ordo* na *ordo* correlata do próprio manuscrito.

Não queremos dizer que todos os livros de mão da tradição de Gregório de Matos e Guerra sejam ordenados a partir da aplicação de critérios monológicos de disposição das matérias, pois há livros de mão que foram produzidos considerando-se a pertença dos poemas neles recolhidos e dispostos a dado gênero poético, com preeminência dos gêneros importados das cidades italianas para o mundo português em princípios do século XVI, como o soneto etc., enquanto há outros que combinam critérios poéticos a outros de natureza vária, que cabe caso a caso escrutinar. Desse modo, se há uma constante a ser depreendida do procedimento, é justamente a do reconhecimento de que a única constante escondida sob os livros de mão individuais é que cada um deles possui sua própria coesão interna, que cumpre compreender. Nesse sentido, considerá-los em sua individualidade de artefato é um princípio da prática crítica que aqui se delineia para descolonizar os estudos brasileiros sobre as letras coloniais. Vai-se de encontro, por conseguinte, à prática filológica de base neolachmanniana que considera as tradições textuais como "fenômenos por detrás dos quais se procura uma constante escondida", a do autor e de sua originalidade. A interpretação de cada livro de mão deveria considerar a *dispositio* como uma forma de disciplina, a do ordenamento dos poemas, e outra, correlata, que é a da atualização dessa disciplina no âmbito da recepção que conhece (ou não) os preceitos retóricos e poéticos aplicados pelo poeta à invenção dos poemas.

Sobre condicionamentos institucionais e códigos linguísticos do corpus poético do *Códice Asensio-Cunha*

Em uma carta de 20 de junho de 1662 para o rei Dom Afonso VI de Portugal, mais de cem senhores de engenho e lavradores de cana baianos acusam o personalismo do Secretário do Estado do Brasil, Bernardo Vieira Ravasco, irmão do famoso orador sacro, Padre Antônio Vieira. Alegando defender o "bem comum da República" ameaçado por Ravasco, afirmam que "[...] quem diz Brasil diz açúcar e o açúcar é a cabeça deste corpo místico que é o Brasil". O enunciado é uma síntese feliz de metafísica escolástica, teologia-política católica, direito canônico e negócio mercantilista[496]. Nele convergem enunciados contra-reformistas de jesuítas e dominicanos que, nos séculos XVI e XVII, definiram as relações sociais como a unidade corporativa de "bem comum" obtida pela concórdia dos interesses particulares pacificamente associados como "corpo místico" subordinado ao rei no pacto de sujeição.

---

[496] Em 1662, Bernardo Vieira Ravasco, Secretário do Estado do Brasil, pretende que seja proibido o estabelecimento de novos engenhos, alegando a suficiência dos já existentes. A carta de 20/6/1662, assinada por mais de cem "cidadãos", afirma que Bernardo pretende a limitação dos engenhos porque necessita das lenhas para mover o seu. Cf. Maria Izabel de Albuquerque, "Liberdade e Limitação dos Engenhos Açúcar", in *Anais do Primeiro Congresso de História da Bahia*. Salvador, Instituto Geográfico e Histórico, 1955, p. 494.

Aqui, lembramos categorias metafísicas, teológico-políticas e retórico-poéticas que modelam a "representação"[497] como fundamento e mediação de representações particulares da subordinação de ordens sociais e indivíduos nesta carta, em atas e cartas do Senado da Câmara de Salvador[498] e em textos de outros regimes discursivos, como a oratória sacra e a poesia, na segunda metade do século XVII[499]. Nos poemas do *corpus* atribuído a Gregório de Matos, a *representação*[500] é fundamento e mediação das representações líricas e cômicas dos tipos poéticos.

---

[497] A discussão dessa categoria dramatizada na sátira seiscentista atribuída ao poeta baiano Gregório de Matos e Guerra (1636-1696) é feita em HANSEN, João Adolfo. *A Sátira e o Engenho*. Gregório de Matos e a Bahia do século XVII. 2 ed. revista. Cotia/Campinas: Ateliê Editorial/Edunicamp, 2004. Sobre "representação, vejam-se os livros de MARIN, Louis. *Des Pouvoirs de l'Image. Gloses*. Paris: Seuil, 1993; e, também, *De la Représentation*. Paris: Hautes Études/Gallimard Le Seuil, 1994.

[498] Entre 1949 e 1959, a Prefeitura de Salvador editou as cópias dos manuscritos da Câmara. Cf. *Atas da Câmara*. Prefeitura do Município de Salvador – Documentos históricos do Arquivo Municipal. *Atas da Câmara* – 1641-1649, 1949, vol. 2.; 1649-1659, 1949, vol. 3.; 1659-1669, 1949, vol. 4.; 1669-1684, 1950, vol. 5.; 1684-1700, 1951, vol. 6. *Cartas do Senado*. Prefeitura do Município de Salvador Documentos históricos do Arquivo Municipal. 1638-1673, 1951, vol. 1.; 1673-1684, 1952, vol. 2.; 1684-1692, 1953, vol. 3.; 1692-1698, 1959, vol. 4.

[499] São Salvador de Todos os Santos foi fundada na Bahia em 29 de março de 1549, obedecendo ao regimento de 17 de dezembro de 1548, em que o rei D. João III manda erguer uma cidade fortificada como sede do governo-geral do Estado do Brasil. A fundação ocorreu num momento de crise do chamado capitalismo monárquico da dinastia de Avis, quando também fracassava o regime das capitanias hereditárias estabelecido em 1534. Com exceção da capitania de Pernambuco e Itamaracá, no nordeste, e de São Vicente, no sul, as restantes vinham sendo derrotadas pelas distâncias, pela falta de capitais dos donatários, pelos ataques constantes de índios e piratas. Francisco Pereira Coutinho, donatário da Bahia, foi morto e comido pelos tupinambás de Itaparica. O descentramento era a principal causa do insucesso, agravado pela ameaça de ocupação do território pela França e outras nações européias. As diretrizes da fundação da cidade pressupunham esses condicionamentos e determinavam que seria a "cabeça" ou órgão centralizador, militar, administrativo, fazendário e judiciário, dos outros "membros" ou capitanias da colônia.

[500] Na sociedade luso-brasileira do século XVII, a identidade da pessoa é definida *como* representação – uma forma específica da posição social – e *pela* representação – uma ocasião de aplicação da forma como aparência decorosa subordinada no

Representação é categoria histórica substancialista ou a forma cultural específica da política católica portuguesa que, no século XVII, estrutura as práticas discursivas e não-discursivas da Bahia. Categoria tabular, condensa articulações e referências de sistemas simbólicos anteriores e contemporâneos como cerrada unidade de metafísica, teologia, política, ética, direito e retórica escolasticamente doutrinados. Inventada mimeticamente por procedimentos retóricos, *representação* determina as representações particulares como *evidentia* ou efeito sensível da presença de princípios teológico-políticos católicos constitutivos das formas das posições sociais de estamentos e indivíduos unificados como "corpo místico" subordinado no pacto de sujeição.

As representações particulares evidenciam para seus destinatários que a *tipologia* das formas inventadas retoricamente *pela representação* corresponde à *topologia* das posições sociais doutrinadas teológico-politicamente *como representação*. Nas práticas simbólicas desse tempo, a (des)constituição retórica do *tipo* prova a (im)propriedade política do *topos*.

Todas as representações mediadas pela representação são produzidas como imagens fornecidas à imaginação dos autores pela sua memória dos usos socialmente autorizados dos signos. Metafísica, a representação pressupõe que o atributo do Ser divino se aplica às coisas da natureza e aos eventos da história, tornando-os convenientes e semelhantes, e, simultaneamente, diversos e diferentes entre si. Todos são convenientes ou semelhantes pela sua ordenação

---

corpo místico do Império Português. Por "representação", no caso, entendem-se quatro coisas: 1. O uso particular, em situação, de signos que tornam presente outra coisa ausente. Nas representações luso-brasileiras do século XVII, os signos são recortados em uma matéria – verbal, gestual, pictórica, plástica, arquitetônica etc.– como imagens de conceitos produzidos na substância espiritual da alma participada pela substância metafísica de Deus. 2. A aparência ou a presença da coisa ausente na forma produzida na substituição. 3. A formalização retórico--poética da forma da presença da ausência. 4. A posição hierárquica encenada na forma como adequação à posição social e tensão, competição e conflito de representações.

em relação ao Um ou Máximo, como então se diz com Santo Tomás de Aquino, pois todos são seres criados como efeitos pela mesma Causa Primeira. Por participarem em sua Causa, todos são análogos a Ela e, em cada um deles, como análogo, a Unidade divina é posta como definição que os hierarquiza. Assim, todas as palavras que figuram os conceitos dos seres se correspondem pela semelhança que os liga como conceitos de seres criados pela mesma Coisa, podendo valer umas pelas outras como seus signos reflexos. Como todos os seres e todas as palavras são apenas semelhantes, ou seja, não-idênticos, todos são obviamente diferentes, o que permite, nas artes, nas formas da poesia e da prosa e da dicção engenhosa e aguda dos "melhores, produzir relações aparentemente incongruentes entre coisas e conceitos distantes.

A representação figura teologemas testamentários que definem a eficácia dos conceitos representados como manifestação da luz natural da Graça inata. Assim, o meio material da linguagem é percebido, na experiência da representação, como *evidentia* da Presença divina. Na pintura, na escultura, na arquitetura, na prosa e na poesia, a representação satura as formas não como "barroco", conceito estético neokantiano obviamente inexistente, mas como acúmulo compendiário, que exemplifica a presença da Luz na multiplicidade das coisas e dos conceitos figurados nas formas dos vários estilos. A representação é política, ou seja, as formas discursivas encenam posições hierárquicas do sujeito de enunciação, dos tipos representados, do destinatário e dos públicos empíricos. Sempre é posição social integrada na hierarquia, sendo definida e composta como representação testemunhada pelo destinatário e pelos públicos empíricos também constituídos como representação.

As formas efetuam o que a doutrina escolástica contemporânea prescreve: o *desenho*, "fantasma", conceito ou imagem mental que os homens fazem das matérias a que aplicam o pensamento, evidencia a participação análoga ou proporcionada da sua alma na substância metafísica de Deus figurada nos conceitos teológico-políticos da doutrina católica do poder. A doutrina prescreve que o Estado do Brasil é "corpo místico" de vontades subordinadas ao rei no pacto de sujeição. Reitera, contra Maquiavel e Lutero, que as leis positivas existentes são legítimas porque expressam a lei natural da Graça que reflete a lei eterna de Deus.

As refrações da representação nas práticas simbólicas da Bahia do século XVII põem em cena os direcionamentos particulares e polêmicos do sentido no local, sendo ativamente constitutivas da sua realidade. Em geral, os estudos brasileiros que utilizam resíduos coloniais como documentos de trabalho não se preocupam com a historicidade dos seus regimes discursivos. O pouco e mesmo o nenhum interesse que demonstram pela historicidade do simbólico decorre da concepção instrumental e positivista da linguagem como reprodução, reflexo, representação segunda ou reapresentação de coisas primeiras dadas como preformadas ou totalizadas como "realmente" reais, verdadeiras, históricas e sociais. O empirismo pode ser salutar; mas o excesso dele é idealismo que ignora que discursos são práticas tão reais quanto o tráfico negreiro e os negócios do açúcar.

As representações da Bahia do século XVII são variantes ou produtos de usos transformadores de categorias e preceitos de estruturas doutrinárias heterogêneas. A quantificação, a seriação e o cruzamento dos seus regimes discursivos ficcionais e não-ficcionais permitem inventar homologias formais e funcionais que remetem aos modelos, autoridades, preceitos e valores antigos e contemporâneos emulados nas representações particulares. Com as homologias estabelecidas na diversidade dos usos particulares, é possível constituir de modo provável os modelos retórico-poéticos e teológico-políticos da sua invenção e descrever os condicionamentos sócio-políticos da sua destinação prática nas diversas circunstâncias hierárquicas, bem como as suas deformações incontroláveis nas apropriações de públicos empíricos contemporâneos. As homologias evidenciam a recorrência de princípios doutrinários partilhados polemicamente na multiplicidade das representações. Os princípios definem um modo histórico de ser, pensar e agir próprio da "política católica" implantada na colonização do Estado do Brasil que é possível sintetizar pela categoria "representação". Ela põe em cena a presença de um corpo sacramental, um corpo místico, visível, audível e legível nas espécies que o dissimulam[501].

Aqui, usamos as cartas da Câmara de Salvador não para reconstituir uma suposta "realidade histórica da Bahia do século XVII", mas para tratar de convenções simbólicas também históricas que compõem a representação do "corpo místico" do Estado e tipos sociais nas representações desse tempo. Em todos os casos, na conceituação das categorias retórico-teológico-políticas da representação na Bahia do século XVII deste texto, prevemos três procedimentos, à maneira de Bakhtin/Voloshinov. Pelo primeiro deles, não separamos a significação da representação da realidade material do signo. Pelo segundo, não isolamos o signo das formas materiais da sua comunicação social. Pelo terceiro, não isolamos a comunicação e suas formas das práticas das quais são contemporâneas.

As cartas do Senado da Câmara de Salvador escritas entre 1660 e 1700 permitem inferir que, na segunda metade do século XVII, as crescentes barreiras alfandegárias impostas à distribuição e à venda dos açúcares brasileiros nos mercados europeus pela Inglaterra, França e Holanda, que então dominam sua produção nas Caraíbas e no Oriente, fazem os estoques do produto abarrotar os armazéns de Lisboa. A partir de 1675, a Coroa determina a redução dos preços para torná-los competitivos. A baixa do preço afeta imediatamente as folhas de pagamento do clero e da

---

[501] CHARTIER, Roger. *Escribir las Prácticas*. Foucault, de Certeau, Marin. Buenos Aires: Manantial, 1996, p. 81.

burocracia no Reino, com efeitos imprevistos no Estado do Brasil: eleva o valor dos escravos e os preços do fornecimento de materiais, cobre, ferro, breu e treu, indispensáveis aos engenhos da Bahia; descapitaliza os senhores de engenho, leva-os ao crédito, à impossibilidade de saldar dívidas, às falências e ao "fogo morto"; afeta a cobrança dos tributos, favorece a especulação dos mercadores; intensifica a miséria da população cronicamente pobre.

A crise brasileira da produção de açúcar é acompanhada da desvalorização da moeda metropolitana de prata e ouro. Fixada num valor facial inferior ao da moeda circulante no Brasil, causa a evasão do metal para Portugal e a elevação dos preços dos gêneros metropolitanos. A crise atinge o auge por volta de 1688. Após a desvalorização espanhola da pataca em 20%, a moeda portuguesa de ouro e prata torna-se mais vulnerável ao contrabando e a outras práticas de desvio, como o corte de seus bordos e a fundição das aparas pelos ourives baianos, que as transformam em metal e objetos suntuários usados em Angola como moeda no tráfico negreiro.

A evasão da moeda e sua fundição atingem todo o Império, principalmente a partir da metade do século XVII, quando a prata peruana de Potosí contrabandeada de Buenos Aires deixa de chegar à Bahia. Toda a segunda metade do século vive a crise da falta da moeda circulante, acumulando-se as medidas para saná-la. Carl A. Hanson demonstra que as Cortes de Lisboa de 1668 propuseram desvalorizar a moeda de ouro em 20% como meio de reduzir a quantidade do metal precioso necessária para pagar salários de mercenários franceses e ingleses que levavam suas montarias para Portugal. O sustento e o transporte dos animais somavam-se aos salários dos soldados, que orçavam por 100 mil cruzados mensais[502]. Propõe-se então

---

[502] HANSON, Carl A. *Economia e Sociedade no Portugal Barroco 1668-1703*. Lisboa: Publicações Dom Quixote, 1986, p. 167

que, aumentando-se o valor facial da moeda de ouro pela cunhagem de moedas com valores superiores ao valor intrínseco, salva-se um quinto do metal que foge para o estrangeiro. Os reajustes monetários fazem parte da legislação protecionista intensificada pelo conde da Ericeira na década de 1680. Em 1663, a moeda de prata é desvalorizada em 25%. Por volta de 1680, a Câmara de Lisboa demonstra serem necessários 160 réis para comprar um artigo que se compra por 100 na Inglaterra.

Em 1688, como a evasão do metal continua, a Junta e o Conselho alegam que as reservas de ouro e prata estão mais reduzidas com a desvalorização, uma vez que os comerciantes estrangeiros colocam mais facilmente seus produtos em Lisboa, vendendo-os em maior quantidade e levando mais prata e ouro para seus países [503].

Na década de 1680, apesar das penas governamentais que incluem multas pesadas e degredo de quatro anos dos infratores em Angola, o corte e a fundição se intensificam na Bahia. A desvalorização de 1688, que acompanha a desvalorização espanhola de 1686 da pataca, torna mais precária a situação no Brasil. Por ordem da Coroa, a moeda brasileira deve circular de acordo com seu valor intrínseco, não com o valor facial. A cotação da moeda metropolitana com um valor inferior ao da moeda do Brasil acelera a evasão da prata e ouro coloniais. A falta crônica de moeda corrente obriga os senhores de engenho a fazer empréstimos a crédito, garantindo as transações com a hipoteca das propriedades ou parte delas e, principalmente, com as safras. Torna-se rotineira a prática de garantir o empréstimo com a colheita seguinte, cujo preço é fixado antecipadamente pelos negociantes abaixo do preço do mercado, causando a "murmuração" dos senhores de engenho contra eles[504]. Então, muitos credores executam as dívidas nos escravos.

---

[503] Idem, p. 168.

[504] SCHWARTZ, Stuart B. *Sugar Plantations in the Formation of Brazilian Society, Bahia 1550-1835*. Cambridge: Cambridge University Press, 1985, p. 205.

Em 14 de fevereiro de 1693, os oficiais da Câmara de Salvador determinam que nenhum ourives possa lavrar prata sem que primeiro venha à Câmara registrá-la, declarando o nome do destinatário da obra. A Câmara prescreve medidas severas: trinta dias de cadeia para o ourives que não o fizer e 6 mil-réis de recompensa para o denunciante. A murmuração aumenta entre os oficiais mecânicos, bem como as denúncias contra eles motivadas pela cobiça. As penas da Câmara são mais severas para os ourives que fazem obra de prata não registrada. Executa-se neles a pena da *Ordenação, Livro V,* título 12, parágrafo 5: dez anos de degredo na África, com perda da metade da fazenda[505]. A lei atinge não só os que fundem moeda, mas também todos os que a mandam fundir. A mesma prata lavrada a mando de senhores compra escravos em Angola para suprir a falta crônica de mão-de-obra que diminui os lucros senhoriais, principalmente após as epidemias da "bicha", a febre amarela trazida nos navios negreiros, que dizima milhares de escravos no Nordeste entre 1686-1690.

Então, a murmuração da plebe contra o fisco; as operações monopolistas de negociantes detentores do estanco do sal e gêneros metropolitanos; a competição entre senhores de engenho e a Companhia de Jesus; os atritos da Câmara e do Tribunal da Relação; a rebelião dos soldados do Terço da Infantaria; as infrações das pragmáticas de vestuário, cortesia e precedências; a destruição de engenhos do Recôncavo por índios inimigos; o medo dos ataques de piratas franceses, ingleses e holandeses; as assuadas, bebedeiras, feitiçaria, calundus, rebeliões e quilombos de negros e mulatos; as arbitrariedades e a corrupção de governadores; os casos de "insulto atroz"; a proliferação de vadios e prostitutas; as brigas de senhores de engenho e

---

[505] Cf. "Termo de acórdão que tomaram os oficiais da Câmara sobre o requerimento que fez o juiz do Povo da moeda e prata lavrada". In: *Atas da Câmara 1684-1700,* vol. 6, p. 209.

lavradores de canas por lenha e terras; os escândalos do convento de Santa Clara do Desterro; os casos de blasfêmia, de práticas judaizantes, de sodomia e mais crimes *contra naturam* desestabilizam a hierarquia, que se recompõe para ser simultaneamente transgredida. Nas atas e cartas da Câmara, os eventos configuram a desordem que desagrega o "corpo místico da Bahia", traduzida por expressões como "ruína de todo este povo", "perigo de todo este Estado", "miserável estado deste povo", "clamor geral", "clamor dos pobres", "sentimento geral", "dor geral", "lágrimas das viúvas", que hiperbolizam pateticamente o narrado. São abundantes então as informações sobre a chegada de navios negreiros vindos de Angola e da Costa da Mina com a peste que causa a morte em massa de africanos; sobre execuções de dívidas dos senhores de engenho; sobre rebeliões de escravos e seu controle através da jeribita, a aguardente de cana. A comemoração festiva com luminárias e a missa solene em agradecimento a Deus pela destruição do quilombo de Palmares evidenciam o alívio pela restauração da ordem na ata que as registra[506].

A representação substancialmente fundada é fundamento e mediação das significações dessas representações, pondo em cena categorias metafísicas e teológico-políticas da "política católica", como "corpo místico", "corpo político", "único todo unificado", "cabeça", "membro", "bem comum", que hierarquizam as práticas discursivas e não-discursivas do lugar.

Um *topos* clássico da historiografia brasileira que se ocupa da Colônia é a comparação dos processos de

---

[506] *Ata* de 25/12/1694, *Atas da Câmara* 1684-1700, vol. 6, pp. 239-240: "Aos vinte e cinco dias do mês de fevereiro de 1694 nesta Cidade do Salvador Bahia de Todos os Santos nas Casas da Câmara dele em Mesa de vereação foi vista uma Carta do Senhor governador Antônio Luís Gonçalves da Câmara Coutinho que está no Cartório desta Casa da Câmara e em dita Carta ordena dito Senhor governador se fizessem luminárias e se dessem graças a Deus pelo feliz sucesso das nossas armas vencedoras contra os negros dos Palmares o qual se havia destruído com morte, e prisioneiros do que resultava particular serviço a Sua Majestade e maior utilidade aos moradores de Pernambuco...etc."

colonização adotados na América Portuguesa e na América Espanhola. Geralmente, a comparação é desfavorável para Portugal. Sérgio Buarque de Holanda propôs que a colonização espanhola se caracterizou pelo que faltou à portuguesa, a construção rigorosamente planejada de núcleos urbanos que reproduzem as cidades de Castela como imposição do domínio militar, econômico e político do poder metropolitano.

Desde o século XV, as iniciativas portuguesas na África e na Ásia se caracterizaram pela feitorização da riqueza imediata, o que conferiu aos núcleos coloniais o caráter de postos de exploração comercial que pode lembrar a colonização fenícia e grega da Antigüidade[507]. A fundação de vilas e cidades no Brasil dos séculos XVI e XVII dá continuidade à prática mercantilista das feitorias africanas e asiáticas[508]. A classificação do Estado do Brasil e do Estado do Maranhão e Grão-Pará como "empório" em papéis portugueses dos séculos XVI, XVII e XVIII é indício dessa feitorização que fazia da colônia um lugar de passagem donde tudo se tirava e praticamente nada se punha. Diferentemente da colonização espanhola, a portuguesa aproveitava as facilidades da comunicação comercial por mar e via fluvial. Seu caráter quase que exclusivamente marítimo já era apontado como defeito por Frei Vicente do Salvador em um texto célebre de 1627, no qual compara os portugueses a caranguejos que arranham o litoral sem penetrar o território[509].

---

[507] HOLANDA, Sérgio Buarque de. *Raízes do Brasil.* In SANTIAGO, Silviano (Org.) *Intérpretes do Brasil.* Rio de Janeiro: Nova Aguilar, 2002, 3 vol, vol. 3, p. 1002.

[508] Idem, p. 1004: "Mesmo em seus melhores momentos, a obra realizada no Brasil pelos portugueses teve um caráter mais acentuado de feitorização que de colonização. Não convinha que aqui se fizessem grandes obras, ao menos quando não produzissem imediatos benefícios.Nada que acarretasse maiores despesas ou resultasse em prejuízo para a metrópole".

[509] SALVADOR, Frei Vicente do. *História do Brasil* (1627). São Paulo: Nacional, s/d., p.16.

Quando a lavoura açucareira foi implantada e o tráfico de escravos africanos se tornou rendoso para a Coroa, os núcleos urbanos do litoral funcionaram como sedes da exportação dos produtos tropicais para a Europa, não conhecendo as iniciativas culturais adotadas na América Espanhola já no século XVI, como a imprensa e a Universidade[510].

Praticada como feitorização, a colonização portuguesa era provavelmente mais predatória que outras colonizações: tirava tudo e não punha praticamente nada, a não ser as instituições, que auxiliavam e garantiam a produção, como as religiões e a milícia. Já se lembrou que às vezes as vilas e cidades eram erguidas sobre antigas povoações indígenas. O imediatismo mercantilista levaria a aproveitar os traçados originais, que fariam as povoações crescer sem planejamento aparente. Contrariamente a essa opinião, Paulo Santos, historiador da arquitetura colonial, demonstrou que, no caso de Salvador e outros núcleos, como o Rio de Janeiro, houve diversos projetos de edificação enviados do Reino ou feitos na Colônia[511]. Os projetos repetiam

---

[510] Em 10/4/1674 e 7/7/1681, a Câmara de Salvador pede ao rei a fundação de uma universidade com os estatutos da Universidade de Évora. Os oficiais da Câmara afirmam ser mais que justificável sua fundação, tanto pela distância da Bahia quanto pelas despesas e riscos de mar a que se expõem os moços que vão estudar em Coimbra. Pedem também que seja concedido o grau de licenciado ou mestre em Artes àqueles que seguem os cursos ministrados no colégio local da Companhia de Jesus, caso a universidade não seja possível. Nunca foram atendidos. Cf. *Cartas do Senado 1673-1684*. Salvador, Prefeitura do Município do Salvador-Bahia, 1952, 2º vol., pp. 10-11 e 105-106.

[511] No início da cidade, o Colégio dos jesuítas, a Igreja da Sé e a Misericórdia ficavam fora dos muros. Dentro deles, foram situados o palácio do governador, o palácio do bispo, a casa da Câmara, o hospital, a igreja da Ajuda, a ermida da Conceição e os armazéns. Nos quarteirões situados nos lados do Terreiro de Jesus, predominava o traçado regular, em xadrez. Em 1624, quando invadiram a Bahia e tomaram Salvador, os holandeses fizeram uma planta da cidade na qual aparecem a porta sul, São Bento, e a porta norte, o Carmo, e as duas praças, o Terreiro de Jesus e o largo do Palácio, então usados para mercado. Nenhuma das praças é regular e predomina no conjunto o traçado em xadrez que, segundo Paulo Santos, tem sentido funcional, pois as irregularidades simplificam as comunicações. Cf. SANTOS, Paulo. *Formação de Cidades no Brasil Colonial*. Rio de Janeiro: Editora UFRJ, 2001, pp. 90-92.

padrões "medievais" e ordenavam o espaço urbano levando em conta principalmente a defesa e as atividades mercantis.

Como representação, o espaço urbano era qualificado, quase sempre, como espaço simbólico que mimetizava a noção escolástica de "corpo político", posicionando-se os órgãos elevados da "cabeça" representativa do poder real – as instituições administrativas, judiciárias e religiosas – em posição dramaticamente privilegiada em relação aos órgãos inferiores dos "membros". É o que se observa, em Salvador, na localização dos principais órgãos do temporal e do espiritual na Cidade Alta, construída sobre o platô de uma falésia, e na disposição das atividades da construção naval, da Alfândega, da alimentação e da escravaria na Cidade Baixa junto ao mar.

Desde a fundação da cidade em 1549, o porto de Salvador foi o centro do eixo das rotas horizontais do Atlântico sul e das rotas verticais do comércio costeiro. Mantinha contato contínuo com Pernambuco, Paraíba e Sergipe, ao norte, e Ilhéus, Porto Seguro, Espírito Santo, Rio de Janeiro, São Vicente e Buenos Aires, ao sul. Recebia navios que voltavam para Portugal vindos da Índia, navios negreiros de Angola, da Costa da Mina e da Guiné, e navios mercantes que saíam de Lisboa com o azeite, o vinho, o bacalhau e mais drogas, voltando para o Reino com pau-brasil, peles, animais, índios, tabaco, açúcar e outros produtos tropicais. A maior parte da renda da cidade provinha dos impostos sobre o comércio do açúcar e o tráfico negreiro[512].

No final do século XVII, Salvador e o Recôncavo tinham cerca de 35.000 habitantes, dos quais uns 20.000 eram escravos. As vilas de Maragojipe e Jaguaripe, no sul do Recôncavo, eram centros produtores de mandioca. Santo Amaro era um porto para a zona do açúcar. A mais importante dessas vilas, Cachoeira, plantava tabaco.

---

[512] SCHWARTZ, Stuart B. *Burocracia e Sociedade no Brasil Colonial*. São Paulo: Perspectiva, 1979, p. 79.

Situada na foz do rio Paraguaçu, era a principal via de entrada para o sertão. Ao sul do Recôncavo, as vilas de São Jorge dos Ilhéus, Boipeba, Camamu e Cairu plantavam mandioca, cuja farinha substituía o trigo na alimentação de Salvador. No interior, ao norte, na margem direita do rio São Francisco, desenvolvia-se a pecuária[513].

Os solos de massapé ou terra preta do Recôncavo são férteis, adequados ao cultivo de plantas tropicais, cana-de-açúcar, fumo, mandioca e algodão. Vários rios desaguam na baía e sua água era fundamental para mover as moendas dos engenhos. Na primeira década do século XVII, havia cerca de 63 deles no Recôncavo e nas ilhas da baía de Todos os Santos. No final do século, eram mais de 100. Seus proprietários, conhecidos como "senhores de engenho", recebiam terras hereditárias por doações da Coroa chamadas "sesmarias". Um primeiro grupo de senhores de engenho e lavradores de canas obteve terras entre 1550 e 1560, logo após a fundação da cidade; uma segunda leva deles aportou na Bahia em 1580, quando o açúcar estava em baixa e havia facilidade de aquisição de terras. De 1620 a 1660, constituiu-se um terceiro grupo, principalmente após a invasão holandesa de 1624, quando a destruição de engenhos e lavouras, a falta de capital e crédito, as falências, o desânimo e as mortes facilitaram a aquisição de terras aos militares jovens que tinham vindo de Portugal para combater os invasores, e a famílias que haviam fugido da ocupação batava de Pernambuco, como os Argolo, Ferrão, Brandão Coelho, Pires de Carvalho etc.

Quase sempre brancos ou assim considerados, os senhores de engenho baianos da segunda metade do século XVII disputavam o poder local e desejavam a nobreza, demandando a legitimação de seus foros, muitas vezes falsos, que conferiam representação de fidalgo. O desempenho

---

[513] SCHWARTZ, Stuart B. e PÉCORA, Alcir (Org.). *As Excelências do Governador*. O Panegírico Fúnebre a Afonso Furtado, de Juan Lopes Sierra (Bahia, 1676). São Paulo: Companhia das Letras, 2002, p.19.

da função de oficial da Câmara, a manutenção de filhas como freiras de véu preto no Convento de Santa Clara do Desterro, a provedoria na Santa Casa de Misericórdia, a ostentação e gastos suntuários com cavalos de raça, arreios de prata, roupas de seda e jóias de ouro dos escravos Mina nas missas de domingo produziam representação, confirmando sua posição na sociedade local como nobreza dos "melhores"[514].

Até a década de 1680, quando a febre amarela trazida nos navios negreiros chegados do Golfo da Guiné e de Angola tornava a cidade perigosa, passavam a maior parte do tempo em Salvador, devido à proximidade dos seus engenhos no Recôncavo e nas ilhas da baía de Todos os Santos. Por mar, ia-se de Santo Amaro a Salvador em cerca de 2 horas. Na cidade, viviam em casas assobradadas, com portais de pedra lavrada e cômodos espaçosos, cuja altura disputava a representação de "melhor" com as casas vizinhas. Sua participação nos negócios da Câmara e da Igreja indica que muitas vezes confundiam a administração dos negócios públicos da cidade com seus interesses particulares ligados ao açúcar. Como "aristocracia do açúcar", os senhores de engenho tinham poderes praticamente absolutos sobre os arrendatários, lavradores de cana, trabalhadores braçais brancos e escravos negros e índios[515].

Stuart B. Schwartz demonstrou minuciosamente que no final do século XVII a Câmara de Salvador era dominada pelos interesses dos senhores da terra, especialmente os do

---

[514] SCHWARTZ, Stuart B. Op. cit., 1979, pp. 265-267 e 281-282 Na poesia satírica produzida em Salvador entre 1680 e 1700 que hoje é atribuída ao poeta Gregório de Matos e Guerra, é corrente a tópica cômica do "arrivista", figurado com expressões como "sotatendeiro", "pobrete de Cristo", "cu breado", "mãos dissimuladas em guantes", "homem grande", "magnate" etc. As sátiras atacam o tipo do plebeu que ascende socialmente na Bahia, tornando-se "gente de representação", "homem bom "ou "melhor" por meio de negociatas, contrabando de ouro e farinhas, roubo de dinheiros públicos, foros falsos de fidalgo, casamentos com filhas dos melhores do local e o cargo de vereador da Câmara.

[515] Idem, pp. 90-92.

açúcar. Embora em seus quadros houvesse a representação mercantil, esta só aumentou a partir do século XVIII. Entre 1680 e 1729, a distribuição dos oficiais da Câmara tem 50,8% de senhores de engenho, 12,7% de lavradores de canas e 16,6% de outras atividades relacionadas ao açúcar, o que fornece 80,1% de interesse direto do setor açucareiro[516].

Quando se cruza a narração das cartas com testemunhos de outros grupos de interesse do lugar, como a Companhia de Jesus e o Tribunal da Relação, a sempre alegada defesa do "bem comum" também se evidencia como defesa da generalidade dos interesses particulares dos senhores de engenho em conflito com as representações de outros grupos e indivíduos, como é o caso da carta contra Bernardo Vieira Ravasco. Nas cartas, volta e meia explode o conflito entre a Câmara e o Tribunal da Relação. A Câmara defende a mediação dos Juízes Ordinários locais, apesar da limitação dos poderes destes, para substituir o recurso legal moroso, caro e incerto do Tribunal da Relação por vias mais seguras[517].

Nesses conflitos, a Câmara e o Tribunal da Relação são instâncias em que desejos, projetos e rivalidades dos "homens bons" locais recebem representação institucional. A discussão administrativa e judiciária de abusos de atribuições de ambas as instituições e de seus membros também significa lutas por demarcação de terras e pela lenha já escassa para as moendas ou execução de dívidas, penhora de safras, disputas de heranças de família, desavenças e vinganças pessoais.

A Câmara de Salvador foi estabelecida no tempo do primeiro governador geral, Tomé de Sousa (1549-1553)[518]. Muitos de seus documentos anteriores a 1624

---

[516] Idem, pp. 277-278.

[517] Idem, pp. 281-282.

[518] Em 1 de fevereiro de 1549, três naus, duas caravelas e um bergantim saíram de Lisboa com destino ao Brasil. Levavam mais de mil pessoas, entre elas, Tomé de

foram destruídos na invasão holandesa desse ano. No século XVII, a Câmara era composta de dois Juízes Ordinários, conhecidos como juízes da vara vermelha; três Vereadores e um Procurador da Cidade ou Procurador do Conselho. Todos eram chamados de "Oficiais da Câmara" e a pragmática de cortesia lhes atribuía o tratamento de "Vossa Mercê". Os Juízes Ordinários tinham funções judiciárias que desempenhavam dentro de limites, principalmente depois que o Tribunal da Relação foi instalado em 1609 e seus juízes, que representavam diretamente os interesses da Coroa, passaram a aplicar a justiça, conflitando com os interesses de senhores de engenho. Os vereadores deliberavam sobre os negócios públicos do interesse local, desempenhando funções propriamente administrativas, como a arrecadação de tributos, a fixação de preços de gêneros e a conservação da cidade. O Procurador da Cidade tinha funções executivas e representava os interesses da Bahia nas cortes de Lisboa. O cargo de "oficial da Câmara" conferia distinção, pois os oficiais eram escolhidos entre os "homens-bons" da Cidade, aqueles que "por sua pessoa, partes e qualidades" eram tidos

---

Sousa, o primeiro governador geral, o mestre Luís Dias, arquiteto, e seis padres da Companhia de Jesus chefiados pelo Pe. Manuel da Nóbrega. A frota chegou à Bahia em 29 de março de 1549. No mesmo dia se iniciou a construção de uma cidadela cercada por paliçadas de pau-a-pique na parte superior de uma falésia acima da baía de Todos os Santos. Conhecido como Cidade Alta, o núcleo inicial tinha forma irregular, adaptando-se aos acidentes do terreno. Sua forma era um trapézio, com fortificações nos quatro cantos e nas metades dos lados maiores, numa disposição tipicamente medieval. Nos lados de duas praças irregulares, o Terreiro de Jesus e o largo do Palácio do Governo, foram escolhidos os lugares para os edifícios das instituições do espiritual e do temporal: a Igreja e o Colégio dos jesuítas, o Palácio do Governador, a casa da Câmara, a cadeia. A parte inferior da escarpa, chamada de Bairro da Praia, foi destinada à construção naval e às atividades comerciais. Com o tempo, novas edificações foram erguidas na Cidade Alta, que foi ligada à Cidade Baixa por meio de guindastes pertencentes aos jesuítas, beneditinos e carmelitas. Inicialmente, Salvador foi fortaleza, como se lê em papéis dos séculos XVI e XVII que a classificam como "praça-forte". Uma das razões alegadas para a escolha do local foi a abundância de água na parte alta. As várias plantas da cidade feitas até o século XVIII permitem inferir que foi situada no alto de uma escarpa porque repetia as soluções defensivas tipicamente medievais adotadas em Lisboa e no Porto.

como aptos para ocupá-lo. Todos eles eram definidos como pessoas "a quem tocava requerer o bem comum e atender à prevenção dele por serem oficiais que representam a república", como se lê numa petição que senhores de engenho do Recôncavo dirigiram à Câmara em 1632.

Os trabalhos da Câmara começavam em 1º de janeiro, quando os vereadores que terminavam o mandato do ano anterior se reuniam e, com a presença do Ouvidor Geral, tiravam do "pelouro", urna de couro com uma abertura onde se depositavam os votos, os nomes dos oficiais do mandato seguinte[519]. Além desses oficiais, havia os almotacés, fiscais cuja função era fixar preços de mercadorias e controlar pesos e medidas; o escrivão ou secretário, funcionário vitalício encarregado da escrita de documentos; o porteiro, que apregoava em voz alta, na praça, as decisões da Câmara; e o Ministro da Cadeia, nome pomposo do carcereiro.

Em 21/5/1641, a Câmara determinou que cada grupo profissional da cidade teria um mestre ou chefe com a função de controlar a atividade de seus pares, fixando o preço do serviço prestado e avaliando as obras executadas[520]. Determinou-se que o número de mestres seria 12. Reunidos, elegeriam um Juiz do Povo e um escrivão para representarem os interesses das classes mecânicas. A ação dos Juízes do Povo freqüentemente colidia com interesses de outros "homens-bons", seus pares vereadores da Câmara,

---

[519] Cf., por exemplo, a sátira: "Entra logo nos pilouros,/e sai do primeiro lance/ Vereador da Bahia,/ que é notável dignidade". In: GUERRA, Gregório de Matos e. *Obra Completa de Gregório de Mattos e Guerra*. Crônica do Viver Baiano Seiscentista. Ed. James Amado e Maria da Conceição Paranhos. Salvador, Janaína, 1968, 7 vol., vol. II, p. 431. Veja-se, por exemplo, a ata de 19/1/1685: "Termo de eleição que se fez de juiz durante o impedimento do Capitão Francisco de Araújo de Azevedo e de um Vereador em lugar de Manuel Botelho Carneiro que é falecido e do Procurador em lugar de João de Matos de Aguiar que se julgou escuso os quais saíram no pelouro que se abriu o primeiro de janeiro deste presente Ano". Cf. *Atas da Câmara 1684-1700*, vol. 6, pp. 11-12.

[520] RUY, Affonso. *História da Câmara Municipal da Cidade do Salvador*. Bahia: Câmara Municipal de Salvador, 1953, p. 173.

e com os de negociantes: nas decisões sobre a fabricação e consumo da aguardente (1646); nos debates sobre a sonegação de impostos pelo Ouvidor Geral da Armada (1648); nas petições da população contra os "tratantes", negociantes que vendiam mercadorias com preços extorsivos (1668); na questão dos ourives que aparavam os bordos de moedas de prata e ouro para fazer baixelas usadas como moeda na compra de negros em Angola (1680-1700); na rebelião popular contra a nova taxação do sal (1711). Em 1645, os oficiais da Câmara impediram que o Juiz do Povo assinasse as atas da instituição[521].

Os dois gêneros de discursos institucionais, as atas e as cartas do Senado da Câmara da cidade escritas entre 1650-1700, são úteis para observar o duplo movimento de ruptura e reconstituição da representação nas representações do lugar. Ambos os gêneros diferem pela finalidade da escrita. As atas são discursos de gênero histórico escritos como crônica de eventos passados que foram objeto de decisões da Câmara. A memória estereotipada que se deposita nelas compunha um arquivo de casos armazenados como jurisprudência de decisões exemplares que eram consultadas em novas situações.

Diferentemente do tempo gasto das atas, a temporalidade das tópicas tratadas nos enunciados das cartas é a do presente da escrita. A maioria das cartas é de gênero negocial e deliberativo, pois tratam de negócios do presente cuja decisão também interessa ao "bem comum" futuro. Têm duplo registro discursivo: são miméticas ou representativas e judicativas ou avaliativas. Narrativamente, aplicam preceitos e categorias retóricas e teológico-políticas para compor representações de instituições, grupos,

---

[521] Em 25/2/1713, uma carta régia extinguiu os cargos de Juízes do Povo e mestres no Brasil. Pouco antes, em 1696, tinham sido extintos os cargos de Juiz Ordinário Cf. SAMPAIO, Theodoro. *História da Fundação da Cidade do Salvador* (Obra póstuma). Bahia: Tipografia Beneditina Ltda., 1949; e, também, RUY, Affonso, Op. cit.

indivíduos e eventos de Salvador pela perspectiva do lugar institucional dos oficiais, que as assinam unificados como um sujeito coletivo, "Senado da Câmara". Judicativamente, são performativas: o sujeito coletivo que as enuncia afirma subordinar seu lugar institucional ao lugar do destinatário, o rei, reiterando a vassalagem; e negocia com ele, para persuadi-lo da verdade dos enunciados como adequação ao "bem comum".

As tópicas deliberativas e epidíticas da invenção das cartas, a disposição das suas partes e a elocução dos seus estilos evidenciam a aplicação de preceitos retóricos de uma prática protocolar de produção de papéis oficiais que o secretário provavelmente aprendera com outro letrado ou no colégio local da Companhia de Jesus. Os preceitos aplicados à redação não são exteriores, mas *constitutivos* dos temas, das partes e dos estilos da correspondência. O que as cartas informam está invariavelmente em função do que o gênero usado prescreve e permite significar[522]. Assim, suas partes- *salutatio, exordium (captatio benevolentiae), narratio (argumentatio), conclusio, petitio, subscriptio* – são as definidas na *ars dictaminis* medieval, como as *Rationes dictandi* do chamado Anônimo de Bolonha, e nos modelos de correspondência sistematizados em tratados do século XVI, principalmente *Brevissima formula* (1520), de Erasmo de Roterdã, e *Epistolica institutio* (1590), de Justo Lípsio, além de preceitos epistolográficos de Demétrio de Falero, Aftônio, Hermógenes, Cícero, Sêneca, Quintiliano, Torquato Tasso, Juan Luis Vives e Pierre Fabri então usados no ensino local do colégio da Companhia de Jesus.

Dramatizando representações dos três estados da população da cidade, as cartas desenham uma cartografia móvel de posições hierárquicas pautada pela dupla adequação,

---

[522] PÉCORA, Alcir Pécora. Velhos textos, crítica viva. In TIN, Emerson. *A Arte de Escrever Cartas*. Anônimo de Bolonha, Erasmo de Rotterdam, Justo Lípsio. Campinas: Editora Unicamp, 2006, pp. 12-13.

representativa e pragmática, dos enunciados ao destinatário e às tópicas, tipos e temas representados. Aplicando os decoros hierárquicos, evidenciam os preceitos notariais da *ars dictaminis*. Nunca são jocosas, pois seu destinatário é de condição absolutamente superior. Para informá-lo convenientemente das coisas da Bahia, aplicam o estilo médio à narração das matérias, fazendo pequenas descrições ornadas de tipos e acontecimentos locais; simultaneamente, inventam o sujeito da enunciação, "Câmara", aplicando caracteres graves que tornam os juízos sobre os eventos da cidade verossímeis ou evidenciadores da prudência dos oficiais como homens "de representação" dedicadíssimos aos negócios da coisa pública que a compõem. Assim, as cartas aplicam os decoros próprios das posições sociais do remetente, dos tipos representados e do destinatário, demonstrando o conhecimento sistêmico das adequações do texto escrito aos níveis hierárquicos de conveniência discursiva e extra-discursiva. A circularidade de código das adequações é virtude política, pois faz a própria troca de correspondência ser elemento reprodutor da subordinação hierárquica.

Observa-se nas cartas o que foi apontado por Petrucci: são testemunhos gráficos produzidos pelo poder público, por isso incluem signos da solenidade que os oficiais da Câmara atribuem à sua função, que os põe em contato direto com a Coroa[523], distinguindo-os da população de Salvador como "melhores", "homens bons" ou "gente de representação". Todas as cartas alegam subordinar o relato ao interesse maior da "razão de Estado", defendendo e aperfeiçoando a unidade do "bem comum" do "corpo místico da Bahia". Afirmando subordinar a escrita ao "bem comum", fazem narrações reportadas em que citam narrativas, declarações, protestos e pedidos da população,

---

[523] PETRUCCI, Armando. Poder, Espacios Urbanos, Escrituras Expuestas: Propuestas y Ejemplos". In: *Alfabetismo, Escritura, Sociedad*. Trad. Juan Carlos Gentile Vitale. Barcelona: Editorial Gedisa, 1999, p. 58.

interpretando-as como eventos em que uma reivindicação justa se fez ouvir ou em que se cometeu uma nova infração.

Referindo-se à cidade, tentam obter assentimento para o que expõem, construindo argumentos com provas e exemplos que demonstram sua justiça também quando recusam cumprir a determinação real. Quase sempre, descrevem de maneira vívida e patética as condições de vida da população para saturar os argumentos com exemplos que visualizam a referência, tornando-a retoricamente persuasiva:

> [...] além das Razões que a Sua Majestade se têm Representado, e das que por parte dos Braços Eclesiásticos e Nobreza, nesta ocasião também se alegam, que todos propomos, e aprovamos, atendendo mais em particular no último, e mais miserável estado nosso, do qual todavia se compõe o grande Corpo desta República, não deixaremos de expor aos Clementíssimos olhos de Sua Majestade como Pai, e Príncipe nosso, o que desta grande falta de dinheiro padece este seu Povo. Primeiro: uma grande, e quase extrema necessidade do necessário para sustento da vida, porque os Nobres, e Eclesiásticos, vivem, ou das Suas Fazendas, ou das suas Côngruas, e suposto tenham grande dano e detrimento na falta da Moeda é segundo mais ou menos a viver com mais limitação, porém o Povo, que somente se alimenta do trabalho de suas mãos, e do suor de seu Rosto nas obras mecânicas, e faltando o com que se mandem fazer, ou já feitas, com que se pague o que nelas se obrou, ficam e andam os Oficiais famintos e ociosos, e neste estado pela maior parte se acha o Povo da Bahia, depois que nela falta a moeda. Segundo, que por esta causa as Tendas de muitos Oficiais trabalham muito menos do que costumavam, e muitas de todo se fecham, porque com a falta da moeda cada um se restringe, e remedeia com menos obra

> do que pede a Sua necessidade, de que Resulta pagarem-se as obras por menos preço porque sobejam em grande número os Oficiais e Obreiros, e pela maior parte andam vagabundos, porque os que haviam de ocupá-los, como as obras são menos se medeiam com menos obreiros por não poderem pagar mais; outros depois de trabalharem, ficam sem paga do Seu trabalho, com que se vão, e ficam impossibilitados a exercitar seus Ofícios, e conseguintemente a viverem vadios, o que mais claramente se vê no Serviço dos Engenhos, e mais Fazendas, porque, impossibilitados os Senhores deles a pagar os jornais que são muitos a dinheiro, pelo não terem, nem havê-lo despedem seus serventes, e ficam impossibilitados para as Fábricas do Açúcar. Terceiro: porque esses tais vendo que trabalham sem fruto, morrem de fome, e se metem pelo interior do Sertão desta Cidade, que é imenso, e hoje muito povoado de Currais maiores por onde discorrem fazendo mil insolências a que os obriga, por uma parte a fome, e necessidade, por outra o pecarem sem medo da Justiça a Divina, por que a não vêem, e a Humana não receiam porque lhe fica muito longe[524].

A voz da Câmara é representação institucionalmente autorizada a fazer ouvir vozes de outras representações dos três estados do corpo político da Bahia. Aqui, a narração particulariza minuciosamente os males que a falta da moeda circulante causa aos oficiais das "mecânicas", as corporações de ofícios – falta de pagamentos de obras executadas, falta de novas encomendas, desemprego, ociosidade, vadiagem, fome, revolta e desespero – reafirmando um pressuposto doutrinário do "corpo místico" da Bahia: o mal que ataca um membro corrompe a todos. É o caso dos membros das ordens mecânicas, cuja miséria atinge outros membros

---

[524] *Cartas do Senado 1692-1698*, vol. 4, p. 11.

superiores, os senhores de engenho incapacitados de pagar as diárias dos trabalhadores, e inferiores, os empregados dos mestres nas corporações de ofícios, ociosos e famintos. A miséria desagrega o corpo político da Bahia e multiplica-se nas misérias físicas, morais e espirituais de membros que se desgarram dele. Nesse tempo, o termo "sertão" qualificava o território imediatamente exterior aos termos geográficos e limites jurisdicionais da cidade. Como espaço exterior ao corpo político, era vazio e indeterminado, sem leis cristãs, dominado por feras, bárbaros antropófagos e o demônio. Assim, os homens que em Salvador eram vagabundos sem trabalho, afirma a Câmara, tornam-se criminosos nos currais do sertão. Não sendo atingidos pela justiça humana da cidade, pecam mortalmente, "sem medo da Justiça a Divina".

A falta de moeda fere mortalmente a parte principal do corpo político, a "cabeça" do açúcar, de que depende a integridade das almas ameaçadas ou já perdidas. Segundo os oficiais, os negociantes colaboram na sua desagregação, pois lucram com a falta de moeda, fazendo o dinheiro render apenas na venda das mercadorias que trazem do Reino: os 5 cruzados com que compraram o bacalhau em Lisboa tornam-se 20 cruzados na Bahia[525]. A Câmara novamente evidencia o preceito corporativo: não é contrária ao lucro, mas contra a usura, que classifica como pecado de partes autônomas e corruptoras do "único todo unificado". O preceito da *Ética a Nicômaco* interpretado catolicamente orienta o sentido do enunciado: vitupera-se e reprime-se o abuso que corrompe o uso consagrado por manter as partes e o todo do corpo político "com saúde", como se diz então.

Uma carta de 1689 pede ao rei que ordene a cunhagem de moedas de vintém, 2 vinténs, meio tostão, 3 vinténs, 4 vinténs e tostões: "[...] que tenha toda de valor intrínseco 25 ou 30% menos, para assim se não poder levar". A Câmara afirma representar "[...] a geral queixa da Pobreza,

---

[525] *Cartas do Senado 1673-1684*, vol. 2, p. 101.

e Povo", referindo "[...] os descômodos que padecem por falta de troco" para compras miúdas, além do grande prejuízo da caridade: não há moedas para dar esmolas aos mendigos[526]. Pedidos semelhantes, sempre repetidos, são índices da "murmuração" da "Pobreza" virtualmente amotinável. A ordem hierárquica prevê as esmolas católicas que a mantêm no lugar. Em 1º de julho de 1693, após repisar o lugar-comum da "ruína de toda a República" e novamente tratar do crédito, das execuções de dívidas e falências de senhores de engenho, a Câmara informa que também não há missas, pois os capelães se vêem obrigados a dizê-las sem receber por elas. Os mendicantes não têm esmolas, perece o culto divino nas celebrações dos santos, na pompa das procissões, no ornato dos altares. Tudo o mais fenece quando, juntamente com os negócios do açúcar, são atingidos os negócios da alma: "[...] o que podia ser exemplo da grandeza dos ânimos vai passando a ser mágoa da piedade cristã"[527].

As categorias que interpretam as representações desses enunciados são, como dissemos, teológico-políticas. Católicas, reiteram o anti-maquiavelismo e o anti-luteranismo. Afirmam que o exercício do poder da Câmara é representação que não se dissocia da ética. Reiteram que o poder real não é doação direta de Deus, mas produto do pacto de sujeição em que o todo unificado do corpo político da Bahia se aliena da liberdade declarando-se vassalo. É sempre o rei que *dá* ou *doa* o direito, formalizando os privilégios e deveres das ordens e indivíduos da Bahia *como* representações *pela* representação da soberania da sua pessoa imortal; as instituições locais *repetem* ou *glosam* o ditado. A glosa reitera o ditado e determina, para cada posição, privilégios e deveres dados em representação numa forma decorosa. Catolicamente definida como representação,

---

[526] *Carta* de 16/7/1689, *Cartas do Senado 1684-1692*, vol. 2, p. 85.
[527] *Carta* de 1/7/1693, vol. 3, p. 116.

a hierarquia regula todas as formas, descendo da cabeça real até os pés escravos: suas leis, visíveis nas instituições, tatuam todos os corpos. Têm autoridade de leis legítimas, segundo o Direito Canônico que as doutrina como reflexo justo e proporcionado da lei natural. Doutrinariamente, compõem a unidade sagrada do corpo político da Bahia, garantem a pluralidade dos privilégios de seus membros, especificam a diversidade de suas atribuições, interesses e deveres, mantendo-os em equilíbrio pacífico como "única vontade unificada" no pacto de sujeição. Afirmando o absoluto da soberania que a população quase aliena de si mesma na *persona mystica* do rei, reiteram que este *deve* impor, conservar e ampliar o monopólio da violência legal da razão de Estado pelos meios repressivos existentes- aparelho judiciário, milícia, fisco, Inquisição, castigos exemplares, açoites, degola, garrote vil, forca, degredo- e pela interiorização da disciplina, como catequese de índios e negros e a educação da Companhia de Jesus, que divulga as formas cortesãs, agudas e discretas das "letras e armas" que tipificam o comportamento dos "melhores". A manutenção da ordem pela representação opõe-se ao pecado e à heresia, pois assegura a concórdia das partes individuais consigo mesmas como auto-controle das paixões, e a paz do todo, como "corpo místico" de vontades unificadas na subordinação.

Na representação das cartas da Câmara, o poder real se divide em *poder ordinário*, cujos limites são o direito privado, a lei comum e o interesse particular dos súditos determinados num contrato, e *poder absoluto*, que visa o "bem comum", determinando meios e fins da razão de Estado soberana[528]. A distinção é pressuposta na enunciação das cartas, sendo explicitada quando fazem referência

---

[528] MARAVALL, José Antonio. A Função do Direito Privado e da Propriedade como Limite do Poder do Estado. In: HESPANHA, Antônio Manuel (Org.). *Poder e Instituições na Europa do Antigo Regime*, Lisboa: Calouste Gulbenkian, 1984, pp. 240 ss.

ao "escândalo" dos "[...] novos e pesados impostos sobre o Tabaco fruto deste Estado" ou aos "[...] Privilégios que por muitos grandes puderam ser invioláveis". Formalmente, a distinção determina que o imposto real só pode ser lançado com o consentimento dos súditos. Mas a Coroa continuamente infringe o preceito, determinando alterações do valor da moeda, aumentos de taxas e novos impostos. A população reage com "murmuração" e "tumultos"[529].

Tendo por pressuposto o poder absoluto da razão de Estado soberana como limite de suas intervenções nas questões da cidade, os enunciados das cartas da Câmara permanecem na circunscrição do poder ordinário. Desta maneira, os oficiais legislam em causa própria, contestam

---

[529] António Manuel Hespanha e Maria Catarina Santos demonstram que, em Portugal, perdurou a noção tradicional de uma jurisprudência paralela à vontade da Coroa, constituindo-se mesmo, como se fosse evidente, a noção da legitimidade do controle jurídico do poder central do rei pelos tribunais. Em decorrência, também a idéia, muito difundida, de que o rei não poderia governar sem o conselho dos juristas, considerado mais básico que o das Cortes. Se o rei o fazia, agia contra *ratio iuris*. Quando se tratava da aplicação, da integração e da interpretação do direito, a presença dos juristas era, assim, sempre muito ativa. Deve-se somar à importância da jurisprudência e dos juízes a lentidão da máquina judiciária portuguesa, sempre emperrada pelas várias instâncias de apelação e decisão por onde passavam os pleitos, agravos e desagravos, juntamente com a larga margem de *arbitrium* nas decisões que era facultada pela estrutura doutrinária e burocrática do saber jurídico. Evidencia-se imediatamente a centralidade do lugar social dos juristas na sociedade luso-brasileira e, em decorrência, também a centralidade das formas do pensamento jurídico difundidas por todo o corpo político do Estado português pela educação jesuítica como modelo de distinção social emulado desde os escravos até os príncipes da Casa Real, como é o caso das formas da dicção aguda, que reproduzem a técnica dos *distinguos* da filosofia escolástica aprendida pelos letrados nas instituições de ensino. Eloquência, legalismos, casuísmos, citação de autoridades, tradicionalismo das fontes, muito latim e providencialismo corporativista são constitutivos dos modos históricos de ser e agir das representações da Bahia do século XVII. Não se trata, como ainda se diz com anacronismo no Brasil de hoje, de fórmulas verbalistas e fúteis dissociadas da realidade. Ao contrário, elas são práticas materiais ativamente constitutivas da realidade do seu tempo. Cf. HESPANHA, António Manuel e SANTOS, Maria Catarina. Os Poderes num Império Oceânico. In: MATTOSO, José (Dir.) e HESPANHA, António Manuel (Coord.). *História de Portugal. O Antigo Regime (1620-1807)*. Lisboa: Editorial Estampa, 1982, 4o. vol., pp. 395-413.

iniciativas particulares de grupos e súditos individuais que, conforme alegam, contrariam a unidade do corpo político local e contestam ordens e imposições reais, principalmente por meio de argumentos que alegam o excesso de impostos como causa do sofrimento do "miserável Povo" etc. Mas não contestam, *nunca*, a razão de Estado que determina o excesso, nem seu fundamento, a soberania real: "[...] Porém *por ocultos princípios, que não devem os Vassalos perguntar às Majestades,* foi servido brevemente Mandar Sua Majestade, que corresse toda a moeda de Selos pelo que tivessem a Respeito de tostão a oitava", confirma uma "Protesta da Nobreza da Cidade da Bahia ao Senado da Câmara para a fazer presente a Sua Majestade", em 28 de julho de 1693 [530]. As cartas deliberam sobre causas reguladas pelo poder ordinário principalmente porque obedecem ao pressuposto do uso estabelecido como *costume*, sempre alegado como *bom* uso predeterminado na vontade do rei, que é intocável[531].

Todas as cartas da Câmara pressupõem a distinção dos dois poderes, ordinário e absoluto, compondo o destinatário real como o tipo doador do sentido último da representação a que alegam subordinar as representações, o "bem comum". O rei *deve* ser persuadido da verdade ou verossimilhança dos enunciados que tratam de questões do poder ordinário. Como só é possível persuadir e ser persuadido a respeito daquilo que já se conhece, as representações da Câmara dramatizam normas de regulação social e esquemas de comunicação verbal do chamado "todo social objetivo".

Ao fazê-lo, põem em cena os modelos institucionais que regulam corporativamente o campo semântico da experiência coletiva, evidenciando que é experiência partilhada assimetricamente pelo sujeito de enunciação, pelos

---

[530] *Cartas do Senado* 1693-1698, vol. 4, p. 4. (Grifos nossos).
[531] Em 1678, os Oficiais da Câmara fizeram sugestões à Coroa que foram interpretadas em Lisboa como interferência direta na razão de Estado. A resposta da Coroa foi severa e, impondo silêncio aos Oficiais da Câmara, recolocou-os em suas atribuições de poder ordinário.

tipos representados nos enunciados, pelo destinatário real e pelos públicos empíricos. Em todos os casos, as representações reproduzem a jurisprudência dos usos adequados dos signos coletivamente partilhada como "costume" ou memória social de "bons usos" de autoridades.

A autoria, os textos e os públicos dos discursos formais das instituições e da murmuração informal da população de Salvador legível nas entrelinhas dos papeis são exteriores, evidentemente, às categorias iluministas e pós-iluministas que definem a subjetividade como psicologia e autonomia, a experiência do tempo histórico como contínuo progressista, a arte como autonomia estética, contemplação desinteressada, negatividade, ruptura, originalidade etc. As cartas da Câmara evidenciam que sua conceituação de "autoria", "texto manuscrito", "texto impresso" e "público" também é substancialista e mimética. Pressupõe a metafísica escolástica na definição de "pessoa humana" e de suas faculdades, vontade, memória e inteligência, quando inventam o remetente e o destinatário. Sem autonomia política e crítica, os remetentes se definem como tipos subordinados e integrados nos decoros hierárquicos. Ou seja, o remetente, "Senado da Câmara", é um sujeito subordinado.

Quanto ao destinatário, o rei, é "absoluto", porque está livre do poder coercitivo das leis positivas, segundo o pacto de sujeição, mas não reina nem pode reinar arbitrariamente como tirano, pois suas ações devem pautar-se pela ética cristã, ou seja, como representação que põe em cena a lei natural de Deus nas leis positivas que prescreve e aplica. Deste modo, assim como o juízo do remetente, o juízo do destinatário das representações das cartas não corresponde à "opinião pública" dotada de autonomia política, representatividade democrática e livre-iniciativa crítica de uma classe ou fração de classe com o direito, formalmente assegurado nas constituições democráticas das sociedades pós-iluministas, de fazer valer com igualdade de condições os direitos e os interesses de sua particularidade ideológica.

As cartas e mais representações baianas do século XVII definem e regulam o conceito de "público" por meio do conceito de "bem comum": "público" significa a totalidade das ordens sociais do corpo político do Império subordinado ao rei. Nos discursos não-ficcionais e ficcionais desse tempo, com exceção do rei, o destinatário também é tipo subordinado que testemunha a representação que outros membros subordinados fazem dele e para ele por meio da representação de sua posição e de outras como posições sempre subordinadas. O destinatário não tem a autonomia política da livre-iniciativa liberal moderna, pois sua representação é a de uma posição subordinada cuja definição jurídica pressupõe, diferencialmente, todas as outras representações das demais posições sociais subordinadas[532] ao rei no pacto de sujeição. Além disso, o juízo com que o destinatário e públicos empíricos avaliam as representações e produzem sua auto-representação só é entendido como justo quando ordena e orienta as três faculdades constitutivas de sua pessoa- vontade, memória, inteligência- como subordinação.

As cartas sempre afirmam que as instituições sociais são justas quando tornam o espaço público da Bahia visível como totalidade pública do "bem comum" do mesmo corpo político subordinado hierarquicamente ao rei. As representações devem, portanto, necessariamente obedecer aos decoros hierárquicos que regulam suas posições. A não-obediência é infração cujo castigo reproduz, com simetria, a mesma representação hierárquica: na Bahia do século XVII, açoites tatuam as costas de plebeus e escravos com os signos da soberania real; a degola dissocia corporativamente a cabeça de fidalgos da cabeça do rei; o degredo põe os corpos insubmissos para fora da comunidade pública do "bem comum".

---

[532] MERLIN, Hélène. *Public et Littérature en France au XVIIe Siècle*. Paris: Les Belles Lettres, 1994, p. 30.

Neste sentido se entende a solicitude freqüentíssima com que as cartas tratam de questões de fisco. Quando o fazem, formalizam a relação do direito privado dos senhores de engenho com o direito do Estado, fazendo ver que, por pertencer à potência pública, o Tesouro é *res quasi sacra*, coisa quase sagrada, que constitui e mantém a Bahia como "corpo místico" harmonicamente integrado na ordem determinada por sua "cabeça", o açúcar. Alma e substância da Bahia, o Tesouro circula nela como o sangue, que é sagrado e corre nos papéis da Câmara e de outras autoridades como metáfora do dinheiro. Na *Representação do governador Antônio Luís Gonçalves da Câmara Coutinho ao Rei*, datada de 4 de julho de 1692, lê-se a formulação organicista, montada por metáforas de proporção: *sangue:-corpo::dinheiro: corpo político*:

> [...] Toda a opressão, Senhor, e ruína que se teme, nasce da falta do dinheiro, que é aquele nervo vital do corpo político, ou o sangue dele, que derivando-se e correndo pelas veias deste corpo, o anima e lhe dá forças; e do contrário, como sucede no corpo natural, desmaia e enfraquece não só quanto às partes principais, e que animam as outras, senão quanto aos membros, que são aqueles de cujas operações tomam seu valor, e eficácia as superiores; sendo certo que são muito mais generosas e muito melhor reputadas, e ainda temidas as resoluções daquele Príncipe, República, ou Estado aonde sobra o Erário, que as daquele onde totalmente falta o dinheiro[533]

Numa carta da Câmara de 1º de julho de 1693, encontra-se formulação análoga, que define o Estado como

---

[533] COUTINHO, Antônio Luís Gonçalves da Câmara. Representação do Governador Antônio Luís Gonçalves da Câmara Coutinho ao Rei sobre o Estado do Brasil (1693). In: *Anais da Biblioteca Nacional do Rio de Janeiro*, Rio de janeiro, MEC, 1939, vol. LVII, p. 147.

corpo de hierarquias e o Tesouro, *res quasi sacra*, como o fluido vital das trocas:

> [...] tirando-nos o sangue na paz, o não teremos para derramar se por pecados houver guerra como muitas vezes fizemos; o Sangue, Senhor, que sustenta e anima toda a Monarquia, é a abundância da moeda assim o confessam todos e o confirmam muitos Ministros de Vossa Majestade por cuja razão pretendem tirar o sangue dos braços para com ele se acudir a cabeça: pede-o assim a razão, e o julgamos conveniente mas deve-se primeiro considerar que se faltar o maior rio com a contribuição de suas águas ao Mar que não se há de enxergar esta falta[534].

No "Treslado do Requerimento que fez o Juiz do Povo e Mesteres sobre a moeda e prata feito aos 11 de fevereiro", requerimento dirigido aos vereadores e ao procurador do Senado da Câmara pelo juiz do Povo Francisco Ribeiro Velho e os mestres Domingos Pais e José Carvalho, o pressuposto doutrinário é explicitado quando declaram falar em nome do "[...] miserável estado a que se tem reduzido a antiga opulência desta Cidade e a presente ruína dos negócios". Apresentam duas causas da "ruína": a falta da moeda, que é enviada para Portugal pelos comerciantes, e a sua fundição pelos ourives locais. No requerimento, os três agentes, representantes de interesses das corporações de ofícios e de outros grupos plebeus, alinham-se contra os interesses de mercadores de açúcar, reiterando o pressuposto. Argumentam que o abatimento do preço, as despesas dos fretes, o comboio para a Europa, a demora da sua venda e "[...] os mais inconvenientes que lhe suspende [*sic*] o lucro e diminuem o cabedal e a facilidade de o poderem engrossar na prontidão de novos empregos, sempre mais seguros à vista do dinheiro" são causas do "miserável

---

[534] *Carta* de 1/7/1693, vol. 3, pp. 114-115.

estado". O principal negócio dos mercadores, segundo o Juiz do Povo e os mestres, consiste em mandar o dinheiro para o Reino, "como é notório", sem reparo algum da "utilidade do Estado"[535].

Mas é contra os ourives que o requerimento se concentra. Segundo os requerentes, devem-se coibir os ourives, que batem e lavram a prata das moedas à vista de todos: "[...] com dor e escândalo e admiração de toda esta Cidade". Segundo eles, a ação dos ourives é pior que a dos mercadores monopolistas: "[...] é mais atroz esta ruína que a de se levar o dinheiro pois aquele que foi pode voltar". A moeda convertida em baixelas e usos extraordinários não retorna, o que é delito sem perdão: embora se enriqueçam as casas particulares, o todo do corpo político da República se enfraquece, pois só se conserva com "[...] a substância comum do dinheiro, como a alma que mais vivamente anima as Cidades, os Reinos e as Monarquias". Reiteram que por isso "[...] se deve preferir sempre o bem universal ao apetite ou luzimento particular"[536].

É porque o Tesouro é coisa sagrada que a carta dos senhores de engenho e lavradores de canas contra Bernardo Vieira Ravasco afirma que "quem diz Brasil diz açúcar e o açúcar é a cabeça deste corpo místico que é o Brasil". Denúncias análogas são feitas pelos oficiais da Câmara, por padres seculares, pelo arcebispo, pelo governador, pela *persona* de poemas satíricos contemporâneos, pelos mestres de corporações de ofícios e pelo "povo" em geral, também contra a corrupção da Junta do Comércio, que em suas transações monopolistas eleva ou diminui os preços dos gêneros conforme os venda ou compre.

Nenhuma denúncia é iluminista, ao contrário do que já foi proposto algumas vezes, nenhuma delas propõe a

---

[535] Requerimento que fez o Juiz do Povo e Mesteres sobre a Moeda e prata feito aos 11 de fevereiro. In: *Atas da Câmara 1684-1700*, vol. 6, p. 205.

[536] Idem, ibidem.

superação da ordem nem alega "direitos" que pressupõem a igualdade. A "murmuração", as denúncias, os tumultos e rebeliões desejam repor a unidade da ordem antiga desagregada por abusos. Alegando a representação do costume, afirmam a necessidade de reprimir e castigar as iniciativas *contra naturam*, que ferem a "cabeça" da máquina colonial, o açúcar.

A representação do "corpo místico" como totalidade unificada de "bem comum", muito ativa na regulação das trocas simbólicas da Bahia, também se evidencia, por exemplo, em usos do termo "ladrão", então definidos como "insulto atroz" só reparável com o sangue do ofensor. Quando o termo é aplicado, fere radicalmente a representação da honra de indivíduos e grupos. "Ladrão" significa o indivíduo que peca mortalmente porque, roubando, desviando ou favorecendo o desvio do dinheiro público, tira o sangue do corpo político, rompendo voluntariamente os laços de amizade que devem unir suas partes[537].

A representação do "corpo místico" como unidade da totalidade do corpo político subordinada ao "bem comum" também aparece nas representações das trocas sexuais, vendo-se, por exemplo, em usos de um termo que, sempre alçado, é baixo: "corno". A desqualificação que o termo efetua dos laços de sangue e amizade é homóloga da que recorre a "ladrão", ainda que o tipo classificado pelo termo sempre seja o último a saber do erro das outras

---

[537] Suárez aconselha segundo o direito natural quando responde à questão "[...] *si es líçito a alguna persona recibir o pedir dadiva, ó cosa de preçio y valor, por alcançar del que tiene mano en el Gobierno, algun offiçio, plaça, o dignidad*". Segundo Suárez, o ministro peca contra as leis da República em coisa lícita e grave, da qual depende o "bom ser" do corpo do Estado. Logo, peca mortalmente em grave detrimento dele, porque peca todo aquele que faz algo contra a lei justa em coisas graves. Cf. SUÁREZ, Francisco (*Doctor Eximius*). *Conselhos e Pareceres*. Coimbra: Imprensa da Universidade de Coimbra, 1948, 3 tomos, tomo I, p. 225. "Ministro" e "oficial" são os nomes para presidentes, ouvidores e alcaides de Audiência; alcaides de Corte, juízes, relatores, escrivãos de Câmara, procuradores, fiscais; contadores; secretários; alcaides; carcereiros; almotacés etc.

partes envolvidas e, quase sempre, não participe voluntariamente dele. No caso, homem agride homem usando o "insulto atroz" para atribuir imoralidade hiperbólica ao comportamento sexual de mulheres de sua família, mães e esposas, degradando pais como "cornos" e filhos como "bastardos". Ou seja, como maridos e descendentes de "putas". Significando a desonestidade que corrompe os laços de solidariedade familiar, era desonra irreparável nesse mundo fidalgo abolido em que a honra dos "melhores" se fundamentava na representação da verdadeira herança do sangue e da genealogia autêntica do nome de família.

Assim como ocorre com os insultos, a escrita das cartas relaciona-se sistemicamente com os regimes discursivos formais e informais contemporâneos, refratando suas convenções éticas, jurídicas, sexuais, religiosas, teológicas, econômicas, políticas etc. Veja-se, por exemplo, a representação de um tipo local, o "mulato". Muitas atas da Câmara registram determinações de que os açougueiros exponham a carne pendurada para que o sangue escorra e não altere o peso e o preço. Como os açougueiros mulatos insistem em expô-la amontoada, as atas registram intervenções dos juízes do Povo contra eles, afirmando "porque são inimigos do Povo" como justificativa das medidas. Em fins do século XVII, a Câmara chega a baixar ordens proibindo a permanência dos mulatos dentro do termo da cidade. Então, usa-se o termo "mulato" para preencher semanticamente lugares-comuns de pessoa do gênero epidítico que compõem e classificam tipos inferiores no gênero baixo. A significação do termo refrata valores semânticos dos registros discursivos do campo simbólico geral: *preceituário* ético, que define "mulato" aristotelicamente como tipo "mau", por ser "misturado" ou "híbrido" sem unidade; *regulamentação jurídica*, que o classifica como "gente baixa", quando livre, e fora do corpo político, quando escravo; *troca sexual*, em que é "animal" incontinente, quando macho, ou "puta" à disposição de homens brancos e outros; *fundamentação teológica*, que o faz naturalmente "sujo de sangue" e escravo, como filho de Cam; *pragmáticas de precedência, traje, formas de tratamento*, que o proíbem de entrar em igrejas de brancos, usar sedas, veludos, fitas, ouro, cabeleiras empoadas, sapatos, bengala, espadim, determinando que deve dirigir-se aos brancos por "vós", sendo tratado por "tu"; e que, prevendo a desobediência, classificam-no de "atrevido", "vão", "desvanecido", "desavergonhado"; *referência letrada*, pela qual é tipo "ladino", falando Português, ou "boçal", ignorando a língua; *transação econômica*, na qual é "peça", "besta", "alimária" e "mercadoria", quando escravo; *ortodoxia católica*, pela qual é "gentio", "herege", "feiticeiro", "idólatra", dado ao calundu, à crença em ídolos, ao sexo nefando com Satanás etc.

Como o termo condensa e refrata valores semânticos de registros diversos, ao ser aplicado a um indivíduo qualquer da cidade significa as várias modalidades simbólicas de classificação de um tipo social inferior, de um caráter moral inferior, de uma posição política inferior e da forma da representação de um dever-ser naturalmente subordinado como inferior. Logo, o termo também significa eventos associados à inferioridade naturalizada que perturbam a ordem: associam-se aos valores semânticos de "mulato" as noções de *transgressão, erro, crime, pecado* e os castigos exemplares correspondentes, açoites e forca: "Alerta, pardos do trato/ A quem a soberba emborca,/Que pode ser hoje forca/O que ontem foi mulato", como se lê numa sátira[538].

Da mesma maneira, termos pejorativos, "negro", "pardo", "índio", "caboclo", "mameluco", "judeu", "cristão-novo", "sodomita", "ladrão", "corno", "puta", são usados para compor representações que desqualificam representações rivais. Antes de designarem os indivíduos empíricos a que são aplicados, os termos integram o conjunto das convenções

---

[538] *Códice Asensio-Cunha*, Vol. 3, composição de número 58. Cf. GUERRA, Gregório de Mattos. *Obra Completa*. Crônica do Viver Baiano Seiscentista. Ed. cit., vol. II, p. 423.

simbólicas que subtraem e negam distinção, pondo em cena sua categoria nuclear, a *representação*. Nos enunciados das cartas, colidem vozes recortadas de todos os pontos da sociedade baiana que pressupõem a representação como fundamento do seu desejo por mais representação sempre evidenciado nas representações e seus conflitos.

A sociedade baiana do século XVII é antes de tudo um mundo ordenado como mundo de relações pessoais. Todas as suas representações articulam a oposição de *mundo das relações pessoais de amizade,* como relações virtuosas que mantêm a ordem ou a unidade pacífica do todo, e *mundo das relações impessoais,* ou relações viciosas, que desagregam o corpo político, pois tiram de si mesmas sua representação.

Na sátira que circula em Salvador nos anos finais do século XVII, as iniciativas autônomas que ferem a unidade pressuposta no "único corpo unificado" da Bahia são figuradas pela metáfora da "morte", caracterizada como discórdia de partes desgarradas do todo como pedaços individualistas ou autônomos de ódio que, sendo paixão nefasta, inimiga do "bem comum", é traduzido como "amor falso", "mortal ódio", "fezes tão venenosas". É a metáfora corporal da ruptura dessas relações pessoais de amizade do bem comum (como *concórdia* e *paz*) opostas ao ódio de sua ausência (como *discórdia* e *guerra*) que as cartas da Câmara figuram como *evento,* a ocorrência transgressora que ameaça e destrói os laços de solidariedade do todo pressuposto.

O comportamento que desordena a harmonia preestabelecida na articulação dos deveres recíprocos que ligam o súdito e o Estado é, assim, sempre um erro lógico, um vício moral e um pecado religioso. Por caridade cristã e amizade pelo todo, os maus são amputados do corpo da República para que sua corrupção não contamine a unidade pressuposta da representação honesta. A instituição produz a perversão, como dizia o admirável Klossowski. Assim, a caridade constitui o erro para propor o amor que efetua o consolo das instituições: "Desejo, que todos amem,/seja pobre, ou seja rico,/e se contentem com a sorte,/que têm, e estão possuindo" [539].

Doutrinariamente, a hierarquia mantém a comunidade coesa como *ordinata multitudo,* organizando-a racionalmente pelo direito natural, que define o estatuto jurídico das posições sociais dos súditos, estabelecendo os limites de seus privilégios, impondo seus deveres e determinando a forma adequada da sua representação. A mesma representação corporativista que regula as práticas locais torna os limites hierárquicos maleáveis. As infinitas formas de sua violência benevolente – a autoridade, o dom, o favor, a amizade, o clientelismo, o apadrinhamento, a subserviência, a adulação, a dissimulação, a falsificação, a simulação, a violência moral e a violência física- asseguram a margem de manobra necessária para transgredir os limites do Direito e realizar os fins não-declarados ou declaráveis de interesses individuais.

Um gênero de conflito extremamente comum em Salvador durante todo o século XVII é o que opõe membros dos "melhores" que disputam a representação. As disputas evidenciam que a honra, a fama e a reverência são concebidas corporativamente como representação. Em uma carta de julho de 1643, a Câmara pede providências ao rei, relatando "[...] o excesso e a insolência do Bispo Dom Pedro da Silva". Segundo a Câmara, no dia de *Corpus Christi* de 1643, Dom Pedro saiu para o adro da Sé à frente da procissão sem esperar que a Câmara chegasse para acompanhá-la "como é costume"[540]. Segundo a Câmara, o bispo não esperou haver músicos na Sé, nem "gente de qualidade como convinha"

---

[539] *Códice Asensio-Cunha,* Vol. 3, composição de número 21. Cf. GUERRA, Gregório de Matos e. *Obra Completa.* Crônica do viver baiano seiscentista. Ed. de James Amado e Maria Conceição Paranhos. Salvador, Editora Janaína, 1968, 7 vol., vol. I, p. 28.

[540] "As Ordenações Filipinas determinavam o comparecimento obrigatório dos habitantes da Cidade e dos moradores dos termos distantes uma légua do local onde se verificava o cerimonial, sob pena de serem multados em mil réis, divididos entre o denunciante e o Conselho". Cf. RUY, Affonso Ruy. *Op. cit.,* pp. 167-168.

para levar o pálio, apesar de o deão e outras pessoas eclesiásticas o terem advertido. A Câmara afirma que o bispo fez "tudo de propósito": "[...] tomando o Senhor nas mãos saiu tão antecipadamente e escandalosamente que fez força com a pouca gente para sair a Procissão". A carta afirma que o governador chegou atrasado e, quando buscava a cabeça da procissão para ocupar seu lugar, o bispo não o esperou, entrando pela rua Direita. Aí, depois de largar a imagem do Senhor, saiu para fora do pálio, largando a Custódia do chantre, "com admiração de todo o povo". Aproximando-se de um "homem de representação" que tinha sido vereador no ano anterior, o bispo o empurrou, ordenando-lhe que fosse adiante com o guião, o estandarte da Câmara. O vereador não lhe obedeceu imediatamente e o bispo o ameaçou em altas vozes com a excomunhão. Conforme a Câmara, o bispo o "[...] fez ir assim intimidado para onde iam as bandeiras e insígnias das mecânicas afrontosa e escandalosamente"[541].

---

[541] Em 4/6/1699 (*Atas da Câmara*, vol. 6, pp. 374-375), os juízes Ordinários e mais pessoas nomeadas determinam as insígnias que devem ter os oficiais mecânicos e mais obrigações para assistirem nas procissões da Cidade em louvor de Deus e de seus santos. Propõem que se devem conservar e aumentar as "antigualhas que se costumavam", encarregando-se os alfaiates da confecção das novas insígnias e bandeiras. Os ofícios de carpinteiro, torneiro, marceneiro e entalhador são obrigados a dar uma bandeira e quem a leve; os ofícios de alfaiate, palmilhador, botoeiro são obrigados a dar, com a sua bandeira, a madeira e "pano pintado para a Serpe e negros que a carreguem"; os sapateiros, cortadores e achureadores são obrigados a dar "a sua bandeira e o drago aparelhado de tudo e negros para carregarem"; os pedreiros dão uma bandeira e quem a leve; padeiros e confeiteiros são obrigados a dar "dois gigantes, uma giganta e um anão e quem carregue"; os tanoeiros e sirgueiros, "uma bandeira e quatro cavalinhos frescos e quem carregue"; os ferreiros, serralheiros, barbeiros, armeiros e caldeireiros "todos ditos oficiais darão o guião e São Jorge a cavalo com todo o necessário e o pajem decentemente vestido e o Alferes da mesma sorte vestido, trombetas, tambores e seus alabardeiros de guarda do Santo, tudo vestido decentemente"; os vendeiros e vendeiros de porta são obrigados a dar "quatro lanças"; e os prateiros e os marchantes são obrigados a dar "três tourinhos". Observa-se, pela atribuição dos encargos das várias corporações, a riqueza de algumas em relação a outras – por exemplo, ferreiros, serralheiros, armeiros etc. Pelas atribuições, pode-se imaginar a sua disposição hierárquica na procissão. Na carta que relata

Segundo a carta, toda a população de Salvador testemunhou o evento; por isso mesmo, o governador e a Câmara se portaram "[...]com toda a prudência e dissimulação para não se alterar o povo, e romper em outro sucesso que julgava merecia o seu"[542].

No relato, o conflito das representações se refrata em articulações simultâneas de representações que espelham as posições do bispo, do governador, da Câmara, das classes mecânicas e do "povo", em geral. O bispo tem autoridade para expulsar o vereador para fora do corpo místico da Igreja, entregando-o ao demônio. Mas usa do privilégio na frente de todos, ameaçando um "homem-bom". A Câmara interpreta-lhe a ação como "teima" pessoal, indignando-se com a injustiça: o vereador é "homem de representação" e sua honra é ultrajada quando se vê obrigado a andar junto das corporações de ofícios da cidade, sendo visto por todos entre plebeus. O bispo infringe as pragmáticas que regulam a posição dos membros do "corpo místico" na procissão ferindo decoros: além de não esperar pelo governador e abandonar os objetos sagrados de modo inusitado, dá uma ordem sem razão, constituindo a população como testemunho desigual de seu arbítrio. E degrada a Câmara ao degradar o vereador e o guião em posição indecorosa, também ultrajando o governador-geral.

É justamente o olhar do testemunho da população presente[543] que impõe limite à reação imediata contra a

---

o conflito com o bispo Dom Pedro da Silva, infere-se que todas essas classes mecânicas estão presentes, testemunhando o mesmo.

[542] *Cartas do Senado* 1638-1673, vol. 1, pp. 18-19. Cf., a respeito de Dom Pedro da Silva, NOVINSKY, Anita (Introd.). *Uma Devassa do Bispo Dom Pedro da Silva 1635, 1637*. Separata do Tomo XXII dos *Anais do Museu Paulista*. São Paulo, 1968; e ACCIOLI, I. & AMARAL, B., *Memórias Históricas e Políticas da Bahia*. Salvador: Imprensa Oficial do Estado, 1937, vol. V, p. 265.

[543] "As Ordenações Filipinas determinavam o comparecimento obrigatório dos habitantes da Cidade e dos moradores dos termos distantes uma légua do local onde se verificava o cerimonial, sob pena de serem multados em mil réis, divididos entre o denunciante e o Conselho". Cf. RUY, Affonso. *Op. cit.*, pp. 167-168.

afronta. O governador e os oficiais da Câmara *dissimulam*, como bons católicos, fingem não ter sido insultados, para "não se alterar o povo". Sua dissimulação prevê justamente o olhar do povo: "com admiração de todo o povo". Por isso, aplicam a si mesmos a forma de uma representação prudentemente adequada à circunstância.

Diferentemente da simulação de maquiavélicos, que fingem o que não é, produzindo o falso, a dissimulação do governador e da Câmara é "dissimulação honesta", técnica católica de ocultar verdades em função de um bem maior. Catolicamente, a dissimulação honesta é determinada pela prudência, entendida como "arquitetônica do futuro": o incidente que desestabiliza a ordem é absorvido na mesma ordem pela auto-representação que o governador e a Câmara compõem e aplicam a si mesmos como representação adequada ao presente e ao futuro "bem comum da República". Sabem que as paixões são naturais, mas que sua representação não é informal: como no título do livro que o oratoriano Jean-François Senault dedica ao Cardeal de Richelieu em 1641, *De l'usage des passions*[544], as paixões têm formas visíveis específicas, que são aplicáveis conforme a ocasião. O governador e oficiais são "discretos", distinguem-se do "vulgar", que é levado pelas aparências.

A Câmara reconhece que é impotente contra o poder espiritual de Dom Pedro da Silva, por isso remete o relato da afronta para a instância superior que comanda o padroado, a Coroa. Solicitando providências, a Câmara constitui-se como representante e impetrante da ordem, pedindo que o rei ordene a justa medida dos privilégios e da aplicação dos seus decoros. Para fazê-lo, os oficiais situam-se na posição do destinatário real, exigindo-lhe a providência que *deve dar*[545]. Prevendo a versão do bispo,

---

[544] SENAULT, Jean-François. *De l'Usage des Passions*. Paris: Librairie Arthème Fayard,1987.

[545] Nesse tempo, *soberania* e *lei* são identificadas.

antecipam-se, avisam o rei de que Dom Pedro também lhe escreve pedindo providências. O bispo alega uma provisão de Felipe II de Castela que regula a posição do guião da Câmara nas procissões, determinando que vá "diante... por evitar inconvenientes". Segundo a Câmara, o bispo a acusa de "[...] não estar por esta verdade". A Câmara alega desconhecer a provisão e cita os registros das atas: "[...] nem está registrado". E comunica ao rei que, nas procissões de Santa Isabel e do Anjo, os oficiais e o governador Antônio Teles da Silva compareceram "[...] sem Guião por não tornar a haver com o mesmo Bispo segunda ocasião de sucesso ou perigo de se perder com ele este povo" [546].

Não se conhecem as motivações de Dom Pedro da Silva, conhecido pela intolerância inquisitorial contra os judeus e os cristãos-novos. Mas a carta do Senado da Câmara faz falar representações, privilégios, precedências, infrações, deveres, cuidados com o "bem comum": a representação está em questão. A ruptura da disposição protocolar dos membros do "corpo místico" na procissão evidencia o "[...] perigo de se perder... este povo". Que é esse perigo tão temido que faz o governador e a Câmara dissimular a afronta em nome da estabilidade de um bem superior? A "murmuração" do povo, que deve ser evitada, mantendo-se a todo custo a representação da honra e da reputação das posições e cargos como condição para continuarem a receber a reverência obediente que lhes é devida.

Na Bahia do século XVII, *honra, fama, reputação* e *reverência* são praticamente sinônimas[547], sendo doutrinadas e

---

[546] *Carta* de julho de 1643, vol. 1, p. 20. Cf. "*Quién no sabe disimular esas cosas ligeras, no sabrá las mayores*", escreve Saavedra Fajardo a propósito da opinião e murmuração da plebe, recitando Tácito: "*Magnarum rerum curam non dissimulaturos, qui animum etiam levissimum adverterent*" (TÁCITO, *Annales*, lib. 3). Cf. FAJARDO, D. Diego Saavedra. *Empresas Políticas. Idea de un Príncipe Político-Cristiano*. Ed. preparada por Quintin Aldea Vaquero. Madrid. Ed. Nacional, 1976, 2 vols., Empresa XIV, vol. 1, pp. 178-179.

[547] "*Honrado es el que está bien reputado, y merece que por su virtud y buenas partes se le haga honra y reverencia*" (COVARRUBIAS. *Tesoro de la Lengua Castellana*, 1612).

aplicadas politicamente como efeitos produtores de afetos. Ou seja: como aparências referendadas pelo olhar de outros que, testemunhando a representação dada em espetáculo, reconhecem a adequação dos signos a modelos de representação coletivamente partilhados para atribuir representação, confirmando ou negando a forma "honra". A carta da Câmara e mais representações baianas desse tempo evidenciam que a honra é relacional, constituída pelo testemunho de outro, devendo-se manter a forma adequada de sua representação para haver o reconhecimento que reproduz os "estilos" do *costume*, que mantêm a unidade do corpo político.

Moral da aparência e aparência da moral, a reputação do vereador obrigado pelo bispo a andar junto das mecânicas seria mais ultrajada ainda se o governador e a Câmara interviessem, fornecendo à plebe ocasião para testemunhar um conflito em que "homens bons" representantes do poder real se exporiam publicamente como homens divididos por discórdias[548], ou homens falíveis dominados irracionalmente por apetites inferiores, tornando-se objeto da "murmuração". Conserva-se a honra produzindo-se a aparência de dignidade acima das contingências da ocasião para impedir que a reputação seja abalada: não são o vereador, a Câmara e o governador que têm honra por si mesmos, mas aqueles que institucionalmente não a têm, os grupos e indivíduos do "povo", que podem deixar de atribuí-la aos que *devem tê-la*[549] segundo sua representação. Se o "povo" deixasse de

---

[548] Algo semelhante ocorre quando a corte de Luís XIV prepara a recepção ao embaixador da Sublime Porta que, descobre-se na véspera, é um mero mercador de tapetes. Nada se diz e a corte recebe o embaixador turco. Cf. BEAUSSANT, Phillipe. *Versailles Opéra*. Paris: Gallimard, 1981.

[549] A funcionalidade da honra é evidente no teatro de Lope de Vega. Por exemplo, na peça *Los comendadores de Córdoba*: Veintecuatro – ?Sabes que es la honra? Rodrigo – Sé que es una cosa que no la tiene el hombre. Veintecuatro – Bien has dicho. Honra es aquello que consiste en otro. Ningún hombre es honrado por si mismo, que del otro recibe la honra un hombre. Ser virtuoso un hombre y tener méritos no es ser honrado; pero dar las causas para que los que tratan les den honra. El que quita la gorra cuando pasa el amigo o mayor, le da la honra; el que le da su lado, el que le asienta en el lugar mayor;

atribuí-la, também deixaria de reconhecer a autoridade que determina a obediência imposta nos signos de reverência. Tem honra quem pode tirá-la de outro. A honra se constitui no ato do testemunho alheio, que é temido porque a qualidade honrosa das ações depende de encômio ou de censura. Logo, age-se bem quando se age produzindo a representação adequada à posição[550].

Escolasticamente, o governador e a Câmara demonstram a *recta ratio agibilium*, a reta razão das coisas agíveis, e a *recta ratio factibilium*, a reta razão das coisas factíveis. Distinguindo-se dos vulgares, agem como discretos que conhecem os decoros e sabem aplicá-los tecnicamente. Funcional, a honra é produto do ver e do dizer como testemunho representado em um juízo que deve adequar-se aristotelicamente à aparência efetuada, sem excessos para mais ou para menos. Pois o testemunho facilmente se transforma em perigo, rebelião, crime de lesa-majestade e traição, se ultrapassa as medidas. Novamente, a representação põe em cena o imaginário do corpo. Assim como um pé falante ou um braço reflexivo são monstruosos, pois tais atribuições pertencem à cabeça, também é monstruoso que membros subordinados do corpo político adquiram autonomia quando testemunham os signos da soberania[551] a que devem subordinar-se.

---

de donde es cierto que la honra está en otro y no en él mismo. Rodrigo – Bien dices que consiste la honra en otro. Porque si tu mujer no la tuviera no pudera quitártela. De suerte que no la tienes tú: quien te la quita.

[550] Cf. FAJARDO, Saavedra. Op. cit., Empresa XIV, p. 178. Ferrol cita Menéndez y Pelayo *(El sentimiento del honor en el teatro de Calderón. Est. y disc. de crítica histórica literaria*, tomo III, pp. 379-380), que considera absurdo tal conceito de honra, atribuindo-o a "uma poética da honra e a uma jurisprudência também absurda e detestável, conforme a qual não se enfrentam os vícios próprios, mas a insolência alheia, não se enfrenta a própria lascívia, mas a da esposa". Cf. FERROL, Francisco Murillo. *Saavedra Fajardo y la Política del Barroco*. Madrid: Instituto de Estudios Políticos, 1957, p. 310.

[551] *[...] En medio de tanto vulgo, apareció un raro monstruo, que no tenia cabeza, aunque lengua si, ni brazos ni ombros y manos tampoco, aunque si dedos para señalar; era furioso en acometer, pero fácil de acobardar... ese monstruo es el Vulgacho, primogénito de la Ignorancia, padre de la Mentira, hermano de la Necedad, marido de la Malicia".* Cf.

Como o monstro de Gracián em *El Criticón*, a "murmuração" da plebe baiana pode tornar-se excessiva ou perigosa para a conservação do poder. Mas a "murmuração" que mantém a justa medida como representação está prevista como dispositivo que constitui e mantém a fama de honradez e justiça dos que recitam o seu ditado feito pelo rei no lugar. Assim, nos espelhamentos múltiplos do ver e do ser visto, sempre é outro o que tem honra, sempre é outro o que pode tirá-la de outro. As cartas da Câmara sempre referem a "murmuração" como temível, pois é índice do *evento*, a ocorrência que, devendo não ocorrer, ocorre, transgredindo normas e ameaçando a integridade do todo.

É para evitar a "murmuração" e a desagregação da ordem, mantendo sua representação "como convém", que o governador Antônio Luís Gonçalves da Câmara Coutinho manda tapar com pedra e cal os locutórios do convento de Santa Clara do Desterro, tentando impedir "as amizades ilícitas escandalosas" dos freiráticos com as freiras. Em 18 de março de 1690, o rei D. Pedro II mandou uma ordem-régia para Câmara Coutinho, então vice-rei do Estado do Brasil:

> "Governador do estado do Brasil Amigo.
>> Eu El Rei vos envio muitas saudares. Ao Arcebispo dessa cidade mando recomendar se reformem as grades dos conventos das freiras pondo-se em distância de seis palmos de grossura e tapando-se em redor dos locutórios de pedra e cal que é o mesmo que os Prelados Regulares e ordinários têm mandado executar nos conventos das Freiras da sua obediência neste Reino, recomendando-lhe também o grande cuidado que deve pôr para que se evitem todas as amizades ilícitas escandalosas com as Religiosas desse Convento e vos recomendo muito que eviteis semelhantes amizades pelos meios que vos for possível, não só por aqueles que mandam as leis

---

GRACIÁN, Baltasar. *"Crisi V: Plaza del populacho y corral del vulgo"*. *El Criticón*. In: *Obras Completas*. Madrid: Aguilar, 1967.

mas todos os que a prudência vos ditar, para que as Religiosas vivam sem inquietação alguma espiritual causada por pessoas seculares ou eclesiásticas e quando o Arcebispo (o que eu não espero do seu grande zelo e virtude) falte em proceder contra as pessoas da sua jurisdição que nesse convento tiverem amizade ou trato ilícito me o fareis presente e quando não lhe dê remédio conveniente me dareis conta, mandando primeiro tomar alguma informação quando não conste das devassas que se tirarem judicialmente(...) e para o Arcebispo fazer a reforma que lhe recomendo lhe dareis toda a ajuda e favor até que com efeito se consiga. Escrita em Lisboa, 18 de março de 1690. Rei[552].

Coutinho respondeu em 19 de junho de 1691. Prestando contas dos "remédios convenientes" que aplicara ao Convento de Santa Clara do Desterro, afirma ter mandado executar as medidas que vinham sendo propostas pelo arcebispo, prelados regulares e outras autoridades de Salvador[553].

---

[552] ACCIOLI, Ignacio & AMARAL, Brás do. *Memórias Históricas e Políticas da Bahia*. Bahia: Imprensa Oficial do Estado, 1925, v. II, p. 258.

[553] "Por carta de Vossa Majestade de 18 de março do ano passado me manda Vossa Majestade saber se as grades dos locutórios das Freiras estão em distância de seis palmos craveiros, tapando-se as rodas dos locutórios de pedra e cal que é o mesmo que os Prelados Regulares ordenaram; e se tem mandado executar nos Conventos das Freiras das Freguesias e juntamente não consinta haver amizades ilícitas no Convento das Freiras desta Cidade, e que além das leis que nesta matéria estão postas, o evitem pelo caminho que mais medita a prudência, ajudando ao Arcebispo nesta matéria em tudo o que estiver no meu poder. As grades estão como Vossa Majestade manda. As rodas do locutório fechadas. As Freiras vivem, como convém, de que tenho particular cuidado; assim pelo que toca ao serviço de DEUS, como ao mandato de Vossa Majestade. E enquanto eu governar segure-se Vossa Majestade que nesta parte pode estar sem cuidado; porque todo o meu desvelo, é não faltar um ponto ao que Vossa Majestade me manda". Cf. COUTINHO, Antônio Luís Gonçalves da Câmara. Carta para sua Majestade sobre as religiosas do Convento de Santa Clara- 19/06/1691. In: *Livro de Cartas que o senhor Antônio Luís Gonçalves da Câmara Coutinho escreveu a Sua Majestade, sendo governador, e capitão geral do Estado do Brasil, desde o princípio de seu governo até o fim dele (Que foram as primeiras na frota que partia em 17 de julho do ano de 1691)*, Seção de Manuscritos, Biblioteca Nacional do Rio de Janeiro (BNRJ).

Em 1677, quando o Convento de Santa Clara do Desterro foi fundado, abriram-se 50 vagas para freiras de véu preto e 25 para as de véu branco. As 50 de véu preto destinavam-se a "mulheres de representação", filhas dos "homens bons" do local, e foram totalmente preenchidas no mesmo dia. Nenhuma das 25 de véu branco foi solicitada, pois eram destinadas para jovens que não poderiam fazer os votos, devendo ocupar-se de trabalhos manuais, como a limpeza e a cozinha, definidos como próprios de pessoas de condição inferior. Em 12 de agosto de 1688, o Senado da Câmara encaminhou carta ao rei, solicitando-lhe que transformasse as 25 vagas de véu branco, desocupadas até então, em vagas de véu preto. A carta alega que "muitas mulheres nobres e autorizadas" de Salvador tornavam-se religiosas por falta de dotes para se casarem[554]. Em 25 de julho de 1695, os oficiais da Câmara tornaram a solicitar "mais trinta lugares", afirmando que os pediam por causa da "(...) desconsolação que têm as filhas dos homens nobres de irem a ser Religiosas nesse Reino, e Ilhas, sendo dobrada a despesa, e incômodos; e mais que tudo o Risco do mar, do Mouro, e Vidas"[555]. Na mesma carta, reiteram que falam

---

[554] "Vossa Majestade (...) prometeu esta concessão com número de Cinquenta Religiosas de Véu Preto, e vinte e cinco de Véu Branco, que também são Religiosas, mas como não têm voto, até hoje não houve mulher alguma que intentasse algum desses lugares. E porque o número das Cinquenta de Véu Preto está completo, e ficaram que as pessoas nobres, filhas de Cidadãos que têm servido, e servem a Vossa Majestade sem recurso para entrarem, Motivo que nos obriga a pedir a Vossa Majestade como em remuneração dos Serviços (...) nos permita Vossa Majestade conceder faculdade para que os Vinte e Cinco lugares que se deram para as mulheres de Véu Branco se comutem em que sejam todas de Véu Preto porque desta Sorte não se acrescenta o Número da Concessão, nem se falta ao remédio de muitas mulheres nobres e autorizadas, que por não terem dotes competentes para casarem, se acomodam ao de Religiosas" Cf. Carta do Senado da Câmara de Salvador (12/8/1688). In: *Cartas do Senado: 1684-1692*. Salvador: Prefeitura do Município do Salvador, Bahia, 1953, vol. 3, p. 58 (Documentos Históricos do Arquivo Municipal).

[555] Carta do Senado da Câmara de Salvador (23/7/1695). In: *Cartas do Senado: 1692-1698*. Salvador, Prefeitura do Município do Salvador, Bahia, 1959, vol. 4, p. 54 (Documentos Históricos do Arquivo Municipal).

em nome das "(...) amiudadas lágrimas de muitas mulheres filhas da principal Nobreza". A principal causa alegada para o pedido de mais vagas são "seus poucos cabedais". Desejam exclusividade: "(...)que não seja mais que para as filhas dos que servem, e têm servido a Vossa Majestade, na ocupação de Vereador, ou Juiz".

No caso, a reclusão *social* – mas não sexual ou religiosa das mulheres – visava garantir "(...) estas casar (...) com homens de maior esfera do que muitas são". A carta revela o temor dos pais de que venham a casar-se com maus partidos. Por exemplo, com soldados do Terço da Infantaria acantonado em Salvador no Forte de São Pedro desde as guerras holandesas de 1640. Mais de 2500 homens pagos pela população estavam alistados no Terço para defender a cidade. Seus soldos eram pagos com muito atraso e eles passavam fome, pois as farinhas de mandioca produzidas em Boipeba, Camamu e Porto Seguro, que substituíam o trigo na sua alimentação, eram desviadas por autoridades e negociantes. Vestiam uniformes velhos e rasgados, embebedavam-se de jeribita, invadiam casas para roubar dinheiro, roupa e comida, faziam arruaças pelas ruas da cidade. Em sua maioria, eram negros alforriados, mulatos e brancos pobres, plebeus ou "gente baixa". Se as moças de representação conseguem vagas no convento, afirmam os oficiais da Câmara, "(...)se evitarão as Ruínas que podem suceder a muitas mulheres nobres por não terem seus Pais com que as possam mandar como outros fizeram, e menos para as Casarem com Pessoas de igual qualidade".

O imaginário da nobreza, a alegação de falta de dinheiro, a destinação da herança para o filho primogênito, o medo das viagens por mar, o perigo dos piratas, o alto preço dos resgates de mulheres cativas em Argel e mais lugares do norte da África são os principais argumentos mobilizados na concorrência com pretendentes locais a ter filhas no convento. Pode-se supor a avareza, além da pura ênfase persuasiva, própria de cartas deliberativas : "[...]sua Real Provisão (...)

ordena que as filhas dos Oficiais da Câmara que servem, e tiverem servido neste Senado prefiram às outras na entrada do Convento de Santa Clara desta Cidade"[556].

O trabalho na Câmara e a ausência de pagamento para os vereadores também se tornam signos nobilitantes deles como "homens de representação", fundamentando seus argumentos para legislar em causa própria e pedir privilégios para filhas, parentas e apadrinhadas:

> [...] Porém depois foi V. Majestade servido escrever ao Arcebispo deste Estado, que a preferência se entendia não havendo prejuízo de terceiro, e da pública conservação do Convento as quais palavras ambíguas dão motivo a que a mercê Real de Vossa Majestade não venha sortir efeito algum conforme a interpretação, que lhe quiserem dar e como Vossa Majestade nos fez disto favor em remuneração do trabalho contínuo, que temos de Servir neste Senado sem Salário algum e ser o dito Convento criado pelos oficiais da Câmara que são os legítimos fundadores dele nos pareceu justo que Vossa Majestade mande observar a Sua Real Provisão sem justo digo sem Limitação alguma para que não haja nas preferências dúvidas ou contendas [...] por andar a Nobreza pobre, e desgraçada, assim se experimenta com grande lástima, e mágoa choram todos os homens Nobres, e temem se arruinem suas honras, vendo preferir às suas filhas as dos homens de menor Condição, sem utilidade, ou Crédito do Convento"[557].

Nesse tempo, a admissão das moças nos conventos do Reino era pautada por critérios de "limpeza de sangue",

---

[556] Carta do Senado da Câmara de Salvador (12/8/1688). In: *Cartas do Senado: 1684-1692*. Salvador: Prefeitura do Município do Salvador, Bahia, 1953, vol. 3, p. 58 (Documentos Históricos do Arquivo Municipal).

[557] Idem, ibidem.

um conjunto de provas de que os "quatro costados", os avós paternos e maternos da jovem, nada tinham das "raças infectas de mouros, árabes, judeus, negros e mulatos". A simples admissão era representação, como atestado da brancura ortodoxa pretendida pela família da religiosa, que se ostentava como signo de posição superior, pois testemunhava a "limpeza de sangue" da origem familiar. Numa terra de índios, negros, mamelucos, mulatos e brancos pobres como a Bahia, muitos "homens bons" com ascendência cristã-nova, cabocla ou africana viam-se obrigados a mandar as filhas para Portugal, onde a admissão nos conventos era pautada por critérios menos rígidos. Em Portugal, como escrevia o inglês Costigan na segunda metade do século XVIII:

> "(...) a nobreza é muito pobre, e como é demasiado orgulhosa para tratar de ganhar a vida, ou para dar suas filhas em casamento a pessoas inferiores a elas, não tem outro recurso, segundo julga, senão mandá-las definhar para um convento, sem consultar suas tendências, de preferência a casá-las, e sem pensar a que acidentes expõe as suas constituições físicas"[558].

Em 1739, o conde das Galveas, governador geral do Brasil, escreveu ao rei contando que nos quatro anos do seu governo tinha havido apenas dois casamentos de "gente de representação" na Bahia, pois todas as moças nobres ou ricas iam para o convento [559]. O conde dos Arcos, em carta ao conde das Galveas, dizia que a Bahia era "terra de hotentotes". Com a expressão, referia-se ao costume de isolamento social das mulheres fidalgas ou pretendentes à posição de fidalga. Dizia então que os pais metiam as filhas em reclusão "(...) com o pretexto de falta de casas de

---

[558] AZEVEDO, Thales de. *Povoamento da Cidade do Salvador*. 3 ed., Bahia: Itapuã, 1969, p. 179.

[559] ACCIOLI, I. & AMARAL, Brás do. *Memórias Históricas e Políticas da Bahia*. Bahia: Imprensa Oficial do Estado, 1926, vol. II, p. 126.

educação, mas com o fim delas não casarem com oficiais da guarnição"[560]. Russell-Wood propõe, com bom humor:

"Numa terra de mulatos e cristãos-novos, há poucos homens bons solteiros e os oficiais do Terço da Infantaria disponíveis são péssimo partido, equivalente à perda da virgindade das moças. Pior que ela, aliás, porque afinal sempre se pode encontrar um nobre arruinado, disposto a não pôr reparo no pequeno detalhe anatômico em troca de um belo dote" [561].

As jovens que conseguiam ingresso com véu preto no convento de Santa Clara do Desterro nas décadas finais do século XVII não se desterravam do mundo nem morriam para ele. Há evidências de que viviam. E muito. Cada freira do véu preto podia ter escravas; muitas vezes, duas ou mais empregadas, geralmente moças órfãs pobres; algumas vezes, as religiosas de véu preto se dedicavam aos negócios, emprestando dinheiro a juros, vendendo e alugando terras ou investindo em ações de navios negreiros. Provavelmente, nenhuma das freiras das Claras Pobres de Salvador teve tantos livros como os que, na mesma época, Sor Juana Inez de La Cruz possuía em sua cela no México, nem o prodigioso conhecimento de línguas, pintura, astronomia, filosofia, teologia, retórica e poesia da religiosa mexicana [562]. Mas eram riquíssimas, famosas pela beleza e pela sempre alegada pureza racial e, principalmente, pelos divertimentos que organizavam no convento durante o carnaval. Le Gentil de la Barbinais escreveu em seu *Nouveau Voyage* sobre as poses pouco convenientes dos atores de uma peça a que assistiu no Convento do Desterro em 1717[563].

---

[560] AZEVEDO, Thales. Op. cit., p. 179.

[561] RUSSELL-WOOD, A. J. R. *Fidalgos e Filantropos*. A Santa Casa de Misericordia da Bahia 1550- 1775. Brasília: UNB, 1981, p. 254.

[562] BOXER, C.R. *A Mulher na Expansão Ultramarina Ibérica 1415-1815*. Lisboa: Livros Horizonte, 1977, p. 49.

[563] Apud RUSSELL-WOOD, A.J.R. *Op. cit.* p. 245.

A representação fidalga insistentemente reclamada pelos vereadores como exclusividade deles também é cômica, às vezes, quando os mesmos critérios hierárquicos de representação aparecem positivados em coisas inferiores: na Bahia, a nobreza também foi responsável pela coleta do lixo, como se lê numa carta de 30 de julho de 1694. Nela, os oficiais escrevem que, tendo conseguido do rei concessão para nomear dois almotacés da limpeza, logo o fizeram para "[...] se evitarem por este meio as doenças grandes que costuma haver nestes Povos, por falta de semelhantes prevenções". Afirmam que as doenças da cidade são causadas pela malignidade dos ares corrompidos pelas imundícies que se lançam dia e noite na maior parte das ruas, as quais têm três ou quatro lugares " [...] no meio delas em que o Povo acostuma fazer barbaramente despejos". Os almotacés são "pessoas de ínfima condição" e não conseguem nenhum resultado junto à população.

A representação modela o imaginário de todas as ordens sociais da cidade: "[...] assim pelo pouco caso que deles faz o Povo, como por não se atreverem a executar as penas e Condenações impostos nos Escravos que nelas caem". Os males da terra pioram quando chegam os do mar: navios de São Tomé e da Costa da Mina trazem enfermidades contagiosas, como a "bicha",febre amarela, e os oficiais pedem ao rei que os autorize a nomear um "[...] Provedor da Saúde... por cuja conta corra a Limpeza desta Bahia, e que o Senado possa fazer da primeira nobreza da Cidade o sujeito que lhe parecer mais capaz [...] porque não sendo desta qualidade, nem Vossa Majestade ficará bem servido nem o Povo com remédio"[564].

Fórmulas como "corpo místico do açúcar", "corpo místico do Estado do Brasil", "corpo político da Bahia" das representações baianas do século XVII significam a comunidade dos homens coloniais que transferem o poder ao rei no ato de sujeição como vontade de "um único todo

---

[564] Carta de 30/7/1694, *Cartas da Câmara*, vol.4, p.32.

unificado", como diz Suárez. A transferência é definida pelo modelo jurídico da escravidão: "quase alienação" (*quasi alienatio*)[565]. Duas articulações se fundem nas fórmulas. Uma delas é teológica, o "corpo de Cristo", a hóstia consagrada pela Eucaristia, e, por extensão, a *respublica christiana*, o corpo da Igreja. A outra é jurídica, oriunda da doutrina da *corporatio*, a corporação romana, e da noção medieval de *universitas*. As fórmulas se relacionam, principalmente, com a definição do terceiro modo da unidade dos corpos feita por Santo Tomás de Aquino no comentário do *Livro V* da *Metafísica* de Aristóteles: unidade de integração que não exclui a multiplicidade atual e potencial. É o modo correspondente ao corpo humano:

> [..] *quia eius perfectio integratur ex diversis membris, sicut ex diversis animae instrumentis; unde et anima dicitur esse actus corporis organici, idest ex diversis organis constitutis*[566].

Unidade do corpo, pluralidade dos membros, diversidade das funções das diferentes partes são os três modos de definição do corpo humano a que Tomás de Aquino recorre, propondo que a integração de suas partes num todo harmônico é *ordem*, como instrumento para a alma, seu princípio superior. Com o termo *caput*, relacionam-se as metáforas "cabeça" e "corpo" ou "cabeça" e "membros", como parte superior ou mandante e partes inferiores ou subordinadas. Por analogia, as metáforas são aplicadas para significar outros objetos como corpos. Analogicamente, significam a Igreja como *corpus Eclesiae mysticum* e *corpus Christi*, a sociedade como *ordinata multitudo* e o homem como *corpus naturale*[567].

---

[565] SUÁREZ, Francisco, *De Legibus*, lib. 5, cap. 4, n. 11: *Talis translatio potestatis a republica in principem non est delegatio sed quasi alienatio, seu perfecta largitio potestatis quae erat in communitate.*

[566] AQUINO, Santo Tomás de, *Lectio 3 ad Corinth. XII*.

[567] AQUINO, Santo Tomás de, *Summa Theologiae.*, III, 9, VIII, a.I.

Transferido para a esfera política, o termo "corpo" mantém o significado da analogia teológica, determinando que a cabeça, sede da razão de Estado, é proporcionalmente, para o súdito individual, o que Deus é para o mundo. Escolasticamente, a semelhança dos homens com Deus não se acha apenas no homem individual, mas, porque o homem é naturalmente social, a semelhança se acha na sociedade regida pela razão de um só homem, o rei, cabeça do corpo político do Estado. Doutrinariamente, o rei está no reino assim como Deus está no mundo e a alma está no corpo. Princípio regente da sociedade, o rei é sua razão suprema, dirigindo-a para integrar todas as suas partes, membros, ordens e funções como harmonia ou ordem.

Nos séculos XVI e XVII, os juristas contra-reformistas juntaram a noção de *corpus mysticum*, o "único todo unificado" da vontade coletiva, à de *respublica*, doutrinando com ambas a noção de *corpo político* para combater as teses do poder político de Maquiavel e Lutero. Em Portugal, a noção de "corpo político" foi fundamental na centralização do poder monárquico e na conceituação de "bem comum"[568].

O ensino da Companhia de Jesus na Universidade de Coimbra e nos colégios do Estado do Brasil e do Estado do Maranhão e Grão-Pará divulgou os tratados de Francisco Suárez, como *De Legibus* e *Defensio Fidei*, e de Giovanni Botero, *Della raggion di Stato*, recorrendo à noção de *corpus mysticum* para significar a vontade popular unificada como corpo político que se aliena do poder no pacto de sujeição. Doutrinado por Suárez segundo o modelo jurídico da escravidão ou *quasi alienatio* da comunidade que transfere o poder para o rei, o pacto prescreve as maneiras como as três faculdades escolásticas que então constituem a pessoa humana – memória, vontade, intelecto- devem

---

[568] Desde 12 de setembro de 1564, quando o rei D. Sebastião ordenou que todos os decretos do Concílio de Trento seriam leis do Reino de Portugal, a doutrina foi ensinada nos colégios brasileiros da Companhia de Jesus e nos cursos de Direito Canônico e Civil da Universidade de Coimbra.

ser e agir como faculdades subordinadas. Na doutrina, o corpo individual do súdito só é visível e dizível quando tem representação. Ou seja, quando sua memória, sua vontade e sua inteligência se integram nos corpos das ordens sociais ou hierarquia corporativa do "bem comum" do Estado reproduzindo as formas das representações adequadas a elas.

Como dissemos, não se acha nenhuma noção de subjetividade psicológica, de progresso liberal ou de autonomia crítica nas representações dessa subordinação. A posição do *eu* nas práticas locais é imediatamente a de uma subordinação ostensivamente visível da vontade, da memória e do intelecto às formas do todo social objetivo como livre-arbítrio que parece paradoxal para a experiência pós-iluminista, pois é liberdade definida como subordinação. Subordinação dos apetites individuais à unidade estóica da tranqüilidade da alma dada a ver, ouvir e ler nos signos espetaculares da Luz do Deus católico; subordinação da tranqüilidade da alma à concórdia pessoal em relação ao todo dada a ver, ouvir e ler pelo aparato do poder, que mobiliza as artes como instrumentos do aperfeiçoamento da alma; por decorrência, subordinação da vontade, da memória e do intelecto à paz individual e coletiva, decorrente da subordinação das partes e do todo do corpo político ao ditado divino da Igreja garantido pelas leis positivas da Coroa.

A representação faz as representações evidenciar a presença de ambas as instituições, pois sua presença as legitima. Em um tempo, lugar e práticas como os da Bahia do século XVII, não há *"opinião pública"*, mas população subordinada e, sempre, plebe, que "murmura" contra os excessos colonialistas com representações que repõem a representação. Assim, nos discursos baianos do século XVII, a fórmula "corpo místico" significa principalmente, como diz Suárez, que todos os membros e estados sociais do Império português são capazes de ser considerados, do ponto de vista moral, como único todo unificado.

Pertencer ao corpo político do Estado determina a imediata responsabilidade pessoal para com todos os demais homens partes dele, o que se obtém moralmente pela *concórdia,* ou coincidência da vontade individual e coletiva quanto ao fim último do corpo político. Como pode ser imposta, a concórdia não basta, se também não houver concórdia de cada um consigo mesmo. É preciso reduzir à unidade comum da "tranqüilidade da alma" estóica a diversidade dos apetites individuais que concorrem na situação social de concórdia[569]. As paixões devem ser evitadas; como são inevitáveis, devem ser controladas. Logo, o modo de união mais perfeito do corpo político do Estado é a *paz.* Como *conformitas* e *proportio* dos apetites, a paz é "a tranqüilidade da ordem"[570]. Como diz Saavedra Fajardo:

> Es el imperio unión de voluntades en la potestad de uno; si éstas si mantienen concordes, vive y crece; si se dividen, cae y muere, porque no es otra cosa la muerte sino una discordia de las partes[571]

No século XVII ibérico, a *virtus unitiva* do amor subordinado do "bem comum" é traduzida na metáfora estóico-aristotélica da "amizade", como se lê no mesmo Saavedra Fajardo:

> En las repúblicas es más importante la amistad que la justicia; porque, si todos fuesen amigos, no serian menester las leyes ni los jueces; y aunque todos fuesen buenos, no podrian vivir si no fuesen amigos[572].

As representações baianas do século XVII pressupõem e encenam tais asserções escolásticas. Segundo elas,

---

[569] FERROL, Francisco Murillo. *Saavedra Fajardo y la Política del Barroco.* Madrid: Instituto de Estúdios Políticos, 1957, pp. 215 e ss.

[570] AQUINO, Santo Tomás de. *Summa Theologiae,* II-II, q. XXIX, a.1.

[571] FAJARDO, D. Diego Saavedra. *Corona Gótica,* apud FERROL, *op.cit.,* p.223.

[572] FAJARDO, D. Diego Saavedra. *Empresas Políticas. Idea de un Príncipe Político-Cristiano.* Op. cit., Empresa XCI.

a legitimidade real é acompanhada da sacralidade dos costumes que o próprio rei não pode alterar. No pacto, os súditos sempre têm o que dizer, desde que seus pleitos não saiam do quadro da lei positiva que reflete a lei natural na regulação da amizade das partes subordinadas. Nas cartas da Câmara, a paz social do corpo da Bahia, perfeita integração de seus membros e funções, combina a concórdia de todos no "bem comum" e a adesão de cada um ao todo por meio do controle da vontade. As cartas põem em cena a doutrina de Suárez: apesar de terem capacidade inata racional e volitiva para entender os ditames da lei natural inscrita em suas almas por Deus, os homens continuam criaturas manchadas pelo pecado original. Logo "[...] paz e justiça não podem ser mantidas sem leis convenientes" porque "[...] os homens individuais ordinários acham difícil entender o que é necessário para o bem comum e dificilmente fazem qualquer tentativa para atingi-lo por si próprios"[573]. Deve haver conexão da lei natural, que Deus põe nas suas almas como a *sindérese,* que aconselha o Bem, auxiliando-os a entender os desígnios da Providência e agir segundo o livre-arbítrio, e a lei positiva, que os homens ordenam para si mesmos para governo da comunidade política. As leis positivas devem ter a autoridade de leis genuínas, devendo ser compatíveis com a justiça natural fornecida pela lei natural[574].

O princípio racional da autoridade, a pessoa mística do rei, ordena que as leis e a legitimidade delas sejam visíveis também na ordenação do espaço da cidade como lugar simbólico, qualificado *como* representação, da representação da sacralidade da sua soberania. A cidade da Bahia no século XVII é *theatrum sacrum* da soberania real. Como no teatro, espaço da representação e de seus reflexos polêmicos refratados nas múltiplas representações conflitivas que

---

[573] Apud SKINNER, Quentin. *The Foundations of Modern Political Thought*. Cambridge: Cambridge University Press, 1978, 2 vol., vol.II (*The Age of Reformation*), p.160.

[574] Idem, p.149.

constituem o referencial ou as matérias transformadas nas sátiras atribuídas a Gregório de Matos e Guerra.

Códigos linguísticos

Como se viu, a disposição dos poemas no *Códice Asensio-Cunha* é semelhante à de outros códices manuscritos italianos, franceses, espanhóis e portugueses dos séculos XVI, XVII e XVIII. A disposição é feita segundo a hierarquia então vigente dos gêneros poéticos: em primeiro lugar, a poesia lírico-religiosa; em segundo, a lírico-amorosa; em terceiro, a poesia cômica, seus gêneros e subgêneros: primeiramente, poemas jocosos; em seguida, satíricos; finalmente, burlescos, sotádicos ou fesceninos. Como foi dito, os códigos bibliográficos são indissociáveis dos códigos linguísticos, retórico-poéticos e teológico-políticos. Para tratar desses últimos, propomos que a imagem poética dos textos do *corpus* deve ser entendida como *categoria histórica* em que se fundem basicamente três articulações. Esquematicamente:
1. a da invenção do poema por meio de lugares-comuns aplicados pelo poeta segundo os preceitos miméticos dos gêneros da longa duração da instituição retórica e suas várias retóricas e poéticas muitas vezes rivais. O lugar comum (*topos*, *locus*) é *quaestio infinita*, argumento indeterminado ou genérico aplicado pelo poeta, que, emulando obras de autoridades anteriores e contemporâneas do gênero em que compõe, determina-o semanticamente com uma *quaestio finita* ou argumento particular abstraído de seu referencial, os discursos ficcionais e não ficcionais de vários tempos coexistentes no ato da invenção. A emulação poética é ordenada por preceitos específicos do gênero com o fim de produzir prazer semelhante ou superior ao que é efetuado na obra da autoridade que o poeta imita, competindo com ela. Para emular sem imitar servilmente ou piratear a obra alheia, o poeta

procura a propriedade ou o predicado que nela produz prazer. Achando-o, desenvolve no poema que compõe uma das espécies possíveis dele, que é espécie diferente pelo fato óbvio de ser apenas semelhante. A diferença deve fazer a variação do predicado participar mais e melhor no gênero da obra imitada. É o modo engenhoso de compor diferenças de predicados de obras imitadas que distingue a emulação da imitação servil, pois as variações engenhosas das diferenças são entendidas como *novidades* que reproduzem diferencialmente os lugares e os preceitos da instituição;

2. a do referencial da Bahia colonial ou as normas e as matérias dos discursos oficiais das instituições portuguesas e da murmuração informal da população dramatizados nos poemas por meio de paráfrase, estilização e paródia, muitas vezes alusivamente, em descrições de tipos e caracteres humanos masculinos e femininos de sonetos lírico-amorosos; em retratos encomiásticos de sonetos elegíacos, como os que referem os governadores Conde do Prado e Matias da Cunha; em poemas satíricos, que ridicularizam, censuram, vituperam e atacam tipos ficcionais que são referidos a pessoas do lugar, como os governadores Antônio da Cunha de Meneses e Antônio Luís Gonçalves da Câmara Coutinho; letrados e religiosos, como juízes ordinários e frades freiráticos, freiras, padres amancebados; plebeus das várias ordens mecânicas, escravos, prostitutas etc.; e em narrações, que põem em cena ações e eventos particularizados com referências locais;

3. a da orientação pragmática da representação do poema em que o sujeito da enunciação lírica ou satírica é inventado segundo a categoria intelectual "discrição", oposta à categoria intelectual "vulgaridade". *Discrição* e *vulgaridade* compõem os protocolos da invenção e da recepção. Categorias e conceitos das normas teológico--políticas, éticas, jurídicas e retóricas da racionalidade de

Corte ibérica constituem a discrição do sujeito da enunciação, fazendo-o tipo capacitado a inventar e avaliar as representações de cenas, personagens, eventos e ações para o destinatário e públicos empíricos que recebem a representação.

Considerando-se essa articulação de retórica, semântica e pragmática, as imagens devem ser entendidas duplamente: são *representativas* e *avaliativas*, ou seja, encenam lugares comuns retóricos e poéticos já conhecidos, particularizando-os com a paráfrase, a estilização e a paródia de matérias não poéticas do referencial local e de matérias poéticas de autoridades dos vários gêneros contemporâneas no presente da invenção do poema; simultaneamente, avaliam a representação para o destinatário discreto ou vulgar, composto discursivamente segundo a maior ou menor clareza dos estilos, por meio de procedimentos, categorias e conceitos poéticos, retóricos, teológico-políticos, éticos e jurídicos da assim chamada "política católica"contrarreformista.

Representativa e avaliativamente, as imagens apresentam-se à recepção como variações metafóricas de uma gama muito ampla de significações do campo semântico geral dos autores e de seus públicos empíricos, como significações produzidas segundo o padrão retórico da *agudeza, conceito engenhoso* ou *ornato dialético*. Por exemplo, no soneto lírico-amoroso "À margem de uma fonte que corria/ lira doce dos pássaros cantores/ a bela ocasião das minhas dores/ dormindo estava ao romper o dia", o poeta faz as palavras da elocução vir artificiosamente para o primeiro plano da representação nas hipálages que fundem sinestesicamente aspectos sonoros, olfativos e visuais da natureza, para figurar a beleza da dama que, abrindo os olhos ao acordar, faz a manhã nascer, movendo o sol e mais seres com a luz deles. Compostas com técnicas do *ut pictura poesis* horaciano, as hipálages são um análogo discursivo do tenebrismo da pintura do tempo, como a de Rubens e Caravaggio: "Não dão o parabém à bela Aurora/ *Flores canoras, pássaros fragrantes,/*

Nem seu âmbar respira a rica Flora./ Porém abrindo Sílvia os dois diamantes,/Tudo à Sílvia festeja, e tudo a adora/ *Aves cheirosas, flores ressonantes*".

No artifício do estilo de agudezas como essas, é justamente a discrição do engenho do autor do poema, definido no século XVII como *perspicácia dialética* e *versatilidade retórica*, que se evidencia para a avaliação do destinatário. A formulação engenhosa propõe-lhe imagens já conhecidas da prática do gênero por poetas anteriores e contemporâneos, mas articuladas numa relação nova e inesperada, na chave marinista do *far stupire*, "causar espanto", que torna o poema tendencialmente hermético, como elegância ornada. A formulação inesperada e os graus da dificuldade de seu entendimento só se tornam plenamente inteligíveis hoje quando se consideram os padrões culturais contemporâneos pelos quais públicos empíricos cultos e vulgares os avaliavam, refazendo na recepção o ato inventivo do engenho do poeta. Assim, o poema encena mimeticamente o tema no artifício engenhoso, traçando no estilo dado a ele a perspectiva pela qual o destinatário deve receber e avaliar sua imagem inesperada, para que ela cumpra as funções retóricas de *delectare, docere* e *movere*.

Entre os padrões culturais que ordenam as práticas poéticas que inventaram os poemas do *corpus*, deve-se lembrar sumariamente a definição católica do conceito como metáfora artificiosa realizada na mente do poeta quando o seu juízo é iluminado pela luz natural da Graça inata. Como *disegno interno*, desenho interno, o conceito é definido catolicamente como o faz Zuccari, *segno de Dio*, signo do desígnio de Deus, que a luz natural da Graça revela na sinderese, a centelha divina que aconselha o bem ao juízo, inclusive o juízo da forma poética[575]. Em decorrência, acredita-se que, quando o conceito é figurado exteriormente na

---

[575] ZUCCARI, Federico. *L'Idea de'Pittori, Scultori et Architetti, del Cavalier Federico Zuccaro, Divisa in Due Libri*. Torino: Per A. Disserolio, 1607.

matéria verbal, no *desenho* do verso se ouve ou lê o *desígnio* divino que aconselhou o juízo do poeta a achar e estabelecer relações inesperadas entre coisas e conceitos já conhecidos.

Louis Marin propôs que, para formalizar num modelo a estrutura geral da representação subentendida nas representações feitas por poetas, pintores e escultores europeus a partir do século XV até o final do século XVIII, é pertinente pensar na dupla operação simultânea de repetição e de substituição que elas operam entre *res*, a "coisa" ou o lugar comum dos elencos de lugares comuns memorizados pelos autores, e a ideia da *res* pela mediação do signo: a ideia representa a coisa – a ideia é a coisa na mente- mas a representação só se pode efetivar por meio do signo, que representa a ideia para a mente. Assim, se a ideia é a coisa para a mente, o signo é a ideia para o juízo. O signo constitui a ideia como representação material oferecida aos sentidos do ouvinte ou leitor e espectador como algo pensado e pensável, ou seja, como signo comunicável e comunicado. Assim, a repetição representativa é uma face de uma operação da qual substituição é a outra. Essa relação de pensamento e linguagem é característica da chamada "metafísica clássica", que na pintura, na escultura e em artes análogas a elas durou, genericamente falando, do século XV até Cézanne, que a destruiu, inventando a pintura moderna[576].

No século XVII, sistematiza-se na prática da prosa e da poesia o deslocamento da função tradicionalmente atribuída à *inventio,* a *invenção,* e aos lugares comuns dos gêneros memorizados e achados pelos autores. O deslocamento confere à dialética a função de achar e definir os lugares comuns da invenção, entendendo-se "dialética" aristotelicamente, como *lógica* ou *técnica* de definir conceitos e fazer

---

[576] MARIN, Louis. *Champ Théorique et Pratique Symbolique.* In: *De la Représentation.* Recueil Établi par Daniel Arasse, Alain Contillon, Giovanni Careri, Danièle Cohn, Pierre-Antoine Fabre e Françoise Marin.Paris: Hautes Études, Gallimard Le Seuil, 1994, pp. 31-33.

experiências com leis de análise deles. A invenção deixa de ser o ato de achar lugares comuns armazenados na memória de elencos definidos e prefixados aristotelicamente como *endoxa*, opináveis retóricos, e *eikona*, verossímeis poéticos. Obviamente, os lugares conhecidos continuam a ser usados, mas passam a ser definidos e analisados dialeticamente como gêneros, espécies, indivíduos e acidentes. As definições são feitas por meio das dez categorias aristotélicas expostas no *Organon* como gêneros do Ser – *substância, qualidade, quantidade, lugar, situação, relação, paixão, ação, tempo, hábito* – que permitem ao poeta engenhoso achar dez conceitos para cada lugar comum que analisa. No caso, como propõe Emanuele Tesauro:

> "O engenho natural é uma maravilhosa força do Intelecto, que compreende dois naturais talentos: PERSPICÁCIA e VERSATILIDADE. A perspicácia penetra nas mais distantes e diminutas circunstâncias de cada assunto, como substância, matéria, forma, acidente, propriedades, causas, efeitos, fins, simpatias, os semelhantes, o contrário, o igual, o superior, o inferior, as divisas, os nomes próprios e os equívocos; e estas coisas jazem em cada assunto enoveladas e ocultas(...) A versatilidade velozmente confronta todas essas circunstâncias entre si, ou com o assunto: junta-as ou divide-as; aumenta-as ou diminui-as; deduz uma de outra, mostra uma pela outra e, com maravilhosa destreza, coloca uma no lugar da outra, como os jogadores"[577]

O engenho poético funde a perspicácia dialética (como *lógica*) com a versatilidade retórica (como *metáfora*). Logo, junta a utilidade da disposição ordenada e coerente dos lugares do discurso, relacionada ao *docere*, com o prazer da sua

---

[577] TESAURO, Emanuele. Argutie Humane. In: *Il Cannocchiale Aristotelico O sia Idea Dell'Arguta et Ingeniosa Elocvtione Che serve à tutta l'Arte Oratoria, Lapidaria, et Simbolica Esaminata co'Principij Del Divino Aristotele Dal Conte & Cavalier Gran Croce D. Emanuele Tesauro Patritio Torinese*. Torino: Zavatta, 1670, pp. 82-107 [p. 82].

ornamentação regrada, *delectare*. A agudeza efetuada resulta das operações dialético-retóricas do engenho ou, como diz Baltasar Gracián, da relação de analogia estabelecida entre dois ou mais conceitos preferencialmente distantes: "... harmônica correlação entre dois ou três cognoscíveis extremos, expressa por um ato do entendimento"[578].

A fusão de perspicácia dialética e versatilidade retórica caracteriza o tipo intelectual já referido do *discreto* que, sendo capacitado para produzir e entender agudezas, distingue-se do *vulgar*, tipo intelectual dominado pelo "tropel das vistas" ou aparências, como dizia Vieira. A distinção *discreto/vulgar* é fundamental na prática e recepção dos gêneros poéticos. Assim, as imagens eruditas e tendencialmente obscuras da lírica e de gêneros acadêmicos, como os panegíricos, são, quase sempre, feitas para destinatários discretos, capazes de decifrá-las, enquanto as obscenidades claríssimas da sátira são adequadas a vulgares, que as entendem imediatamente.

Também se pode lembrar a arte retórica de Hermógenes[579]. Com ela, desde o século XVI, oradores e poetas europeus substituem os três estilos costumeiros de Cícero e Quintiliano – *alto*, médio, *baixo* – por sete "ideias" ou "formas"– *clareza, grandeza, beleza, rapidez, caráter, verdade, gravidade*– que, subdivididas, perfazem um total de dezesseis formas de estilo, que ainda podem ser divididas em subcategorias de novas combinatórias, chegando a vinte e oito. Don Luís de Góngora y Argote, poeta muitíssimo emulado nos poemas do *Códice Asensio-Cunha*, adota as formas de Hermógenes ao inventar a *Fábula de Polifemo y Galatea* (1613). Desde Teócrito, o poema de gênero bucólico era composto em estilo simples. Emulando as *Metamorfoses*, em que Ovídio põe na boca de Polifemo fala paródica dos

---

[578] GRACIÁN, Baltasar. *Agudeza y Arte de Ingenio*. In: *Obras Completas*. Madrid: Aguilar, 1967.

[579] HERMOGENES. *Ars Oratoria Absolutissima, et Libri Omnes. Cum nova Versione Latina e regione Contextus Graeci, & Commentariis Gasparis Laurentii*. Coloniae Allobrogum. Apud Petrum Aubertum, 1614.

discursos da elegia erótica romana[580], Góngora compõe o poema em estilo alto, derivado da retórica de Hermógenes, o que faz seus contemporâneos Quevedo, Lope de Vega e Jáuregui acusá-lo de incongruência, inverossimilhança e falta de decoro. Mas Góngora simplesmente adota outra retórica, afirmando que não escreve para muitos. Entre esses "muitos", contam-se os ortodoxamente aristotélicos e horacianos, adeptos dos três estilos tradicionais.

Com as combinatórias dos estilos de Hermógenes, inventam-se no século XVI novos gêneros mistos, como a tragicomédia. Muitos poetas satíricos do século XVII que sabem, com Aristóteles e Horácio, que as associações das imagens da sátira são cômicas, devendo ser figuradas em estilo baixo como ridículo e maledicência[581], também sabem ser possível que a sátira tenha elevação do estilo, formulando-a por exemplo por meio de uma das formas de Hermógenes, *reprovação,* e suas três "ideias", *aspereza, veemência* e *vigor,* que são subcategorias da ideia de *grandeza.* Elas podem ser lidas, por exemplo, no poema atribuído a Gregório de Matos, que cita a sátira de Juvenal, *Quia difficile est/Satiram non scribere.* O sujeito da enunciação adverte o destinatário de que, inspirado por Talia, a musa cômica, compõe a gravidade elevada do seu caráter "em plectro diferente", ou seja, em estilo grave, diferente dos estilos baixos prescritos aristotélica e horacianamente. Seguindo outra retórica, a de Hermógenes, "a discreta fantasia" do poeta aproxima o discurso do personagem satírico da elevação grave, áspera, vigorosa e veemente do estilo trágico.

Defende o Poeta Por Seguro, Necessario, E Recto Seu Primeyro Intento Sobre Satyrizar os Vicios

---

[580] OVIDIUS NASO, Publius. *Metamorphoses.* Oxford: R. J.Tarrant (ed.). Oxford Classical Texts, 2004, Lib. XIII, vs, 730-899.

[581] PATTERSON, Annabel M. *Hermogenes and the Renaissance. Seven Ideas of Style.* Princeton: Princeton University Press, 1970, pp. 97-107.

Tercetos

Eu sou aquele, que os passados anos
Cantei na minha lira maldizente,
Torpezas do Brasil, vícios, e enganos.

E bem que os decantei bastantemente,
Canto segunda vez na mesma lira
O mesmo assunto em plectro diferente.

Já sinto, que me inflama,ou que me inspira
Talia,que Anjo é da minha guarda,
Dês que Apolo mandou, que me assistira.

Arda Baiona,e todo o mundo arda,
Que,a quem de profissão falta[fala]à verdade,
Nunca a Dominga das verdades tarda.

Nenhum tempo excetua a Cristandade
Ao pobre pegureiro do Parnaso
Para falar em sua liberdade.

A narração há de igualar ao caso,
E se talvez ao caso não iguala,
Não tenho por Poeta, o que é Pegaso.

De que pode servir calar, quem cala,
Nunca se há de falar, o que se sente?
Sempre se há de sentir, o que se fala!

Qual homem pode haver tão paciente,
Que vendo o triste estado da Bahia,
Não chore,não suspire,e não lamente?

Isto faz a discreta fantasia:
Discorre em um, e outro desconcerto,
Condena o roubo, increpa a hipocrisia.

O néscio, o ignorante, o inexperto,
Que não elege o bom, nem mau reprova,
Por tudo passa deslumbrado, e incerto.

E quando vê talvez na doce trova
Louvado o bem, e o mal vituperado
A tudo faz focinho, e nada aprova.

Diz logo prudentaço,e repousado,
Fulano é um satírico, é um louco,
De língua má, de coração danado.

Néscio:se disso entendes nada, ou pouco,
Como mofas com riso,e algazarras
Musas, que estimo ter, quando as invoco?

Se souberas falar, também falaras,
Também satirizaras, se souberas,

E se foras Poeta, poetizaras
A ignorância dos homens destas eras
Sisudos faz ser uns, outros prudentes,
Que a mudez canoniza bestas feras.

Há bons, por não poder ser insolentes,
Outros há comedidos de medrosos,
Não mordem outros não, por não ter dentes.

Quantos há, que os telhados têm vidrosos,
E deixam de atirar sua pedrada
De sua mesma telha receosos.

Uma só natureza nos foi dada:
Não criou Deus os naturais diversos,
Um só Adão formou, e esse de nada.

Todos somos ruins,todos preversos,
Só nos distingue o vício, e a virtude,
De que uns são comensais, outros adversos.

Quem maior a tiver, do que eu ter pude,
Esse só me censure,esse me note,
Calem-se os mais, chitom, e haja saúde.[582]

---

[582] Códice Asensio-Cunha, Vol. 3, composição de número 3. Cf. GUERRA, Gregório de Matos e. *Obras Completas de Gregório de Matos*.Crônica do Viver Baiano Seiscentista.Ed. James Amado e Maria Conceição Paranhos.Salvador, Editora Janaína Ltda.,1968, 7vols., vol.II, pp.469-471.

Deve-se também lembrar a hipervalorização da metáfora, que vem para a base da invenção. Os autores seiscentistas retomam o *Livro III*, da *Retórica* aristotélica, sobre a elocução dos discursos, para defini-la como matriz ou "mãe do engenho", como diz Emanuele Tesauro em seu *Il Cannocchiale Aristotelico*(1654). Segundo a concepção, todo conceito é metafórico, pois, na mente, o conceito é uma substituição dos *aistheta* da percepção. O signo que figura o conceito exteriormente é, assim, metáfora de metáfora, simultaneamente dialética e retórica. Para produzi-la, o poeta examina o assunto que vai figurar no poema, particularizando um lugar comum, tema ou conceito dele; dialeticamente, analisa-o por meio das dez categorias aristotélicas, encontrando com elas novos conceitos metafóricos; quando formula o discurso, dispõe as metáforas achadas em antíteses e quiasmas nos quais os termos se espelham, opostos e cruzados, evidenciando no desenho sintático do verso a operação dialética com a qual os divide e relaciona.

As operações de análise dialética e condensação retórica produzem a antítese silogística, cujos termos opostos são, invariavelmente, duas espécies de conceitos metafóricos buscando o gênero comum que os integra na relação inesperada da agudeza. Por exemplo, veja-se o soneto atribuído a Gregório de Matos e Guerra:

> Ardor em firme coração nascido;
> Pranto por belos olhos derramado;
> Incêndio em mares de água disfarçado;
> Rio de neve em fogo convertido:
> Tu, que em um peito abrasas escondido;
> Tu,que em um rosto corres desatado;
> Quando fogo, em cristais aprisionado;
> Quando cristal, em chamas derretido:
> Se és fogo, como passas brandamente?
> Se és neve, como queimas com porfia?
> Mas ai, que andou Amor em ti prudente!
> Pois para temperar a tirania;

> Como quis que aqui fosse a neve ardente;
> Permitiu parecesse a chama fria [583].

O poeta analisa o conceito *amor* por meio de duas categorias aristotélicas, *ação* e *paixão,* figurando as definições obtidas com duas metáforas opostas, *ardor* (a ação do amor que "queima" no peito da amante) e *pranto* (a paixão amorosa dissolvida na água das suas lágrimas). As duas metáforas são novamente analisadas, amplificadas e opostas em mais duas, *incêndio* e *rio de neve,* na disposição paralelística do quiasma, (**ab-ba**= **a**-*incêndio* **b**-*mares*- **b**-*rio de neve* **a**- *fogo*). Efetuando a fusão fantástica das metáforas, o poeta evidencia o artifício do seu engenho quando, no 12º verso, traduz o procedimento técnico aplicado à disposição sintática dos termos *ardor, pranto, incêndio, rio de neve, fogo, cristal* etc. por um verbo, *temperar,* que indica a operação com que funde as duas metáforas iniciais, *ardor* e *pranto,* definidas pelas categorias *ação* e *paixão,* que são finalmente condensadas em duas novas oposições, *neve ardente* e *chama fria,* que invertem ou "temperam" a ordem inicial das metáforas. O poema termina propondo "neve ardente" e "chama fria" como metáforas do jogo de aparência/essência das coisas metaforizadas. Assim, termina, mas propriamente não acaba, evidenciando para o destinatário a possibilidade de mais divisões e oposições do gênero comum a todas as imagens e oposições, "paixão erótica", razão das metáforas efetuadas.

Em poemas satíricos, formulações de trocadilhos jocosamente agudos evidenciam para o destinatário o procedimento da análise e da transferência metafórica, como "mostrais pregando *de falso,/* que sendo um Frade *descalço,/* andais pregando *de meias*"; "...eu não vi na fidalguia/ Mendonça *sem ter Furtado*"; "...se ainda mais *rosas* lançais fora/ Receio, que fiqueis *posta na espinha*" (*rosas*= *sangrias;*

---

[583] Cf. RAMOS, Péricles Eugênio da Silva. *Antologia da Poesia Barroca*. São Paulo: Melhoramentos, 1967, p.41.

espinha= *espinho* e *coluna vertebral*). Assim, o poeta vai do gênero para as suas espécies metafóricas e antitéticas; ou destas para o gênero, do todo para a parte e inversamente.

Principalmente a partir das discussões italianas da obra de Sperone Speroni, *Canace*, de 1542, afirma-se que a imagem poética é "definição ilustrada", fórmula usada por Cesare Ripa no "Prólogo" de seu *Iconologia* (1593) para definir o gênero *emblema*. A imagem é "definição" porque é obtida logicamente por meio da análise dialética de conceitos com as categorias aristotélicas; e "ilustrada", porque, como imagem, torna sensíveis os conceitos obtidos pela análise. Quase sempre visualizantes, competem com a pintura[584].

A poesia é feita como variação metafórica de "definições ilustradas" postas na base da invenção; como o poeta preferencialmente aproxima, analisa e condensa conceitos metafóricos distantes por meio de semelhanças que estabelece entre eles – como "corpo" e "deserto", em Quevedo; "violeta cortada" e "morte", em Góngora; "maio" e "serpente", em Manuel Botelho de Oliveira; "Alpe nevado" e "candelabro", em Jerônimo Baía; "tempo" e "cavalo", em Gregório de Matos- a metáfora é semanticamente aguda e tendencialmente hermética. Como dizem os retores do século XVII, a poesia funciona como *ornato dialético* e *ornato dialético enigmático*. Num poema anônimo de *Fénix Renascida*, antologia portuguesa de poesia do século XVII publicada em Lisboa em 1730, cujo título é "A um papagaio do Palácio que falava muito", leem-se as seguintes "definições ilustradas" da ave:

---

[584] O Anônimo, autor da *Retórica para Herênio* IV, 19, e Cícero, em *Partitiones Oratoriae* VI,18,22 e *De Oratore* III, escrevem que o discurso ilustre (brilhante) é obtido com palavras escolhidas (*delecta*), metáforas (*traslata*), hipérboles (*supralata*) e sinônimos (*duplicata*), produzindo a *evidentia*, visualidade/visualização, da imaginação. Para estimular o *páthos* (paixão) em si e nos ouvintes, o orador que pretende tratar determinado assunto produz representações chamadas *phantasiai* (fantasias) (Arist. *Ret*. I,3,1358 b; Quintiliano, *Institutio Oratoria* 6,2,29). A causa delas é o engenho, que se cultiva com o exercício imitativo das autoridades. A figura das fantasias é a *evidentia*: descrição detalhada de um objeto pela enumeração de suas particularidades sensíveis, reais ou fantásticas.

Iris parlero, Abril organizado,
Ramilhete de plumas con sentido,
Hybla con habla, irracional florido,
Primavera con pies, jardin alado etc.[585]

Os substantivos – *Iris, Abril, Ramilhete, Hybla, Primavera, jardin*– correspondem à categoria *substância* e figuram fantasticamente a referência, o papagaio; ao mesmo tempo, outra categoria, *qualidade – parlero, organizado, de plumas, con habla, con pies, alado* – aponta para o plano icástico, produzindo-se propositalmente a formulação hermética que, ao ser decifrada, evidencia a agudeza discreta do ouvinte ou leitor tão engenhosos quanto o poeta.

Os procedimentos nucleares evidenciados nos textos manuscritos do *Códice Asensio-Cunha* são a análise dialética e a condensação metafórica dos conceitos dos lugares comuns da invenção, da ordem sintática da disposição e das palavras da elocução. Divididas, redivididas e subdivididas em novos conceitos metafóricos, as imagens constituem entimemas ou silogismos retóricos. Assim inventadas, são simultaneamente sensoriais e sentenciosas, muitas vezes sentenciosamente afetadas, forçadas e pedantes. Tendendo para o epigrama, associam-se a padrões do comportamento prudencial do cortesão modelado pelas metáforas da dissimulação honesta católica oposta às metáforas da simulação maquiavélica.

Como diz Tesauro em *Il Cannocchiale Aristotelico*, a metáfora é "perfeita" quando funciona *a simili ad simile*, do semelhante para o semelhante: assim como o ouriço tem espinhos, assim se têm armas e, assim como o ouriço fere de longe e de perto com eles, assim com elas. O silogismo é, obviamente, só uma indução comparativa em que ainda não se vê o fingimento poético. O conceito figurado torna-se propriamente poético quando se toma a coisa significante

---

[585] Cf. HANSEN, João Adolfo. Fênix Renascida & Postilhão de Apolo: Uma Introdução. In: *Poesia Seiscentista. Fênix Renascida & Postilhão de Apolo*. (Org. Alcir Pécora). São Paulo: Hedra, 2002, pp. 21-71 [p.59].

pela coisa significada, de modo que a significante, suas paixões e propriedades, sejam entendidas como propriedades e paixões da significada, como propõe o mesmo Tesauro em seu *Idea delle Perfette Imprese*.

O *conceito engenhoso* é o gênero comum que reúne duas espécies de conceitos preferencialmente distantes que são aproximados por semelhança. No século XVII, uma *coisa* – um lugar comum da invenção – pode ser significada por meio de três espécies de signos e relações: por mera convenção; pela conexão de inclusão ou de sinédoque entre a coisa significada e a significante; pela semelhança entre elas. Pela simples convenção, propõe-se a relação arbitrária de signos inicialmente sem relação. Por exemplo, o traje vermelho como representação da guerra. É o caso das "metáforas fósseis", como "cristal", que pode significar convencionalmente qualquer coisa lisa, transparente, úmida, fria ou líquida: água, lago, fonte, gota, lágrima, céu, rosto, olhos, neve, gelo, espelho, vidro, cristal etc.

Pela segunda relação, têm-se duas coisas que não têm semelhança entre si, mas que podem ser juntadas num gênero comum, como *causa, consequência, instrumento, hábito* etc. É o caso de sinédoques alegorizantes, como a espada pela guerra, a pluma pela doutrina, o arado pela agricultura, a coluna pela força etc. A terceira relação é propriamente de semelhança, propondo-se com ela duas coisas semelhantes entre si, ambas físicas, ou uma física e outra moral; ambas animadas, ou uma animada e outra inanimada etc.

Quanto à própria semelhança pela qual um signo é substituído por outro, pode ser de três espécies: *atribuição, proporção* e *proporcionalidade*. Por atribuição, tem-se a semelhança de duas coisas que participam numa única forma, **a:b:c**, chamada "unívoca"; por proporção, a semelhança de duas coisas que não têm forma comum, mas duas proporcionalmente análogas, **a:b :: c:d**; por proporcionalidade, a mesma semelhança de conceitos análogos por proporção, mas semanticamente muito distantes, equivalentes às deformações das anamorfoses da pintura, que são recebidos como alegoria fechada ou enigma.

Por meio da atribuição, aproximam-se coisas diferentes em essência, mas semelhantes segundo uma propriedade comum- por exemplo, o *lírio* e a *neve,* comparados segundo a *brancura;* ou o *fogo* e o *amor,* fisicamente impetuoso o primeiro e moralmente, o segundo, como se viu acima no soneto atribuído a Gregório de Matos e Guerra. Com a transferência de espécie a espécie, fala-se do amor como "*fogo do peito*", do lírio como "*neve do prado*", da neve como "*lírio do inverno*" etc.

As metáforas de proporção e de proporcionalidade exigem maior engenhosidade, pois aproximam duas coisas diversas, dando mais prazer ao destinatário capaz de entender as operações artificiosas do engenho do poeta que condensa numa significação inesperada duas coisas distantes. Na Bahia do final do século XVII, o franciscano Frei Antônio do Rosário pregou um sermão sobre a doçura do amor da Virgem do Rosário, traduzindo-a por meio da doçura de 25 frutas tropicais, como a goiaba, o umbu, a mangaba, o oiti, o jambo, a banana, o maracujá, a manga, o caju, o cajá etc. Frei Antônio propõe, muito escolástico, que a fruta que mais evidencia a doçura do amor de Maria é o "ananás", porque no Novo Testamento se lê que a Virgem Maria *Anna nascitur,* "nasce de Ana":

> "*...porque há de ser o Ananás,& não outro fruto do Brasil, a metáfora do Rosario? Porque em todo o mundo não há fruta, que mais tenha da Senhora do Rosario, do que o Ananás. O nome o diz, Ananás val o mesmo que, Anna nascitur. Anna quer dizer graça; cento &sincoenta vezes se nomea no Rosario a filha de Anna chea de graça; & se os nomes são sinaes das naturezas que os tem, o Ananás he o fruto que melhor significa a Senhora do Rosario, porque contem a origem da sua chea de graça, de que está cheyo o Rosario...*"[586]

---

[586] Frei António do Rosário. *Frutas do Brasil, numa Nova e Ascética Monarchia.* Lisboa: Officina de António Pedroza Galrão, 1701, pp. 20-21.

Como metáfora construída pela transferência de espécie a espécie ou de gênero a gênero, o conceito é um ato do juízo, como diz Gracián em *Agudeza y Arte de Ingenio*. O juízo é a principal faculdade ordenadora do artifício poético inventado como aproximação e fusão de coisas diversas e distantes. No caso, como foi dito, é a dialética que atende a tal conexão, formando um argumento ou entimema em que o conceito é um artifício, como «primorosa concordância ou harmônica correlação entre dois ou três cognoscíveis extremos que se expressa num ato do entendimento». Na primeira *crisis* de *Agudeza y Arte de Ingenio,* Gracián lembra que Ovídio enviou à amante, Nix, (Neve), um anel de ônix com a inscrição *O, nix, flamma mea* (Ó, neve, minha chama)[587].

Entre as metáforas, o poeta engenhoso prefere a de proporção. Lembrando que Aristóteles diz que "Baco usa o copo assim como Marte usa o escudo," o poeta pode dizer que "o copo é o escudo de Baco", assim como "o escudo é o copo de Marte", como se lê na *Poética*[588]. O que lhe permite também dizer "o escudo de Baco", para dizer "copo", e "o copo de Marte", para dizer "escudo", e variações, como "o copo sem vinho de Marte" ou "o escudo sem sangue de Baco"etc. Com a metáfora de proporção, evidencia sua "erudição de coisas distantíssimas", como afirma Tesauro.

---

[587] Cf. GRACIÁN, Baltasar. *Agudeza y Arte de Ingenio,* II. In: *Obras Completas.* Madrid: Aguilar, 1967.

[588] Aristóteles diz que são próprias do orador e do poeta certas metáforas que tornam a obra arguta ou aguda: "Argutas, pois, são as expressões do pensamento que permitem um aprendizado rápido"(Arist.,*Poet.* 1410 b). Para a expressão civil, urbana, elegante (grego: *astéion, astéia*; latim: *urbanitas)*, o silogismo deve ser rápido, o que se obtém eliminando as ligações verbais intermediárias. Por exemplo, eliminando-se a prótase da similitude, a conjunção "como": 1. "a é como b"; 2. "a é b"; ou 3."b(=a)"= "Aquiles é forte como um leão"- "Aquiles é um leão"- "O leão de Tróia"(= Aquiles). *Poética* 21, 1457b: "o 2°. termo está para o 1°. assim como o 4°. está para o 3°. com a possibilidade de o 4°. termo substituir o 2°. ; e, o 2°., o 4°.": Baco usa o copo assim como Marte usa o escudo = o escudo de Baco (=copo) o copo de Marte(=escudo). Cf. ARISTÓTELES. *Anal.* I,II,27, 70a 10: entimema ou silogismo retórico (silogismo ou dedução baseada na semelhança entre 2 termos).

Ordenadas segundo esses pressupostos, as práticas que inventaram a poesia coletada no *Códice Asensio-Cunha* pressupunham, aristotelicamente, que a expressão metafórica imita as articulações do pensamento, que são as das *coisas* ou lugares comuns representados. A formulação metafórica do conceito implica uma *lógica*, operada dialeticamente como classificação, definição, análise ou divisão dele por meio das dez categorias aristotélicas. O poeta refaz o conceito obtido com as categorias na matéria verbal, fundamentando o processo como *técnica* de produção de imagens, não como "estética", desconhecida no século XVII[589]. A metáfora se desloca para a base da invenção poética como meio de conferir novas formas figuradas a conceitos de lugares comuns já conhecidos em uma matéria verbal, oral ou escrita.

Hoje se ressalta e acusa o caráter acumulado e ornamental dessa poesia como "jogo de linguagem", "formalismo", "artificialismo", "trocadilho", "acúmulo", "excesso", "niilismo temático" etc. Deve-se lembrar que, no século XVII, falar com ornamentos era convenção generalizada para todo o corpo político do Estado português e que a agudeza da efetuação deles era padrão político distintivo dos "melhores". Nas práticas da sociedade de corte ibérica do século XVII, os usos da metáfora aguda adaptavam a acepção latina da agudeza como "urbanidade" às representações da identidade política das ordens sociais e indivíduos. A identidade era definida *como* representação e *pela* representação, ou seja, o ser social dos indivíduos e a sua posição hierárquica eram deduzidos da forma da sua representação. A metáfora aguda então especificava os modos decorosos de falar e escrever do homem superior ou, como diz o então lidíssimo e conhecidíssimo Castiglione, do "homem universal", o cortesão, proposto como modelo da excelência.

---

[589] KLEIN, Robert. La Théorie de l'Expression Figurée dans les Traités Italiens sur les Imprese, 1555-1612. In : *La Forme et l'Intelligible*. Paris: Gallimard, 1970, p. 136.

A metáfora aguda não é, enfim, apenas uma pedanteria ou afetação decorrente da depravação do bom senso e do bom gosto de um ou outro indivíduo, mas padrão coletivo de pensar e enunciar assimetricamente partilhado.

Nessa poesia sempre está atuante o culto intelectual da dialética de matriz aristotélico-escolástica. Extremamente analítico, fundamenta o intelectualismo conceptista, sendo redutor entender as agudezas apenas como "ornato", no sentido do "excesso de ornamentação" hoje atribuído neoclássica e romanticamente a termos como "cultismo" e "barroco". No século XVII, a imagem poética acumulava mais funções, além da função de ornato. O poeta desse tempo não se interessava apenas pelo termo transposto nas metáforas, pois para ele o processo poético e o resultado das transferências verbais eram também fundamentais, uma vez que o destinatário culto também julgava seu desempenho técnico. Assim, embora hoje o resultado semântico das transferências metafóricas possa parecer arbitrário e incongruente, principalmente quando resulta da analogia de proporção e de proporcionalidade, o próprio procedimento técnico que opera a transferência não era arbitrário para os públicos cultos contemporâneos do poeta, pois era convenção de uma técnica socialmente partilhada como meio de produzir poesia.

Por outras palavras, o poeta não era "formalista", como se costuma dizer, pois, além de não pensar romanticamente em termos de "forma e conteúdo", não alienava o procedimento técnico abstraindo o termo metafórico do seu termo próprio. E também não alienava o termo próprio do figurado, autonomizando o figurado como mero ornamento, como se fosse um parnasiano.

Para o poeta e seus públicos, a ligação de termo a termo era artifício, e, como evidentemente não eram românticos adeptos da expressão incondicionada das intimidades organicistas da psicologia às voltas com a livre-concorrência burguesa, o artifício era valorizado, pois era arte e, como arte, fornecia o prazer intelectual que os distinguia como discretos.

Pallavicino diz, em seu *Arte dello Stile Insegnativo* (1644), justificando a representação aguda de coisas horríveis, que é a vista, não o intelecto, que tem necessidade de beleza. Em uma sociedade de ordens sociais modeladas segundo a racionalidade de Corte, como a portuguesa de Antigo Estado, a agudeza era tanto um procedimento discursivo distintivo dos "melhores" quanto uma concepção providencialista da história que modelavam todas as práticas. É justamente a distinção da superioridade política conferida pela capacidade de determinar a natureza e o valor das relações de troca simbólica que é dramatizada no artifício das metáforas agudas. A prática das agudezas pressupõe paradigmas culturais socialmente partilhados por meio dos quais as transferências metafóricas são processadas, avaliadas e fruídas. Por outras palavras, a leitura dessa poesia permanece parcial se não leva em conta que a metaforização se faz como ligação aguda de conceitos de uma experiência ou conhecimento coletivo partilhado assimetricamente por públicos dotados de diferentes competências.

Aqui se encontra a semelhança das operações que trabalham com imagens verbais e imagens pictóricas e plásticas, aplicando os preceitos compositivos do *ut pictura poesis* de Horácio. No caso da imagem verbal que substitui ideias próprias de coisas por palavras figuradas, é justamente a arbitrariedade do signo que garante a naturalidade da representação para o destinatário. A palavra *vermelho* não é vermelha, evidentemente, nem a palavra *quadrado* é quadrada, mas a convenção cultural, que em português determina que o termo *vermelho* seja o nome da cor vista como vermelha e que *quadrado* seja o nome da figura de quatro lados, é natural como convenção social. No caso da imagem da pintura e da escultura, os signos pictóricos e plásticos têm proximidade analógica muito mais imediata com a *mímesis*, pois propõem para o espectador da imagem a evidência dóxica ou opiniática da semelhança. Ou seja, na imagem verbal, as ideias são figuradas por palavras arbitrárias de uma convenção social naturalizada para a comunicação estabelecida entre as mentes de autores e públicos. Na pintura e na escultura, os signos substituem coisas para o prazer das imaginações. Isso porque, enquanto a convenção cultural da linguagem permite, graças ao arbitrário que a constitui, a substituição de ideias por signos que garantem os direitos da ideia e da mente – lê-se a metáfora verbal para procurar o sentido próprio do que é dito no sentido figurado-, no caso da imagem pictórica e plástica a naturalidade da semelhança visível, em que se baseia a substituição mimética, exige para se efetuar que o pintor ou o escultor extraiam das coisas, como objeto do olho, e do corpo humano, como olho que as observa, uma geometria proposta como espécie de razão natural que fornece leis e regras para compor a representação visível da imagem. Essas regras têm a finalidade de fazer a semelhança figurativa da pintura e da escultura ter, retoricamente, a naturalidade que faz o espectador dizer que o retrato pintado ou esculpido de César é César, quase sempre se esquecendo de que a imagem que vê não é a ideia da coisa nem a coisa representada[590].

O *ut pictura poesis* formulado nos versos 361-365 da *Arte Poética* de Horácio é um dos principais critérios técnicos que ordenam a verossimilhança e o decoro dos muitos estilos dos poemas do *Códice Asensio-Cunha*. Pressupondo a recepção, os versos fazem o paralelo de pintura e poesia:

> (...) *ut pictura poesis: erit quae, si propius stes,*
> *te capiat magis, et quaedam, si longius abstes;*
> *haec amat obscurum, volet haec sub luce videri,*
> *iudicis argutum quae non formidat acumen;*
> *haec placuit semel, haec deciens repetita placebit*[591].

---

[590] Cf. Louis Marin. *Champ Théorique et Pratique Symbolique*. In: *De la Représentation*. Recueil Établi par Daniel Arasse, Alain Contillon, Giovanni Careri, Danièle Cohn, Pierre-Antoine Fabre e Françoise Marin. Paris: Hautes Études, Gallimard Le Seuil, 1994, pp. *31-33*.

[591] Como a pintura, a poesia: haverá aquela que, se estiveres mais perto, te moverá mais, e outra, se estiveres mais longe;

Como doutrina da proporção decorosa dos estilos das obras, o *ut pictura poesis* fundamenta a invenção, a disposição e a elocução deles para a ponderação do juízo do destinatário. A justeza elocutiva do decoro interno das imagens evidencia a eqüidade do juízo do autor que lhes proporciona o estilo. Sendo uma conformação da obra ao costume das autoridades do seu gênero, não é psicológica. Por outras palavras, não é expressão de uma consciência auto-reflexiva ou autonomizada de preceitos, como se pensa psicologicamente a partir da segunda metade do XVIII, quando a instituição retórica declina e é substituída pela subjetivação romântica da elocução. É retórica, mimética e prescritiva, objetivada nas práticas artísticas em procedimentos que especificam os usos autorizados dos signos como "jurisprudência" de bons usos.

Assim, é oportuno lembrar que, nos versos citados, Horácio *não* diz que pintura é poesia, ou que uma possa ser convertida à outra, pois sabe que o ver não é o dizer ou, como dizia Foucault, que a relação da linguagem com a pintura é infinita. E não porque a palavra seja imperfeita frente ao visível, mas porque o visível e a linguagem são irredutíveis, contínuo o espaço, discreta a linguagem[592]. É o que Horácio propõe, aliás, na comparação da partícula *ut*, "como": a relação de homologia dos procedimentos retóricos ordenadores dos efeitos de estilo, não relação de identidade ou equivalência das substâncias da figuração pictórica e discursiva.

Quando fazem a comparação, os versos propõem que há um modo específico de figuração do estilo para cada obra e, portanto, da sua apreciação. Imediatamente, o *ut*

---

esta ama o obscuro, quer esta sob a luz ser vista,
do juiz esta não teme o agudo juízo;
esta agradou uma vez, esta dez vezes repetida agradará.
Nossa tradução livre do latim. Cf. HORÁCIO, Q. *Horatii Flacci Opera*. Leipzig: Ed. F. Klingner, 1859, p.307.

[592] FOUCAULT, Michel. *As Palavras e as Coisas* (Uma Arqueologia das Ciências Humanas). São Paulo: Martins Fontes, 1981, p. 25.

pictura poesis é doutrina genérica da verossimilhança aplicada em cada obra segundo preceitos da invenção, disposição e elocução do seu gênero, para que possa cumprir as três grandes funções retóricas de *docere, delectare* e *movere*, figuradas nos versos citados.

Wesley Trimpi demonstra que podem ser distribuídos em 3 pares de oposições:

   a- *distância*: em termos de *perto/longe*(*si propius stes/ si longius abstes*);

   b- *claridade*: em termos de *clareza/obscuridade* (*obscurum/ sub luce*);

   c- *número*: em termos de *uma vez/várias vezes* (*semel/ repetita*) [593].

Desta maneira, se a categoria *distância*, dos versos 361-362, parece referir-se ao *movere*, evidenciado pelo verbo indicativo de *pathos* (*te capiat magis*), a categoria *claridade* implica o *docere*, explicitado no verso 364, que figura a avaliação do juízo (*iudicis argutum quae non formidat acumen*), enquanto a categoria *número*, do verso 365, articula o *delectare*, óbvio em verbo especificador do afeto agradável (*placuit; placebit*)[594]. As categorias delineiam a generalidade das grandes funções retóricas. Em termos absolutos, lembrando-se o modo como Horácio valoriza a clareza e recusa os hibridismos, os critérios *perto, clareza* e *uma vez* especificam a sua própria poética, enquanto *longe, obscuridade* e *várias vezes* seriam rejeitados por ela.

Como foi dito, as três oposições são operadores diferenciais da generalidade do *aptum* retórico e poético; neste sentido, são aplicáveis como critérios de adequações estilísticas das partes da obra ao todo, como decoro interno,

---

[593] TRIMPI, Wesley. *Horace's Ut Pictura Poesis: The Argument for Stylistic Secorum*. In: *Traditio (Studies in Ancient and Medieval History, Thought and Religion)*. New York: Fordham University Press, 1978, vol. XXXIV.

[594] Estas relações nos foram indicadas por nossa colega e amiga Angélica Chiappetta, quando era docente da área de Língua e Literatura Latinas do DLCV-FFLCH-USP.

e como decoro externo, adequação da obra à circunstância da recepção. Os termos rejeitados ou supostamente rejeitáveis numa concepção unívoca de clareza só o são de modo diferencial ou relacional, pois, supondo-se que os efeitos retórico-poéticos devem persuadir, às vezes o «pior» é efetivamente o «melhor», como licença poética. Como se sabe, Horácio formula negativamente a virtude do estilo, definindo-a como falta de erro ou *fugere vitium*, de modo que a obra é considerada bem feita quando nada lhe pode ser acrescentado nem extraído, impondo-se para sua adequação justamente o sistema dos gêneros e suas correções diferenciais, com suas clarezas e obscuridades específicas, que por vezes implicam os critérios *longe*, *obscuridade* e *várias vezes*.

Nos poemas do *Códice Asensio-Cunha*, a doutrina horaciana é aplicada como regulação das aparentes incongruências resultantes da transferência da metáfora para a base dos conceitos ou das tópicas da invenção. Leia-se, a respeito, a pequena alegoria contada por Emanuele Tesauro num texto de 1625, "*Il Giudicio*", em que discute os decoros dos estilos ático e asiático num gênero popular em voga no século XVII, o sermão sacro.

Os atenienses encomendam a escultura de uma cabeça de Palas Atena a dois artífices, Fídias e Alcman. A peça deverá ser colocada sobre uma coluna alta. Quando as peças são submetidas pelos escultores aos juízes, riem muito da escultura de Fídias, que lhes parece apenas grosseiramente esboçada, e admiram a de Alcman, que mostra todas as linhas diligentemente definidas. Mas Fídias, diz Tesauro, tem o engenho mais agudo que o escalpelo e pede que as cabeças sejam postas sobre duas colunas elevadas. Quando isso é feito, a sua, reduzida pela distância à proporção adequada, aparece belíssima e a de Alcman, tosca e mal formada [595].

---

[595] TESAURO, Emanuele. *Il Giudicio*. In: *Panegirici*. Torino: 1633. O texto foi reeditado por RAIMONDI, Ezio. *Il Cannocchiale Aristotelico*. Scelta. Torino : Einaudi, 1978.

Alegoria do *ut pictura poesis*, a estória figura o intervalo que medeia os efeitos e os afetos, propondo que deve ser intervalo regrado como maior ou menor congruência das partes da obra quando é posta em relação com um ponto de vista determinado. Como se sabe, a tópica do *ut pictura poesis* é antiqüíssima e, sendo evidente que Tesauro cita a passagem da *Retórica* em que Aristóteles discute os decoros dos gêneros deliberativo e epidítico, é muito provável que também inclua alguns elementos do *Sofista*, principalmente os passos em que o Estrangeiro eleata analisa *mímesis* (234 bc), distinguindo duas espécies de imagens, a imagem *icástica*, proporcional ao paradigma, e a imagem *fantástica*, deformação ou desproporção da imagem icástica (235 b; 236 c). Neste diálogo e em outros, como o *Filebo*, Platão propõe que o observador de uma pintura ou escultura de grandes proporções se acha mais distanciado de certas partes que de outras e, por isso, a desproporção aparente entre elas conflita com a memória ou o conhecimento que tem da matéria figurada, alertando-o sobre a incongruência. Para compensar a distorção visual, o artífice altera as proporções reais do modelo, ao invés de reproduzi-las com proporção icástica: de um ponto de vista qualquer, a imagem resultante aparece deformada, como imagem fantástica; mas também parece estar proporcionada à idéia que o observador faz da matéria figurada quando é vista de um ponto de observação próprio (*ikanós*, 236 b) [596].

É óbvio que, se a escultura ou a pintura pudessem ser vistas de uma hipotética posição que incluísse todas as posições possíveis de observação, as compensações produzidas pelo artífice apareceriam como distorção e teriam de ser corrigidas. Mas as obras são recebidas na

---

[596] PLATÃO. *Le Sophiste*. 2 ed. Texte Établi et Traduit par A.Diès. Paris : Belles Lettres, 1950; *Philèbe*. Texte Établi et Traduit par A. Diès. Paris: Belles Lettres, 1949.

empiria; na experiência dos sentidos, quando os excessos da desproporção são vistos ou de muito perto, ou de muito longe, aparecem também maiores ou menores do que efetivamente são. Assim, se o observador puder ajustar sua distância convenientemente, também será capaz de abstrair tanto as diminuições quanto os aumentos irreais da deformação. Nas palavras de Wesley Trimpi, sua percepção fantástica da magnitude e intensidade das grandezas desproporcionadas se tornará uma percepção icástica da sua magnitude e intensidade relativas[597]. Como na cabeça de Palas feita por Fídias: vista de perto, a desproporção parece maior e seu efeito cômico é intenso, causando o riso dos juízes; vista sobre a coluna alta, de longe, a desproporção se proporciona, o fantástico se torna icástico e o afeto produzido pelo novo efeito é o de maravilhamento com a boa forma e a engenhosidade do seu artifício. Supondo-se que a peça fosse posta um pouco mais acima, ou um pouco mais além, ou mais perto, de novo apareceria fantasticamente deformada.

Logo, a desproporção fantástica pressupõe, mimeticamente, o ponto de vista icástico que a proporciona como desproporção: ela só é fantástica como uma das séries da relação *icástico/fantástico*, ou seja, ela é um efeito diferencial. Esta relação é objeto de uma arte das desproporções proporcionadas- a cenografia, *skenographia*- dos tratados de óptica. Reciclada no século XVII como *agudeza*, a desproporção proporcionada também se chama, nas palavras de Tesauro, "inconveniência conveniente" e "despropósito proposital", como técnica e efeito de contrafação. Em seu *Il Cannocchiale Aristotelico*, ele mesmo aplica à *Retórica* um dispositivo homólogo ao da alegoria da escultura de Fídias, lendo-a por meio do telescópio, o instrumento óptico então recentemente inventado por Galileu e aperfeiçoado na Holanda por ordem do *Statholder* Maurício de Nassau. Com suas lentes, escreve Tesauro, traz para perto do leitor o que está longe, torna

---

[597] TRIMPI, Wesley. *Op. cit.*

maior o que é pequeno, faz claro o que é obscuro, vendo várias vezes o que Aristóteles viu uma só [598].

Pensando-se o *ut pictura poesis* cenograficamente, a relação de *proporciona/desproporcional* – ou de *icástico/fantástico* – implica não qualquer proximidade ou qualquer distanciamento, mas, sempre, a correta distância, a distância exata, retoricamente matematizada como *commensuratio* ou *proportio* no discurso antigo e nas letras do século XVII empenhadas em produzir o fantástico como a maravilha que "*fa stupire*", como diz Marino. A idéia de correta distância prescreve, por isso, nem o muito longe, nem o muito perto, de um ponto fixo de observação figurado na forma de modo adequado a cada caso de cada gênero. É a partir desse ponto fixo de observação encenado no estilo da obra que os dois eixos de *perto/longe* se interceptam e normalizam, produzindo-se a recepção adequada de cada caso.

Outra vez, como ocorre com a cabeça de Palas: vista de perto, é deformada; vista de mais longe, também o é; logo, sua posição no alto da coluna é um dos termos da relação dela com o ponto de vista exato da observação. A alegoria de Tesauro também propõe, desta maneira, que Fídias teria tido o cuidado prévio de calcular matematicamente a distância entre a posição da cabeça no alto da coluna e o ponto fixo da observação dela para produzir o afeto de maravilhamento com o efeito deformante. Assim, também teria calculado com exatidão as espécies de formas deformadas, como linhas, massas, volumes, sombreamentos, alturas, espessuras, larguras etc. Como diz Tesauro, Fídias tinha o engenho mais agudo que o escalpelo- o que também significa que, na alegoria dos escultores, o seu engenho é ordenado pelo juízo, que pondera a deformação.

Quando se leva ao limite o estilo cenográfico de desproporções proporcionadas, o objeto esculpido ou pintado deve

---

[598] TESAURO, E. *Dell'Argutezza et de'Suoi Parti in Generale*. In : *Il Cannocchiale Aristotelico*. 5 ed., Torino: Zavatta, 1670.

ser observado de um ponto de vista calculado na construção de uma anamorfose, de que outro exemplo adequado, aqui, é a tela de Holbein, *Os Embaixadores*. Nela, em primeiro plano, figura-se um espelho manchado, disposto diagonalmente sobre um tapete, ligando os pés do embaixador à esquerda de quem olha com um dos pés da mesa oculto pelo manto do outro, à direita. Quando vista de um ponto calculado como distância exata, a mancha do espelho se delineia nitidamente como uma caveira, metaforizando a morte óbvia portada pelos personagens e o jogo infinito da representação.

No caso dos discursos, o equivalente da deformação pictórica da pintura ou plástica da escultura é o acúmulo de ornatos, que produzem a obscuridade; ou que efetuam uma representação estilisticamente não-unitária, como misto; ou uma disposição analítica, dividida e subdividida geometricamente como quiasmas, como ocorre nas letras hoje ditas "cultistas" e "conceptistas"; ou, ainda, como agudeza hermética resultante da relação de conceitos distantes. Transposto ao extremo verbal como ornamentação acumulada, divisão e disposição geométrica das palavras como "xadrez" ou formulação hermética, o estilo cenográfico deve ser entendido como enigma ou alegoria fechada, *tota allegoria,* que também exige o ponto fixo da hermenêutica que a decifra. No uso generalizado da agudeza ou "ornato dialético enigmático" nas práticas letradas seiscentistas, prescreve-se um ponto fixo para que a representação seja justamente avaliada e fruída. Ele é calculado segundo critérios da racionalidade de Corte que as anima, como engenho, juízo, prudência e discrição. Por exemplo, em *El Sueño,* de Sor Juana, o fechamento semântico do enunciado produz um destinatário discreto, dotado de virtudes ético-políticas e de conhecimento retórico das autoridades emuladas, como Góngora, que o tornam apto para decifrar a alegorização programaticamente hermética do poema.

Wesley Trimpi refere o livro de Galileu, *Considerazione al Tasso,* que trata justamente desse estilo alegórico comparando a poesia de Tasso com a de Ariosto.

Conforme Galileu, as transições bruscas do estilo de Tasso, seus conceitos soltos, seus ornamentos agudamente herméticos, sua falta de coesão estilística são como uma pintura "társia", lembrando as *tesserulae* ou pedrinhas de mosaico metaforizadas como *lumina*, " luzes", por Cícero [599], enquanto os versos de Ariosto vão dispondo os detalhes da narrativa um ao lado do outro, como as cores nitidamente separadas de uma tela. Conforme Galileu, o poema de Ariosto lembra uma longa galeria alta em que se dispõem, em toda a extensão, obras de arte em espaços regulares, formando um todo unificado. O poema de Tasso, ao contrário, é oblíquo e fantástico, parecendo, como Trimpi propõe com muita felicidade quando o discute, uma *Kunst-und-Wunderkammer,* saleta de maravilhas, repleta de curiosidades individualizadas e isoladas, que devem ser vistas uma a uma. Assim, se em Ariosto a poesia é produzida como uma galeria de pinturas que o olho percorre linearmente, vendo-as com clareza e de uma só vez, em Tasso cada minúcia brilha na obscuridade da câmara para ofuscar o olho, que perde o sentido do todo, enquanto se detém para observar várias vezes, e muito de perto, as particularidades [600]. Como em Tesauro, que diz agudamente que a estrela da agudeza engenhosa evita a claridade, onde perde a luz, exigindo a noite hermética dos conceitos enigmáticos para que seu brilho agudo passe sob o arco do triunfo do cílio do observador, também em *El Sueño* a metaforização se fecha para evidenciar o brilho da agudeza do engenho de Sor Juana, que tenta superar Góngora.

O mesmo critério de deformações proporcionadas do *ut pictura* regula as técnicas metafóricas produtoras da *evidentia.* Por exemplo, no gênero cômico aristotelicamente

---

[599] CÍCERO. *Orat., 149.*

[600] TRIMPI, Wesley. *The Early Metaphorical Uses of SKIAGRAPHIA and SKENOGRAPHIA.* In: *Traditio* (*Studies in Ancient anda Medieval History, Thought and Religion*). New York: Fordham University Press, 1978, vol. XXXIV, pp.412-413.

doutrinado, pintam-se tipos e caracteres como mistos incongruentes, uma vez que as paixões viciosas não têm unidade por serem extremadas por falta ou excesso, como Aristóteles afirma na *Ética Nicomaquéia*. Trata-se, no caso do cômico, de produzir imagens fantásticas e inverossímeis que se tornam verossímeis e icásticas para figurar a não unidade do vício, o que ocorre quando são observadas de um ponto fixo que, nas letras do século XVII, é demonstrado como unidade virtuosa da *sindérese* [601], que inclui os motivos éticos, teológicos e políticos da racionalidade de Corte convergentes na prudência.

Aplicando a antiga técnica do retrato dos *progymnasmata* gregos, exposta no século XII por Geoffroy de Vinsauf, de que trataremos adiante, que consiste em traçar o corpo do tipo ridículo segundo um eixo imaginário que o divide em sete partes, da cabeça aos pés, os poetas satíricos seiscentistas, como o peruano Caviedes e o autor ou autores baianos hoje classificados pelo nome Gregório de Matos, compõem cada uma delas como ocorre pictoricamente na mistura dos *grylloi* de Bosch ou dos *caprichos* ou *hieróglifos* de telas de Valdés Leal: fazem um esboço rápido e grosseiro, sem nenhuma preocupação aparente com minúcias de desenho feito à ponta de pluma ou pincel, modelando-o como se utilizassem um carvão grosso ou brocha, empastando as cores e as linhas como um borrão ou efetuação esquemática de caricaturas.

Quando visto de perto pelas lentes de outros gêneros, como o lírico, o esboço se apresenta malfeito e borrado; mas, compondo-se pelo esquematismo dos traços como representação para ser vista à distância, evidencia-se adequado

---

[601] Como "centelha da consciência", a *sindérese* é a presença da Lei natural na mente, aconselhando o bem e vituperando o mal. No XVII, a noção relaciona-se com a doutrina do juízo e da prudência, fundamentando a solércia ou a sagacidade que especifica o tipo do discreto; é também a sindérese que evidencia, na forma exterior do decoro estilístico, as operações éticas do juízo, como *circumscriptio*. Cf. AQUINO, Santo Tomás de. *Summa Theologiae*, 2o., I, 94, art. I, 2; 1a. part., 79, art. XII.

ao tempo curto da recepção da praça que, no caso dos gêneros baixos, não perde tempo com minúcias, nem deseja conceituações elaboradas. É exemplar a sátira atribuída a Gregório de Matos e Guerra, que a crítica brasileira, determinada por categorias românticas psicologistas que ignoram o *ut pictura poesis* horaciano, segue afirmando que é mal realizada ou estilisticamente tosca, quando comparada com a lírica religiosa e amorosa atribuída ao poeta.

A sátira gregoriana, assim como a de Caviedes, realiza com perfeição o preceito retórico próprio de seu gênero, compondo o discurso como visão à distância, clareza do esboço e uma só vez: nela, o efeito de mau acabamento é programático, resultando da aplicação de uma técnica refinadíssimamente precisa de produção de efeitos de inacabamento. Não decorre de inépcia artística do poeta, mas de sua total aptidão para fingir- como contrafação- a inépcia dos traços deformados do estilo baixo. Vejam-se exemplos em que a *persona* satírica se enuncia como pintor retratista, enunciando o *ut pictura poesis*:

Vá de retrato	Segundo pincel, la pluma
por consoantes	pintar pretende la idea
que eu sou Timantes	con tinta, un original
de um nariz de Tucano	a quien la tinta le adecua.
pés de pato.	En blanco quiero dejar
Pelo cabelo	sus perfecciones, si aquestas
começo a obra,	dan en el blanco, dejando
que o tempo sobra	embebidas todas ellas.
para pintar a giba	Su pelo me está brindando
do camelo [602]	a la pintura y lo hiciera,
	pero el pelo su pellejo
	lo tiene adentro y no afuera [603].

---

[602] *Códice Asensio-Cunha*, Vol. 1, composição de número 138. Cf. GUERRA, Gregório de Matos e. *Obra Completa de Gregório de Matos e Guerra (Crônica do Viver Baiano Seiscentista)*. Ed. James Amado. Salvador, Janaína, 1968, 7 vols., vol. I, p. 219.

[603] CAVIEDES, Juan del Valle y. *Obra Completa*. Edición, Prólogo, Notas y Cronologia Daniel R. Reedy. Caracas: Biblioteca Ayacucho, 1984, vol.CVII, p. 259.

Nos poemas, as imagens caracterizadoras dos tipos pintados pelo pincel satírico são mistas, desproporcionadas e incongruentes, ferindo o preceito retórico da unidade verossímil da imitação. Retomando preceito antigo, o mesmo Tesauro escreve, em *Idea delle Perfette Imprese*, que em muitas composições o poeta finge desprezar o decoro buscando a verossimilhança em metáforas inverossímeis[604]. Aristóteles, máxima autoridade da instituição retórica, situa a perfeição dos discursos no efeito persuasivo. Uma vez que só se pode persuadir com o verossímil, e como ao verossímil repugna tudo quanto pareça não natural ou afetado, segue-se que a probabilidade nasce da conveniência das inconveniências.

Assim, com o *ut pictura poesis,* Tesauro confirma que a composição da verossimilhança pressupõe diferencialmente as adequações de todos os gêneros. Ou seja, a verossimilhança é aplicada como um diferencial: os mesmos vícios retóricos e poéticos de um gênero podem ser as virtudes de outro, conforme a conveniência das inconveniências. No caso do cômico, a formulação inverossímil é apta para representar a não unidade dos tipos viciosos e de suas ações desproporcionadas e vulgares. Logo, pela esquematização incongruente das caricaturas, pela amplificação das paixões, pela monstruosidade dos mistos, o cômico deforma, como imagem fantástica, a imagem icástica da opinião, fazendo que seu destinatário ouça, ou leia e veja, nos efeitos discursivos e pictóricos, a contradição entre sua memória dos opináveis e verossimilhanças das matérias figuradas- *endoxa* retóricos e *eikona* poéticos- e a deformação com que são tratados. No intervalo, evidencia-se para o destinatário o ponto fixo da virtude donde o monstro deve ser visto, como desproporção proporcionada a um fim: divertindo com a maravilha dos excessos, a figuração simultaneamente

---

[604] TESAURO, E. *Che nell'Impresa Devesi Guardar il Decoro*. In: *Idea delle Perfette Imprese* (A Cura di Maria Luisa Doglio). Firenze: Leo Olschki, 1975.

ensina e move, pois captura a desproporção com a correção icástica da voz do personagem satírico, que adere a valores da opinião estabelecida.

Na *Retórica*, Aristóteles contrasta o estilo ágil dos debates públicos, apreciados à distância nas grandes assembléias deliberativas, com o estilo meticulosamente ornamental dos discursos epidíticos, produzidos para serem ouvidos de perto, várias vezes, "obscuramente" ou em particular. Aristóteles evidencia que existe uma distância conveniente para a recepção da invenção e da elocução de cada gênero; por exemplo, quando compara a extensão de uma peça oratória com o tamanho de um animal que o olho apreende num relance, propondo que o ouvinte é incapaz de memorizar falas demasiadamente extensas como unidade discursiva. No ruído e movimentação da assembleia pública, o orador que aplica refinamentos estilísticos, como minúcias ornamentais, ou que desenvolve uma argumentação intrincada e erudita, não é seguido, nem apreciado[605]. No caso, o discurso deve ser genérico, desenvolvendo a matéria em grandes traços, como um esboço rápido.

O preceito especifica diferencialmente os estilos de outros gêneros poéticos, principalmente quando se lembra a destinação oral deles: assim, o tema elevado da épica exige grandes traços caracterizadores de personagens e amplas ações, podendo ser menos trabalhado visualmente como ornamentação descritiva. O poema épico é longo e, quando declamado ou lido em voz alta, é ouvido uma única vez, exigindo visão à distância e plena claridade para a recepção. Minúcias descritivas contradizem essa adequação. Já os temas familiares, tratados com meticulosidade, exigem exame de perto, várias vezes. É nesse sentido, aliás, que Horácio escreve que a comédia, por extrair seus temas da vida comum, aparentemente exige menos trabalho, mas na verdade carrega um peso maior, pois a indulgência

---

[605] ARISTÓTELES, *Retórica*, 3, 9, 3,140.

permitida ao autor pelo público é menor. Na oratória, ao orador sacro estão vetadas a translação sórdida e ridícula, as hipérboles inchadas que evidenciam a arte, o muito agudo, distante e enigmático, que obscurecem o discurso, e também o muito doce e o ameno, que só divertem com a novidade das palavras, como se lê magnificamente desenvolvido no sermão da Sexagésima, de Vieira. Nos panegíricos, que são ouvidos ou lidos de perto, as metáforas devem ser mais freqüentes e espirituosas que no sermão ou na oratória forense, pois o panegírico pressupõe maior erudição e ostentação de engenho do autor nos certames letrados e dissertações acadêmicas. É o caso da emulação do quinto sermão do Mandato, de Vieira, feita por Sor Juana segundo o gênero da controvérsia, cuja disputa acerca da "maior fineza do amor" também se acompanha da maior agudeza com que a freira mexicana emula o jesuíta. Assim, também, na tragédia as metáforas serão altivas e majestosas, pois falam personagens elevados; na comédia, vis, devido à baixeza das matérias; na lírica, mais inchadas; nos epigramas e motes, breves e agudíssimas.

Com esses critérios, Tesauro afirma que às vezes se finge desprezar o decoro para produzi-lo em outro grau de adequação. E em muitas composições- como versos fesceninos ou sátiras- finge-se o desprezo do decoro, buscando-se a verossimilhança na pintura de mistos desproporcionados, inverossímeis e obscenos. Em todos os casos, o *ut pictura poesis* horaciano é o operador das conveniências dos efeitos do estilo, implicando uma doutrina da recepção.

No século XVII, em certos gêneros de peças pequenas, como sonetos líricos e composições pastorais e elegíacas, o *ut pictura* programa a obscuridade tendencialmente hermética das metáforas, que exigem exame de perto, repetidas vezes. A obscuridade se esclarece como *prática histórica* quando se leva em conta que o destinatário preferencial dramatizado nessas composições é o tipo do cortesão, agudo, discreto e prudente, capaz de entender o hermetismo programático com o engenho que o diferencia hierarquicamente de público vulgar, institucionalmente codificado como movido pela preferência por outros gêneros de estilo familiar, baixo ou sórdido[606].

A mesma obscuridade hermética e os estilos baixos são inadequados, porém, em gêneros populares edificantes, como o já referido sermão sacro, que pressupõe certo efeito de inacabamento que facilita seja ouvido uma única vez, à distância, e apreendido como um todo. É neste sentido que Vieira, seguindo as lições de Gilio e Pallavicino[607], acusa os dominicanos rivais de não deixarem as palavras em paz, quando dispõem o sermão geometricamente, como quem vai pondo azulejos numa parede, fazendo com que a disposição se evidencie como enorme quiasma. O azulejar do procedimento de análise dialética das tópicas e da sua ornamentação retórica vem para a frente do ouvido do público, enquanto a matéria sagrada e sua argumentação vão para o fundo, como se explicita no sermão da Sexagésima.

---

[606] É exemplar o *"no para muchos"* fidalgo de Góngora: "(...) *Demás que honra me ha causado hacerme escuro a los ignorantes, que esa es la distinción de los hombres doctos, hablar de manera que a ellos les parezca griego*(...)". Cf. GÓNGORA Y ARGOTE, Don Luís de. *Carta de don Luís de Góngora, en respuesta de la que le escribieron*. In : ARANCÓN, Ana Martínez (Seleción de textos). *La Batalla en Torno a Góngora*. Barcelona: Antoni Bosch, 1978, p.43.

[607] Giovanni Andrea Gilio, em seu *Due Dialogi* (1564), adapta a retórica aristotélica às diretivas do Concílio de Trento sobre a arte quando, criticando o "terrível Michelangelo" e a *maniera*, contrapõe à fantasia do "pintor poeta" as formas icásticas do "pintor historiador"que, ao compor obras sacras, imita *topoi* das *Escrituras*. Cf. GILIO, Giovanni Andrea. Al Ilustrissimo Rev. Mons. Il Cardinal Farnese. In: BAROCCHI, Paola. *Scritti d'Arte del Cinquecento*. Milano-Napoli: Riccardo Ricciardi Editore, 1971, 3 tomos, Tomo I, pp. 834-836 (La Letteratura Italiana Storia e Testi,vol. 32). Pallavicino parece retomá-lo em seu tratado *Arte dello Stile, ove nel Cercarsi l'Ideal dello Scrivere Insegnativo* (1647), quando censura os usos indiscriminados das agudezas, adaptando-as à oratória sacra como instrumentos do *movere* católico. Neste sentido, tanto Gilio quanto Pallavicino reduzem, em termos contrarreformados, o *ut pictura poesis* a uma espécie de *ut theologia pictura* ou *ut theologia poesis*, lição repetida pela Companhia de Jesus também em seus colégios coloniais. Por exemplo, no sermão da Sexagésima (1655), de Vieira, a caracterização do estilo culto ou gongórico dos dominicanos rivais como "escuro", "negro", "negro boçal" repõe a redução do *ut pictura poesis*, preceito estilístico, ao substancialismo da imitação da teologia.

Vieira acusa os dominicanos de desnudarem totalmente o artifício na geometrização do discurso, que é duplicada na ornamentação agudamente hermética. O efeito dessa radical clareza técnica é, segundo Vieira, semanticamente obscuro. No mesmo excesso artificioso de desenho da técnica, vê-se a ausência da proporção teológica dos efeitos edificantes adequados a um gênero sagrado.

Também aqui opera o critério da proporção, como na escultura de Fídias, pois a evidência do artifício faz com que o ouvinte fique embasbacado com sua engenhosidade e, ao mesmo tempo, como diz Pallavicino[608], comece a desconfiar do efeito maravilhoso: decorre da sua própria inteligência ou do fingimento do orador? No intervalo da dúvida, a persuasão diminui, destruindo-se a naturalidade específica da proporção verossímil do método escolástico de pregar. Como produto de um orador apenas "poeta", ou seja, não teólogo nem historiador sacro, o sermão se desproporciona como espetáculo teatral indecoroso para o púlpito, que obviamente é contrarreformado e exige um orador "historiador", que pinta ortodoxamente, com teológica proporção, os casos da história sacra. Por outras palavras, Vieira defende o desenho nítido e icástico e censura a cor indefinida e fantástica para o púlpito, entendendo-a como apelo irracional e inverossímil da fantasia sem juízo. De modo algum Vieira é contrário à cor, mas contra determinados graus e circunstâncias da sua aplicação, que a fazem indiscreta ou indecorosa na *actio* do sermão.

O preceito do *ut pictura poesis* é evidenciado como articulação do decoro externo numa sátira atribuída a Gregório de Matos em que o personagem satírico se dirige

---

[608] PALLAVICINO, Sforza. *Arte dello Stile, ove nel Cercarsi l'Ideal dello Scrivere Insegnativo*. Bologna: Giacomo Monti, 1647, cap. II, p. 18: "(...) *gli ornamenti dell'eloquenza tolgon la fede alla verità, e la rendono incerta; mentre il Lettore dubita, si la forza che sente farli all'intelletto, derivi dall'eficacia della raggione, ò dell'artificio dello Scrittore; Perciò, nelle sacre Lettere haver Dio voluto uno stile semplice, e piano; col quale s'è convertito il mondo*".

a interlocutores discretos e vulgares, afirmando-lhes que não utilizará "cultíssimas profecias" ou as culteranias do estilo hermético característico dos discursos de gongóricos. A "Musa praguejadora" será clara e vulgar, ou seja, obscena. Traduzindo "discreto" por "ladino", termo que qualifica o escravo negro que entende Português, e "vulgar" por "boçal", que nomeia o recém chegado das Áfricas que não entende a língua, o personagem satírico evidencia que a obscenidade é retoricamente decorosa na sátira. Sendo "como água", transparente e óbvia, não necessita de interpretação, o que a faz própria para ser entendida claramente e uma única vez por destinatários discretos e vulgares, ou ladinos e boçais, quando é falada em voz alta na praça:

> Cansado de vos pregar
> cultíssimas profecias
> quero das culteranias
> hoje o hábito enforcar:
> de que serve arrebentar
> por quem de mim não tem mágoa?
> Verdades direi como água
> porque todos entendais
> os ladinos, e os boçais,
> a Musa praguejadora.
> Entendeis-me agora? [609]

Lidos segundo os preceitos que evidenciam o cálculo racional das deformações e obscenidades dos mistos, os poemas satíricos evidenciam que as famigeradas contradições de Gregório de Matos como homem religiosíssimo simultaneamente licenciosíssimo não decorrem de uma psicologia imaginada romanticamente como "doente",

---

[609] Códice Asensio-Cunha, vol. 3, composição de número 15. Cf. GUERRA, Gregório de Matos e. *Op. cit.*, vol. II, p. 472.

"ressentida", "pessimista", "obnubilada", "neurótica", "tarada" ou "fora do lugar" por meio de caracterizações sempre extraídas de personagens da sátira, que são seres de ficção. Não são contradições substanciais, mas ficção de tensões construída com os decoros e os verossímeis retóricos próprios de gêneros altos e baixos, ordenados como *ut pictura poesis*.

Hoje, a morfologia neokantiana de Wölfflin que classifica os poemas como "barrocos" sem considerar esses preceitos é positivada como oposição unívoca de generalidades românticas, *Clássico/Barroco*. O uso da oposição, sempre feito em termos expressivos de *formalidade clássica / informalidade barroca*, não leva em conta a ordenação retórica dos poemas, às vezes em nome de uma crítica organicista-humanista de "retórica" como "formalismo" e outros anacronismos croceanos. Logo, não considera que os efeitos de informalidade não são informais, pois o *ut pictura poesis* e outros procedimentos técnicos regulam o ponto fixo com que o juízo do poeta proporciona muito racionalmente a verossimilhança e o decoro nas desproporções proporcionadas da forma como "inconveniências convenientes".

O autor ou autores dos poemas do *Códice Asensio-Cunha* sabiam que as paixões são naturais e, quando paixões poéticas ou fictícias, afetos artificialmente inventados para efetuar a *fides*, a credibilidade verossímil e decorosa. Como o Licenciado Rabelo, o autor ou autores do *Códice Asensio-Cunha* não ignoravam que muitos poemas compilados não eram do poeta Gregório de Matos e Guerra; mas necessitavam deles em sua taxonomia e conservaram o nome para designar o conjunto, porque o nome tinha a *fides* que, para públicos contemporâneos, representava a excelência dos gêneros que o códice ilustrava.

O conceito de *autor* dos poemas do códice pressupõe e implica o conceito de *auctoritas* associado à noção latina de *fides,* a boa fé que deve presidir às convenções públicas dos povos e às transações privadas de indivíduos, como propõe Cícero[610]. Quintiliano a pressupõe na *Instituição oratória*, quando escreve sobre a elegia erótica de Ovídio, distinguindo-a da elegia de Tibulo, Galo e outros poetas romanos por meio da maneira como compõem a elocução. Tibulo é puro e elegante, Ovídio mais lascivo, Galo mais severo e Catulo, culto[611]. Todos aplicam os mesmos lugares comuns, o mesmo tipo de verso, as mesmas situações dramáticas e narrativas da elegia erótica; todos compõem o poema como enunciação fictícia de um pronome pessoal, *ego,* que figura a *persona* do amante desprezado pela mulher volúvel. É o *ego* não-substancial de um *tipo* poético, que emula poetas gregos e alexandrinos, enquanto compõe, em cada poema, a dicção que faz a adequação de seu estilo aos lugares comuns prescritos no gênero para inventar e ornar a voz particular de seu *éthos* que sofre com o desprezo da mulher movido por *páthe* eróticos.

Aqui, o estilo *não* é o homem, romantismo, mas o destinatário, ou seja, a audição da forma poética feita como variação dos preceitos do gênero elegíaco que é comunicada ao destinatário como uma audição específica ou modo particular de ouvir o verso elegíaco de um *auctor.* O ato que inventa o poema não é apenas mimético, como imitação verossímil de discursos sobre o corpo, o amor e o sexo tidos por relevantes no presente romano dos poetas, mas também avaliativo do estilo, constituindo *nele,* estilo, a posição adequada da recepção do destinatário.

Quando inventam imagens como variações elocutivas das normas que regulam os discursos sobre o amor na vida romana, os poetas imitam *endoxa* ou opiniões sobre ele tidas por verdadeiras no campo semântico do seu tempo para

---

[610] CÍCERO. M. T. *De Officiis*, I, 7,23. Cf. "*Fides*". In: DAREMBERG, Ch. et SAGLIO, Edm. (Dir.). *Dictionnaire des Antiquités Grecques et Romaines D'Après les Textes et les Monuments*. Paris: Librairie Hachette, 1896, Tome Deuxième, Deuxième partie (F-G), p. 1115.

[611] QUINTILIANO, M. F. *De Institutione Oratoria*, Liber X, 93. In: *Institution Oratoire*. Trad. Henri Bornecque. Paris: Garnier, 4 vol., vol. IV.

debatê-las na cena dos poemas como conflitos de amor. Simultaneamente, sua enunciação faz referência ao seu próprio ato, encenando, na variação da elocução, a posição adequada da qual o destinatário recebe as imagens, entendendo-as como comunicação da experiência coletiva dos preceitos técnicos na variação elocutiva particular.

Os públicos romanos cultos eram capazes de refazer a ordenação retórica do fingimento poético que modela as pessoas discursivas da elegia erótica como tipos da *etopeia*, retrato epidítico do caráter. Conheciam os preceitos do gênero e sabiam que os tipos habitam um nome próprio que faz de seu artifício um ser fictício. Na comunicação, o *ego* desse ser fala com total *sinceridade estilística*. A diferença entre os elegíacos Tibulo, Catulo, Galo, Ovídio, Propércio decorria da *fides* elegíaca particular de cada um deles, efetuada como aplicação diferencial dos tropos da elocução aos mesmos lugares comuns, enfim. O público culto sabia disso, dizendo *Ovidius lascivior,* para significar um estilo particular do gênero *elegia erótica* exercitado pelo poeta Ovídio, não a psicologia do homem Publius Ovidius Naso, poeticamente desinteressante.

A poesia lírica

A lírica religiosa do *corpus* publicado no *Códice Asensio-Cunha* figura os temas correntes da piedade tridentina, reproduzindo a oposição *vida libertina/vida beata* dos lugares comuns da espiritualidade anti-luterana e anti-maquiavélica que, desde o século XVI, domina a devoção do mundo católico, como os do culto de Maria, da Providência divina, da contrição do pecador, da fugacidade do tempo, da *vanitas* e da morte, sempre associados ao lugar comum do *desengaño* do sonho da vida subordinado às virtudes apregoadas incessantemente pelo padre e ardorosamente avaliadas pelo Santo Ofício da Inquisição.

Nesse tempo, como sintetizou Émile Mâle, "O túmulo quer edificar-nos e trabalhar na obra da nossa salvação".

Às vezes, com a humildade típica da afetação católica, como a do Papa Alexandre VII, que dava audiências em uma sala decorada com um caixão de defunto aberto e crânios. André Chastel lembrou ironicamente a escultura de dois metros de altura do túmulo dos Pallavicino feito por Mazzuoli, em Roma.

A escultura figura a morte como um esqueleto com asas de morcego que pende em diagonal, no alto do frontão do túmulo, com uma perna pendurada no ar e o nítido esforço de agarrar-se na borda do mármore para não cair. Asquerosa e horrível, sua deformação monstruosa beira o cômico, produzindo no espectador um efeito de humor negro e bufonaria que o faz pensar não na efemeridade da vida humana, mas na precariedade das formas artísticas quando são postas a serviço do poder[612]. Evidentemente, não se passa diretamente dos tratados espirituais, como os dos exercícios espirituais jesuíticos, para as obras de arte. Há um estilo.

Como demonstrou Chastel, nesse tempo a retórica piedosa da demagogia jesuítica se funde com o desenvolvimento da anatomia do corpo humano associada aos tratados cristãos da *ars moriendi*. Por volta de 1500, quando a Cristandade vive a crise dos ritos e práticas piedosas, duas atitudes básicas se desenvolvem. Uma é epicurista e propõe que a morte não impede os apetites e os prazeres; outra é estoica e busca a tranquilidade da alma entre libertinagem e penitência. No século XVII, os livros de pranchas que expõem a anatomia científica do corpo são objeto da curiosidade de libertinos e beatos, epicuristas e estoicos.

O espetáculo do corpo morto surpreende a imaginação e angustia. O crânio é natureza morta; ao mesmo tempo, *memento mori*; como no livro de anatomias de André Vesálio,

---

[612] CHASTEL, André. *Le Baroque et la Mort*. In: *Retorica e Barocco*. Atti del III Congresso Internazionale di Studi Umanistici. Venezia 15-18 giugno 1954. A Cura di Enrico Castelli. Roma: Fratelli Bocca Editori, 1955.

aparece aberto na prancha anatômica com o sistema de veias exposto e, quase sempre, com o cartucho de um emblema, onde se lê, por exemplo, *inevitabile fatum,* ou *Vivitur ingenio, caetera mortis erunt* (Vive-se com engenho, as coisas restantes serão da morte)[613]. A prancha anatômica torna-se então modelo da pintura macabra da *vanitas,* como ocorre nas duas telas enormes que Valdés Leal pintou em 1642 para a capela do Hospital de la Caridad, de Sevilha. Numa delas, corpos humanos em diversos estágios de decomposição dão seus avisos de defunto que, dizia Murillo, deviam ser vistos tapando-se o nariz.

Figurada com a duplicidade de ciência profana e aviso espiritual de moribundos, a morte é sempre muito aguda e catolicamente morrida nos poemas religiosos do códice gregoriano, associando-se seu *desengaño* a motivos do amor profano tratado na lírica amorosa. Nesta, sonetos que têm por tema o amor de um discreto por uma dama emulam Calímaco, Catulo, Propércio, Tibulo, Ovídio, Dante, Petrarca, Camões, Francisco Rodrigues Lobo, Garcilaso de La Vega, Góngora, Quevedo etc., louvando a beleza e a graça do corpo da mulher com lugares comuns da *ars laudandi* do gênero demonstrativo. As imagens da lírica religiosa e amorosa são o avesso das figurações da sátira, inventada como *ars vituperandi* em que a paródia grotesca, quase sempre obscena, inverte as idealidades platonizantes do petrarquismo.

Os poemas lírico-amorosos compõem a unidade virtuosa do corpo e da alma da dama e do "eu" masculino da enunciação com a identidade de tipos discretos modelados pelos valores éticos, jurídicos e teológico-políticos da racionalidade de corte italiana e ibérica. A figuração da beleza e da

---

[613] VESALIUS, Andreas. *De Humani Corporis Fabrica. Epitome Tabulae Sex.* Ilustrações dos Trabalhos Anatômicos. Esboço Biográfico de Vesalius. Anotações e Tradução do Latim de J.B. DEC. M. Saunders Charles D. O'Malley. Trad. para o Português Pedro Carlos Piantino Lemos e Maria Cristina Vilhena Carnevale. Cotia/Campinas/São Paulo: Ateliê Editorial/Editora Unicamp/Imprensa Oficial, 2002.

graça femininas e da civilidade cortesã do personagem masculino compõe as sutilezas petrarquistas do jogo amatório em alegorias de uma espiritualidade orientada pela interpretação platonizante do Eros. Assim, a beleza física da dama é figurada como análogo sensível da sua beleza espiritual. Geralmente, as metáforas e as sinédoques do seu corpo são aplicadas segundo a técnica do retrato expostas nos *progymnasmata* gregos de Aftônio e Hermógenes e nos versos 562-594 de *Poetria nova*, de Geoffroy de Vinsauf, que traduzimos abaixo:

> Se queres compor plenamente o decoro feminino
> Que o compasso forme o círculo da cabeça
> E a cor de ouro ilumine os cabelos
> lírios nasçam nos espelhos da testa
> arcos negro-azulados igualem a forma das sobrancelhas
> a forma láctea fique entre os arcos geminados
> a régua ordene o septo do nariz
> que não deve ficar aquém da medida nem ultrapassá-la
> os olhos sentinelas do rosto semelhantes a estrelas irradiem luz com cor esmeraldina
> seja a face êmula da Aurora
> nem vermelha nem pálida mas ambas as bochechas de cor neutra
> Resplandeça a boca com forma breve e quase entreaberta
> da mesma forma apareçam os lábios cheios, mas brilhem pouco, acesos com fogo brando
> ordenem-se os dentes alvos todos de um único tamanho
> o odor da boca seja idêntico ao incenso
> o queixo liso como mármore seja mais polido pela natureza mais forte que a arte
> seja da cabeça preciosa coluna colorida e branca o pescoço que o espelho do rosto sustenta no alto
> Haja certo esplendor na garganta cristalina que possa atrair os olhos e roubar o coração do espectador

> os ombros se equilibrem com proporção
> não fiquem nem descaídos nem elevados, mas retos
> e os braços de forma tão graciosa quanto longa e deliciosa agradem
> conflua em finos dedos a substância mole e magra com forma arredondada e branca, a linha longa e reta:
> que o decoro das mãos tenha orgulho dos dedos
> O peito, imagem de neve, demonstre certas gemas virginais e paralelas em ambos os seios
> Calo-me sobre as partes que vêm abaixo
> Aqui melhor fala a imaginação que a língua[614].

Como em outros gêneros, o poeta pinta o corpo feminino sobre um eixo vertical imaginário dividido da cabeça aos pés em sete secções. Aplica a cada uma delas imagens que figuram a excelência das partes do corpo como a unidade de integração ou unidade de ordem, *unitas ordinis*, com que Santo Tomás de Aquino, no seu comentário sobre o Livro V da *Metafísica* aristotélica, define o corpo humano como termo para a invenção da metáfora do corpo político do Estado.

A imagem harmônica do corpo da dama decorre da seleção das partes e qualidades mais adequadas para figurar sua perfeição petrarquista – cabelos, testa, olhos, rosto, nariz, boca, dentes, colo, mãos, por vezes os pés– com alusões metafóricas que elidem as partes iludidas do desejo do "eu" da enunciação na pedraria florida de um corpo geométrico, sempre muito artificial. De poema a poema, observa-se a operação de uma retórica que recorre às mesmas imagens fundamentais – olhos de diamantes e safiras, boca de cravo, rosto de neve e rosa e aljôfar etc. – adaptando-as a novas situações discursivas com maior ou menor amplificação segundo o efeito de *pathos* que é visado. A perfeição do corpo

---

[614] VINSAUF, Geoffroy de. *Poetria Nova*. In : FARAL, Edmond. *Les Arts Poétiques du XIIe et du XIIIe siècle. Recherches et Documents sur la Téchnique Littéraire du Moyen Âge 1924*. Reed. Genève/Paris : Slaktine/Champion, 1982, vs.562-594, pp.214-215.

da dama decorre da perfeição de cada parte subordinada ao todo, cuja unidade visa catolicamente o fim superior da alma.

Corpo e alma naturalmente subordinados à hierarquia do "corpo místico" do Estado monárquico, a dama é tipo discreto que ocupa o topo da hierarquia da excelência. Sua caracterização constitui a isomorfia *corpo/Estado*, em que a excelência de cada parte e a excelência do todo alegorizam, por meio do conceito quinhentista de *graça*, o análogo da paz do Reino em que todas as partes do corpo político estão concordes e harmonizadas no bem comum do todo.

O sujeito da enunciação evidencia que sua contemplação da graça feminina é orientada intelectualmente por seu juízo discreto iluminado pela centelha da luz natural da Graça inata que o faz distinguir o bem no ato do livre-arbítrio, aspirando à perfeição. Assim, encena a perspectiva política no jogo erótico: ao caracterizar intelectualmente a excelência humana do objeto amado, diferentemente de um amante cego que, levado pelo gosto irracional e confuso dos apetites, cede a uma apreensão vulgar, sensível e efêmera, o sujeito da enunciação evidencia sua superioridade social nos signos agudos do seu juízo, nos quais a declaração de amor e o culto cortês da *donna angelicata* fazem a apologia da ordem.

Procedimento rotineiro da enunciação lírica é o de figurar a auto-reflexão do personagem masculino no ato de contemplar a dama. No caso, sua voz se modula com as três possibilidades seiscentistas de compor o discurso – juízo sem fantasia, juízo com fantasia, fantasia sem juízo – aplicadas segundo graus crescentes de intensidade patética. O juízo sem fantasia efetua discursos caracterizados pela utilidade didática da ponderação ético-política dos temas pelo sujeito de enunciação. Como na conhecida emulação de Góngora e Garcilaso de La Vega, "Discreta e formosíssima Maria", o juízo com fantasia formula versos elegiacamente ornados da perspectiva do tempo que passa e da morte, como "Goza, goza da flor da mocidade" e "o tempo trota a toda a ligeireza".

A fantasia sem juízo é tida como própria do gosto confuso de tipos vulgares, por isso costuma aparecer na sátira, não na lírica, embora nesta possa ocorrer como fingimento das paixões do engenho furioso, ou melancólico, que caracteriza o tipo masculino saturninamente dominado pela atra bile, em formas hiperbólicas e patéticas que o fazem frustrado, sempre aquém da posse do objeto amado. O mesmo *pathos* da fantasia desatada sem juízo encontra-se em poemas cômicos paródicos, como "Definição de Amor", que citam o valor das imagens eróticas da lírica nas inversões baixas – por exemplo, parodiando o "Amor é fogo que arde sem se ver" camoniano em variações obscenas que emulam a *Priapeia* latina.

Na lírica, o retrato da dama é produto de uma técnica própria do gênero do retrato prosopográfico. Inventado com metáforas minerais e vegetais que lhe geometrizam o rosto e o corpo, como foi dito, dá-se à recepção como evidência do artifício engenhoso. No caso, a intensa emulação da lírica de Góngora sempre envolve o amor de sutil duplicidade, figurando-o melancolicamente da perspectiva obsessiva da morte e do gozo físico, segundo vários motivos associados que o poeta busca nas paixões da *Ética a Nicômaco*, na ética senequista, no tacitismo político da dissimulação honesta, na libertinagem fidalga, na discrição cortesã etc. Assim, o erótico é caracterizado pela encenação do duplo ponto de vista do sujeito da enunciação, posto catolicamente entre a contemplação desenganada da *vanitas* e o apelo do gozo físico. E, simultaneamente, pela encenação do procedimento técnico que articula o duplo, desdobrando a representação em abismo.

As imagens dessa poesia são, como dissemos, ao mesmo tempo miméticas e judicativas – ou representativas de temas e avaliativas da figuração dos mesmos para o destinatário – relacionando-se com diversos complexos imaginativos. Em *El pequeño mundo del hombre*[615], Francisco Rico propôs que

---

[615] RICO, Francisco. *El Pequeño Mundo del Hombre*. Madrid: Castalia, 1970.

as imagens de Quevedo podem ser entendidas em relação com outros regimes discursivos de seu tempo; a hipótese foi retomada por Leonard Barkan[616], que propôs três deles. O primeiro é a filosofia moral seiscentista, que figura o corpo como microcosmo análogo do macrocosmo. Outro é o da teologia-política católica, que propõe o corpo como alegoria das ordens sociais que compõem o *corpo místico* do Estado subordinadas ao rei como "tranquilidade da alma", "concórdia", "paz" e "bem comum". O terceiro, propriamente poético, compõe o corpo como o puro artifício do artefato poético que o faz melhor como habitante do mundo da arte, como ocorre principalmente em Góngora e nos poemas do *Códice Asensio-Cunha* que o emulam.

Obviamente, cada um desses registros implica grande complexidade de associações sincrônicas e diacrônicas, sendo impossível esgotar a totalidade das referências que formaram a experiência poética dos autores e seus públicos. Como um exemplo deles, pode-se referir o pitagorismo e o *Timeu* platônico, que figuram os quatro elementos básicos, água, terra, fogo, ar, e suas combinatórias. Nos termos da doutrina seiscentista dos humores, que os cita, o humor melancólico do "eu" da enunciação lírica é seco e frio; ou úmido e quente, quando é tipo sanguíneo apaixonado. Referências pitagóricas e platônicas também aparecem nas associações astrais do corpo e de suas partes com corpos astronômicos, entre os quais compareçam o Sol, luz ativa, a Lua, melancolia, e, sempre, as estrelas.

Quanto à metáfora do corpo usada para figurar a sociedade, Santo Tomás de Aquino é a referência principal, devendo-se lembrar que toda a instituição do Direito Canônico ensinado em Coimbra e Évora na educação dos letrados luso-brasileiros se fundamentava em sua autoridade, principalmente na versão teológico-política dele feita pelo

---

[616] BARKAN, Leonard. *Nature's Work of Art. The Human Body as Image of the World.* New Haven/London: Yale University Press, 1975.

mais importante autor do pacto social, o Doutor Exímio, Francisco Suárez, em sua doutrina do *pactum subiectionis* exposta em *De Legibus* (1612) e *Defensio Fidei* (1613). Como foi dito, no pacto de sujeição da doutrina católica do poder, a população é definida como um único corpo unificado de vontades constituintes de um "corpo místico" que se aliena do poder, transferindo-o para o rei, cabeça do reino.

Nos sonetos líricos, domina a forma das rimas das preceptivas dos séculos XVI e XVII, do tipo ABBA/ABBA/CDC/DCD. É também corrente a forma ABBA/ABBA/CDE/CDE, da lírica de Camões. Mais raras são as formas com tercetos BAB/ABA, que repetem rimas e termos dos quartetos. Outras formas são as que têm tercetos CDD/CDD e tercetos CCC/CCC. Também é corrente o soneto com rimas dobradas. Chamadas nos séculos XVII e XVIII de *consoantes reflexos*, usam-se em poemas sacros, como o soneto atribuído a Gregório de Matos que pondera sobre a fragilidade humana, tema de um sermão pregado por D. João Franco de Oliveira na igreja da Madre de Deus:

> "Na oração que *desaterra* – *aterra*,
> Quer Deus, que, a quem está o *cuidado* – *dado*
> Pregue, que a vida é *emprestado* – *estado*,
> Mistérios mil, que *desenterra* – *enterra*"[617].

Também ocorre o soneto encadeado:

> "Ofendi-vos, Meu Deus, *bem é verdade*,
> *É verdade*, meu Deus, que hei *delinquido*,
> *Delinquido* vos tenho, e *ofendido*,
> *Ofendido* vos tem minha maldade"[618].

Os romances líricos são poemas narrativos de estrutura mais solta; em geral, seus versos redondilhos de 5 e 7

---

[617] *Códice Asensio-Cunha*, Vol. 1, composiçãoo de número 35.
[618] *Códice Asensio-Cunha*, Vol. 1, composiçãoo de número 33.

sílabas imitam ritmos da oralidade, as *letrillas* de Góngora e muitos deles, como se viu, provavelmente eram tonilhos para cantar. Sua formulação sintática é menos complexa que a dos sonetos; orientam-se genericamente pela prescrição retórica da clareza. Com poucos ornatos, têm frequentes índices do destinatário e, de modo geral, têm a seguinte estrutura: os 4 primeiros versos de cada estrofe, seguidos de pausa representada na escrita por ponto-e-vírgula ou dois pontos, funcionam como exórdio ou prólogo. Os versos ímpares são soltos e os pares assonantes, com o mesmo tema vocálico. O sujeito da enunciação apresenta-se como um ator em cena, fazendo resumos ou pequenas considerações sobre o tema para orientar a recepção quanto ao sentido do discurso. Após o exórdio, vem a narração, geralmente muito solta, com poucos conectores lógico-temporais, e tendencialmente composta por justaposição de cenas e quadros. O verso de medida velha (cinco e sete sílabas) torna a narração e os diálogos fáceis de memorizar; o padrão metafórico das agudezas às vezes tende a torná-los obscuros. É o caso, por exemplo, dos romances dirigidos a Floralva, em que o jogo conceptista de "flor"/sexo/ e "flor"/vegetal/ permite fantasias de penetração sexual nunca diretamente declaradas na alegorização. Também o poema que desagrava Vicência, sentida com outros versos que o poeta lhe dirigira:

> Os vossos olhos, Vicência,
> tão belos, como cruéis,
> são de cor tão esquisita,
> que não sei que cor lhes dê.
> Se foram verdes, folgara,
> que o verde esperança é,
> e tivera eu esperanças
> de um favor vos merecer.
> Os azuis de porçolana
> força é, que pesar me dêem,

> que porçolanas não servem,
> onde não hei de comer.
> Se são negros vossos olhos,
> é já luto que trazeis
> pelos homens, que haveis morto
> a rigores e desdéns.
> (...) Se os vossos olhos se viram
> um ao outro alguma vez,
> como se namorariam!
> e se quereriam bem![619]

Alguns padrões fixos, repetidos de poema a poema, indicam que um dos procedimentos principais de composição consistia em alinhar fragmentos de discursos variados sobre uma trama típica constituída como conjunto de lugares comuns epidíticos e narrativos. Monta-se muitas vezes uma relação mais ou menos exterior entre os fragmentos, na sequência temporal do discurso, mas não necessariamente na consecução do argumento metafórico, cujos lapsos devem ser preenchidos pelo destinatário. No caso, é corrente a emulação de *letrillas* de Góngora, de versos do *Cancioneiro Geral,* de Garcia de Resende, e de temas caros a Camões, como o desconcerto, o amor da *donna angelicata* dantesca e petrarquista e a *delectatio morosa* do amor cortês.

Evidencia-se ainda a continuidade das formas ibéricas antigas, como a chamada "décima espinela", as quadras de rimas toantes *abcb*, a redondilha *abba*, a copla de pé quebrado, a seguidilha, a quintilha e a copla castelhana. Muito corrente é a décima, com dez versos redondilhos divididos tematicamente em 4, 3, 3. Em geral, os 4 primeiros funcionam como consideração ou apresentação do tema, os 3 seguintes, como desenvolvimento e os 3 últimos, por vezes os 2 últimos, como conclusão.

---

[619] *Códice Asensio-Cunha*, Vol. 3, composição de número 137.

A décima, que no século XVII foi muitíssimo usada, é praticada na lírica atribuída a Gregório de Matos na variante da *espinela*, que trabalha com duas redondilhas *abba-cddc*, enlaçadas por dois versos, sendo que o primeiro rima com o último da primeira quadra (*a*) e, o segundo, com o primeiro da segunda quadra, *(c)*, o que fornece o esquema rítmico *abbaaccddc*, invariável. Semanticamente, a primeira estrofe (*abba*) introduz o tema, desenvolvido na segunda (*cddc*). Quanto aos dois versos intermediários (*ac*), funcionam como ligação ou transição entre elas.

A espinela é funcionalmente adequada às sutilezas das agudezas seiscentistas, como se evidencia no poema "A Huma Dama que tinha um Cravo na Boca":

> Vossa boca para mim
> não necessita de cravo,
> que sentirá o agravo
> boca de tanto carmim:
> o cravo, meu serafim,
> (se o pensamento bem toca)
> por ele fizera troca:
> mas, meu bem, não aceiteis,
> porque melhor pareceis,
> não tendo o cravo na boca.
> Quanto mais que é escusado
> na boca o cravo: porque
> prefere, como se vê
> na cor todo o nacarado:
> e o mais subido encarnado
> é de vossa boca escravo:
> não vos fez nenhum agravo
> ele de vos dar querela,
> que menina, que é tão bela,
> sempre tem boca de cravo.

Também se usa a seguidilha simples: estrofe de quatro versos, os ímpares hexassílabos e os pares tetrassílabos, sem rima nos ímpares e com rima toante os pares:

> São seus olhos por claros
> alvas do dia,
> que põem de ponto em branco
> a rapariga.
> Certo dia encontrei,
> que alegre ria,
> mas não vi, que de prata
> os dedos tinha .

Uma canção a D. Ângela, com estrofes de verso eneassílabo de acento invariável 3-6-9, pentassílabos e um tetrassílabo, tem quatro estrofes. As três primeiras se subdividem em duas semiestrofes, uma com seis, outra com cinco versos, cada qual começada por um eneassílabo e encerrrada pelos pentassílabos. O eneassílabo das quatro segundas semiestrofes é sempre o mesmo, funcionando como refrão. Os dois primeiros versos de cada estrofe rimam entre si com rimas toantes; os outros são toantes ou soantes.Como propõe Rogério Chociay[620], o poema deve ter sido feito como letra de música:

> Pois os prados, as aves, as flores
> ensinam amores,
> carinhos e afetos:
> venham correndo
> aos anos felizes,
> que hoje festejo.
> Porque aplausos de amor, e fortuna
> celebrem atentos

---

[620] CHOCIAY, Rogério. *Os Metros do Boca*. Teoria do verso em Gregório de Matos. São Paulo: UNESP, 1993.

as aves canoras
as flores fragrantes
e os prados amenos.
Pois os dias, as horas, os anos
alegres, e ufanos
dilatam as eras;
venham depressa
aos anos felizes,
que Amor festeja.
Porque aplausos de amor, e fortuna
celebrem deveras
os anos fecundos,
os dias alegres,
as horas serenas.

A poesia cômica/a poesia satírica

Quanto à poesia cômica atribuída a Gregório de Matos e Guerra, lembramos que, na *Institutio Oratoria*[621], Quintiliano declara que *satura quidem tota nostra est*, "a sátira na verdade é toda nossa", afirmando a origem latina do gênero desenvolvido como sátira poética por Lucílio, Horário, Pérsio e Juvenal. Tal origem foi e tem sido objeto de controvérsia, a começar pela questão da etimologia do termo *satura*.

Nas letras gregas antigas, não existe gênero equivalente – a não ser alguns versos jâmbicos de Arquíloco, algumas diatribes cínicas, a menipéia de Menipo de Gadara, como *spoudoghéloios* ou sério-cômico, e, ainda, a poesia de Bion de Boristene, referida por Horário como *Bioneis sermonibus*[622], no sentido de "discurso mordaz". Discutiu-se

---

[621] QUINTILIANO, *Institutio Oratoria*, X, I, 93.
[622] HORÁCIO, *Epistola*, II, 2, 60. In: Q. *Horatii Flacci Opera*. Ed. F. Klingner. Leipzig, 1859.

bastante a originalidade latina de um gênero dramático de composição satírica que teria sido anterior à sátira poética que hoje se conhece. Uma das fontes a que se recorreu para afirmar essa originalidade é um trecho da *História de Roma*, de Tito Lívio, citado muitas vezes[623], no qual se lê que, durante uma peste ocorrida em Roma nos anos de 365-364 a.C., foram dados espetáculos circenses para propiciar os deuses. Atores da Etrúria se apresentaram, dançando ao som de flautistas (*tibicines*), sem texto ou gestos decorados, fazendo mímicas e declamando palavras obscenas. Segundo Tito Lívio, o espetáculo agradou e foi repetido nos anos seguintes na forma de falas, gestos rústicos e antigos cantos fesceninos. Atores romanos teriam adotado o termo etrusco *hister*, "ator", passando a ser conhecidos como *histriones*, "histriões": "davam representações de sátiras cheias de música", escreve Tito Lívio. Conforme o que narra, Lívio Andrônico teria extraído desses espetáculos o argumento para uma peça de teatro. Supondo-se que realmente tenha existido, no início teria sido feita como *satura*, sendo mista e livre, com diálogos obscenos, som de flautas e danças.

Lembrando a referência de Tito Lívio aos atores etruscos, intérpretes alemães propuseram que o termo *satura* se relaciona com o etrusco *satr*, *satir*, "falar" ou "pregar" [624]. Outros, mantendo a hipótese dessa origem, propuseram que *sa* significa "quatro" e *ura*, "conjunto". Assim, o termo *satura* nomearia o conjunto de quatro ou o quarteto da comédia latina – o apaixonado, o servo,

---

[623] TITO LÍVIO, *História de Roma*, VII, II. In: TITE-LIVE. *Histoire Romaine*. Traduction Nouvelle de Eugène Lasserre. Paris: Classiques Garnier, s/d, Tome Troisième.

[624] MULLER-IZN, Zur Geschichte der römischen Satire. In: *Philologie*, 1923, op. cit. por BEVILACQUA, Michele. *Sulla Storia della Satira Romana*. Ed. Litográfica. Roma: Editrice Elia, s/d. Cf. ainda KNOCHE, Ulrich, *La Satira Romana*. Brescia: Paideia Editrice, 1969; ANDERSON, William S. *Essays on Roman Satire*. Princeton: Princeton University Press, 1982.

a prostituta, o parasita – que passariam a constituir os caracteres fixos da *satura drammatica*[625].

Outra interpretação antiga do termo, retomada principalmente durante os séculos XVI e XVII, identifica *satura* com o termo trácio ou grego *sátyros*. Conforme a interpretação, mais analógica ou poética que etimológica, a mistura estilística e a obscenidade da *satura* se assemelham à natureza mista do *sátyros*, meio homem e meio bode, que diz e faz asperamente coisas baixas, ridículas, indecentes e obscenas. É o que se lê na boca da personagem Corisca, do *Pastor Fido*, de Guarini, e também o que propõe a preceptiva retórica de Escalígero e as convenções da cenografia de Serlio, que determina para a cena satírica do teatro um espaço rústico e selvagem, coberto de pedras e plantas espinhosas, próprio de cabras, bodes e sátiros meio bodes, meio homens[626].

Hoje, no entanto, a maior parte da crítica afirma a origem latina do termo, que seria atestada por uma expressão muito antiga, *satur lanx*, nome de um prato cheio de grãos e vegetais dos cultos agrários de Ceres. *Satura* é a forma feminina do adjetivo de primeira classe *satur, satura, saturum*, "cheio", relacionado ao advérbio *satis*, cujo radical latino e indo-europeu *sat-* significa "muito", "bastante" e, por extensão, "misturado", como se observa em verbos portugueses, como "saciar", "satisfazer", "saturar" etc.

Tito Lívio teria empregado o termo *satura* significando o gênero já fixado poeticamente no momento em que escrevia para indicar a característica principal dele, a mistura, apta para dar conta da simultaneidade de mímica, danças, falas, cantos e sons de flautas dos atores etruscos que refere. Em favor da origem latina do termo *satura*,

---

[625] PASOLI. Satura Drammatica e Satura Letteraria. In: *Vichiana*, I, 1964, p.8, cit. por BEVILACQUA, Michele. Op. cit.

[626] SCALIGER, Iulius Caesar: "... *falluntur, qui putant Styram esse Latinam totam. A Graecis enim & inchoata, & perfecta primum. A Latinis deinde accepta, atque extra scenam exculta*". In: "Satyra". In: *Poetices Libri Septem*. Apud Petrum Santandreanum, MDXCIV (*Caput XII, Primi Libri qui et Historicis inscribitur*, pp.47-48).

refere-se a expressão de um fragmento do poeta Lucílio, que também ocorre na menipeia de Varrão, *lex satura*, que nomeava uma lei romana aplicável a vários casos e objetos. Não importa a origem etrusca, greco-romana ou apenas latina do termo. Mais pertinente é o sentido geral de "mistura" em todas as etimologias e, ainda, a afirmação da existência de dois gêneros de *saturae*: um, muito antigo e atribuído a Lívio Andrônico e a Ênio, que teria sido inicialmente dramático e do qual só se tem a notícia; outro, propriamente poético, a que Quintiliano se refere na expressão *satura quidem tota nostra est*, atribuído a Lucílio, que teria sido seu inventor, e retomado por Horário, Pérsio, Juvenal e outros poetas antigos. Tendo havido tal precedência da sátira dramática em relação à sátira poética, a segunda teria mantido estruturas da primeira: a sátira — como é conhecida hoje — continua sendo um gênero de características dramáticas. Além de poder apresentar diálogos, é feita como mistura estilística em que a maledicência e a obscenidade da figuração caricatural e fantástica de tipos viciosos dialogam com a seriedade e a gravidade da ficção moralmente icástica da voz do personagem satírico virtuoso, que fala segundo o princípio latino do *ridentem dicere uerum,* muitíssimas vezes prescrito e retomado até os poetas árcades do século XVIII, como o Tomás Antônio Gonzaga das *Cartas Chilenas.*

A sátira é gênero com quase toda a evidência latino, mas é um grego, Aristóteles, que inicialmente é guia para a sua definição, pois é sua preceptiva poética que ordena a doutrina latina posterior do gênero cômico, principalmente a horaciana, que inventa a sátira como *urbanidade*. A ela se opôs, principalmente com Juvenal, a doutrina da sátira realizada como *maledicência.*

A matéria geral do gênero cômico é a feiura, que é física, como feiura do corpo, e moral, como feiura da alma. A feiura física corresponde a incontáveis espécies de deformações e misturas corporais; a feiura da alma divide-se em duas espécies básicas, a feiura da estupidez e a feiura da maldade. Nas letras e nas artes antigas, a figuração da feiura física metaforizava a feiura moral. Os gregos chamavam o feio de *aiskhrón;* os latinos, de *turpitudo,* torpeza. Na *Poética,* Aristóteles tem uma pequena nota sobre o gênero cômico que se ocupa do feio:

> "A comédia é a imitação de homens de qualidade moral inferior, não em toda espécie de vício, mas no domínio do ridículo, que é uma parte do feio. Porque o ridículo é uma feiúra sem dor nem dano; assim, por exemplo, a máscara cômica é feia e disforme sem expressão de dor"[627].

No trecho, Aristóteles refere o feio em geral, para especificar um subgênero dele, *ghéloion,* que a latinidade e os autores dos séculos XVI, XVII e XVIII chamaram de *ridiculum,* o pequeno riso, ou o *ridículo.* A matéria geral do cômico é, assim, o *aiskhrón,* o *torpe* ou o *feio,* que o trecho de Aristóteles propõe como sendo de duas espécies, o cômico inofensivo, que não causa dor, e o cômico nocivo, causa de dor. O exemplo da máscara teatral sintetiza dois elementos fundamentais do gênero: o cômico é antes de tudo uma deformação que, no caso da máscara teatral, é inofensiva; por oposição, há outras espécies de deformações nocivas, que causam dor e horror. Nos dois casos, a definição do cômico como deformação pressupõe a convenção grega e latina que define o *belo-bom (kalós-agathós, pulchrum-honestum)* como unidade racional sem mistura e sem deformação. O feio-mau *(kakós-turpe)* deforma a medida racional do bom--belo. Sensivelmente, a deformidade é feia; moralmente, viciosa e, intelectualmente, errada.

Aristóteles define a virtude do *bom-belo* como unidade racionalmente situada entre dois excessos ou extremos, como se lê na *Ética a Nicômaco.* Assim, só é *gheloion*

---
[627] ARISTÓTELES, *Poética,* 1449 a, 5.

o extremo vicioso mais fraco e vergonhoso que o outro, mais forte e horroroso. Por exemplo, a coragem é virtude; um dos extremos dela é a temeridade, como excesso para mais; outro é a covardia, como falta. Tanto a temeridade quanto a covardia são extremos, com a diferença de que a temeridade é excesso forte e, a covardia, extremo para menos, como falta fraca de virtude. Aristotelicamente, a comédia trata dos extremos caracterizados pela falta de virtude que os faz vícios não nocivos que causam riso.

Emanuele Tesauro, no "*Tratatto de 'Ridicoli*", capítulo 12 do seu *Il Cannocchiale Aristotélico* (1654), repropõe e amplifica Aristóteles, fornecendo receitas para produzir as deformações e misturas ridículas da comédia e as deformações e misturas agressivas da sátira. Tesauro as chama de "inconveniências convenientes" ou "despropósitos propositais"[628], expressões com que define a técnica intencionalmente aplicada por dramaturgos, prosadores, poetas, pintores e escultores para produzir deformações. Propõe que, se supomos a virtude da Honra, por exemplo, podemos pensar extremos dela que são vícios: a Ambição e a Tirania, de um lado, e a Escravidão e a Subserviência, de outro. A Ambição e a Tirania são vícios, mas não são ridículos, porque são paixões misturadas com a força e a audácia do ânimo; enquanto que a Escravidão e a Subserviência se misturam com a impotência e a fraqueza do caráter e, por isso, são vícios fracos ou ridículos. Aristotelicamente, porque a Escravidão e a Subserviência são vícios fracos, são matéria de comédia; a Tirania e a Ambição, porque são vícios fortes, são matéria dos gêneros que, desde os romanos, foram usados para agredir, como a sátira. Mais um exemplo: a Amizade é virtude e um extremo dela, a Adulação, é vício fraco, por isso o adulador é ridículo.

---

[628] TESAURO, Emanuele, Tratatto De 'Ridicoli. In: *Il Cannocchiale Aristotelico o sia, Idea dell'Arguta, et Ingegniosa Elocutione, che Serve à Tutta l'Arte Oratoria, Lapidaria, et Simbolica* etc. Venetia: Apresso Martin Vicenzi, 1685, Capitolo XII.

Mas não o traidor, de que não se ri, porque causa horror. Assim, enquanto o covarde, o subserviente e o adulador se caracterizam pela fraqueza do ânimo e causam riso, tanto o temerário quanto o tirano e o traidor causam horror, não riso. Todos os tipos são cômicos porque são excessivos e não têm unidade. Mas, repita-se, os gêneros e os modos de representá-los são diferentes: no caso dos vícios fracos que causam riso, usa-se o *ghéloion* ou o *ridiculum* da comédia; no caso dos vícios fortes que causam horror, usa-se o *psógos,* termo grego traduzido pelos latinos por *maledicentia*, maledicência.

Encontra-se essa doutrina na comédia de Aristófanes, Plauto e Terêncio; na prosa do *Satiricon*, de Petrônio, no *Apocolocyntosis*, de Sêneca, e em autores de poesia, prosa, pintura e escultura que retomam os preceitos retóricos do cômico na chamada "Idade Média" e nos séculos XVI, XVII e XVIII, como se lê por exemplo nas cantigas galaico-portuguesas de escárnio, em Shakespeare, Donne, Quevedo, Cervantes, Swift etc.

Já os versos jâmbicos, como os de Arquíloco, entre os gregos, e a *satura*, a sátira, entre os latinos, como os versos de Juvenal, tratam dos extremos para mais, caracterizados pelo excesso forte. Eles são vícios nocivos e não causam riso, mas medo e horror. É, por exemplo, o que se vê na sátira de Juvenal contra gregos e egípcios; nas cantigas galaico-portuguesas de maldizer; no Inferno, na *Divina Comédia;* na sátira elisabetana do século XVI, nos *Sonhos* e nas sátiras de Quevedo; na poesia atribuída a Gregório de Matos e Guerra; nas *Cartas Chilenas*, de Tomás Antônio Gonzaga. E também na pintura de Hieronimus Bosch, Breughel, Goya e em esculturas do Aleijadinho, como as dos soldados romanos dos Passos da Paixão de Cristo, em Congonhas do Campo.

As distinções de *vício fraco/vício forte, ridículo/maledicência* também são propostas como questão moral. Se é evidente que o ridículo decorre de uma deformidade ou vício inofensivo que não causa mal a quem o observa, também é evidente que muitas vezes se ri de coisas muito vergonhosas, dolorosas, horríveis e nocivas[629]. Aristóteles chega a duvidar de que o ridículo seja definível, já que, segundo as várias disposições do ânimo, para muitos algumas coisas ridículas são extremamente dolorosas e, para outros, coisas dolorosas são apenas ridículas. É essa equivocidade que se encontra no antigo *topos* "lágrimas de Heráclito e riso de Demócrito". Conforme a medicina dos humores, Demócrito sofre de atra bile ou melancolia, que o torna excessivo; não compreende a desgraça alheia e sempre ri de tudo, enquanto Heráclito, também melancólico, compreende o mal em excesso e nunca pode rir, mas chora com tudo. O que também significa, obviamente, que a deformidade ridícula e a deformidade horrorosa são regradas por convenções da recepção. Tentando ser mais claros: se há duas categorias de deformidade cômica, a ridícula e a horrorosa, e se o ridículo consiste na feiura física e moral caracterizada pela fraqueza do ânimo e não no oposto, caracterizado pela força e pelo horror, é também a situação da comunicação da fala cômica que regula o sentido do que é dito ou como ridículo ou como maledicência: uma desonestidade censurada em Messalina, que é mulher corrupta, é brincadeira irônica; a mesma desonestidade censurada em Lucrécia, mulher honesta, é maledicência agressiva. Por isso, um tema que é ridículo pela matéria, como por exemplo os vícios da tagarelice, da bebida ou da paixão do velho babão por mocinha, pode tornar-se agressivo ou satírico pela maneira: se o cômico é produzido para atacar a reputação de alguém, não se pode evidentemente falar de deformidade sem dor, apenas ridícula.

O inverso também é válido: a matéria horrorosa, que deve ser objeto de sátira, pode ser transformada em matéria

---

[629] ARISTÓTELES, Ética a Nicômaco, 283, *passim*.

apenas ridícula, se o jogo verbal não é mais feito para agredir, mas para brincar ou ironizar com certa amabilidade. O que sempre pressupõe preceitos para o decoro, ou seja, a adequação do discurso à recepção: as circunstâncias alteram o sentido da matéria tratada e determinam a refração específica da maneira. Adorno criticou Chaplin por ter representado Hitler, em *O Grande Ditador*, como tipo ridículo que faz rir. Lembrou que Hitler não é ridículo, mas horroroso, e que, quando se ri dele, de algum modo se tem alguma benevolência por ele, pois, se é ridículo, é mais fraco que o espectador. Com isso se esquece que o nazismo é o horror máximo que deve ser reduzido a pó.

As circunstâncias são virtualmente ilimitadas e, por isso, há duas convenções básicas que são aplicadas em todas elas como decoro ridículo ou decoro maledicente. Em outros termos, as convenções regulam a maneira de tratar o tema e permitem que o destinatário decida qual é o sentido mais adequado à circunstância. Como convenções, são genéricas e podem ser infringidas, em nome de outra convenção, a licença poética.

O ridículo é feiura sem dor, por isso se determina que seja tratado com *urbanidade* ou civilidade. É neste sentido que Horácio inventa sua sátira como ironia sorridente com a qual o personagem satírico é um tipo urbano que extrai dos erros e vícios alheios um divertimento amável, levemente desdenhoso, não a reprovação indignada e a agressão violenta. Como o cômico também é extremo horroroso, propõe-se genericamente que seja tratado com *maledicência*. No caso, a *persona* satírica imita o *uir bonus peritus dicendi* da oratória, ou seja, finge ser um tipo douto e experiente, perito em falar bem, e, por isso mesmo, capaz de afetar indignação, fingindo e representando-a contra os vícios que corrompem a sua Cidade. É exemplar, no caso, a sátira de Juvenal, em que a indignação e a obscenidade são preceitos aplicados para produzir a maledicência agressiva como *sarkasmos*, sarcasmo, que arranca a pele dos tipos agredidos, gregos e egípcios, que, segundo o poeta, corrompem Roma com os banhos quentes, os perfumes, os tecidos raros, as comidas exóticas e a afeminação das maneiras.

A oposição *urbanitas/maledicentia* é a interpretação latina do par *ironia/bomolochia* da *Retórica* de Aristóteles: genericamente falando, a ironia é própria do discurso urbano, modesto e prudente, que caracteriza o homem livre, enquanto a *bomolochia* é atribuída ao palhaço sem tato, servil e infame. A tradução latina de *bomolochia* é *scurrilitas*, "bufoneria". Cícero, no *De Diuinatione* e nas *Tusculanae disputationes*, traduz o grego *melancholia* ou atra bile, que caracteriza o humor excessivo do tipo melancólico, por *furor*. Romanamente – e mais tarde, nos séculos XVI e XVII – a *persona* satírica indignada e maledicente é caracterizada como "furiosa", isto é, melancólica, fora de si ou atrabiliária. Na longa duração da instituição retórica, a doutrina da medicina hipocrática dos humores foi proposta como critério interpretativo da composição poética do personagem satírico. Em sua invenção como personagem indignado e furioso concorrem vários saberes antigos. A expressão da sua fúria não é psicológica, mas construída racionalmente pela aplicação de *éthe* ou caracteres, que o constituem ficcionalmente como tipo indignado e fora de si, quando agride vícios e viciosos.

Aqui, é oportuno lembrar que, entre os estoicos romanos, como o Sêneca do *De ira*, a *indignatio* também era considerada *in-digna*, porque irracional[630]: Sêneca diz que o homem indignado que ataca viciosos é um louco tão irracional quanto eles. Outra interpretação antiga do personagem satírico indignado é a peripatética, oposta à interpretação estoica, propondo que ele é um tipo virtuoso

---

[630] SÊNECA, *De Ira*, 2,7 (*La Colère*, 2,7).In: SÉNÈQUE. *Traités Philosophiques*. Consolation a Marcia – Consolation a Helvia – Consolation a Polybe – La Colère. Texte Établi, Traduit et Annoté avec une Introduction Générale par François et Pierre Richard. Paris: Classiques Garnier, s/d, I, pp. 202-413. Na *Instituição oratória*, 6.2.26 e 11.3.21, Quintiliano relaciona ira e indignação.

que está indignado contra os males que corrompem sua Cidade. Isso significa que, na sátira antiga, a desproporção indignada e a obscenidade são calculadas racionalmente pelo autor satírico como proporção retórica aplicada para compor o efeito de irracionalidade do personagem indignado que censura vícios e viciosos.

O que distingue a *persona* satírica urbana da *persona* satírica bufa é a finalidade da vituperação do vício e o modo como é feita. Por exemplo, no dito sobre um criado que se atribui a Júlio César: "Esse é o único criado para quem nada é proibido". Se tivesse falado diretamente "Esse criado é um ladrão", César teria tratado a matéria baixa – o caso "criado ladrão" – de maneira maledicente, produzindo uma injúria para agredir. Não o fazendo, efetuou uma ironia ridícula pelo equívoco. Como na expressão latina *dicere turpia non turpiter* ("dizer coisas torpes sem torpeza"), o que fez foi caracterizar o *eu* do seu discurso como *eu* urbano. Já o *personagem* de Marcial é maledicente e sórdido quando diz: *Faciem durum, o Phoebe, cacantis habes*[631]. Uma anedota romana sobre uma fala com assunto semelhante que foi dirigida a Augusto por um romano livre conta que o imperador tinha uma expressão facial semelhante à do Apolo da maledicência obscena de Marcial. Assim, quando falou com rispidez ao romano que o procurava "Diga logo o que quer dizer", o patrício lhe respondeu *Dicam cum nixus fueris*, o que se traduz aproximadamente por "Direi quando você fizer força", modo urbano e irônico de dizer o que no verso de Marcial não é dizível, porque indecente.

Em um e outro casos, ridículo ou horror, ironia ou *psógos*, urbanidade ou maledicência, o discurso cômico é regrado por preceitos. A sátira encontra a sua realidade social não como cópia realista de coisas e homens empíricos, mas nas convenções discursivas partilhadas pela recepção.

---

[631] MARCIAL, *Epigrammata*, III, 89.

Todas elas são regradas pela concordância mantida entre os poetas e seus públicos acerca do sentido da imagem caricatural que o discurso produz, mantendo em circulação estereótipos sobre grupos sociais, tipos humanos, vícios e situações censuráveis.

A caricatura é aceita pelo destinatário como conveniente ao tipo baixo que é atacado, não importa a extrema inconveniência da sua deformação. A sátira é mista e pode assumir qualquer forma; por isso, é feita como forma que é inverossímil do ponto de vista da pureza determinada para os outros gêneros. Horácio chega a duvidar de que ela seja suficientemente poética devido ao seu hibridismo. Mas a sua mistura inverossímil é regrada duplamente para ser comicamente verossímil: a mistura é adequada para figurar o vício que, aristotelicamente, não é unitário e não tem forma racional; e os preceitos de unidade são mantidos na voz do personagem satírico como padrão avaliativo da deformação que efetua para o destinatário.

Nos poemas, a oposição semântica de *animado/inanimado* e suas quatro combinações funcionam como procedimentos de transferências metafóricas que mesclam, aristotelicamente, o gênero, a espécie e o particular[632], compondo etopeias ou retratos do caráter dos tipos figurados.

Animado para animado

A transferência de qualidades de seres animados para o tipo vicioso o constitui como natureza animal, excluindo-o da humanidade como obscenidade. Por oposição, quando aplica epítetos como "asno", "cavalo", "porco", "vaca", "perro", "cão" e comportamentos e qualidades desses animais ao tipo vituperado, o personagem satírico se auto-representa como humano, racional, justo e prudente.

---

[632] CASTELVETRO, Lodovico. *Poetica D'Aristotele Vulgarizzata e Sposta*. A Cura di Werther Romani. Roma-Bari: Gius. Laterza & Figli, 1979, 2 vols., vol. II, pp.37-38.

Inanimado para inanimado

Essa transferência efetua descrições fantásticas. Ao descrever roupa, gesto, rosto e partes do corpo do tipo satirizado, o poeta qualifica a coisa descrita com conceitos de objetos disparatados, fazendo-a monstruosa: a cara como fardo de arroz, a boca como ponte de Coimbra, o cabelo como vassoura de piaçaba, o corpo saco de melões, o vestido arenque defumado etc.

Animado para inanimado

Cícero diz que toda metáfora judiciosa é emprestada dos sentidos, principalmente da visão, o mais sutil de todos[633]. A transferência metafórica de qualidades de /animado/ para /inanimado/ produz a personificação visualizante que faz a coisa personificada ter autonomia como ser vivo e, ao mesmo tempo, permanecer contida num mesmo corpo. Com a personificação, figura-se a contrariedade entre o indivíduo e as espécies que se agitam nele dotadas de vida própria. É comum a personificação do nariz, que se põe a fugir da boca, procurando escapar do mau cheiro dos dentes. Da mesma maneira, personificam-se olhos, boca e sexo.

Inanimado para animado

Essa transferência permite jogos engenhosamente alegóricos da fantasia poética. Como ocorre em *Apocolocyntosis*, em que Sêneca metamorfoseia o divino Cláudio em abóbora, com ela os objetos mais disparatados, sempre baixos, figuram ações e tipos humanos, caso do poema que representa uma personagem negra como "lancha" que vai sendo navegada com referências náuticas que alegorizam ato sexual.

A fantasia poética produz o efeito de mistura com lugares comuns de pessoa da *ars laudandi et uituperandi*, a

---

[633] Cícero, *De Oratore*, 3, 40, 160.

arte de louvar e de vituperar, do gênero epidítico ou demonstrativo. Este gênero inicialmente oratório e distinto dos outros dois, o *deliberatiuum* e o *iudiciale*, tem autonomia relativa de "exercício verbal" cuja finalidade se esgota no próprio desempenho do discurso. Os temas tratados nele são as coisas e as ações belas e boas ou as feias e más. Quintiliano escreve que o vitupério é simétrico ao elogio: as regras para louvar o belo (*kalón, agathon, honestum, bonum*) valem para vituperar o feio (*aiskhrón, ghéloion, kakon, turpe,*), o que se faz segundo modalidades[634]. Quintiliano divide os objetos de elogio ou vituperação em quatro classes: deuses, homens, animais e seres inanimados[635]. O elogio ou o vitupério dessas quatro classes são feitos considerando-se as subdivisões que constituem lugares comuns, principalmente lugares comuns tirados de pessoa (*loci a persona*). Eles se relacionam diretamente com a prosopografia e a etopeia, gêneros do retrato encomiástico ou vituperativo de tipos e caracteres. Veja-se esquematicamente a lista desses lugares comuns de pessoa que foram usados nos gêneros cômicos desde os autores latinos até o século XVIII. É com eles que os poemas satíricos do *Códice Asensio-Cunha* são inventados.

Aetas ("idade").

Segundo Quintiliano, certas inclinações convêm mais a determinadas fases da vida: um velho pueril é ridículo, tanto quanto um menino senil é fantástico[636]. Com esse lugar, a poesia satírica do *Códice Asensio-Cunha* constitui tanto o vicioso – por exemplo, o velho apaixonado por freira ou moça que age como tonto – quanto o personagem satírico, muitas vezes um velho experiente, que compara a corrupção do seu presente com a virtude dos bons tempos

---

[634] QUINTILIANO, *Institutio Oratoria*, 3, 7, 1.

[635] QUINTILIANO, *Institutio Oratoria*, 12, pr., 1

[636] QUINTILIANO, *Institutio Oratoria*, 5, 10, 25.

de outrora. Por meio desse lugar, pode-se observar que a sátira é modulada por tensões dramáticas, que formam um padrão recorrente em poemas de diversos tempos, como os de Lucílio e Juvenal, as cantigas galaico-portuguesas e a sátira inglesa, espanhola, francesa e portuguesa dos séculos XVI e XVII, evidenciando que as interpretações que atribuem as obscenidades satíricas à psicologia do homem Gregório de Matos ignoram a convenção e propõem coisas sem nenhum fundamento propriamente poético. O personagem satírico:

1. afirma ser homem razoável, dado à simplicidade virtuosa e à conversação simples, mas faz um uso extremamente complexo e refinado de técnicas retóricas para dizê-lo;
2. afirma a absoluta veracidade do que diz, mas distorce as descrições e ações com exagero;
3. ataca o vício, mas demonstra particular inclinação pelo escândalo;
4. afirma a finalidade moral da sua agressão, mas demonstra prazer em rebaixar as vítimas;
5. afirma ser homem sóbrio e racional, mas frequentemente adota atitudes desmedidas e irracionais: está furioso, indignado, fala obscenidades etc.

Em *The Cankered Muse*[637], A. Kernan estudou a sátira elisabetana inglesa, demonstrando que esses cinco pares de tensões ordenam a sátira de Juvenal e a poesia trovadoresca de gênero baixo, sendo retomados pelos poetas satíricos ingleses dos séculos XVI e XVII. Quando se estudou a sátira atribuída a Gregório de Matos e Guerra em *A Sátira e o Engenho. Gregório de Matos e a Bahia do Século XVII*, foi possível evidenciar que os cinco pares de tensões também se encontram nela. Em outros termos, as tensões são convenções

---

[637] KERNAN, A. *The Cankered Muse: Satire of the English Renaissance*. New Haven: 1959.

retóricas do gênero satírico e não as contradições psicológicas e morais do homem doente e tarado que a critica brasileira romântica e positivista propõe desde o século XIX. Se são tensões e contradições, são contradições e tensões construídas tecnicamente pelo poeta como ficção dramática de contradição: há método e racionalidade na confecção dos efeitos fictícios de desmedida e desequilíbrio irracionais do *personagem* satírico.

Habitus corporis ("constituição física")

Segundo Quintiliano[638] e mais retores que retomam Aristóteles, frequentemente se invoca a beleza como prova da luxúria, a força como marca da insolência e também seus contrários, a feiura e a fraqueza. Com esse lugar comum, o poeta satírico compõe retratos do tipo satirizado de dois modos básicos: um deles é latino e corresponde ao uso da *notatio*, a notinha ou perífrase verbal, que condensa descritivamente o caráter feio e mau do tipo. Cícero fala com ironia do duúnviro de Cápua que erguia a sobrancelha como se sustentasse o peso do céu com ela. A sobrancelha erguida condensa a pretensão, o orgulho e a arrogância do tipo. Um epigrama de Marcial diz:

> *Quintus Thaidam amat. Quam Thaidam?*
> *Thaidam* **luscam**. *Thais unum oculum non habet,*
> *Ille duos.*
> Quinto ama Taís. Qual Taís?
> Taís a *caolha*. Taís não tem um olho.
> Ele, os dois.

O adjetivo *luscam*, "caolha", condensa como *notatio* a deformação ou a falta de unidade que torna Taís feia e cômica, também propondo que seu amante, Quinto, é estúpido por amá-la. Na sátira atribuída a Gregório, a *notatio*

---
[638] QUINTILIANO, *Institutio Oratoria*, 5, 10, 26.

latina aparece em formulações como "Pariu a seu tempo um *cuco*/ Que no bico era *tucano*" etc.

A outra técnica, já referida, é grega, sendo exposta em textos de retores gregos que deram aulas de retórica em Roma entre os séculos II e IV da era cristã e que, no início do século XVI, passaram a ser publicados pelo editor veneziano Aldo Manúcio. Os *progymnásmata* ou exercícios preparatórios de Aftônio e Hermógenes foram adotados no ensino da Companhia de Jesus a partir de 1540. Como se viu, essa técnica do retrato também é exposta no texto de *Poetria Nova*, de Vinsauf. Como se lê nos *Progymnasmata* de Aftônio e no texto de Vinsauf, a técnica consiste em traçar um eixo vertical imaginário que vai da cabeça aos pés do tipo que se elogia ou ataca; o eixo é dividido em sete partes, correspondentes à cabeça, ao rosto, ao pescoço, ao peito, ao ventre e partes inferiores do corpo, até os pés, sendo preenchidas com imagens baixas, deformadas e misturadas, com que se faz o *monstro*, que é o que se demonstra e mostra como deformação. A técnica corresponde ao *ut pictura poesis* da *Arte Poética* de Horácio: pela exageração e deformação das coisas que preenchem as partes e pela mistura delas, produz-se uma indistinção pictórica, como se o poeta fizesse um esboço rápido e grosseiro do tipo atacado usando um carvão ou uma brocha. O esboço não tem a minúcia do desenho claro e nítido feito à ponta de pincel que se olha atentamente de perto, mas se apresenta como um borrão. Como já foi dito, os gêneros antigos eram compostos antes de tudo para serem falados em voz alta. Assim, a caricatura feita sobre o eixo imaginário exige visão ou audição à distância e, devido à sua generalidade de esboço, é adequada à recepção pública que a ouve uma só vez quando é falada.

Aplicando a técnica do retrato exposta por Aftônio, Hermógenes e Vinsauf, muitos poetas do século XVII, como Donne, Théophile de Viau, Quevedo, Góngora,

Lope de Vega, Caviedes, Sor Juana Inés de La Cruz, Gregório de Matos, Tomás de Noronha, Tomás Pinto Brandão etc., compõem poemas cômicos produzindo a fusão das partes do retratado como se mimetizassem a indistinção pictórica dos *grylloi* cômicos de Bosch: fazem um esboço rápido e grosseiro, sem preocupação aparente com minúcias feitas à ponta de pluma ou pincel do desenho para ser visto de perto, modelando-o como se utilizassem a brocha ou o carvão grosso referidos, empastando as cores e as linhas como um borrão na efetuação esquemática de caricaturas. Quando visto de perto pelas lentes de gêneros que prescrevem a descrição minuciosa e o exame atento, de perto, o esboço se apresenta malfeito e borrado; mas, sendo poesia para ser apreciada à distância devido ao esquematismo dos traços, evidencia-se como verossimilhança e decoro próprios da recepção dos tempos curtos da praça em que é oralizada: *Quanto maior populus sit, tanto longius spectat*[639].

O destinatário do epidítico baixo não perde tempo com minúcias nem quer conceituações elaboradas. É exemplar disso a sátira atribuída a Gregório de Matos e Guerra, que a crítica brasileira, determinada por categorias românticas que sempre ignoram o preceito retórico, afirma ser mal realizada e estilisticamente tosca, quando comparada com a lírica religiosa e amorosa atribuída ao poeta. Alguns poemas que lhe são atribuídos figuram o ato de escrever como ato de pintar, evidenciando o perfeito regramento retórico da proporção da elocução como *ekphrasis* que aplica a técnica de Aftônio e Vinsauf. Por exemplo, os que começam

---

[639] ARISTÓTELES, *Rhet.*, III, 12, 1414a, 9-10 ("*Quanto maior for a multidão, tanto mais de longe observa*"). A expressão é de Emanuele Tesauro em *Il Giudicio*. In: *I Panegirici Sacri del Molto Reverendo Padre Emanuele Tesauro*.Torino:1633. Cf. HANSEN, João Adolfo. O Juízo. Discurso Acadêmico. (Trad.). In: CANIATO, Benilde Justo e MINÉ, Elza (Coord. e edição). *Abrindo Caminhos. Homenagem a Maria Aparecida Santilli*. São Paulo: Área de Pós-Graduação de Estudos Comparados de Literaturas de Língua Portuguesa, 2002, pp. 165-172.

Vá de retrato
por consoantes,
que eu sou Timantes
de um nariz de tucano
pés de pato[640]

Vá de aparelho
vá de painel,
venha um pincel
retratarei a Chica
e seu besbelho[641]

Eu vos retrato, Gregório,
desde à cabeça à tamanca
c'um pincel esfarrapado
numa pobríssima tábua[642]

Com esse lugar comum, é rotineiro que o poeta autonomize partes do corpo do tipo satirizado como se tivessem vida própria – por exemplo, o nariz, a boca, os olhos, por vezes o sexo. Numa sátira atribuída a Gregório de Matos, o nariz do governador Câmara Coutinho é tão comprido que chega à praça duas horas antes que seu corpo. Com o procedimento, figura-se o tipo satirizado como monstro cujo corpo é animado das duas ou mais vontades das espécies que se agitam nele com incongruência irracional e malvada. O procedimento de

---

[640] *Códice Asensio-Cunha*, Vol. 1, composição de número 138. Cf. GUERRA. Gregório de Matos e. *Obras Completas*. Crônica do Viver Baiano Seiscentista. Ed. James Amado e Maria Conceição Paranhos. Salvador: Janaína, 1968, 7 vols., vol. I, pp.219-221.

[641] *Códice Asensio-Cunha*, Vol. 3, composição de número 103. Cf. GUERRA, Gregório de Matos e. *Obras Completas*. Crônica do Viver Baiano Seiscentista. Ed. cit., vol. V, pp.1119-1121.

[642] *Códice Asensio-Cunha*, Vol. 3, composição de número 128. Cf. GUERRA, Gregório de Matos e. *Obras Completas*. Crônica do Viver Baiano Seiscentista. Ed. cit., vol. V, pp. 1308-1309.

composição de retratos caricaturais é obviamente muito "intelectual", pois é aplicação racionalmente ordenada de preceitos, mas o efeito da descrição física do tipo aparece para o destinatário como sem artifício e ingênuo, o que imediatamente agrada.

Genus ("origem")

Geralmente se acredita que os filhos se assemelham aos pais e ancestrais, propondo-se que a semelhança boa ou má influi na vida honesta ou desonesta do tipo[643]. Com esse lugar comum, a baixa extração racial e social dos pais e a caracterização insultuosa da moral deles são rotineiras nos poemas satíricos do *corpus*.

Natio ("nação")

Segundo Quintiliano, nações diferentes têm costumes diferentes e a mesma coisa tem interpretação diversa, conforme seja feita por um bárbaro, um romano ou um grego[644]. Na sátira de Juvenal, egípcios são lascivos e gregos, afeminados. Nos poemas satíricos do *corpus* gregoriano, espanhóis são arrogantes; franceses, meretrícios; italianos, sodomitas; alemães, grosseirões; judeus, muçulmanos e cristãos novos, hereges; índios, negros, mamelucos e mulatos, animais.

Patria ("pátria ou cidade")

Segundo Quintiliano, as cidades têm leis, costumes e instituições diferentes, tanto quanto as nações[645]. A diferença pode ser objeto de vituperação. Na sátira de Juvenal, Roma é descrita ou personificada como baixa e corrupta, principalmente quando o poeta toma uma parte dela, a Suburra, bairro da prostituição, pelo todo, em oposição a *rus*, " campo", modelo de virtudes bucólicas, ou por contraste

---

[643] QUINTILIANO, *Institutio Oratoria*, 5, 10, 23.
[644] QUINTILIANO, *Institutio Oratoria*, 5, 10, 24.
[645] QUINTILIANO, *Institutio Oratoria*, 5, 10, 25.

com a própria virtude estoica do personagem satírico, que afirma conviver com o mal e manter-se virtuoso. No *corpus* satírico do *Códice Asensio-Cunha*, a Bahia é personificada como "madrasta dos naturais" e qualificada como "cidade tonta e fátua" composta de dois ff, "um furtar, outro foder".

Sexus ("Sexo")

Segundo Quintiliano, acredita-se que o roubo é cometido por homem, que usa punhal para matar, enquanto mulher usa veneno[646]. A divisão sexual implica convenções de caracteres e comportamentos adequados à natureza masculina e feminina pressuposta. Com esse lugar, os poemas satíricos são misóginos, desenvolvendo os lugares comuns da vaidade, inconstância e futilidade da mulher, "Eva sempre". Com ele, o poeta desenvolve o tema do sexo desonesto, fazendo gradações dos vícios sexuais na caracterização de tipos sórdidos, como a prostituta, o pederasta, o adúltero, o marido corno, o proxeneta, o fanchono, o sodomita etc. A obscenidade sexual de estilo sórdido é adequada para descrever partes do corpo e ações indecentes dos tipos viciosos. Nos poemas atribuídos a Gregório, o lugar é aplicado segundo os preceitos com que o Direito Canônico define catolicamente os pecados sexuais em ordem de gravidade crescente: sexo incontinente no casamento; sexo de solteiros e casados fora do casamento; sexo solitário, "molície" ou masturbação; sodomia ou sexo nefando com pessoa do mesmo sexo; sexo bestial com animais; sexo com o Diabo.

Educatio et disciplina ("educação e disciplina")

Conforme Quintiliano, para elogiar ou vituperar alguém é preciso saber por quem e de que maneira foi educado[647]. Com esse lugar comum, os poemas do *corpus*

---
[646] QUINTILIANO, *Institutio Oratoria*, 5, 10, 25.
[647] QUINTILIANO, *Institutio Oratoria*, 5, 10, 25.

satirizam o mau letrado que não sabe latim, o mau orador que prega sermão alheio, o poeta inepto.

Fortuna ("dinheiro, riqueza/pobreza")

Quintiliano escreve que a mesma conduta não é verossímil da parte de um rico ou de um pobre[648]. O lugar é corrente na sátira romana nos termos da *audax paupertas*, a pobreza audaz, característica da virtude e nobreza estoicas do homem livre por nada ter, por oposição à estupidez do rico escravo do dinheiro. Nos poemas do *Códice Asensio-Cunha*, o lugar é aplicado como vituperação da usura e arrogância dos escravos do dinheiro.

Conditio ("condição")

A vituperação deve considerar a distância existente entre a condição de um homem ilustre e um obscuro, de um magistrado e um simples particular, de um homem livre e um servo, de um casado e um solteiro, de um pai e um filho etc.[649]. Esse lugar comum permite desenvolver o tema do "mundo às avessas" em que os bons e verdadeiros valores estão invertidos pela corrupção, satirizando-se o tipo vicioso porque sua representação não corresponde à sua condição efetiva – como o servo que passa por livre, a mulher desonesta que aparenta virtude, o mulato que se veste de fidalgo, o caramuru tupinambá com fumos de nobreza etc. Ou porque é tipo que se aproveita da sua condição para praticar atos tirânicos – como no livro VI de Lucílio, em que a vituperação dos crimes do patriciado romano feita com esse lugar acusa os nobres de serem malfeitores que acreditam poder pecar sem punição simplesmente porque são nobres. No *corpus* do *Códice Asensio-Cunha*, é o caso dos poemas que satirizam os governadores Antônio de Meneses e Antônio Luís Gonçalves da Câmara Coutinho.

---

[648] QUINTILIANO, *Institutio Oratoria*, 5, 10, 26.

[649] QUINTILIANO, *Institutio Oratoria*, 5, 10, 26.

Quid affectat ("o que aparenta ser")

Conforme Quintiliano, considera-se o que a pessoa aparenta ser em comparação com o que efetivamente é[650]. Por esse lugar, é comum o desenvolvimento do tema da aparência e da ilusão, relacionado ora com o da Fortuna e sua inconstância de deusa senhora do destino, ora com o da Providência divina.

Sermo, uerba peregrina et externa
("língua, termos raros e estrangeiros")

Na *Poética*, Aristóteles prescreve que a ornamentação do discurso deve ser clara, mas não comum: o poema feito só com termos de sentido próprio é claríssimo, mas também vulgar em excesso, o que se deve evitar. Para isso, prescreve que o poeta deve aplicar ornamentação adequada: se for composto somente de metáforas, o poema torna-se alegoria enigmática, cujo maior defeito é a obscuridade. Logo, o poeta também deve evitar os termos raros e estrangeiros, principalmente o uso excessivo deles. A regra de evitar os barbarismos também aparece na *Retórica* e é repetida por Horácio. Fazendo a doutrina da sátira como gênero dialógico sobre assuntos morais, propõe como mais adequado a ela o *sermo cotidianus*, a fala cotidiana, que caracteriza a conversação urbana de amigos civilizados e inteligentes. Repetida por Quintiliano[651], a prescrição é lugar comum na poesia antiga. Lembre-se a ironia de Catulo contra um Árrio[652] que pronuncia o latim aspirando-o como grego, com hiperurbanismo típico de neto de libertos que ingressa no patriciado. Árrio fala *Hionios fluctus*, por *Ionios*, compondo sua distinção no hiperurbanismo. No caso, também é exemplar a poesia de Juvenal, em que a *persona* satírica indignada

---

[650] QUINTILIANO, *Institutio Oratoria*, 5, 10, 28.
[651] QUINTILIANO, *Institutio Oratoria*, 8, 12; 8, 1, 33.
[652] Cf. CATULO, 84.

com a corrupção de sua cidade a atribui aos gregos que infestam Roma com seus usos afeminados. Atacando-os, a *persona* fala em versos com muitos helenismos que têm o mesmo número de sílabas de termos latinos que poderiam estar no lugar deles, o que é indicativo de que a seleção do léxico grego é programática. Assim, a aparente contradição de utilizar a língua dos tipos atacados resolve-se como artifício poético intensificador da vituperação, quando se lembram gostos partilhados pela recepção romana dos poemas. Marouzeau lembrou que, para os romanos, o *y* grego soava agradavelmente, mas o *x* era muito desagradável, assim como o *f*, o *p* e o *g* latinos[653]. Na sátira, Juvenal combina helenismos fonicamente desagradáveis para a audição romana em contextos discursivos nos quais vitupera os excessos alimentares introduzidos pelos gregos. Assim, como recurso retórico de *amplificatio*, a sonoridade dos fonemas gregos se associa à generalidade da corrupção grega. A própria sonoridade conota o que os termos significam, ou seja, o isomorfismo som/significado duplica e intensifica a corrupção[654]. Procedimento semelhante se encontra nos sonetos sobre os Caramurus da Bahia, em que a sonoridade das palavras oxítonas, típicas da língua tupi, figura parodicamente a barbárie dos mamelucos descendentes de Diogo Álvares Corrêa e da Catarina Parauaçu; ou, ainda, em poemas que recorrem a termos quimbundos, bantos, para censurar e agredir tipos negros e seus descendentes.

Nomen ("nome")

Como atributo da pessoa elogiável ou vituperável, o nome próprio é motivo frequente de ridículo ou de sátira:

---

[653] MAROUZEAU J. *Traité de Stylistique Latine*. Paris : Belles Lettres, 1946, pp. 92-93.
[654] Cf. JUVENAL, *Satura XI*, vs. 136-141. Cf. ainda ANDERSON, William S. Juvenal and Quintilian. In: *Essays on Roman Satire*. Princeton: Princeton University Press, 1982, pp. 396-486.

Quintiliano lembra as ironias e maledicências de Cícero contra Verres, nome que conota "porco castrado"[655]. Em um fragmento de Lucílio, o nome *Lupus,* "lobo", é o de um leal magistrado e príncipe do Senado. Lembrem-se ainda os *Epodos* V e XVII de Horácio contra *Canidia,* a maga; ou o jurisconsulto *Pégaso,* da sátira IV de Juvenal, tipo bronco e corrupto etc. Na sátira atribuída a Gregório de Matos, pode-se ler: "Nunca na fidalguia vi/ Mendonça sem ter Furtado". E, burlescamente, *Frei Basilisco* (por *Basílio*) e *Frei Foderibus in Mulieribus.*

Com a aplicação desses lugares comuns – idade, constituição física, origem, nação, cidade, sexo, educação, riqueza, condição, aparência, língua e nome – o poeta satírico pinta etopeias ou retratos do caráter de tipos viciosos como mistos deformados e incongruentes que causam riso ou horror[656].

Em todos os casos, a desproporção monstruosa das misturas satíricas está a serviço da boa proporção do sentido virtuoso. Sua inconveniência conveniente é, enfim, condição da catarse: cômica, a sátira não causa riso, necessariamente, pois o prazer que propõe é o da adequada aprendizagem de um dever ético-político como adesão do destinatário a valores da opinião.

★★★

Logo, para ler essa poesia hoje, devem ser evitadas duas perspectivas muito usuais e anacrônicas, caudatárias da crítica romântica: a da falácia biográfica e a da definição da poesia como reflexo ou documento realista da realidade baiana do século XVII. A primeira é corrente em estudos que se ocupam do estabelecimento da biografia do autor satírico supostamente expresso nos poemas, perdendo-se

---

[655] QUINTILIANO, *Institutio Oratoria,* 5, 10, 30.
[656] QUINTILIANO, *Institutio Oratoria,* 8, 6, 9.

em discussões improváveis sobre sua sinceridade psicológica e motivações pessoais mais ou menos taradas, ressentidas e pessimistas. Ao tratar dos códigos bibliográficos e linguísticos da poesia do *Códice Asensio-Cunha*, propusemos a necessidade de especificar as convenções retóricas aplicadas pelo autor ou autores dela para compor a *persona* satírica ou lírica como personagem que tem a *sinceridade estilística* própria do gênero. O homem empírico supostamente autor do poema não tem nenhum interesse poético.

A outra perspectiva, relacionada à anterior, propõe a sátira como "crítica de costumes", ocupando-se em estabelecer as condições sociais, políticas e econômicas da sociedade colonial que ela teria representado documentalmente numa relação de especularidade reflexológica, naturalista, realista e verista, fazendo a crônica da corrupção e decadência de grupos e indivíduos da Bahia do século XVII.

A linguagem não é epifenômeno social e a poesia do *Códice Asensio-Cunha* é prática simbólica real. Nela, os preceitos abstrativos e seletivos da fantasia poética são aplicados à composição de tipos e caracteres viciosos referidos a pessoas empíricas pelo poeta satírico segundo dois decoros, o interno, adequação verossímil do discurso a casos ou lugares comuns partilhados pelos públicos, e o externo, adequação pragmática do discurso às circunstâncias e às pessoas na recepção.

Assim, descartamos a interpretação psicologista e documentalista, para conceituar a poesia satírica como gênero baixo e misto incluído no epidítico ou demonstrativo segundo as variantes aristotélicas do cômico que se ocupam de vícios e viciosos nocivos e não nocivos em chave didático-moral, fundindo *docere*, *delectare* e *movere* como prática simbólica real e constitutiva da realidade de seu tempo.

Referências

ACCIOLI, Ignacio; AMARAL, Brás do. *Memórias históricas e políticas da Bahia*. Bahia: Imprensa Oficial do Estado, 1925-1937. 7 v.

AFONSO X. *Libro de Açedrex*. Prólogo e edição de Loredana Mercuri. Disponível em: <knol.google.com/k/alfonso-x-libro--de-a>. Acesso em: 6 ago. 2013.

AFTÔNIO. *APHTONIOS Progymnasmata*. Textes Établis et Traduits par Michel Patillon. Paris: Belles Lettres, 2008. CORPUS RHETORICUM.

ALBUQUERQUE, Maria Izabel de. Liberdade e limitação dos engenhos de açúcar. In: Primeiro Congresso de História da Bahia. *Anais...* Salvador: Instituto Geográfico e Histórico, 1955.

ALCAÇÁR, Bartolomeu. *Das espécies, invenção e disposição das orações que pertencem ao gênero exortativo*. Lisboa: Manoel Coelho Amado, 1750.

AMADO, James. Gregório de Matos: Crônica do viver baiano seiscentista. In: *Obra Poética Completa*: Códice James Amado. Rio de Janeiro: Record, 1999, v. I.

AMADO, James. Gregório de Matos: Crônica do viver baiano seiscentista. In: *Obra Poética Completa*: Códice James Amado. Rio de Janeiro: Record, 1999, v. II.

ANASTÁCIO, Vanda. *Sonetos: Marquesa de Alorna*. Rio de Janeiro: 7Letras, 2007.

ANDERSON, William S. *Essays on Roman Satire*. Princeton: Princeton University Press, 1982.

ANKERSMIT, Frank R. Historicismo, pós-modernismo e historiografia. In: MALERBA, Jurandir (Org.). *A história escrita: teoria e história da historiografia*. São Paulo: Contexto, 2006. p. 95-114.

AQUINO, Santo Tomás de. *Lectio 3 ad Corinth. XII*.

AQUINO, Santo Tomás de. *Summa Theologiae*. Prima Pars, I. Matriti: Biblioteca de Autores Cristianos, 1955.

AQUINO, Santo Tomás de. *Summa Theologiae*. Prima Secundae, II. Matriti: Biblioteca de Autores Cristianos, 1952.

AQUINO, Santo Tomás de. *Summa Theologiae*. Secunda Secundae, III. Matriti: Biblioteca de Autores Cristianos, 1952.

AQUINO, Santo Tomás de. *Summa Theologiae*. Tertia Pars, IV. Matriti: Biblioteca de Autores Cristianos, 1952.

ARENDT, Hannah. O conceito de história – antigo e moderno. In: *Entre o passado e o futuro*. São Paulo: Perspectiva, 2009. p. 69-126.

ARISTOTLE. *Art of Rhetoric*. With an English Translation by John Henry Freese. Cambridge: Harvard University Press, Loeb Classical Library, 1994.

ARISTOTLE. *Categories. On Interpretation. Prior Analytics*. With an English Translation by H. P. Cooke. Cambridge: Harvard University Press, Loeb Classical Library, 1938.

ARISTOTLE. *Nicomachean Ethics*. With an English Translation by H. Rackham. Cambridge: Harvard University Press, Loeb Classical Library, 1926.

ARISTOTLE. *Poetics*. With an English Translation by Donald A. Russell. Cambridge: Harvard University Press, Loeb Classical Library, 1995.

ARISTOTLE. *Politics*. With an English Translation by H. Rackham. Cambridge: Harvard University Press, Loeb Classical Library, 1990.

ARISTOTLE. *Posterior Analytics. Topica*. With an English Translation by Hugh Tradennick. Cambridge: Harvard University Press, Loeb Classical Library, 1960.

ARQUIVO PÚBLICO DO ESTADO DA BAHIA, Autos da Devassa da Conspiração dos Alfaiates. Salvador: Secretaria de Cultura e Turismo, 1998, vol. I.

ARQUIVO PÚBLICO DO ESTADO DA BAHIA, Autos da Devassa da Conspiração dos Alfaiates. Salvador: Secretaria de Cultura e Turismo, 1998, vol. II.

ARQUIVO PÚBLICO DO ESTADO DA BAHIA, Maço 580, Autos da Devassa da Conjuração dos Alfaiates.

ARQUIVO PÚBLICO DO ESTADO DA BAHIA, Maço 581, Autos da Devassa da Conjuração dos Alfaiates.

ATAS DA CÂMARA. Salvador, Prefeitura do Município de Salvador. Documentos históricos do Arquivo Municipal. Atas da Câmara – 1641-1649, 1949, vol. 2.; 1649-1659, 1949, vol. 3.; 1659-1669, 1949, vol. 4.; 1669-1684, 1950, vol. 5.; 1684-1700, 1951, vol. 6.

AZEVEDO FILHO, Leodegário A. de. *As cantigas de Pero Meogo.* Rio de Janeiro: Gernasa, 1974.

AZEVEDO FILHO, Leodegário A. de. *Iniciação em crítica textual.* Rio de Janeiro/São Paulo: Presença/Edusp, 1987.

BAGLIONE, Giovanni. *Le Vite de' Pittori Scultori et Architetti. Dal Pontificato di Gregorio XIII, del 1572, infino á Tempi di Papa Urbano Ottauo nel 1642.* Roma: Andrea Fei, 1642.

BANN, Stephen. Analisando o discurso da história. In: *As invenções da história. Ensaios sobre a representação do passado.* São Paulo: Editora Unesp, 1994. p. 51-86.

BANN, Stephen. Introdução: As invenções da história. In: *As invenções da história. Ensaios sobre a representação do passado.* São Paulo: Editora Unesp, 1994. p. 13-25.

BARBOSA, Januário da Cunha. *Parnazo Brasileiro ou Colecção das Melhores Poezias dos Poetas do Brasil, Tanto Ineditas, Como Ja Impressas.* Rio de Janeiro: Typographia Imperial e Nacional, Tomo I, 1829.

BARJAN, Leonard. *Nature's Work of Art. The Human Body as Image of the World.* New Haven/London: Yale University Press, 1975.

BARROS, João de. *Grammatica da língua portuguesa.* Olyssipone: Apud Lodouicum Rotorigiũ, Typographum, 1540.

BARTHES, Roland. A morte do autor. In: *O rumor da língua.* 2. ed. São Paulo: Martins Fontes, 2004. p. 57-64.

BARTHES, Roland. The Discourse of History. In: SHAFFER, E. S. (Ed.). *Comparative Literature, a Yearbook.* Cambridge: Cambridge University Press, 1981. v. 3, p. 3-20.

BEAUSSANT, Phillipe. *Versailles Opéra.* Paris: Gallimard, 1981.

BELLORI, Giovanni Pietro. *Le Vite de' Pittori Scultori et Architetti Moderni Scritte da Giovani Pietro Bellori.* Parte Prima. Roma: Mascardi, 1672.

BLANKE, Horst Walter. Para uma nova história da historiografia. In: MALERBA, Jurandir (Org.). *A história escrita: teoria e história da historiografia*. São Paulo: Contexto, 2006. p. 27-64.

BLOCH, Marc. *Apologia da história ou o ofício do historiador*. Rio de Janeiro: Jorge Zahar, 2001.

BOBBIO, Norberto. Estado, poder, governo. In: *Estado, governo, sociedade. Para uma teoria geral da política*. São Paulo: Paz e Terra, 2005.

BODEI, Remo. *A história tem um sentido?* Bauru: Edusc, 2001.

BOWERS, Fredson. Current Theories of Copy-Text, with an Illustration from Dryden. In: BRACK JR. O. M.; BARNES, Warner. *Bibliography and Textual Criticism. English and American Authors: 1700 to the Present*. Chicago and London: The University of Chicago Press, 1969. p. 59-72.

BOWRA, C. M. *Heroic Poetry*. London: Macmillan, 1952.

BOXER, C. R. *A mulher na Expansão Ultramarina Ibérica – 1415-1815*. Lisboa: Livros Horizonte, 1977.

BRANDÃO, Tomás Pinto. VIDA, E MORTE/ DE HUM COELHO, MORTO PELA SERENÍSSIMA/ PRINCEZA DOS BRASIS,/ O QUAL COELHO FOY EMBALSAMADO POR/ MONSIEUR LIOTE./ ROMANCE.

BURCKHARDT, Jacob. *A cultura do Renascimento na Itália*. São Paulo: Companhia das Letras, 2009.

BURCKHARDT, Jacob. *Reflexões sobre a história*. Rio de Janeiro: Zahar, 1961.

CALEPINO, Ambrogio. F. AMBROSII/ CALEPINI/ BERGOMATIS EREMITAE PROFES/ SIONIS viri vndecumque doctissimi Lexicon, Ex opti-/ mis quibusque Authoribus collectum: Novis additamentis,/ quae nondum ad nos peruenerant, Ipsiusmet Authoris autho-/ graphis illustratum, quae hoc signo ‡ indicantur. Addun-/ tur & Iodoci Badij frugiferae Annotationis stella ★ signa-tae,/ In summa, hoc in opere recondita, latet eruditio, ita ut nullum/ vocabulum CORNUCOPIAE (immo nullius Dictionarij) quaeratur praeternmisum. GRAECUM prae-/ terea recognitum Accentibus discretū, & latine repositum est. Paris: Petri Goudoul, 1526.

CAMBRAIA, César Nardelli. *Introdução à crítica textual*. São Paulo: Martins Fontes, 2005.

CAMÕES, Luís de. *RHYTMAS/ DE LUIS DE CAMOES,/ Diuididas em cinco partes./ dirigidas ao muito Illustre senhor D. Gonçalo Coutinho./* Lisboa: Manoel de Lyra, 1595.

CARTAS DO SENADO. Salvador, Prefeitura do Município de Salvador. Documentos históricos do Arquivo Municipal. 1638-1673, 1951, vol. 1.; 1673-1684, 1952, vol. 2.; 1684-1692, 1953, vol. 3.; 1692-1698, 1959, vol. 4.

CARVALHO, Maria do Socorro Fernandes de. *Poesia de agudeza em Portugal*. São Paulo: Humanitas/Edusp, 2007.

CATULUS, Gaius Valerius; TIBULLUS, Albius. *Catullus, Tibullus and Pervigilium Veneris*. With an English Translation by F. W. Cornish. Cambridge: Harvard University Press, 1939.

CAVIEDES, Juan del Valle y. *Obra Completa*. Edição, prólogo, notas e cronologia por Daniel R. Reedy. Caracas: Biblioteca Ayacucho, 1984. v. CVII.

CERQUIGLINI, Bernard. *Éloge de la Variante. Histoire Critique de la Philologie*. Paris: Des Travaux/Seuil, 1989.

CERTEAU, Michel de. *A escrita da história*. São Paulo: Forense Universitária, 2002.

CESENA, Dario Tiberto da. *Le Vite di Plutarco Ridotte, in Compendio, per Dario Tiberto da Cesena. E Tradotte alla Comune Utilita di Ciascuno per L. Fauno, in Buona Lingua Uolgare*. Venetia: 1543.

CHARTIER, Roger. *À beira da falésia. A história entre certezas e inquietude*. Porto Alegre: Editora da UFRGS, 2002.

CHARTIER, Roger. *A ordem dos livros*. Brasília: Editora UnB, 1994.

CHARTIER, Roger. *Do palco à página. Publicar teatro e ler na época moderna – séculos XVI-XVIII*. São Paulo: Casa da Palavra, 2002.

CHARTIER, Roger. *Escribir las prácticas. Foucault, de Certeau, Marin*. Buenos Aires: Manantial, 1996.

CHARTIER, Roger. Leituras e Leitores "Populares" da Renascença ao Período Clássico. In: CAVALLO, Guglielmo; CHARTIER,

Roger (Orgs.). *História da leitura no mundo ocidental*. São Paulo, Ática, 1998.

CHASTEL, André. *Le Baroque et la Mort. In: Retorica e Barocco. Atti del III Congresso Internazionale di Studi Umanistici*. Venezia, 15-18 giugno 1954. A cura di Enrico Castelli. Roma: Fratelli Bocca Editori, 1955.

CHOCIAY, Rogério. *Os metros do Boca. Teoria do verso em Gregório de Matos*. São Paulo: UNESP, 1993.

CHOCIAY, Rogério. *Teoria do verso*. São Paulo: McGraw-Hill, 1979.

CICERO, Marcus Tullius. *Ad C. Herennium. De Ratione Dicendi.* With an English Translation by Harry Caplan. Cambridge: Harvard University Press, Loeb Classical Library, 1989.

CICERO, Marcus Tullius. *De Oratore. Book III. On Fate. Stoic Paradoxes. On the Divisions of Oratory.* With an English Translation by H. Rackham. Cambridge: Harvard University Press, Loeb Classical Library, 1942.

CICERO, Marcus Tullius. *De Oratore. Books I-II.* With an English Translation by E. W. Sutton. Cambridge: Harvard University Press, Loeb Classical Library, 1996.

CÓDICE 108 da Biblioteca Menéndez y Pelayo: *Fragmentos no impresos hasta oy*. De D. Francisco de Quevedo Villegas, Cavallero en el Orden de Santiago, y Señor de la Torre de Juan Abad. Recogidos por un aficionado, para los discretos.

CORTAZAR, Celina Sabor de. *Góngora y la Poesía Pura*. Alicante: Biblioteca Virtual Miguel de Cervantes, 2008, s/n. de página; Edición digital a partir de *Para una relectura de los clásicos españoles*. Buenos Aires: Academia Argentina de Letras, 1987. p. 197-216.

COUTINHO, Antônio Luís Gonçalves da Câmara. Representação do Governador Antônio Luís Gonçalves da Câmara Coutinho ao Rei sobre o Estado do Brasil (1693). In: *Anais da Biblioteca Nacional do Rio de Janeiro*. Rio de janeiro: MEC, 1939. v. LVII.

COVARRUBIAS. *Tesoro de la Lengua Castellana*, 1612.

CUNHA, Celso. *Significância e movência na poesia trovadoresca: questões de crítica textual*. Rio de Janeiro: Tempo Brasileiro, 1985.

DEARING, Vinton A. Methods of Textual Editing. In: BRACK JR. O. M.; BARNES, Warner. *Bibliography and Textual Criticism. English and American Authors: 1700 to the Present.* Chicago and London: The University of Chicago Press, 1969. p. 73-101.

DISCURSO/ SOBRE EL LIBRO/ DE LA MONTERIA QUE MAN/ do escriuir el muy alto y muy poderoso Rey Don/ Alonso de Castilla, y de Leon/ Auctor Gonçalo Argote de Molina, 1582.

DOM JOÃO I. LIBRO/ DE/ MONTERIA/ COMPOSTO POLO/ SEÑOR REY/ DON JOAOM DE PORTUGAL,/ E DOS ALGARUES, E SEÑOR DE CEUTA. Introdução e Revisão de M. Lopes de Almeida. Porto: Lello, 1981. p. 1-232.

DOMBROSKI, Robert S. Timpanaro in Retrospect. In: *Italica,* vol. 78, n. 3, p. 337-350, 2001.

DOMBROSKI, Robert S. Timpanaro's Materialism: An Introduction. *Journal of the History of Ideas,* v. 44, n. 2, p. 311-326, 1983.

DOUGLAS, Mary. *Como as instituições pensam.* São Paulo: Edusp, 1998.

EGGERT, Paul. Where Are We Now with Authorship and the Work? In: *The Yearbook of English Studies, v. 29, The Text as Evidence: Revising Editorial Principles,* 1999. p. 88-102.

EISENSTEIN, Elizabeth L. *A revolução da cultura impressa: os primórdios da Europa moderna.* São Paulo: Ática, 1998.

FAJARDO, D. Diego Saavedra. *Empresas Políticas. Idea de un Príncipe Político-Cristiano.* Ed. preparada por Quintin Aldea Vaquero. Madrid: Editora Nacional, 1976, 2v.

FEBVRE, Lucien; MARTIN, Henry-Jean. *O aparecimento do livro.* São Paulo: Editora Unesp/Hucitec, 1992.

FERROL, Francisco Murillo. *Saavedra Fajardo y la Política del Barroco.* Madrid: Instituto de Estudios Políticos, 1957.

FLEMING, J. David. The Very Idea of a "Progymnasmata". *Rhetoric Review,* v. 22, n. 2, p. 105-120, 2003.

FOUCAULT, Michel. *As palavras e as coisas (uma arqueologia das ciências humanas).* São Paulo: Martins Fontes, 1981.

FOUCAULT, Michel. *O que é um autor.* Lisboa: Veja, 1995.

FRIEIRO, Eduardo. *O diabo na livraria do cônego.* 2. ed., revista e ampliada. Belo Horizonte/São Paulo: Itatiaia/Edusp, 1981.

GABLER, Hans Walter. *Ulysses: A Critical and Synoptic Edition.* New York: Garland, 1984.

GABLER, Hans Walter. Unsought Encounters. In: COHEN, Philip (Ed.). *Devils and Angels. Textual Editing and Literary Theory.* Charlottesville: University Press of Virginia, 1991. p. 152-166.

GAME AND PLAYE OF THE CHESSE, 1474. A Verbatim Reprint of the First Edition. With an Introduction by William E. A. Axon. London: Elliot Stock, 1883.

GAMER, Helena M. The Earliest Evidence of Chess in Western Literature: The Einsiedeln Verses. *Speculum*, v. 29, n. 4, p. 734-750, 1954.

GÂNDAVO, Pero de Magalhães de. *Regras que Ensinam a Maneira de Escrever e Orthographia da Lingua Portuguesa, com um Dialogo que adiante se Segue em Defensam da Mesma Lingua.* Lisboa: Antônio Gonsalves, 1574.

GILIO, Giovanni Andrea. Due Dialogi (1564). In: BAROCCHI, Paola (A cura di). *Scritti d' Arte del Cinquecento.* Milano-Napoli: Riccardo Ricciardi Editore, 1971, 3t., t. I (La Letteratura Italiana. Storia e Testi, v. 32).

GINZBURG, Carlo. Sinais: raízes de um paradigma indiciário. In: *Mitos, emblemas e sinais: morfologia e história.* São Paulo: Companhia das Letras, 1989. p. 143-179.

GIOVIO, Paolo. Gli Elogi. *Vite Brevemente Scritte d'Huomini Illustri di Guerra, Antichi et Moderni, di Mons. Paolo Giovio Vescovo di Nocera; Onde s'Ha non Meno Utile & Piena, che Necessaria & Uera Cognitione d'Infinite Historie non Uedute Altroue.* Tradotte par M. Lodovico Domenichi. Fiorenza: 1554.

GIOVIO, Paolo. *Le Inscrittioni Poste sotto le Vere Imagini de gli Huomini Famosi; le Quali à Como nel Museo del Giovio se Veggiono.* Tradotte di Latino in Volgare da Hippolito Orio Ferrarese. Fiorenza: 1552.

GIOVIO, Paolo. *Le Vite dei Dodici Visconti Prencipi di Milano, di Monsignor Paolo Giovio Vescovo di Nocera.* Tradotte per M. Lodovico Domenichi. Vinetia: Gabriel Giolito de' Ferrari, 1549.

GIOVIO, Paolo. *Le Vite di Dicenove Huomini Illustri, Descritte da Monsignor Paolo Giovio, et in Diversi Tempi et Luoghi Stampate. Ora Nuovamente Raccolte & Ordinate Tutte Insieme in Questo Volume, & Tutte di Corretioni, Tauole, & Postile Adornate.* Venetia: Giovan Maria Bonelli, 1561.

GIUDICI, Giovanni. *Le Vite delli Piu Celebri et Antichi Primi Poeti Provenzali che Fiorirono nel Tempo delli Ré di Napoli, & Conte di Provenza, li Quali Hanno Insegnati a Tutti il Poetar Volgare.* Lione: Alessandro Marsilij, 1575.

GÓNGORA Y ARGOTE, Luís de. Carta de don Luís de Góngora, en respuesta de la que le escribieron. In: ARANCÓN, Ana Martínez (Seleción de textos). *La Batalla en Torno a Góngora*. Barcelona: Antoni Bosch, 1978.

GÓNGORA Y ARGOTE, Luís de. *Obras Completas*. Madrid: Aguilar, 1956.

GRACIÁN, Baltasar. Agudeza y Arte de Ingenio. In: *Obras Completas*. Madrid: Aguilar, 1967.

GRACIÁN, Baltasar. Crisi V: Plaza del populacho y corral del vulgo. *El Criticón*. In: *Obras Completas*. Madrid: Aguilar, 1967.

GRAHAM, Kenneth J. E. *The Performance of Conviction: Plainness and Rhetoric in the Early English Renaissance*. Ithaca and London: Cornell University Press, 1994.

GREG, Walter. The Rationale of Copy-Text. In: BRACK JR. O. M.; BARNES, Warner. *Bibliography and Textual Criticism. English and American Authors: 1700 to the Present*. Chicago and London: The University of Chicago Press, 1969. p. 41-58.

GRIGERA, Luisa López. *La Retórica en la España del Siglo de Oro. Teoria y Práctica*. 2. ed. Salamanca: Ediciones Universidad de Salamanca, 1995.

GUMBRECHT, Hans Ulrich. Un Souffle d'Allemagne Ayant Passé: Friedrich Diez, Gaston Paris, and the Genesis of National Philologies. *Romance Philology*, Berkeley, v. 40, p. 1-37, 1986.

HALL, Joseph. *Virgidemiarum. The Poems of Joseph Hall*. Edited by Arnold Davenport. Liverpool: Liverpool University Press, 1969.

HANSEN, João Adolfo. *A sátira e o engenho. Gregório de Matos e a Bahia do século XVII (1682-1695).* 1. ed. São Paulo: Companhia das Letras, 1989; 2. ed. rev. Campinas/São Paulo: Edunicamp/ Hedra, 2004.

HANSEN, João Adolfo. Agudezas seiscentistas. *Floema: Caderno de Teoria e História Literária, Especial João Adolfo Hansen,* Vitória da Conquista, 2 A, p. 85-109, 2006.

HANSEN, João Adolfo. Barroco, neobarroco e outras ruínas. *Floema: Caderno de Teoria e História Literária, Especial João Adolfo Hansen,* Vitória da Conquista, 2 A, p. 15-84, 2006.

HANSEN, João Adolfo. Pedra e cal: freiráticos na sátira luso--brasileira do século XVII. In: MOREIRA, Marcello; SANTOS, Luciana Gama (Org.). *Revista USP, Dossiê Brasil Colônia,* v. 57, p. 68-85, mar.-maio 2003.

HANSON, Carl A. *Economia e sociedade no Portugal barroco – 1668-1703.* Lisboa: Publicações Dom Quixote, 1986.

HAVET, Louis. *Manuel de Critique Verbale Appliquée aux Textes Latins.* Paris: Hachette, 1911.

HERMOGENES. *Ars Oratoria Absolutissima, et Libri Omnes.* Cum Nova Versione Latina e Regione Contextus Graeci, & Commentariis Gasparis Laurentii. Coloniae Allobrogum: Apud Petrum Aubertum, 1614.

HERMÓGENES. *Prolegomènes au De Ideis. Les Categories Stylistiques du Discours (De Ideis). Synopses des Exposés sur les Ideai.* Textes Etablis et Traduits par Michel Patillon. Paris: Les Belles Lettres, 2012, CORPUS RHETORICUM.

HERRERA, Fernando de (Ed.). *Obras de Garcilasso de la Vega con Anotaciones de Fernando de Herrera.* Sevilla: Alonso de la Barrera, 1580.

HESPANHA, António Manuel; SANTOS, Maria Catarina. Os poderes num império oceânico. In: MATTOSO, José (Dir.); HESPANHA, António Manuel (Coord.). *História de Portugal. O Antigo Regime (1620-1807).* Lisboa: Editorial Estampa, 1982, v. 4.

HOBBS, Mary. *Early Seventeenth-Century Verse Miscellany Manuscripts.* Worcester: Scholar Press, 1992.

HOLANDA, Sérgio Buarque de. *Raízes do Brasil*. v. 3. In: SANTIAGO, Silviano (Org.). *Intérpretes do Brasil*. Rio de Janeiro: Nova Aguilar, 2002. 3v.

HORÁCIO. Q. *Horatii Flacci Opera*. Ed. F. Klingner. Leipzig: 1859.

HOUAISS, Antônio. *Elementos de bibliologia*. São Paulo: Hucitec; PróMemória; Instituto Nacional do Livro, 1983.

HUIZINGA, Johan. *Homo Ludens*. São Paulo: Perspectiva, 1984.

IGLESIAS FEIJOO, Luis. Una carta inédita de Quevedo y algunas noticias sobre los comentadores de Góngora, con Pellicer al fondo. In: *Boletín de la Biblioteca de Menéndez Pelayo*, 1983. p. 141-203. Disponível em: <http://www.cervantesvirtual.com/obra-visor/boletin-de-la--biblioteca-de-menendez-pelayo--54/html/2Dir00625_171.htm>. Acesso em: 22 ago. 2013.

ISER, Wolfgang. Talk like Whales: A Reply to Stanley Fish. *Diacritics*, v. 11, n. 3, p. 82-87, 1981.

JAKOBSON, Roman. Linguística e poética. In: *Linguística e comunicação*. São Paulo: Cultrix, 1969. p. 118-162.

JOHNSON. Francis R. The Renaissance Textbook of Rhetoric: Aphtonius' Progymnasmata and Rainolde's A book called the Foundacion of Rhetorike. *Huntington Library Quarterly*, v. 6, n. 4, p. 427-444, 1943.

JUVENALIS, Decimus Iunius; PERSIUS, Aulus Flaccus. *Juvenal and Persius*. With an English Translation by Susanna Morton Braund. Cambridge: Harvard University Press, Loeb Classical Library, 2004.

KALLENDORF, Craig. The Rhetorical Criticism of Literature in Early Italian Humanism from Boccaccio to Landino. *Rhetorica*, v. 1, n. 2, p. 33-59, 1983.

KENNEDY, George A. Theophrastus and Stylistic Distinctions. *Harvard Studies in Classical Philology*, v. 62, p. 93-104, 1957.

KERNAN, A. *The Cankered Muse: Satire of the English Renaissance*. New Haven: 1959.

KLEIN, Robert. La Théorie de l'Expression Figurée dans les Traités Italiens sur les Imprese, 1555-1612. In: *La Forme et l'Intelligible*. Paris: Gallimard, 1970,

KNOCHE, Ulrich. *La Satira Romana*. Brescia: Paideia Editrice, 1969.

LAERTIO, Diogene. *Le Vite de gli Illustri Filosofi di Diogene Laertio. Da'l Greco Idiomate Ridutte ne la Lingua Commune d'Italia*. Vinegia: Vicenzo Vaugrin, 1540.

LAUXTERMANN, M. D. What Is an Epideictic Epigram? *Mnemosyne, Fourth Series*, v. 51, n. 5, p. 525-537, 1998.

LEÓN, Antonio Chacón Ponce de. *Códice Chacón*, v. I, Biblioteca Nacional de Madrid.

LEÓN, Antonio Chacón Ponce de. *Códice Chacón*, v. II, Biblioteca Nacional de Madrid.

LEÓN, Antonio Chacón Ponce de. *Códice Chacón*, v. III, Biblioteca Nacional de Madrid.

LEY SOBRE A CAÇA das perdizes, Lebres e Coelhos, & sobre a pescaria do pexe dos rios da agoa doce, & da vitola das redes & tempo em que se nam pode caçar nem pescar.

LIBRO, DELA MONTERIA/ QUE MANDO ESCRIVIR/ EL MUY ALTO Y MUY PODEROSO/ Rey Don Alonso de Castilla, y de Leon,/ Vltimo deste nombre./ Acrecentado por Gonçalo Argote de Molina./ Dirigido A la S. C. R. M. del Rey DON PHILIPE/ Segundo. Nuestro Señor./ Impreso en SEVILLA, por Andrea Pescioni, 1582.

LIVRO DE CARTAS que o senhor Antônio Luís Gonçalves da Câmara Coutinho escreveu a Sua Majestade, sendo governador, e capitão geral do Estado do Brasil, desde o princípio de seu governo até o fim dele (Que foram as primeiras na frota que partia em 17 de julho do ano de 1691), Seção de Manuscritos, Biblioteca Nacional do Rio de Janeiro.

LIVRO/ DOS OFICIOS/ DE/ MARCO TULLIO CICERAM/ O QUEL TORNOU EM LINGUAGEM O/ IFANTE D. PEDRO/ DUQUE DE COIMBRA. Porto: Lello, 1981. p. 765-884.

LORD, Albert Bates. Composition by Theme in Homer and Southslavic Epos. *Transactions and Proceedings of the American Philological Association*, v. 82, p. 71-80, 1951a.

LORD, Albert Bates. History and Tradition in Balkan Oral Epic and Ballad. *Western Folklore*, v. 31, n. 1, p. 53-60, 1972.

LORD, Albert Bates. Yugoslav Epic Folk Poetry. *Journal of the International Folk Music Council*, v. 3, p. 57-61, 1951b.

LORRIS, Guillaume de; MEUN, Jean de. *Le Roman de la Rose*. Chronologie, Préface et Établissement du Text par Daniel Poirion. Paris: Garnier/Flammarion, 1974.

MAAS, Paul. *Critica del Testo*. Traduzione di Nello Martinelli, Presentazione di Giorgio Pasquali, con lo "Sguardo retrospettivo 1956" e una Nota di Luciano Canfora. Firenze: Felice Le Monier, 1990.

MADARIAGA, Pedro. *Arte de Escribir Ortografia de la Pluma, y Honra de los Profesores de Este Magisterio*. Segunda Impresión. Madrid: Antonio de Sancha, 1777.

MALVASIA, Carlo Cesare. *Felsina Pittrice. Vite de' Pittori Bolognesi*. Tomo Secondo. Bologna: Eredi di Domenico Barbieri, 1678.

MARAVALL, José António. A função do direito privado e da propriedade como limite do poder do estado. In: HESPANHA, Antônio Manuel (Org.). *Poder e instituições na Europa do Antigo Regime*. Lisboa: Calouste Gulbenkian, 1984.

MARCELLO, Pietro. *Vite de' Prencipi di Vinegia di Pietro Marcello*. Tradotte in Volgare da Lodouico Domenichi. Venetia: Francesco Marcolini, 1558.

MARIN, Louis. *De la Représentation*. Recueil Établi par Daniel Arasse, Alain Contillon, Giovanni Careri, Danièle Cohn, Pierre-Antoine Fabre e Françoise Marin. Paris: Hautes Études, Gallimard Le Seuil, 1994.

MARIN, Louis. *Des Pouvoirs de l'Image*. Gloses. Paris: Seuil, 1993.

MAROTTI, Arthur F.; BRISTOL, Michael D. *Print, Manuscript, Performance: The Changing Relations of the Media in Early Modern England*. Columbus: Ohio State University, 2000.

MAROUZEAU, J. *Traité de Stylistique* Latine. Paris: Belles Lettres, 1946.

MARTIALIS, Marcus Valerius. *Epigrams*. Volume I, Books 1-5. With an English Translation by D. R. Shackleton Bailey. Cambridge: Harvard University Press, Loeb Classical Library, 1993.

MARTIALIS, Marcus Valerius. *Epigrams*. Volume II, Books 6-10. With an English Translation by D. R. Shackleton Bailey. Cambridge: Harvard University Press, Loeb Classical Library, 1993.

MARTIALIS, Marcus Valerius. *Epigrams*. Volume III, Books 11-14. With an English Translation by D. R. Shackleton Bailey. Cambridge: Harvard University Press, Loeb Classical Library, 1993.

MASTROGREGORI, Massimo. Historiografia e tradição das lembranças. In: MALERBA, Jurandir (Org.). *A história escrita: teoria e história da historiografia*. São Paulo: Contexto, 2006. p. 65-93.

MATTOSO, Kátia M. de Queirós. *Presença francesa no Movimento Democrático Baiano de 1798*. Salvador: Itapuã, 1969.

MAZZELLA, Scipione. *Le Vite di Re di Napoli*. Napoli: Gioseppe Bonfadino, 1594.

MCGANN, Jerome J. *The Romantic Ideology: A Critical Investigation*. Chicago/London: The University of Chicago Press, 1985.

MCGANN, Jerome. *A Critique of Modern Textual Criticism*. Charlottesville: University Press of Virginia, 1992.

MCGANN, Jerome. Literary Pragmatics and the Editorial Horizon. In: COHEN, Philip (Ed.). *Devils and Angels. Textual Editing and Literary Theory*. Charlottesville: University Press of Virginia, 1991b. p. 1-21.

MCGANN, Jerome. *The Textual Condition*. Princeton: Princeton University Press, 1991a.

MERLIN, Hélène. *Public et Littérature en France au XVIIe Siècle*. Paris: Les Belles Lettres, 1994.

MOLIÈRE, Jean-Baptiste Poquelin. *L'Amour Médecin*. Paris: Nicolas Le Gras, 1666.

MOLIÈRE, Jean-Baptiste Poquelin. *Les Precieuses Ridicules*. Comédie. Paris: Charles de Sercy, 1660.

MOLINA, Gonçalo Argote de. DISCURSO/ SOBRE EL LIBRO/ DE LA MONTERIA QUE MAN/ do escriuir el muy alto y muy poderoso Rey Don/ Alonso de Castilla, y de Leon/ Auctor Gonçalo Argote de Molina, 1582.

MOMIGLIANO, Arnaldo. The Rhetoric of History and the History of Rhetoric: On Hayden White's Tropes. In: SHAFFER, E.

S. (Ed.). *Comparative Criticism, A Yearbook*. Cambridge: Cambridge University Press, 1981. v. 3, p. 259-268.

MONFASANI, J. *George of Trebizond. A Biography and a Study of his Rhetoric and Logic*. Leiden: Brill Academic, 1976.

MORAES, Rubem Borba. *Bibliografia Brasileira do Período Colonial*. São Paulo: Instituto de Estudos Brasileiros da Universidade de São Paulo, 1969.

MOREIRA, Marcello. *Crítica textualis in caelum revocata? Uma proposta de edição e estudo da tradição de Gregório de Matos e Guerra*. São Paulo: Edusp, 2011a.

MOREIRA, Marcello. Exempla (I): Pesquisa sobre o emprego de exemplos no corpus camoniano. *Estudios Portugueses*, Salamanca, v. 6, p. 105-126, 2006.

MOREIRA, Marcello. Materiam superabat opus – recuperação de critérios setecentistas de legibilidade da poesia atribuída a Gregório de Matos e Guerra. In: ABREU, Márcia; SCHAPOCHNIK, Nelson (Orgs.). *Cultura letrada no Brasil. Objetos e práticas*. Campinas: Mercado de Letras; Fapesp; ALB, 2005. p. 117-134.

MOREIRA, Marcello. Notas sobre Crítica Textual, Mouvance, Variance. In: FRANCO, Marcia Arruda; LINDO, Luiz Antônio; SEABRA FILHO, José Rodrigues (Org.). III Semana de Filologia da USP. *Atas...* São Paulo: FFLCH, 2009. p. 159-188.

MOREIRA, Marcello. O problema da edição de apógrafos de Santa Rita Durão. In: FRANCO, Marcia Arruda; LINDO, Luiz Antônio; SEABRA, José Rodrigues Seabra (Org.). IV Semana de Filologia na USP. *Atas...* São Paulo: Faculdade de Filosofia, Letras e Ciências Humanas da Universidade de São Paulo, 2013. (No prelo.)

MOREIRA, Marcello. Uma crítica a Spaggiari e Perugi. In: FRANCO, Marcia Arruda; MOREIRA, Marcello (Ed.). *Tágides, Revista de Literatura, Cultura e Arte Portuguesa*. São Paulo: Lumme Editor, 2011b. p. 111-131.

MULLER-IZN, Zur Geschichte der römischen Satire, in Philologie, 1923. *Apud* BEVILACQUA, Michele. *Sulla Storia della Satira Romana*. Ed. Litografica. Roma: Editrice Elia, s/d.

MURRAY, H. J. *A History of Chess*: Oxford, 1913.

NAGY, Gregory. *Poetry as Performance: Homer and Beyond*. Cambridge: Cambridge University Press, 1996.

NASHE, Thomas. *The Works of Thomas Nashe*. Edited by Ronald Brunlees Mckerrow. London: B. Blackwell, 1958.

NEBRIJA, Antonio. *Gramática Castellana*. Salamanca: 1492.

NEBRIJA, Antonio. *Introductiones Latinae, Compendiose, cum Commento*. Salamanca: Johannes de Porres, 1501.

NEBRIJA, Antonio. *Reglas de Orthographia en la Lengua Castellana*. Alcalá de Henares: Arnao Guillén de Brocar, 1517.

NEVES, Guilherme Pereira. As Letras de Luiz Gonzaga das Virgens. In: Sociedade Brasileira de Pesquisa Histórica. XXIII Reunião Anual. *Anais...* Curitiba, 21 a 25 de julho, 2003.

NOVINSKY, Anita (Introd.). *Uma devassa do bispo dom Pedro da Silva – 1635, 1637*. Separata do tomo XXII dos *Anais do Museu Paulista*. São Paulo, 1968.

O'NEILL, Terry; PADEN JR., William. Toward the Performance of Troubadour Poetry: Speaker and Voice in Peire Vidal. *Educational Theatre Journal*, v. 30, n. 4, p. 482-494, 1978.

OLIVEIRA, Manoel Botelho de. MUSICA/ DO/ PARNASSO/ DIVIDIDA EM QUATRO COROS/ DE RIMAS/ PORTUGUESAS, CASTELHA-/ nas, Italianas, & Latinas/ COM SEU DESCANTE COMICO REDUSI-/ do em duas Comedias,/ OFFERECIDA/ AO EXCELLENTISSIMO SENHOR DOM NUNO/ Alvares Pereyra de Mello, Duque do Cadaval, &c./ ENTOADA/ PELO CAPITAM MOR MANOEL BOTELHO/ de Oliveyra, Fidalgo da Caza de Sua/ Magestade./ Lisboa: Miguel Manescal, 1705.

ORDENAÇÕES FILIPINAS. Reprodução Fac-Símile da Edição Feita por Cândido Mendes de Almeida. Lisboa: Fundação Calouste Gulbenkian, 1985, v. 3.

ORDENAÇÕES MANUELINAS. Nota de Apresentação de Júlio de Almeida Costa. Lisboa: Fundação Calouste Gulbenkian, Livro I, Título LVII, p. 394-395.

PACHECO DA COSTA, Daniel Padilha. *Testamento do vilão: invenção e recepção da poesia de François Villon*. 2013. 304 f. Tese (Doutorado em Letras) – Faculdade de Filosofia, Letras e Ciências Humanas da USP, São Paulo, 2013. Mimeografado.

PALLAVICINO, Sforza. *Arte dello Stile, ove nel Cercarsi l'Ideal dello Scrivere Insegnativo*. Bologna: Giacomo Monti, 1647.

PARRY, Adam M. (Ed.). *The Making of Homeric Verse: The Collected Papers of Milman Parry*. Oxford: Oxford University Press, 1993.

PASOLI, E. *Satura Drammatica e Satura Letteraria*. Vichiana, I, 1964.

PATTERSON, Annabel M. *Hermogenes and the Renaissance: Seven Ideas of Style*. Princeton: Princeton University Press, 1970.

PÉCORA, Alcir. Velhos textos, crítica viva. In: TIN, Emerson. *A Arte de Escrever Cartas – Anônimo de Bolonha, Erasmo de Rotterdam, Justo Lípsio*. Campinas: Editora Unicamp, 2006. p.12-13.

PEREGRINI, Matteo. *I Fonti dell'Ingegno Ridotti ad Arte*. Bologna: Carlo Zenero, 1650.

PEREIRA DA SILVA, João Manuel. *Parnaso Brazileiro ou Seleção de Poesias dos Melhores Poetas Brazileiros desde o Descobrimento do Brazil: Precedida de uma Introducção Historica e Biografica sobre a Literatura Brazileira*. Tomo I, séculos XVI, XVII e XVIII. Rio de Janeiro: Eduardo e Henrique Laemmert, 1843.

PERES, Fernando da Rocha; LA REGINA, Silvia. *Um códice setecentista inédito de Gregório de Mattos*. Salvador: Edufba, 2000.

PETRUCCI, Armando. Poder, espacios urbanos, escrituras expuestas: propuestas y ejemplos. In: PETRUCCI, Armando. *Alfabetismo, Escritura, Sociedad*. Tradução de Juan Carlos Gentile Vitale. Barcelona: Editorial Gedisa, 1999.

PFEIFFER, Rudolf. *History of Classical Scholarship (1300-1850)*. Oxford: Clarendon Press, 1976.

PICCHIO, Luciana Stegagno. *A lição do texto. Filologia e Literatura: I – Idade Média*. Lisboa: Edições 70, 1979.

PICCHIO, Luciana Stegagno. Camões Lírico: variantes de tradição e variantes de autor. Exemplos para o estudo da movência em textos camonianos. In: *Actas da V Reunião Internacional de Camonistas*: São Paulo, FFLCH, 1987. p. 285-309.

PICKENS, Rupert T. *The Songs of Jaufre Rudel*. Toronto: Pontifical Institute of Medieval Studies, 1978.

PLATON. *Le Sophiste*. 2 ed. Texte Établi et Traduit par A. Diès. Paris: Belles Lettres, 1950.

PLATON. *Philèbe*. Texte Établi et Traduit par A. Diès. Paris: Belles Lettres, 1949.

PRIORE, Mary del. Ritos da vida privada. In: MELLO E SOUZA, Laura de (Org.). *História da Vida Privada no Brasil: Cotidiano e Vida Privada na América Portuguesa*. São Paulo: Companhia das Letras, 1998. p. 275-330.

QUEVEDO, Francisco de. *Obras Festivas*. Edición preparada por Pablo Jauralde Pou. Madrid: Castalia, 1981.

QUINTILIANUS, Marcus Fabius. *Instituto Oratoria*. With an English Translation by H. E. Butler. Cambridge: Harvard University Press, Loeb Classical Library, 1963, v. I.

QUINTILIANUS, Marcus Fabius. *Instituto Oratoria*. With an English Translation by H. E. Butler. Cambridge: Harvard University Press, Loeb Classical Library, 1960, v. II.

QUINTILIANUS, Marcus Fabius. *Instituto Oratoria*. With an English Translation By H. E. Butler. Cambridge: Harvard University Press, Loeb Classical Library, 1959, v. III.

QUINTILIANUS, Marcus Fabius. *Instituto Oratoria*. With an English Translation by H. E. Butler. Cambridge: Harvard University Press, Loeb Classical Library, 1961, v. IV.

RAMÓN, Santiago. Apuntes para la Historia de la Pontuación el los Siglos XVI y XVII. In: BLECUA, José Manuel; GUTIÉRREZ, Juan; SALA, Lídia (Ed.). *Estudios de Grafemática en el Domínio Hispánico*. Salamanca: Universidad de Salamanca, 1998. p. 243-280.

RAMOS, Péricles Eugênio da Silva. *Antologia da poesia barroca*. São Paulo: Melhoramentos, 1967.

RENDALL, Thomas. "Gawain" and the Game of Chess. *The Chaucer Review*, v. 27, n. 2, p. 186-199, 1992.

RESINA, Joan Ramon. Hispanismo e Estado. *Floema: Caderno de Teoria e História Literária*, Especial 3A, Vitória da Conquista, p. 99-147, 2007.

RICO, Francisco. *El Pequeño Mundo del Hombre*. Madrid: Castalia, 1970.

RIDOLFI, Carlo. *Delle Maraviglie dell'Arte, ouero delle Vite degl'Illustri Pittori Veneti, e dello Stato. Descritte dal Cavalier Carlo Ridolfi*. Parte Seconda. Venetia: Giovanni Battista Sgava, 1648.

RIDOLFI, Carlo. *Le Maraviglie dell'Arte, ouero le Vite de gl'Illustrissimi Pittori Veneti, e dello Stato. Descritte dal Cavalier Carlo Ridolfi. Oue Sono Raccolte le Opere Insigni, i Costumi, & i Ritratti Loro*. Venetia: Giovanni Battista Sgava, 1648.

RODRÍGUEZ-MOÑINO, A. *Construcción Crítica y Realidad Histórica en la Poesía Española de los Siglos XVI y XVII*. Madrid: Castalia, 1965.

RODRÍGUEZ-MOÑINO, A. *Diccionario de Pliegos Sueltos Poéticos (Siglo XVI)*. Madrid: Castalia, 1970.

RODRÍGUEZ-MOÑINO, A. *Poesía y Cancioneros (Siglo XVI)*. Madrid: Castalia, 1968.

ROSÁRIO. Frei António do Rosário. *Frutas do Brasil, numa Nova e Ascética Monarchia*. Lisboa, 1701.

RÜSEN, Jörn. Historiografia Comparativa Intercultural. In: MALERBA, Jurandir (Org.). *A História Escrita: Teoria e História da Historiografia*. São Paulo: Contexto, 2006. p. 115-137.

RUSSELL-WOOD, A. J. R. *Fidalgos e Filantropos – A Santa Casa de Misericórdia da Bahia 1550-1775*. Brasília: UNB, 1981.

RUY, Affonso. *A Primeira Revolução Social Brasileira (1798)*. 2. ed. São Paulo: Companhia Editora Nacional/MEC, 1978.

RUY, Affonso. *História da Câmara Municipal da Cidade do Salvador*. Bahia: Câmara Municipal de Salvador, 1953.

SABBADINI, Remigio. *Storia e Critica di Testi Latini*. Catania: 1914.

SALAS Y TOVAR, Joseph Pellicer. *Lecciones Solemnes a las Obras de Don Luis de Gongora y Argote, Pindaro Andaluz, Principe de los Poëtas Liricos de España*. Madrid: Imprenta del Reino, 1630.

SALUTATI, Colutio. *De laboribus Herculis*. Edited by B. L. Ullman. Zürich: Thesaurus Mundi, Bibliotheca Scriptorum Latinorum Mediae et Recentioris Aetatis, 1952.

SALVADOR, Frei Vicente do. *História do Brasil (1627)*. São Paulo, Nacional, [s.d.].

SALVIATI, Alessandro. *Dialogi di messer Alessandro Salviati della inventione poetica*. Venetia: Plinio Pietrasanta, 1554.

SAMPAIO, Theodoro. *História da fundação da cidade do Salvador* (Obra póstuma). Bahia: Tipografia Beneditina Ltda., 1949.

SANTOS, Paulo. *Formação de cidades no Brasil Colonial*. Rio de Janeiro: Editora UFRJ, 2001.

SCALIGER, Iulius Caesar. *Poetices Libri Septem*. Apud Petrum Santandreanum, MDXCIV.

SCARION, Bartolome. DOCTRINA MILITAR/ En LA QUAL SE TRATA DE/ los principios y causas porque fue hallada en el mundo/ la Milicia, y como con razón y justa causa fue hallada/ de los hombres, y fue probada de Dios. Y despues se/ va de grado en grado descurriendo de las obliga/ ciones y aduertencias, que han de saber y tener/ todos los que siguen la soldadesca, comen-/ çando del Capitan general hasta/ el menor soldado por muy/ bisoño que sea./ DE BARTOLOME SCARION DE PAUIA./ EM LISBOA./ Impressa por Pedro Crasbeeck./ 1598.

SCHLEIERMACHER, D. E. *Hermenêutica. Arte e Técnica da Interpretação*. 3 ed. Petrópolis: Vozes, 2001.

SCHWARTZ, Stuart B. *Burocracia e Sociedade no Brasil Colonial*. São Paulo: Perspectiva, 1979.

SCHWARTZ, Stuart B. *Sugar Plantations in the Formation of Brazilian Society, Bahia 1550-1835*. Cambridge: Cambridge University Press, 1985.

SCHWARTZ, Stuart; PÉCORA, Alcir (Org.). *As Excelências do Governador. O Panegírico Fúnebre a Afonso Furtado, de Juan Lopes Sierra (Bahia, 1676)*. São Paulo: Companhia das Letras, 2002.

SENAULT, Jean-François. *De l'Usage des Passions*. Paris: Librairie Arthème Fayard, 1987.

SENECA, Lucius Annaeus. *Moral Essays, volume I*. With an English Translation by John W. Basore. Cambridge: Harvard University Press, Loeb Classical Library, 1928.

SENECA, Lucius Annaeus. *Moral Essays, volume II*. With an English Translation by John W. Basore. Cambridge: Harvard University Press, Loeb Classical Library, 1932.

SENELLART, Michel. *As artes de governar*. Rio de Janeiro: Editora 34, 2006.

SERRA, Pedro. Lira Antártica: Poesia Áulica y Cuerpo Colonial Refractario. In: *Estampas del Imperio. Del Barroco a la Modernidad Tardía Portuguesa*. Madrid: Sequitur, 2012. p. 15-60.

SHILLINGSBURG, Peter. The Autonomous Author, the Sociology of Texts, and the Polemics of Textual Criticism. In: COHEN, Philip (Ed.). *Devils and Angels. Textual Editing and Literary Theory*. Charlottesville: University Press of Virginia, 1991. p. 22-43.

SIMONS, Patricia. (Check) Mating the Grand Masters: The Gendered, Sexualized Politics of Chess in Renaissance Italy. *Oxford Art Journals*, v. 16, n, 1, p. 59-74, 1993.

SKINNER, Quentin. *The Foundations of Modern Political Thought*. Cambridge: Cambridge University Press, 1978. 2 vols.

SOPRANI, Rafaele. *Le Vite de' Pittori Scoltori et Architetti Genovesi. E de Forastieri, che in Genoua Operarono con Alcuni Ritratti de gli Stessi*. Opera Postuma, Dell'Ilustrissimo Signor Rafaele Soprani Nobile Genovese. Genova: Giuseppe Bottaro, 1674.

SPAGGIARI, Barbara; PERUGI, Maurizio. *Fundamentos da Crítica Textual: História, Metodologia, Exercícios*. Rio de Janeiro: Lucerna, 2004.

SPINA, Segismundo. *Introdução à Edótica*. São Paulo: Ars Poetica/Edusp, 1994.

SPINA, Segismundo. *Introdução à Edótica*. São Paulo: Cultrix/Edusp, 1977.

STAROBINSKI, Jean. A Literatura: o texto e o seu intérprete. In: LE GOFF, Jacques; NORA, Pierre (Ed.). *História: Novas Abordagens*. São Paulo: Livraria Francisco Alves, 1988. p. 132-143.

STEINLE, Eric M. The Protean Voice: Textual Integrity and Poetic Structure in the Trouvère Lyric, Using an Example by Gace Brulé. *Pacific Coast Philology*, v. 20, (1/2), p. 89-95, 1985.

STOLTZ, Benjamin A. Historicity in the Serbo-Croatian Heroic Epic: Salih Ugljanin's "Grčki rat". *The Slavic and East European Journal*, vol. 11, n. 4, p. 423-432, 1967.

SUÁREZ, Francisco (Doctor Eximius). *Conselhos e Pareceres*. Coimbra: Imprensa da Universidade de Coimbra, 1948. Tomo 3.

SUÁREZ, Francisco (Doctor Eximius). *De Legibus*. Coimbra: 1613.

TACITUS, Publius Cornelius. *Histoires*. Avec une Introduction par J. L. Burnouf. Paris: Librairie Garnier Frères, [s.d.].

TAVARES, Luís Henrique Dias. *História da Sedição Intentada na Bahia em 1798 ("A Conspiração dos Alfaiates")*. São Paulo: Livraria Pioneira Editora/INL, 1975.

TESAURO, Emanuele. *Idea delle Perfette Imprese (A cura di Maria Luisa Doglio)*. Firenze: Leo Olschki, 1975.

TESAURO, Emanuele. *Il Cannocchiale Aristotelico o Sia, Idea dell'Arguta, et Ingegniosa Elocutione, che Serve à Tutta l'Arte Oratoria, Lapidaria, et Simbolica etc*. 5 ed. Torino: Zavatta, 1670.

TESAURO, Emanuele. Il Giudicio. In: *I Panegirici Sacri del Molto Reverendo Padre Emanuele Tesauro*. Torino: 1633. (Tradução em português "O Juízo. Discurso Acadêmico", por João Adolfo Hansen). In: CANIATO, Benilde Justo; MINÉ, Elza (Coord. e Ed.). *Abrindo Caminhos. Homenagem a Maria Aparecida Santilli*. São Paulo: Área de Pós-Graduação de Estudos Comparados de Literaturas de Língua Portuguesa, 2002.

TESAURO, Emanuele. Il Giudicio. In: RAIMONDI, Ezio. *Il Cannocchiale Aristotelico. Scelta*. Torino: Einaudi, 1978.

THIERRY, Augustin. *History of the Conquest of England by the Normans, its Causes and its Consequences, in England, Scotland, Ireland, & on the Continent*. Translated from the seventh edition by William Hazlitt. London: David Bogue, 1847. v. I.

TIMPANARO, Sebastiano. *Il Lapsus Freudiano. Psicanalisi e Critica Testuale*. Firenze: La Nuova Italia, 1974.

TIMPANARO, Sebastiano. *La Genesi del Metodo del Lachamann*. Seconda Ristampa, Padova: Liviana Editrice, 1990.

TIMPANARO, Sebastiano. *On Materialism*. Translation by Lawrence Garner. London, 1975.

TOPA, Francisco. *Edição Crítica da Obra Poética de Gregório de Matos*. Vol. I, tomo I: Introdução, Recensio (1ª parte). Porto: 1999.

TOPA, Francisco. *Edição Crítica da Obra Poética de Gregório de Matos*. Vol. II: Edição dos Sonetos. Porto: 1999.

TORRES, Alfonso. *Ejercicios de Retórica*. Edición a cargo de Violeta Pérez Custodio. Madrid: Alcañiz, 2003.

TOSCANELLA, Oratio. *Gioie Historiche Aggiunte alla Prima Parte delle Vite di Plutarco da Oratio Toscanella della Famiglia di Maestro Luca Fiorentino*. Vinegia: Gabriel Giolito de' Ferrari, 1567.

TRIMPI, Wesley. Horace's Ut Pictura Poesis: The Argument for Stylistic Decorum. *Traditio (Studies in Ancient and Medieval History, Thought and Religion)*, New York, Fordham University Press, v. XXXIV, 1978.

TRONZO, William L. Moral Hierogliphs: Chess and Dice at San Savino in Piacenza. *Gesta*, v. 16, n. 2, p. 15-26, 1977.

TRONZO, William L. The Early Metaphorical Uses of SKIAGRAPHIA and SKENOGRAPHIA. *Traditio (Studies in Ancient and Medieval History, Thought and Religion)*. New York, Fordham University Press, v. XXXIV, p. 412-413, 1978.

VASARI, Giorgio. *Delle Vite de' Piu Eccellenti Pittori Scultori et Architettori Scritte da M. Giorgio Vasari Pittore et Architetto Aretino*. Primo Volume della Terza Parte. Fiorenza: Appresso i Giunti, 1568b.

VASARI, Giorgio. *La Terza et Ultima Parte delle Vite de gli Architettori Pittori et Scultori di Giorgio Vasari Aretino*. Firenze: 1550.

VASARI, Giorgio. *Le Vite de' Piu Eccellenti Pittori, Scultori, e Architettori Scritte da M. Giorgio Vasari, Pittore et Architetto Aretino, di Nuovo dal Medesimo Riuiste et Ampliate, con Ritratti Loro et con l'Aggiunta delle Vite de' Viui, & de' Morti dall'Anno 1550 infino al 1567*. Prima e Seconda Parte. Fiorenza: Appresso i Giunti, 1568a.

VELLUTELLO, Alessandro (Ed.). *Le Volgari Opere del Petrarcha: con la Espositione di Alessandro Vellutello da Lucca*. Vinegia: Giouanniantonio & Fratelli da Sabbio, 1525.

VENEGAS, Alejo. *Tractado de orthographia y acce[n]tos en las tres lenguas principales aora nueuamente co[m]puesto por el bachiller Alexo Vanegas*. Toledo: Lázaro Salvago Ginoves, 1531.

VEYNE, Paul. *Como se Escreve a História*. Brasília: Editora UnB, 1998.

VILLALTA, Luiz Carlos. O que se fala e o que se lê: língua, instrução e leitura. In: MELLO E SOUZA, Laura de (Org.). *História da vida privada no Brasil: cotidiano e vida privada na América Portuguesa*. 4. reimp. São Paulo: Companhia das Letras, 1998. p. 331-385.

VILLALTA, Luiz Carlos. Posse de livros e bibliotecas privadas em Minas Gerais (1714-1874). In: BRAGANÇA, Aníbal; ABREU, Márcia. *Impresso no Brasil. Dois séculos de livros brasileiros*. São Paulo: Editora da Unesp/Fundação Biblioteca Nacional, 2010. p. 401-418.

VINSAUF, Geoffroi de. Poetria Nova. In: FARAL, Edmond. *Les Arts Poétiques du XIIe et du XIIIe siècle. Recherches et Documents sur la Téchnique Littéraire du Moyen Âge 1924*. Reed. Genève: Slaktine; Paris: Champion, 1982.

WEHLE, Harry B. The Chess Players by Francesco di Giorgio. *The Metropolitan Museum of Art Bulletin*, v. 5, n. 6, p.153-156, 1947.

WEHLING, Arno. Historiografia e Epistemologia Histórica. In: MALERBA, Jurandir (Org.). *A História Escrita: Teoria e História da Historiografia*. São Paulo: Contexto, 2006. p. 175-189.

WILSON, Dudley Butler. *Descriptive Poetry in France from Blason to Baroque*. Manchester: Manchester University Press, 1967.

WOLF, Friedrich August. *Prolegomena ad Homerum. Sive de Operum Homericorum Prisca et Genuina Forma Variisque Mutationibus et Probabili Ratione Emendandi*. Halis Saxonum: E Libraria Orphanotrophei, 1795.

WÖLFFLIN, Heinrich. *Renascença e Barroco*. São Paulo: Perspectiva, 1989.

WOLLENSEN, Jens T. Sub Specie Ludi: Text and Imagens in Alfonso El Sabio's Libro de Acedrex, Dados e Tablas. In: *Zeitschrift für Kunstgeschichte*, 53. Bd., H. 3, 1990. p. 277-308.

YCIAR, Juan de. *Arte Subtilissima, por la qual se Enseña a Escriuir Perfectamente. Hecho y Experimentado, y Agora de Nueuo Añadido por Iuan de Yciar Vizcayno*. Miguel de Çapila, 1553.

ZERNER, Henri. A Arte. In: LE GOFF, Jacques; NORA, Pierre (Ed.). *História: novas abordagens*. São Paulo: Livraria Francisco Alves, 1988. p. 144-159.

ZUCCARI, Federico. *L'Idea de'Pittori, Scultori et Architetti, del Cavalier Federico Zuccaro, Divisa in Due Libri*. Torino: per A. Disserolio, 1607.

ZUMTHOR, Paul. A Letra e a Voz: A Literatura Medieval. São Paulo: Companhia das Letras, 1993.

ZUMTHOR, Paul. A Poesia e o Corpo. In: *Escritura e Nomadismo*. São Paulo: Ateliê Editorial, 2005.

ZUMTHOR, Paul. *Essai de Poétique Médiévale*. Paris: Éditions du Seuil, 1972.

ZUMTHOR, Paul. Intertextualité et Mouvance. *Littérature*, Paris, v. 41, p. 8-16, 1981.

ZUMTHOR, Paul. The Text and the Voice. *New Literary History*, v.16, n. 1, p. 67-92, 1984.

Glossário de termos comuns

A

Abada – s.f.: fêmea do rinoceronte.
Abaeté – s. m. (tupi): homem bom, honrado.
Abalançar – v.: impulsionar.
Abalroar – v.: colidir com.
Abastança – s. f.: abundância, fartura, riqueza.
Abelhudo – adj.: curioso, metediço.
Abolar – v.: amassar, machucar.
Abolhado – adj.: cheio de bolhas.
Abonar – v.: ficar como fiador de.
Aborcado – adj. : emborcado; virado com a boca para baixo.
Abril – s. m.: nome do mês, às vezes com o sentido de *primavera*.
Abrolho – s. m.: rochedo à flor da água; espinho.
Acariar – v.: acarinhar, mimar.
Achacar – v.: enfermar-se, adoecer.
Achacoso – adj.: sujeito a achaques.
Achaque – s. m.: malestar sem gravidade, de caráter recorrente; arrufo.
Acinte – s. m.: provocação, insulto.
Acredor – s. m.: credor.
Acrisolar – v.: purificar, depurar.
Acutilar – v.: cortar, furar.
Adereçar-se – v.: enfeitar-se.
Aditar – v.: tornar ditoso, feliz.
Adrede – adv.: intencionalmente, de propósito.
Adufa – s. f.: grande abertura retangular, presente em barragens ou canais, por meio da qual se escoa a água.
Afã – s. m.: entusiasmo, diligência.

Aferrar – v.: prender com ferro, segurar.
Afoitar – v.: tornar afoito, incitar.
Aforismo – s. m.: sentença moral breve e conceituosa.
Agareno – adj.: descendente de Agar, mulher de Abraão; árabe; ismaelita, muçulmano.
Agarrácio – s. m.: palavra ainda não dicionarizada, que no *corpus* poético significa "agarramento, contenção".
Agastar-se – v.: irritar-se, aborrecer-se.
A gaudere – expressão latina: *a contento*.
Agongorado – adj.: que é feito no estilo de Góngora; empolado, obscuro, hermético.
Agravar – v.: irritar, ofender.
Agraz – s. m.: qualquer fruto muito acre.
Aguilhada – s. f.: vara comprida, provida de ferrão na ponta, usada para tanger bois.
Airoso – adj.: gracioso, garboso.
Airu –s. m. (tupi): papagaio .
Ajaezado – adj.: diz-se do cavalo com todos os arreios e paramentos.
Ajuda- s.f.: clister, supositório.
Ala – s. f.: fila, renque.
Alabança – s. f.: elogio, louvor.
Alabastro – s. m.: rocha muito branca e branda; mar.
Alagoa – s. f.: lagoa.
Alarde – s. m.: ostentação, jactância, ruído; no *corpus* poético, festa de negros mascarados.
Alarido – s. m.: gritaria, choradeira.
Alarve – adj. rústico, rude, bruto.
Alatinado – adj.: metido a saber latim.
Albarda – s. f.: sela grosseira para bestas de carga forrada de palha."Pagar a albarda, o que comete o burrinho": expressão que significa "ter alguém de pagar sem ter cometido falta".
Alberca – s. f.: vala para o escoamento de água empoçada; terreno alagadiço.
Albernoz – s. m.: grande manto de lã com capuz.

Alborotar – v.: alvoroçar.
Alcantilado – adj.: escarpado, íngreme.
Alcanzia – s. f.: espécie de granada ou projétil de barro usada antigamente em guerras.
Alcatifa – s.f.: tapete ou pedaço de tecido de lã ou de seda com que se cobria o chão ou se dependurava em dias de festa para ornamentar balcões.
Alcatruz – s. m.: vaso de barro, caçamba.
Alcofa – s. m.: cesto chato com asas.
Alcomonia – s.f.: doce preparado com melaço e farinha de mandioca.
Alcorça – s. f.: massa à base de açúcar com que se cobrem doces.
Alcouce – s. m.: bordel; prostíbulo.
Alcovitar – v.: servir de alcoviteiro, intrigar.
Alegrete – s. m.: canteiro de pequenas dimensões para plantas e flores.
Aleivosia – s. f.: deslealdade, falsidade, traição.
Aleivoso – adj.: traidor, desleal, falso.
Alentar – v.: encorajar, dar alento.
Alento – s. m.: hálito, respiração, coragem.
Alfaia – s.f.: enfeite, móvel, tecido ou utensílio de uso doméstico.
Alfanje – s.m.: foice; sabre de lâmina curta e larga.
Alfaqueque – s. m.: homem encarregado, em tempos de guerra, de levar ao inimigo mensagens, pedidos de trégua ou paz, ou incumbido de resgatar prisioneiros.
Alfaqui – s. m.: entre os muçulmanos, homem que exerce o papel de sacerdote ou de legista.
Alfenim – s.m.: sinônimo de *alféloa*, significando ora pessoa delicada, ora massa feita de açúcar e clara de ovo a que se dá o ponto de doce.
Alfenique – s.f.: pessoa delicada.
Alforje – s.m.: duplo saco transportado no lombo de bestas ou ao ombro de pessoas.

Algália – s. f.: almíscar; substância extraída de glândula do gato de Algália.
Algoz – s.m.: carrasco, pessoa desumana.
Alhanar – v.: tornar afável, lhano; nivelar.
Alimária – s.f.: besta, animal irracional.
Aljava – s.f.: carcás ; estojo em que se metem as flechas, trazido pendente ao ombro.
Aljôfar – s.m.: pérola miúda; gota de água ou de orvalho.
Aljofarado – adj.: ornado com aljôfar.
Almário – s. m.: armário.
Almo – adj.: que cria, nutre.
Almofaça – s.f.: escova feita de ferro com que se escovam cavalgaduras.
Almude – s.m.: antiga medida equivalente a 31,94 litros.
Alparca – s.f.: sandália de sola, sem salto, presa ao pé por tiras de couro ou de pano.
Alparque – s.m.: o mesmo que *alparca*.
Alpujarra – s. f..: serra da Espanha, lugar produtor de cavalos de raça; no *corpus* poético, aparece na expressão *rocim de Alpujarras*.
Altercar – v.: discutir com ardor.
Alteroso – adj.: diz-se de alguém de grande estatura ou de pessoa altiva, grandiosa.
Alumiar – v.: iluminar, dar claridade, vida a.
Alva – s.f.: primeiro alvor da manhã, clarear que antecede a aurora.
Alva – s. f.: túnica vestida pelos condenados ao suplício.
Alvanecer – v.: branquear, clarear.
Alvar – adj.: estúpido, ingênuo, tolo.
Alvedrio – s. m.: arbítrio, vontade própria.
Alveitar – s.m.: antigo profissional que se dedicava ao cuidado de animais doentes; ferrador de animais.
Alvíssaras – interj.: interjeição por meio da qual se chama a atenção para o anúncio de boas novas; s.f.: recompensa dada a alguém que traz boas novas.

Amainar – v.: acalmar, abrandar.
Amanhar – v.: cultivar, adornar.
Amba Macuto – expressão de origem banto, que no *corpus* poético significa "de origem africana, sujo de sangue ".
Ambófia – s.f.: embuste, ardil.
Amiúde – adv.: frequentemente, repetidamente.
Amiúdo – adv.: o mesmo que *amiúde*.
Ampono – adj.: derivado do espanhol *ampón*, amplo, largo.
Amuado – adj.: com amuo, de cara fechada, mal-humorado.
Anafado – adj.: gordo, bem nutrido.
Andante me – expressão latina que significa "que venha a mim".
Andeiro – adj.: que anda muito, andarilho.
Anelar – v.: desejar ardentemente.
Anilado – adj.: que tem cor de anil, azulado.
Antártico – adj.: próprio do Polo sul.
Antimônio – s.m. : elemento químico branco-azulado.
Antinomásia – s. f.: o mesmo que antonomásia.
Antojo – s.m.: tédio, fastio, nojo.
Antolho – s. m. : tapa; peça posta ao lado dos olhos de animais para impedir sua visão lateral; desejo extravagante que acomete, sobretudo, mas não apenas, mulheres grávidas.
Antonomásia – s.f.: substituição de um nome próprio por um comum: ex.: Poeta por Homero, Salvador por Cristo.
À orça – loc. adv.: por junto, a olho.
Apear – v.: desmontar.
Apelandas – s.f.pl.: "coisas que devem ser apeladas", recursos encaminhados ao juiz.
Apenado – adj.: condenado a penas, sentenciado.
Apetecer – v.: ter vontade, desejar.
Apicum – s.m.: brejo de água salgada.
Apodo – s. m.: apelido, zombaria.
Apógrifo – adj.: apócrifo, obra ou fato atribuído, sem autenticidade.

Apolegar – v.: apalpar ou machucar por meio do dedo polegar.
Aportar – v.: chegar, entrar no porto.
Apupo – s.m.: vaia, insulto.
Aquartelar-se – v.: alojar-se em quartel.
Ara – s.f.: altar.
Araçá – s.m.: fruto do araçazeiro, arbusto lenhoso pertencente ao gênero *Psidium*, o mesmo da goiabeira, empregado na medicina popular para curar a diarreia.
Arambel – s.m. (esp.): tapeçaria de panos pintados para adornar paredes; metaforicamente, trapo ou andrajo (Quevedo, "*si costado en andrajos y arambéles*")
Aranzel – s.m.: fala prolixa e entediante; no *corpus* poético pode ser empregado com o sentido de "discurso sacro" ou "alocução".
Aratu – s.m.: caranguejo, espécie de crustáceo que cresce em mangues.
Arcabuz – s.m.: antiga arma de fogo portátil.
Arcano – s.m.: segredo, mistério.
Ardentia – s.f.: ardor.
Ardil – s.m.: estratagema, ardileza, astúcia.
Areado – adj.: limpo ou esfregado com areia.
Arenga – s.f.. :sinônimo de aranzel, fala prolixa.
Arganaz – s.f.: espécie de roedor; ratazana.
Argenteado – adj.: prateado.
Aricobé – s. m. e f. ou adj.: povo indígena extinto do tronco tupi que habitava a Bahia. Empregado no *corpus* poético com sentido pejorativo.
Arminho – s.m.: pele macia e muito branca tirada de um mamífero mustelídeo do mesmo nome.
Arpéu – s.m.: arpão, gancho de ferro.
Arrabal – s.m.: arrabalde, cercanias de uma cidade; no *corpus* poético, o termo também é citação de Quevedo, significando a parte posterior do corpo, ânus.
Arrais – s.m.: marítimo ou homem do mar que tem conhecimentos práticos de navegação e conhece bem percursos locais.

Arrebal – s.m.: o mesmo que arrabal.
Arrebol – s.m.: vermelhidão do céu própria das horas do nascer e por do sol.
Arrecada – s.f.: brinco, joia.
Arreitaço – s.m.: desejo sexual ardente.
Arreitar – v.: espicaçar o desejo sexual de alguém.
Arrepelar-se – v.: lastimar-se.
Arroio – s.m.: regato, riacho, pequeno curso de água.
Arrojar – v.: atirar, arremessar.
Arrojo – s.m.: ousadia, atrevimento, temeridade.
Arrufo – s.m.: amuo, pequena mágoa.
Arrulhar – v.: dizer palavras amorosas ou doces.
Arto – adj.: farto, abundante, repleto.
Às canadas – expressão adverbial com o significado de "de forma torrencial, com fúria".
Ascenso – s.m.: ascensão, elevação.
Áscua – s.f.: brasa viva; como adjetivo, significa "vivo, ligeiro".
Asinal – adj.: sinônimo de asinino; referente a ou próprio de asno. Local em que se juntam muitos desses animais.
Asnal – adj.: sinônimo de asinino, próprio do asno.
Asnaval – adj.: sinônimo de asinino, ainda não dicionarizado.
Asneiro – adj.: asnal, estúpido, idiota.
Asnia – s.f.: tolice, estupidez, ação tola. É sinônimo de asneira, asnaria, asnada, de que tem a mesma raiz, embora ainda não esteja dicionarizado.
Asnote – substantivo masculino: palavra não dicionarizada, empregada no *corpus* poético com o sentido de homem muito estúpido; diminutivo de asno com sentido depreciativo.
Aspa – s.f.: chifre, corno.
Áspide – s.m.: víbora (*Vipera aspis*).
Assalvajado – adj.: palavra ainda não dicionarizada, que no *corpus* poético significa *selvagem, bruto, boçal*.
Assaz – adv.: bastante, muito.
Assentista – s.m.: homem contratado para abastecer as tropas de mantimentos.

Assezoado – adj.: com siso, com juízo; maduro, ponderado, experimentado.
Assobiotes – s.m. pl.: diminutivo de assobio
Assolar – v.: devastar, destruir.
Assovelhar – v.: sinônimo de assovelar: cortar ou furar com sovela, instrumento em forma de haste cortante e pontuda, usada para furar couro, empregado no *corpus* poético para significar a penetração venérea.
Ataca – s.f.: cordão ou fita empregado antigamente para unir duas partes de uma peça de vestuário.
Ataca – s.f.: no *corpus* poético é empregado correntemente com o sentido de *pênis*.
Atafona – s.f.: moinho manual ou movido por besta.
Atalaia – s. de dois gêneros: guarda, vigia.
Atilho – s.m.: tudo o que se usa para amarrar: cordão, fita etc.
Atochar – v.: fazer entrar com força, enfiar com força.
Átomo – s.m.: átimo, momento, instante.
Atonsurado – adj.: tonsurado, tosquiado, clerical.
Atontar – v.: deixar tonto, entontecer.
Atroar – v.: fazer soar alto, retumbar.
Atroz – adj.: desumano, sem piedade.
Aturdir – v.: atordoar, confundir.
À ufa – locução adv.: à larga, com abundância.
Augureiro – adj.: agoureiro, relativo ou concernente a augúrio.
Augúrio – s.m.: agouro, presságio.
Augusto – adj.: elevado, magnífico, nobre, sublime.
Aura – s.f.: aragem, brisa, vento brando.
Auspicar – v.: fazer auspícios, augurar, predizer.
Avechucho – s.m.: palavra não dicionarizada, formada a partir de "ave", com o sentido de "ave setentrional e noturna".
Avença – s.f.: acordo, ajuste.
Avoa – s.f.: palavra não dicionarizada, sinônimo de *avó*.
Avolório – s.m.: palavra não dicionarizada com o sentido de "costados", os quatro avós de cada indivíduo.

Azagaia – s.f.: lança curta de arremesso.

Azamel – s.m.: aquele que é condutor de azêmolas ou bestas de carga, podendo significar também homem estúpido e sem serventia.

Azarcão – s. m.: zarcão; óxido salino de chumbo, de cor vermelho alaranjada, muito usado sobretudo em embarcações, para a primeira demão de peças de metal.

Azevichado – adj.: preto, escurecido; coberto de azeviche.

Azorrague – s. m.: açoite, castigo.

B

Bacalhau – s.m.: peixe; açoite, chicote; no *corpus* poético pode comparecer com o sentido chulo de *pênis*.

Bacamarte – s.m.: arma de fogo de cano curto e largo.

Bácaro – s. m.: bácoro, porco.

Bacio – s. m.: urinol.

Baculejar – v.: (de báculo, bastão): dar bastonadas,

Badalo – s.m.: peça metálica pendente que faz soar o sino; no *corpus* poético comparece com o sentido de *escroto*.

Baeta – s.f.: tecido felpudo de lã.

Bafarada – s.f.: palavra não dicionarizada que significa "ar exalado dos pulmões com mau cheiro", bafo.

Baiacu – s.m.: peixes teleósteos, com espinhos, geralmente venenosos, que podem inflar a barriga quando fora da água.

Bailão – s.m.: aquele que gosta muito de bailar.

Bailona – s.f.: feminino de *bailão*.

Baio – adj.: que tem a cor do ouro desmaiado; quando se refere a cavalgaduras, significa *castanho* ou *amarelo*.

Baixel – s.m.: barco ou navio.

Balancia – s.f.: melancia.

Balar – v.: voz da ovelha; dar balidos.

Baldado – adj.: inútil, malogrado, vão.

Baldão – s.m.: trabalho inútil, vão.

Baldio- adj.: inútil, agreste, sem cultivo.

Baldo – adj.: falto, carente.

Balestilha – s.f.: antigo instrumento empregado pelos navegadores para medir a altura dos astros.

Balravento. S.m.: barlavento, lado da embarcação onde sopra o vento favorável à navegação

Baluarte – s.m.: fortaleza, forte, lugar seguro.

Bambolha – s.f.: vocábulo derivado do espanhol *bambolla*, boato ou ostentação excessiva.

Bandarra – s. de dois gêneros: vadio, vagabundo.

Bando – s.m.: pregão público, proclamação.

Bandurrilha – adj.: malandro, meliante.

Bandurrilha – s.f.: diminutivo de *bandurra*, espécie de guitarra de braços curtos, cordas de tripa e com bordões.

Banguê – s.m.: padiola em que se transportavam os cadáveres de negros escravos.

Banza – s.f.: viola.

Baque – s.m.: queda, tombo.

Baraço – s.m.: corda, cordel; corda da forca, a forca.

Baralha – s.f..: baralho; confusão, desordem; fuxico.

Barato – adj.: que não é caro; favor, benefício.

Báratro – s.m.: abismo, inferno.

Barbicacho – s.m.: cabresto, cabeçada feita de corda para cavalgaduras.

Barbicalho – s.m.: barbicacho; cabresto, focinheira; termo chulo empregado com o sentido de *culhão*.

Barbirruço – adj.: palavra ainda não dicionarizada, que no *corpus* poético significa "de barba ou pelos pardacentos".

Bargante – s. de dois gêneros: indivíduo de maus costumes.

Barra – s.f.: foz de rio.

Barregão – s.m.: homem amancebado.

Barrela – s.f.: água em que se fervem cinzas para o branqueamento de roupas.

Barrete – s.m.: gorro.

Barroca – s.f.: monte de barro; barranco produzido pelas águas; cova.

Basilisco – s.m.: animal fantástico com forma de serpente que mata com o olhar ou com o bafo.

Basto – s.m.: no voltarete e em outros jogos de cartas, o ás de paus.
Bazaruco. s.m.: moeda antiga de pouco valor; pataco.
Bazófia – s.f.: vanglória.
Beato – adj.: bem-aventurado.
Beberrica – s.m. : indivíduo beberrão
Beiçarrão – s.m.: beiço muito grande.
Beirame – s.m.: tecido indiano grosso de algodão usado para velas de navios e roupas de escravos.
Belicoso – adj.: inclinado para a guerra.
Belígero – adj.: que produz a guerra.
Belota – s.f.: bolota, fruto do carvalho também chamado de glande, usado no *corpus* poético também com o sentido de *maçã*.
Bentinho – s.m.: escapulário, patuá.
Beque – s.m.: pequena embarcação; gesto, trejeito vulgar.
Berbigão – s.m.: molusco bivalve (*Anomalocardia brasiliana*); no *corpus* poético a palavra é empregada com o sentido de *vagina*.
Berrante – s.m.: aquele que berra; chifre usado para o aboio de animais.
Bertoeja – s.f.: brotoeja : erupção da pele; coceira.
Besbelho – s. m.: Bluteau diz ser termo chulo, com o sentido de *podex, icis*; vagina.
Besteiro – s.m.: soldado armado de besta (é).
Bigode Fernandino – s.m.: nome de um gênero de bigode retorcido e comprido, que chegava quase às orelhas, cujo uso foi introduzido por um Duque de Fernandina.
Bioco – s.m.: capuz; simulação de virtude.
Bisarma – s.f.: pessoa ou coisa de tamanho acima do normal, pênis muito grande.
Bisonho – adj.: inexperto, novato, simplório.
Bizarria – s.f.: gentileza, nobreza, generosidade.
Bizarro – adj.: gentil, bem-apessoado.
Blasonar – v.: alardear, apregoar; contar vantagem.
Boba – s. f.: **bouba**: doença contagiosa causada por *Treponema pertenue*, com sintomas semelhantes aos da sífilis.

Bocaina – s.f.: vale entre duas elevações de terreno.

Boçal – adj.: estúpido; no *corpus*, refere o índio ou o negro escravo que não falam português.

Bodegão – s.m.: dono de bodega.

Bodum – s.m.: transpiração malcheirosa, catinga.

Bofé – expressão idiomática, contração de "de boa fé".

Bofete – s.m.: golpe, pancada.

Bofete- s.m.: mesa para servir bebidas e iguarias em dia de banquete.

Bófia. S. f. polícia

Boião – s.m.: vaso bojudo de barro ou vidro, de boca larga, empregado para guardar doces.

Bojo – s.m.: saliência arredondada, barriga.

Bolandas – s. f. pl.: infortúnios, azares; **andar em bolandas**: às pressas, aos tombos.

Boleta – s.f.: penduricalho, enfeite.

Boléu – s.m.: baque, trambolhão.

Bonança – s. f.: bom tempo, tranquilidade.

Bonete – s.m.: boné.

Bonifrate – s.m.: fantoche, títere, pícaro.

Bonzo – s. m.: sacerdote budista.

Borcado – s.m.: brocado, tecido de seda, ricamente lavrado com bordados em relevo.

Bordão – s.m.: pau grosso que serve de arrimo, cajado; expressão repetida, vício de linguagem.

Borla – s. f.: barrete de doutores e magistrados.

Borracha – s. f.: odre de couro bojudo, com bocal, em que se guardam líquidos, sobretudo água e vinho.

Borracheira – s. f.: bebedeira, embriaguez.

Borracho – adj.: ébrio, bêbado.

Bota-fogo – s.m.: pau com que se comunica fogo às peças de artilharia.

Braga – s.f.: antigo calção curto e largo.

Bramá – s.m.: brâmane, membro da mais alta casta entre os hindus, normalmente devotado ao sacerdócio.

Bramir – v.: rugir, bradar.
Branca – s. f.: calceta, argola presa ao tornozelo do condenado a trabalhos forçados.
Brandão – adj.: círio, tocha.
Brandúzio – adj.: pode comparecer com o sentido de "estúpido, simplório ", ou, ainda, de "aquiescente".
Breado – adj.: coberto de breu, sujo, cagado; no *corpus* poético, "cu breado" significa o fundo do navio calafetado com breu.
Brear – v.: cobrir ou revestir de breu.
Brenha – s. f.: matagal, confusão.
Bribante – adj.: patife, velhaco.
Brichote – s. m.: estrangeiro (corruptela de *british,* britânico)
Brinco – s.m.: brincadeira, brinquedo; presente.
Brio – s.m.: sentimento da própria dignidade, pudor.
Broma – s.f.: verme que rói madeira; pessoa estúpida; açúcar mascavo de má qualidade.
Bronco – adj.: rude, áspero, estúpido.
Brote – s.m.: bolacha pequena feita de trigo.
Bugalhito – s. m. dim. de *bugalho*, globo ocular.
Bugia – s. f.: pequena vela de cera.
Bulha – s.f.: altercação, gritaria.
Bulideira – s.f.: palavra derivada de *bulir*, mexer-se, movimentar-se, com óbvia remissão ao sentido de pessoa ativa ou participativa durante o coito.
Burel – s.m.: tecido grosseiro de lã ou hábito de frade.
Burgo – s.m.: cidade, povoação.
Burundanga – s.f.: mistura de coisas imprestáveis.
Buzeira- s. f.: buseira, excremento de aves.

C

Cabaça – s.f.: cuia feita do fruto da cabaceira ou porongo; no *corpus*, pode referir o órgão sexual feminino.
Cabaça – s. m.: palerma.
Cabal – adj.: completo, perfeito, total.

Cabedal – s.m.: o conjunto de todos os bens que formam um patrimônio.
Cabidela – s.f.: miúdos das aves.
Cabido – s.m.: corporação, assembleia.
Cabo – s.m.: extremidade, rabo.
Cabocolete – s.m.: diminutivo de *caboclo;* no *corpus* poético, significa "descendente de Caramuru".
Cabrão – adj.: diabo; corno.
Cabrestante – s.m.: máquina empregada em navios para içar a amarra da âncora.
Cabungo – s.m.: penico de madeira, urinol.
Caca – s.f.: excremento, ranho, imundície.
Cação – s.m.: espécie de tubarão; prostituta, meretriz.
Cacar – v.: defecar, sujar, fazer imundo.
Cachaporra – s. f.: cacete.
Cacheiro – s. m.: cacete.
Cachimbar – v.: ponderar, refletir.
Cachopo – s.m.: moço, rapaz.
Cachorra – s. f.: cadela; mulher desavergonhada.
Cachucho – s.m.: anel grosso.
Caco – s.m.: pedaço de louça ou barro; pessoa ordinária; pessoa sem valor ou encantos.
Cacoete – s.m.: tique, mania, sestro.
Caçoula – s.f.: caçarola.
Cacunda – s.f.: corcunda, corcova.
Cacundo – s.m.: corcunda.
Cadilho – s.m.: franja dos tapetes.
Cadoz – s. m.: covil, esconderijo.
Cafraria – s. f.: nome genérico do Sudeste da Africa habitada por povos não muçulmanos de raça negra; grupo ou bando de cafres.
Cafre – s. de dois gêneros: nome dado pelos islamitas aos gentios e idólatras, sobretudo aos negros; indivíduo rude.
Cagajoso – adj.: cagão.
Cagalhão – s.m.: excremento, merda, troço; no *corpus* poético, também chamado de *camarão*.

Cagarroso – adj.: cagão.
Cagucho – s.m.: bunda, traseiro.
Cagueiro – s. m.: palavra chula que significa ânus.
Caiaganga – s.f.: espécie de mandioca.
Caiar – v.: pintar com cal; dar cor branca a.
Calamocada – s.f.: pancada na cabeça.
Calamocado – adj.: atingido por pancada na cabeça.
Caldear-se – v.: beber caldos; misturar-se; pôr-se em brasa.
Calhau – s.m.: pedra solta, seixo.
Calundu – s.m.: rito de possessão de origem banto comum na Bahia antiga.
Calvino – adj.: palavra não dicionarizada, relativa ao líder protestante Calvino (1509-1564): partidário do calvinismo. No *corpus*, é citação de um trocadilho de Quevedo em *La hora de todos y la Fortuna con seso*, significando *calvo*, *careca*.
Calvo – s.m.: careca, pênis.
Camandola – s.f.: o mesmo que camândulas.
Camândulas – s. f. pl.: contas grossas do rosário.
Camarim – s.m.: pequeno compartimento a bordo dos navios utilizado para guardar aparelhos ou máquinas delicadas.
Camboatá – s.m.: árvore de grande porte, que pode pertencer a mais de um gênero e família botânicos.
Cambrai – s.m.: cambraia, tecido fino de algodão ou linho.
Camena – s.f.: musa.
Camoesa – s.f.: variedade de pera ou maçã.
Campal – adj.: relativo a campo, sobretudo à batalha realizada em campo aberto.
Campanário – s.m.: parte da torre da igreja em que se instalam os sinos.
Campanha – s.f.: campo extenso.
Campar – v.: vangloriar-se, jactar-se.
Campar – v.: sair-se bem, gozar.
Canada – s.f.: antiga medida para líquidos equivalente a 2,662 litros.
Canalha – s.f.: gente vil, malta, ralé.

Cananeu – adj.: originário da Cananeia, judeu.

Canaz – s.m. aum.: cachorrão, canzarrão.

Cândido – adj.: alvo, imaculado, puro.

Candor – s.m.: alvura, candura, pureza.

Canequim. s. m. diminutivo de caneco, caneca alta e estreita; diabrete; pintar o caneco(canequim), pintar o sete.

Cangar – v.: pôr canga, oprimir, dominar.

Canjirão – s.m.: jarro de boca larga.

Canoro – adj.: que canta.

Cantareira – s.f.: prateleira ou poial.

Cantaria – s.f.: pedra para construção, devidamente esquadrejada.

Cantárida – s.f.: espécie de besouro europeu (*Cantharis vesicatoria*), utilizado na medicina antiga para fins diuréticos e afrodisíacos.

Capelo – s.m.: capuz; *cair em capelo*: entender.

Capitânia – s.f.: em uma esquadra, o navio em que o comandante se encontra embarcado.

Capote – s.m.: espécie de casaco; *dar o capote*: ganhar em jogo de cartas com o dobro ou mais do que o dobro de pontos obtidos pelo adversário.

Capressão- s.m.: caparazão, espécie de gualdrapa, que tem as roupas quadradas, forro forte.

Capuchinho – s.m.: capucho, religioso pertencente a uma divisão da ordem franciscana.

Caqueiro – s.m.: vaso de barro quebrado; traste velho; cacaria.

Caquinha – s.f. : dim. de *caca*, ranho; excremento.

Caquinho – s.m.: dim. de caco, objeto ordinário e desprovido de valor.

Cará – s.m.: planta da família das dioscoráceas, que produzem tubérculos comestíveis. No *corpus* poético, geralmente é metáfora de *pênis*.

Caraça – s.f.: cara grande; carranca.

Carambola – s.f.: fruta; embuste, ardil, má ação.

Caramunha – s.f.: choradeira de criança, lamúria.

Carão – s.m.: a epiderme da face, e, por extensão, a face de pedras, rochedos etc.
Carapai – s.m. : carapau, cavalinha, espécie de peixe;
Carapina – s. m.: carpina, carpinteiro.
Carcajada – s. f.: gargalhada.
Carcás – s.m.: aljava.
Carcoma – s.m.: caruncho.
Cardal – s.m.: terreno tomado por cardos; no *corpus* poético, também é citação de Quevedo, *gente de la carda*, gente da ralé.
Cardo – s.m.: planta da família das compostas (*Centaurea melitensis*), de folhas espinhosas.
Carepa – s.f.: caspa; pó que se forma sobre frutas secas.
Careta – s.f.: contração dos músculos da face; máscara.
Carichato – adj.: palavra ainda não dicionarizada, que no *corpus* poético significa "achatado de cara".
Carimá – s. f.: massa azeda da mandioca (tupi).
Carmesim – adj.: de cor vermelha muito viva, rubro.
Carocha – s.f.: mitra idêntica à de dignidades eclesiásticas usada pelos condenados pela Inquisição.
Carpir – v.: descabelar-se em sinal de dor, chorar, prantear.
Carrilho – s.m. : rego feito no chão pelas rodas dos carros.
Carta – s.f.: missiva, correspondência, mapa; no *corpus* poético pode comparecer com o sentido estrito de *carta náutica*, a que indica as rotas de navegação.
Cartapácio – s.m.: calhamaço, livro grande e antigo.
Cartel – s.m.: carta de desafio.
Carumbá- s.f.: quantidade de folhas secas, monte de folhas secas.
Cãs – s.f. pl.: cabelos brancos.
Cascar – v.: descascar, dar pancadas.
Cascarilha – s.f.: as cartas que ficam por distribuir no jogo de baralho.
Cascarrão – s.m.: grande casca.
Cascavel – s. m.: chocalho, guizo; cobra venenosa; no *corpus* poético, comparece com o sentido chulo de *testículo*.

Casquete – s.m.: peça de vestuário para a cabeça, sem aba e flexível.

Casquiduro – adj.: palavra ainda não dicionarizada, que no *corpus* poético significa "de couro duro".

Castiço – adj.: de boa casta, de boa raça, puro.

Casus est iste – expressão latina que significa "este é o caso".

Catadupa – s.f.: queda de água, cascata, jorro.

Catanada – s. f.: golpe com catana, espécie de espada curta e com lâmina curva.

Catanear – v.: golpear com catana.

Cataprós. s.m. Onomatopeia significando *barulho;* galope do cavalo; o próprio cavalo.

Catatau – s.m.: pancada, zoeira.

Caterva – s.f.: multidão de pessoas baixas, corja, ralé.

Catinga – s.f.: mau cheiro, fedor.

Catrapós – s.m.: o galopar do cavalo; o próprio cavalo.

Catruz s.m. Onomatopeia: flato, peido.

Catucá. v.: no *corpus* poético, representa a pronúncia africana do verbo *catucar, cotucar*.

Cavalhada – s.f.: manada de cavalos; palavra que no *corpus* poético pode significar a montada de um homem em uma mulher.

Cavilha – s.f.: peça de madeira ou de metal empregada para segurar madeira; no *corpus* poético, *pênis*.

Caxandé. s.m.: Provavelmente tupi, *caxandó*, "que rasga rede"

Cecém – s.f.: açucena.

Ceitil – s.m.: moeda portuguesa antiga, que valia uma sexta parte de real.

Celamim – s.m.: antiga unidade de medidas para produtos secos, equivalente a 2,27 litros.

Cepo – s.m.: toro cortado transversalmente; tronco em que o condenado põe a cabeça para ser decapitado.

Cerval – adj.: relativo a cervo, veado; no *corpus* poético, comparece em "lobo cerval", significando *lince*.

Ceva – s.f.: comida com que se engordam os animais.

Chaça – s.f.: local em que a bola pára ou onde dá o segundo quicar; marca que indica esse lugar do quicar; briga.

Chalupa .s.f. : embarcação de pequeno porte a remo ou a vela; no *corpus* poético, pode significar o corpo feminino durante um ato sexual.

Chamalote – s.m.: tecido de pelo ou de lã que se mistura com seda.

Chambaril – s.m.: tornozelo.

Champrão –s.m. : pranchão; grande prancha de madeira.

Chanca – s.f.: calçado largo e grosseiro, pé grande.

Chança – s.f.: dito zombeteiro, troça.

Chancarona – s.f.: grande peixe do Atlântico, com cerca de dois metros e 40 quilos.

Chantar – v.: plantar, fincar, estabelecer.

Chapeirão – s.m.: chapelão, chapéu de grandes abas.

Chapim – s.m.: calçado feminino de grosso solado.

Charola – s.f.: andor.

Charro – adj.: grosseiro, rústico, tosco, sem refinamento.

Charrua – s.f.: navio para transporte de carga.

Chasco – s.m.: zombaria, motejo.

Cheminez – s.f.: chaminé, e, por extensão de sentido, fumo, aquilo que se esvaece e é transitório.

Chibo – s.m.: cabrito de até um ano de idade.

Chinoga – s.f.: chinoca; caboclinha

Chispar – v.: lançar chispas, fagulhas, fulgores.

Chitom – interjeição: *caluda* (do francês *Chute donc, faça silêncio, cale a boca*).

Chocameco- s.m. : tipo vulgar que faz bufonarias, chocarrices

Chocarreiro – adj.: que profere gracejos atrevidos.

Chouriço – s.m.: no *corpus* poético comparece como *enchido de porco* e também como sinônimo chulo para *pênis*.

Chuçada – s.f.: golpe de chuço, aguilhão.

Chuço – s.m.: vara ou pau armado de um aguilhão.

Chupão – adj.: que chupa; s.m.: marca da chupada.

Chusma – s.f.: grande quantidade de pessoas.

Cidrão – s.m.: variedade de cidra com casca muito grossa.
Cilício – s.m.: flagelação que alguém aplica a si próprio, martírio, tormento.
Cioba – s.f.: peixe lutjanìdeo (*Lutjanus analis*), de dorso esverdeado, de laterais e barriga róseos.
Cirgir – v.: cerzir, costurar, coser.
Círio – s.m.: vela grande de cera; cesto comprido feito de taquara para armazenar ou transportar farinha de mandioca.
Cirro – s.m.: penugem em torno das ventas de algumas aves, e, por extensão, pelos que bordejam alguma abertura corporal.
Clava – s.f.: pau pesado, mais grosso em uma das extremidades, usado como arma, maça.
Clave – s.f.: sinal colocado no princípio da pauta, com o fim de especificar o nome das notas e seu grau exato na escala dos sons.
Clavelina- adj.: que tem pregos ou cravos, ferrado (calçado) .
Clavina – s.f.: carabina.
Clerezia – s. f.: o conjunto dos padres, o clero.
Clerguete- s. m. dim. : pequeno clérigo, padreco
Climatérico – adj.: relativo a quaisquer épocas da vida consideradas críticas.
Có – s. m.: vagina; no *corpus* poético, comparece em formulações como "por um cu enjeitar um có".
Cobarde- adj.: variante de *covarde*.
Cobé – s.m. : grupo ou indivíduo indígena de etnia tupi.
Cobepá –s.m: língua falada pelo grupo indígena Cobé.
Cobrar – v.: recuperar, recobrar.
Cobrar-se – v.: refazer-se, recobrar-se.
Cobre – s.m.: mineral avermelhado e maleável; moeda, dinheiro.
Cocras – s.f. pl.: de cócoras; sentado sobre os calcanhares.
Côdea – s.f.: casca, crosta, fatia.
Codilho – s.m.: logro, engano.
Cofo – s.m.: samburá, cesto feito de cipó ou taquara, bojudo e de boca estreita, utilizado para recolher frutos do mar.

Colheito – adj.: colhido.
Colmado – adj.: coberto de colmo, coberto.
Colmilho – s.m.: dente canino, presa.
Colomim – s. m.: *curumim* (tupi), menino.
Colubrina – s.f.: antiga peça de artilharia, comprida e fina; no *corpus* poético, pode comparecer com o significado chulo de *pênis*.
Columbrina – s.f.: espada antiga de lâmina sinuosa; no *corpus* poético, metaforiza o pênis.
Comarcão – adj.: relativo à comarca.
Combói – s.m.: comboio, socorro de mantimentos, tropas, dinheiro para o exército; frota.
Comboz- s.f. : forma arcaica de *comborça*.
Comborça – s.f. : mulher amasiada com um homem; concubina.
Combusto – adj.: queimado.
Comer a dous carrilhos – expressão que significa "receber proveito de dar-se bem com indivíduos de partidos contrários".
Cominatório – adj.: que prescreve pena ou castigo.
Competência – s.f.: comparece no *corpus* com o sentido menos usual de "competição, conflito, oposição".
Cona – s.f.: vagina, vaso.
Conana – s.f.: vulva.
Conchavar – v.: combinar, acertar.
Concordar – v.: conciliar, concertar.
Confranger – v.: oprimir, magoar.
Conhão – s.m.: vocábulo derivado de *conha*, saliência ou intumescência no tronco das árvores que principia da base.
Conjetura – s.f.: suposição, hipótese.
Conjuro – s.m.: maquinação.
Cono – s.f.: vulva ou a genitália feminina.
Consistório – s.m.: assembleia em que se trata de assuntos de suma importância.
Consoante – s.m.: rima.
Consorte – s. de dois gêneros: cônjuge.
Continente – adj.: que contém algo.

Contino – adj.: seguido, sucessivo.
Contrafeito – adj.: forçado, constrangido.
Contrastar – v.: comparar, opor algo a.
Contrição – s.f.: arrependimento pelas próprias culpas ou pecados.
Contumaz – adj.: teimoso, obstinado.
Copla – s.f.: pequena composição poética; dístico; parelha.
Coque – s.m.: golpe dado na cabeça com os nós dos dedos; cascudo.
Corcós – s.m.: palavra não dicionarizada, que no *corpus* poético é sinônimo de *corcunda*.
Corcova – s.f.: corcunda.
Cordovão – s.m.: couro curtido e preparado para uso em calçados.
Cordura – s.f.: bom senso, juízo, sensatez.
Coreia – s.f.: dança, bailado, remelexo.
Cornada – s.f.: chifrada.
Cornadura – s.f.: cornada, chifrada.
Cornualha – s.f.: palavra não dicionarizada que no *corpus* poético significa "multidão de cornos".
Cornucópia – s.f.: abundância.
Coronista – s.m.: cronista.
Correição – s.f.: carreiro, fila de formigas.
Corrença – s.f.: diarreia aguda e líquida.
Corrente – s.f.: diz-se da água que corre; algema, cadeia.
Corrido – adj.: perseguido, vexado.
Corrilho – s.m.: reunião facciosa, conventículo.
Corticento- adj.: feito de cortiça, brando, macio.
Cortiço – s.m.: casa de abelhas; habitação coletiva.
Coscorinho – s.m.: palavra ainda não dicionarizada, provavelmente diminutivo de "coscoro", substantivo masculino com o sentido de *crosta*.
Cotó – s.m.: faca grande, cutelo.
Coura – s.f.: couraça.
Côvado – s.m.: antiga medida equivalente a 66 cm.

Coxia – s.f.: espaço ocupado por cada um dos cavalo em uma cavalariça; corredor estreito.
Craveira – s.f.: medida.
Craveiro – s.m.: pé de cravo; termo chulo com o sentido de *pênis*.
Crica – s.f.: palavra ainda não dicionarizada que no *corpus* poético significa a genitália feminina.
Cricalhão – s.m.: no *corpus* poético, é aumentativo usado para referir o órgão sexual feminino.
Criolete – s.m.: diminutivo pejorativo de *crioulo*.
Crisol – s.m.: cadinho, vaso em que se derretem ou refinam minérios; metaforicamente, lugar em que se apuram os sentimentos.
Cristel – s.m.: clister; injeção no reto ou na vagina de líquido medicamentoso .
Crivo – s.m.: lâmina com orifícios; objeto crivado de buracos; exame meticuloso.
Cuca – s.f.: cabeça.
Cuco – s.m.: ave cuculiforme (*Cuculus canorus*) da Europa, que põe ovos nos ninhos de outras aves para serem chocados por elas; no *corpus* poético, significa *corno*.
Cueiro – s.m.: pano com que se envolve a parte inferior do corpo das crianças, nádegas e coxas.
Cuia – s.f.: vaso ou recipiente feito do fruto da cuieira.
Cuiambuca – s.f.: cuia, vasilha, cumbuca.
Culambrina – s.f.: cobra, surucucu.
Culatra – s.f.: parte posterior das armas de fogo; nas sátiras do *corpus* poético, comparece com o sentido de "nádegas" ou "ânus".
Culatrino – adj.: palavra ainda não dicionarizada, que no *corpus* poético significa "próprio da culatra ou do cu".
Culis Mundi – expressão latina que significa "no cu do mundo".
Culterania – s.f.: estilo culto, afetado, sobrecarregado de adornos.

Cumari – s.f.: palmeira de grande porte (*Astrocaryum vulgare*); pimenta.
Curiboca – s. m.: caboclo, capiau.
Curimá – s.f.: peixe, espécie de tainha (*Mugil cephalus*).
Curveta – s.f.: curva, volta tortuosa, ziguezague.
Custódio – adj.: aquele que guarda, que protege, anjo da guarda.
Cutilaria – s.f.: cutelaria, arte própria do cuteleiro, homem que fabrica cutelos e outros instrumentos de corte.
Cutilque – s.m. : pessoa ou coisa sem importância. Termo criado por alusão ao modo errado de soletrar na escola antiga. No caso, o modo de soletrar a abreviatura da palavra *que*, representada como um *q* com um til em cima, que se lia *cu til quê* (*cu* era o nome da antiga letra *q*).

D

Damo – s.m.: amante, namorado.
De rebimba – loc. adv.: com moleza, com preguiça.
Deão – s.m.: dignitário eclesiástico que preside ao cabido.
Debalde – adv.: em vão, inutilmente, sem sucesso.
Debrear – v.: cobrir ou untar de breu.
Debuxar – v.: desenhar, esboçar.
Decantar – v.: celebrar em canto ou verso.
Delíquio – s.m.: desmaio, perda temporária da consciência.
Denegrir- v.: denigrir; tornar negro ou escuro; diminuir a pureza ou o valor; conspurcar.
Denodado – adj.: destemido, valente.
Dependura – s.f.: ato ou efeito de dependurar; **à dependura**: dependurado.
Derrengar – v.: descadeirar.
Desabono – s.m.: descrédito, depreciação.
Desabrido – adj.: áspero, rude, sem modos.
Desaferrar – v.: soltar o que estava aferrado, libertar.
Desafogo – s.m.: folga, alívio.
Desairado – adj.: deselegante, indecoroso.

Desandar – v.: fazer andar para trás, soltar, desatar.
Desar – s.m.: azar, desgraça, revés.
Desarranchado – adj.: privado das refeições no quartel, despojado do lugar em que estava.
Desassisado – adj.: sem siso, desatinado, louco.
Desatentar – v.: distrair-se.
Desbaratar – v.: bater, derrotar; esbanjar.
Desbarate – s.m.: desperdício, esbanjamento.
Descabaçar – v.: desvirginar.
Descoco – s.m.: atrevimento, descaramento.
Desconvir – v.: discordar, discrepar.
Desdourar – v.: deslustrar, manchar.
Desdouro – s. m.: mácula, mancha, descrédito.
Desempenado – adj.: reto, desenvolto, forte.
Desempulhar – v.: desiludir, desenganar.
Desencalmado – adj.: que se desencalmou; protegido da calma (calor forte); tranquilo, serenado.
Desencovar – v.: tirar da cova.
Desengraçar – v.: tirar a graça a.
Desfradar – v.: tirar a condição de frade a.
Deslavado – adj.: desbotado; atrevido, descarado.
Desmaio – s.m.: perda passageira de sentidos; abatimento, desânimo.
Desobriga – s.f.: quitação de uma conta.
Despego – s. m.: desapego.
Despinicar – v.: retirar as folhas ou pétalas a.
Despique – s.m.: desforra, desagravo de injúria.
Despojo – s. m.: resto, presa.
Desposório – s.m.: bodas, casamento.
Desterrado – adj.: banido, degredado, exilado da pátria.
Desvario – s.m.: ato de loucura, extravagância.
Detençoso – adj.: feito com detença, demorado, dilatado.
Detração – s.f.: difamação, maledicência.
Detrimento – s.m.: dano, perda, prejuízo.

Diáfano – adj.: transparente.
Dilação – s.f.: adiamento, demora, prorrogação.
Dilatação – s.f.: dilação, prorrogação.
Disciplinante – s. de dois gêneros– penitente que se disciplina publicamente.
Discrepar – v.: discordar, dissentir.
Discrímen – s.m.: *discrime*, ação de discriminar, distinguir.
Dissonar – v.: soar desentoado.
Dissuasório – adj.: próprio para dissuadir.
Dita – s.f.: boa sorte, fortuna.
Ditame – s. m. : aviso, ditado, regra.
Diversório – s.m.: distração, diversão.
Dobrar – v.: soar (o sino).
Dobre – s.m. adj.: som do sino; dobrado.
Donaire – s.m. : garbo, gentileza, graça.
Dossel – s.m.: armação forrada e franjada que serve de cobertura a tronos e altares; sobrecéu.
Doudejar – v.: praticar loucuras.
Doudete – s.m.: idiota, louquinho, pequeno parvo.

E

Edaz – adj,: comilão, voraz.
Egrégio – adj.: ilustre, insigne.
Emangar – v.: palavra ainda não dicionarizada; no *corpus* poético, significa "ejacular".
Embaçar – v.: privar da fala.
Embalde – adv.: em vão, inutilmente.
Embarrancar – v.: atravancar, embaraçar.
Embiocado – adj.: oculto por capuz ou bioco, disfarçado.
Embocar – v.: entrar.
Embono – s. m.: grande viga de pau de jangada.
Emborcar – v.: virar de borco.
Embrechado – s.m.: ornamento que consiste na sobreposição de conchas, cacos de louça e de vidro à superfície de edificação.

Embruxar – v.: tornar-se bruxo; enfeitiçar.
Embusteiro – adj.: impostor, mentiroso.
Empascar – v.: talvez *emparchar* (esp.): colocar parche ou pano untado de unguento sobre uma ferida ou parte enferma do corpo.
Empecer – v.: impedir, prejudicar.
Empenhado – adj.: hipotecado, endividado.
Empíreo – s.m.: céu; paraíso.
Empola – s. f.: bolha de água fervendo.
Emprasto – s.m.: remendo.
Empuxão – s.m.: puxão, repelão.
Emulação – s. f.: concorrência, imitação, rivalidade.
Encerro – s.m.: lugar em que se encerra alguém.
Encoutar – v.: abrigar, guardar, homiziar,
Encruzar – v.: atravessar, cruzar.
Endecha – s. f.: composição poética em quadras pentassilábicas.
Enfadar – v.: causar aborrecimento, entediar.
Enfarar – v.: entediar, enfadar.
Enfrascado – adj.: bêbado, embriagado.
Enfrascar-se – v.: embriagar-se, mascarar-se.
Engafar – v.: causar sarna ou gafeira a.
Engodo – s. m.: adulação astuciosa, engano.
Engrazar – v.: enfiar contas em um fio.
Enguiçar – v.: fazer mal a; lançar mau olhado a.
Engulho – s. m.: ânsia, enjoo, náusea.
Enlear – v.: prender a atenção, enlevar, envolver.
Enlevar – v.: encantar, arrebatar, cativar.
Enredo – s.m.: intriga, mexerico.
Enristar – v.: por em riste uma lança ou outra arma de ponta.
Enriste – s.m.: palavra ainda não dicionarizada que, no *corpus* poético, significa "algo estar enristado".
Entibiar – v.: enfraquecer, tornar tíbio, frouxo.
Entisicar-se – v.: definhar, emagrecer, ficar com a tísica (tuberculose).
Entojar – v.: causar nojo a, sentir repugnância.

Entoldar-se – v.: obscurecer-se, turvar-se.

Entonar-se – v.: mostrar-se altivo, arrogante.

Entonces – adv.: então; nesse ou naquele momento ou ocasião.

Entrecosto – s. m.: espinhaço com a carne e parte das costelas da rês.

Entrefolho – s.m.: esconderijo.

Entreforro – s. m.: pano que se coloca entre o forro e o tecido de que é feito o vestuário para armá-lo melhor; guarda-pó, feito de madeira, colocado sob o telhado.

Entremetido – adj.: sinônimo de "intrometido".

Entrepernas – s. f. pL.: a parte das calças onde as pernas se juntam.

Entrevar – v.: aleijar, tornar paralítico.

Entrudo – s.m.: folguedo carnavalesco antigo.

Enxerir-se – v.: intrometer-se.

Enxovia – s.f.: cárcere térreo ou subterrâneo, em geral úmido e escuro.

Enxúndia – s.f.: gordura de porcos e aves.

Epiciclo – s.m.: órbita circular descrita por um planeta no sistema cosmológico de Ptolomeu, astrônomo, geógrafo e matemático grego.

Era – s.f.: período geralmente longo que principia por um evento importante.

Ergo – conj. latina: logo, portanto.

Esbofado – adj.: cansado, esbaforido.

Esbofar – v.: cansar-se, esbaforir-se.

Esbrugar – v.: o mesmo que *esburgar*. tirar a casca a, tirar a carne dos ossos.

Esbulhar – v.: espoliar.

Esburgar – v.: tirar a carne dos ossos; tirar a casca a.

Escabelo – s. m.: pequeno banco para apoio dos pés.

Escafeder-se – v.: fugir às pressas, moscar-se, safar-se.

Escalavrado – adj.: golpeado, esfolado.

Escambo – s.m.: permuta, troca.

Escampar – v.: serenar.

Escanchar – v.: abrir as pernas quando se monta a cavalo.
Escangalhar – v.: arruinar, desarranjar, estragar.
Escaramuça – s. f.: briga, combate sem importância, desordem.
Escarba – s.f.: termo náutico: a junta da quilha, de cintas ou de rodas.
Escarcéu – s.m.: alarido, escândalo, gritaria.
Escareza – s.f.: acúmulo de escaras ou crostas de sujeira.
Escarmentar – v.: castigar, repreender com rigor.
Escarnicar – v.: escarnecer muito.
Escarpim – s.m.: sapato de solado fino que deixa à mostra o peito do pé.
Escavacar – v.: arruinar, despedaçar.
Esconderelo – s.m.: jogo de esconder.
Esconjuro – s.m.: juramento, exorcismo, maldição, praga.
Escória – s. f.: coisa desprezível, ralé, sujeira.
Escorralho – s.m.: resíduo de líquidos que se decantam, e, por extensão, como termo chulo, sêmen.
Escorreito – adj.: direito, que não tem defeito.
Escorva – s.f.: cordel detonante das armas antigas, localizado junto à culatra.
Escota. s.f. : corda fixada no ângulo posterior e inferior de uma vela para regular sua orientação em relação ao vento.
Escotilhão – s. m.: pequena escotilha ou abertura em qualquer pavimento da embarcação para permitir o trânsito de mercadorias, a iluminação etc.
Escoucinhar – v.: dar coices, escoicear.
Escuma – s.f.: espuma, esperma, sêmen.
Escumar – v.: cobrir de espuma, de sêmen.
Escumilha – s.f.: espuma pouco densa.
Esfaimar – v.: matar à fome.
Esfola-gato – s.m.: maus tratos, tortura.
Esfrangalhado – adj.: reduzido a farrapos.
Esganitar – v.: esganiçar, tornar a voz aguda ao projetá-la.
Esguelhar – v.: atravessar, enviesar.

Esmaltar – v.: cobrir de esmalte, embelezar, ornar.

Esmoer – v.: digerir, sovar, triturar com os dentes.

Esmoleiro – s.m.: frade que pedia esmolas para o convento, pedinte.

Espácio – s.m.: sinônimo de *espaço*; **de espácio**: de quando em quando.

Espadana- s.f. objeto em forma de espada.

Espadeirote – s.m.: diminutivo de *espadeiro* ou *alfageme*, barbeiro que, além de sua ocupação, amolava armas brancas.

Espadilha – s.f.: ás de espadas em certos jogos ou jogo de baralho.

Esparcido – adj.: disseminado, espalhado, esparzido.

Esparralhar – v.: esparramar.

Especiado – adj.: condimentado.

Espeidorrar-se – v.: acabar-se em peidos.

Espernegar – v,: espernear.

Espessura – s. f.: floresta, mata cerrada.

Espinhar – v.: ofender, melindrar.

Esquinência – s.f.: amidalite.

Esquivança – s. f.: desamor, esquisitice, pouca disposição para a convivência.

Esquivância – s.f.: o mesmo que *esquivança*.

Esquivo – adj.: arredio, insociável, de convívio rude, intratável.

Estafadeiro – s.m. : o que estafa, o que gasta, o que rouba com astúcia.

Estafermo – s.m.: boneco de pau usado em exercícios de cavalaria; indvíduo que atrapalha os movimentos de outros; pessoa apalermada.

Estafeta – s. m.: mensageiro, portador de despachos, mensageiro a cavalo.

Estância – s.f.: parada, paragem.

Estígio – s.m.: palavra ainda não dicionarizada, que no corpus poético significa *inferno*, Estige.

Estilar – v.: estilizar; picar ou ferir com estilete.

Estítico – adj.: escasso, fino, magro, sem forças.

Estoque – s. m.: espécie de espada que só fere de ponta; quantidade de mercadoria armazenada.

Estoquear – v.: dar estocadas em.

Estoraque – s.m.: arbusto estiracáceo (*Styrax benjoin*), de que se produz o benjoim; nas sátiras do *corpus* pode comparecer com o sentido pejorativo de mau cheiro ("estoraque do Congo").

Estouvar – v.: agir irrefletidamente e sem cuidado, brincar com.

Estrefolho – s. m.: o mesmo que *entrefolho*.

Estribar – v.: apoiar(-se), firmar(-se), sustentar(-se) nos estribos.

Estropeada – s.f.: grande estrondo.

Estrovar – v.: o mesmo que *estorvar*.

Estrugir – v.: atroar, estrondear.

Estudantete – s. m. dim.: estudante relapso.

Esturgir – v.: o mesmo que *estrugir*.

Ex Causa – expressão latina: *por algum motivo*.

Excogitar – v.: cogitar, imaginar, refletir.

Execrando – adj.: digno de aversão e ódio; execrável.

Execrar – v.: abominar, detestar, odiar..

Extramuros – adv.: fora do recinto de uma cidade.

F

Fabordão – s.m.: música desentoada, dissonância.

Fabricauerunt – v.: *fabricaram* (terceira pessoa do plural do pretérito perfeito do indicativo do verbo latino *fabricare*).

Faca – s.f.: instrumento de lâmina cortante presa a um cabo; cavalgadura de tamanho regular, bem proporcionada e geralmente mansa.

Facinoroso – adj.: criminoso, com requintes de crueldade, de perversidade.

Fadário – s.m.: destino que se atribui a uma entidade ou força sobrenatural.

Fado – s. m.: destino, fortuna, sorte.
Faim – s.m.: espadim, ferro agudo.
Falar liso – v.: falar de forma franca e honesta.
Falaz – adj.: enganador, falso, ilusório, mentiroso.
Falda – s. f.: base de colina ou serra, sopé.
Falência – s.f.: ato ou efeito de falir, quebra.
Falseante – adj.: que falseia.
Falsídia – s. f.: falsidade.
Falua – s. f.: antiga embarcação provida de câmara na região da popa, movida por remos e usada para recreio pela realeza portuguesa.
Fanado – adj.: amputado, circunciso, cortado, murcho.
Fanchono – s.m.: homossexual, pederasta ativo.
Farfante – adj.: fanfarrão, presumido, que fala demais.
Fariseu – s.m.: religioso judaico que vivia na estrita observância das escrituras religiosas; homem formalista; homem hipócrita; no *corpus* poético, pode comparecer com o sentido chulo de *pênis*. O termo comparece na poesia atribuída a Gregório de Matos e Guerra com o sentido que possui em uma parábola presente no *Evangelho de São Lucas*, (18:9-14). Nessa parábola, contrapõe-se um fariseu, que se ajuíza extremamente virtuoso, a um publicano que de forma humilde roga a Deus que o perdoe, significando, desse modo, a necessidade de pureza de alma e de verdadeira humildade como condição para a aquisição da graça de Deus.
Fastio – s. m.: falta de fome, aversão a alimento; sentimento de enfado, aborrecimento, tédio.
Fato – s. m.: ação ou coisa feita; no *corpus* poético, pode comparecer com o sentido de *roupa*, *vestuário*.
Fátuo – adj.: vaidoso e oco; tolo, insensato, presumido; que dura pouco *(fogo fátuo)*.
Fazenda – s. f.: haveres, conjunto de bens.
Fementido – adj.: desleal, enganoso, perjuro.
Fenecer – v.: tornar-se extinto, extinguir-se, terminar.
Fereza – s.f.: braveza, ferocidade.

Fero – adj.: bravo, cruento, feroz.

Ferrar – v.: pregar ferro em; prender com força.

Ferretoada – s. f.: aguilhoada, ferroada, picada.

Fervedouro – s.m.: efervescência, grande ajuntamento ou agitação, confusão.

Festival – adj.: festivo.

Fiar – v.: abonar, afiançar, crer.

Fidalgo – s. m.: "filho de algo", que tem foros de nobreza herdados de antepassados ou concedidos pelo rei; aristocrata, nobre.

Figadal – adj.: referente ao fígado; fig. : muito íntimo, muito profundo.

Figurilha – s. de dois gêneros: pessoa de pequena estatura.

Filataria – s.f.: palavrório que os embusteiros empregam para enganar alguém.

Filhó – s.m. : biscoito de farinha, ovos e açúcar, frito em azeite.

Finca-pé – s.m.: empenho, porfia.

Fito – s. m.: alvo, mira. **De fito a fito**: de um ponto a outro.

Fiúza – s.f.: audácia, confiança.

Fiveleta – s.f.: pequena fivela ou tipo de dança antiga.

Flamante – adj.: com a cor de brasa; avermelhado; de cor muito viva e brilhante.

Flato – s.m.: peido.

Flavo – adj.: dourado, louro.

Fodaz – adj.: termo chulo, significando *o que fode muito*.

Fodenga – s. f.: palavra ainda não dicionarizada que no *corpus* poético significa *cópula, foda*.

Fodengaria – s.f.: prática contínua da cópula.

Foderibus (Frei) – expressão latina estereotipada; no *corpus* poético, *"frei Foderibus in mulieribus"* significa aproximadamente *frei Fodedor em Mulheres*.

Fodilhão – s.m.: homem com quem se mantém constante prática sexual.

Fodinchão – s.m.: palavra ainda não dicionarizada que no *corpus* poético significa *grande fodedor*.
Fogaça – s. f.: grande bolo ou pão.
Folar – s.m.: grande bolo ou pão.
Folgazão – adj.: que gosta de folgar, brincar.
Formigueiro – s. m.: ladrão que rouba objetos de pouca monta.
Formosentar – v.: aformosear, embelezar.
Fornicário – s.m.: aquele que pratica a fornicação, o que copula.
Foro – s.m.: privilégio garantido pela lei, jurisdição, título.
Foros – s. m. pL.: privilégios, títulos.
Forrar – v.: alforriar, por forro, libertar.
Fortunilha – s.f.: palavra não dicionarizada, diminutivo de "fortuna", que não significa, no corpus poético, "boa sorte, êxito", mas *má sorte, propensão ao revés*.
Fossar – v.: revolver a terra, sobretudo com focinho.
Fradalhada – s. f.: multidão de frades.
Fradaria – s.f.: multidão de frades.
Fragona – s.f. (frangalhona, fragalhona): mulher desmazelada, maltrapilha.
Fragono – s.m. (frangalhono, fragalhono): homem desmazelado, maltrapilho.
Frágua – s. f.: fornalha de ferreiro, forja.
Fraldelim – s.m.: anágua, saiote.
Franchinote – s.m. : indivíduo afetado no vestir ou nas maneiras; com gosto exagerado pelas coisas francesas; nome dado aos jesuítas de Coimbra no século XVI.
Franco – adj.: livre, desimpedido.
Frandulário – adj.: de pouco valor, maltrapilho.
Franger- v.: fazer em pedaços, despedaçar, quebrar, destroçar, frangir.
Frangido – Adj. (v. franger): feito em pedaços, despedaçado, quebrado, destroçado.
Fraqueira – s.f.: fraqueza, debilidade.
Fratela – s.f.: irmã, camarada.

Fratelo – s.m.: irmão, camarada.
Fresca – s. f.: aragem que sopra no cair da tarde.
Fretar – v.: tomar ou ceder a frete.
Frigir – v.: fritar.
Frioleiro – adj.: tolo, sem importância.
Fuão – s. m.: pessoa, fulano.
Fulheiro – s. m.: o que trapaceia no jogo.
Fulieiro – s. m.: tocador de foles.
Fulo – adj.: genioso, colérico.
Fumeiro – s.m.: espaço entre a lareira e o telheiro, onde se põe a carne a defumar.
Fundagem – s.f.: sedimento no fundo de um líquido, borra.
Fundilho – s. m.: parte das calças correspondente ao assento; remendo nessa parte.
Furor – s.m. : cólera, fúria, ira extrema.
Fusco – adj.: fosco, sem brilho, escuro, pardo.

G

Gabão – s. m.: grande louvor ou elogio.
Gabar – v.: elogiar, enaltecer.
Gabo – s.m.: elogio, encômio.
Gadanha – s. f.: alfanje; foice; no *corpus* poético, o termo *gadanha* é usado como nome próprio para satirizar Gregório de Matos e Guerra citando o nome do personagem de uma novela picaresca, *El Siglo Pitagórico y Vida de D. Gregorio Guadaña,* escrita pelo português Antônio Henrique Gomes e publicada em Ruão em 1644.
Gadanho – s.m.: unha, garra de ave de rapina.
Gadelha – s.f.: cabelo longo e desgrenhado.
Gadunha – s.f.: unha crescida, garra.
Gadunhar- v. : agarrar com força.
Gafar – v.: : tornar gafo, contaminar.
Gafeiral – s. m.: palavra não dicionarizada que significa *local em que se reúnem as gentes gafas, leprosas.*

Gafo – adj.: leproso, corrupto; que tem a mão em forma de garra.
Gage – s.m.: ganho, juros, soldo.
Gala – s.f.: fausto, pompa, riqueza; esperma.
Galadura – s.f.: ação ou efeito de galar, fecundar.
Galanaço – s.m.aum.: galã, homem belo e elegante que galanteia e namora muito.
Galardão – s.m.: prêmio, recompensa.
Galé – s.f.: antiga embarcação de guerra comprida e estreita movida a remos.
Galés – s.m. pl.: pena dos que são condenados a remar em galé.
Galfarro – s.m.: beleguim, agente da polícia.
Galhano – s.m. : talvez *galã*
Galhardo – adj.: elegante, garboso.
Galheta – s.f.: trombeta de guerra feita de chifre de cabrito; bofetada
Galhofa – s.f.: gracejo, zombaria.
Galhofeador – adj.: aquele que faz galhofa.
Galicar – v.: palavra ainda não dicionarizada que no *corpus* poético significa *contaminar com o mal gálico ou francês, a sífilis*.
Gamboa – s.f.: cercado armado junto ao mar, em uma pequena depressão, onde ficam retidos os peixes que nela entram quando a maré está cheia.
Gamenho – adj.: janota, malandro.
Ganança – s.f.: ganho, ganância.
Ganância – s.f.: ambição de ganho, ganho ilícito.
Gandaia – s.f.: vida dissoluta, vadiagem.
Gandu – s.m. : espécie de tubarão ou cação; toada sertaneja antiga tocada na viola.
Ganfar – v.: agarrar, segurar, apanhar com destreza.
Ganhão – s.m.: aquele que desempenha qualquer atividade para viver.
Garalhada – s.f.: gralhada, vozearia.
Garatusa – s.f.: fraude, logro, engano.
Garavato – s. m.: pau munido de gancho para apanhar frutas; pedaço de lenha; graveto, pênis.

Gargaz – adj. : que escarra, escarrador (do espanhol *gargagear*, escarrar, e *gargajo*, escarro); rapaz pequeno de má figura.

Garlopa – s.f.: enxó, plaina grande; no *corpus* poético, "ontem garlopa", *ontem carpinteiro*.

Garoupa – s.f.: espécie de peixe teleósteo.

Garrafal – adj.: que tem forma de garrafa; que é grande, graúdo, facilmente legível; altissonante, pomposo.

Garrida – s. f.: sino pequeno.

Garridice – s.f.: apuro excessivo no traje e maneiras; gala, elegância.

Garrido – adj. : que tem elegância, graça; que tem muitos adornos, enfeites; alegre.

Garrotar – v.: enforcar com garrote.

Garrote – s.m.: pequeno pedaço de pau para apertar a corda no estrangulamento do condenado; estrangulamento sem suspensão do corpo do condenado.

Garrotilho – s.m.: doença de cavalo; comparece no *corpus* poético também com o sentido de *garrote pequeno*.

Gárrulo – adj.: que canta ou gorjeia muito.

Gascão – adj. :relativo ou pertencente à Gasconha, região da França; fanfarrão.

Gasnate – s.m.: garganta, goela.

Gavacho – adj.: francês.

Gazul – adj.: derivado de *gazular*.

Gazular – v.: soltar a voz (ave), gazear, gorgear.

Gebiraca – s.f.: bruxa, mulher velha e feia.

Generiz – s.f. : genitora, a que gera, a geradora.

Gentilidade – s. f.: paganismo, gentilismo.

Gentio – s.m. : pagão, idólatra, índio.

Geolho – s.m.: joelho.

Geringonça – s.f.: objeto ou coisa malfeita, traste.

Germanar – v.: irmanar, tornar semelhante.

Giba – s. f.: corcunda, bossa.

Giboso – adj.: que é corcunda.

Gilvaz – s.m.: ferimento, corte ou cicatriz no rosto.

Gilvazado – adj.: cortado, acutilado.

Gimnosofista – s.m. e adj.: membro de uma seita de ascetas que andavam nus na Índia antiga; filósofo que vive nu; Nome dado por muitos pensadores gregos a filósofos hindus que perseguiam um rigoroso ascetismo a ponto de desprezarem comida e roupas, não se atendo a nada material que lhes pudesse empanar o exercício do pensamento. Plutarco teria sido o primeiro a empregar a palavra para descrever um encontro entre Alexandre, o Grande, e os gimnosofistas à beira do rio Indo.

Gineta – s.f.: pequena bengala, símbolo de autoridade do capitão.

Ginete – s. m.: cavaleiro armado de lança e adaga; cavalo de boa raça, adestrado.

Ginja – s.f.: espécie de cereja mais escura do que o normal; bebida feita com o fruto da ginjeira.

Gizar – v.: riscar, delinear, determinar.

Godilhão – s.m.: o mesmo que *godolhão*.

Godo – Povo bárbaro de origem germânica.

Godolhão – s.m.: grumo, caroço; nó, porção de fios endurecidos de tecidos e do enchimento de colchões.

Golilha – s.f.: argola de ferro pregada num poste ou pelourinho, a que se prendiam criminosos e escravos pelo pescoço.

Golpada – s. f.: golpe forte; golfada, jato, jorro.

Goma – s.f.: cola feita de amido; formação mole, bulbosa, típica da fase terciária da sífilis.

Gordiano – adj.: relativo a Górdio, rei lendário da Ásia Menor; nó górdio ou nó impossível de desatar.

Gorgolejar – v.: beber de um só fôlego fazendo o ar entrar na garrafa com ruído; produzir o ruído próprio do gargarejo.

Gorgota – s.m.: marujo veterano; homossexual ativo.

Gorgotório – s.m.: palavra ainda não dicionarizada, que no *corpus* poético significa *lugar em que os fanchonos ou homossexuais se encontram*.

Gorgutiz – s.f.: vendedora de coisas miúdas (esp. *gorgotero*, vendedor de bugigangas); no *corpus* poético, pode significar *fanchono*.

Gostilho – s.m.: capricho, gosto.

Gozo – s.m. (ó): cão pequeno e sem raça; vira-lata.

Grade – s.f.: nome da separação, que, no convento, isola a freira dos visitantes.

Granacha – s.m.: magistrado.

Grei – s.f.: rebanho de gado miúdo, conjunto de paroquianos ou congregação; grupo de indivíduos da mesma categoria.

Grelar – v.: brotar, crescer; no *corpus* poético o verbo é às vezes empregado como forma derivada de *grelo*, substantivo que significa "vagina", e é termo chulo equivalente a *crica*.

Greparia – s. f. : corruptela de *confraria;* congregação, irmandade.

Grimpa – s. f.: o ponto mais alto de qualquer coisa, crista, ponta, cume.

Grulha – s. de dois gêneros: pessoa muito loquaz.

Guadamecim – s.m.: antiga tapeçaria feita de couro pintado e dourado originária de Gadamés, cidade da Tripolitânia.

Guadunho– adj.: gadunho, que tem a unha grande como garra; provavelmente, relacionado a *gadanho*, foice, alfanje

Guaiamu – s.m.: crustáceo gecarcinídeo (*Cardisoma ganhumi*), de coloração azulada, comestível, semelhante a um caranguejo grande.

Gualde – adj.: variação de *jalde* e *jalne*, de cor amarelo vivo.

Gualdrapa – s.f.: cada uma das partes pendentes de casacão ou balandrau; cobertura grande de lã ou seda que cobre e adorna as ancas da mula ou do cavalo.

Guante – s. m.: luva; luva de ferro que era parte da armadura.

Guapo – adj.: bonito, ousado, valente.

Guarda-pé – s.f. : tipo de bota feita de seda.

Guincho – s. m.: som agudo produzido por animais, pessoas e certas coisas; guindaste para içar volumes leves.

Guindar – v.: deslocar algo de baixo para cima; alçar-se, elevar-se a uma posição elevada; tornar empolado, pretensioso.

Guinéu – s.m.: moeda de ouro inglesa, cunhada a partir de 1663 para o tráfico africano.

Gurumete – s.m.: grumete; marinheiro em princípio de carreira.

Gusano – s.m.: caruncho da madeira; larva, verme intestinal.

H

Harpia – s. f.: monstro com cabeça de mulher, corpo de pássaro e garras afiadas (mitologia grega); ave de rapina; mulher má; megera; pessoa ávida e rapaz. que vive de extorsões.
Hediondo – adj.: que causa horror; repulsivo, horrível.
Herbolário – s.m.: quem coleciona plantas ou tem conhecimento de ervas medicinais.
Herdade – s. f.: fazenda, grande propriedade rural; herança.
Heresiarca – s. m.: chefe ou fundador de seita herética.
Hereticar – v.: cometer heresias.
Hético – adj.: febril, tuberculoso, tísico.
Hieroglífico – adj.: feito como hieróglifo; difícil de compreender; hermético.
Himeneu – s.m.: bodas, casamento, festa de núpcias.
Hiperbólico – adj.: exagerado, fora do comum.
Hissope – s.m.: utensílio para aspergir água benta; aspersório, asperges.
Holocaustar – v.: imolar, sacrificar.
Holocausto – s. m.: sacrifício, imolação.
Homiziado – adj.: que anda fugido da justiça.
Hortelão – s.m.: o que trata de hortas.
Hosana – s.f.: hino de ação de graças, especialmente o que é cantado no Domingo de Ramos; exclamação de alegria, de triunfo; salve.

I

Idolatrino – adj.: que é idólatra, herege.
Idôneo – adj.: honesto, conveniente, adequado.
Ilharga – s.f.: cada um dos lados do corpo humano dos ombros aos quadris.
Ilhó – s.m. o: orifício por onde se enfia um cordão, fita ou ourelo.

Imbé – s. m.: guaimbê; designação dada a espécies do gênero *Philodendron*, da família arácea, conhecidos também como jiboias.
Imigo – s. m. e adj.: inimigo.
Impar – v.: ofegar; entupir-se de comida e bebida; mostrar-se pleno de alegria.
Impetratório – adj.: que impetra ou interpõe recurso.
Impigem – s.f.: designação comum a várias doenças de pele; impingem; impetigem.
Impinja – s.f.: impigem.
In extenso – expressão latina com o sentido de *em toda a extensão*.
Inane – adj.: desprovido de todo conteúdo; nulo, oco, vão.
Inaudito – adj.: de que nunca se ouviu dizer, inacreditável.
Incauto – adj.: sem cautela, descuidado, imprudente.
Incontrastável – adj.: irrefutável, irrecusável, irrevogável.
Increpar – v.: acusar, repreender, censurar.
Incréu – adj.: sem fé, incrédulo, descrente.
Indulgenciar – v.: tratar com indulgência, proceder sem rigor; conceder perdão ou indulgência a, desculpar, perdoar.
Indulto – s. m.: absolvição, clemência, perdão, graça.
Industriar – v.: preparar os meios para a realização de algo; arquitetar, adestrar; estimular alguém a fazer algo.
In face Ecclesiae – locução latina que significa *aos olhos da Igreja*.
Infecúndia – s. f.: esterilidade, infecundidade.
Inficionado – adj.: infeccionado.
Infuso – adj.: fala-se de todo tipo de saber que não se adquiriu por meio de estudo ou aplicação.
Inguizolo – v.: termo provavelmente quimbundo, não dicionarizado.
Inhapupê – s.m. (tupi): perdiz.
Iníquo – adj.: contrário à equidade, injusto, perverso, malévolo.
Inopinado – adj.: imprevisto, inesperado.
Inteiriçado – adj.: teso, hirto, duro.

Intemperança — s.f.: falta de temperança, de moderação, excesso, vício.
Intercadente — adj.: intermitente, interrompido, descontinuado, variado.
Interno — s. m.: interior; no *corpus* poético, pode comparecer com o sentido chulo de *genitália feminina*.
Intrépido — adj,: corajoso, audaz.
Introdução — s.f.: entrada.
Iracundo — adj.: propenso à ira, irascível.
Iroso — adj.: cheio de ira.
Irra — interj.: exprime raiva ou desaprovação.
Is — v.: conjugação da segunda pessoa do plural do presente do indicativo do verbo *ir*, mudada para rimar com outro verso, no lugar de *ides*.

J

Jacaracanga —s.f. adj.: lugar ou qualidade significando *cabeça de jacaré* (tupi *iacaré acanga*)
Jacurutu — s.m. (tupi): corujão-orelhudo, espécie de ave estrigídea, aparentada das corujas.
Jalapa — s.f.: purgante, vinho de má qualidade; planta da família convolvulácea, que tem propriedades purgativas.
Jalde — adj.: amarelo, da cor do ouro.
Jandaia — s. f. (tupi): designação genérica de aves psitacídeas barulhentas, sendo algumas delas falantes.
Janeira — s.f. : pássaro (azulão); espécie de maçã; cantiga entoada no Ano Bom por rapazes que visitam as casas mais importantes do lugar; voto de boas festas; presente dado no primeiro dia do ano.
Janeleiro — adjetivo: o que gosta de estar à janela.
Jaratacaca — s. m.: mamífero mustelídeo (*Conepatus chilensis amazonicus*), que exala mau cheiro e é imune ao veneno das cobras.
Jeribita — s.f.: pinga, cachaça.
Jesmim — s. m.: jasmim.

Jimbo – s. m.: (*njimbu*= búzio) zimbo; pequena concha usada como moeda no antigo reino do Congo; dinheiro.

Jiquitaia – s.f.: pimenta malagueta seca e reduzida a pó; molho de pimenta malagueta.

Joá – s.m.: juá, fruto do juazeiro (*Zyziphus joazeiro*), árvore copada sempre verde comum no sertão e na caatinga; fruta de espinheiro, joá-bravo.

Joanete – s.m.: mastaréu que espiga do mastaréu da gávea do navio; bolsa serosa produzida pelo sapato no pé; no *corpus* poético. pode comparecer com o sentido chulo de *pênis*.

Jornal – s.m.: pagamento correspondente a um dia de trabalho.

Jube Domine- expressão latina: *Manda, ó Senhor, Ordena, ó Senhor.*

Jubilado – adj.: que recebeu jubilação; que perdeu direito a curso; o que recebeu indulgência plenária da Igreja; jubiloso, o que teve júbilo.

Jucundo – adj.: alegre, jovial, prazenteiro, agradável.

Judiaria – s.f.: grande número de judeus; a comunidade judaica; bairro judeu; ato de zombar de alguém; judiação, zombaria.

L

Labéu – s. m.: mancha infamante na reputação, desonra, desdouro.

Labrego – s.m. e adj.: vilão, homem rude do campo, rústico, ignorante.

Lacaio – s.m.: criado, criado de libré; sabujo, homem sem dignidade que se humilha para obter vantagens.

Ladino – adj.: que tem inteligência; que é esperto; espertalhão; dizia-se do índio ou do negro que tinham certa aculturação e entendiam ou falavam o português, por oposição a *boçal*.

Ladrilhado – adj. : revestido por ladrilhos, assentado com ladrilhos.

Ladroíce – s.f.: ladroagem, ladroeira, roubo.

Ladronaço – s.m. aum.: grande ladrão.

Lagosta – s.f.: crustáceo; no *corpus* poético, pode comparecer para designar pessoa de *pele avermelhada*.

Lagrimal – s.m.: lacrimal, orifício pelo qual se derramam lágrimas.

Lamarão – s. m.: grande lamaçal; grande porção de lodo deixada a descoberto na maré baixa.

Lamareiro – adj.: relativo a lamarão, que labuta no lamarão.

Lamba – s.f. (quimbundo): desgraça, infortúnio, desventura, vida dura

Lambaceiro – s.m. e adj.: indivíduo guloso, glutão, comilão.

Lambareiro – s.m. e adj.: lambisqueiro, glutão, guloso; tagarela, mexeriqueiro.

Lambaz – adj.: guloso, mexeriqueiro; s. m.: espécie de vassoura usada para enxugar o convés de barcos.

Lambique – s.m.: alambique, aparelho usado na destilação da aguardente.

Lampeiro – adj.: buliçoso, serelepe, atrevido.

Lampo – adj,: temporão, fora de época.

Lampreia – s.f.: animal aquático, geralmente marinho, de corpo comprido e boca circular guarnecida de dentes com que suga peixes ou se agarra a rochas.

Lancha – s.f.: a maior das embarcações miúdas movida a remos ou vela; no corpus poético, pode comparecer significando *corpo de mulher*.

Lanhado – adj.: cortado ou aberto em lanhos; golpeado.

Lapidário – s.m.: aquele que lapida pedras preciosas.

Laranjada – s. f.: ação de arremessar laranjas contra alguém, principalmente no entrudo.

Lardo – s.m.: toicinho, gordura de porco.

Largueza – s. f.: qualidade de largo; liberalidade, tolerância, generosidade.

Laurel – s.m.: coroa de louros, láurea, prêmio.

Lavrança – s.f.: ato de lavrar; cultivo de terra.

Lavrar – v.: arar, gravar, escrever, idear.

Lazão – s.m.: alazão.

Lazeira – s.f.: azar, desdita, desgraça, miséria.
Lazéria – s.f.: o mesmo que *lazeira*.
Ledo – adj.: alegre, contente.
Legacia – s.f.: cargo, dignidade ou jurisdição de legado (enviado).
Lente – s.m.: aquele que lê; leitor, professor.
Leoneira – s.f.: jaula para leões.
Lesto – adj.: que se move com ligeireza, ágil, expedito.
Letra – s. f.: sinal gráfico que representa fonema; no *corpus* poético, pode comparecer também com o significado de *carta*.
Letrado – s.m.: que tem cultura, erudição, instruído.
Levantar ferro – v.: levantar âncora.
Lhano – adj.: franco, sincero, verdadeiro.
Libero dicto – expressão latina que significa *dito ao acaso*.
Libré – s.f.: uniforme provido de galões e botões usados por criados de casas nobres.
Libreia- s.f.: o mesmo que *libré*.
Licor – s.m.: líquido; bebida alcoólica açucarada e não fermentada.
Lida – s.f.: esforço fora do comum; labuta, faina, trabalho.
Lide – s. f.: trabalho penoso; luta, combate; questão judicial, pendência, litígio.
Linguaraz – adj.: tagarela, solto de língua, linguarudo.
Linhagem – s.f.: genealogia, estirpe, linha de parentesco.
Linhajudo – adj.: próprio da gente pertencente à nobreza, à boa linhagem.
Livrança – s.f.: ato de por em liberdade, livramento, libertação.
Lizeiro – adj.: derivado do verbo *lizar*: revolver tecido que está sendo tingido por imersão.
Loa – s.f.: elogio, encômio, discurso laudatório.
Lobo cerval- s.m: lince.
Lôbrego – adj.: lúgubre, triste, soturno.
Locução – s.f.: expressão, maneira de dizer, dicção.
Lograr – v.: conseguir, obter, fruir; enganar, trapacear.
Loquaz – adj.: falador, eloquente.

Louçania – s.f.: elegância, garbo.
Loução- adj. : adornado, enfeitado, elegante
Ludíbrio – s.m.: engano, logro, zombaria.
Ludoso – adj.: enganado; ferido, machucado.
Luminar – adj.: que dá ou esparge luz.
Lundu – s.m. : dança africana dos escravos bantos.
Lupanária – s.f.: palavra ainda não dicionarizada, sinônimo de *lupanar*: bordel, prostíbulo.
Luzente – adj.: brilhante, luminoso.
Luzido – adj.: brilhante, vistoso.

M

Macarrônico – adj.: discurso composto de palavras latinizadas para produzir efeito cômico ou burlesco; discurso composto de palavras latinas e de outra língua a que se acrescentam desinências latinas com efeito paródico, cômico ou burlesco.
Macatrefe – s.m. e adjetivo: mequetrefe, joão-ninguém.
Machacaz – s.m.: homem corpulento e pesadão, homem velhaco, espertalhão.
Machinho – s.m.: instrumento musical, cavaquinho; burro novo.
Machucho – adj..: avantajado, corpulento, grande; poderoso, influente.
Maço – s.m.: espécie de martelo.
Madeiro – s.m.: lenho; cruz.
Madraço – adj.: ocioso, mandrião, preguiçoso, vadio.
Madre – s.f.: mãe, útero.
Madrigão – s. m.: aumentativo burlesco de *madre*.
Mafra – s.f.: plebe, pessoa comum, vulgo.
Magano – adj.: pouco escrupuloso; ardiloso, trapaceiro, velhaco; atrevido, travesso, malicioso; que negocia animais ou escravos.
Magnata – s. m.: indivíduo poderoso, muito rico, chefão, maioral.

Magnate– s.m. : indivíduo poderoso, senhor, potentado, manda-chuva.

Magno – adj.: grande, relevante.

Magote – s.m.: ajuntamento ou amontoado de coisas ou pessoas.

Malaca – s. f.: doença, moléstia, mazela da pele.

Mal-assada – s.f.: fritada de ovos.

Malato – adj.: que está mal de saúde, fisicamente indisposto

Maleta – s.f.: pequena mala, malote; toureiro sem qualidade

Maleza – s.f.: maldade.

Malhadeiro – s.m. e adj.: o que malha ou qualidade daquele que malha; o que bate ; fodedor.

Malhadiço– adj.: o mesmo que *malhadeiro*; no *corpus* poético, pode significar aquele que tem manchas, *malhado* ou *misturado*, com remissão à mestiçagem ou sujeira de sangue.

Malho – s.m.: grande martelo de ferro ou de madeira; no *corpus* poético, pode comparecer com o sentido chulo de *pênis*.

Malhador – s.m. e adj.: o que emprega ou bate com o malho, qualidade do que bate o malho; fodedor.

Malsim – adj.: aquele que malsina, que revela o que se quer ocultar; que faz acusações.

Malta – s.f. : ajuntamento de pessoas de baixa extração social; escória, ralé.

Malvasia – s. f.: uva muito doce e cheirosa; vinho feito dessa uva.

Mamaluco – s.m.: mameluco, mestiço de índio e branco.

Maná – s.m.: alimento que, segundo a Bíblia, foi fornecido por Deus aos hebreus no deserto; doce, ambrosia.

Mancar – v.: coxear; carecer, estar falto de.

Mandarim – s.m.: na China antiga, alto funcionário do Estado.

Mandu – adj.: tolo, tonto.

Manducar – v.: comer, mastigar.

Manema– s.f.: farinha grossa de mandioca inferior à farinha fina.

Manemo – s. m.: indivíduo pouco capaz, indivíduo inferior como a manema, farinha grossa de mandioca (tupi *panema*, fraco, doente).
Manga a volá – s.f.: manga provida de véu ou renda.
Mangalá – s.m. e adj. : de *mangalaço*, vadio, mandrião, vagabundo.
Mangar – v.: caçoar fingindo seriedade, zombar; expor alguém ao ridículo.
Mangará – s.m.: extremidade da inflorescência da bananeira, roxa ou castanho avermelhada; no *corpus* poético, comparece com o significado chulo de *pênis*.
Mangava – s.f.: mangaba, fruto da mangabeira.
Mangaz – adjetivo: palavra ainda não dicionarizada, que no *corpus* poético significa *o que engana, o que zomba*.
Mangonar – v.: estar ocioso, ter mangona, preguiça.
Manguito – s.m.: peça de vestuário usada à altura dos punhos para adorná-lo; gesto ofensivo, que consiste em dobrar o braço com a mão fechada, segurando ou não o cotovelo com a outra mão, banana.
Manha – s. f.: habilidade de enganar, esperteza, destreza, malícia.
Maniatar – v.: manietar, atar as mãos de.
Manido – adj. : que ficou, ficado, que permaneceu, permanecido.
Manilha – s. f.: argola de latão, pulseira; jogo de carta, em que jogam quatro parceiros, sendo o sete de todos os naipes a carta de maior valor denominada *manilha*.
Manipuba – s.f. : caldo ou massa de mandioca fermentada.
Manjedoura – s.f.: cocho em que se põe comida para os animais na estrebaria.
Maquia – s.f.: lucro, ganho.
Maranha – s. f.: teia, confusão, intriga, conluio, velhacaria.
Marau – s.m.: indivíduo espertalhão, gatuno, malandro, patife, pirata.
Maravedi – s.m.: antiga moeda de Portugal e Espanha.
Margarita – s.f.: pérola.

Maridagem — s.f.: ato de maridar-se, casar-se; casamento, vida conjugal.

Marinheiraz — s.f.: o conjunto dos marinheiros.

Mariola — s.m. : moço de fretes, rapaz de recados; pícaro, indivíduo de mau caráter, patife, tratante, canalha.

Marotagem — s.f.: canalhice, patifaria, malandrice.

Marrada-s.f.: ato ou efeito de marrar com os chifres ou a cabeça; chifrada, corneada.

Marralheiro — adj.: astuto na arte de convencer ou iludir; manhoso, matreiro.

Marrano — adj. e s.m.: na Espanha e em Portugal, nome injurioso dado a mouros e especialmente a judeus batizados, suspeitos de se conservarem fieis ao judaísmo.

Marrão — s.m.: pequeno porco desmamado; no *corpus* poético, pode significar *marrano*, por alusão à proibição judaica de ingerir carne de porco.

Marroquim — s.m.: couro curtido de bode ou cabra, usado no revestimento e na confecção de sapatos, encadernações de livros etc.

Marruá — s.m.: touro bravo, violento; garrote castrado; indivíduo inexperiente, fácil de enganar.

Martirológio — s.m.: lista dos mártires da Igreja Católica ordenada pela data em que foram martirizados e a narração de seus martírios.

Mascavar(se) — v.: separar o açúcar de pior qualidade do outro que lhe é superior; tornar impuro; misturar-se com a gente vulgar de baixa qualidade.

Mascavo — adj. e s.m. : açúcar escuro; qualidade do açúcar inferior, não refinado; açúcar inferior também chamado de *broma*, na Bahia do século XVII.

Massapé — s.m.: terra preta argilosa, propícia ao cultivo da cana-de-açúcar.

Mastaréu — s.m.: mastro suplementar afixado ao mastro real do navio para aumentar-lhe a altura.

Matachim — s.m. : o que mata porco ou rês; tipo vulgar, inferior, patife, pícaro.

Mataco – s.m. (quimbundo): assento, nádegas.

Matalotagem – s. f.: conjunto de marujos; mantimentos, provisão de víveres, mantimentos; amontoado de coisas disparatadas.

Matalote – s.m.: marinheiro, companheiro de viagem no mar.

Matassão – s.m.: provavelmente, *mata-sano*, mau médico, charlatão.

Mate – s, m.: acabamento, remate; dar mate.

Matinada – s.f.: alvorada, madrugada; canto de matinas, ruído forte, algazarra.

Matiz – s.m.: colorido obtido pela combinação de diversas cores num todo, nuança.

Matraca – s.f.: peça de madeira com argola ou plaqueta que se agita para fazer barulho; pessoa muito faladora, tagarela; alarido de apupo, troça, vaia.

Matulão – adj.: indivíduo vadio, estróina, vagabundo.

Matulo – adj.: indivíduo vadio.

Mavundo – cf. *mazanha*.

Mavunga – cf. *mazanha*.

Mazanha – s. de dois gêneros (quimbundo): por *mazanza*, pessoa indolente, preguiçosa.

Mazela – s.f.: falha moral, mancha na reputação; ferida, chaga.

Mazombo – s. m. e adj. (quimbundo): filho nascido no Brasil de pais estrangeiros, sobretudo portugueses.

Mazulo – adj.: matulo, mazorro, indolente, preguiçoso.

Meato – s.m.: canal, caminho, via.

Medra – s.f.: ato ou efeito de medrar; medrança, crescimento, ganho, progresso.

Medrar – v.: crescer, prosperar.

Medronho – s. m.: fruto do medronheiro; aguardente feita de medronho.

Meirinhar – v.: exercer a função de meirinho.

Meirinho – s.m.: antigo oficial de justiça.

Melindre – s.m.: sentimento de pudor, tato; suscetibilidade; delicadeza no trato, amaneiramente, afetação.

Membralhaz – s.m.: membro grande; no *corpus* poético, significa *pênis grande*.
Memento – s.m.: apontamento ou nota para lembrar alguma coisa; memória,.
Meminho – s.m.: o dedo mínimo, mindinho.
Menina – s. f.: pupila dos olhos.
Menoscabo – s. m.: desdém, menosprezo.
Menstro – s.m.: corrimento da menstruação; mênstruo.
Mentastro – s.m.: pequena erva da família das labiadas (*Peltodon radicans*).
Mentideiro – s.m.: local em que se engendram boatos e mentiras.
Mercancia – s.f.: ato ou processo de mercanciar, mercadejar; mercadoria, negócio.
Mercar – v.: fazer comércio; comprar para vender, adquirir por meio de compra; mercadejar.
Mercê – s.f. : paga, preço, recompensa; favor, benefício.
Meretricano – adj.: próprio de meretriz ou prostituta.
Mero – adj.: banal, trivial, ordinário; peixe.
Mesurado – adj.: medido, mensurado, comedido, prudente.
Mezinha – s.f.: qualquer remédio; remédio caseiro.
Mica – s.f.: bocado, migalha.
Miga – s.f.: migalha.
Mihi – pron. pessoal latino no caso dativo, significando *para mim*.
Milenário – adj.: relativo a mil ou milhar.
Milimbiras – s. f.: derivado da junção de "mil" e "embira", cipó usado para amarrar, extraído de uma árvore pertencente à família bombacácea.
Míngua – s. f.: carência, escassez, falta, insuficiência.
Mirão – s. m.: o que mira, observa; espectador; indivíduo que não joga, mas observa o desenvolvimento do jogo.
Miraró s.m. : espelho.
Mirón/Mirones – s.m.: aquele(s) que mira(m) excessivamente, espia, olheiro.

Miserando – adj.: que inspira comiseração; deplorável, lastimável.
Mixela (por **Michela**) – s.f.: meretriz, prostituta.
Mixelo (por **Michelo**) – s.m.: prostituto, puto.
Mixo – adj.: apoucado, pequeno, ordinário, de pouco valor.
Mocambo – s.m.: choça, palhoça; esconderijo de escravos fugidos.
Mocorongo- s.m. : moçorongo, mulato escuro; tipo roceiro, rústico, tabaréu.
Modilho – s.m.: canção popular, música ligeira.
Moedeira – s.f.: trabalho extenuante, canseira.
Mofa – s.f.: ato de mofar; troça, zombaria.
Mofina – s.f.: mulher desditosa, acanhada, aparvalhada; avareza, mesquinhez,
Mofino – ad.: infeliz, desgraçado; avarento, ganancioso.
Molambento – adj.: coberto de molambos, trapos; roto, sujo, esfarrapado.
Molar – adj.: próprio para moer.
Molho – s.m.: pequeno feixe, pequena quantidade de objetos reunidos.
Momo – s.m.: pequena farsa popular; bufão.
Monção – s. f. :época ou vento favorável à navegação; ocasião favorável.
Mondongo – s.m.: intestinos de certos animais; tripa; indivíduo sujo, maltrapilho.
Monete – s.m.: farripas, cabelos ralos de quem é calvo; penteado feminino.
Mongil – s. m.: hábito de monja; túnica feminina talar com ou sem mangas; traje de monge.
Monho – s.m.: rolo ou cacho de cabelo, topete de cabelo postiço feito com cabelos de mortos usado outrora pelas mulheres espanholas.
Monir – v.: admoestar, ameaçando com pena quem não cumprir a monitória; advertir.
Mono – s. m.: macaco, pessoa muito feia.
Montês – adj.: dos montes, montanhês.

Monturo – s.m.: monte de lixo; esterqueira.
Morgado – s.m.: filho primogênito ou herdeiro de bens.
Morrinha – s. f.: sarna, gafeira, fedor, mau cheiro.
Mossa – s.f.: sinal de pancada dada, impressão moral, abalo.
Mostarda – s.f.: condimento; briga, confusão que resulta em pancadaria; chegar (subir) a mostarda ao nariz: perder a paciência, irritar-se.
Mote – s.m. : adágio, provérbio, sentença breve; estrofe ou fórmula antepostas ao início de um poema usadas como motivo nele desenvolvido como glosa.
Motejar – v.: dizer motejos, criticar, escarnecer, satirizar, zombar.
Motejo – s.m. : zombaria
Moteto – s.m.: composição polifônica sacra.
Moto – s.m.: ato ou efeito de mover; movimento; palavras ou divisa de brasões e bandeiras.
Moucelo – s.m.: rapagão, mocetão.
Mouco – adj.: que não ouve ou que ouve pouco, surdo.
Moxinga – s.f.: sova, surra.
Muchachim – s. m.: diminutivo de *muchacho*, rapaz, jovem com energia e vivacidade próprias da juventude.
Mula – s. f.: fêmea do burro; tipo de doença venérea.
Mulataço – s.m.: aumentativo de *mulato;* mulato de grande porte, com sentido pejorativo.
Mulatete – s, m. : diminutivo de *mulato*; mulatinho.
Mulieribus – expressão latina que significa "com mulheres", "em mulheres".
Muque – s.m.: músculo desenvolvido, força física bruta. *A muque*: locução que significa "com violência", "à força".
Muquete – s.m.: golpe, soco.
Murça- s.f.: veste usada por cônegos por cima da sobrepeliz.
Murici – s.m.: arbustos ou árvores pertencentes ao gênero *Byrsonima*, sendo alguns frutos comestíveis; o fruto do murici.
Murrão – s.m.: o mesmo que *morrão*, mecha, espécie de pavio ou torcida que se acendia em uma extremidade para comunicar fogo às peças de artilharia.

N

Nácar – s.m.: madrepérola; substância irisada do interior das conchas.

Nacarado – adj.: que tem brilho ou aparência de nácar; rosado, da cor do nácar.

Nanja – adv.: não, nunca; de forma alguma.

Naso – s.m.: nariz.

Natividade – s. f.: dia do nascimento, especialmente o de Jesus Cristo; festa do Natal; nascimento.

Nebli – s. m.: espécie de falcão adestrado para a caça.

Nefando – adj.: de que não se deve falar por ser abominável, execrando, horrível; malvado, ímpio, sacrílego; depravado.

Negaça – s. f.: ato ou efeito de negacear; recusa; falsa promessa, engano, ilusão.

Negral – adj.: de cor negra.

Negregado – adj...: que inspira piedade; infeliz, desgraçado; que provoca aborrecimento ou horror; que dá trabalho, trabalhoso.

Negrejar – v.: ser ou aparentar ser negro; tornar-se negro; aparecer escuro, quase negro.

Nescidade – s. f.: necedade, estupidez, tolice; vulgaridade.

Néscio- s.m. e adj.: o que é desprovido de conhecimento; ignorante, estúpido, inepto; vulgar.

Neta – s.f.: no engenho de açúccar, a espuma fina do melado.

Nicho – s.m.: compartimento em parede ou muro em que se coloca uma imagem.

Nonada – s.f.: nada, coisa alguma, ninharia.

Novel – adj.: que tem poucos anos de existência, inexperiente, iniciante.

Numen – s.m.: nume, deus, deidade.

Núncio – s.m.: embaixador do Papa.

Nuncupação- s.f.: nomeação de herdeiros feita em voz alta pelo testador.

Nuncupativo – adj.: diz-se de ato jurídico feito oralmente e não por escrito; nomeado oralmente; que é só nominal, não real.

O

Ocaso – s.m.: declínio do Sol no horizonte; oeste, poente.

Odre – s.m.: saco feito de pele de animal e usado para o transporte de líquidos; no *corpus* poético, *juntar odre com odre* pode significar *juntar barriga com barriga* numa relação sexual.

Ofensor – s.m. adj.: o que ofende, ofendedor, agressor.

Oiteiro – s. m.: outeiro, colina, monte.

Olha – s.f.: espécie de cozido feito com legumes e várias qualidades de carne; caldo gordo ou gordura na superfície do caldo.

Olha – s.f. : termo chulo com o sentido de *vagina*.

Olho – s. m.: em inumeráveis ocorrências, comparece no *corpus* poético com o sentido de ânus.

Onça – s.f.: antiga medida de peso, equivalente a 28, 691g.

Onusto – adj.: muito cheio ou carregado; repleto, sobrecarregado.

Onzena – s.f.: juro extorsivo, agiotagem, usura.

Opilação – s.f.: ato ou efeito de opilar; obstrução, entupimento de uma abertura ou duto natural.

Opilado – adj.: portador de uma obstrução ou entupimento em um duto ou canal natural.

Opimo – adj.: fértil, excelente, de grande valor.

Opróbrio – s.m.: grande desonra pública; vergonha, vexame.

Orate – s. m.: indivíduo louco, tresloucado, doido, maluco.

Orate Fratres – expressão latina que significa *orai, irmãos*.

Orbe – s. m.: esfera, globo, o espaço redondo circunscrito pela órbita de um astro; o mundo, a Terra, o universo.

Osco – s.m. adj.: o que tem a boca aberta; que boceja; bocejante.

Ourelo – s.m.: fita ou tira de pano grosso.

Ouropel – s.m.: liga metálica feita de cobre imitando ouro; aparência enganosa; brilho falso.

P

Pá – s. f.: a parte mais larga e carnuda da perna da frente das reses.

Paiaiá – s. de dois gêneros: indivíduo pertencente à etnia indígena com o mesmo nome; considerada extinta, habitou a costa da Bahia no século XVII.

Paio – s.m.: carne de porco embutida em tripa; linguiça grossa e curta; com sentido chulo, *pênis*.

Paisano – s.m. adj.: que ou o que é compatriota, patrício; que ou o que não é militar.

Palacego – adj.: palaciano, cortesão.

Palafrém – s.m.: cavalo bem adestrado e elegante destinado a senhoras; qualquer tipo de cavalo..

Palalá – s.m.: diarreia, caganeira.

Palangana – s.f.: tigela grande.

Palhada – s.f.: mistura de palha e farelo que serve de alimento para animais; conversa sem nexo, palavrório, estopada, chateação.

Palinuro – s.m.: pessoa que guia outras; guia, piloto (de Palinuro, piloto de Eneias na *Eneida*, de Virgilio)

Pálio – s.m.: sobrecéu portátil, suspenso por varas, que se carrega em cortejos para cobrir a pessoa festejada e, em procissões, para cobrir o padre que leva a custódia.

Palíolo – s.m. dim.: pequeno pálio.

Palomar – v..: prostituir(se) (de *paloma*, *pomba*, significando *meretriz*, *prostituta*).

Palpar – v.: tatear(se), tocar(se) brandamente com as mãos.

Pâmpano – s.m.: ramo novo de videira.

Panca – s.f.: pau grosso que serve como alavanca.

Pandilha – s.f.: conluio de muitas pessoas com o fim de enganar alguém.

Pandilheiro – substantivo masculino: gatuno, ladrão.

Pangaio – substantivo masculino: pequena embarcação.
Pantufo – s. m.: tipo de calçado; chinelo acolchoado para agasalhar os pés; chapim.
Papança – s. f.: alimento, comida.
Parabém – s.m.: congratulação, parabéns.
Paracismo – s.m.: paroxismo.
Parche – s.m. : emplastro, curativo.
Paridade – s. f.: qualidade do que é par; igualdade, semelhança.
Parlatório – s.m.: locutório; conversa; falatório.
Parleiro – adj.: que fala, falante.
Parlenda – s.f.: falatório, palavreado, discussão,
Parola – s.f.: conversa fiada, tagarelice.
Párpado – s.m.: pálpebra.
Parrameiro – adj.: parlapatão.
Partasana – s.f. : arma antiga, alabarda; haste longa de madeira, arrematada na extremidade por ferro largo e pontudo, atravessado por outro em forma de meia-lua.
Partezaina – s.f.: o mesmo que *partasana*.
Parvoíce – s.f.: qualidade de quem é parvo, estúpido; tolice, estupidez.
Pascácio – s.m..: indivíduo muito simplório, tolo, parvo.
Pasguate – s. de dois gêneros: pessoa estúpida, simplória, parva.
Pasito – adv.: com grande atenção.
Pasmar – v.: fazer ficar ou ficar pasmo, admirado, espantado.
Pasquim – s,m.: panfleto, sátira afixada em lugar público.
Passada – s. f.: passo; antiga medida de quatro palmos.
Passadiço – s.m. adj. : ponte de comando do navio; que passa rapidamente, transitório.
Passa-passa – s.m.: jogo; prestidigitação.
Passareiro – s.m.: passarinheiro, caçador, vendedor ou criador de pássaros.
Passarete – s.m.: genitália.
Passarinha – s.f.: genitália feminina; baço dos animais.

Passarinho – s. m.: pássaro pequeno; no *corpus* poético, pode comparecer com o sentido chulo de *genitália feminina*.

Passarola – s.f.: pássaro grande.

Pataca – s. f.: moeda antiga de prata que valia 320 réis.

Patacho – s.m. : embarcação antiga de dois mastros, com vela de proa redonda e vela de ré latina.

Patarata – s.f.: ostentação ridícula, mentira, patacoada. Pode ter valor de adjetivo e significar *afetado, fútil, pedante, vaidoso*.

Patifão – s. m.: homem velhaco ou maroto; grande e notório patife.

Patola – s.m.: parvo, tolo.

Patranha – s.f.: história mentirosa; engano, falsidade, mentira.

Paviola – s.f.: padiola.

Peanha – s.f.: pequeno pedestal onde se colocam imagens, crucifixos, bustos etc.

Peão – s.m.: pessoa que anda a pé; pedestre, soldado de infantaria, homem da plebe, plebeu.

Peça – s. f.: parte de um todo que tem existência autônoma; no *corpus* poético, pode comparecer com o sentido chulo de *genitália feminina*.

Peccatores – s. m. pl.: *pecadores* (em latim)

Peco – adj.: que definhou; raquítico, enfezado.

Peçonha – s.f.: veneno, maldade, malícia.

Pé-de-banco – s.m.: pênis.

Pederneira – s. f.: sílex, pedra muito dura para a produção de faíscas quando atritada.

Pedinchão – adj.: o que muito pede.

Pedinchar – v.: pedir muito.

Peditório – s.m.: pedido insistente e repetido.

Pego – s.m.: ponto mais fundo de rio, lago etc.; pélago, abismo no mar, voragem.

Pegureiro – s.m.: o que guarda o gado; pastor.

Peia – s.f.: corda ou peça de ferro que prende os pés de animais e escravos; aquilo que impede, obstáculo, embaraço, estorvo.

Peita – s. f. : antigo tributo; presente oferecido como suborno.

Peitar – v. : pagar tributo; subornar
Peixum – s.m. : *peitum* (tupi), fumo.
Pejar – v.: encher certo espaço, carregar; tornar (-se) prenhe, engravidar.
Pejar-se – v.: embaraçar-se, estorvar-se, envergonhar-se.
Pejo: s.m.: vergonha, timidez.
Péla – s.f.: bola empregada no jogo de pela; o jogo de péla.
Pelo miúdo – loc. adv.: minuciosamente.
Pélora – s.f.: pérola.
Pelouro – s. m.: bala esférica de ferro ou de couro ou de pedra empregada antigamente na artilharia; bola de cera em que se colocavam os votos de eleitores; área administrativa de uma cidade vinculada à Câmara municipal.
Pemba – s. f.: bastão grosso de giz colorido misturado com cola com que se riscam os pontos que identificam entidades em cultos religiosos africanos; ação do feiticeiro ou curandeiro; pênis.
Penada – s.f.: risco feito com pena de escrever; conjunto de palavras escritas com uma pena.
Pendanga – s. f.: *pendenga*; conflito de interesses; desacordo, bate-boca, discussão.
Penedo – s. m.: grande pedra, calhau, rochedo.
Penha – s. f.: massa de rocha isolada e saliente na encosta de uma serra; penedo, rocha.
Pentelheira – s. f.: o conjunto de pelos pubianos.
Pentelho- s.m. : pelo pubiano.
Pepitória – s. f.: guisado de galinha ou de miúdos de galinha; guisado feito com miúdos de aves .
 Perada – s. f.: doce feito de pera.
Peralvilhar – v.: agir como peralvilho.
Peralvilho – s.m.adj. : afetado de maneiras e nos trajes; janota, peralta.
Percito – s.m.: *precito*, o que está de antemão condenado, o que foi objeto de maldição, réprobo, condenado, maldito.
Peregrino – adj.: singular, único; de beleza rara.
Perenal – adj.: perene, eterno, imperecível.

Perfilhar – v.: reconhecer como filho; receber legalmente como filho, filhar.

Pernear – v.: agitar convulsivamente as pernas; espernear.

Perneta – s.f.: perna pequena; que não tem uma perna ou que tem defeito físico em uma das pernas.

Perrexil – s.m.: aperitivo, estimulante do apetite.

Perro – s.m.: cão; canalha, homem vil; pênis.

Persentir – v.: pressentir.

Pertinaz – adj. : obstinado, persistente.

Pespegar – v.: bater rijo com a palma da mão; aplicar, assestar golpe.

Pespego – s. m.: tapa, cascudo; estorvo, empecilho.

Petitinga – s. f.: manjuba, pequeno peixe de mar.

Pevide – s.f.: semente achatada da abóbora e do melão.

Pexilingre- s.m.: *pichelingue*, pirata, indivíduo que pilha navios mercantes e povoações costeiras.

Pica- s.f.: pique, lança; pênis.

Pícaro- s.m. adj. : que é ardiloso, astuto, velhaco; personagem típico do romance picaresco que vive de expedientes, obtendo lucros das ordens sociais mais ricas.

Piçalhada – s. f.: golpe dado com o pênis.

Piçalho – s. m.: pênis.

Piça- s.m.: pica, pênis.

Piçarra – s.f.: material argiloso semidecomposto; pedreira.

Pico – s.m.: cume, parte mais alta de monte ou montanha; agudeza, graça, malícia.

Picota – s.f.: pau a prumo que se usava como pelourinho e no qual se espetava a cabeça de condenados degolados.

Picote – s.m.: conjunto de furos feitos em folhas de papel; pano grosseiro; coito, cópula.

Pilhancra – s.f. : *pilhâncara*, pelanca, pele enrugada e flácida.

Pilhancrado – adj.: provido de muita pelanca.

Pilouro – s. m.: o mesmo que *pelouro*.

Pindoba–s. f.: várias palmeiras muito frondosas pertencentes ao gênero *Attalea*; folhas ou fibras dessa palmeira.

Pinga-pinga – s. m.: que aos poucos e continuamente pinga; que aos poucos e continuadamente rende alguma coisa.

Pingue – s.m. adj.: banha de porco derretida; que é gordo e gorduroso; fecundo, produtivo; farto, abundante.

Pinguelo – s. m. pequeno pau com que se arma laço para pegar aves; *pinguela*; ponte tosca; pênis.

Piorno – s.m.: erva do gênero Retama sp., espinhosa e amarga.

Pipa – s.f.: recipiente bojudo de madeira para líquidos, principalmente vinhos.

Piparote – s.m.: gesto de distender com força um dedo dobrado e apoiado sobre o polegar, quase sempre o médio, para dar pequena pancada em alguém ou alguma coisa.

Pipote – s.m.: diminutivo de *pipo*, pequeno barril.

Pique – s.m.: pico, atalho, pequeno corte.

Piqueiro – s.m.: homem que pica touros com vara curta.

Pira – s.f.: fogueira onde se queimam cadáveres; qualquer fogueira.

Piraguá – s.m.: nome dado a várias espécies arbóreas que produzem lenho de alto valor.

Pirajá – s.m.: aguaceiro súbito e rápido.

Pirajá – s. m.: o mesmo que *piraguá*.

Pirata Dunquerqué – Termo genérico por meio do qual se nomeia todo corsário que baseava suas atividades de preação em Dunquerque, cidade flamenga que atualmente faz parte da França. Os piratas de Dunquerque, como eram então conhecidos, empreendiam suas atividades a partir também de outros portos flamengos, como Nieuwpoort e Ostende.

Pírtigo – s.m.: pau comprido e fino que serve de cabo para o mangual; no *corpus* poético, pode comparecer com o sentido chulo de *pênis*

Pirum – s.m.: o mesmo que *peru*.

Pismão – s.m.: palavra ainda não dicionarizada, com muitas ocorrências no *corpus* poético, com o sentido de *pênis*.

Pissa – s. f.: Bluteau deriva a palavra do francês *pisser*, *urinar*, no *corpus* poético significa *pênis*.

Pistolete – s.m.: pequena pistola, pistolim; no *corpus* poético pode comparecer com o sentido chulo de *pênis*.

Pivete – s.m.: menino espertalhão; comparece no *corpus* poético com o sentido chulo de *pênis*.

Planta – s. f.: vegetal; parte do pé que assenta no chão.

Plectro – s.m.: instrumento de madeira, marfim ou metal empregado para fazer vibrar as cordas da lira.

Plegária – s.f.: súplica, pedido.

Pobreta – adj.: feminino de *pobrete*, um tanto pobre, qualifica mulher.

Podão – s.m.: foice de cabo curto.

Podengo – s,m.: cão para a caça de coelhos.

Podrido – adj.: apodrecido, podre.

Poedouro – s.m.: cada um dos trapos ou fios mantidos mergulhados no tinteiro, para que estivessem sempre embebidos em tinta; pedaço de pano embebido em tinta; lugar onde as galinhas põem ovos.

Poia – s. f.: pão ou bolo grande de trigo.

Polé – s.f.: antigo instrumento de tortura com que, por meio de cordas, se suspendia o supliciado com pesos nos pés, fazendo-o cair abruptamente.

Poltrão – adj.: covarde, medroso, preguiçoso.

Poluto – adj.: maculado, poluído, sujo.

Polvilho – s.m.: pó branco muito fino, usado especialmente para uso cosmético; pó fino de uso culinário.

Pomo – s.m.: fruto, maçã, pera; seio.

Popa – s.f.: parte posterior de uma embarcação; no *corpus* poético pode comparecer com o sentido chulo de cu.

Porfia – s.f.: disputa; insistência, obstinação, teima.

Porra – s.f. : clava com ponta redonda e reforço de ferro; maça; pedaço de pau, porrete, cacete; pênis.

Porraço – s.m.: palavra ainda não dicionarizada, que no *corpus* poético significa "golpes dados com porra, uma espécie de clava".

Porraz (Frei) – neologismo que no *corpus* poético designa o frade que derrama muito sêmen em ligações ilícitas.

Portada – s.f.: portal, pórtico.
Portento – s.m.: coisa ou acontecimento extraordinário, maravilha, prodígio.
Posta – s.f.: pedaço de peixe, fatia, naco, talhada.
Postilar – v.: apostilar, tomar notas, estudar.
Potro – s.m.: cavalo macho com menos de um ano de idade; instrumento de tortura.
Potroso – adj.: que sofre de potra ou hérnia intestinal.
Prebendado – adj.: aquele a quem se confere prebenda, renda eclesiástica.
Precatar – v.: prevenir, precaver.
Preclaro – adj.: distinto, ilustre, nobre, notável.
Prefundado – adj.: aprofundado.
Pregão – s.m.: proclamação pública, reclamo.
Pregoeiro – adj.: aquele que faz pregão, que proclama.
Preia – s.f.: presa; botim, despojos de guerra.
Preito – a.m.: manifestação de respeito, veneração; homenagem.
Prelazia – s.f.: cargo, dignidade ou jurisdição dos prelados.
Prenda – s.f.: dádiva, dote.
Preposterar – v.: alterar a ordem de; inverter.
Presépio – s.m.: presepe, estábulo, construção de materiais diversos que representa a manjedoura em que Jesus Cristo nasceu em Belém .
Presisto – v.: o verbo *persistir* conjugado na primeira pessoa do presente do indicativo.
Prestes – adj.: pronto, preparado.
Presunto – s.m.: perna ou espádua de porco, que, por extensão de sentido, significa a perna ou pé malcheirosos.
Presuntuoso – adj.: presunçoso, presumido.
Pretório – s.m.: A palavra latina *praetorium* significava "tenda de um general romano" no interior de um acampamento. Deriva de outra palavra latina, *praetor*, que designou por muito tempo a mais importante função civil no âmbito da República Romana, tornada posteriormente inferior àquela

de cônsul. A palavra *praetorium* designou o conselho de guerra reunido na tenda de um general, assim como a residência de um imperador, de onde ele exercia poder e autoridade; tribunal de pretor na Roma antiga.

Prevaricação – s.f.: ato de faltar ao cumprimento do dever ou de torcer a justiça por má fé ou interesse. Antigamente podia ser sinônimo de *adultério*.

Prevaricar – v. : faltar ao cumprimento do dever por má fé ou interesse; cometer adultério.

Primaz – s.m.: prelado católico que tem jurisdição sobre determinado número de bispos e arcebispos; que está em primeiro lugar.

Primazia – s.f.: prioridade, primado; excelência, superioridade de categoria.

Primor – s.m.: qualidade superior, perfeição, excelência, delicadeza.

Pro anciano – expressão latina que no *corpus* poético significa *a favor do mais antigo*.

Prolóquio – s. m.: sentença, proposição, máxima, ditado.

Pronosticar – v;: prognosticar, profetizar, pressagiar.

Propínquo – adj.: próximo, vizinho.

Prosápia – s.f.: linhagem, ascendência.

Protervo – adj.: que não respeita as convenções sociais; impudente, insolente.

Pua – s.f.: ponta aguda de objeto, bico, aguilhão, pico.

Puba – adj. s.f. (tupi): mole, macio, podre; massa de mandioca fermentada.

Publicano – No mundo latino, espécie de coletor de impostos. O *ordo publicanorum* consistia de uma classe de homens que se incumbia de contratos oficiais com vistas a recolher impostos e alfândegas de vária natureza. Muito conhecidos por causa dos abusos por eles cometidos contra a população. Jesus denominou publicanos todos aqueles que visavam mais o próprio benefício e viviam egoisticamente às custas do bem de todos.

Puçá – s.m.: pequena rede de pesca, pregada a um aro munido de braço, utilizado pelos índios brasileiros; peneira.

Pucarinho – s.m.: pequeno recipiente de toucador para a guarda do pó-de-arroz; caneco.
Puerice – s.f.: puerícia, período de crescimento do ser humano, infância.
Pujança – s.f.: vigor, grande força, robustez.
Pulcro – adj.: belo, bonito, formoso.
Pulquérrimo – adj. : superlativo de *pulcro,* belíssimo, formosíssimo.
Pundonor – s.m.: matéria ou ponto de honra, dignidade, amor próprio, altivez, decoro.
Punhada – s. f.: murro, soco.
Purga – s. f.: laxante, purgante.
Putaina – s.f.: putana, puta, prostituta.
Putana – s.f.: palavra ainda não dicionarizada, sinônimo de *puta, meretriz.*
Putiú – s.m. : mau cheiro, fedor
Puxo – s.m.: dor no ânus que acompanha a evacuação dificultosa; contração uterina do parto; cabelo puxado no alto da cabeça.

Q

Quadrupedante – adj.: que anda com quatro pés, quadrúpede.
Quartinha – s. f.: vasilha de barro para água potável; quartilha, moringa.
Quatimondé – s.m.: quatimundeu, quati macho e velho que se desgarrou do bando.
Quatrim – s.m.: moeda antiga de pouco valor, dinheiro.
Quatrinca – s.f.: grupo de quatro, quatro cartas iguais no jogo de baralho.
Quatrozeno – n. ord.: quatorzeno(*qua* soa como *ca*), décimo quarto.
Quebrantar – v.: pôr abaixo, quebrar, abater; desanimar.
Quedo – adj.: que não se move, parado, quieto.
Queijeira – s.f.: local onde se fabricam queijos; tablado onde ficam os queijos que secam.

Queixal – s.m.: relativo ao queixo, maxila inferior.
Quentárida – s. f.: sinônimo de *cantárida,* besouro de propriedades diuréticas e afrodisíacas.
Querela – s. f.: briga, contenda, pendência, polêmica; queixa, lamentação.
Quigila – s.f.: o mesmo que *quizila*: antipatia, inimizade.
Quimera – s.f.: monstro mitológico; produto da imaginação, fantasia, ilusão, sonho.
Quinau – s.m.: correção de erro; emenda, lição, corretivo.
Quinta – s. f. : propriedade rural com moradia.
Quintal – s.m.: antiga medida de peso, equivalente a 58. 758kg.

R

Rabaceira – s. f. : mulher sem decoro, desavergonhada.
Rabadilha – s.f.: região do tronco dos mamíferos e aves onde se insere a cauda; cóccis; bunda.
Rabi – s. m.: rabino, chefe espiritual israelita.
Rabino-s.m.: rabi, chefe espiritual israelita; no *corpus* poético, pode comparecer como trocadilho com *rabo.*
Rabil – s.m.: arrabil, rabeca.
Rábula – s.m.: advogado que usa de ardis para enredar as questões; advogado falador, mas de poucos conhecimentos; incompetente; pessoa que advoga sem ser formada em Direito.
Rafeiro – s.m.: cão de raça adestrado para guardar gado; o que gosta de divulgar escândalos.
Ralo – s.m.: lâmina perfurada que, pregada numa porta, permite que se fale de um aposento a outro sem ser visto.
Ralho – s. m.: ato ou efeito de ralhar; repreensão .
Ranhoso – adj.: que segrega muito ranho, muco; ranhento.
Rapado – s. m.: raspado, que não tem pelos; pênis.
Rapazia – s.f.: ato ou dito impensado, inconsequente.
Rascoa – s.f.: criada elevada a aia; cozinheira; mulher que vive da prostituição, prostituta, meretriz.

Rebate – s. m.: assalto repentino, ataque, chamamento, toque do sino, alarme; *tocar a rebate*: tocar o sino para avisar de algum perigo iminente.

Rebatido – adj.: detido, muito batido, calcado excessivamente.

Rebecão – s.m.: rabecão, o maior e mais grave instrumento de cordas da família do violino, sinônimo de *contrabaixo*.

Rebém – s.m.: sinônimo de *rebenque*, chicote de couro de pequeno tamanho para tocar a montaria.

Rebolir – v.: mover(-se) mexendo os quadris; rebolar(-se), agitar-se.

Rebuçar – v.: encobrir com rebuço, ocultar, esconder.

Rebuço – s.m.: parte da capa com que se cobre o rosto; dissimulação, disfarce.

Recancanilhas– s.f. (esp.): modo de andar dos rapazes como que coxeando; metaforicamente, o tom afetado da fala que tergiversa e faz muitos rodeios

Recatar-se – v.: guardar-se com recato. resguardar-se.

Récipe – s.m.: receita médica, repreensão, descompostura.

Reclamo – s.m.: ato de reclamar, reclamação.

Reconcentrar-se – v.: voltar a concentrar-se, reunir-se, reforçar-se.

Recopilar – v.: fazer nova compilação, compendiar, reunir extratos de.

Redil – s. m.: aprisco, curral.

Refego – s.m.: prega ou dobra de roupa, tecido, papel; sulco, ruga.

Refeitoreiro – s.m.: o que cuida do refeitório.

Refestela – s.f.: festa alegre, folia, folgança, regozijo.

Refolho – s.m.: prega, dobra; fingimento, dissimulação; *refolhos da alma*: as partes mais secretas da alma.

Regadio – adj.: que se rega.

Regatão – s.m.: o que regateia, regateador; o que compra por atacado e vende a retalho.

Reimoso – adj.: que prejudica o sangue, que causa prurido, genioso, de maus bofes.

Reinol – s.m.: aquele que nasceu no reino.
Reira – s.f.: dor lombar; diarreia.
Relação – s.f.: lista, rol.
Relasso – adj.: relaxado, relapso, folgado.
Releixo – s.m.: saliência de um muro.
Relexo – adj.: releixo, relaxado.
Relho- s. m. adj. : açoite feito de couro torcido; qualquer tipo de chicote; rígido como o couro cru; inflexível.
Remangar – v.: arregaçar as mangas, levantar a mão contra alguém, dispor-se a fazer alguma coisa.
Remedo – s.m.: arremedo, imitação.
Remir – v.: livrar alguém do cativeiro, resgatar, libertar da condenação.
Remisso – adj.: negligente, descuidado, indolente.
Remoela – s.f.: desfeita, acinte, insulto; zombaria, troça, escárnio.
Remolhado – adj.: bem molhado; novamente molhado.
Remoquear – v.: dizer remoques, zombarias; zombar.
Remora – s.f.: adiamento, obstáculo.
Rencontro – s. m.: embate, luta.
Rencor – s. m.: o mesmo que *rancor*.
Rendimento – s.m.: ato de render, rendição; quantidade de valor, lucro.
Rengo – s.m.: tecido fino transparente para bordados.
Renhido – adj.: disputado com ardor, porfiado; em ocorre derramamento de sangue, sangrento.
Renhir – v.: travar combate com, disputar, combater.
Repelão – s.m.: empurrão violento, encontrão, empuxão.
Repicar – v.: produzir sons agudos e repetidos, soar o sino de forma festiva.
Repostar – v.: responder, replicar, retrucar.
Réprobo – adj.: o que foi banido, condenado, precito, malvado.
Reputar – v.: julgar, considerar.
Requeimado – adj.: muito queimado, tostado, enegrecido.

Requestar – v.: pedir com insistência, solicitar.
Requiescat – verbo latino que comparece na expressão *requiescat in pace, repousa em paz*.
Rescaldo – s. m.: calor produzido por fornalha ou incêndio; cinza que contém brasa.
Resíduos – s.m. pl.: o remanescente dos bens legados, restituídos ao beneficiário do testamento.
Resma – s. f.: conjunto de quinhentas folhas de papel.
Resplandor – s.m.: brilho intenso.
Respostada – s.f.: resposta indelicada ou agressiva, grosseira, incivil.
Ressábio – s. m.: ressaibo, mau sabor, ranço, ressentimento.
Ressonante – adj.: ressoante, retumbante.
Réstia – s. f.: corda de palha; feixe de luz.
Restringente – adj.: diz do remédio que estreita as partes relaxadas.
Resvelar – v.: fazer escorregar ou cair; se intransitivo, significa *cair, resvalar*.
Retentiz – s.f. adj. : a retentiva, a memória; que retém, que lembra.
Retento – adj.: retido, segurado, preso.
Retrete – s.f.: latrina.
Retrocer – v.: retorcer, torcer muito.
Retrocido – adj.: retorcido, muito torcido.
Retumbar – v.: ecoar, ribombar, ressoar.
Rifa – s.f.: sorteio de algo; loteria.
Rinha – s.f.: briga de galos; rixa, briga, peleja.
Risote – s. de dois gêneros: quem zomba de tudo.
Roble – s. m.: carvalho, madeira de carvalho, qualquer madeira dura com a cor do carvalho.
Roca – s.f.: instrumento de fiação de lá ou algodão; rocha.
Roçagante – adj.: que roça, que se arrasta por, que passa levemente.
Rocim – s.m.: cavalo forte usado na caça e na guerra; cavalo fraco, magro, rocinante.

Rocio – s. m.: orvalho.

Roda – s.f.: armário provido de mecanismo giratório, que, montado numa janela, movimenta-se para dentro e fora de um edifício.

Rodela – s. m.: frade tonsurado; fatia de forma circular; escudo.

Ronca – s.f.: ato ou efeito de roncar; ronco.

Ronceiro – adj.: que se movimenta devagar; lento, tardo.

Ronha – s.f.: espécie de sarna; habilidade para enganar, ardil, malícia, velhacaria.

Rosalgar - s.m: que é muito loiro ou muito ruivo.

Rosicler – adj.: cor róseo-clara; rosa pálido.

Roto – adj.: que se rompeu; esburacado, esfarrapado, rasgado.

Roupeta – s.f.: indumentária de sacerdote.

Roxete – s. m.: vestimenta violácea de bispo.

Ruça – s.f. adj: égua castanha ou pardacenta; grisalha, parda.

Ruço – s.m. adj.: cavalo castanho ou pardacento; grisalho, pardo.

Rustir – v.: enganar, iludir, ludibriar, esconder.

Rutilante – adj.: que rutila, fulgurante, brilhante, resplandecente.

S

Saca-bocado – s.m.: instrumento empregado por correeiro para abrir furo em couro ou pano. No *corpus* poético, o vocábulo comparece com o sentido cômico de *abocanhamento*.

Sacamano –s.m. : sacomão (arc.), salteador, saqueador.

Sacrilégio – s.m.: pecado grave contra a religião e as coisas sagradas; profanação, ato de impiedade.

Sacudido – adj.: cheio de vivacidade; forte, robusto; desembaraçado, desenvolto.

Sáfio – adj.: indelicado, grosseiro; ignorante; desconfiado.

Saial – s.m.: vestimenta antiga; parte da armadura que protegia o ventre e os quadris.

Saião – s.m. (arc.): algoz, carrasco, verdugo.

Sainete – s.m.: comédia curta do teatro espanhol, com dois ou três personagens; gosto, sabor..

Salacega – s.f.: sinônimo de *salacidade, devassidão*; no *corpus* poético, comparece como trocadilho de *Salamanca*.

Sal-pimentado – adj.: temperado com sal e pimenta.

Salva – s.f.: grande número de sons produzidos conjuntamente; descarga simultânea de armas de fogo; saudação.

Salvajola – s.m.: vocábulo não dicionarizado, que no *corpus* poético significa *grande selvagem*.

Sambenitado – adj.: que veste o sambenito.

Sambenito – s.m.: hábito em forma de saco, feito de baeta amarela e vermelha, usado pelos penitentes que iam ser queimados em autos da fé do Santo Ofício da Inquisição.

Samburá – s. m.: cesto; ver *cofo*.

Sandeu – adj.: caracterizado por *sandice*, loucura; idiota, que diz ou pratica tolices, pateta, estúpido.

Sanguinoso – adj.: abundante em sangue; sanguinolento.

Sarambeque – s.m.: dança sensual de origem moura; antiga dança negra, modalidade de batuque; na cidade da Bahia, entre meados do século XVII e meados do século XVIII, dança lasciva, de origem africana, em que se moviam muito os quadris; comparece no *corpus* poético com o sentido chulo de órgão sexual.

Sarjeta – s. f.: meio fio da calçada, escoadouro da água da chuva; condição de decadência, estado de indigência; sarja, tecido pouco encorpado.

Sastre – s.m.: alfaiate.

Sazonado – adj.: pronto para ser colhido e comido; maduro.

Sed libera nos a mal – expressão latina que significa *mas livra-nos do mal*.

Sedaço – s.m.: seda rala com que se fabricam peneiras; peneira de seda.

Sege – s.f.: antiga carruagem fechada, de duas rodas e um assento, com a frente fechada por cortina ou vidro, puxada por dois cavalos.

Seisma – s.f.: fração, a sexta parte de alguma coisa.
Selário – s.m.: salário, pagamento por serviço.
Seleto – adj.: de primeira ordem, excelente.
Selha – s.f.: vaso arredondado de madeira; balde.
Sendeiro – s.m.: diz-se do cavalo pequeno próprio para carga; qualidade da cavalgadura velha e ruim; que pratica ações mesquinhas, desprezíveis, servis.
Sequaz – s. de dois gêneros: que segue; seguidor, partidário; parceiro de criminoso.
Sequioso – adj.: que tem sede, sedento; que está extremamente desejoso, ávido, cobiçoso.
Serafina – s.f.: tecido de lã próprio para forros; baeta espessa.
Serão – s.m.: tempo entre o jantar e a hora de dormir; trabalho noturno.
Sereroca – s.f.: a genitália feminina.
Serpe – s.f.: serpente, cobra.
Serpentina – s.f.: liteira ou palanquim cujo leito é uma rede.
Serril – adj.: da serra, serrano; agreste, rústico.
Sestear – v.: fazer a sesta, repousar após o almoço.
Seteno – s.m.: conjunto de sete objetos ou seres; período de sete dias, o que se conta de sete em sete.
Setia – s.f.: cano de madeira coberto que conduz água aos engenhos hidráulicos; pequena embarcação movida a remo.
Sevandija – s. de dois gêneros: nome comum a todos os parasitos e vermes; pessoa servil, desprezível.
Sezão – s. f.: febre intermitente ou periódica.
Signo-Salmão – s.m.: sinal de Salomão; estrela de Davi ou hexagrama, estrela com seis pontas; amuleto em forma de estrela de seis pontas.
Silha – s.f.: cadeira, assento, sela.
Silvar – v.: sibilar, assobiar.
Símio – s.m.: macaco, mono.
Simonia – s. f.: termo derivado do nome Simão, o Mago, que ofereceu dinheiro aos apóstolos de Cristo para obter o

dom de conferir o Espírito Santo; compra ou venda ilícita de coisas espirituais, como sacramentos e indulgências, ou temporais, ligadas às espirituais.

Simplalhão – s. m. adj.: aumentativo de *simples*, indivíduo extremamente simplório.

Sinistro – adj.: que usa preferencialmente a mão sinistra ou esquerda; que anuncia acontecimentos funestos, agourentos; que é pernicioso, assustador; que causa o mal, pernicioso, funesto.

Sisar – v.: impor pagamento da sisa, imposto de transações de compra e venda; furtar coisas de pouco valor, surrupiar.

Siso – s.m.: juízo, bom senso, sensatez, prudência.

Sisudo – adj.: aquele que tem siso, sensato, prudente; aquele que se mostra grave, sério, circunspecto.

Soã–s.f.: *suã, assuã,* parte inferior do lombo do porco; parte posterior do tórax do homem ou superior de outros animais.

Soalheiro – s.m. adj. : que ou o que se expõe à ação dos raios solares; em que há pouca ou nenhuma sombra.

Soba – s.m.: chefe de povo ou Estado africano, especialmente na costa atlântica, ao sul de Angola.

Sobejar – v.: sobrar, exceder os limites do necessário, ser demasiado.

Sobejo – s.m.: que sobeja, sobra, resta; urina, fezes.

Sobreagudo – adj.: muito agudo, superagudo.

Sobrosso – s. m.: temor, intranquilidade, medo, receio; empecilho, dificuldade, embaraço.

Socapa – s. f.: qualquer coisa usada para disfarçar; disfarce, máscara; **(à) de socapa** – com disfarce, furtivamente.

Socarrão – s.m. adj.: que ou o que engana os outros fingindo inocência; indivíduo astuto, velhaco.

Socó – s.m.: espécie de ave aquática da família dos ardeídeos.

Soçobrar – v.: inverter, revirar, emborcar, naufragar.

Socrócio – s.m.: emplastro cor de açafrão; metaforicamente, a deleitação ou a complacência que se solicita ou se recebe.

Sodomita – s.m.adj.: que ou o que pratica o coito anal.

Sofia – s.f.: sabedoria, ciência; por extensão, no *corpus* poético pode significar *universidade*.

Sofisteria – s. f.: sofistaria, grande quantidade de sofismas, discurso cheio de sofismas.

Sôfrego – adj.: próprio do que come ou bebe com avidez ou pressa; voraz, esganado.

Soga – s.f.: corda grossa; corda de crina ou tira de couro com que se amarra o cavalo a uma estaca; sulco para condução de águas.

Sojorno- s.m.: casa, habitação, morada.

Solar – s.m.: palácio ou herdade de família nobre.

Solaz – s.m.: alegria, consolação, prazer, divertimento, distração.

Soldada – s.f.: soldo, salário, paga, pagamento.

Soldadesca – s.f.: gente de guerra; a classe militar.

Soldo – s.m. : pagamento a quem presta serviço de qualquer natureza.

Soledade – s.f.: solidão; lugar ermo, deserto.

Soleta – s.f.: palmilha; calçado caseiro, chinelo..

Solfa – s.f.: arte de solfejar; solfejo; partitura, música escrita.

Solfejo- s.m. : exercício para se aprender a ler notas musicais.

Sólio – s.m.: trono; cadeira pontifícia, cadeira de São Pedro.

Sopa – s.f.: termo chulo, que no *corpus* poético significa o molhado da genitália feminina.

Sopear – v.: conter, deter, sofrear; calcar, golpear.

Sortida – s.f.: saída; *surtida*, ataque, assalto, investida.

Sortílego – adj.: relativo ao sortilégio; que encanta; mágico, feiticeiro.

Sorumbático – adj.: triste, macambúzio, sombrio.

Sorva– s.f.: fruto da sorveira (*Couma guianensis*); amolecimento ou apodrecimento da fruta.

Sorvo – s.m.: porção de líquido que se bebe de uma só vez; gole, trago.

Sota –s.f.: a dama, no jogo de cartas; como prefixo, significa *debaixo*: *sotatendeiro, inferior a tendeiro*.

Sova – s. m.: ver *soba*.

Subitâneo – adj.: súbito, inesperado.
Sucinto – adj.: dito ou escrito breve, lacônico, resumido.
Sudário – s.m.: lençol com que se envolve o cadáver; mortalha.
Sufilié-s.m.: nome de tecido.
Sufrágio – s.m.: voto; reza, oração por mortos ou ato pio em favor da alma de alguém.
Sumilher – s.m.: reposteiro ou criado da casa real ou do paço; chefe ou superior em repartições do paço.
Sumo – adj.: que se acha no lugar mais elevado, supremo.
Sundo – s.m.: ânus.
Superlativo – adj.: que tem a qualidade no mais alto grau.
Supino – adj.: deitado de costas; situado em local elevado; em quantidade exagerada, demasiado, excessivo; notável, exímio; superior, elevado.
Supitâneo – adj.: subitâneo, súbito.
Surcar – v.: o mesmo que *sulcar*, fazer sulcos em, cortar as águas de, navegar.
Surrão – s.m.: bolsa de couro usada para carregar provisões.
Surripiar – v.: furtar.
Surucucu – s.m.: cobra; serpente; réptil ofídeo muito venenoso; no *corpus* poético pode ser sinônimo de *pênis*.
Sururu – s.m.: molusco, espécie de mexilhão; no *corpus* poético, designação chula da genitália feminina.
Susanário- adj.: relativo a *susana*, veia da testa.
Suspensão – s.f.: ato ou efeito de suspender; interrupção temporária ou definitiva de algo.

T

Taboca – s.f.: bambu, taquara.
Taca – s.f.: golpe, lambada, pancada; no *corpus* poético, pode significar *pênis*.
Taful – s.m. adj.: que ou quem é alegre, festivo; que ou quem é vestido com exagero; janota, peralta.
Tafularia – s.f.: ato ou comportamento próprio do taful; alegria ou festividade a que se entregam os janotas, peraltice.

Talia – s. f.: a musa da comédia.

Talim – s.m.: correia a tiracolo em que se prendia a espada; estojo em que se guardam relíquias e orações; fita com que se prende o estojo ao corpo.

Tamanca–s.f.: tamanco baixo, usado especialmente por mulheres; taroca.

Tambaca – s.f.: liga de cobre ou de zinco; fusão de ouro e prata.

Tamina – s.f.: cuia em que era distribuída farinha de mandioca aos escravos; ração diária de farinha ou outro alimento dado aos escravos.

Tamoeiro – s.m.: peça de madeira colocada entre os animais do carro de bois; peça de madeira que prende a canga ao carro de bois ou ao arado.

Tanajuda – s. f.: tanajura, içá, nome da fêmea das diversas espécies de formigas saúvas; mulher de cintura fina e quadris largos.

Tanga – s. f. (quimbundo): espécie de lençol enrolado ao corpo usado por negros trazidos ao Brasil como escravos; pedaço de tecido ou outro material usado para cobrir do ventre às coxas.

Tangarumanga – adj. : termo pejorativo, talvez associado a *tanganhão*, o que vende escravos, e *tangomão*, o que compra escravos.

Taoca – s.f. (tupi): formiga ruiva e grande que come plantas; baiacu; ave (*Formicarius analis*), de dorso pardacento, peito acinzentado, e crista vermelha.

Tapanhuno – s.m.: indígena; madeira pardo-escura; negro escravo residente no Brasil.

Tapiti – s.m.: coelho-do-mato, mamífero leporídeo (*Sylvilagus brasiliensis*), aparentado das lebres.

Tapuia – s. de dois gêneros: designação tupi dada pelos portugueses a todos os índios que falavam línguas não pertencentes ao tronco tupi.

Taraíra – s.f. (tupi): traíra, espécie de peixe da família dos coracídeos.

Taralhão – s.m.: indivíduo intrometido, indiscreto ou implicante.

Taramela – s. de dois gêneros: trava de madeira ou metal que gira presa a prego ou parafuso pregada numa porta ou janela para fechá-las; que ou quem é excessivo no falar, tagarela.

Tarantaina –s.f. : tarantana, espécie de toque seriado do sino para anunciar o sermão.

Tardança – s.f.: ato ou efeito de tardar; delonga, demora.

Tartamudo – s.m. adj.: que ou aquele que tem imperfeições na fala, que pronuncia com dificuldade, que fala com voz trêmula; gago.

Taxa – s.f.: preço; preço fixo; tributo; proporção.

Te Deum Laudamus – expressão latina que significa *A ti Deus louvamos* .

Teiró – s.m.: demonstração de antipatia ou aversão; discussão, rixa.

Teiú – s.m.: lagarto, réptil teiídeo (*Tupinambis teguixim*), amplamente distribuído no Brasil.

Temperilho – s.m.: tempero ordinário; agilidade para manejar as rédeas.

Têmporas – s.f. pL.: cada uma das partes laterais da cabeça; no rito católico, os três dias de jejum semanal em cada uma das quatro estações do ano;

Tenção – s.f.: o que se pretende fazer; propósito, desígnio, intenção.

Terneza – s.f.: ternura, carinho, meiguice.

Terso – adj.: puro, limpo, lustroso; correto, esmerado.

Testar – v.: deixar em testamento, legar.

Tiara – s.f. ornamento de cabeça; mitra do pontífice.

Timbó – s.m.: designação genérica dada a plantas brasileiras tóxicas para peixes que, maceradas e lançadas às aguas, produzem o entorpecimento deles; lassidão, moleza.

Timbre – s.m.: insígnia colocada em escudo de armas para patentear a nobreza de seu proprietário; marca, sinal.

Tinelo – s.m.: sala da casa em que os criados comem em mesa comum; refeitório de criados.

Tiple-adj. : agudo, esganiçado; diz-se da voz humana mais aguda.

Tipoia – s.f.(tupi): rede pequena; rede de dormir.

Tiririca – s.f.: erva daninha, invasora, cortante (*Cyperus rotundus*).

Tisnado – adj.: tostado, enegrecido.

Tissum – s.m.: antigo tecido de alto preço.

Titara – s.f.: taquara; palmeira pertencente ao gênero *Desmoncus*, que produz acúleos longos e afiados, que têm o mesmo nome da palmeira de onde são tirados.

Titela – s.f.: parte carnuda do peito das aves; coisa preciosa e estimada.

Toar – v.: produzir ou emitir tom ou som forte; por-se em harmonia com; afigurar-se.

Tola – s.f. cabeça, mioleira, toutiço; o juízo.

Tonilho – s.m.: canção ligeira e rústica;melodia em tom débil.

Tonsura – s. f.: ato ou efeito de tonsurar; corte circular dos cabelos do topo da cabeça dos clérigos.

Tope – s.m.: parte mais alta em que algo termina; cimo, cume, topo.

Toutiço – s.m.: a parte posterior da cabeça; nuca.

Traça – s.f.: desígnio, plano,projeto; ardil, artifício, manha.

Tramoço – s.m.: tremoço, grão do tremoceiro, pertencente ao gênero *Lupinus*.

Tramoeiro – s.m. : tramoieiro; indivíduo que faz tramoias; trapaceiro.

Trampa – s.f.: excremento grosso e fedorento, fezes; no *corpus* poético pode comparecer com o sentido de *ninharia* e de *armadilha, trapaça, velhacaria*.

Tramposo – adj.: que faz intrigas, trapaceiro, velhaco.

Transe – s.m.: estado de aflição, angústia, inquietude.

Traquete – s.m.: mastro de vante de navio veleiro com mais de um mastro; tipo de vela redonda.

Trasfegar – v.: lutar com afã, trabalhar, lidar; transferir líquido de uma vasilha a outra para remover sedimentos, mudar.

Traslado – s.m.: ação ou efeito de trasladar; transcrição de um texto original, cópia; imagem.

Trastejar – v.: negociar com trastes ou objetos de pouca valia; agir como velhaco; guarnecer de móveis, mobiliar.

Trasto – s.m.: cada uma das divisões do espelho de instrumentos de corda que indica a posição dos dedos e ao mesmo tempo divide o ponto em uma série de meio-tons; ponteira.

Travado – adj.: que se travou; fortemente unido; disputado com furor, encarniçado, renhido.

Través – s.m.: viés, direção oblíqua ou diagonal.

Trêfego – adj.: hábil para enganar; astuto, esperto, sagaz, manhoso. turbulento, irrequieto.

Trela – s.f.: folga, licença, travessura.

Tresandar – v.: recuar; cheirar mal, feder, exalar mau cheiro.

Treta – s.f.: destreza na esgrima; ação ardilosa; palavreado para iludir.

Triaga – s.f.: *teriaga*, remédio caseiro; antídoto, medicamento contra a mordedura de animal peçonhento.

Tridente – s.m.: forcado de três dentes; cetro mitológico de Netuno, deus do mar; no Cristianismo, significa a pescaria de homens levada a efeito por Pedro e seus sucessores.

Trigueiro – adj.: moreno, que tem a cor do trigo maduro.

Trincho – s,m.: ato ou maneira de trinchar ou cortar em pedaços; o lado da peça de carne mais fácil de trinchar.

Trinco – s.m.: estalido dos dedos, som produzido pelo atrito do dedo polegar sobre o dedo médio, que bate na palma da mão.

Tripagem – s.f.: grande quantidade de ; tripalhada.

Trique – s.m.: empregado na locução adverbial *a cada trique*, com o sentido de *a cada passo, a cada instante*; no *corpus* poético, pode ser usado como onomatopeia, *triquezapete*, do ruído da masturbação

Tristalhão – adj.: muito triste.

Triúnviro – s.m.: cada um dos magistrados da Roma antiga que formavam um triunvirato.

Trocada – s.f.: troca.

Trocás– s.f. : *torcaz*, espécie de pomba de pescoço esverdeado cortado por um colar branco.

Troço – s.m.: qualquer objeto de que não se sabe o nome; pedaço de madeira; excremento; ajuntamento de pessoas, multidão.

Trolha – s.f.: pequena pá em que o pedreiro mantém a massa de que necessita; servente de pedreiro; bofetada, pancada; mulher gorda e atarracada.

Tronga – s.f.: prostituta, meretriz.

Tropel – s.m.: agrupamento de pessoas que se movem de forma desordenada, turbamulta; barulho de pés que andam ou sapateiam.

Trouxe-mouxe – s.m..: ação desordenada, atabalhoada, sem ordem.

Trunfar – v.: jogar trunfo; assumir importância social.

Truz– interj.– imitação do som da queda de um corpo ou do estrondo de um tiro; pancada, batida.

Tuba – s.f.: trombeta de metal, de tubo estreito, longo e reto, referida como própria do gênero épico.

Tudesco – adj.: tedesco, relativo a ou próprio dos germanos; alemão.

Túmido – adj.: que apresenta tumescência, inchado, dilatado; que manifesta orgulho desmesurado, emproado, arrogante.

Tutia – s.f.: depósito de óxido de zinco impuro que adere às paredes internas das chaminés dos fornos onde se calcinam certos minérios.

U

Ufano – adj.: que se ufana; que se jacta de altos méritos e conquistas; fanfarrão, gabola.

Ultramar – s.m.: diz-se de região além do mar; tinta azul extraída do lápis-lazúli; cor dessa tinta.

Ultramarino – adj.: situado no ultramar; da cor azul do ultramar.

Unhate – adj.: que agarra com a unha; avaro.

Unheiro – s.m.: gavarro, inflamação dos tecidos em torno da unha; no *corpus* poético pode comparecer significando *agiota, usurário*.

Unto – s.m.: banha, gordura de porco; no *corpus* poético, sobretudo nas sátiras, comparece com o sentido de *dinheiro*.

Urca – s.f.: embarcação a vela com dois mastros, larga e de fundo chato, usada principalmente pelos holandeses para o transporte de cargas; no *corpus*, pode significar *corpo feminino*.

Urucu – s. m.: urucum, planta (*Bixa orelana*) de cujas sementes se fazem corantes alimentícios e tinturas corporais; substância extraída dos frutos do urucum usada pelos índios brasileiros para pintar o corpo de vermelho.

Urupema – s.f.: espécie de peneira em que se passa a farinha de mandioca; esteira com que se vedam aberturas de janelas e portas

Useiro – adj.: que costuma usar ou fazer algo; *useiro e vezeiro*: que costumeiramente faz certa coisa ou tem certo comportamento.

V

Vaganau – adj.: termo usado com o sentido de *vagabundo*. Bluteau o considerou antiquado ao tempo da escrita do seu dicionário.

Valhacouto – s.m.: lugar seguro onde se acha refúgio, abrigo, esconderijo.

Valido – adj. s. m.: que ou o que se põe sob proteção de alguém mais poderoso; favorito, protegido.

Vandido – s.m.: variante de *bandido*.

Vaqueta – s.f.: vaca pequena; prostituta, meretriz.

Vara – s.f.: ramo de árvore fino e flexível; além desse sentido mais usual, pode comparecer no *corpus* poético com o significado de *antiga unidade de medida equivalente a 1,10m*.

Vardascada – s. f. : vergastada, golpe dado com a verdasca, vara comprida e flexível.

Vareda – s.f.: vereda, caminho estreito, senda.
Vaso – s.m.: no *corpus* poético, a genitália feminina.
Vasquinha – s.f.: saia pregueada na cintura e usada por cima da roupa.
Vaticínio – s. m.: predição, profecia.
Vau – s.m.: passo raso de rio ou mar onde se pode andar a pé.
Vaza – s.f.: conjunto de cartas jogadas por todos os jogadores numa rodada que são recolhidas pelo ganhador; *não dar vaza*: não dar ensejo, não dar oportunidade.
Vegetável – adj.: qualidade do que vegeta.
Veiga – s.f.: campo fértil e cultivado; várzea, vargem.
Veleiro – adjetivo: que anda movido a vela; ligeiro, rápido.
Velhacaria – s.f.: patifaria.
Velhaco – adj.: fraudulento, patife, traiçoeiro.
Venábulo – s.m.: espécie de lança ou dardo de arremesso; lança curta.
Vendelhão – s.m.: vendilhão, indivíduo que vende mercadorias pelas ruas; vendedor ambulante; o que trafica em coisas de ordem moral, o que aproveita a pureza de uma ideia ou local para daí tirar proveito material.
Venéreo – adj.: referente a Vênus; relativo ao relacionamento sexual; relativo ao prazer sexual; sensual, erótico.
Vênia – s.f.: licença, permissão.
Venida – s.f.: ação de vir, vinda; ataque imprevisto do inimigo; na esgrima, golpe de espada dado para ferir.
Ventosa- s.f.: órgão de fixação de certos animais; objeto cônico, geralmente de vidro ou metal, que se aplica sobre a pele para produzir hemospasia.
Ventosidade – s.f.: flato, flatulência, peido.
Vera – s.f.: verdade; *veras*, coisas da verdade, reais.
Verberar – v.: expressar enérgica censura a respeito de alguém ou de algo; repreender, censurar, vituperar; açoitar, fustigar.
Verdugada – s.f.: navalhada (do esp. *verdugo,* navalha pequena); adj.: *averdugada,* saias averdugadas, saias com barbatanas que as fazem cheias e rodadas.

Verdugo – s.m.: indivíduo que executa a pena de morte ou outros castigos corporais; algoz, carrasco.
Vergel – s.m.: jardim, pomar.
Vergonta – s.f.: vergôntea, ramo da videira; ramo fino de árvore, rebento, broto.
Vermelho- s. m.: nome de peixe; no corpus poético, pode comparecer com o significado chulo de *pênis*.
Véspora – s.f.: véspera, a tarde; na liturgia católica, a parte do ofício divino que ocorre à tarde, entre as 15 e as 18 horas.
Vestido – s.m.: veste, vestimenta.
Vezeiro – adj.: acostumado, habituado.
Vezo – s.m.: costume ou hábito de fazer algo criticável, repreensível.
Vide – s.f.: braço, ramo ou vara da videira.
Vidrado – adj. : revestido de substância vítrea; envidraçado; com o brilho do vidro, brilhante, lustroso.
Vinhaça – s.f.:vinho ordinário; grande porção de vinho; bebedeira.
Vinha-d'alhos – s.f.: molho preparado com vinagre, sal, alho, cebola e outros condimentos, que se usa para conservar certos alimentos ou como marinada, para amaciar e temperar carnes.
Vinhote – s.m.: indivíduo que se embriaga frequentemente, ébrio, bêbado.
Vira – s.f.: tira de couro que se prega entre as solas do sapato, junto às bordas delas.
Viração – s.f.: aragem, vento brando e fresco que sopra do mar para a terra à tarde, brisa marinha.
Virotada – s. f.: golpe dado com virote, seta ou dardo curto.
Virote – s.m.: seta ou dardo curto.
Vocacia – s.f.: advocacia.
Vozeria – s.f.: vozearia, clamor de muitas vozes.
Vulto – s.m.: aparência, aspecto; massa, porte, tamanho; pessoa notável; imagem de escultura.

X

Xarel – s.m. : xairel, peça de tecido ou couro posta na montaria sob a sela.

Xarrisbarris – adj. s.m.: termo pejorativo, qualifica tipo vulgar e baixo.

Xesmeninês – adj. s.m. : termo depreciativo, qualifica tipo vulgar e baixo.

Xinxim – s.m. : prato baiano de origem africana temperado com sal, alho e cebola ralados e que contém camarão seco, amendoim e castanha de caju guisados com qualquer tipo de carne.

Xiz Garaviz – adj. s.m.: termo chulo e de desprezo, refere tipo vulgar.

Z

Zabelê – s.f.: jaó, ave tinamídea pertencente ao gênero *Crypturellus*.

Zagal – s.m.: pastor, pegureiro; rapaz forte, robusto.

Zagalo – s.m.: zagal, pastor.

Zainamente – adv.: astutamente, dissimuladamente, espertamente.

Zaino – adj. : astuto, dissimulado, esperto, matreiro.

Zângano – s.m.: zangão, indivíduo ocioso, indolente, que vive às custas de outros; parasito.

Zarvatana – s.f.: zarabatana, tubo comprido pelo qual se assopram setas.

Zéfiro – s.m.: vento que sopra do ocidente; personificação mitológica desse vento; vento suave e fresco.

Zênite – s. m. : ponto da esfera celeste situado sobre a cabeça do observador; ponto ou grau mais elevado; apogeu, culminância.

Zimbório – s.m.: cúpula ou domo de edifício.

Zorro – s. m. adj.: macho da raposa; fingido, espertalhão, raposo, velhaco.

Zote – s.m. adj.: que ou o que não tem inteligência ou juízo; que ou o que diz e pratica tolices; idiota, estúpido.

Zoupeiro – adj.: Bluteau deriva a palavra do italiano *zoppo*, *coxo*, afirmando ser esse o sentido em português.

Zunir – v.: produzir zunido, som agudo e sibilante.

Glossário de Termos Próprios

Abner. Personagem do *Velho Testamento*, primo de Saul. Recebeu o posto de capitão do exército e, após a morte de Saul, conseguiu convencer as tribos de Israel, com exceção de Judá, a atestarem sua fidelidade a Isbosete. Foi morto traiçoeiramente por Joab, quando se ofereceu a conquistar todo Israel para Davi.

Abrantes. Pequena cidade do distrito de Santarém, Portugal. Foi tomada dos mouros pelo rei Dom Afonso I, no ano de 1148. Foi uma das primeiras localidades portuguesas a declarar, em 1640, apoio a Dom João IV.

Acusilau. Logógrafo da segunda metade do século VI a. C. É conhecido como editor de Hesíodo e compilador de genealogias.

Admeto. Participou da caçada ao javali na Calidônia e da expedição dos Argonautas. Subiu ao trono após a morte de seu pai, Feres, e enamorou-se de Alceste, filha de Pélias, que jurou apenas a quem pudesse conduzir uma carruagem puxada por bestas selvagens. Apolo, que então era pastor de Admeto, colocou arreios em um leão e em um javali para que Admeto pudesse desposar Alceste. Quando Admeto não pôde oferecer um sacrifício à deusa Ártemis durante a celebração das bodas, esta encheu a câmara nupcial com serpentes, sendo depois apaziguada pela intervenção de seu irmão, Apolo.

Adônis. No mito grego, belo jovem filho de Ciniras, rei de Chipre, e de sua filha Zmirna ou Mirra. A união de ambos foi tramada por Afrodite, vingando-se de Zmirna, que não quis adorá-la. Quando Ciniras descobriu a verdade e quis matar Zmirna, os deuses a transformaram numa planta, a mirra. Adônis nasceu dessa planta. A história de Adônis costuma ser explicada como um mito da vegetação, no qual o deus morre todo ano e renasce com o crescimento de novas colheitas. Provavelmente o nome Adônis tem origem oriental, do semita *Adon*, "Senhor". O mito da morte de Adônis por um javali explica a origem das rosas vermelhas e das anêmonas. Antes de sua morte, todas as rosas teriam sido brancas. Quando Afrodite correu em seu socorro, feriu o pé em um espinho e o sangue tingiu as flores. Segundo alguns poetas gregos, Afrodite teria vertido tantas lágrimas quanto foram as gotas de sangue derramadas. Para cada lágrima teria nascido uma anêmona e, para cada gota de sangue, uma rosa vermelha.

Aganipe. Nome de uma fonte do Monte Hélicon, da Beócia, que teria sido aberta por um golpe do casco de Pégaso. Associada às Musas, suas águas eram consideradas fonte de inspiração poética. O bosque consagrado às Musas estava localizado no cimo do Hélicon, onde também minava outra fonte, Hipocrene, cujas águas, com as de Aganipe, alimentavam os pequenos riachos Ôlmio e Permesso.

Alcimedonte. Alcimedonte habitava uma caverna numa planície da Arcádia. Sua filha, Fialo, foi raptada por Hércules, de quem pariu uma criança.

Alexandre. Alexandre III da Macedônia, conhecido como Alexandre, o Grande, nasceu na cidade de Pela, provavelmente no dia 20 de julho de 356 a. C. Foi discípulo de Aristóteles até os 16 anos. Sucedeu o pai, Felipe II da Macedônia, assassinado, em 336 a.C. Com um grande exército bem treinado, invadiu a Ásia Menor, então sob domínio persa. Suas campanhas na Ásia duraram cerca de dez anos. Alexandre destruiu o poderio persa em batalhas das quais as principais foram as de Isso e Gaugamela. Conquistou todo o Império Persa, depondo Dario III. Invadiu a Índia em 326 a.C., sendo forçado a abandonar a empreitada por oposição de suas tropas. Fundou muitas cidades, das quais a mais importante foi Alexandria, no Egito. A expansão militar promovida por ele resultou em forte helenização das regiões conquistadas. Morreu na Babilônia em 323 a.c. Seu império esfacelou-se depois de sua morte. Alexandre tornou-se o modelo do herói invicto e grande estrategista.

Alexandria. Cidade fundada no Egito por volta de 331 a. C. por Alexandre, o Grande. Foi a capital do Egito por mais de mil anos, até o advento da conquista muçulmana em 641, quando foi fundada a nova capital, Fustat, tendo sido posteriormente absorvida pela atual cidade do Cairo. Famosa por abrigar o grande Farol, *Pharos*, uma das Sete Maravilhas do Mundo Antigo, cuja altura é estimada entre 120 e 140m, assim como a Biblioteca, a maior da Antiguidade.

Amalteia. No mito grego, nome da cabra que amamentou Zeus criança em Creta. Segundo outra versão, nome da filha de Melisso, rei de Creta, que alimentou Zeus com o leite de uma cabra. Zeus deu a ela o corno da cabra que tinha o poder de produzir o que seu possuidor quisesse. Em latim, ele foi conhecido como *cornu copiae*, "corno de muitas quantidades ou coisas" ou *cornucópia*.

Anabatista. Termo empregado nos séculos XVI e XVII para designar um grupo de reformados dissidentes da Igreja Católica que adotava a prática de batizar novamente pessoas adultas convertidas à sua fé que já haviam sido batizadas pela Igreja, quando crianças. Os anabatistas exigiam que a confissão de fé fosse feita por candidatos à conversão, não consentindo, portanto, na conversão e batismo de infantes.

Anacreonte. Poeta grego. Supõe-se ter nascido na cidade de Teos, na Jônia, em princípios do século VI a. C. É conhecido pela composição de poesia báquica e amatória, muito imitada. Dois hinos, um de oito linhas dedicado a Ártemis e outro de onze a Dionísio, estão entre as poucas obras cuja autoria não se disputa entre seus editores atuais.

Anaximandro. Filósofo grego, discípulo de Tales de Mileto. Nasceu no 3º ano da 42ª. Olimpíada, em 610 a. C. Teria sido o primeiro a abandonar o ensino fundado na oralidade e a consignar em escritos os princípios da filosofia natural. A doutrina geral de Anaximandro propõe o infinito, *apéiron*, como primeiro princípio de todas as coisas, afirmando que o universo é imutável no todo, apesar de ser variável nas partes.

André Gomes Caveira. Religioso da cidade de Salvador da Bahia durante a segunda metade do século XVII, onde foi deão. No Arquivo Nacional da Torre do Tombo há documento que o refere (Tribunal do Santo Ofício, Conselho Geral, Habilitações, maço 13, documento 211.

Anfitrite. Filha de Oceano e Tétis. Fugiu do apaixonado deus do mar, Poseidon, e escondeu-se nas profundezas, mas foi achada por golfinhos, que a entregaram ao deus, com quem casou e de quem teve um filho, Tritão.

Aníbal. Nome do comandante cartaginês, filho de Aníbal Barca, que liderou as tropas de Cartago durante a Primeira Guerra Púnica. Logo no início da Segunda Guerra Púnica, marchou da Ibéria, atravessando os Pirineus e os Alpes, até chegar à Península Itálica, tornando-se vitorioso em muitas batalhas. Na Península Itálica, venceu as batalhas de *Trebia* (218 a.C.), *Trasimene* (217 a.C.) e *Cannae* (216 a.C.), e acabou por ocupar boa parte do território por quinze anos. Foi vencido no norte da África por Cipião, o Africano, na batalha de *Zama* (202 a.C.).

Antônio de Souza de Menezes. Governador do Estado do Brasil a partir de maio de 1682. Alcunhado *O Braço de Prata*, por ter o braço direito postiço. Perdeu o braço na Paraíba, enquanto servia a armada do Conde da Torre. Foi substituído em 1683 pelo Marquês das Minas. Quando o alcaide de Salvador foi assassinado, mandou prender Bernardo Vieira Ravasco, irmão do Pe. Antônio Vieira, que o chamou de "meio homem" em uma carta.

Antônio Luís Gonçalves da Câmara Coutinho. (1638-1702). 29º Governador do Estado do Brasil, exerceu suas funções entre 1690 e 1694. No *corpus* poético, é chamado de *Tucano* e é amante do Capitão da Guarda, apelidado de *Lagarto*.

Antônio Rodrigues Banha. Desembargador na Bahia no século XVII.

Antônio Vieira, Pe., S.J. Jesuíta, político, orador, profeta, máximo escritor da língua portuguesa. Nasceu em 6 de fevereiro de 1608, em Lisboa, e morreu em 18 de julho de 1697, em Salvador. Veio para a Bahia em 1614. Em 1623, fez o noviciado da Companhia de Jesus. Em 1626, foi professor de Retórica no Colégio de Olinda. Em 1634, recebeu as ordens sacerdotais. Em 1635, foi professor de Teologia do Colégio da Bahia. Em 1640, o Duque de Bragança foi aclamado rei de Portugal, como D. João IV. Em 1641, Vieira partiu para Lisboa levando o apoio do Estado do Brasil ao novo rei. Data de 1/1/1642 seu primeiro sermão em Portugal (*Bons Anos*, no aniversário de D. João IV). Em 1643, encaminhou "Proposta" ao rei, tratando do "miserável estado do reino e a necessidade que tinha de admitir os judeus mercadores". Entre 1643-44, foi pregador régio ou pregador da Capela Real. Em 1646, viajou à França, participando da negociação do casamento do príncipe D. Teodósio com Madame de Monpensier, filha do Duque D'Orleans. Vai a Haia. Na volta a Lisboa, encaminha ao rei a "Proposta a favor da gente de nação". Em 1647, redige o "Parecer sobre a compra de Pernambuco aos holandeses". Na França, encontra-se com o Cardeal Mazarino e a rainha Ana d'Áustria. Em Haia, compra a fragata *Fortuna* com recursos obtidos junto aos judeus portugueses. Em Amsterdã, faz contato com o rabino Menasseh ben Israel. Em 1648, redige "Papel Forte"("Papel a favor da entrega de Pernambuco aos holandeses). Em 1649, as primeiras denúncias contra Vieira são feitas ao Santo Ofício da Inquisição e fala-se de sua expulsão da Companhia de Jesus. Em 1650, novas denúncias são feitas. Vieira é enviado a Roma para a negociação do casamento de D. Teodósio com D. Maria Teresa d'Áustria, filha do rei de Espanha. Conspira com os revoltosos de Nápoles contra o rei espanhol. Foge de Roma, ameaçado por autoridade espanhola. Em 1652, é enviado para o Estado do Maranhão e Grão Pará; em 1653, nomeado Superior das missões jesuíticas do Maranhão e

Pará. Faz uma entrada no rio Tocantins. Em 1654, manda cartas ao Pe. Provincial do Brasil sobre os resgates dos índios. Em 1655, vai a Lisboa, para alcançar medidas para pôr fim à escravidão indígena e garantias da condução dos índios pelos jesuítas no temporal e espiritual. Em 1655, redige "Parecer sobre a conversão e governo dos índios e gentios", prega o Sermão da Sexagésima em que ataca o estilo de pregadores dominicanos e volta ao Maranhão. Em 1656, nova denúncia contra Vieira é encaminhada ao Santo Ofício. D. João IV morre e a rainha, D. Luísa de Gusmão, torna-se regente. Em 1658, Vieira é nomeado Visitador. Em 1659, faz uma entrada no rio Tapajós e vai à Ilha de Joanes (Marajó). Envia o texto profético "Esperanças de Portugal" à rainha por meio do seu confessor, o futuro bispo do Japão, o jesuíta André Fernandes. Em 1660, André Fernandes é intimado a entregar o texto ao Santo Ofício. Escreve-se o 1º. parecer favorável à prisão de Vieira pela Inquisição. Vieira entra na serra de Ibiapaba. Em 1661, ocorre a revolta dos colonos do Maranhão e Pará contra os jesuítas. Em Belém, Vieira é embarcado à força para Lisboa. Em 1662, Vieira escreve "Resposta aos 25 capítulos", a acusação dos coloniais contra ele e os jesuítas do Maranhão e Grão Pará. D. Luísa é afastada da função de regente. O Conde de Castelo Melhor, inimigo de Vieira, torna-se ministro do novo rei, D. Afonso VI. Vieira é desterrado para o Porto. Em 1663, é mandado para Coimbra por ordem do Santo Ofício, ficando recluso na casa da Companhia de Jesus. É proibido de retornar ao Maranhão e Pará e ocorrem seus primeiros interrogatórios no Tribunal do Santo Ofício de Coimbra. Em 1665, o Santo Ofício confisca o rascunho de sua defesa. Vieira escreve Petição ao Conselho Geral do Tribunal de Lisboa, denunciando a injustiça do Santo Ofício de Coimbra. Despacho da Inquisição manda encarcerar Vieira (1º. de outubro) e novas denúncias surgem. Em 1666, Vieira entrega as duas Representações da Defesa ao Tribunal do Santo Ofício; mais denúncias e interrogatórios surgem. D. Afonso VI casa-se com D. Maria Francisca Isabel de Saboia, prima de

Luís XIV. Em 23 de dezembro de 1667, é feita a leitura da sentença condenatória de Vieira. Um golpe de Estado afasta D. Afonso VI e passa o poder a D. Pedro, seu irmão mais moço, como regente. Vieira é transferido para o Mosteiro do Pedroso (Porto). Em 1668, é transferido para Lisboa. Faz-se a paz com a Espanha e D. Pedro casa-se com a cunhada, que obteve anulação do casamento com D. Afonso VI, alegando a não consumação dele devida à impotência de Afonso. Vieira é perdoado das sentenças, menos da proibição de tratar das matérias censuradas pela Inquisição. Em 1669, parte para Roma buscando revisão da sentença. Data provavelmente de 1672 seu primeiro sermão em italiano (*São Francisco*). O Geral João Paulo Oliva propõe a Vieira sucedê-lo como Pregador do Papa e ser Assistente de Portugal em Roma. Vieira torna-se famoso na cidade. Em 1673, faz o primeiro sermão para a rainha Cristina da Suécia (*Quinta Terça-feira da Quaresma*); por um tempo, é pregador de Cristina. Em 1674, um Breve pontifício suspende as atividades do Tribunal do Santo Ofício de Portugal. Vieira é chamado pelo príncipe D. Pedro. Em 1675, um breve pontifício absolve Vieira das penas da Inquisição portuguesa e isenta-o para sempre da sua jurisdição. Vieira parte para Portugal, passando por Florença. Em 1678, faz o "Memorial ao Príncipe Regente D. Pedro II". Em 1679, inicia a edição impressa dos sermões, publicando o 1º tomo. Entre 1680 1681, Vieira participa da Junta de Conselheiros de Estado e Ultramarinos para estabelecer plano de administração temporal e espiritual do Maranhão. Em 1681, Roma restabelece a Inquisição portuguesa e ordena o fim da suspensão dos autos-da-fé portugueses. Estudantes e populares de Coimbra queimam efígie de palha de Vieira como "judeu" nos festejos pelo restabelecimento da Inquisição. Vieira parte para a Bahia. Em 1683, homens mascarados assassinam o alcaide de Salvador. Vieira e o irmão, Bernardo Vieira Ravasco, são acusados pelo governador Antônio de Sousa de Meneses, o "Braço de Prata", de serem mandantes do crime. Na Universidade do México, surge a primeira tese sobre a obra de Vieira. Em

1688, Vieira é nomeado Visitador do Brasil e Maranhão. Em 1689, morre a rainha Cristina da Suécia. Em 1691, termina o triênio em que Vieira foi Visitador; ainda em 1691, redige o parecer favorável à destruição do quilombo de Palmares. Em 1694, cai de uma escada e tem mãos e pernas arruinadas. Faz o "Voto sobre as dúvidas dos moradores de São Paulo" contrário ao sistema de "repartimento" dos índios pretendido pelos bandeirantes e admitido pela maioria dos padres da Companhia de Jesus na Bahia. Vieira é privado de "voz passiva e ativa" na disputa com o Provincial, Alexandre de Gusmão. Em 31 de julho de 1694, envia circular de despedida aos amigos. Em 1697, manda o 12º tomo dos *Sermões*. Redige e dita para um secretário o texto profético *Clavis Prophetarum (A Chave dos Profetas)*. Morre em Salvador em 18 de julho de 1697, com 89 anos e 5 meses. Nesse dia, chega a carta do Geral suspendendo a privação de voz de Vieira. Em Lisboa, o Conde da Ericeira ordena a cerimônia de exéquias do Pe. Antônio Vieira na Igreja de São Roque.

Aônia. Nome de uma das fontes que manavam no monte Hélicon, conhecida mais comumente como Aganipe, aberta em uma rocha pelo casco do cavalo alado Pégaso. Sua água inspirava o canto poético.

Apeles. Pintor originário de Cos, viveu no tempo de Alexandre, O Grande, que o honrou, proibindo que qualquer outro pintor o retratasse. Conta-se que Apeles era de tal modo devotado à sua arte que não ficava um só dia sem a exercer, do que se originou o provérbio *nulla dies sine linea* (nenhum dia sem uma linha). Sua pintura mais famosa é a de Vênus Anadiômene, cuja parte inferior ter-se-ia arruinado com o tempo, sem que ninguém se atrevesse a restaurá-la. Pintou Alexandre, O Grande, com um raio na mão, de tal modo vívido, que Plínio disse, ao ver o retrato, que a mão do rei parecia projetar-se para fora do suporte. Essa pintura foi colocada no templo de Diana, em Éfeso. Outro retrato de Alexandre não teria agradado ao rei. Conta-se que um cavalo que passava no momento da sua apresentação ajoelhou-se diante do cavalo pintado, como se fosse vivo, o que fez Apeles dizer: "Parece que o cavalo é melhor juiz de pinturas do que Sua Majestade".

Apolo. Deus olímpico do Sol, da música e da poesia, filho de Zeus e Leto, irmão gêmeo de Ártemis. Quando grávida, Leto, perseguida pela ciumenta Hera, buscou em vão um lugar onde pudesse dar à luz, pois todos, temendo a vingança de Hera, recusavam-se a acolhê-la. Após longa peregrinação, foi recebida pela ilha Ortígia, onde nasceram Apolo e Ártemis, sob uma palmeira. Logo após o nascimento, Zeus presenteou seu filho com uma mitra de ouro, uma lira e uma carruagem puxada por cisnes. É recorrente a história da entrada de Apolo em Delfos, onde as cigarras e rouxinóis teriam cantado sua chegada. Foi em Delfos que Apolo matou o monstro Píton, enorme serpente incumbida de proteger o oráculo de Têmis, de que Apolo tomou posse após a morte do monstro. Em homenagem deste último, Apolo instituiu os jogos píticos. Dentre as plantas consagradas a Apolo, sobressai o loureiro, mastigado pela sacerdotisa incumbida do oráculo. O que teria causado o serviço prestado por Apolo a Admeto como pastor, durante todo um ano, foi a morte infligida por Apolo aos Ciclopes que forjaram o raio com que Zeus matou Asclépio. Este último, filho de Apolo, tornou-se tão perito no aprendizado da medicina que se tornou capaz de ressuscitar os mortos, o que motivou Zeus a fulminá-lo. Não podendo vingar-se do próprio Zeus, Apolo decidiu vingar-se ao menos dos Ciclopes, e, como castigo, teve de servir por um ano a um mortal.

Aretusa. Uma das Hespérides, ninfas filhas da Noite ou, ainda, de Zeus e Têmis. Viviam no extremo Oeste, à margem do Oceano, aos pés do Monte Atlas. Tinham a incumbência, secundadas por um monstro, filho de Tífon e Equidna, de proteger o jardim em que cresciam as maçãs de ouro presenteadas a Hera no seu casamento com Zeus.

Argel. Cidade mediterrânea do norte da África. No ano de 1516, o emir de Argel, Selim b. Teumi, chamou dois corsários, os irmãos Aruj e Hayreddin Barbarossa, a Argel com o objetivo de expulsar os espanhóis. Chegado a Argel, Aruj ordenou a morte de Selim, capturou a cidade e expulsou os espanhóis. Hayreddin sucedeu a seu irmão depois que este foi morto na batalha de Tlemcen, em 1517, tornando-se anos mais tarde o fundador do *pashaluk* ou divisão regional do Império Otomano. Barbarossa perdeu Argel em 1524, mas a recuperou em 1529, quando convidou formalmente o sultão Suleimã, O Magnífico, a exercer sua soberania sobre Argel e a anexá-la ao Império Otomano. Desde os primeiros anos sob os Barbarossa, Argel tornou-se o principal centro de pirataria no Mediterrâneo.

Argos. Nome dado à nau em que embarcaram os argonautas durante sua jornada em busca do velocino de ouro.

Arion. Músico mítico da Ilha de Lesbos, ergueu os muros de Tebas com o som de sua lira. Autorizado por seu senhor, o tirano de Corinto, Periandro, a viajar pelo mundo ganhando dinheiro com seu canto, quando voltou, embarcado em um navio, a tripulação decidiu matá-lo para roubar-lhe o dinheiro. Apolo apareceu-lhe em sonho, alertando-o do perigo. No dia seguinte, ao ser atacado pelos tripulantes, rogou-lhes que o deixassem cantar pela última vez. Ouvindo sua voz, os golfinhos aproximaram-se do navio e Arion, confiante em Apolo, jogou-se ao mar. Um dos golfinhos o carregou até à costa. Arion fez uma oferenda a Apolo e rumou para Corinto, onde contou a Periandro o que lhe sucedera. Quando o navio chegou à cidade, Periandro perguntou aos tripulantes onde estava o músico de Lesbos. Eles responderam que morrera durante a viagem. Arion apareceu, desmentindo-os, e todos foram mortos por ordem de Periandro. Apolo transformou a lira de Arion e o golfinho que o salvou em constelações.

Arlequim. Uma das personagens principais da *Commedia dell'Arte*, sendo conhecida em italiano como *arlecchino*. É o mais conhecido dos caracteres denominados *zanni*, ou servos cômicos. Costumeiramente é apresentado como o empregado de um velho (*vecchio*) ou enamorado (*innamorato*), que acaba por trazer prejuízo ao patrão. É uma personagem com incrível agilidade física, glutona e à primeira vista estúpida, sem o ser.

Arrábida. Pequena serrania localizada em Portugal, na região de Setúbal, cujo cimo se chama Alto do Formosinho, com 501m de altitude. Tem rica vegetação de tipo mediterrânico.

Arrochela. S.f. (fr.). La Rochelle, fortificação onde os huguenotes franceses resistiram por muito tempo ao assédio dos católicos. Cf. *arrochelado* (adj.): encastelado, fortificado.

Astreia. Filha de Zeus e Têmis. Durante a Idade de Ouro, difundiu entre os homens o sentido de justiça e o amor à virtude, mas retornou aos céus, transformando-se na constelação de Virgem, após a maldade ter tomado posse do coração da humanidade.

Atlante. No corpus poético, a palavra aparece com o sentido de *homem forte* e de *arrimo*, mas com óbvia remissão à personagem mitológica de que o vocábulo português deriva. Atlas era um dos titãs anteriores ao surgimento das divindades olímpicas, filho de Urano, e, portanto, irmão de Cronos. Participou da guerra entre os deuses e os titãs e, após a derrota dos últimos, foi condenado por Zeus a carregar a abóbada celeste sobre os ombros.

Avicena. Polígrafo persa autor de obras filosóficas e médicas de que restaram cerca de 240. As mais conhecidas e influentes, no âmbito da medicina, são o *Cânone da Medicina* e o *Livro da Cura*, utilizadas por séculos nas universidades europeias. Avicena nasceu por volta de 980, em uma pequena vila perto de Bassora. Passou a dedicar-se à medicina quando tinha dezesseis anos, tornando-se médico reconhecido por sua perícia já aos dezoito.

Babel. No *Livro do Gênese*, a humanidade descendente das gerações que se seguiram ao Dilúvio chegou à região de Shinar, onde o rei Nemrod ordenou a construção de uma torre que deveria alcançar os céus. Para castigar a insolência e a temeridade, Jeová confundiu sua língua, fazendo com que os homens não se entendessem uns aos outros, e, por fim, dispersou-os. Desde então, a torre se chamou Babel, porque ali Jeová confundiu a língua de toda a humanidade.

Baco. Dionísio, entre os gregos, divindade do vinho e do êxtase místico. A parreira era a sua planta. Filho de Zeus e da mortal Sêmele, foi gestado no útero da mãe até o sexto mês, mas passou os três últimos no interior da coxa do pai, pois Sêmele, tendo pedido a Zeus que aparecesse em sua forma divina, morreu queimada ao vê-la. Zeus retirou a criança do ventre da defunta e acabou de gestá-la, de que deriva a expressão *duas vezes nascido* com que se denominava Dionísio.

Báratro. Termo que significa *precipício* ou *abismo* e que, em tratados mitográficos, designava a moradia de Hades ou Plutão, o senhor do Mundo Inferior e o mais importantes dos *Dii Inferi,* Deuses Inferiores.

Barrabás. Personagem da Paixão de Cristo referida nos *Evangelhos de Mateus, Marcos* e *Lucas.* Segundo eles, havia em Jerusalém, no tempo da crucifixão de Cristo, o costume de comutar-se a pena de um prisioneiro no Jubileu. A multidão presente no ato de comutação presidido pelo pretor romano Pôncio Pilatos deliberou pela soltura de Barrabás, um criminoso, e exigiu a condenação de Cristo, um inocente, de que derivou o mito da culpabilidade dos judeus por deicídio.

Bártolo de Sassoferrato. (1313-1357). Jurisconsulto medieval, importante comentador do Direito Romano, com extensos comentários ao *Corpus Iuris Civilis.* No *corpus* poético, o trocadilho *Bartolo* caracteriza maus juristas.

Basilisco. Monstro mitológico de bestiários medievais e renascentistas, é uma serpente que mata com o olhar.

Beja. Cidade portuguesa da região do Baixo Alentejo.

Belchior da Cunha Brochado. Desembargador do Tribunal da Relação na Bahia do século XVII. O Licenciado Manuel Pereira Rabelo escreve, em sua *Vida do Excelente Poeta Lírico o Doutor Gregório de Matos Guerra,* que Belchior da

Cunha Brochado foi colega de Gregório na Universidade de Coimbra, tendo declarado que ali o poeta fazia Momo bailar às chançonetas de Apolo.

Berberia. Nome que designa, nos séculos XVI e XVII, a vasta região que hoje inclui o Marrocos, a Argélia, a Tunísia, a Líbia e o Egito. A região também era chamada de Barbaria e a designação incluía não apenas as cidades costeiras, mas uma vasta porção do interior do continente africano. Acreditava-se na Europa que era infestada de piratas, que atacavam embarcações europeias no Mediterrâneo, vendendo os produtos saqueados para o Império Otomano e para os próprios europeus.

Bernardo Vieira Ravasco. Irmão do Pe. Antônio Vieira. Secretário do Estado do Brasil a partir de 17 de fevereiro de 1646, deveria servir nesse cargo por três anos, mas ele foi-lhe concedido por provisão régia, desde 7 de março de 1650, de modo vitalício e com possibilidade de legá-lo ao filho, Gonçalo Ravasco Cavalcanti de Albuquerque. Esteve preso em duas ocasiões, a primeira no ano de 1667, quando foi acusado de conspiração contra o Conde de Óbidos, Dom Vasco Mascarenhas; a segunda, no ano de 1683, quando foi acusado pelo governador Antônio de Souza de Menezes, o Braço de Prata, de estar implicado na morte do alcaide da Cidade da Bahia.

Boqueirão de Santo Antônio. Localidade antiga hoje situada no bairro de Santo Antônio, no centro histórico de Salvador, para além do Carmo.

Bussaco. Localidade portuguesa conhecida pelas águas termais curativas de pessoas anêmicas. No *corpus* poético do *Códice Asensio-Cunha*, o termo *bussaco* é usado para designar tipos extremamente magros e anêmicos.

Caco. Gigante de três cabeças, filho de Vulcano, que expirava fogo. Quando Hércules conduzia o rebanho que roubara de Gerião através da Itália, Caco roubou-lhe quatro vacas e quatro bois, escondendo os animais em sua caverna. Para não deixar rastros, Caco puxou os animais pelas caudas, arrastando-os para trás. Hércules ouviu o mugir dos animais, achou-os e em luta matou o gigante com sua clava.

Caípe. Região localizada no atual município de São Francisco do Conde, na Bahia.

Cairu. Povoação baiana surgida no século XVI. Foi elevada à condição de vila no ano de 1610 com o nome de Vila de Nossa Senhora do Rosário de Cairu. Localiza-se no Arquipélago de Tinharé, de caráter estuário, composto de 36 ilhas.

Cajaíba. Ilha em que houve um importante engenho de açúcar nos tempos coloniais, o Engenho da Ilha de Cajaíba.

Calepino. Lexicógrafo italiano que viveu entre os anos de 1440 e 1510. Compôs um dicionário em língua latina de muitíssimo sucesso nos séculos XVI e XVII, publicado em 1502 com o nome de *Cornucopiae*. Posteriormente, outras línguas foram acrescidas ao latim, tornando-se o *Calepino*, como passou a ser chamado, obra poliglótica de caráter enciclopédico.

Calígula. Apelido (*pequena bota*, *botinha*) dado ao imperador romano *Gaius Julius Caesar Augustus Germanicus*. Nascido em 31 de agosto de 12 e assassinado em 24 de janeiro de 41. Subiu ao trono após a morte de seu antecessor, o imperador Tibério. Nas letras dos séculos XVI e XVII, foi sinônimo de *tirania*, *extravagância política*, *crueldade* e *perversão sexual*.

Calvário. Também chamado o Gólgota, é um lugar fora dos muros da cidade de Jerusalém, onde se diz que Cristo foi crucificado.

Cantanhede. Cidade portuguesa atualmente pertencente ao Distrito de Coimbra. O concelho obteve foral manuelino em 1514.

Caramurus. Nome dado à descendência de Diogo Álvares Correia, o Caramuru, náufrago português que se diz ter chegado a nado à costa da Bahia, entre os anos de 1509 e 1510. Exerceu importante papel de intermediário entre os índios que habitavam a região onde hoje está localizada a cidade de Salvador, o Recôncavo, e as autoridades coloniais. O chefe Taparica deu-lhe como mulher uma de suas filhas, Paraguaçu, alcunhada na poesia satírica atribuída a Gregório de Matos e Guerra de "Eva do massapê", cuja prole herda seu sujo sangue de tatu.

Carmo. Região da cidade da Bahia em que se localizam o Convento do Carmo, que começou a ser edificado no ano de 1586 pela Ordem Primeira dos Freis Carmelitas, e o forte de Santo Antônio além do Carmo, que nos tempos coloniais defendia a entrada norte da cidade antiga.

Catão. Sobrenome do romano Marcus Porcius Cato, nascido em 243 a.C. e morto em 149 a.C. Patrício, foi conhecido como Censor, Sábio, Mais Velho (para diferenciá-lo de Catão, o Jovem, um seu descendente) e Maior. Exerceu importantes funções na República romana. Por antomásia, é referido em poemas como Sábio e Prudente.

Ceres. Chamada Demeter pelos gregos, era a segunda filha de Cronos e Reia. Era a divindade da agricultura e das colheitas e mãe de Perséfone. Esta tinha como pai Zeus e cresceu junto a suas irmãs, Atena e Ártemis. Foi sequestrada por seu tio, Hades, apaixonado por ela. Demeter, em sinal de luto pela ausência da filha, teria tornado a terra estéril, o que obrigou Zeus pedir a Hades o retorno de Perséfone ao Olimpo. Sua volta se tornara impossível, pois, tendo engolido a semente de uma romã, Perséfone comprometeu-se a permanecer no Mundo Inferior. Zeus conseguiu que Hades e Demeter chegassem a um acordo e Perséfone passou a voltar ao Olimpo no tempo em que os brotos das plantas surgiam, na primavera, retornando ao Mundo Inferior quando os grãos amadureciam. Durante sua ausência, o mundo ficava árido e frio, o que correspondia aos meses de inverno.

César, Júlio. Patrício e político romano da *gens* Iulia, nascido em 100 a.C. e assassinado em 15 de março de 44 a.C. por senadores romanos liderados por Marcus Junius Brutus, seu filho adotivo. No ano 60 a. C., formou, com Pompeu e Crasso, o famoso triunvirato. Escreveu o livro *De Bello Gallico*, em que narra suas campanhas na Gália, por ele conquistada em 51 a.C. Mandou construir uma ponte sobre o rio Reno e liderou a primeira invasão da Bretanha, estendendo as fronteiras do Império Romano.

Ciclope. Titã de um só olho, como Polifemo. Mitógrafos antigos diferenciam tipos de ciclope, sendo os mais importantes os chamados urânicos, filhos de Urano e Gaia, sendo seus nomes Brontes, Asteropes e Argos, fortíssimos e com extrema destreza manual. Presos no Tártaro por Urano, foram libertados por Zeus, avisado pelo oráculo de que só sairia vencedor da guerra contra os titãs se tivesse os três ciclopes como aliados. Estes lhe forjaram o raio, deram a Hades um capacete que o tornava invisível e a Poseidon um tridente. Armados desse modo, os olímpicos puderam derrotar os titãs. Na *Odisseia*, aparecem como moradores de ilhas e pastores de rebanhos, habitantes de caverna, sendo o mais conhecido deles Polifemo. Na *Odisseia*, Odisseu, ao voltar para casa, desembarca com doze homens na ilha onde vive Polifemo. Chegam à caverna do ciclope, onde são aprisionados por ele. A cada dia, Polifemo come dois dos homens de Odisseu. No terceiro dia, depois de retornar à caverna, Polifemo pergunta a Odisseu como ele se chama e ele responde "Ninguém". Polifemo lhe diz que comerá *Ninguém* por último. Embriagado por Odisseu, Polifemo desaba adormecido e Odisseu e seus homens, tendo antes afiado um tronco de oliveira que Polifemo deixara na caverna, vazam-lhe o único olho, cegando-o. Polifemo chama os outros ciclopes, gritando que Ninguém o feriu. Os ciclopes pensam que ele sonha ou graceja. Amarrando-se ao ventre das cabras de Polifemo, Odisseu e seus homens conseguem escapar da caverna.

Cid. Rodrigo Diaz de Vivar, nobre espanhol chamado *El Cid, Senhor,* pelos mouros. Foi criado na corte do Imperador Ferdinando, O Grande, e serviu na casa do Príncipe Sancho. Quando este subiu ao trono de Castela, em 1065, nomeou

Rodrigo comandante e porta-bandeira do exército, que liderou em campanhas tanto contra os reinos mouros quanto contra os irmãos de Sancho, Alfonso, 1040-1109, o futuro Alfonso VI após a morte de Sancho, García II, 1042-1090, os governantes dos reinos de Leão e Galícia, por ele depostos de seus tronos, o que permitiu a reunificação do reino. El Cid Campeador é personagem do *Cantar de Mio Cid*, cantar de gesta castelhano de estrofes de rimas assonantes, cuja versão tardia data da passagem do século XII para o XIII.

Cipião. Nome de *Publius Cornelius Scipio Africanus* (236-183 A.C.), grande general romano. Tornou-se conhecido por ter derrotado o cartaginês Aníbal em *Zama*, a última grande batalha da Segunda Guerra Púnica.

Circe. Feiticeira filha de Hélio e Hécate, vivia na ilha de Aeaea. Odisseu, a caminho de sua terra natal, Ítaca, aportou nela. Mandou metade de seus homens à terra para a explorarem. Eles chegaram a um suntuoso palácio, em que todos entraram, com exceção de Euríloco, que ficou fora, montando guarda. Os homens foram bem recebidos pela senhora do palácio, Circe. Após comerem e beberem, ela os tocou com uma varinha, que os transformou em diversos animais, de acordo com o caráter de cada um. Euríloco, que contemplou a metamorfose, avisou Odisseu. Decidido a ir à ilha resgatar seus companheiros, foi impedido de fazê-lo pelo deus Hermes, que o mandou misturar uma planta mágica à bebida que receberia de Circe, para evitar ser transformado em animal. Odisseu encaminhou-se ao palácio levando a planta e, recebido por Circe, bebeu do que ela lhe oferecia, misturando a erva mágica ao líquido. Quando Circe o tocou com a varinha, não se transformou em animal, puxou da espada e ameaçou matá-la caso não liberasse seus companheiros. Ela jurou pelo rio Estige que não faria mal a ele nem aos seus companheiros, que reassumiram a forma humana.

Cireneu. Apelativo dado a Simão de Cirene, sítio da Líbia, que, segundo algumas tradições evangélicas, teria sido obrigado pelos soldados romanos a carregar a cruz de Cristo até o Gólgota.

Clio. Nome da musa da história, filha de Zeus e Mnemósine, a musa da memória.

Companhia de Jesus. Ordem religiosa fundada em 1534 cujos membros foram chamados jesuítas. A primeira liderança coube ao basco Íñigo López de Loyola, conhecido como Inácio de Loyola, que, junto com outros seis homens, dentre os quais se contava o futuro São Francisco Xavier, professaram votos de pobreza, castidade e obediência. A Ordem foi reconhecida por bula papal em 1540. A Companhia foi fundada para lutar pela propagação e defesa da fé católica e seus primeiros membros chegaram ao Brasil chefiados pelo Pe. Manuel da Nóbrega, em 1549, quando foi estabelecido o Governo Geral e se fundou a cidade de Salvador da Bahia.

Conde do Prado. Título criado por Dom João III de Portugal, em carta de 1º de janeiro de 1526, em favor de Dom Pedro de Sousa. O título de Marquês das Minas foi criado pelo rei Felipe II de Espanha em favor de Dom Francisco de Sousa (1610-1674), terceiro Conde do Prado e sétimo governador do Brasil. Além dele, no século XVII, usaram o título os seus descendentes Dom António Luís de Sousa (1644-1721) e Dom João de Sousa (1666-1722).

Cosme de Moura Rolim. Francisco Gil de Araújo, trineto de Diogo Álvares Caramuru e Paraguaçu, adquiriu a capitania do Espírito Santo em 1674, aquisição confirmada por carta régia datada de 1675. Foi governante dessa capitania até sua morte, ocorrida em 24 de dezembro de 1685. Seu sucessor imediato foi seu filho Manoel Garcia Pimentel, donatário entre os anos de 1685 e 1711. Cosme de Moura Rolim, sobrinho-neto de Francisco Gil de Araújo, adquiriu o direito de sucessão em 1711 e manteve a capitania até 1718, quando a vendeu para a Coroa portuguesa pelo montante de 40.000 cruzados, o mesmo valor pago por seu tio-avô, em 1675. Cosme de Moura Rolim tinha sangue tupinambá e por essa razão é vituperado no *corpus* gregoriano como descendente do "sangue de tatu".

Costa da Mina. Região da África ocidental donde eram levados para a Bahia os escravos Mina.

Cuama. Rio da África meridional. No *corpus* poético do *Códice Asensio-Cunha*, aparece em locução adverbial, *a cuama*, usada satiricamente na descrição de práticas sodomitas do governador Antônio Luís Gonçalves da Câmara Coutinho, o *Tucano*, e o Capitão da Guarda, Luís Ferreira, o *Lagarto*.

Cupido. Conhecido entre os gregos como Eros, também era chamado Amor entre os romanos. Em mitos cosmogônicos mais antigos, dizia-se ter nascido diretamente de Caos. Em outros mitos, afirmava-se ter nascido de um ovo posto pela Noite, que se quebrou em duas partes, formando assim o Céu e a Terra. Foi sempre concebido como a força primordial que assegura a continuidade da vida. Paulatinamente, Eros assumiu a forma pela qual veio a ser conhecido nas artes e letras dos séculos XVI e XVII, menino cego, alado, portando aljava e setas, com que fere os seres humanos, e muita vez uma tocha em uma das mãos, com que inflama os enamorados.

Cururupeba. Nome indígena da atual Ilha da Madre de Deus que significa *sapo bufador*. Afirma-se que esse nome foi o de um cacique no tempo da colonização do Recôncavo baiano.

Davi. Rei de Israel no ano 1000 a. C. Matou o gigante filisteu Golias com uma pedrada da sua funda, foi perseguido pelo rei Saul, foi ungido rei por Samuel e foi amante de Betsabá, mulher do hitita Urias. Davi é autor dos *Salmos*.

D. Isabel Luísa Josefa de Bragança. Princesa pertencente à Casa de Bragança, nascida em Lisboa em 6 de janeiro de 1669 e morta em 21 de outubro de 1690. Por longo tempo, foi a única filha do então regente Infante Dom Pedro, que se tornaria o rei Dom Pedro II de Portugal, e, também, herdeira presuntiva do trono português. Tentou-se fixar bodas entre ela e vários príncipes europeus, e tornou-se, em 1680, noiva do primo, futuro Vítor Amadeu II de Saboia, duque de Saboia e depois rei da Sardenha. Faleceu, sem nunca contrair casamento, no Palácio da Palhavã, em Lisboa. Foi sepultada ao lado da mãe na igreja do Convento do Santo Crucifixo ou Convento das Francesinhas.

D. Maria Francisca Luísa Isabel de Saboia. Prima de Luís XIV, nasceu em Paris em 21 de junho de 1646 e morreu com 38 anos, em 27 de dezembro de 1683, no Palácio da Palhavã, em Lisboa. Casou com o rei Afonso VI de Portugal e, depois de o casamento ser anulado, com o irmão dele, o Infante Dom Pedro, que se tornaria o rei Dom Pedro II de Portugal. Foi mãe da Princesa da Beira, Dona Isabel Luísa Josefa de Bragança.

Dafne. Ninfa filha do rio Peneu. Apolo apaixonou-se perdidamente por ela depois de ter sido alvejado por Eros, que desejava vingar-se do deus, que rira dele ao vê-lo praticar com seu arco e setas. Dafne foi perseguida por Apolo e, ao perceber que seria capturada, pediu ao pai que a transformasse em algo para escapar. No mesmo instante, virou um loureiro, a árvore sagrada de Apolo.

Dalila. Ver *Sansão*.

Danúbio. É o segundo rio mais longo da Europa, depois do Volga, e atravessa o continente de oeste a leste. Sua nascente localiza-se na Floresta Negra, na Alemanha, e desagua no Mar Negro. Banha várias cidades europeias importantes, como Viena, Budapeste e Belgrado.

Dédalo. Figura mitológica a quem se atribuem muitos talentos, como os de escultor, arquiteto, inventor e consumado artista. Dédalo teria trabalhado em Atenas, onde teve como discípulo seu sobrinho, Talos. Quando este se tornou tão perito nas artes aprendidas a ponto de inventar a serra a partir da contemplação do osso da mandíbula inferior de uma serpente, Dédalo ficou tão invejoso que o atirou Acrópole abaixo, matando-o. Julgado perante o Areópago e condenado ao exílio, dirigiu-se à corte do rei Minos, em Creta, onde construiu o labirinto.

Dionísio de Ávila Vareiro. Capitão português na Bahia do século XVII, exterminou um grupo de trinta paulistas que saqueavam a região de Boipeba, Camamu e Porto Seguro. No *corpus* poético, encontra-se um poemeto épico que emula *Os Lusíadas*, celebrando os feitos de Dionísio de Ávila Vareiro.

Dom Luís de Menezes, Conde da Ericeira. Filho de Dom Henrique de Menezes, 5° Senhor da Louriça, e de Dona Margarida de Lima, filha dos 4° Condes de Atouguia. Nasceu em Lisboa em 22 de julho de 1632 e morreu em 26 de maio de 1690. Foi partidário de Dom Pedro II nas intrigas palacianas que levaram à deposição de Dom Afonso VI. Em 1650 decidiu acompanhar o vice-rei da Índia, Dom João da Silva Telo e Menezes, conde de Aveiras, que ia partir para o Oriente. Foi dissuadido pelo conde de Soure, Dom João da Costa, governador das armas do Alentejo, que o convenceu a militar na fronteira portuguesa. Participou de toda a campanha militar da Restauração e distinguiu-se em todas as grandes batalhas. Foi também importante homem da governança, tendo sido nomeado Vedor da Fazenda em 1675.

Dom Pedro II. Terceiro filho de Dom João IV e de Dona Luísa de Gusmão. Nasceu em 26 de abril de 1648, em Lisboa, onde também faleceu em 9 de dezembro de 1706, no Palácio da Palhavã. Tornou-se regente de Portugal devido à instabilidade do irmão, o rei Dom Afonso VI, e ocupou essa posição entre os anos de 1667 e 1683. Quando Dom Afonso VI morreu, em setembro de 1683, foi coroado rei. Depôs o irmão em 1668, com anuência das Cortes, e decidiu desterrá-lo para a Ilha Terceira, onde Dom Afonso VI ficou, por 4 anos, no Castelo de São João Batista de Angra. Como se descobrisse uma conspiração para libertar Dom Afonso VI, este foi transferido para o Palácio de Sintra. Dom Pedro II também instaurou um processo junto à Santa Sé para anular o casamento do irmão com Maria Francisca Isabel de Saboia. Quando foi anulado, Pedro e Maria Francisca se casaram em 1668.

Domingo de Ramos. Data em que a Igreja Católica celebra o dia em que Jesus entrou em Jerusalém aclamado pela população com ramos de palmeiras.

Dóris. Filha de Oceano e mulher de Nereu, com quem gerou as Nereidas.

Eliano. Claudius Aelianus (175 (?)- 235 (?). Polígrafo romano, autor de *Historia Varia* e *De Natura Animalium*.

Eneias. Herói troiano, filho de Anquises e Afrodite. Era membro da casa real troiana, pois seu pai era bisneto de Tros. Quando Afrodite se revelou a Anquises depois de o ter amado, disse-lhe que seu filho reinaria sobre os troianos e, do mesmo modo, o filho de seu filho. Quando Tróia foi tomada, Eneias fugiu da cidade com inspiração da deusa, sua mãe, e carregou o pai às costas e o filho, Ascânio, nos braços, levando ainda os *Penates* e o *Paládio*. Recolheu-se no Monte Ida, onde reuniu os troianos sobreviventes e fundou uma nova cidade. Partiu do Monte Ida principiando suas andanças por mar, narradas na *Eneida*, de Virgílio, até que, depois de incontáveis peripécias, finalmente chegou à Península Itálica, onde mais tarde seus descendentes fundariam Roma, cumprindo-se a previsão de Afrodite.

Ênio. Poeta latino nascido em Rudiae, velha cidade em que se falava sobretudo osco. É conhecido principalmente pelo seu poema narrativo intitulado *Annales*. Entre suas obras, contam-se ainda *Epicharmus*, *Euhemerus*, *Hedyphagetica* e *Saturae*.

Eros. Ver *Cupido*.

Esopo. Nome de autor grego a quem se atribui grande número de fábulas em que os personagens são animais.

Estanislau Kostka. Nobre polonês nascido no Castelo de Rostków. Aos treze anos de idade, tornou-se estudante no colégio dos jesuítas em Viena. Por ter demonstrado vocação para a vida religiosa, decidiu ingressar na Companhia de

Jesus. Por ser menor, a Companhia pediu a autorização do pai, que se opôs. Resolvido a seguir a vida como jesuíta, fugiu para a Alemanha e se abrigou em uma casa jesuíta em Dillingen an der Donau por decisão do superior, São Pedro Canísio. Com dezessete anos, viajou para Roma com o objetivo de ingressar no Colégio Romano e terminar o noviciado. Após chegar, caiu enfermo e morreu meses depois, fala-se que no dia da Assunção de Nossa Senhora.

Etna. Vulcão ativo da Sicília oriental. Na *Fábula de Polifemo y Galatea*, de Góngora, o Etna sepulta ossos dos titãs vencidos pelos deuses do Olimpo.

Europa. Filha de Agenor e Telepassa. Zeus a viu sentada à beira-mar, em Sidon, onde seu pai era rei. Apaixonado por ela, transformou-se em um belíssimo touro branco, com os cornos em forma de crescente, e foi deitar-se aos seus pés. Depois de dominar o medo, Europa sentou-se nas costas dele, que saiu mar adentro, nadando, até atingir a ilha de Creta. Lá, junto de uma fonte, Zeus deitou-se com Europa sob árvores. Dele ela pariu Minos, Sarpedon e Radamante.

Eusébio de Matos. Irmão mais velho do poeta Gregório de Matos e Guerra, nasceu na Bahia, provavelmente no ano de 1629. Teria professado na Companhia de Jesus em 1644. Expulso da Companhia, ingressou como religioso na Ordem do Carmo, em 1680. Foi autor de sermões e de poesia ao divino. Seu cancioneiro encontra-se reunido em vários livros de mão do século XVIII, entre eles o *Códice Asensio-Cunha*.

Faetonte. Filho de Hélio, o Sol, e Climene. Criado pela mãe, pediu a ela que lhe dissesse o nome do pai. Depois de saber que descendia do Sol, pediu-lhe que o deixasse dirigir sua carruagem puxada por quatro fogosos cavalos. Autorizado, partiu na carruagem seguindo a rota costumeira de leste a oeste, mas, crescentemente temeroso da altura em que a carruagem viajava, acabou por perder o controle à vista dos animais zodiacais. A carruagem baixou até quase tocar a Terra e incendiá-la, para, logo em seguida, subir alto o bastante para que as estrelas se queixassem a Zeus. Para impedir um desastre, Zeus fulminou Faetonte com um raio e ele despencou, caindo no rio Erídano.

Fama. Filha da Terra, tinha um sem-número de olhos e bocas e voava ligeiríssima pelo ar. Morava no ponto em que a terra, o mar e o céu se encontravam, habitando um palácio todo feito de bronze, com mil portas, sempre abertas, em que toda voz que entrava reverberava profundamente e amplificava-se, antes de ser novamente difundida pelo mundo.

Favônio. Nome do vento oeste que sopra suavemente na primavera.

Flora. Deusa que presidia a floração de todas as plantas. Entre os romanos, o mês de abril lhe era consagrado. Ovídio narra como Zéfiro, o vento oeste, apaixonou-se por Flora, casando-se com ela. Diz-se que lhe coube dar o mel à humanidade, dentre outros tantos benefícios. Também teria dado a Hera uma flor, que permitiu à deusa gerar um filho, Marte, sem a participação de nenhuma força masculina.

Galateia. Nereida filha de Nereu e Dóris, apaixonada por Ácis, um mortal. Um dia, quando ambos se encontravam deitados à beira-mar, foram vistos por Polifemo, ciclope que amava Galateia sem ser correspondido. Antes que Ácis pudesse fugir, Polifemo matou-o com uma rocha. Dóris transformou o sangue de Ácis numa fonte.

Galeno. Aelius Galenus ou Claudius Galenus (c. 129, c. 200). Famoso médico e filósofo grego. Afirma-se que, entre os antigos, foi o mais importante estudioso de especialidades concernentes à arte médica, como anatomia, fisiologia, patologia e farmacologia. Foi partidário da doutrina dos humores de Hipócrates.

Goa. O Estado Português da Índia foi constituído pela Coroa portuguesa depois da conquista de Goa, em 1510, por Afonso de Albuquerque, que tornou capital. Foi sede da administração dos territórios do império marítimo português situados no Oceano Índico.

Gomorra. Ver *Sodoma*. Cidade bíblica destruída pela chuva de fogo mandada por Jeová. Como os de Sodoma, os habitantes de Gomorra eram dados à *sodomia*, coito anal.

Gonçalo Ravasco Cavalcante e Albuquerque. Filho de Bernardo Vieira Ravasco e sobrinho do Pe. Antônio Vieira.

Gonçalo Soares da Franca. Poeta hoje pouco conhecido, foi contemporâneo de Gregório de Matos e Guerra, com quem manteve amizade. José Aderaldo Castello fornece abundantes informações sobre ele em *O Movimento Academicista no Brasil*.

Guadalquivir. O Rio Guadalquivir está situado no sul da Península Ibérica e nela só é menor do que os rios Tejo, Ebro, Douro e Guadiana. É o maior rio da Andaluzia e suas águas banham as cidades espanholas de Córdova e Sevilha.

Guiné. A Guiné portuguesa localizava-se na costa atlântica da África, onde hoje é a Guiné-Bissau. O domínio português da Guiné estendeu-se de 1446 a 1974. Nos séculos XVI e XVII, a Guiné foi um dos pontos privilegiados da exportação de escravos negros, principalmente a partir da feitoria de Cacheu, fundada em 1588, e estabelecida em 1675 para otimizar o tráfico negreiro.

Helicona. Local mítico em que nasciam duas fontes divinas, Hipocrene e Aganipe, consagradas às Musas.

Herodiano. Também conhecido por Herodiano da Síria, foi funcionário romano (170-240) e escreveu um livro de história em grego que cobre o período correspondente a 180 e 238.

Himeneu. Deus, filho de Apolo e de uma musa, presidia ao casamento e ao hino cantado pelo cortejo da noiva enquanto esta se dirigia à casa do noivo. Entre os antigos, Himeneu era contado entre os *Erotes*, jovens deuses do amor. Era representado como uma criança alada que levava na mão a tocha nupcial.

Hipócrates. Historiadores do mundo antigo e da medicina creem que Hipócrates tenha nascido por volta de 460 a.C.

na ilha de Cos. Atribui-se a ele o *Corpus Hippocraticum*, coleção de dezenas de tratados médicos compostos por seus alunos e seguidores, não se sabendo se ele próprio é autor de algum deles. Crê-se que a compilação se deu no século III a.C. em Alexandria. É considerado o proponente da doutrina dos humores, que teve importantes derivações na cultura europeia dos séculos XVI e XVII, em tratados de mecidina, astrologia e fisiognomonia.

Ícaro. Filho de Dédalo e Náucrate, escrava de Perséfone. Morreu ao tentar fugir de Creta, onde seu pai fora arquiteto do rei Minos e construíra o fabuloso labirinto para o aprisionamento do Minotauro, fruto dos amores da mulher de Minos, Pasífae, com um touro branco dado a Minos por Poseidon. Valendo-se de asas fabricadas pelo pai com penas e cera de abelha, Ícaro alçou voo, mas se elevou demais e o sol derreteu a cera que colava as penas, ocasionando sua queda e morte.

Ilha da Madeira. A Ilha da Madeira é a maior do Arquipélago da Madeira, situado no Oceano Atlântico, a sudoeste da costa portuguesa. Foi a primeira região do Atlântico onde se plantou a cana-de-açúcar, no século XV, e a partir dela se derivou o cultivo para o mundo americano.

Ilha da Madre de Deus. Localizada no litoral baiano, a Ilha da Madre de Deus era chamada pelos índios, seus primeiros habitantes, de Cururupeba, de *kururu* (sapo) e *peb* (chato). Os índios foram expulsos dela por Mem de Sá, terceiro governador do Brasil (1558-1572), em 1559. No ano de 1584, foi arrendada a lavradores, que desenvolveram intenso plantio de cana-de-açúcar.

Jano. Deus do panteão romano representado com duas faces, uma voltada para o passado, e outra, para o futuro. O nome do primeiro mês do ano, *janeiro*, deriva de Jano. Afirmava-se que, antes de sua deificação, teria sido um homem nativo de Roma que teria governado com Cameso. Teria mandado construir uma cidade sobre uma colina, o Janiculum. Depois da morte de Cameso, teria governado o

Lácio sozinho. Durante seu reinado, os homens teriam sido felizes e honestos e vivido em completa paz. Atribui-se a ele a invenção da moeda.

Jasão. Filho de Aeson e nativo de Iolcos. Seu pai foi deposto por seu meio-irmão, Pélias. Jasão foi criado pelo centauro Quíron, que lhe ensinou a arte médica. Quando chegou à idade adulta, Jasão deixou Quíron e encaminhou-se para Iolcos, vestido com uma pele de tigre e calçado em um único pé. Quando chegou, Pélias realizava um sacrifício e, ao vê-lo, assustou-se, porque o oráculo lhe dissera que temesse um homem com um único pé calçado. Jasão permaneceu por cinco dias na casa paterna e no sexto dirigiu-se ao palácio de Pélias, onde reclamou seu direito ao trono. Seu tio então lhe ordenou que trouxesse para Iolcos o velocino de ouro, pele consagrada ao deus Ares pelo rei Aetes, da Cólquida. Jasão e os argonautas partiram em busca do velocino na nau Argo.

Jericó. Cidade bíblica conquistada pelo herói hebreu Josué. As muralhas de Jericó caíram com o som de trombetas que Josué mandou tocar.

Jó. Personagem bíblico. Na Bíblia, lê-se que Satã lhe furtou, com permissão de Jeová, as riquezas, os dez filhos e a saúde. Os infortúnios foram tidos como castigos de um grande pecado. Jó foi expulso de sua cidade e três amigos, Elifas, Bildade e Zofar, sentaram-se ao seu lado sobre um monte de lixo proferindo lamentos. Jó teve paciência e, reconhecendo o sinal da soberania divina no seu infortúnio, teve paz. Com isso, ficou duas vezes mais rico, recuperou a saúde e teve mais dez filhos.

João Gonçalves da Câmara Coutinho. Filho primogênito de Antônio Luís Gonçalves da Câmara Coutinho e Dona Constança de Portugal, comendador de Santiago de Bonfe, de São Miguel de Bobadela e de São Salvador de Maiorca, nascido em 7 de maio de 1675.

Judas Escariote. Um dos 12 Apóstolos que Jesus nomeou para seu ministério. Judas era o tesoureiro do grupo e o

Evangelho de S. João (12:6) o chama de "ladrão". Nos Evangelhos, consta que vendeu Jesus Cristo por 30 moedas e depois se enforcou. É chamado de "traidor" e seu nome passou à posteridade como o do homem que vendeu o Messias aos seus inimigos.

Judas Macabeu. Personagem bíblico, terceiro filho do sacerdote hebreu Matatias. Seu nome, *Macabeu*, provavelmente deriva do termo siríaco *maqqaba*, "martelo", significando sua ferocidade contra os inimigos. Liderou a revolta dos macabeus contra o Império Selêucida entre os anos de 167 e 160 a.C. A revolta foi consequência do édito do rei Antíoco IV, que visava helenizar os judeus do seu reino, proibindo a prática da fé de Israel.

Juno. Hera, entre os gregos, considerada a mais importante das divindades olímpicas femininas. Era filha de Cronos e Reia e irmã de Zeus, com quem se casou. Quatro deuses nasceram desse casamento, Hefesto, Ares, Eilithia e Hebe. Afirma-se que o casamento se deu no Jardim das Hespérides, onde Hera mandou plantar as maçãs de ouro que Gaia lhe dera como presente de casamento. Era a divindade protetora das mulheres casadas.

Júpiter. Em Roma, Júpiter ou Jove era considerado o mais importante dos *Dii Superi* (ou Deuses Celestes), também conhecido como o Deus Celeste e o Senhor do Raio. Foi, durante a República e o Império, a mais importante deidade do panteão romano. Em Roma, governava do Capitólio, que lhe era consagrado. No Capitólio realizavam-se os vários cultos a ele, sendo o mais importante o de Jupiter Optimus Maximus. Na religião romana, era considerado equivalente ao Zeus grego e, como este, habitava o Olimpo. Presidia sobre deuses e homens garantindo o cumprimento de juramentos, a aplicação e distribuição da justiça, e as leis da hospitalidade. Afirmava-se ter sido ele quem negociara com o segundo rei romano, Numa Pompilius, o estabelecimento de princípios da religião romana, como o sacrifício. Seus atributos eram o raio e a águia, ave que tinha precedência sobre as demais quando da obtenção dos auspícios. Os dois atributos eram figurados juntos na imagem de uma águia que segurava um raio com os pés, comum em moedas romanas. A árvore consagrada a Júpiter era o carvalho.

Leandro. Conta-se que Hero era sacerdotisa de Afrodite, moradora da Torre de Sestos, no lado europeu do estreito de Dardanelos. Leandro era um homem jovem de grande beleza, morador da cidade de Ábidos, no lado oposto do estreito. Leandro apaixonou-se por Hero e todas as noites nadava, atravessando o estreito, para se encontrar com sua amada; esta acendia uma lâmpada para que ele pudesse, no mar, guiar-se até à costa. Hero deixou-se seduzir pelas palavras amorosas de Leandro, que a convenceu de que Afrodite desprezaria a promessa de uma jovem manter-se virgem, entregando-se a ele. Os encontros sucederam-se durante o verão, mas, em uma noite de inverno, Leandro foi atirado por uma onda ao mar, enquanto a lâmpada de Hero era apagada por uma lufada de ar. Extraviando-se em alto mar, acabou por sucumbir. Ao ver o corpo morto do amado, Hero atirou-se do alto da torre para juntar-se a ele.

Levante. O Levante. Nome do conjunto de países do Mediterrâneo oriental correspondentes à Síria, Turquia e Ásia Menor.

Licurgo. Nome de um importante logógrafo da Grécia antiga, contado entre os dez grandes oradores áticos do Cânone de Alexandria, composto pelos filólogos Aristófanes de Bizâncio e Aristarco de Samotrácia no século III a.C. Nasceu em Atenas no ano de 396 a.C. e pertencia à nobre família dos Eteobutadae. Devotou-se em sua juventude ao estudo da filosofia na escola de Platão, mas depois se tornou discípulo de Isócrates. Entrou para a vida pública muito jovem e se tornou por três vezes sucessivas administrador do tesouro público, cargo em que permaneceu por quatro anos cada vez. Foi nomeado por uma única vez superintendente da cidade de Atenas, incumbindo-se de manter a ordem pública. No exercício de cargos públicos, erigiu edifícios e acabou outros, tanto para uso dos cidadãos quanto para ornamento da cidade. Sua integridade era tão reconhecida que cidadãos atenienses deixavam aos seus cuidados somas de dinheiro quando queriam garantir sua segurança.

Limbo. Segundo o Cristianismo, estado das almas que não foram remidas do pecado original pelo batismo, como as dos justos que viveram antes de Cristo e crianças que morreram não batizadas. Estado de indecisão, olvido, esquecimento.

Ló. Personagem bíblica filho de Harão, irmão de Abraão. O episódio do Velho Testamento que o faz figura sempre lembrada é o do castigo aplicado por Jeová à cidade de Sodoma, cujos pecados eram, sobretudo, o orgulho, a complacência e a abominação (*Ez. 16:49*), enquanto em *Gn. 19: 4,5* se salienta a perversão sexual dos sodomitas. Ló conseguiu escapar a tempo da cidade, conduzido por dois anjos, que lhe proibiram voltar o rosto para trás depois da partida. Sua mulher transgrediu a ordem dada pelos anjos e tornou-se uma estátua de sal.

Lubeque (Lübeck). Cidade do norte da Alemanha. A moderna cidade foi fundada por Adolfo II, Conde de Schauenburg e Holstein, in 1143. Durante séculos, a cidade foi a riquíssima capital da Hansa, a Liga Hanseática do Báltico.

Lucano. Marcus Annaeus Lucanus (nascido em 3 de novembro de 39 e morto em 30 de abril de 65) foi um importante poeta romano do período imperial. Nasceu em Córdoba, na *Hispania Baetica*, pertencente a uma rica família. Era filho de Marcus Annaeus Mela e neto de Sêneca, o Velho. Cresceu sob a tutela de seu tio, Sêneca, o Jovem. Estudou retórica em Atenas e, sob a tutela do tio, dedicou-se aos estudos da filosofia estoica. Tornou-se poeta famoso durante o reinado de Nero e vinculou-se ao imperador e seu séquito. Por sua amizade com o imperador, foi nomeado *quaestor* antes de ter atingido a idade legal. Em 60 a.C., ganhou um prêmio nas *Neronia* e foi indicado pelo imperador à posição de áugure. Durante os anos de frequência à corte de Nero, pôs em circulação os três primeiros livros de seu poema épico intitulado *Pharsalia (Farsália)*, também conhecido como *De Bello Civili*, por ter como argumento a guerra civil entre Júlio César e Pompeu. Afirma-se que Nero teria sentido inveja de Lucano, o que o teria motivado a proibir a publicação dos seus poemas. O gramático Vacca e o poeta Statius (Estácio) informam que Lucano escreveu poemas com o intuito de vituperar Nero. Um desses poemas teria como título *De Incendio Urbis* (*Sobre o incêndio da cidade*). A censura a Nero deve ter sido a verdadeira causa do banimento do poeta. Participou, em 65, da conspiração capitaneada por Gaius Calpurnius Piso contra Nero. Depois de descoberta sua traição, cometeu suicídio.

Lúcifer/Lusbel. A palavra Lúcifer, em latim, significa "o que porta a luz". A designação é apropriada para nomear o planeta Vênus, o corpo celeste mais brilhante depois do Sol e da Lua, que pode ser visto à noite e também de madrugada. Alguns intérpretes das escrituras testamentárias afirmam ser a expressão "filho da manhã" uma designação do quarto crescente da Lua ou ainda do planeta Júpiter. A similaridade dessa descrição com outros trechos, como *Lc. 10:18* e *Ap. 9:1*, tem feito com que se identifique Lúcifer/Lusbel/Satã como o "filho da manhã".

Mafamede/ Mafoma/ Maomé. Líder religioso, fundador do Islamismo, nascido por volta do ano 570 na cidade de Meca. Tornou-se órfão muito cedo e foi criado pelo tio, Abu Talib. Foi comerciante e pastor. Afirma-se que tinha o hábito de recolher-se em uma caverna nas proximidades de Meca, onde se entregava à oração. Em um desses recolhimentos, aos quarenta anos, teria recebido sua primeira revelação. Três anos após essa revelação, teria principiado suas prédicas públicas, em que asseverava ser Alá Um Só e a completa entrega (*islām*) a Ele o único caminho (*dīn*) por Ele aceito. Por causa de perseguições que sofreu em Meca, migrou no ano de 622 para Medina, passando esse evento a ser chamado Hégira, que marca o início do calendário muçulmano. Conseguiu reunir as tribos de Medina, e, após oito anos de lutas contra as tribos de Meca, conseguiu entrar pacificamente na cidade, onde destruiu todos os ídolos. Morreu no ano de 632. No *corpus* poético, significa "falso profeta".

Mafra. Vila portuguesa, hoje pertencente ao distrito de Lisboa, famosa por seu palácio-convento mandado erigir no século XVIII pelo rei Dom João V, diz-se que para o cumprimento de um voto. O palácio-convento, que tornou a vila conhecida, não existia no tempo dos poemas atribuídos a Gregório de Matos e Guerra que fazem referência a Mafra.

Maldivas. Arquipélago do Oceano Índico. A partir de 1558, foi possessão portuguesa onde se mantinha uma pequena guarnição. Passou ao domínio holandês em 1654.

Mantuano. *Publius Vergilius Maro* (Mântua, 70 – 19 a.C.). Nome do grande poeta do tempo do imperador Augusto. Autor da *Eneida*, das *Bucólicas* e das *Geórgicas*.

Manuel de Faria e Sousa. Polígrafo português (1590 – 1649) que passou grande parte da vida em Espanha, que adotou como pátria. É lembrado pelos comentários que escreveu sobre as obras de Luís Vaz de Camões.

Mar Euxino. Designação antiga do Mar Negro.

Maria Madalena. Prostituta arrependida, discípula de Jesus Cristo. Permaneceu ao pé da cruz durante o martírio de Cristo dando-lhe alento. Esteve presente no sepultamento de Cristo e foi a primeira a vê-lo após sua ressurreição.

Marinículas. Apelido de um homem da Corte portuguesa satirizado no *corpus* poético atribuído a Gregório de Matos e Guerra por ser muitíssimo afetado e afeminado. O apelido talvez derive de *Marino* (Giambattista, 1569-1625), grande poeta italiano de linguagem culta e ornada.

Marquês das Minas. Dom António Luís de Sousa (1644 – 1721). Foi o quarto Conde do Prado em vida do pai e, após a morte deste, o segundo Marquês das Minas. Entre os anos de 1684 e 1687, foi nomeado governador e capitão-geral do Estado do Brasil, onde fez bom governo, apesar de eventos desfavoráveis, como a Revolta do Maranhão, de 1684, quando os insurrectos Manuel Beckman e Manuel Serrão de Castro depuseram as autoridades locais e declararam autonomia frente ao governo metropolitano.

Marquês de Marialva. Dom António Luís de Meneses, primeiro Marquês de Marialva, título de nobreza criado por Dom Afonso VI, em 11 de junho de 1661. Teve papel importantíssimo no movimento da Restauração, de 1640, e foi um dos Quarenta Conjurados, ou cabeças de importantes famílias aristocráticas portuguesas que se reuniram para afastar do trono os Habsburgos espanhóis em favor de um monarca português, o duque de Bragança, Dom João IV.

Marte. Deus romano da guerra. Os festivais que lhe eram dedicados ocorriam no mês de março (*martius*), consagrado a ele. Mitógrafos contam que Júpiter teria feito Minerva nascer de sua testa. Para emular o marido ou para restabelecer a ordem do mundo, Juno teria buscado a ajuda de Flora para conceber sem a participação do consorte. Flora teria tocado o ventre de Juno com uma flor que o fecundou, dele nascendo Marte.

Matias da Cunha. Foi governador da Capitania do Rio de Janeiro entre os anos de 1675 e 1679 e, depois, governador do Estado do Brasil de 4 de junho de 1687 a 24 de outubro de 1688, quando veio a falecer.

Mecenas. *Gaius Cilnius Mecaenas* (70 – 8 a.C.) foi amigo e conselheiro político de Otávio, denominado César Augusto após se tornar o primeiro imperador de Roma. Devido ao relevante papel cultural que desempenhou durante o reinado de Augusto, patrocinando os poetas latinos chamados *augustanos*, passou-se a designar protetores das artes e das letras pelo antropônimo *Mecenas*, tornado nome comum.

Medo (é). Nome de povo iraniano que viveu na antiga Média, região do continente asiático.

Mercúrio. Deus romano que se incluía na lista dos *Dii Consentes*, ou doze maiores divindades do panteão romano, entre as quais se contavam Marte, Júpiter, Vulcano, Apolo e Netuno, entre as masculinas, e Juno, Vesta, Minerva, Diana, Vênus e Ceres, entre as femininas. Era o deus patrono do comércio, dos ladrões, das viagens e da linguagem. Trazia como atributos um caduceu, bastão composto de duas serpentes entrelaçadas, encimado por duas asas, presente que lhe foi dado por Apolo, calçados alados, ou *talaria*, e um *petasus*, chapéu para viagem de abas largas dotado de asas.

Moisés. Líder do povo hebreu durante o período do cativeiro no Egito e legislador. Jeová tirou os hebreus do Egito e os conduziu a Canaã, terra prometida aos seus antepassados, por meio de Moisés. Coube a Moisés declarar ao povo de Israel a aliança por meio da qual este deveria servir a Jeová, os Dez Mandamentos e sua aplicação.

Monte Ida. Nesse monte, Páris, príncipe troiano, teria sido abandonado para morrer por ordem de seu pai, Príamo, pois sua mãe, Hécuba, teria sonhado que dava à luz uma tocha flamejante. O sonho, interpretado pelo vidente Esaco, significava que a criança, nascida do sangue real troiano, traria a ruína da cidade. Príamo ordenou a um pastor, Agelau, matar a criança. Não podendo usar arma contra ela, o pastor a deixou exposta no Monte Ida, para que morresse. Páris foi amamentado por uma ursa e sobreviveu. Depois de nove dias, ao retornar ao Monte, Agelau o encontrou e o levou para criá-lo como seu. Foi no Monte Ida, enquanto apascentava seu rebanho, que Páris teve de decidir qual das três deusas era a mais bela, Hera, Afrodite e Atena. Ao dar o prêmio do pomo de ouro para Afrodite, as outras deusas ficaram inimigas de Troia. Afrodite premiou Páris com Helena, mulher de Menelau, rei de Esparta. Quando Páris levou Helena para Troia, os chefes gregos declararam a guerra.

Musas. Filhas de Zeus e Mnemósine, são nove. Cada uma delas preside um campo do saber: Calíope, a musa da poesia épica; Clio, a da história; Erato, a da poesia amorosa; Euterpe, a da música; Melpômene, a da tragédia; Polímnia, a dos hinos; Talia, a da comédia; Terpsícore, a da dança; Urânia, a da astronomia.

Museu. Personagem mítico tido ora como mestre, ora como amigo de Orfeu. Filho de Eumolpo e Selene, foi criado pelas ninfas. Sua música tinha o dom de curar os doentes.

Narciso. Em uma das versões do mito de Narciso, a narrada por Ovídio nas *Metamorfoses*, ele é um belo jovem, filho do rio Cefisso e da ninfa Liríope. O vidente Tirésias diz a seus pais que Narciso viverá até a velhice se nunca vir o próprio rosto. Objeto de muitas paixões, Narciso as desdenha. A mais conhecida é a da ninfa Eco, que se retirou para um local solitário onde feneceu até só restar sua voz queixosa. As rejeitadas por Narciso clamam aos céus por vingança e são ouvidas por Nêmesis, que o conduz até uma fonte de água limpa e brilhante, em que ele vê com nitidez o próprio rosto e dele se enamora. Ali permanece na contemplação de si, até morrer, e no lugar nasce a flor que tem seu nome. Em outras versões, ele tenta beijar a própria imagem refletida na água e se afoga.

Nereidas. Divindades marinhas, filhas de Nereu e Dóris e netas de Oceano. Nas letras antigas, seu número é às vezes fixado em cinquenta, às vezes em cem. São referidas como seres de extrema beleza e juventude que passam o tempo fiando, tecendo e cantando. Eram consideradas benfeitoras dos marinheiros que passavam por dificuldades no mar.

Nereu. Divindade marinha, filho de Ponto e Gaia. Casou-se com Dóris, com quem gerou as nereidas. Como a maioria das divindades do mar, podia transformar-se em qualquer ser. Era costumeiramente figurado como homem barbado, portando um tridente e montado em um tritão.

Netuno. Poseidon, em grego, divindade olímpica irmão de Zeus, filho de Cronos e Reia. Tem domínio sobre os mares, mas seu poder se estende também a lagos e fontes, enquanto os rios são divindades. Netuno comanda o movimento das águas do mar e provoca tempestades com o poder de seu tridente. Tem muitos filhos, que costumeiramente são monstruosos e cruéis, como o ciclope Polifemo. Também é pai do cavalo alado Pégaso.

Ninfa. Divindade feminina menor em geral associada a domínios e localidades específicos. Em geral, formam o séquito de uma grande deusa. Seus nomes dependem do domínio a que são associadas; por exemplo, as náiades, que vivem em fontes, ou as hamadríades, que vivem em árvores específicas.

Nossa Senhora das Maravilhas. Nome da Virgem Maria autora de milagres.

Nossa Senhora de Monserrate. Nome derivado de uma imagem da Virgem Maria do Mosteiro de Santa Maria de Montserrat, no município de Monistrol de Montserrat, província de Barcelona, na Catalunha, Espanha. Acredita-se que a imagem foi feita por São Lucas e levada ao Mosteiro de Montserrat por São Pedro, no ano 50.

Nossa Senhora das Neves. Nome dado à Virgem Maria por suposta ocorrência milagrosa. Um casal romano pediu à Virgem iluminação para utilizar bem sua fortuna. Em sonho, foi instruído a mandar erigir um templo no Monte Esquilino, justamente no lugar que aparecesse coberto de neve. Acredita-se que, numa noite de 4 para 5 de agosto, em meados do verão, nevou no local em que hoje se ergue a Basílica de Santa Maria Maior.

Nossa Senhora dos Prazeres. Nome da Virgem Maria doadora de beatitudes.

Nossa Senhora do Rosário. O nome refere-se à Virgem Maria, que apareceu a São Domingos de Gusmão, em 1208, na igreja de Prouille, dando-lhe um rosário. Nos tempos coloniais, as igrejas do Rosário eram igrejas dos negros.

O Encoberto. Dom Sebastião I de Portugal (nascido em Lisboa em 20 de janeiro de 1554 e morto em Alcácer-Quibir em 4 de agosto de 1578) foi o décimo sexto rei de Portugal e o sétimo e último da dinastia de Avis. Era filho do príncipe João de Portugal, morto quando Dom Sebastião ainda não havia nascido. Tinha apenas três anos de idade quando se tornou rei, e teve a sua avó, Catarina de Áustria, e ao cardeal Dom Henrique como tutores, assumindo o governo aos quatorze anos. Foi chamado O Desejado em razão da grande expectativa dos membros da Casa de Avis quanto à existência de um herdeiro varão para o trono. Morto na batalha de Alcácer-Quibir, ocorrida em 1578, não se encontrou seu corpo e passou a ser referido como O Encoberto. Com Dom Sebastião morreu nas areias da África a nata da nobreza portuguesa, principiando desse modo a crise política que levou Portugal ao domínio filipino em 1580. No *corpus* poético do *Códice Asensio-Cunha*, os sebastianistas, que no século XVII alegavam que um rei encoberto ia retornar, são chamados depreciativamente de *bestianistas*.

O Tebano. Antonomásia para Eneias, herói troiano, filho de Anquises e Afrodite. Ver *Eneias*.

Ofir. Cidade famosa por sua riqueza.

Olimpo. Montanha da Grécia considerada a morada dos deuses, particularmente a morada de Zeus.

Orfeu. Dado como filho da musa Calíope, habitava as proximidades do Monte Olimpo e passava o tempo cantando e tocando a lira e a cítara, instrumento supostamente inventado por ele. Seu canto era tão doce que as feras se acalmavam ao ouvi-lo e árvores e plantas se inclinavam à sua passagem. O mito mais conhecido sobre Orfeu é o da sua descida ao Hades em busca de sua mulher, Eurídice, morta por uma picada de áspide. Hades e Perséfone, movidos pelo amor demonstrado por Orfeu, prometeram-lhe devolver a mulher com a condição de que ele fizesse o caminho de volta sem se voltar para trás. Quase à saída do Mundo Inferior, duvidoso de que estaria sendo seguido por Eurídice, ele olha para trás e causa à mulher uma segunda morte. No mito, é despedaçado pelas bacantes do culto de Dionísio.

Ourique. Batalha ocorrida nos campos de Ourique, no sul de Portugal, provavelmente em 25 de julho de 1139. Foi motivada por incursões que cristãos faziam em terra de mouros para capturar gado, escravos e mais despojos. Tropas cristãs e mouras defrontaram-se e as cristãs, comandadas por D. Afonso Henriques, venceram as muçulmanas, apesar de essas serem em número muito superior. Falou-se desde então que a vitória alcançada por D. Afonso Henriques tivera intervenção divina. Ele proclamou-se Rei de Portugal e sua chancelaria principiou a empregar a intitulação *Rex Portugallensis* (Rei Português) a partir de 1140. A independência de Portugal foi reconhecida pelo rei de Leão em 1143 e pela Santa Sé, em 1179, por meio da bula *Manifestis probatum*, do Papa Alexandre III.

Ovídio. *Publius Ovidius Naso* (43 – 17 a.C.) um dos mais famosos poetas latinos do tempo de Augusto. Escreveu muitos livros, sendo o mais conhecido *As Metamorfoses*, longo poema sobre matérias mitológicas composto em hexâmetros, e *A Arte de Amar*. Ovídio foi exilado no Ponto Euxino por Augusto.

Páctolo. Rio turco cuja nascente está localizada no monte Tmolo. Era famoso por suas areias auríferas.

Palas. Deusa virgem, filha de Zeus e Métis, padroeira de Atenas. Quando Métis engravidou, Gaia e Urano disseram a Zeus que, depois de dar à luz uma filha, Métis pariria um filho que destronaria o pai. Por aconselhamento de Gaia, Zeus engoliu Métis e, ao chegar o tempo do parto, Hefesto abriu-lhe a cabeça com um machado e dela surgiu, coberta por luzente armadura, Atená, também chamada Palas. É patrona do fiar, do tecer, do bordar e da filosofia. Deusa guerreira, na *Ilíada* luta em favor dos aqueus, pois era inimiga dos troianos desde o julgamento de Páris. Na *Odisseia*, protege Odisseu.

Palinuro. Nome do timoneiro do navio que levava Enéias, seu pai, Anquises, e seu filho, Ascânio, em peregrinação depois da queda de Tróia. Palinuro morreu afogado no mar.

Pandalunga. Nome de engenho de açúcar do Recôncavo baiano.

Paraguaçu. (Tupi *pará= mar + açu=grande*). Filha do chefe Taparica, que a teria dado ao português Diogo Álvares Correia, com quem teve grande prole. Viajou à França com o marido, sendo recebida na corte de Catarina de' Médici e batizada com o nome de Catarina Paraguaçu. Na sátira atribuída a Gregório de Matos e Guerra, é chamada maledicentemente de "Eva do Massapê". Faleceu em 1583.

Parcas. Três deusas romanas identificadas com as Moiras gregas, Cloto, Láquesis e Átropos. Eram responsáveis pelo tempo de vida de todos os seres e, por essa razão, também eram chamadas de *Tria Fata* (Três Destinos). Presidiam ao nascimento, ao casamento e à morte. São figuradas comumente como três mulheres que cuidam do fio da vida de cada mortal: Cloto o fia, Láquesis o mede e Cloto o corta.

Páris. Segundo filho de Príamo, rei de Troia, e Hécuba. Quando do casamento de Peleu e Tétis, a deusa da discórdia, Éris, lançou uma maçã de ouro entre os convidados, dizendo que pertenceria à deusa mais bela. Palas, Hera e Afrodite exigiram que lhes fosse entregue o pomo. Zeus ordenou a Hermes que as levasse ao Monte Ida, onde Páris seria o árbitro da disputa. Para ganhar o pomo, Hera prometeu a Páris toda a Ásia; Palas, sabedoria e invencibilidade em combate; Afrodite, o amor da mais bela mulher, Helena de Esparta. Páris deu o pomo para Afrodite. Mais tarde, Páris viajou a Esparta, onde foi bem recebido pelos irmãos de Helena, os Dióscuros, que o levaram até o marido de Helena, Menelau. Fortalecido por caros presentes e por sua beleza, aumentada por artes de Afrodite, Páris obteve o amor de Helena e fugiu com ela para Tróia, o que foi causa imediata da guerra. Ver **Monte Ida**.

Parnaso. Monte grego que se dizia ser a morada das musas. Nele brotava a fonte Castália, cujas águas inspiravam poetas.

Parto. Pertencente à Pártia, reino fundado por Arsaces em 250 a.C.

Partolo. (Bartolo). Palavra derivada do nome do jurista Bártolo de Sassoferrato. No *corpus* poético, é um trocadilho usado para qualificar pejorativamente jurista ou advogado incompetente e tolo.

Paulo Emílio. *Lucius Aemilius Paullus Macedonicus* (ca. 230 a.C. - 160 a.C.), general e político romano, nomeado cônsul pela primeira vez em 182 a.C. e novamente em 168 a.C. Durante a Terceira Guerra Macedônica, derrotou e aprisionou Perseu, em Pidna, convertendo a Macedônia em província romana.

Pedro Álvares da Neiva. Plebeu português e personagem de sátiras do *corpus* poético atribuído a Gregório de Matos e Guerra. Porque portava foros falsos de fidalguia, Neiva foi preso em Salvador por ordem real em 1693 e mandado para o reino. Nas sátiras, o personagem que tem seu nome vem da Índia, vestido de casacão cor de pimentão com fundos de flor de lis e casado com uma "suja noiva", uma indiana.

Pedro Apóstolo. Apóstolo de Cristo. Seu nome hebraico era Simeão. Como discípulo de Jesus, recebeu seu novo nome, *Kepha* e *Petrus*, "pedra"ou "rocha". Comentaristas das Escrituras, como Tertuliano, interpretam seu nome como a pedra sobre a qual se fundaria a Igreja. Os bispos de Roma, descendentes diretos de Pedro, recebem dele, por herança, todas as suas provisões, sendo os detentores das chaves outorgadas a ele por Cristo. Pedro foi crucificado em Roma, no reinado de Nero.

Pedro Craesbeeck. Peeter van Craesbeeck (c. 1552 - 1632). Importante tipógrafo, impressor e editor de livros. Fugindo dos conflitos religiosos das Províncias Unidas, em 1590 se mudou para Lisboa, onde fundou uma importante casa impressora. Sabe-se que foi aprendiz de Cristóvão Plantin. Pedro Craesbeeck foi nomeado impressor da Casa Real por

Filipe II, em 28 de maio de 1620 e livreiro-mor do reino e das ordens militares em 12 de outubro de 1628.

Pedro Unhão de Castelo Branco. Desembargador da cidade de Salvador da Bahia na segunda metade do século XVII. Na década de 1690, residiu no Solar do Unhão, hoje Museu de Arte Moderna da Bahia. Nas sátiras atribuídas a Gregório de Matos, o nome *Unhão* permite a invenção do termo *unhate*, aplicado para significar a garra de tipos corruptos que rapinam os dinheiros públicos e se tornam "homens grandes".

Pégaso. Cavalo alado que teria surgido quando Perseu cortou o pescoço da Górgona Medusa. No *corpus poético* do *Códice Asensio-Cunha*, também comparece como citação do nome de um jurisconsulto romano, Pegaso, vituperado numa sátira de Juvenal.

Penates. Penates ou *Dii Penates* eram divindades da antiga religião romana cultuadas no lar. Quando se comia, era costume lançar um bocado do alimento no fogo doméstico em sua homenagem.

Perseu. Filho de Zeus e Dânae. Durante um jantar oferecido pelo tirano Polidecto, Perseu lhe ofereceu a cabeça de Medusa de presente, tendo de ir buscá-la por ordem do tirano.

Píramo. Nas *Metamorfoses*, Ovídio faz o relato do amor proibido de Píramo e Tisbe. Segundo a versão do mito que relata, os amantes viviam em casas que tinham em comum uma parede que as dividia. Por causa de uma rivalidade, os pais dos jovens não permitiam se casassem. Por meio de uma fenda na parede, Píramo e Tisbe sussurravam palavras de amor. Um dia, combinaram encontrar-se numa tumba situada sob uma amoreira. Tisbe chegou primeiro e viu uma leoa que tinha a boca vermelha de sangue. Amedrontada, fugiu, largando um véu que trazia. Ao beber a água de uma fonte próxima, a leoa rasgou o véu. Quando Píramo chegou ao local do encontro, viu o véu rompido e ensanguentado.

Desesperado, crendo que Tisbe fora morta pelo animal, atirou-se sobre a espada e morreu. Seu sangue tinge as amoras que até então eram brancas. Quando Tisbe voltou ao lugar onde deixara o véu, encontrou o corpo de Píramo e matou-se com sua espada. Os deuses, que ouviram o lamento de Tisbe, transformaram os frutos da amoreira, fazendo-os para sempre púrpura.

Pitágoras. Filósofo e matemático grego nascido em Samos, c. 570 – 495 a.C. Por volta de 530 a.C., ter-se-ia mudado para Croton, colônia grega da Magna Grécia, no sul da Península Itálica. Lá ensinou filosofia e matemática e, também, sua doutrina da metempsicose. Foi expulso de Croton e afirma-se que acabou seus dias em Metaponto. Acreditava na transmigração da alma, que poderia ocupar, a cada nova vida, ora corpos humanos, ora animais, ora vegetais.

Polifemo. Um dos ciclopes, filho de Poseidon e Toosa. Na *Odisseia*, é enganado por Odisseu.

Pomona. Deusa romana dos frutos. Possuía um bosque sagrado na estrada que ligava a cidade de Roma a Óstia, o *pomonal*.

Porto Seguro. Município litorâneo do Estado da Bahia, primeira região a ser avistada pelos navegadores portugueses da esquadra de Pedro Alvares Cabral, em 1500. A terra firme foi avistada em 21 de abril de 1500. Seu ponto mais alto foi chamado de Monte Pascoal. Em 24 de abril, a expedição ancorou em Porto Seguro. Em 1504, Gonçalo Coelho edificou o primeiro fortim da região.

Priapo. Deus grego e latino dos jardins e pomares dotado de grande falo ereto.

Prisciano. Priscianus Caesariensis. Influente gramático latino. Sua obra, *Institutiones Grammaticae*, foi base para a aprendizagem da língua latina durante séculos e fundamentou a especulação linguística durante a chamada Idade Média e parte da Idade Moderna.

Prometeu. Titã filho de Jápeto e primo de Zeus, roubou o fogo dos deuses para dá-lo aos homens. Zeus o puniu, mandando acorrentá-lo a um rochedo do Cáucaso onde, todos os dias, uma águia vinha comer parte de seu fígado, que novamente crescia para ser comido mais uma vez, no dia seguinte. Afirma-se que Zeus teria jurado pelo rio Estige que Prometeu jamais seria libertado do seu castigo, mas Hércules alvejou a águia com uma flecha e o libertou. Zeus não ficou desagradado com a façanha do filho, mas, para provar que sua palavra devia ser respeitada, mandou prender o corpo de Prometeu num anel de metal com uma corrente presa a uma rocha.

Querubim. Ser celestial da mais alta hierarquia angélica que, no *Gênese* bíblico, tem a incumbência de guardar o caminho para a Árvore da Vida, no Jardim do Éden. Dois querubins ficavam postados nas extremidades do propiciatório que cobria a Arca da Aliança.

Quevedo, Francisco de. Nasceu em Madri, no dia 14 de setembro de 1580, filho de fidalgos da Vila de Vejorís. Seu pai, Francisco Gómez de Quevedo, era secretário de Maria de Espanha, filha do Imperador Carlos V, e sua mãe, nascida María de Santibáñez, era dama de companhia da rainha. O poeta cresceu na Corte espanhola, onde desde cedo se fez notar por seus talentos. Intelectualmente brilhante, era coxo e míope, o que lhe valeu poemas satíricos compostos pelos seus inimigos, como Don Luíz de Góngora y Argote, que diz num deles que seus versos têm "pés de elegia" para significar maldosamente que se arrastam como os pés de um coxo. Órfão aos seis anos, foi aluno dos jesuítas e, mais velho, frequentou Universidade de Alcalá de Henares, entre os anos de 1596 e 1600. Estudou filosofia e teologia, as línguas clássicas, grego e latim, e hebraico, além de saber línguas novilatinas, como francês e italiano. Escreveu obras-primas da língua espanhola, como o romance picaresco *Vida del Buscón*. Incontáveis poemas satíricos lhe são atribuídos, muitos deles contra seu maior desafeto, Luís de Góngora. Morreu em 8 de setembro de 1645.

Quintiliano. Marcus Fabius Quintilianus. Retor romano, natural da cidade de Calagurris, na Hispania. Ainda jovem, foi enviado pelo pai a Roma, durante os primeiros anos do reinado de Nero, para estudar retórica. Seu único trabalho que chegou ao presente é *Institutio Oratoria*, um dos mais importantes livros antigos sobre retórica e oratória.

Rocinante. Nome do cavalo pangaré de Dom Quixote de la Mancha, personagem de Miguel de Cervantes Saavedra.

Salamandra. Réptil fantástico, semelhante à lagartixa, que se dizia viver no fogo.

Salé. Cidade da região noroeste do Marrocos, foi famosa pelos piratas que a governavam e atacavam a costa portuguesa, os Açores, as Canárias e a Ilha da Madeira.

Sansão. Personagem bíblico. Um anjo que visitou seus pais declarou-lhes que sua mãe, estéril até então, daria à luz um filho que principiaria a livrar Israel de seus inimigos. Sansão cresce dotado de incrível força, que reside nos seus cabelos longos. Mata um leão com as mãos e, com uma queixada de burro, destroça uma legião de filisteus, que então ocupam Israel. Seduzido por uma mulher que trabalha para eles, Dalila, conta a ela que é nazireu e que sua força está em seus cabelos não cortados. Ao revelar o segredo, Jeová o abandona e ele é aprisionado pelos filisteus, que o cegam, pondo-o a trabalhar no lugar de um burro, a empurrar a mó de um moinho. Depois de algum tempo, seus inimigos o tiram da prisão em Gaza e levam-no para o templo de seu deus, Dagon, amarrando-o nas colunas que o sustentam para ele ser alvo da zombaria dos filisteus reunidos. Durante o cativeiro, os cabelos de Sansão cresceram à medida do seu arrependimento. Ele invoca Jeová, que novamente lhe confere a força extraordinária. Sansão derruba as colunas e o templo desaba sobre ele e os filisteus.

Santo Agostinho. Aurelius Augustinus Hipponensis, um dos mais importantes Padres da Igreja Católica, nascido em 13 de novembro de 354 em Hipona, norte da África, e morto em 28 de agosto de 430. Bispo de *Hippo Regius*, província romana na África. Na juventude, seguiu o platonismo de Plotino. Converteu-se ao Cristianismo e foi batizado em 387. Entre as obras de Santo Agostinho, incluem-se escritos apologéticos contra as heresias ariana, donatista, maniqueísta e pelagiana, *De Doctrina Christiana*, obras exegéticas, *Confissões* e *Cidade de Deus*.

Santo Antônio. Santo Antônio de Lisboa foi frade agostiniano. Seu noviciado se deu no Convento de São Vicente de Fora, em Lisboa, e posteriormente foi para o Convento de Santa Cruz, em Coimbra, onde se dedicou aos estudos das Sagradas Escrituras e da Patrística. Em 1220, tornou-se franciscano e, no ano de 1221, a convite de São Francisco, passou a integrar o Capítulo Geral da Ordem em Assis. Morreu em Pádua.

Santo Inácio de Loyola. Ou Íñigo de Loyola. O principal fundador da Companhia de Jesus, em 1534.

São Marçal. Ou Marcial de Limoges, apóstolo da Aquitânia no século III. Muito reverenciado na Península Ibérica, sua festa é realizada em 30 de junho. Conta-se que seu báculo extinguiu um incêndio, por isso é padroeiro dos bombeiros.

São Nicomedes. Mártir do século II. Recusou fazer sacrifícios a ídolos romanos, sendo açoitado com chumbo até à morte.

São Tomé. Um dos doze Apóstolos. É lembrado pela sua incredulidade na ressurreição de Cristo, pois perdeu o primeiro aparecimento de Jesus Cristo aos Apóstolos e afirmou ser necessário prova visual para crer na ressurreição.

São Vicente de Fora. Igreja localizada no bairro histórico da Alfama, em Lisboa. O santo a que é dedicada é padroeiro de Lisboa desde 1173. Foi desenhada pelo arquiteto Filippo Terzi e concluída no ano de 1627.

Sátiro. Ser mitológico que participava do cortejo de Dionísio (Baco). Era figurado com cabeça, tronco e braços de homem, tendo a parte inferior como bode com um grande falo sempre ereto. "Meio homem, meio bode, todo besta", como diz Corisca, personagem de *Il Pastor Fido*, de Guarini.

Saturno. Antiga divindade italiana identificada com Cronos. Afirmava-se que teria chegado à Itália em tempo antigo, estabelecendo-se no Capitólio, sítio da futura Roma, onde fundou uma cidade, *Saturnia*. Em sua honra, em dezembro celebravam-se as *Saturnalia*, o mais famoso dos festivais romanos. O reinado de Saturno foi tempo de extrema prosperidade, denominado Idade do Ouro. Ele teria ensinado o cultivo da terra aos homens.

Serafim. Ser celestial a que se faz menção apenas no *Livro de Isaías* como anjo com três pares de asas; com um par cobre o rosto, com o outro, os pés, e mantém-se no ar com o terceiro. Posta-se acima do trono de Deus e o resguarda em companhia dos querubins e dos ofanins.

Sevilha. Cidade espanhola localizada na Andaluzia, às margens do rio Guadalquivir. Fundada pelos romanos, que a chamaram *Hispalis*, foi integrada ao mundo muçulmano desde 712 com as conquistas árabes. Pertenceu ao Califado de Córdova, foi regida pelos almorávidas e pelos almóadas até sua inclusão no Reino de Castela sob Ferdinando III em 1248. Depois da descoberta da América, Sevilha, onde se encontrava a Casa da Contratação, tornou-se um dos mais importantes centros econômicos da Espanha e seu porto monopolizou o comércio transoceânico no âmbito do Império Espanhol.

Sodoma. Cidade que, no *Livro de Ezequiel*, é referida como local do orgulho e da abominação. Em outros livros do *Velho Testamento*, fala-se da perversão sexual dos sodomitas, dados ao coito anal. Sodoma foi destruída por Jeová com o fogo do céu.

Tabor. Monte da Galileia onde os cristãos afirmam ter ocorrido a transfiguração de Cristo.

Talia. Musa da comédia. Alguns mitógrafos afirmam que Talia é mãe dos Coribantes, cujo pai era Apolo. Em sua figuração mais recorrente, tem uma máscara cômica em uma das mãos.

Tântalo. Filho de Zeus, que o recebeu à mesa dos deuses, no Olimpo. Tântalo teria roubado ambrosia e néctar para amigos mortais e cozinhado o próprio filho, Pélope, que ofereceu aos deuses, que se aperceberam a tempo do que lhes era servido, com exceção de Deméter. Foi duramente castigado no Tártaro, onde teve de passar fome e sede eternas. Mergulhado até os ombros na água, toda vez que dobra o pescoço para beber, o nível da água baixa. Sobre Tântalo cresce uma árvore cujo ramo cheio de frutos se distancia de suas mãos quando tenta alcançá-los.

Taprobana. Ilha do Oceano Índico mencionada na primeira estrofe de *Os Lusíadas*. O termo deve ser a helenização de outro, *Tamraparni* ou *Thambapanni* (bronzeado), nome de um dos antigos portos do Sri Lanka, Kudiramalai.

Teatinos. Ordem monástica (Oratório do Amor Divino) fundada por São Caetano de Thiene, nascido em Vicenza, em outubro de 1480, e morto em Nápoles, no dia 7 de agosto de 1547.

Tebaida. Região do Antigo Egito localizada perto da capital, Tebas, de que se originou seu nome. Por volta do século V, o deserto da Tebaida tornou-se refúgio de eremitas cristãos.

Tejo. O rio mais extenso da Península Ibérica. Nasce na Serra de Albarracín, na Espanha, onde se chama *Tajo*, e desagua no Oceano Atlântico. Lisboa localiza-se em sua foz. Em *Os Lusíadas*, Camões invoca as Tágides, ou ninfas do Tejo.

Terêncio. *Publius Terentius Afer*, nascido por volta de 195/185 a.C. e morto em 159 a.C., foi comediógrafo no tempo da República romana. O senador romano Terentius Lucanus levou Terêncio como escravo para Roma, onde o educou e, surpreso com seu talento, libertou-o. Dele são conhecidas seis peças: *Andria, Hecyra, Heautontimoroumenos, Phormio, Eunuchus* e *Adelphoe*. A primeira impressão delas na chamada Idade Moderna se deu em 1470, em Estrasburgo.

Ternate. Ilha de origem vulcânica pertencente às Molucas conhecidíssima por ser fonte de caras especiarias.

Teseu. Herói grego, matou o Minotauro do labirinto de Creta. Após a morte de seu filho, Minos, rei de Creta, ordenou que os atenienses lhe pagassem um tributo de sete moços e sete moças a cada nove anos. Com eles, alimentava o Minotauro, monstro nascido do amor de Pasífae com um touro, encerrado no labirinto construído por Dédalo. Quando chegou o tempo de se lhe pagar o tributo pela terceira vez, o próprio Minos teria ordenado que Teseu lhe fosse entregue como as outras vítimas, sem armas, embora Minos tivesse dito que, se conseguissem matar o Minotauro, poderiam retornar para Atenas. Quando partiu, Teseu recebeu do seu pai dois conjuntos de velas de navegar, um preto e outro branco, o preto a ser usado na viagem de ida, o branco na de volta, pois então haveria motivo para alegria. Ao chegar a Creta, Teseu e os demais jovens foram aprisionados no labirinto. Antes, Teseu foi visto pela filha de Minos, Ariadne, que se apaixonou por ele e lhe deu um novelo para que não se perdesse no interior do antro. Ariadne exigiu que voltasse para Atenas levando-a com ele, caso matasse o monstro. Depois de matar o Minotauro, Teseu saiu do labirinto com o fio de Ariadne, sabotou os navios cretenses e escapou em seu barco, acompanhado dela e os outros jovens.

Tétis. Divindade aquática. Filha de Nereu e Dóris, é uma das cinquenta Nereidas. Como muitos deuses marinhos, tinha a capacidade de mudar de forma quando quisesse. Foi criada por Hera e afirma-se que, por manter-se fiel à grande deusa, recusou-se a ter relações com Zeus. O Pseudo-Apolodoro assevera que Tétis foi cortejada tanto por Zeus quanto por Poseidon, mas foi obrigada a desposar um mortal, Peleu, porque uma profecia de Têmis, segundo algumas versões, ou de Prometeu, segundo outras, previa que seu filho acabaria por se tornar mais poderoso do que o pai. Como Zeus e Poseidon desejavam evitar que o filho de Tétis com um deus pudesse se tornar mais poderoso do que ambos, instaram-na a se casar com Peleu. Quando ela se recusou a desposá-lo, o deus oceânico Proteu aconselhou Peleu a encontrá-la adormecida e amarrá-la, para que não pudesse transformar-se e escapar. Peleu assim o fez e conseguiu que Tétis consentisse em casar-se com ele. O casamento ocorreu no Monte Pélion, nas proximidades da caverna de Quíron, e a ele compareceram as divindades olímpicas, com exceção de Éris, a discórdia, que não foi convidada. Para vingar-se, Éris lançou entre os convidados um pomo de ouro com a inscrição "Para a mais bela", o que ocasionou o julgamento de Páris e a guerra de Tróia. Tétis foi mãe de Aquiles e quis dissuadi-lo de ir à guerra porque sabia que ele morreria com uma flechada no calcanhar.

Tigre. O Tigre, juntamente com o Eufrates, é um dos grandes rios que tornavam fértil a região da Mesopotâmia. O Tigre nasce nos Montes Taurus e une-se ao Eufrates no sul do Iraque. Na Antiguidade, as mais importantes cidades mesopotâmicas localizavam-se junto a esses dois grandes rios, dentre as quais se pode destacar Nínive.

Timantes. Um dos mais famosos pintores gregos da Antiguidade, viveu no século IV a. C. Dentre seus célebres trabalhos conhecidos por descrições que chegaram ao presente, destaca-se o sacrifício de Efigênia. Como não teria conseguido figurar adequadamente o estado patético de Agamêmnon, pai de Efigênia, pintou-o engenhosamente com o rosto coberto por um véu.

Timeu. Historiador grego nascido por volta de 352 a.C.

Timocreonte. Poeta lírico grego que viveu no século V a.C. Poucos fragmentos de seus poemas chegaram ao presente, dentre os quais sobressaem as invectivas contra Temístocles.

Tisbe. Ver *Píramo*.

Tróia. Nome de cidade do noroeste da Anatólia, hoje Turquia. É a cidade contra a qual os gregos fazem guerra na *Ilíada,* de

Homero. Em grego se chama *Ílion*, *Ílios* ou, ainda, Troia, de que derivam os termos latinos *Trōia* e *Īlium*.

Ulisses. Odisseu. Herói grego de extrema astúcia protegido por Palas Atena. Filho de Laerte e Anticleia, nasceu na ilha de Ítaca. Foi pupilo do centauro Quíron. Na juventude, foi ferido no joelho por um javali numa caçada. A cicatriz tem função decisiva quando volta a Ítaca depois da Guerra de Tróia. Na juventude, foi à Lacedemônia, onde Eurito lhe deu o arco com que mata os pretendentes de sua mulher, Penélope. Com ela teve um filho, Telêmaco. Odisseu comanda doze navios na expedição a Tróia e toma parte no conselho em que se reúnem os átridas. No banquete realizado em Lemnos em honra dos líderes, desentende-se com Aquiles. No sítio de Troia, Odisseu é guerreiro destemido e valoroso. É Odisseu que tem a ideia de fazer o cavalo de pau com que os gregos invadem Troia. Seu retorno a Ítaca é narrado na *Odisseia*.

Ulpiano. Jurista romano do primeiro quarto do século III. Entre suas obras mais famosas, destacam-se *Ad Sabinum*, seus comentários ao Direito Civil, *Ad Edictum*, além de tratados jurídicos de vária ordem, como *De Officio Proconsulis Libri X*, sobre a função das várias magistraturas romanas.

Valladolid. Capital da região autônoma de Castilha e Leão, no noroeste da Espanha. Situa-se na confluência dos rios Pisuerga e Esgueva. Foi fundada em tempos pré-romanos por povo céltico, os *Vaccaei*, depois colonizada por Roma. Foi sede da corte de Castilha. Os reis católicos Fernando II de Aragão e Isabel I de Castilha casaram-se nela em 1469, fazendo-a capital. Em 1561, um incêndio obrigou Felipe II a transferir a capital para Madri. Voltou a sediar-se em Valladolid sob Felipe III, entre 1601 e 1606.

Vasco Marinho Falcão. Homem da governança no Estado do Brasil. Em 28 de novembro de 1694, recebeu do rei Dom Pedro II a confirmação do posto de Comissário Geral da Cavalaria, como é declarado no Registo Geral de Mercês, liv. 9, f. 191v, do Arquivo Nacional da Torre do Tombo.

Vênus. Deusa latina do amor muito antiga, tinha um templo próximo a Ardea, estabelecido antes da fundação de Roma. Data do século II a. C. a assimilação do seu culto ao da grega Afrodite. Os membros da *gens Iulia*, como Júlio César e Augusto, afirmavam descender de Eneias, filho de Vênus.

Violante do Céu. Monja e poetisa portuguesa, nascida em 30 de maio de 1601 em Lisboa. Seu pai era Manoel da Silveira Montesino e sua mãe Helena da França de Ávila. Desde cedo demonstrou vocação religiosa, professando em 29 de agosto de 1630 no Convento de Nossa Senhora da Rosa, em Lisboa, onde faleceu em 28 de janeiro de 1693. Conhecida nos meios letrados do tempo como a Décima Musa, seus poemas circularam em manuscritos em Portugal e no Estado do Brasil, onde se atribuem a Gregório de Matos e Guerra inúmeras glosas de seus versos.

Vulcano. Divindade romana comemorada nos *Vulcanalia*, festival realizado no dia 23 de agosto. Acreditava-se que seu primeiro templo tinha sido construído por ordem de Rômulo. Durante os *Vulcanalia*, atiravam-se peixinhos e outros animais ao fogo para que o deus não fizesse vítimas humanas. Foi associado ao deus grego Hefesto, filho de Zeus e Hera. Hefesto era coxo porque, tendo tomado o partido da mãe quando ela discutia sobre Hércules com Zeus, foi atirado pelo pai Olimpo abaixo. Sua queda durou um dia e, finalmente, quando atingiu a ilha de Lemnos, passou a coxear. Era o deus da metalurgia a quem os deuses recorriam quando desejavam obter armas poderosas.

Xenofonte. Historiador e filósofo grego, nascido provavelmente no ano de 430 a.C. e morto em 354 a.C. Contemporâneo e admirador de Sócrates, contam-se entre seus escritos os textos históricos *Anabasis* e *Hellenica*. Seus escritos sobre Sócrates e os *Diálogos* de Platão são os únicos representantes do gênero *Sokratikoi logoi*.

Zaqueu. Publicano da cidade de Jericó e cobrador de impostos sobre as fazendas enriquecido com os dinheiros arrecadados. Porque era baixo, subiu numa árvore para ver Jesus e este lhe disse que pousaria em sua casa. Zaqueu recebeu Jesus com hospitalidade e, arrependido de seu enriquecimento ilícito, deu metade da fortuna aos pobres e uma compensação quadruplicada a todo homem a quem tinha prejudicado.

Zoilo. Nome de um critico de Homero do século III a. C. O nome é usado como substantivo comum, *zoilo*, para significar crítico cuja mordacidade revela inveja, aversão pessoal e incompetência; crítico medíocre.